PEARSON
Education
Taiwan

知 識 無 疆 界

PEARSON
Education
Taiwan

知識無疆界

朗文英文字彙通

字首·字尾·字根全集

A Complete Collection of English Prefixes, Suffixes, and Roots

陳明華/編著

作者序

英文單字繁多，而新字又頻頻出現，因此學習英文最大的障礙就是如何累計足夠的單字量。閱讀時藉著上下文猜測生字，是認識生字的一個辦法，另一方面學習英文構詞的規則，即了解其中的字根、字首及字尾，對於判讀或記憶單字也有很大的幫助。例如碰上 endocarditis 這個字，如果能知道字首 endo-「是裡面(inside)」的意思，而 cardi-來自希臘文，表示心臟(heart)，字尾-itis 指發炎(inflammation)，那麼即可推敲 endocarditis 是心內膜炎。

本書的主要目的就是在探究英文的字根、字首及字尾。列出的例字有一般性的，也有專業的。每一字根、字首及字尾皆提供足量的相關單字，並列舉一、二個例句。全書分五章，第一章簡介「構詞學」；第二章例舉英文構詞的所有規則，包括複合詞、詞性轉變、剪裁、混合、首字母縮寫詞、專有名詞普通化、借字、衍生字共八類；第三章專注於字首，分兩部分，先以語意分類，細說一般英文字首；再來條列專業常見英文的字首；第四章依名詞、形容詞及動詞分成三類字尾。每一類字尾再以語意細分。第五章則以字母排序字根。書末附有索引以利查閱。換言之，本書有兩種查法，其一是由書前按含義編排的目錄查字首、字尾或字根；其二是從書末 A 到 Z 排列的索引查詢。而讀者瀏覽過目錄後，對字首、字尾、字根就已經建立了基本的認識。

本書是針對高階進修者、英文老師或是要考托福、GRE 、 SAT 的人士所編寫的工具書，因此所列單字也以這一層級的字彙為主。藉由構詞的詞素解構已認識或未曾相識的單字。對已認識的字能強化記憶，對未認識的字可以猜測其意，以擴充字彙量。

本書編寫參酌了以下各書：

· 朗文當代高級辭典章 *(Longman Dictionary of Contemporary English)*

· 金山詞霸光碟

· *The American Heritage Dictionary of the English Language* (1992, 3rd edition)

Collins English Dictionary (1991, 3rd edition)

· *Random House Webster's College Dictionary* (1991)

· *Random House Webster's Dictionary of American English* (1997)

目錄

-gamy 結婚・-gen, -gene 被生成，生成物，產生・-genesis 來源，產生・-geny 產生，起源・-gon 角・-gony 生產，發生，起源・-gyne 女性生殖器官・-gyny 女性或雌蕊・-hedron 面體

-id 屬於動物某一科；主體，粒子；和某一（特定的）星座或慧星有聯系或由它散發出的流星；某一王朝的人員或後裔・-ide 化合物・-ile 統計的單位・-in 中性化學混合物；藥・-ine 有機混合物・-ism 行爲，學說，主義，信條・-ite 器官；岩石，礦物；化石；…的產物・-ium 構成化學元素的拉丁名稱

-kinesis 運動・-latry 崇拜・-latry 崇拜・-lepsy 發作・-lite 石頭，礦物，化石・-lith 岩石，石頭・-lysis 分解，溶解・-lyte 能在…中分解的物質

-mancy 卜，占・-mania 狂熱，狂暴的不正常行爲・-mere, -mer 部分・-mo 開數・-morph 形式，形狀，結構・-morphism 有某依特別形式的特質・-mycete 眞菌，菌

-ode 路徑；電極・-odon 有某種牙齒的動物・-ol 酒精，苯・-oma 瘤・-ome 群・on 單位，量；基本遺傳單位・-one 酮；含氧的化學混合物・-ont 細胞，生物體・-onym 字，名・-opia 視力狀況或缺陷・-opsis 外觀；相似・-opsy 檢查・-osis 狀態，過程，行動，病變狀態

-para 生產多次的婦女・-path 醫療者；有病者・-pathy 感覺，痛苦，感知・-ped, -pede, -pod, -pode 足・-penia 缺乏・-phage 吃著・-phagia, -phagy 吃・-phone 聲音，說話；說某一語言的人・-phony 聲音・-phyll 葉子・-phyte 具有某一特別性質或生長地的植物・-plasia, -plasy 成長・-plasm 形成細胞或組織的物質・-plast 生物的小身體、小構造、小粒子或小顆粒；細胞・-ploid 倍體・-poiesis 製造，形成・-pter 翅，翅膀，翼

-some 體；一組群・-sperm 種子・-sphere 球，球體・-stasis 減緩，停止，穩定狀態・-stat 穩定，反射或抑制物・-stome 口嘴，植物氣孔，動物氣門

-taxis 次序，排列；反應的動作・-taxy 次序，排列・-therm 有某種體溫的動物・-thermy 熱・-thymia 心態・-tome 部分；「切割器・-tomy 切割・-tonia 肌肉彈性・-trix 與某事有關的女性；幾何的點、線、面・-tron ：眞空管；操控次原子的裝置；基本粒子・-trophy 營養，成長・-tropy 轉向・-tropism 向性運動，取向

-uria 尿・-yl 基・-zoon 動物，發育完全的個體・-zyme 酶

Chapter 1

構詞學 (Morphology)

構詞學的探討範圍包括什麼叫字、字是如何形成的、複雜字是怎麼由基本單位組成的，以及複雜字與組成單位之間的意義如何相連等等。

1.1

構詞學與詞素

構詞學(morphology)是研究單字的構造和意義。舉凡什麼叫字、字是如何形成的、複雜字是怎麼由基本單位組成的，以及複雜字與組成單位之間的意義如何相連，這些都是構詞學所要處理的議題。

1.1.1 什麼叫字：英文的字(word)可以區分爲簡單字(simple words)以及複雜字(complex words)。簡單字像 cat（貓）似乎是最小的單位，無法再予以分解。這種構成字的最小單位就稱爲詞素(morpheme)。但是 cats 就不同了，它是由 cat 再加上一個表示複數的 s 所形成。

1.1.2 字是如何形成的：新字往往是在舊字的基礎上去做有創意的變化，例如 laser（雷射）這個字是由 **l**ight **a**mplification by **s**timulated **e**mission of **r**adiation 這個詞的每個字首拼湊起來的。同樣地， radar（雷達）是取 **r**adio **d**etecting **a**nd **r**anging 這個詞的首字母縮寫而成的，我們將這種字稱爲首字母縮略字(acronym)。另外有些字是商標或產品因爲太流行了而被普通名詞化，像 Xerox 本來是某一影印機的廠牌，但現在已被廣泛當作一般用語，指「影印」，詞性是動詞。至於舊字新解也是很常見的造字法，例如 cool（涼）這個字現在被用來表示同意或嘉許某人的意見，相當於中文的「讚」字（諧音「酷」）。而最多的新字則是複合詞(compounds)。複合詞是由兩或三個字組合而成的新字，像是 brainwash（洗腦）、 razor-thin（極薄的）、 upgrade（升級）。

1.1.3 字根與詞綴：另一方面，英文有很多的新字是在既有的字上添加詞綴(affixes)而形成的。詞綴又可分爲字首(prefixes)及字尾(suffixes)，這種由一字根(root)和詞綴(affixes)組成的字就是前節所謂的複雜字。例如 unchangeable 這個字就包含了字首、字根和字尾： un- 是字首， change 是字根，-able 是字尾。

1 字根

字根是一個詞的最基本單位，它是一個單字的必要成分也是該字的中心。而以此字根所衍生出來的字形成一字族(word family)，擁有一共同的中心意義，而其衍生出來的字就稱為衍生字(derivatives)。一般字根是可單獨成字的，如 horse, change, river ，但有些字根必須與其他詞素共組成字，例如 cise 這個字根的含義是「切割」，它不能獨立成字，但可加上字首、字尾形成各種不同的意思，如下例：

- concise（con 一起 + cise 切開）*(adj)* 簡明的
- excise（ex 往外 + cise 切開）*(vt)* 切除
- incise（in 進入 + cise 切開）*(vt)* 切割
- precise（pre 先於 + cise 切開）*(adj)* 精確的

2 字首

字首附加在字根的前面，造成語義或詞性的改變。以 immoral 為例，字首 im- 的意思是「不，無」，放在字根 moral（道德的）之前構成新詞，意為「不道德的」，詞性不變，但意思改了。再看 enrich 這個字，字首的 en- 使 rich 由形容詞「富有的」轉變成動詞「充實」之意。

3 字尾

字尾附加在字根之後，造成語義的改變及詞性的轉換，並可能引起語音或拼字的變化。例如動詞 think ，在字尾加上 -able 形成形容詞，意思是「能想到的」。但動詞 decide 的形容詞形式是 decisive ，很顯然地，形容詞化的字尾 -ive 使拼法由原本的 de 變成 s ，發音也從原來的 /d/ 變成 /s/。

和字首一樣，字尾不可單獨存在，它必須依附著字根。

1.2

構詞規則衍生問題

有規則就有例外，例如有一構詞規則是在動詞字尾加 able 形成形容詞，意思是「可…的，能…的」，如 read「讀」→ readable「可讀的，易讀的」。但是我們發現也有一些是名詞字尾加了 able 形成形容詞的，如下例：

- fashion 流行 → fashionable 流行的，時髦的
- impression 印象 → impressionable 容易受感動的
- knowledge 知識 → knowledgeable 知識淵博的
- reason 理由 → reasonable 合理的
- sale 出售 → saleable 適於銷售的

由於這些字並不多見，因此無損於原規則。所謂規則就是能廣泛應用，至於像 fashionable 這些例外就只能個別記憶了。另外像 comfortable「舒適的」、hospitable「好客的」、sizable「相當大的」這些字，雖然含有 -able 的字尾，卻沒有「可…的，能…的」的意思。不同於 read，這些字的名詞形式也不是 -ability。因此我們有 readability「易讀，可讀性」，但沒有 comfortability, hospitability, sizability 的形式。

1.2.1 詞素組合衍生意義的問題：一般而言，複雜字的意義是由其組成的個體意思加起來，像 novelist 是由字根 novel（小說）及字尾 -ist（從事某職業的人）組成，因此它的意思是「小說家」。然而有些字是無法用這種方式來解構。如 strawberry「草莓」其中的 straw「稻草」與 berry「漿果」沒有任何關係，同樣的狀況還有 gooseberry「醋栗，鵝莓」，blackberry「黑莓」。又如 hot dog「熱狗」這種食物與狗也沒關係。

1.2.2 構詞衍生的拼字變化：附加字尾有時會造成拼字上的變化，以下是常見的六種變化：

1 以「子音 + y」結尾的字，先將 y 改為 i

- bounty *(U)* 慷慨，寬大 → bountiful *(adj)* 慷慨的，寬大的
- drowsy *(adj)* 昏昏欲睡的 → drowsiness *(U)* 昏昏欲睡
- embody *(vt)* 使具體化 → embodiment *(U)* 具體化，化身
- happy *(adj)* 快樂的 → happily *(adv)* 幸福地
- mystery *(U, C)* 神祕，神祕的事物 → mysterious *(adj)* 神祕的
- rely *(vi)* 依賴 → reliable *(adj)* 可靠的
- study *(vt)* 學習，攻讀 → studied（study 的過去式）
- worry *(vi, C)* 擔心 → worrisome *(adj)* 令人不安的

注釋
(i) 字尾加 ing 時，y 不變
- study → studying

(ii) 例外單字有 dryly, dryness, shyly, shyness, babyish, ladylike

2 以「短母音 + 子音」結尾的字，先重複子音再加字尾

- beg *(vt)* 乞求 → beggar *(C)* 乞丐
- control *(vt)* 控制 → controllable *(adj)* 可控制的
- fad *(C)* 時尚 → faddish *(adj)* 流行的，風行的
- grit *(U)* 粗砂 → gritty *(adj)* 有砂礫的
- rebel *(vi)* 反叛 → rebellion *(U, C)* 反叛
- rub *(vt)* 摩擦 → rubbed（rub 的過去式），rubbing（rub 的現在分詞）

3 以「子音 + e」結尾的字，先去 e 再加字尾

- adore *(vt)* 喜愛 → adorable *(adj)* 可愛的
- brute *(C)* 殘忍的人 → brutish *(adj)* 如野獸般的

- noise *(U)* 噪音 → noisy *(adj)* 吵雜的
- pervade *(vt)* 遍及 → pervasive *(adj)* 普遍深入的
- protrude *(vt)* 突出 → protrusile *(adj)* 可伸出的
- seduce *(vt)* 誘使 → seducible *(adj)* 容易受人誘惑的
- write *(vi, vt)* 書寫 → writing（write 的現在分詞）

以下兩種情況要保留字尾的不發音字母 e：

(i) 以 ge 結尾的字，加字尾 -able 或 -ous 時，必須保留 e

- change *(vt)* 改變 → changeable *(adj)* 可改變的
- outrage *(U)* 憤怒 → outrageous *(adj)* 可惡的

(ii) 後面加上以子音開頭的字尾（如 -ful, -ly, -like, -less, -ment, -some）時，必須保留 e

- life *(C, U)* 生命，生活 → lifelike *(adj)* 逼真的
- lone *(adj)* 孤獨的 → lonesome *(adj)* 寂寞的， lonely *(adj)* 寂寞的
- price *(C)* 價格 → priceless *(adj)* 無價的
- taste *(vt)* 品嘗，有…味道 → tasteful *(adj)* 有鑑賞力的

4 以 le 結尾的形容詞在構成副詞時，先去 le 再加 ly

- noble *(adj)* 高貴的 → nobly *(adv)* 高貴地
- simple *(adj)* 簡單的 → simply *(adv)* 簡單地
- single *(adj)* 單一的 → singly *(adv)* 單獨地

5 以 ue 結尾的形容詞在構成副詞時，先去 e 再加 ly

- true *(adj)* 真實的 → truly *(adv)* 真實地
- due *(adj)* 到期的 → duly *(adv)* 準時地，適當地

6 以 c 結尾的字根在加上以 i 或 e 開頭的字尾時，先在 c 後面加一個 k

- panic *(vi)* 恐慌 → panicked（panic 的過去式）， panicking（panic 的現在分詞）
- picnic *(vi)* 野餐 → picnicked（picnic 的過去式）， picnicking（picnic 的現在分詞）
- traffic *(vi)*（毒品）買賣 → trafficker *(n)*（毒品）買賣者

1.2.3 **構詞衍生的語音變化**：在字根前加上字首時會因字根的首字母發音影響而造成音變，其中最明顯的就是音的同化 (assimilation)。所謂音的同化就是讓附加的字首與字根的首字母發音部位一致，這樣比較能自然發聲。常見情況有以下幾種：

1 **ad-**： to, toward, add「朝，向，加」

- adhere *(vi)* 粘著；堅持
- advent *(n)* 來臨

但 **ad-** 會因同化作用而變為 **ac-**, **af-**, **ag-**, **al-**, **an-**, **ap-**, **ar-**, **as-**, **at-** 。

- accede *(vi)* 同意
- affirm *(vt)* 斷言
- aggregate *(adj)* 聚合的
- alleviate *(vt)* 減輕，緩和（痛苦等）
- annex *(vt)* 合併
- appoint *(vi, vt)* 約定（時間，地點），任命
- arrange *(vi, vt)* 安排
- assort *(vi, vt)* 把…分類；交際，交往
- attain 達到

2 **con-**： together, with「共同，一起」

- conclude *(vi, vt)* 結束，總結
- constellation *(C)* 星座

但 **con-** 在 h 或母音前變為 **co-**；在 l 前變為 **col-**；在 m, b, p 前變為 **com-**；在 r 前變為 **cor-**。

- coherent *(adj)* 緊湊的
- cohesive *(adj)* 凝聚性的
- collude *(vi)* 串通

- collateral *(U)* 擔保；*(adj)* 附帶的
- combine *(vt)* 結合
- commensurate *(adj)* 相對稱的
- composite *(adj)* 組合的；*(C)* 組合體
- cooperate *(vi)* 合作
- correspond *(vi)* 符合
- corroborate *(vt)* 確證

3 **in-**：not「不，非」

- adequate *(adj)* 適當的 → inadequate *(adj)* 不適當的
- correct *(adj)* 正確的 → incorrect *(adj)* 不正確的

但 **in-** 在以 l 開頭的字根前變為 **il-**；在以 r 開頭的字根前變為 **ir-**；在以唇音 m, p, b 開頭的字根前變為 **im-**。

- balance *(U)* 平衡 → imbalance *(U)* 不平衡
- legitimate *(adj)* 合法的 → illegitimate *(adj)* 不合法的
- liberal *(adj)* 不拘泥的，慷慨的 → illiberal *(adj)* 不開放的，吝嗇的
- mobile *(adj)* 可移動的 → immobile *(adj)* 無法動的
- partial *(adj)* 偏袒的 → impartial *(adj)* 公平的
- relevant *(adj)* 相關的 → irrelevant *(adj)* 不相關的
- remediable *(adj)* 能治療的 → irremediable *(adj)* 不能治療的

4 **ob-**：against「反對，對立」

- object 反對
- obloquy 漫罵，毀謗

但 **ob-** 在 f 前變為 **of-**；**ob-** 在 p 前變為 **op-**。

- offend *(vt)* 觸犯
- opponent *(C)* 對手，反對者

5 **sub-**： under, below「在…之下，次一等」

- submarine *(C)* 水下的，潛艇
- submerge *(vt)* 淹沒

但 **sub-** 在同子音字根前會被同化。

- succumb *(vi)* 屈從，死亡
- suffocate *(vt)* 窒息
- surreptitious *(adj)* 鬼鬼祟祟的

6 **syn-**： the same「相同」

- synchronous *(adj)* 同時發生的
- synonym *(C)* 同義詞

但 **syn-** 在 b, p, m 前會同化為 **sym-**。

- symbiosis *(U, S)* 共生現象
- symmetry *(U)* 匀稱
- symptom *(C)* 症狀

Chapter 2

英文構詞
(English Word Formation)

英文新字的形成有一定的規則可循，了解這些規則能幫助我們猜測新字的意思，並可據此造字。本章將說明這些規則的詳細內容。

2.1

複合詞 (Compounding)

2.1.1 複合名詞 (compound nouns)

1 N + N

(i) 第一個名詞標示第二個名詞的性別

- boyfriend 男朋友
- girlfriend 女朋友
- male friend 男性的朋友
- female friend 女性的朋友
- man driver 男駕駛
- woman doctor 女醫生
- she-goat 母山羊
- he-goat 公山羊

man 和 woman 表示第二個名詞的性別時，遇複數情況，不僅第二個名詞要加 s，man 和 woman 也要各自改為 men 和 women 。例如 woman president 的複數為 women presidents

(ii) 第二個名詞標示功用或目的

- bookcase（放書的容器 →）書架
- lunch box（裝午餐的盒子 →）飯盒，便當
- sheep dog（看管綿羊的狗 →）牧羊犬
- springboard（彈跳的板子 →）跳板

(iii) 第一個名詞標示第二個名詞的結果

- a death blow (=a blow which causes death) 致命的打擊

(iv) 第一個名詞標示第二個名詞所在的地方

- bank safe（設在銀行裡的保險箱→）銀行保險箱
- house arrest（在家裡拘捕→）軟禁
- kitchen sink（在廚房的水槽→）廚房水槽
- lap dog（放在大腿上的狗→）哈叭狗，奉承者
- wallflower（牆壁上的花→）壁花（指社交場合中受冷落者）

(v) 第一個名詞標示第二個名詞的所有者

- car key 汽車鑰匙
- door knob 門把
- keyhole 鎖眼

(vi) 第一個名詞標示第二個名詞的材料

- gold watch（用黃金打造的錶→）金錶
- plastic bag（用塑膠做成的袋子→）塑膠袋
- rubber stamp（用橡皮做的圖章→）橡皮圖章

(vii) 第一個名詞標示第二個名詞的類別

- action movie 動作片
- animated movie 動畫電影
- bath towel 浴巾
- chemistry teacher 化學老師
- conveyor belt 輸送帶
- dish towel 擦碟布
- factory worker 工廠工人
- green belt 城市綠化帶
- horror movie 恐怖片
- safety/seat belt 安全帶

- science fiction movie 科幻電影
- tea shop 茶館
- tea towel 擦拭杯盤用的抹布
- vacuum cleaner 吸塵器
- war movie 戰爭片

(viii) 第二個名詞標示盛裝第一個名詞的容器

- coffee cup（裝咖啡的杯子→）咖啡杯
- rice bowl（盛飯的碗→）飯碗
- teapot（裝茶的壺→）茶壺

(ix) 第一個名詞標示第二個名詞發生的時間

- afternoon tea 下午茶
- evening dress 晚禮服
- morning paper 早報
- night clothes 睡衣
- night club 夜總會
- night life 夜生活

(x) 第二個名詞是 man, woman, person

- anchorman 男主播
- chairman 主席
- chairperson 主席
- chairwoman 女主席
- freshman 新生
- hit man 職業殺手
- oilman 石油商
- policeman 警察

- policewoman 女警察
- spokesman 發言人
- weatherman 氣象員

(xi) 第一個名詞是專有名詞

- Oedipus complex 伊底帕斯情結，戀母情結
- Electra complex 伊萊克特拉情結，戀父情結
- Ford car 福特汽車
- IBM computer IBM 電腦

(xii) 其他

- basket case 完全不起作用的人，沒有希望的人；被截去四肢的戰士
- bedfellow 同床者，夥伴
- blacklist 黑名單
- bookworm 書呆子，蛀書蟲
- boomtown 新興都市
- bottleneck 瓶頸
- brain death 腦死
- brain drain 人才外流
- brain power 腦力，智能
- brainchild 腦力勞動成果（指計畫、發明等）
- bread basket 產糧區
- breast milk 母奶
- cash price 現金價
- catspaw 受人利用者
- egghead 蛋頭學者，書呆子
- frogman 蛙人
- ghost town 城市的廢墟

- health center 衛生所
- hit list 暗殺名單
- hunger strike 絕食
- interest group 利益團體
- jailbird 囚犯
- joyride 駕車遊玩，兜風
- junk food/mail 垃圾食物／郵件
- labor camp 勞改所
- latchkey child 鑰匙兒童
- mantrap（為入侵私人領地者設置的）捕人陷阱
- mouthpiece 傳聲筒，代言人
- net profit 淨利
- pillow talk 枕邊細語
- side effect（藥物等的）副作用
- side entrance 側門
- side issue 與正題無關的問題，枝節問題
- side show 穿插的表演
- sideline 副業；邊界線
- sunbath 日光浴
- think tank 智囊團
- timetable 時間表
- top dog 勝利者，主要人物
- war chest 戰爭基金，（為競爭等）籌措資金

2 V-ing + N

(i) 動名詞 V-ing 標示第二個名詞的結果

- sleeping sickness (=sickness which causes sleeping) 昏睡病

(ii) 動名詞 **V-ing** 標示第二個名詞的目的

- bargaining chip (=a chip which is used for bargaining) 談判的籌碼
- bathing suit 游泳衣
- begging bowl 行乞碗，化緣缽，（喻）求乞
- breathing space 喘息或考慮（情況）的時間
- breeding ground 滋生地
- calling card 名片
- dining room 飯廳
- drawing board 製圖板
- living space 生存空間
- negotiating table 談判桌
- rallying point 號召力
- running mate 競選夥伴
- saving grace 可取之處，長處
- stepping-stone 踏腳石，手段
- swimming pool 游泳池
- talking-shop 清談俱樂部
- washing machine 洗衣機

(iii) 其他

- boiling point 沸點
- freezing point 冰點
- purchasing power 購買力
- running dog 走狗
- selling point 賣點
- turning point 轉捩點
- walking dictionary 活字典

3 V + N

(i) 動詞－受詞的關係

- breakfast (=to break the fast) 停止齋戒期，引申為「早餐」的意思
- call girl 應召女郎
- jump rope 跳繩
- killjoy 掃興的人
- pickpocket 扒手
- plaything 玩具，被玩弄的人
- scarecrow 稻草人
- stopgap 暫時的替代物
- sunshine 陽光

(ii) 動詞－主詞的關係

- watchdog (=dog that is watching) 看門狗；監察人員，監督人員
- copycat 模仿者
- driftwood 流木，浮木；（社會變動所產生的）無用的人
- flashlight 手電筒
- glowworm 螢火蟲
- playboy 花花公子

4 N + V

(i) 主詞－動詞的關係

- nosebleed (=the nose is bleeding) 鼻出血
- earthquake 地震
- headache 頭痛
- heartbeat 心跳
- heartbreak 心碎，難忍的悲傷或失望

- landslide 山崩
- mudslide 土石流
- sunrise 日出
- sunset 日落

(ii) 受詞－動詞的關係

- birth control (=to control birth) 節育
- blood test 驗血
- brain trust 智囊團
- class boycott 罷課
- man hunt 對逃犯等的搜捕
- witch-hunt 追查、懲罰社會或機構中被認為危險的分子

5 V + V

- hearsay 傳聞，謠言
- kick-start 起動，發動
- make-believe 虛構

6 Adj + N（重音落在形容詞上，形成一特殊意義的詞）

比較：a white house (=a house which is white) 白色的房子

White House 白宮，美國的總統府

- black coffee 黑咖啡
- black humor 黑色幽默
- black sheep 害群之馬
- blue print 藍圖，方案
- busybody 愛管閒事的人
- dark horse 黑馬；出人意外得勝之馬

- dead end 死胡同
- fast food 速食
- fat cat 有錢有勢的人
- green card 綠卡
- greenback 美鈔
- greenhorn 生手
- greenhouse 溫室
- grey area 灰色地帶
- hardware 硬體
- heavyweight 重量級人物
- highbrow 自以為有高度文化修養的人
- highflier 抱負極高的人
- hotbed 溫床
- hot dog 熱狗
- red tape 繁文縟節
- software 軟體
- white elephant 累贅物
- whitewash 掩飾

7 N + Adj

- secretary general 祕書長
- auditor general 主計長
- court martial 軍事法庭
- the president elect 總統當選人

8 N-er + Adv

- passer-by 過路人

- runner-up 亞軍隊
- hanger-on 趨炎附勢者
- stander-by 旁觀者
- looker-on 旁觀者

9 Prep + N

- overload 超載
- underdog 失敗者
- underwear 内衣褲
- underworld 黑社會

10 Adv + V

- doublespeak 似是而非的欺人之談
- downfall 垮台，落敗
- income 收入
- inpatient 住院病人
- inroad 襲擊，入侵
- intake 攝取
- outbreak 戰爭爆發；疾病發作
- outcast 被遺棄者
- outcome 結果
- outlaw 不法之徒
- outpatient 門診病人
- upstart 新貴

11 V + Adv

- breakdown 崩潰

- breakthrough 突破
- cleanup 清除
- climb-down 承認錯誤
- comeback 東山再起
- countdown 倒數計時
- cover-up 掩飾
- crackdown 鎮壓
- diehard 頑固分子
- dropout 輟學學生
- fallout 輻射微塵，原子塵；附帶結果
- feedback 反饋，反應
- kickback 回扣
- sellout 背叛，出賣
- shake-up 改組
- showdown 攤牌
- sit-in 靜坐抗議
- sit-up 仰臥起坐
- standoff 如比賽中的平局或平手，均衡（一種力量中和或者抵銷另一種力量的情況）
- turnover 營業額，員工流動率
- walk-on 跑龍套角色
- walk-out 罷工，退席表示抗議
- walkover 輕易取得的勝利

12 N + V-ing（名詞是動名詞的受詞）

- handwriting 筆跡
- horse-riding 騎馬
- decision making 決策
- brain washing 洗腦

- sight-seeing 觀光
- horse-trading 討價還價
- sunbathing 日光浴

13 N + V-er（做某一行為者）

- tax dodger 逃稅者
- tax payer 納稅人
- bread winner 養家糊口者
- crime buster 犯罪剋星
- baby boomer 嬰兒潮出生的人
- day dreamer 做白日夢者
- city dweller 都市居民
- globetrotter 世界旅行者，環球旅行者
- garbage collector 收垃圾的人
- dishwasher 洗碗機
- painkiller 止痛藥
- CD player CD 播放機
- fire fighter 救火員
- head hunter 挖角的人
- woman chaser 追求女人的人
- baby-sitter 臨時保姆
- can-opener 開罐器
- chain smoker 老煙槍
- shoplifter 偷拿商品者

14 N + Prep + N

- father-in-law 岳父，家翁

- mother-in-law 婆婆，岳母
- son-in-law 女婿
- daughter-in-law 媳婦
- brother-in-law 小舅子，小叔，大伯
- sister-in-law 小姑，小姨子
- lady-in-waiting 宮女
- comrade in arms 戰友

15 N + to + be

- bride-to-be 準新娘

2.1.2 複合動詞 (compound verbs)

1 N + V

- brainwash 洗腦
- proofread 校對
- baby-sit 當臨時保姆
- bottle-feed 用牛奶餵嬰兒
- breast-feed 用母乳餵嬰兒
- headhunt 挖角
- chain-smoke 連續抽煙
- nosedive 價值暴跌
- roller-skate 用四輪溜冰鞋溜冰

2 V + V

- typewrite 打字

- sleepwalk 夢遊
- crosscheck 反覆查對
- stir-fry 炒
- jump-start 起動，發動
- kick-start 起動，發動
- spin-dry 利用離心力脫水
- dry clean 乾洗

3 Adj + V

- whitewash 粉飾，掩飾
- fine-tune 調整
- short-change 少找錢給顧客

4 Adj + N

- bad-mouth 苛刻批評

5 Adv + V

- underwrite 背書
- understate 輕描淡寫
- underestimate 低估
- undertake 承擔
- overlook 俯瞰，忽略
- oversee 監督
- overhear 無意中聽到
- overcome 克服
- overrule 駁回，否決
- overstate 誇大的敘述

- overestimate 高估
- outweigh 重量或價值等超過
- outnumber 數目超過
- outlive 比…長命
- uproot 連根拔起
- uphold 支持
- withstand 抵擋，經得起
- withhold 拒給，抑制
- downplay 不予重視
- backpedal 倒踏腳踏板
- double-park 並排停車
- double-check 再度檢查
- deep-fry 油炸

2.1.3 複合形容詞 (compound adjectives)

1 N + N

- world-class 世界級的

2 N + Adj

- capital intensive 資本密集的
- labor-intensive 勞力密集的
- health conscious 有健康意識的
- safety-conscious 有安全意識的
- fashion-conscious 有流行意識的
- care-free 無憂無慮的
- trust worthy 值得信任的

- seasick 暈船的
- homesick 想家的
- lovesick 害相思病的
- razor-thin 極薄的
- knee-deep 深及膝的
- rock solid 岩石般堅硬的
- world famous 世界聞名的
- worldwide 全世界的
- sky-high 極高的

3 Adj + Adj

- deaf-mute 聾啞的
- bittersweet 苦樂參半的
- red-hot 熾熱的，非常激動的
- white-hot 白熱的，狂熱的

4 Adv + Adj

- uptight 心情焦躁的
- downright 徹底的，完全的，率直的
- ever-present 經常存在的

5 Adj + N

- blue-collar 藍領階級的
- white-collar 白領階級的
- pink-collar 粉領階級的
- long-distance 長途的
- plain-clothes 便衣的

- right-hand 右手的，得力的
- high-level 高階的，高級的
- high-class 高級的，一流的
- high-grade 高級的
- low-class 低級的，品質低劣的
- low-fat 低脂肪的
- double-digit 兩位數的

6 Adv + N

- in-depth 深入的
- overnight 過夜的
- offhand 即時地
- downhill 下坡的
- downtown 市區的
- outdoor 戶外的
- indoor 室內的

7 Prep + N

- overtime 超時的，加班的
- before-tax 稅前的

8 V + V

- go-go 經濟活絡的
- stop-go 一收一放的經濟政策的

9 Adv + V

- high-rise 超高層的，高樓的

10 V + Adv

- see-through 透明的
- walk-in 僅可供一人走進的，未經預約就可進來的
- live-in 住在雇主家的，同居的

11 V + Adj

- fail-safe 自動防故障裝置的

12 V + N

- cross-border 邊界兩國間的
- cross-strait 海峽兩邊的
- cut-price 打折扣的，廉價的
- cut-throat 拼命激烈的
- breakneck 速度危險而快的

13 Adj + N-ed

- cold-blooded 無情的
- red-blooded 精力充沛的
- high-minded 高尚的
- absented-minded 心不在焉的
- old-fashioned 老式的

14 Adj + V-ed

- clean-shaven 鬍子刮得乾乾淨淨的
- white-painted 漆成白色的
- native-born 土生土長的
- American-born 美國出生的

15 Adv + V-ed

- well-educated 受過良好教育的
- well-balanced 均衡的
- long-awaited 等很久的
- much-praised 深受讚美的
- well-behaved 規矩的
- outspoken 坦率直言的
- downtrodden 被蹂躪的，被壓制的

16 N + V-ed

- poverty-stricken 貧困不堪的
- time-honored 悠久傳統的
- land-locked 內陸的
- war-torn 戰亂不安的
- time-proven 經過時間證明的
- home-grown 自家種植的，國產的
- homemade 自製的
- man-made 人工的
- self-made 白手起家的
- self-assured 自信的
- self-centered 自我中心的

17 N + V-ing

- peace-loving 愛好和平的
- face-saving 保全面子的
- time-consuming 費時的
- breathtaking 壯麗的

- eye-catching 引人注目的
- eyebrow-raising 令人驚訝的
- self-effacing 謙遜的

18 Adj + V-ing

- nice-looking 美麗的，好看的
- worried-looking 貌似憂慮的
- easy-going 隨和的
- ill-fitting 不適合的
- harsh-sounding 刺耳的
- foul-smelling 惡臭的

19 Adv + V-ing

- hard-working 用功的
- fast-moving 快速移動的
- fast-growing 迅速成長的
- slow-moving 緩慢移動的
- forth-coming 即將來臨的
- outstanding 突出的，顯著的

20 Adj + V-ed

- plaint-spoken 說話坦率的
- blunt-spoken 說話不客氣的
- soft-spoken 輕聲細語的

21 數字 + 年齡／時間／長度／價格／距離／重量

- five-year-old 五歲的

- multi-million dollar 數百萬的
- five-day 五天的

22 序數 + N

- first rate 一流的
- third-floor 第三層樓的
- eighteenth-century 十八世紀的
- firsthand（來源、資料等）第一手的
- secondhand 二手的

23 片語

- down-and-out 一敗塗地的
- out-and-out 完全的，徹底的
- well-to-do 富裕的
- out-of-date 過時的
- up-to-date 新式的
- up-to-the-minute 最新的，最近的
- down-to-earth 實際的
- across-the-board 全盤的，全面的
- around-the-clock 連續不斷的
- over-the-counter 無需醫師處方即可出售的，店面交易的

2.1.4 複合副詞 (compound adverbs)

1 Adv + N

- overnight 過夜地
- downhill 下坡地，每況愈下地

- downtown 在市區地，往市區地
- downstream 下游地
- downstairs 在樓下地，往樓下地
- uphill 上坡地，向上地
- upstairs 向樓上地，在樓上地
- upstream 向上游地，溯流地，逆流地
- overleaf 在背面地，在次頁地

2 Adv + Adj

- double quick 儘速地
- flat-out 以最高速地，直率地

2.1.5 字尾押韻的複合詞 (rhyme-motivated compounds)

- hotchpotch *(n)* 雜燴（尤指英式說法）
- hodge-podge *(n)* 雜燴（hotchpotch 的美式說法）
- willy-nilly *(adv)* 不管願意或不願意地
- topsy-turvy *(adj)* 混亂狀態的
- nitty-gritty *(n)* 事實真相，本質
- pooh-pooh *(vt)* 呸（表示藐視、嘲笑）
- tittle-tattle *(n)* 東家長西家短
- ticky-tacky *(adj, n)* 低值廉價
- whippersnapper *(n)* 自以為了不起的年輕人
- humdrum *(adj)* 單調的
- namby-pamby *(adj)* 柔弱溫和的
- lovey-dovey *(adj)* 過分浪漫的
- hobnob *(vi)* 與有地位的人交談

- higgledy-piggledy *(adj)* 雜亂的
- fuddy-duddy *(n)* 守舊者
- hanky-panky *(n)* 調戲的性舉動，騙人的把戲

2.1.6 母音變化複合詞 (vowel change or alternation between two elements)

1 /ɪ/ → /æ/

- shilly-shally *(vi)* 猶豫不決
- zigzag *(v, adj, adv, n)* 成 Z 字形
- dilly-dally *(vi)* 三心二意地浪費時間
- mishmash *(vt)* 使成為雜亂的一堆； *(n)* 混雜物

2 /ɪ/ → /ɑ/

- flip-flop *(vi, n)* 改變想法
- wish-washy *(adj)* 缺乏主見或決心的
- crisscross *(vi, n)* 互相往來

2.2

詞性轉變 (Conversion)

2.2.1 名詞轉變成動詞

- a hammer 鐵鎚 → to hammer 鎚打
- weather 天氣 → to weather 安全度過
- milk 牛奶 → to milk 擠（奶）
- water 水→ to water 澆水
- flower 花 → to flower 開花
- a bridge 橋 → to bridge 縮小差距
- plant 植物 → to plant 種植
- voice 聲音 → to voice 表達
- silence 安靜 → to silence 使沉默，壓制
- a husband 丈夫 → to husband 節儉
- a doctor 醫生 → to doctor 篡改，攙混食物或飲料
- an ape 猿 → to ape 模仿
- a parrot 鸚鵡 → to parrot 盲目重複他人的話語

2.2.2 動詞轉變成名詞

- to guess 猜測 → a guess 猜測
- to polish 擦亮 → a polish 擦亮
- to cut 切割，刪減 → a cut 切割，刪減
- to broadcast 廣播 → broadcast 廣播
- to kick 踢 → a kick 踢
- to call 打電話 → a call 一通電話
- to wash 洗 → a wash 洗
- to divide 隔開 → divide 隔閡

2.2.3 形容詞轉變成名詞

- given 贈予的 → a given 基本的事實
- gay 同性戀的 → a gay 同性戀者

2.2.4 形容詞轉變成動詞

- brave 勇敢的 → to brave 勇敢處理困難危險的事
- better 較好的 → to better 改善
- dirty 骯髒的 → to dirty 弄髒
- right 正確的 → to right 改正

2.2.5 助動詞轉變成名詞

- must 必須 → a must 必須之事物
- will 將，願意 → a will 決心，遺囑
- has been → has-been 過時的人

2.2.6 副詞轉變成動詞

- up 向上 → to up 增加
- down 向下 → to down 快速地吃喝，打倒在地
- further 更進一步地 → to further 增進，助長

2.2.7 可數名詞轉變成不可數名詞

- a chicken 雞 → chicken 雞肉
- a lamb 羔羊 → lamb 小羊肉
- an egg 蛋 → egg 煮熟的蛋

2.3

其他形式的構詞

英文構詞除上述的複合詞及詞性轉換外，另外有剪裁、混合、縮寫、專有名詞普通化、借字，以及衍生字等。

2.3.1 剪裁 (clipping)

- pornography → porn 色情文學
- advertisement → ad 廣告
- veteran → vet 退伍軍人
- veterinarian → vet 獸醫
- photograph → photo 照片
- automobile → auto 汽車

2.3.2 混和 (blends)

- breakfast + lunch → brunch 早午餐
- international + network → internet 網路
- work + alcoholic → workaholic 工作狂
- smoke + fog → smog 煙霧
- stagnation + inflation → stagflation 不景氣狀況下之物價上漲
- news + broadcast → newscast 新聞廣播

2.3.3 只取首字母的縮略字 (acronyms)

- compact disk → CD 音樂光碟
- Acquired Immune Deficit Syndrome → AIDS 愛滋病
- light amplification by stimulated emission of radiation → laser 雷射
- the United Nation → the UN 聯合國

- identification card → ID 身分證
- unidentified flying objects → UFOs 幽浮
- venereal disease → VD 性病

2.3.4 專有名詞普通化 (proper noun → common noun)

- Xerox → Xerox *(n)* 影印備分， to Xerox *(v)* 影印
- Levi → Levi's 牛仔褲 (=jeans)
- Walkman → walkman 隨身聽

2.3.5 借字 (loan words)

- Kowtow 磕頭 → 借自中文
- alma mater 母校 → 借自拉丁文
- blitzkrieg 閃電戰 → 借自德文
- fiasco 大失敗 → 借自義大利文
- coups d'etat 政變 → 借自法文
- glasnost 准予自由討論國家問題 → 借自俄文

2.3.6 衍生字 (derivations)

衍生字的形成是在原字根 (roots) 加上字首 (prefixes) 或字尾 (suffixes)。了解字首和字尾就能擴充字彙量，而這部分就是本書的重點所在，將分別於第三、四、五章詳細舉例說明。

Chapter 3

字首 (Prefixes)

字首是加在某一單字前面的字母或字母群，具有一定的含義，用於改變原單字的意義。本章按字首的含義分類，並大量舉例字做說明，以幫助讀者擴充字彙量。

3.1

否定含義的字首

否定意義的字首把一個單字從肯定的意思轉變爲否定的意思。這類字首可以再細分爲三種類型：純否定、倒轉和反對。

3.1.1 **表示「純否定」的字首**：這類純否定字首(negative prefix)包括 **a-**, **dis-**, **in-**, **non-**, **un-**，含有 not「不，非，無」的意思。

1 a-（在母音前為 an-）

- agamogenesis（a 無 + gamo 婚姻 + genesis 產生）*(U)* 無性生殖
- anaesthesia（an + aesthesis 感覺）*(U)* 痲醉
- anaerobiosis（an + aero 空氣 + biosis 生命）*(U)* 乏氧生活，厭氧生活
- anuria（an + uria 尿）*(U)* 無尿，無尿症
- anurous（an + urous 有某種特別尾巴的）*(adj)* 無尾的
- atrophy（a + trophy 營養）*(U)* 萎縮
- azoic（a + zoic 與某一地質時代有關的）無生命時代的
- chromatic *(adj)* 彩色的 → achromatic *(adj)* 消色差的，非彩色的
- moral *(adj)* 道德的 → amoral *(adj)* 不知是非的
- pathetic *(adj)* 引起悲憫的 → apathetic *(adj)* 冷漠的，無動於衷的
- pod *(C)* 足 → apod *(C)* 無足動物，*(adj)* 無足的
- political *(adj)* 政治的 → apolitical *(adj)* 不關心政治的
- sexual *(adj)* 性的 → asexual *(adj)* 無性別的
- social *(adj)* 社會的 → asocial *(adj)* 不好社交的，不合群的
- static *(adj)* 靜態的，靜力的 → astatic *(adj)* 不安定的
- symmetry *(U)* 平衡 → asymmetry *(U)* 不平衡
- theism *(U)* 有神論 → atheism *(U)* 無神論
- tonal *(adj)* 音調的 → atonal *(adj)* 無調的
- typical *(adj)* 典型的 → atypical *(adj)* 非典型的
- vocation *(C)* 職業 → avocation *(C)* 副業

例句

a. Many young people are **apathetic** about politics.
很多年輕人對政治很冷漠。

b. Some politicians are considered to be unprincipled and **amoral**.
有些政客被認爲沒有原則而且不遵守道德。

c. An **atheist** doesn't believe in God.
無神論者不信上帝。

d. Jack is **atypical** of most workers here in that he does not idle his time away in pubs.
傑克不是這裡的典型工人，因爲他不把時間耗在酒店裡。

e. His vocation is teaching, and his **avocation** is writing novels.
他的職業是老師而副業是寫小說。

2 dis-

- advantage *(C)* 優勢 → disadvantage *(C)* 劣勢
- agree *(vi)* 同意 → disagree *(vi)* 不同意
- allow *(vt)* 允許 → disallow *(vt)* 不接受
- appear *(vi)* 出現 → disappear *(vi)* 消失
- approval *(U)* 贊成 → disapproval *(U)* 不贊成
- avow *(vt)* 承認 → disavow *(vt)* 否認
- belief *(U,C)* 信仰 → disbelief *(U)* 懷疑
- close *(vt)* 關閉 → disclose *(vt)* 揭露
- comfort *(U)* 舒適 → discomfort *(U)* 不適
- contented *(adj)* 滿足的 → discontented *(adj)* 不滿足的
- count *(C)* 計算 → discount *(C)* 折扣
- cover *(vt)* 覆蓋 → discover *(vt)* 發現
- ease *(U)* 安逸 → disease *(U, C)* 疾病
- honest *(adj)* 誠實 → dishonest *(adj)* 不誠實

- like *(vt)* 喜歡 → dislike *(vt)* 不喜歡
- obey *(vt)* 服從 → disobey *(vt)* 不服從
- order *(U)* 秩序 → disorder *(U)* 無秩序
- organized *(adj)* 有條理的 → disorganized *(adj)* 沒有條理的，混亂的
- passionate *(adj)* 有激情的 → dispassionate *(adj)* 平心靜氣的
- union *(U, S)* 聯合 → disunion *(U)* 分裂

例句

a. He **disavowed** any involvement in the drug trafficking.
他否認涉入毒品買賣。

b. He provided a **dispassionate** analysis of the election results.
他對選舉結果做了平心靜氣的分析。

c. Jack still suffers some **discomfort** from his injury.
傑克仍然受傷痛的折磨。

3 in-（因同化作用而變形為 im-, il-, ir-）

(i) in-

- ability *(C, U)* 能力 → inability *(U, S)* 無能力
- accessible *(adj)* 可以接近 → inaccessible *(adj)* 難以接近
- accurate *(adj)* 準確的 → inaccurate *(adj)* 不準確的
- active *(adj)* 活躍的 → inactive *(adj)* 怠惰的
- adequate *(adj)* 適當的 → inadequate *(adj)* 不適當的
- alienable *(adj)* 可讓渡的 → inalienable *(adj)* 不能剝奪的
- animate *(adj)* 生氣勃勃的 → inanimate *(adj)* 死氣沉沉的
- appropriate *(adj)* 適當的 → inappropriate *(adj)* 不適當的
- calculable *(adj)* 可計算的 → incalculable *(adj)* 不可計算的
- capable *(adj)* 有能力的 → incapable *(adj)* 沒有能力的
- capacitate *(vt)* 使能夠 → incapacitate *(vt)* 使無能力，使…不能

- coherent *(adj)* 連貫的 → incoherent *(adj)* 不連貫的
- comparable *(adj)* 可比較的 → incomparable *(adj)* 無與倫比的
- compatible *(adj)* 一致的 → incompatible *(adj)* 不調和的
- competent *(adj)* 勝任的 → incompetent *(adj)* 不勝任的
- comprehensible *(adj)* 能理解的 → incomprehensible *(adj)* 不能理解的
- conceivable *(adj)* 能想像的 → inconceivable *(adj)* 不能想像的
- congruous *(adj)* 調和的 → incongruous *(adj)* 不調和的
- consequential *(adj)* 有深遠重要性的 → inconsequential *(adj)* 不重要的
- consistency *(U)* 一致性 → inconsistency *(U)* 矛盾
- consolable *(adj)* 可藉慰的 → inconsolable *(adj)* 無法安慰的
- controvertible *(adj)* 可爭論的 → incontrovertible *(adj)* 無可爭議的
- conspicuous *(adj)* 顯眼的 → inconspicuous *(adj)* 不顯眼的
- corporeal *(adj)* 肉體的 → incorporeal *(adj)* 無形體的
- credible *(adj)* 可信的 → incredible *(adj)* 難以置信的
- credulous *(adj)* 輕信的 → incredulous *(adj)* 不輕信的
- curable *(adj)* 能治愈的 → incurable *(adj)* 不能治愈的
- decent *(adj)* 得體的 → indecent *(adj)* 下流的
- definite *(adj)* 明確的 → indefinite *(adj)* 不確定的
- digestible *(adj)* 可消化的 → indigestible *(adj)* 不吸收的
- dignity *(U)* 尊嚴 → indignity *(U)* 侮辱
- disputable *(adj)* 有討論餘地的 → indisputable *(adj)* 無爭論餘地的
- edible *(adj)* 能吃的 → inedible *(adj)* 不能吃的
- effectual *(adj)* 有效的 → ineffectual *(adj)* 無效的
- efficiency *(U)* 效率 → inefficiency *(U)* 無效率
- eligible *(adj)* 合格的 → ineligible *(adj)* 不合格的
- exhaustible *(adj)* 可用盡的 → inexhaustible *(adj)* 無窮無盡的
- explicable *(adj)* 可解釋的 → inexplicable *(adj)* 不可解釋的
- extricable *(adj)* 可解開的 → inextricable *(adj)* 解不開的

- famous *(adj)* 著名的 → infamous *(adj)* 聲名狼藉的
- fertile *(adj)* 肥沃的 → infertile *(adj)* 貧瘠的
- fidelity *(U)* 忠誠 → infidelity *(U)* 失貞
- flexible *(adj)* 有彈性的 → inflexible *(adj)* 沒有彈性的
- justice *(U)* 公正 → injustice *(U)* 不公正
- sane *(adj)* 健全的 → insane *(adj)* 患精神病的
- secure *(adj)* 安全的 → insecure *(adj)* 不安全的
- sensitive *(adj)* 敏感的 → insensitive *(adj)* 不敏感的
- stability *(U)* 穩定 → instability *(U)* 不穩定
- tangible *(adj)* 具體的 → intangible *(adj)* 無形的
- tolerable *(adj)* 可容忍的 → intolerable *(adj)* 無法忍受的
- urbane *(adj)* 彬彬有禮的 → inurbane *(adj)* 粗野的
- valuable *(adj)* 有價值的 → invaluable *(adj)* 無價的
- visible *(adj)* 看得見的 → invisible *(adj)* 看不見的
- voluntary *(adj)* 自願的 → involuntary *(adj)* 非自願的

例句

a. He was **incapacitated** by an accident, but now he has recovered from it.
他因意外事故而無法正常作息，但現在已好了。

b. What she says is often **inconsequential**.
她說的話經常是不重要的。

c. There is **incontrovertible** evidence that he committed perjury.
有無可爭議的證據顯示他做僞證。

d. It is **incredible** that the cat survived the crash.
貓被撞了卻沒死，眞是不可思議。

e. For lack of funds, the space program has been postponed for an **indefinite** period.
由於缺資金，太空計畫已經無限期延後。

f. Her speech left an **indelible** impression on me.
她的演說留給我不能抹滅的印象。

(ii) 以 m, p, b 開頭的單字之否定字首用 im-

- balance *(U)* 平衡 → imbalance *(U)* 不平衡
- mature *(adj)* 成熟的 → immature *(adj)* 不成熟的
- mobile *(adj)* 可移動的 → immobile *(adj)* 無法動的
- moderate *(adj)* 適中的 → immoderate *(adj)* 不適中的
- modesty *(U)* 謙遜 → immodesty *(U)* 無禮
- mortal *(adj)* 必死的 → immortal *(adj)* 不朽的
- mutable *(adj)* 易變的 → immutable *(adj)* 不能變的
- palpable *(adj)* 可觸知的 → impalpable *(adj)* 感觸不到的
- partial *(adj)* 偏袒的 → impartial *(adj)* 公正的
- passable *(adj)* 能通行的 → impassible *(adj)* 不能通行的
- patient *(adj)* 耐心的 → impatient *(adj)* 不耐煩的
- penetrable *(adj)* 能貫穿的 → impenetrable *(adj)* 不能貫穿的
- perceptible *(adj)* 可察覺的 → imperceptible *(adj)* 覺察不到的
- perishable *(adj)* 容易腐爛的 → imperishable *(adj)* 不朽的
- permanent *(adj)* 永久的 → impermanent *(adj)* 非永久的
- permeable *(adj)* 能滲透的 → impermeable *(adj)* 不能滲透的
- personal *(adj)* 個人的 → impersonal *(adj)* 非個人的
- pious *(adj)* 虔誠的 → impious *(adj)* 不虔誠的
- plausible *(adj)* 可信的 → implausible *(adj)* 難以置信的
- potent *(adj)* 有力的 → impotent *(adj)* 無力的、陽萎的
- practical *(adj)* 實際的 → impractical *(adj)* 不切實際的
- probity *(adj)* 正直 → improbity *(adj)* 不誠實
- proper *(adj)* 適當的 → improper *(adj)* 不適當的
- propriety *(U)* 適當 → impropriety *(U)* 不適當
- prudent *(adj)* 謹慎的 → imprudent *(adj)* 輕率的
- purity *(U)* 純淨 → impurity *(U)* 不純

例句

a. We demand a fair and **impartial** trial.
我們要求公平、公正的審判。

b. She was fired for sexual/financial **impropriety**.
她因性行爲不檢／財務不正常而被免職。

(iii) 以 l 開頭的單字之否定字首用 il-

- legal *(adj)* 合法的 → illegal *(adj)* 違法的
- legible *(adj)* 字跡易讀的 → illegible *(adj)* 難讀的
- legitimate *(adj)* 合法的 → illegitimate *(adj)* 不合法的
- liberal *(adj)* 自由的，慷慨的 → illiberal *(adj)* 不自由的，狹隘的
- licit *(adj)* 合法的 → illicit *(adj)* 違法的
- literate *(adj)* 識字的 → illiterate *(adj)* 不識字的
- logical *(adj)* 合乎邏輯的 → illogical *(adj)* 不合邏輯的

例句

a. I am musically **illiterate**.
我是音樂白痴（外行）。

b. He was imprisoned for using **illicit** drugs.
他因使用非法藥物而入獄。

(iv) 以 r 開頭的單字之否定字首用 ir-

- rational *(adj)* 理性的 → irrational *(adj)* 無理性的
- reconcilable *(adj)* 能協調的 → irreconcilable *(adj)* 不能協調的
- recoverable *(adj)* 可挽救的 → irrecoverable *(adj)* 無可挽救的
- redeemable *(adj)* 可贖回的 → irredeemable *(adj)* 不可贖回的
- reducible *(adj)* 可減少的 → irreducible *(adj)* 不能削減的
- refutable *(adj)* 能反駁的 → irrefutable *(adj)* 不能反駁的

- regular *(adj)* 規則的 → irregular *(adj)* 不規則的
- relevant *(adj)* 相關的 → irrelevant *(adj)* 不相關的
- remediable *(adj)* 能治療的 → irremediable *(adj)* 不能治療的
- reparable *(adj)* 可修繕的 → irreparable *(adj)* 不能修補的
- replaceable *(adj)* 可代替的 → irreplaceable *(adj)* 不能代替的
- repressible *(adj)* 可抑制的 → irrepressible *(adj)* 抑制不住的
- reproachable *(adj)* 可非難的 → irreproachable *(adj)* 不可非難的
- resistible *(adj)* 可抵抗的 → irresistible *(adj)* 不可抵抗的
- resolute *(adj)* 堅決的 → irresolute *(adj)* 猶豫不決的
- responsible *(adj)* 負責任的 → irresponsible *(adj)* 不負責任的
- retrievable *(adj)* 能復原的 → irretrievable *(adj)* 不能復原的
- reverent *(adj)* 尊敬的 → irreverent *(adj)* 不尊敬的
- reversible *(adj)* 可逆轉的 → irreversible *(adj)* 不可逆轉的
- revocable *(adj)* 可撤銷的 → irrevocable *(adj)* 不可撤銷的

例句

a. The oil spill caused **irreparable** damage to the coastline.
那次漏油事件給海岸線造成無法修復的損害。

b. When she turned and gave me one of her **irresistible** smiles, I could hardly breathe and my legs turned to jelly.
當她轉身給我一個令人無法抗拒的微笑時，我幾乎無法呼吸，雙腿直抖。

4 non-

- biding *(adj)* 有法律約束力的 → nonbinding *(adj)* 沒有法律約束力的
- combatant *(adj)* 戰鬥的 → noncombatant *(adj)* 非戰鬥的
- essential *(adj)* 基本的 → nonessential *(adj)* 不重要的
- existent *(adj)* 存在的 → nonexistent *(adj)* 不存在的
- fiction *(U)* 小說類作品 → nonfiction *(U)* 非小說類作品

- refundable *(adj)* 可退錢的 → nonrefundable *(adj)* 不可退錢的
- sense *(U)* 道理，意義 → nonsense *(U)* 無意義的詞語，胡說
- standard *(adj)* 標準的 → nonstandard *(adj)* 不標準的
- stop *(C)* 停 → nonstop *(adj, adv)* 中途不停的，直達的
- violence *(U)* 暴力 → nonviolence *(U)* 非暴力

例句

a. **Nonessential** personnel will be paid off.
不重要的人員將被資遣。

b. Basic services are **nonexistent** in some backward countries.
基本服務在一些落後國家是不存在的。

5 un-

- abashed *(adj)* 窘迫的 → unabashed *(adj)* 不害羞的
- civilized *(adj)* 文明 → uncivilized *(adj)* 未開化的
- conditional *(adj)* 有條件的 → unconditional *(adj)* 無條件的
- conscionable *(adj)* 憑良心的 → unconscionable *(adj)* 不受良心節制的
- conventional *(adj)* 傳統的 → unconventional *(adj)* 非傳統的
- cultivated *(adj)* 有教養的，栽植的 → uncultivated *(adj)* 無教養的
- deniable *(adj)* 可否認的 → undeniable *(adj)* 不可否認的
- educated *(adj)* 受過教育的 → uneducated *(adj)* 未受過教育的
- enviable *(adj)* 值得羨慕的 → unenviable *(adj)* 不值得羨慕的
- fortunate *(adj)* 幸運的 → unfortunate *(adj)* 不幸的
- inhabited *(adj)* 有人居住的 → uninhabited *(adj)* 無人居住的
- intelligible *(adj)* 可理解的 → unintelligible *(adj)* 無法了解的
- palatable *(adj)* 美味的，盡人意的 → unpalatable *(adj)* 難以接受的
- quenchable *(adj)* 可抑制的 → unquenchable *(adj)* 難抑制的
- real *(adj)* 真實的 → unreal *(adj)* 不真實的

- savory *(adj)* 味美的 → unsavory *(adj)* 令人討厭的
- scrupulous *(adj)* 謹慎的 → unscrupulous *(adj)* 不謹慎的
- sophisticated *(adj)* 久經世故的 → unsophisticated *(adj)* 不懂世故的
- sparing *(adj)* 節儉的 → unsparing *(adj)* 不留情的，慷慨的
- specialized *(adj)* 專門化的 → unspecialized *(adj)* 非專門化的
- stable *(adj)* 穩定的 → unstable *(adj)* 不穩定的
- tenable *(adj)* 站得住腳的 → untenable *(adj)* 站不住腳的
- wonted *(adj)* 習慣的 → unwonted *(adj)* 罕見的
- worldly *(adj)* 世俗的 → unworldly *(adj)* 對錢財不感興趣的，非塵世的，天真的
- yielding *(adj)* 屈從的 → unyielding *(adj)* 不屈的

a. He displayed **unbridled** enthusiasm for baseball.
他對棒球有無法抑制的狂熱。

b. Children have **unbounded** energy/curiosity/enthusiasm.
小孩有無盡的精力／好奇心／狂熱。

c. We demanded the enemy's **unconditional** surrender.
我們要求敵人無條件投降。

d. Sherry was **undoubtedly** hurt by her boss's insult.
雪莉無疑是被老闆的侮辱傷害了。

e. Sam feels **uneasy** about what he has done.
山姆對他做的事情覺得不安。

(i) in-和 un-有以下區別：

a) 以 in 或 im 開頭的單字，用 **un-** 表示否定，例如：
unimportant ， unintelligible

b) 字尾是 ate, ent, ant, ite, ible 的單字，多半用 **in-** 表示否定，例如：
inadequate, irrelevant, imprudent, indefinite, implausible

c) 字尾是 able, ed, ful, ing, ory, some 的單字，多半用 **un-** 表示否定，例如：
unquestionable, unqualified, unsuccessful, uninteresting, unsatisfactory

(ii) in-, un-, dis-, mis- 雖然都是否定字首，但加在同一字族(word family)，意思會有所不同，如下例：

- immoral *(adj)* 不道德的 — amoral *(adj)* 不知是非的
- inappropriate *(adj)* 不適當的 — misappropriate *(vt)* 侵占，私吞（他人金錢）
- unable *(adj)* 不能的 — disable *(vt)* 使殘廢 — inability *(U)* 無能力
- uncomfortable *(adj)* 不舒服的，不愉快的 — discomfort *(U)* 不安
- uneasy *(adj)* 心神不安的 — disease *(C, U)* 疾病
- unfit *(adj)* 不適當的 — midfit *(vi, vt)* 不適合
- unfortunate *(adj)* 不幸的 — disfortunet *(U)* 不幸
- uninterested *(adj)* 不感興趣的 — disinterested *(adj)* 公正無私的
- unlike *(pre)* 不像 — dislike *(vt)* 不喜歡
- unstable *(adj)* 不穩定的 — instability *(U)* 不穩定

3.1.2 表示「倒轉」的字首

3.1.2 表示「倒轉」的字首：這類倒轉字首 (reversing prefix) 包括 **de-, dis-, un-**，含有 to reverse, to remove「反轉，倒轉，去除」的意思。

1 de-：消除，反轉

- appreciate *(vi)* 增值 → depreciate *(vi)* 貶值
- attach *(vt)* 貼上 → detach *(vt)* 分開
- bug *(vt)* 裝竊聽器 → debug *(vt)* 去竊聽器、去電腦病毒
- camp *(vi)* 露營 → decamp *(vi)* 撤營
- centralize *(vt)* 集中 → decentralize *(vt)* 分散
- cipher *(C, U)* 密碼 → decipher *(vt)* 譯解
- classify *(vt)* 分類 → declassify *(vt)* 不再當機密文件處理
- code *(C, U)* 密碼，代碼 → decode *(vt)* 解碼
- compose *(vt)* 構成，組成 → decompose *(vt)* 分解
- contaminate *(vt)* 污染 → decontaminate *(vt)* 淨化
- foliate *(adj)* 有葉的 → defoliate *(vt)* 使落葉
- encrypt *(vt)* 加密碼 → decrypt *(vt)* 解碼
- face *(C)* 臉 → deface *(vt)* 損傷外觀

- fame *(U)* 名聲 → defame *(vt)* 誹謗
- forest *(C)* 森林 → deforest *(vt)* 採伐森林
- form *(C)* 形式，*(vt)* 形成 → deform *(vt)* 使變形
- frost *(U)* 霜 → defrost *(vt)* 除霜
- fuse *(C)* 保險絲，熔絲 → defuse *(vt)* 去掉…的雷管，解除危機
- generate *(vt)* 產生 → degenerate *(vi)* 退化
- grade *(C)* 等級；*(vt)* 將…分級 → degrade *(vt, vi)* 墮落
- humanize *(vt)* 賦予人性 → dehumanize *(vt)* 使失掉人性
- hydrate *(vt, vi)* 與水化合 → dehydrate *(vt)* 使脫水
- increase *(vi)* 增加 → decrease *(vi)* 減少
- inflate *(vt)* 膨脹 → deflate *(vi)* 緊縮通貨
- militarize *(vt)* 軍事化 → demilitarize *(vt)* 非軍事化
- mobilize *(vt)* 動員 → demobilize *(vt)* 復員
- nationalize *(vt)* 國有化 → denationalize *(vt)* 解除國有化
- odorant *(C)* 有氣味的東西 → deodorant *(U, C)* 除臭劑、*(adj)* 除臭的
- populate *(vt)* 居住於 → depopulate *(vt)* 使人口減少
- port *(C)* 港口 → deport *(vt)* 驅逐
- promote *(vt)* 晉升 → demote *(vt)* 使降職
- throne *(C)* 王位 → dethrone *(vt)* 廢黜
- toxic *(adj)* 有毒的 → detoxify *(vt)* 使解毒
- value *(U)* 價值 → devalue *(vt, vi)* 貶值

例句

a. He is good at **deciphering** codes.
他精於譯解密碼。

b. Some official documents have been **declassified**.
一些官方文件已不再當機密文件處理。

c. The caricaturist was persecuted for **defaming** Islam.
該漫畫家因詆毀伊斯蘭教遭迫害。

d. The balloon **deflated** quickly when it was punctured by a needle.
汽球被針刺破就洩氣了。

2 dis-：反轉，去除

- able *(adj)* 有才能的 → disable *(vt)* 使殘廢
- abuse *(vt)* 濫用 → disabuse *(vt)* 釋疑
- arm *(vt)* 武裝 → disarm *(vt)* 解除武裝
- arrange *(vt)* 安排 → disarrange *(vt)* 打亂
- assemble *(vt)* 裝配 → disassemble *(vt)* 折開分解
- associate *(vt)* 使發生聯繫 → disassociate *(vt)* 使分離
- band *(vt)* 結合 → disband *(vt)* 解散
- color *(vt)* 變色；*(C)* 顏色 → discolor *(vt)* 使褪色
- connect *(vt)* 連接 → disconnect *(vt)* 拆斷
- courage *(U)* 勇氣 → discourage *(vt)* 使氣餒，阻礙
- credit *(vt)* 把功勞歸於… → discredit *(vt)* 使丟臉
- locate *(vt)* 找出地理位置 → dislocate *(vt)* 使脫臼
- figure *(C)* 體形 → disfigure *(vt)* 損傷外貌
- infect *(vt)* 感染 → disinfect *(vt)* 消毒 /disinfectant *(C, U)* 消毒劑
- member *(C)* 會員 → dismember *(vt)* 肢解

例句

a. To the disgust of the onlookers, the fisherman **disemboweled** the dolphin.
讓旁觀者作嘔的是漁夫取出海豚的內臟。

b. The baseball club (was) **disbanded** for lack of money.
棒球俱樂部因缺乏資金而告解散。

c. The farmer dug out a **dismembered** body.
那農夫挖出一具被肢解的屍體。

3 un-：倒轉，消除原來的動作

- dress *(vi, vt)*（給…）穿衣 → undress *(vi, vt)* 使脫衣服
- fasten *(vt)* 拴緊 → unfasten *(vt)* 鬆開

- fold *(vt)* 折疊 → unfold *(vt)* 打開
- hook *(vt)* 鉤住 → unhook *(vt)* 脫鉤
- leash *(vt)* 以皮帶束縛 → unleash *(vt)* 釋放
- load *(vt)* 裝載 → unload *(vt)* 卸載
- lock *(vt)* 鎖 → unlock *(vt)* 開鎖
- pack *(vt)* 包裝 → unpack *(vt)* 打開包裹
- ravel *(vt)* 使糾纏 → unravel *(vt)* 拆開
- screw *(vt)* 用螺絲釘擰緊 → unscrew *(vt)* 從…旋出螺絲
- tie *(vt)* 打結 → untie *(vt)* 解開
- veil *(vt)* 戴面紗，隱藏 → unveil *(vt)* 除去…的面紗，揭開
- wrap *(vt)* 包上 → unwrap *(vt)* 解開，打開

例句

a. The government's plan to privatize the Chunghua Telecom Company **unleashed** a wave of protest.
政府計畫將中華電信公司民營化引發一陣抗議。

b. The police are still trying to **unravel** the mystery surrounding the shooting of the President.
警方仍然設法解開槍擊總統之謎。

c. The President **unveiled** a plan for a tax cut.
總統公布減稅計畫。

3.1.3 表示「反對」的字首：這類字首包括 **anti-, contra-, contro-, counter-, enantio-, ob-**，含有 against, opposite to 的意思。

1 anti-（在母音或 h 開頭的單字前為 ant-）

- abortion *(U, C)* 墮胎 → antiabortion *(U)* 反墮胎
- acid *(adj)* 酸的 → antacid *(adj)* 中和酸性的，抗酸性的； *(C)* 抗酸劑
- ballistic *(adj)* 彈道的 → antiballistic *(adj)* 反彈道的

- biotic *(adj)* 關於生命的 → antibiotic *(C)* 抗生素
- body *(C)* 體 → antibody *(C)* 抗體
- discrimination *(U)* 歧視 → anti-discrimination *(U)* 反歧視
- imperialism *(U)* 帝國主義 → anti-imperialism *(U)* 反對帝國主義
- oxidant *(C)* 氧化劑 → antioxidant *(C)* 抗氧化劑
- social *(adj)* 社會的 → antisocial *(adj)* 反社會的
- pathos *(U)* 感情 → antipathy *(U)* 反感
- terrorism *(U)* 恐怖主義 → antiterrorism *(U)* 反恐怖主義
- thesis *(C)* 論文 → antithesis *(C)* 對立面
- toxin *(C)* 毒素 → antitoxin *(C)* 抗毒素
- war *(U)* 戰爭 → antiwar *(U)* 反戰

例句

a. There is growing **antipathy** towards politicians and journalists.
人們對政客和新聞記者的反感與日遽增。

b. Many scientists have voiced concern about the abuse of **antibiotics**.
許多科學家對濫用抗生素表示擔憂。

c. Autocracy is the **antithesis** of democracy.
獨裁政治是民主政治的對立體。

2 contra-, contro-

- contraband *(U)* 違禁品
- contravene *(vt)* 違反
- contrary *(adj)* 相反的
- controversy *(U, C)* 爭議
- controvert *(vt)* 爭論
- controvertible *(adj)* 可爭論的
- diction *(U)* 措辭 → contradiction *(C, U)* 自相矛盾的說法
- position *(C)* 位置 → contraposition *(n)* 對位

例句

a. What you do is in direct **contradiction** to the beliefs you claim to hold.
你的所作所為與你自稱的信仰完全矛盾。

b. The police investigation **controverts** his account of the attempted murder of the president.
警方的調查與他企圖謀殺總統的說法相抵觸。

3 counter-

- act *(vi)* 起作用 → counteract *(vt)* 對抗，抵銷
- balance *(C, vt)* 平衡 → counterbalance *(C)* 制衡；*(vt)* 制衡
- clockwise *(adj, adv)* 順時針的 → counterclockwise *(adj, adv)* 逆時針的
- example *(C)* 實例 → counterexample *(C)* 反例
- intelligence *(U)* 情報 → counterintelligence *(U)* 反間諜活動
- intuitive *(adj)* 直覺的 → counterintuitive *(adj)* 違反直覺的
- measures *(pl)* 措施 → countermeasures *(pl)* 對策
- offer *(C)* 出價；提議 → counteroffer *(C)* 反報價；反提議
- part *(C)* 部分 → counterpart *(C)* 對應人物
- plot *(C)* 密謀 → counterplot *(C)* 對抗另一計謀的計謀
- productive *(adj)* 多產的 → counterproductive *(adj)* 反效果的

例句

a. Drinking hot tea may be able to **counteract** the effects of the cold.
喝熱茶可以禦寒。

b. To remove the lid, turn it **counterclockwise**.
要開蓋子的話，把它往逆時針方向旋轉。

c. Our defense minister is discussing the arms sale with his American **counterpart**.
我們國防部長正與美方代表討論武器買賣事宜。

4 enantio-

- enantiomer *(n)* 對映（結構）體
- enantiomorph *(n)* 對映結構體
- enantiomorphous *(adj)* 鏡像性的，對映形態的

注釋 字首 **pro-** 含有 supporting, in favor of「贊成」的意思，如下例：

- proabortion *(adj)* 贊成人工流產合法化的
- pro-choice *(adj)* 贊成墮胎合法化的
- pro-life *(adj)* 贊成保護胎兒的
- pro-lifer *(C)* 贊成保護胎兒的人

5 ob-（因同化作用而變形為 oc-, of-, op-）

- object *(vi)* 反對
- obloquy（ob + loquy 說話）*(U)* 漫罵，毀謗
- obstruct（ob + struct 建築）*(vt)* 阻礙
- obstacle（ob + stacle 站立）*(C, U)* 障礙
- obtrude（ob + trude 向前推）*(vt)* 強行，打擾
- offend *(vt)* 冒犯
- opponent *(C)* 對手，反對者
- oppose *(vt)* 反對
- opposition *(U)* 反對
- oppress *(vt)* 壓迫
- opprobrium（op + probrium 羞恥的行為）*(U)* 侮辱，譴責

例句

a. The boxer defeated his **opponent** easily.
這位拳擊手輕而易舉地擊敗了對手。

b. The Jews were **oppressed** by the Nazis during World War II.
第二次世界大戰期間猶太人遭到了納粹分子的迫害。

3.2

「時間，空間，方位」含義的字首

在這一節裡，我們要學習「前後、上下、內外、中間、周圍、附近」這類表示時間、空間和方位概念的字首。

3.2.1 表示「之前」的字首：這類字首包括 **ante-, ex-, fore-, pre-, pro-**，含有 happening before, located in front of 的意思。

1 ante-

- antecede *(vi)* 先前 (=precede)
- antecedent *(C)* 前例，前事
- antedate *(vi)*（在日期上）先於 (=predate)
- antediluvian *(adj)* 非常老舊的 (=outdated)
- antenatal（ante 先前 + natal 出生的）*(adj)* 出生前的 (=prenatal)
- anterior *(adj)* 前面的
- anteroom *(C)* 前室 (=antechamber)

例句

a. Isolated skirmishes are often the **antecedents** of a war.
個別的衝突時常是戰爭的導火線。

b. Pregnant women are required to attend **antenatal** classes.
孕婦被要求上產前課程。

注釋｜anti- 的意思是「反，對抗」，而 ante- 的意思是「前」。

2 ex-

- ex-wife *(C)* 前妻
- ex-president *(C)* 前總統

例句

His father is an **ex-policeman**.
他父親先前是警察。

3 fore-

- forearm *(C)* 前臂
- forebear *(C)* 祖先
- foreboding *(C, U)* 預兆
- forecast *(vt)* 預測
- foreclose *(vi)* 取消抵押品贖回權
- foredoomed *(adj)* 命中注定…的
- forefather *(C)* 祖先
- forefinger *(C)* 食指
- forefoot *(C)* 前腳
- foregone *(adj)* 先前的，過去的
- forehead *(C)* 額頭
- foreleg *(C)* 前腿
- forelimb *(C)* 前肢
- foreman *(C)* 領班，工頭
- foremost *(adj)* 最重要的
- forerunner *(C)* 先驅，預兆
- foresee *(vt)* 預知
- foreshadow *(vt)* 預示
- foreshock *(C)*（地震的）前震
- foresight *(U)* 先見
- forestall *(vt)* 先發制人
- foretaste *(S)* 預嚐

- foretell *(vt)* 預測
- forewarn *(vt)* 預先警告
- foreword *(C)* 前言

例句

a. Drastic measures should be taken to **forestall** campus crime.
應採取激烈措施預防校園犯罪。

b. The **forerunner** of the modern computer was big and difficult to operate.
現代電腦的前身又大又難操作。

4 pre-

- prearrange *(vt)* 預先安排
- precaution *(C)* 預防措施
- precede *(vt)* 早於，先於
- precedence *(U)* 優先
- precedent *(C)* 先例
- preclude *(vt)* 阻止
- precocious *(adj)* 早熟的
- precondition *(C)* 前提
- precursor *(C)* 先驅
- predecessor *(C)* 前輩，前任
- predate *(vt)* 比某事早存在或發生
- predestination *(U)* 命中注定
- predestine *(vt)* 注定
- predetermine *(vt)* 事先確定
- predict *(vt)* 預言，預報
- predominant *(adj)* 支配的
- preeminence *(U)* 卓越

- preemptive *(adj)* 先發制人的
- prefabricate *(vt)* 預製
- preface *(C)* 前言
- prefix *(C)* 字首
- prehistoric *(adj)* 史前的
- premarital *(adj)* 婚前的
- premature *(adj)* 未成熟的，太早的
- premenstrual *(adj)* 經期前的
- premise *(C)* 前提
- premonition *(C)* 預感
- prenatal *(adj)* 出生以前的
- preordain *(vt)* 預先注定
- prerequisite *(C)* 先決條件
- presage *(vt)* 預示
- preschool *(adj)* 學齡前的
- preteen *(adj)* 十三歲以下的
- pretext *(C)* 藉口
- preview *(C)* 預覽
- prewar *(adj)* 戰前的

例句

a. The president-elect inherited his financial woes from his **predecessor**.
新當選的總統接過了前任遺留下的經濟難題。

b. American troops launched a **preemptive** attack/strike on terrorists.
美軍對恐怖份子發動先發制人的攻擊。

5 pro-

- proceed *(vi)* 進行，繼續下去
- proclaim *(vt)* 宣布

- prognosis *(C)* 預後
- progress *(vi)* 進步
- project *(vi, vt)* 向前投出，射出
- prologue *(C)* 序言
- prolong *(vt)* 向前拉長，延長
- prominent *(adj)* 向前伸出的；傑出的
- promote *(vt)* 促進；晉升
- propel *(vt)* 推進
- prospect *(C)* 前景
- protrude *(vi)* 突出

例句

a. His doctor said his **prognosis** was good/poor.
醫生說他的預後很好／不佳。

b. The capture of two Israeli soldiers by Hezbollah was the prologue to the war.
眞主黨俘虜兩名以色列士兵是那場戰爭的序曲。

3.2.2 表示「後，向後，回」的字首：這類字首包括 **post-, re-, retro-**，含有 after, backward, return 的意思。

1 post-

- postwar *(adj)* 戰後
- postgraduate *(C)* 研究生
- postscript *(C)* 附言
- postdoctoral *(adj)* 博士後的
- postdate *(vt)* 發生在…之後
- postnatal *(adj)* 出生後的
- posterior *(adj)* 後面的

- postmortem *(C)* 驗屍
- posthumous *(adj)* 死後的
- postnuptial *(adj)* 婚後的

例句

a. The soldier was **posthumously** awarded a medal.
該士兵死後獲授動章。

b. The **posterior** part of his brain was injured.
他後腦受傷。

2 re-

- rebound *(vi)* 向後跳
- recall *(vt)* 招回；回憶
- recede *(vi)* 退後
- reclaim *(vt)* 收回
- recrimination *(C, U)* 互相指責
- recuperate *(vi)* 復原
- reflect *(vi)* 反射
- reflex *(C)* 反射作用
- refract *(vt)* 使折射
- regress *(vi)* 倒退，退步
- reinstate *(vt)* 使恢復原職
- rejuvenate *(vt)* 使恢復精神
- retract *(vt)* 後縮，縮回
- return *(vt)* 回來，返回

例句

a. The flood waters began to **recede**.
洪水開始消退。

b. He is **recuperating** from his abdominal operation.
腹部手術之後他逐漸復原。

3 retro-

- retroactive *(adj)* 追溯的
- retrocede *(vi)* 後退
- retroflex *(adj)* 反折的
- retrograde *(adj)* 倒退的
- retrogress *(vi)* 退步
- retrospect *(U)* 回顧

例句

a. In **retrospect**, it was wrong to abolish the joint entrance examination.
回顧過去，當初取消入學聯考的決定是錯誤的。

b. It would be a **retrograde** step to censor newspapers and magazines.
審查報章雜誌是一種退步。

3.2.3 表示「在…之上，超過，過度」的字首

3.2.3 **表示「在…之上，超過，過度」的字首**：這類字首包括 **a-**, **ana-**, **epi-**, **hyper-**, **over-**, **super-**, **sur-**，含有 above, excessive, too much 的意思。

1 a-

- aboard *(adv)* 上船（飛機、車）
- ascend *(vi)* 攀登，上升
- ashore *(adv)* 在岸上，向岸邊

例句

The air becomes thinner as we **ascend**.
我們往上行時空氣變稀薄了。

2 ana-： upward, backward「向上，向後」

- anabiosis *(n)* 復活，復甦
- anabolism *(U)* 合成代謝
- anachronism（ana + chron 時間 + ism 制度）*(C)* 時代錯亂
- anachronic *(adj)* 時代錯誤的
- anamnesis *(n)*（尤指對前世生活的）記憶；既往症狀，既往病歷
- anamorphosis *(U)* 歪像，失真的圖象
- ananym *(C)* 字母順序倒拼的假名字
- anatomize *(vt)* 解剖；仔細分析

Nowadays the monarchy is something of an **anachronism**.
現在君主政體是過時的產物。

3 epi-

- epicenter *(C)* 震央
- epicardial *(adj)* 心外膜的
- epidermal *(adj)*（epi + dermal 皮膚的）表皮的
- epigram *(C)*（epi + gram 寫）警句，格言
- epitaph *(C)*（epi + taph 墳墓）墓誌銘
- epithet *(C)* 綽號
- epitome *(C)* 典型
- epitomize *(vt)* 象徵

例句

a. There is an **epitaph** inscribed on Hu-Shih's tombstone.
胡適的墓碑上有一篇墓誌銘。

b. His burly and towering figure has earned him the **epithet** "Dinosaur."
他魁偉高大的身材贏得「恐龍」的稱號。

4 hyper-

- hyperactive *(adj)* 過動的
- hyperbole *(U, C)* 誇張法，誇張
- hypercalcemia（hyper + calc 鈣 + emia 血）*(U)* 血鈣過多
- hypercritical *(adj)* 吹毛求疵的
- hyperglycemia（hyper + glyc 糖 + emia 血）*(U)* 高血糖症（俗稱糖尿病）
- hyperinflation *(U)* 惡性通貨膨脹
- hyperkinetic *(adj)* 運動機能亢奮的，運動過度的
- hypersensitive *(adj)* 過敏的
- hypertension *(U)* 過度緊張；高血壓
- hyperventilate *(vi)* 換氣過度

例句

a. It is not **hyperbole** to call the 2004 tsunami a catastrophe.
說二○○四年的海嘯是一大災難並不誇張。

b. A **hyperactive** child will cause a lot of trouble for a family.
過動兒會給家人帶來很多麻煩。

5 over-

- overbearing *(adj)* 傲慢的，專橫的
- overcast *(adj)* 多雲的
- overcoat *(C)* 外套
- overcome *(vt)* 克服
- overcorrect *(adj)* 矯枉過正的
- overdose *(C)* 藥物過量
- overflow *(vt)* 泛濫，溢出
- overlap *(vi, vt)* 重疊
- overlook *(vt)* 俯視；忽視

- override *(vt)* 否決
- overrule *(vt)* 否決，駁回
- overrun *(vt)* 蹂躪
- oversee *(vt)* 俯瞰；監視
- oversleep *(vi)* 睡過頭
- overtake *(vt)* 趕上
- overthrow *(vt)* 推翻
- overturn *(vi, vt)* 推翻，顛倒
- overweight *(adj)* 超重
- overwhelm *(vt)* 壓倒
- overwork *(vi)* 過度勞累

例句

a. Congress has mustered enough votes to **overrule** the President's veto.
國會已經集聚足夠的票數駁回總統的反對。

b. Jack was appointed to **oversee** the construction of the incinerator.
傑克被指派去監督焚化爐的建造。

6 super-

- superb *(adj)* 極好的
- supercilious *(adj)* 高傲的
- superficial *(adj)* 膚淺的
- superintend *(vt)* 監督
- superman *(C)* 超人
- supermarket *(C)* 超市
- supernatural *(adj)* 超自然的
- superpower *(C)* 超級大國
- superscript *(adj)* 標在上方的

- supersede *(vt)* 取代
- supersonic *(adj)* 超音速的
- superstar *(C)* 超級明星
- superstructure *(S, U)* 上層建築
- supervise *(vt)* 監督

例句

a. My duty is to **supervise** construction workers/the distribution of relief supplies.
我的職責是督導建築工人／分發救災物資。

b. The typewriter has been **superseded** by the computer.
打字機已被電腦取代。

7 supra-

- supranational *(adj)* 超國家的，超民族的
- supraorbital *(adj)* 眼窩上的
- suprarenal *(adj)* 腎上腺的

8 sur-

- surface *(C)* 表面
- surfeit *(S)* 過度
- surmount *(vt)* 戰勝
- surname *(C)* 姓
- surpass *(vt)* 超過
- surplus *(C, adj)* 剩餘；過剩；順差
- surreal *(adj)* 超現實的，荒誕的
- surveillance *(U)* 監視
- survive *(vt)* 比…活得長，倖存

例句

a. In the financial year ending in March 2002, the public sector ran a huge **surplus** of $16 billion.
當二〇〇二年三月分財政年度結束時，公營部門有一百六十億元的盈餘。

b. Police are keeping the gang/casino under constant **surveillance**.
警方一直在監視著這夥歹徒／這家賭場。

3.2.4 **表示「在…之下，下面， 向下，低」的字首**：這類字首有 **cat-**, **cata-**, **cath-**, **de-**, **hypo-**, **infra-**, **sub-**, **subter-**, **under-**，含 under, below, down, low 的意思。

1 cat-, cata-, cath-： down, reverse「向下，倒轉」

- catabasis *(n)* 軍事撤退
- catabolic *(adj)* 分解代謝的
- catabolism *(U)* 分解代謝
- cataclysm *(C)* 災難
- catacomb *(C)* 地下墓穴
- catadromous *(adj)* 為產卵順流而下的
- catalog *(C)* 目錄
- cataplasia *(U)* 細胞或組織萎縮
- catastrophe *(C)* 大災難

2 de-

- debark *(vt)* 使下船
- decline *(vi)* 下降
- degenerate *(vi)* 墮落，退化
- deplane *(vi, vt)* 下飛機
- depress *(vt)* 壓制，壓抑
- descend *(vi)* 下來，下降

例句

a. The argument **degenerated** into a fight.
那場爭論變質為打鬥。

b. The singer **descended** slowly from the stage.
歌手慢慢從臺上下來。

3 hypo-

- hypoblast *(C)* 內胚層，下胚層
- hypocenter *(C)*（地震的）震源
- hypocrisy *(U)* 虛偽
- hypodermic *(adj)* 皮下的
- hypogene *(adj)* 地面下形成的
- hypoglycemia（hypo + glyc 糖 + emia 血）*(U)* 低血糖症
- hypotension *(U)* 低血壓
- hypothermia *(U)* 體溫過低
- hypothesis *(C)*（hypo + thesis 論點）假說

例句

a. We discerned his **hypocrisy** and distanced ourselves from him.
我們覺察到他的虛偽，就與他疏遠了。

b. The manufacturer put forward different **hypotheses** to explain why GM foods are better.
廠商提出種種假設來解釋為何基因改良食品更佳。

4 infra-

- infracostal *(adj)* 位於肋骨下面的
- infrared *(adj)*（低於紅線→）紅外線
- infrasound *(adj)*（低於音速→）亞音速
- infrastructure *(U)* 基礎結構，基礎設施

例句

Improving the country's **infrastructure** will boost its economy.
改善國家的基本設施將會促進經濟。

5 sub-（因同化作用而變形為 suc-, suf-, sup-, sus-）

- subcommittee *(C)* 委員會的附屬委員會
- subconscious *(adj)* 潛意識的
- subcontract *(vt)* 轉包合約
- subculture *(C)* 次文化
- subdivide *(vt)* 細分
- subdue *(vt)* 征服，制服
- subhuman *(adj)* 低於人類的
- subjugate *(vt)* 征服
- submarine *(C)* 潛艇
- submerge *(vt)* 淹沒
- submersion *(U)* 淹沒
- submit *(vi)* 順從
- subnormal *(adj)* 低於正常的
- subordinate *(C, adj)* 下屬；次要的
- subscribe *(vi)* 簽寫在…下面，訂閱
- subservient *(adj)* 次要的
- subside *(vi)* 平息，減退
- subsidiary *(C)* 子公司
- substandard *(adj)* 低於標準的
- subterranean *(adj)* 地下的
- subtropical *(adj)* 亞熱帶的

- subvert *(vt)* 顛覆
- subway *(C)* 地下鐵道
- succumb *(vi)* 屈服，屈從
- suffocate *(vt)* 使窒息
- suffuse *(vt)* 充滿
- suppress *(vt)* 鎮壓，抑制
- suspect *(vt)* 懷疑
- suspend *(vt)* 懸掛
- sustain *(vt)* 支撐

例句

a. The sewers were completely blocked, so the entire city was **submerged** by the ensuing flood.
下水道完全堵塞了，因此整座城市都沒入隨後而來的洪水之中。

b. Mr. Green is general manager of a **subsidiary** of a US parent company.
格林先生是一家美國子公司的總經理。

6 subter-

- subterfuge（subter 祕密地，在…下面 + fuge 逃跑）*(C, U)* 狡猾的手段；藉口
- subterranean *(adj)* 地下的
- subterrestrial *(adj)* 地下的

例句

a. Some Chinese women have been lured to Taiwan by **subterfuge**.
一些中國婦女被騙到台灣。

b. They discovered a **subterranean** passage.
他們發現了一條地下通道。

7 under-

- underbelly *(S)* 下腹部
- undercurrent *(C)* 暗流
- underdog *(C)* 失敗者
- underestimate *(vt)* 低估
- underfoot *(adv)* 在腳下面
- undergraduate *(C)* 尚未畢業的大學生
- underground *(adv)* 地下的
- underlie *(vt)* 位於…之下；成為…的基礎
- underline *(vt)* 在…下面劃線
- underlying *(adj)* 在下面的；根本的
- undermine *(vt)* 削弱…的基礎
- underpass *(C)* 地下道
- underrate *(vt)* 低估
- underscore *(vt)* 劃線於…下；強調
- undersized *(adj)* 較一般小的
- understaffed *(adj)* 人員不足的
- undervalue *(vt)* 低估
- underwear *(U)* 內衣褲
- underworld *(S)* 黑社會
- underwrite *(vt)* 簽在…下；給…保險；簽名；承諾支付

例句

a. One of the **underlying** causes of crime is poverty.
犯罪的一個根本原因是貧窮。

b. The company **underwrote** the research project with a grant of $1 million.
這家公司資助這個研究計畫一百萬美元。

3.2.5 表示「內，向內，入」的字首：這類字首包括 **em-**, **en-**, **endo-**, **ento-**, **im-**, **in-**, **intra-**, **intro-**，含有 in, inside 的意思。

1 em-

- embalm *(vt)* 塗以香料
- embed *(vt)* 嵌入；安置
- empathy *(U)* 感情移入，同感
- embark *(vi)* 上船，上飛機
- embody *(vt)* 使具體化

例句

a. Ancient Egyptian rulers' bodies were **embalmed** and kept in gigantic pyramids after they died.
古埃及統治者死後屍體被塗上香油，然後保存在巨大的金字塔裡。

b. Feelings of guilt are deeply **embedded** in his conscience.
他的良心有揮之不去的罪惡感。

2 en-

- encage *(vt)* 關入籠子
- encamp *(vt)* 紮營
- encapsulate *(vt)* 裝入膠囊；壓縮
- encase *(vt)* 裝入
- encircle *(vt)* 環繞
- enclave *(C)* 被包圍的領土
- enclose *(vt)* 圈起來，圍住
- encode *(vt)* 把（電文、情報等）譯成密碼
- encompass *(vt)* 包圍，環繞
- encrust *(vt)* 在…上包（塗）硬的外層，使在表面形成硬殼

- encrypt *(vt)* 加密，將…譯成密碼
- engulf *(vt)* 吞沒
- enlist *(vt)* 徵募
- enroll *(vt)* 記入名單，註冊
- ensconce *(vt)* 隱藏，安置
- enshrine *(vt)* 入廟祀奉；銘記
- enthrone *(vt)* 立…為王
- entomb *(vt)* 埋葬
- entrap *(vt)* 誘陷

例句

a. There are eighty-five students **enrolled** in the linguistics class.
語言學班有八十五名學生報名。

b. The right of free speech is **enshrined** in the constitution.
言論自由銘記在憲法中。

3 endo-（在母音前為 end-）

- endangeitis *(n)* 血管內膜炎
- endarteritis *(n)* 動脈內膜炎
- endemic *(C)* 地方病； *(adj)* 風土的
- endobiotic *(adj)* 生物內生的，體內（寄）生的，組織內寄生的
- endocardiac *(adj)* 心內的，心內膜的 (=endocardial)
- endocrine *(adj)* 內分泌
- endodermis *(n)* 內皮
- endogamy *(n)* 同族結婚，同系交配
- endogenetic *(adj)* 內生的，內成的
- endogeny *(n)* 內生，內源
- endometritis 子宮內膜炎

- endometrium 子宮內膜
- endotoxin *(n)* 內毒素

4 ento-

- entoblast *(n)* 內胚層
- entocranial *(adj)* 顱內的
- entogastric *(adj)* 胃內的
- entozoic *(adj)* 內寄生的

5 im-

- imbibe *(vt)* 吸收
- imbue *(vt)* 浸透；灌輸
- immerse *(vt)* 沉浸
- immigrate *(vi)* 移入
- imperil *(vt)* 處於危險中
- implant *(vt, C)* 灌輸，移植
- implicate *(vt)* 使牽連其中
- implicit *(adj)* 含蓄的
- import *(C, vt)* 進口，輸入
- impress *(vt)* 給予某人深刻印象
- imprint *(vt)* 留下烙印
- imprison *(vt)* 監禁

例句

a. The surgeon **implanted** an artificial knee-joint in him.
外科醫生在他體內植入了一付人造膝關節。

b. I enjoy **immersing** myself in a hot spring bath.
我喜歡把身子泡在溫泉裡。

6 in-

- incise *(vt)* 切割
- incisive *(adj)* 切入的，一針見血的
- incorporate *(vt)* 合併，併入
- indoor *(adj)* 室內的
- influx *(C)* 流入
- infringe *(vi)* 侵犯
- infuse *(vt)* 灌輸，注入
- ingest *(vt)* 攝取
- inhale *(vt)* 吸入
- inject *(vt)* 投入；注射
- inland *(adj, adv)* 內陸
- inscribe *(vt)* 刻下
- insert *(vt)* 插入
- instill *(vt)* 灌輸
- integrate *(vt)* 使成整體
- interior *(adj, S)* 內部
- internal *(adj)* 內在的，國內的
- invade *(vt)* 侵略

例句

a. The sudden **influx** of cash/food supplies/tourists caused some problems.
大量湧入現金 / 食物補給 / 觀光客造成一些問題。

b. His arrival **infused** new life into the company.
他的加入給公司注入新生命。

7 intra-

- intra-arterial *(adj)* 動脈內的

- intracardiac *(adj)* 心臟內的
- intragenic *(adj)* 基因內的
- intragovernmental *(adj)* 政府機構之間的，政府各部門之間的
- intragroup *(adj)* 社會團體內部的
- intramural *(adj)* 圍牆內的，校園內的
- intramuscular *(adj)* 肌肉內的
- intranasal *(adj)* 鼻內的
- intranatal *(adj)* 產期內的，生產時的
- intrastate *(adj)* 州內的
- intravenous *(adj)* 靜脈內的

The nurse gave the patient an **intravenous** injection.
護士給病人靜脈注射。

8 intro-

- introduce *(vt)* 引入， 介紹
- introgression *(U)* 基因滲入
- introject *(vt)* 使他人態度或外界事物形成內心形象
- intromit *(vt)* 插入
- introspect *(vi)* 內省，反省
- introvert *(C)*（思想感情等）內向的人

例句

a. An **introvert** has trouble making friends.
格性內向的人交朋友有困難。

b. His defeat in the mayoral election led to a long period of **introspection**.
市長競選失敗帶給他一段長期的反省。

3.2.6 表示「外，以外，出」的字首：這類字首包括 **e-**, **ecto-**, **ex-**, **exo-**, **extra-**, **meta-**, **out-**, **para-**, **ultra-**，含有 out, beyond, away 的意思。

1 e-

- ejaculate *(vi, vt)* 射精
- eject *(vt, vi)* 投出，彈出
- elapse *(vi)* 時間消逝
- elevate *(vt)* 舉起，提拔，振奮，提升…的職位
- elicit *(vt)* 引出
- elide *(vt)* 省略
- eliminate *(vt)* 淘汰，消除
- elongate *(vt)* 延長
- emanate *(vi, vt)* 散發
- emancipate *(vt)* 解放
- emerge *(vi)* 浮出，浮現
- emigrate *(vi)* 遷移出（到國外定居）
- evacuate *(vt)* 疏散
- evade *(vt)* 逃避，躲開
- evaporate *(vi)* 蒸發
- evict *(vt)* 驅逐
- evince *(vt)* 表明
- evoke *(vt)* 喚起

例句

a. The pictures **evoked** her memories/sympathy/hostile response.
這張照片喚起她的回憶／同情／敵意。

b. It is against my nature to **evade** my responsibilities.
逃避責任違背我的本性。

2 ecto-

- ectoparasite *(C)* 皮外寄生物，外寄生蟲
- ectomorph *(C)* 外胚層體型者

3 ex-, exo-

- exalt *(vt)* 晉升
- excavate *(vt)* 挖出
- exceed *(vt)* 超越
- excerpt *(C)* 摘錄
- excise *(vt)* 切除
- exclaim *(vi)* 呼喊
- exclude *(vt)* 關在外面，排斥
- excrete *(vt)* 排泄
- exculpate *(vt)* 使脫罪
- excursion *(C)* 遠足
- exert *(vt)* 施加壓力等
- exhale *(vt, vi)* 呼氣
- exhaust *(vt)* 耗盡； *(U)* 排氣
- exhibit *(vt)* 展出
- exhume *(vt)* 掘出
- exile *(U, vt)* 放逐
- exit *(C)* 出口； *(vi)* 退出
- exoatmosphere *(U)* 外大氣層
- exoatmospheric *(adj)* 外大氣層的
- exobiology *(U)*（研究地球外有無生物存在的）外空生物學
- exocardia *(n)* 異位心
- exodermis *(U)*（根的）外皮層

- exodus *(S)* 大批離去
- exogamy *(U)* 異族結婚
- exonerate *(vt)* 免除罪行
- exotic *(adj)* 異國情調的，外來的
- exotoxic *(adj)* 外毒素的
- exotoxin *(C)* 外毒素
- expand *(vt)* 擴張
- expatriate *(vt)* 驅逐出國
- expel *(vt)* 趕出，逐出
- explicit *(adj)* 直率的
- explore *(vt)* 探險
- export *(C, vt)* 輸出
- expose *(vt)* 暴露
- expound *(vt)* 詳細說明
- expunge *(vt)* 擦去
- expurgate *(vt)* 刪除
- extend *(vt)* 擴充，延伸
- exterior *(adj, S)* 外部
- external *(adj)* 外部的
- extract *(vt)* 拔出；*(C)* 摘錄
- extricate *(vt)* 使解脫，救出
- exude *(vt)* 流出

例句

a. They **excavated** a mummy.
他們挖出一具木乃伊。

b. After living in **exile** for years, Khomeini returned to rule Iran again.
經過多年的流亡生活，柯梅尼又回來統治伊朗。

4 extra-

- extracellular *(adj)* 細胞外的
- extracorporeal *(adj)* 身體外的
- extracurricular *(adj)* 課外的
- extradite *(vt)* 引渡
- extramarital *(adj)* 婚外的
- extramural *(adj)* 校外的
- extraordinary *(adj)* 不平凡的， 格外的
- extrasensory *(adj)* 超感官的
- extraterrestrial *(adj)* 地球外的，來自天外的
- extraterritorial *(adj)* 治外法權的
- extravagant *(adj)* 奢侈的
- extrovert *(C)* 外向者；*(adj)* 外向的

例句

a. The former dictator was **extradited** to Argentina to face trial.
前獨裁者被引渡到阿根廷面對審判。

b. Many people believe that **extraterrestrial** life does exist.
許多人相信外星生命確實存在。

5 meta-（在母音前為 met-）

- metaphysical *(adj)* 形而上學的
- metaphysics *(U)* 形而上學
- metapolitics *(U)* 理論政治學，＜貶＞空頭政治學
- metapsychology *(U)* 超心理學
- metempirical *(adj)* 超經驗論的

6 out-

- ourtcast *(C)* 被驅逐者
- outburst *(C)*（火山、感情等）爆發
- outcome *(C)* 結果
- outcry *(S, U)* 大聲疾呼
- outgoing *(P)* 開支；*(adj)* 外向的；即將離職的
- outgrow *(vt)* 長大而穿不下（原來的衣服）
- outlast *(vt)* 比…耐久
- outlaw *(C)* 犯法後躲藏起來的人；*(vt)* 宣布…為不合法
- outlet *(C)* 出口，發洩的途徑；出售某產品的商店，銷路
- outline *(C)* 輪廓，外形
- outlook *(C)* 前景
- output *(U, C)* 產量
- outskirts *(pl)* 市郊
- outspoken *(adj)* 坦率直言的
- outspread *(adj)* 擴張的，延伸的

例句

a. The shoe factory hopes to increase its **output** by 20% next year.
鞋廠希望明年能增加百分之二十的產量。

b. The government plan to raise the premiums for national health care caused/provoked an angry **outcry** from ordinary people.
政府計畫提高健保費激起一般百姓憤怒的抗議。

7 para-（在母音前為 par-）

- paradoxical *(adj)* 自相矛盾的
- paradox（para + doxa 觀點）*(C)* 似非而是的論點，自相矛盾的話
- paranoia *(U)* 妄想狂，偏執狂

- paranoiac *(adj)* 偏執狂的；*(C)* 偏執狂患者
- paranormal *(adj)* 超過正常的，超過正常範圍的

It is a **paradox** that the prohibition of liquor causes an increase in alcoholism.
眞是矛盾的事，禁酒反而使酗酒的人增多了。

8 ultra-

- ultra-cautious *(adj)* 極小心的
- ultracentrifugal *(adj)* 超離心的
- ultraconservative *(C)* 極端保守主義者；*(adj)* 超保守主義的
- ultrahigh *(adj)* 超高的
- ultra-light *(adj)* 超輕型的
- ultra-modern *(adj)* 超現代化的
- ultrasonic *(adj)* 超音波的
- ultrasound *(U)* 超聲波
- ultraviolet *(adj)* 紫外線的

例句

We should avoid exposure to **ultraviolet** radiation/rays.
我們應避免紫外線的輻射。

3.2.7 表示「在…之間」的字首：這類字首有 **inter-**，含有 between 的意思。

inter-

- interactive *(adj)* 交互式的
- intercede *(vi)* 說項

- intercept *(vt)* 中途截取
- interchange *(vi, vt, U, C)* 交換
- intercity *(adj)* 城市之間的
- intercontinental *(adj)* 洲際的
- intercourse *(U)* 交往，交流
- interdependent *(adj)* 相互依賴的
- interfere *(vi)* 干涉
- interject *(vt, vi)* 突然插入（言語），打斷（別人的話）
- interlink *(vi, vt)* 連結
- interlock *(vi, vt)* 使連接，使互鎖
- interlude *(C)* 兩段時期的中間時間
- intermarry *(vi)* 通婚
- intermediate（inter 之間 + medi 中間 + ate 形容詞字尾）*(adj)* 中間的，居中的
- intermediary（inter 之間 + medi 中間 + ary 人）*(C)* 仲裁者
- intermingle *(vi, vt)* 混合
- intermission *(C)* 時間間隔
- intermittent *(adj)* 斷斷續續的
- international *(adj)* 國際的
- internecine *(adj)* 互相殘殺的
- internet *(U)* 互聯網，網際網路
- interpersonal *(adj)* 人與人之間的
- interplay *(U)* 相互作用
- interpose *(vt)* 放入兩者之間
- interpret *(vt)* 解釋；口譯
- interracial *(adj)* 種族間的
- interrogate *(vt)* 審問
- interrupt *(vt)* 打斷（正在說話或動作的人）

- intersection *(C)* 十字路口
- interval *(C)* 時間間隔
- intervene *(vi)* 干涉
- interweave *(vt)* 交織

例句

a. An illegal shipment of drugs was **intercepted** at the harbor.
一批非法裝運的毒品在港口被截獲。

b. There was a quiet **interlude** between storms.
兩個暴風雨之間有一段寧靜的間隔時間。

3.2.8 表示「中間」的字首：這類字首有 **medi-, meso-, mid-**，含有 middle 的意思。

1 medi-

- mediate（medi + ate 動詞字尾）*(vt)* 調停
- mediator *(C)* 調停者，仲裁者
- medieval *(adj)* 中世紀的
- mediocre *(adj)* 平庸的
- medium *(adj)* 中間的，中等的，半生熟的
- medial *(adj)* 中間的，平均的

例句

a. Sherry is interested in **medieval** history.
雪莉對中古時代的歷史感興趣。

b. A **mediocre** teacher cannot make a first-rate student.
平庸的老師無法造就一流學生。

2 meso-（在母音前為 mes-）

- mesarch *(n)* 中始式的
- mesencephalon *(n)* 中腦
- mesoderm *(n)* 中胚層
- mesocarp *(n)* 中果皮
- mesoblast *(n)* 中胚層
- mesoglea *(n)* 中膠層

3 mid-

- midair *(U, adj)* 半空中
- midday *(U)* 正午
- midfield *(U)*（足球場等的）中場
- midnight *(U)* 午夜，半夜十二點鐘
- midpoint *(S)* 中點，正中央
- midsection *(S)* 中央部分；上腹部
- midstream *(U)* 中流
- midsummer *(U)* 仲夏
- midterm *(C)* 期中考試
- midway *(adj, adv)* 中途
- midweek *(adj, adv)* 一周中間的
- midwife *(C)* 助產士

It was inadvisable to change horses in **midstream**.
河流中央才要換馬不太好（中途換將不足取）。

3.2.9 表示「在周圍，圍繞」的字首：這類字首有 **circ-, circum-, peri-**，含有 round, around 的意思。

1 circ-, circum-

- circle *(C)* 圓形物
- circuit *(C)* 電路，巡迴
- circuitous *(adj)* 迂迴線路的
- circular *(adj)* 圓形的，循環的
- circulate *(vi, vt)*（使）循環，（使）傳播
- circumambience *(U)* 環繞，四周
- circumambient *(adj)* 周圍的
- circumambulate *(vt)* 繞行
- circumcise *(vt)* 環切包皮
- circumference *(C, U)* 圓周
- circumfluent *(adj)* 環流的
- circumfuse *(vt)* 從四面澆灌
- circumlocution *(C, U)* 婉轉曲折的陳述
- circumnavigate *(vt)* 環航
- circumrotate *(vi)* 旋轉，循環
- circumscribe *(vt)* 將…限制在一定範圍內，約束
- circumsolar *(adj)* 圍繞太陽的
- circumspect *(adj)* 環視的，小心的
- circumstance *(C)* 環境，情形，情況
- circumstantial *(adj)* 依照情況的
- circumvent *(vt)* 繞開，規避
- cirque *(C)* 圓形山谷

例句

a. During the reign of terror, people were **circumspect** in voicing their complaints.
白色恐怖時代人們發牢騷都很小心翼翼。

b. They cook the books to **circumvent** the tax laws.
他們做假帳以規避稅法。

c. The news of the earthquake quickly **circulated** around the world.

2 peri-

- perihelion *(C)* 近日點
- perimeter *(C)* 周長，周界
- perinatal *(adj)* 臨產期的
- periodical *(C)* 定期刊物
- periodic *(adj)* 周期的，定期的
- peripheral *(adj)* 外圍的
- periphrasis *(C, U)* 拐彎抹角的說
- periscope *(C)* 潛望鏡

例句

a. The **perimeter** of the airfield was cordoned off and patrolled by military police.
機場周圍被警戒線圍住而且憲兵也在巡邏。

b. It is unfair to build an incinerator in the city's **peripheral** suburbs.
焚化爐蓋在都市外圍的郊區是不公平的。

3.2.10 表示「旁邊，附近」的字首：這類字首有 **para-**，含有 beside, near, alongside 的意思。

para-

- paradigm *(C)* 範例
- paragraph *(C)*（文章）段，節，段落
- parasite *(C)* 寄生蟲
- paraplegia *(U)* 截癱，下身麻痹

例句

Meat has to be cooked before it is eaten, for there are a lot of **parasites** on it.
肉須煮過才能吃，因爲上面有很多寄生蟲。

3.2.11 表示「橫越（到對面），穿過」的字首：這類字首有 **cross-**, **dia-**, **per-**, **trans-**。

1 cross-

- cross-border *(adj)* 越過邊界的
- cross-bred *(adj)* 雜種的
- crosscheck *(vt)* 再確認，反覆核對
- cross-country *(adj, adv)* 越野的
- cross-cultural *(adj)* 超越一種文化的
- crosscut *(adj)* 橫切的
- cross-eyed *(adj)* 斜視的
- crossfire *(U)* 交叉火力
- crossroads *(C)* 十字路
- cross-strait *(adj)* 越過海峽的
- crossword *(C)* 縱橫字謎

例句

We ran **cross-country** to the fishing port.
我們越野賽跑到那個漁港。

2 dia-

- diagonal *(adj)* 對角線的
- diagram *(C)* 圖表
- diagraph *(C)* 原圖放大繪圖器
- diameter *(C)* 直徑
- diaphanous *(adj)* 透明的
- diagnose *(C)*（穿過皮膚知道 →）診斷
- diagram *(C)*（交叉對著畫 →）圖表
- dialogue *(C, U)* 對話
- dialysis *(U)* 透析
- diatribe *(C)*（對著摩擦 →）抨擊

例句

a. Mark drew a circle ten centimeters in **diameter**.
馬克畫了一個直徑爲十釐米的圓圈。

b. Jane was wearing a **diaphanous** silk gown.
珍穿著一件透明的絲質睡袍。

3 per-

- perennial *(adj)* 常年的；長期的
- permeate *(vt)* 滲透
- persist *(vi)*（始終站立 →）堅持
- perspective *(C, U)* 透視法
- perspicacious *(adj)* 有洞察力的

- perspire *(vi)*（透過皮膚呼吸 →）出汗
- pervade *(vt)* 彌漫，遍及

a. A feeling of elation **pervaded** my family.
歡欣的感覺瀰漫我的家庭。

b. On the mountain top, you can get a **perspective** of the whole valley.
在山頂上你可以看到峽谷的全景。

4 trans-

- transaction *(C)* 交易
- transatlantic *(adj)* 大西洋彼岸的
- transcend *(vt)* 超越
- transcontinental *(adj)* 橫貫大陸的
- transcribe *(vt)* 轉錄
- transect *(vt)* 橫切
- transfer *(vt)* 調職；轉乘
- transfigure *(vt)* 使變形美化
- transform *(vt)* 變形
- transfuse *(vt)* 灌輸；輸血
- transgress *(vi, vt)* 違反，犯罪
- transit *(U)* 運輸
- transition *(C)* 過渡
- translate *(vt)* 翻譯
- translucent *(adj)* 半透明的
- transmigration *(U)* 輪迴
- transmit *(vt)* 傳送
- transmute *(vt)* 改變

- transnational *(adj)* 跨國的
- transparent *(adj)* 透明的
- transplant *(vt, C)* 移植
- transport *(vt)* 運輸
- transpose *(vt)* 顛倒順序
- transsexual *(C, adj)* 換性者
- transverse *(adj)* 橫向的
- transvestite *(C)* 人妖
- transvestism *(U)* 異性裝扮癖

例句

a. Ensuring national security **transcends** political interests and differences.
保證國家的安全超越於政治利益和分歧。

b. Since the 1996 presidential election, Taiwan has made a remarkable **transition** from autocracy to democracy.
自從一九九六年的總統選舉，台灣已令人矚目地從獨裁政體過渡到民主政體。

3.3

相對意義的字首

這類的字首包括表示「大、小」、「多、少」、「好、壞」、「新、舊」、「朝向、離開」、「相同、不同」、「聚、散」、「正確、錯誤」、「喜愛、憎惡」、「父親、母親」，以及「向右、向左」等意思的字首，分別說明如下。

3.3.1 表示「大／小」的字首：包括 big, large, great 含義的字首 **macro-**, **mega-**, **megalo-**, **magn-**，以及 very small 含義的字首 **micro-**, **mini-**, **nano-**, **nanno-**。

1 macro-, mega-, megalo-, magn-：big, large, great「大，宏觀」

(i) macro-：large

- macrobiotics *(U)* 長壽法
- macrocephalia/macrocephaly *(U)* 巨頭畸形
- macroclimate *(C)* 廣大地理區域內的氣候
- macrocosm *(C)* 宇宙，宏觀世界
- macroeconomics *(U)* 總體經濟學
- macromolecule *(C)* 巨大分子
- macroscopic *(adj)* 大到肉眼可見的

例句

Every one of us is a member of the social **macrocosm**.
我們每個人都是社會整體的一員。

(ii) mega-, megalo：large

- megacity *(C)* 大城市
- megadose *(C)* 大劑量
- megalith *(C)* 巨石（尤指古代作紀念用的）
- megaloblast *(C)* 巨胚紅血球

- megalomania *(U)* 誇大狂，妄自尊大
- megalopolis（megalo + polis 城市）*(C)* 大都市
- megaphone *(C)* 擴音器，喇叭筒
- mega-rich *(adj)* 非常有錢的
- megastore *(C)* 大商店

例句

I cannot work with a person with **megalomania**.
我無法跟一個妄自尊大的人共事。

(iii) magn-： big, great

- magnanimous *(adj)* 高尚的，寬宏大量的
- magnate *(C)* 大資本家、富豪
- magnificent *(adj)* 華麗的
- magnify *(vt)* 放大
- magnitude *(U)* 巨大， 重大
- magnum *(C)* 大酒瓶

例句

a. The **magnitude** of the earthquake was such that hundreds of houses were destroyed and thousands of people were killed.
地震的強度如此巨大，使得數以百計的房屋被毀，成千上萬人死亡。

b. We should be **magnanimous** toward the losing team.
我們應對輸的團隊寬宏大量。

2 micro-, mini-, nano-, nanno-： very small「微小」

(i) micro-： very small

- microanatomy *(U)* 顯微解剖學
- microbe *(C)* 微生物

- microbiology *(U)* 微生物學
- microchip *(C)* 縮影膠片
- microclimate *(C)* 森林、城市、洞穴等局部地區的氣候
- microcomputer *(C)* 微型電腦
- microcosm *(C)* 微觀世界
- microeconomics *(U)* 微觀經濟學
- microelectronics *(U)* 微電子學
- microfilm *(C, U)* 微縮膠捲
- microorganism *(C)* 微生物
- microphone *(C)* 麥克風，話筒
- microprocessor *(C)* 微處理器
- microscope *(C)* 顯微鏡
- microsoft *(U)* 微軟公司
- microsurgery *(U)* 顯微外科
- microwave *(C)* 微波

a. Taipei's ethnic mix is not a **microcosm** of Taiwan.
台北群族的混雜並非是台灣的縮影。

b. The student is examining bacteria under a **microscope**.
這學生在顯微鏡下觀察細菌。

(ii) mini-： small

- miniature *(adj)* 微小的
- minibus *(C)* 小型公共汽車
- minimal *(adj)* 最小的
- minimize *(vt)* 將…減到最少
- minimum *(S, adj)* 最小化
- mini-screen *(C)* 極小銀幕

- miniskirt *(C)* 迷你裙
- miniuscule *(adj)* 極小的
- minute *(adj)* 微小的

例句

a. I only ate two **minuscule** pieces of toast for breakfast.
我早上僅吃兩小片的土司。

b. Stanley bought a **miniature** train set for his son.
斯坦利給兒子買了一套迷你火車。

(iii) nano-, nanno-： extreme smallness

- nannofossil *(n)* 微化石
- nannoplankton *(n)* 微型浮游生物 (=nanoplankton)
- nanoatom *(n)* 毫微原子
- nanoid *(adj)* 矮小的

3.3.2 表示「多／少」的字首：包括 many, much 含義的字首 **multi-**, **myria**, **-poly-**，以及 less than, not enough, few 含義的字首 **oligo-**, **under-**。

1 multi-, myria-, poly-： many, much「多」

(i) multi-： many

- multicolored *(adj)* 多色的
- multicultural *(adj)* 多元文化的
- multidisciplinary *(adj)* 包括各種學科的
- multi-ethnic *(adj)* 涉及不同種族的
- multifaceted *(adj)* 多層面的
- multifarious *(adj)* 各式各樣的
- multifold *(adj)* 多樣的

- multifunctional *(adj)* 多功能的
- multilateral *(adj)* 多邊的
- multilingual *(adj)* 使用多種語言的
- multimedia *(adj)* 多媒體的
- multimillion-dollar *(adj)* 好幾百萬元的
- multinational *(adj)* 多國的；*(C)* 多國公司
- multiple *(adj)* 多種的
- multiplicity *(S, U)* 多樣性
- multiply *(vt)* 繁殖；乘；增加
- multipuropse *(adj)* 多目標的
- multiracial *(adj)* 多民族的
- multitude *(C)* 多數
- multivitamin *(C)* 多種維生素劑
- multifactorial *(adj)* 多種因素的

例句

a. Oliver was rushed to the hospital with **multiple** injuries.
奧利佛多處受傷被緊急送往醫院。

b. The police are investigating his **multifarious** business activities.
警方正調查他所從事的各種生意。

(ii) myria-（在母音前為 myri-）： many

- myriad *(C)* 無數；*(adj)* 無數的
- myriapod *(C)* 多足類；*(adj)* 多足類的
- myriorama *(n)* 萬景畫（由多個部分組合而成，各個部分可以變換組合方式，形成種種不同的畫面）

例句

US forces faced a **myriad** of challenges in Iraq.
美軍在伊拉克面對無數挑戰。

(iii) **poly-**： many

- polyandry *(U)* 一妻多夫制
- polygamy *(U)* 一夫多妻制
- polyglot *(adj)* 可用多種語言說、寫、讀的；*(C)* 能說多種語言的人
- polyphony *(U)* 複音音樂，對位元法
- polysyllable *(C)* 多音節
- polytheism *(U)* 多神信仰，多神崇拜

例句

Switzerland is a **polyglot** nation.
瑞士是一個多種語言的國家。

2 **oligo-, under-**： less than, not enough, few「少，不足」

(i) **oligo-**（在母音前為 **olig-**）： few

- oligarchic *(adj)* 寡頭政治的
- oligarchy *(U, S)* 寡頭政治，寡頭政治的執政團
- oligarch *(C)* 寡頭政治執政者
- oligemia *(n)* 血量減少
- oligocarpous *(adj)* 幾乎沒有果實的，果實不多的
- oligochrome *(adj)*（裝飾物等）只用少數顏色的
- oligophagy *(U)* 只吃某幾類食物
- oligophagous *(adj)* 只吃幾種食物的
- oligopoly *(C)* 少數公司控制市場
- oligotrophic *(adj)*（湖泊、池塘等）貧營養的

(ii) **under-**： less than, not enough

- underfunded *(adj)* 資金不足的

- underachiever *(C)* 低成就的人
- undercharge *(vi, vt)* 少收價款
- undercook *(vt)* 微煎
- underdeveloped *(adj)* 未充分發展的，落後的
- underemployed *(adj)* 未完全就業的
- underfed *(adj)* 餵得太少的
- undernourished *(adj)* 營養不良的
- underpaid *(adj)* 所得報酬過低的
- understaffed *(adj)* 人員不足的

例句

Many children in Africa are **undernourished** and **undersized**.
非洲很多小孩營養不良、體形小。

3.3.3 表示「好／壞」的字首：包括 good 含義的字首 **bene-, eu-**，以及 bad 含義的字首 **caco-, mal-, male-, mis-**。

1 **bene-, eu-**： good「好」

(i) **bene-**： good, well

- benediction *(U, C)* 祝福
- benefaction *(U, C)* 善舉，贈品，捐贈
- benefactor *(C)* 捐助者
- beneficent *(adj)* 慈善的
- benefice *(C)* 僧侶所領的聖祿
- beneficial *(adj)* 有益的
- beneficiary *(C)* 受益人
- benefit *(C, U)* 利益，實惠，好處
- benevolent *(adj)* 仁慈的

- benign *(adj)* 仁慈的，和藹的；（病）良性的；（氣候）良好的
- benignant *(adj)* 有益的，和藹的

例句

a. The rich were the main **beneficiaries** of the abolition of the present inheritance tax.
有錢人將是廢除目前遺產稅的主要受益者。

b. Donating money to earthquake victims is a **benevolent** act.
捐款給地震災民是一項善舉。

(ii) eu-： good, well

- eugenics *(U)* 優生學
- eulogize *(vt, vi)* 稱讚，頌揚
- eulogy *(C)* 頌詞，頌文
- euphemism *(C)* 委婉詞
- euphoria *(U)* 興高采烈
- euphoric *(adj)* 興高采烈的
- euthanasia *(U)* 安樂死
- euthanize *(vt)* 使安樂死
- euphony *(S)* 悅耳之音
- euphonious *(adj)* 悅耳的
- eutrophic *(adj)*（湖、池塘）含豐富的有機體及礦物質養分

例句

a. The priest delivered a long **eulogy** at the funeral.
在葬禮中牧師發表一篇很長的頌詞。

b. They got into a state of **euphoria** after they won the final.
贏得決賽後他們興高采烈。

2 caco-, mal-, male-, mis-： bad「壞」

(i) caco-： bad

- cacodemon *(C)* 惡魔
- cacography *(U)* 拼寫錯誤；書法不佳
- caconym *(C)* 不妥的名稱
- cacophonous *(adj)* 雜音的
- cacophony *(S)* 不協和音，雜音

A **cacophony** of voices echoed around the hall.
一個不協和的聲音在廳堂中回響。

(ii) mal-, male-： bad

- maladjusted *(adj)* 心理失調的
- maladministration *(U)*（公共事務）管理不善
- maladroit *(adj)* 笨拙的
- malady *(C)* 疾病
- malaise *(S, U)* 不舒服
- malcontent *(C)* 不滿份子
- malediction *(C)* 詛咒，咒罵
- malefactor *(C)* 作惡者，罪犯
- malevolent *(adj)* 惡意的，惡毒的
- malfeasance *(U)* 瀆職
- malformed *(adj)* 畸形的
- malfunction *(C)* 發生故障
- malice *(U)* 敵意，惡意
- malicious *(adj)* 懷惡意的、惡毒的
- malign *(adj, vt)* 誹謗，中傷，污蔑
- malignant *(adj)* 惡性的，惡意的

- malnourished *(adj)* 營養不良的
- malodorous *(adj)* 惡臭的
- malpractice *(U, C)* 怠忽職守，瀆職
- maltreat *(vt)* 虐待

例句

a. She averted his **malevolent** gaze.
她避開他惡意的凝視。

b. A handful of political/social **malcontents** are trying to destabilizing the country.
少數政治／社會不滿份子試圖動搖這個國家。

(iii) mis-： bad

- misbehavior *(U)* 不規矩的行為
- miscalculate *(vt)* 誤算
- mischance *(U, C)* 不幸
- mischief *(U)* 惡作劇
- mischievous *(adj)* 惡作劇的
- misconduct *(U)* 不正當的行為
- miscreant *(C)* 有罪的人
- misdeed *(C)* 不正當的行為
- misdemeanour *(C)* 行為不端
- misfortune *(U, C)* 厄運
- misrule *(U)* 暴政
- mistreat *(vt)* 虐待

例句

a. We must be tough with **miscreants**.
我們必須強硬應付壞蛋。

b. The little boy looked at me with a **mischievous** expression.
小男孩用惡作劇的表情看著我。

3.3.4 表示「新／舊」的字首：包括 new 含義的字首 **neo-**，以及 old 含義的字首 **paleo-**。

1 **neo-**： new, in a later form「新」

- neoclassical *(adj)* 新古典主義的
- neocolonialism *(U)* 新殖民主義
- Neolithic *(adj)* 新石器時代的
- neologism *(C)* 新用語
- neonatal *(adj)* 新生的
- neophyte *(C)* 新手

例句

He is a a political **neophyte**.
他是政治新手。

2 **paleo-**： very old, of ancient time「舊」

- paleography *(U)* 古文書學
- Paleolithic *(adj)* 舊石器時代的
- paleontology *(U)* 古化石學
- paleochronology *(U)* 古年代學
- paleoanthropology *(U)* 古人類學
- paleobotany *(U)* 古植物學

例句

He is a scholar of **paleontology**.
他是研究化石學的學者。

3.3.5 表示「朝向／離開」的字首：包括 to, toward 含義的字首 **ad-**，以及 away, off 含義的字首 **ab-**, **di-**, **apo-**。

1 **ad-**： to, toward「朝向」（在 c, f, g, l, n, p, s, t 之前分別用 **ac-**, **af-**, **ag-**, **al-**, **an-**, **ap-**, **as-**, **at-**）

- adapt（ad + apt 合適）*(vi, vt)* 適應
- adhere（ad + here 粘）*(vi)* 粘住；堅持
- admit（ad + mit 送）*(vt)* 允許進入
- adopt（ad + opt 選擇）*(vt)* 收養，採用
- advent（ad + vent 來）*(U)* 來臨
- accede（ac + cede 走）*(vi)* 同意
- affirm（af + firm 堅強的）*(vt)* 斷言
- affix（af + fix 繫緊）*(vt)* 使附於
- aggregate（ag + greg 一群 + ate 形容詞字尾）*(adj)* 聚合的
- alleviate（al + lev 輕 + ate 動詞字尾）*(vt)* 減輕（痛苦等）
- annex（an + nex 結合）*(vt)* 併吞
- appoint（ap + point 指出）*(vt)* 約定（時間、地點），任命
- assort（as + sort 種類）*(vt)* 分類
- attain（at + tain 到達）*(vt)* 達到

2 **ab-, apo-, di-**： away, off「離開」

(i) ab-（在 c 或 t 之前為 **abs-**）： few

- abandon *(vt)* 放棄，遺棄
- abrogate *(vt)* 廢除，取消
- abduct *(vt)* 誘拐
- aberrant *(adj)* 異常的
- aberration *(C)* 異常
- abhor *(vt)* 憎惡，痛恨
- abjure *(vt)* 發誓放棄

- abnegate *(vt)* 放棄（權力或要求）；棄權
- abnormal *(adj)* 反常的，變態的
- abolish *(vt)* 廢止，廢除（法律、制度、習俗等）
- abort *(vi)* 流產；*(vt)* 中止計畫／任務
- abrade *(vi, vt)* 磨損
- abscond *(vi)* 潛逃
- abstain *(vi)* 戒絕
- absterge *(vt)* 去垢，擦去
- abstracted *(adj)* 心不在焉的
- abstruse *(adj)* 奧妙的，深奧的
- abuse *(C, U, vt)* 濫用；虐待；辱罵
- abusive *(adj)* 辱罵的；濫用的

例句

a. A cold spell is an **aberration** in spring.
春天有寒流是異常的事。

b. The bank manager **absconded** with a huge amount of money.
銀行經理捲鉅款潛逃。

(ii) apo-（在母音前為 ap-）

- apogee *(C)* 遠地點
- apex *(C)* 頂點
- apostate *(C)* 變節者，脫黨者
- apostasy *(U)* 變節，脫黨
- aphelion *(n)* 遠日點

(iii) di-

- digress *(vi)* 離題
- diverge *(vi)*（道路等）分叉；（意見等）分歧，脫離

- divergent *(adj)* 分歧的
- diversify *(vt)* 使多樣化
- divert *(vt)* 使轉向
- divorce *(vt, vi , C, U)* 離婚

例句

a. He was accused of **diverting** public money into his own real estate in America.
他被控將公款轉移到自己在美國的不動產上。

b. Don't **digress** from your subject while your are writing.
寫作時切忌離題。

3.3.6 表示「相同／不同」的字首：包括 same, equal 含義的字首 **equi-**, **homo-**, **iso-**, **sym-**, **syn-**, **par(a)-**, **quasi-**，以及 different 含義的字首 **hetero-**。

1 equi-, homo-, iso-, para-, quasi-, syn-：相同或相等

(i) equi-（在母音前為 **equ-**）： equal

- equable *(adj)* 平靜的
- equality *(U)* 平等
- equal *(adj)* 平等的
- equanimity *(U)* 鎮定
- equate *(vt)* 等同
- equation *(S, U)* 相等；方程式
- equator *(S, U)* 赤道
- equiangular *(adj)* 等角的
- equidistant *(adj)* 等距離的
- equilateral *(adj)* 等邊的
- equilibrium *(S, U)* 平衡
- equitable *(adj)* 公正的
- equity *(U)* 公正

- equivalent *(adj)* 等値的；*(C)* 等價物，相等物
- equivocal *(adj)* 模稜兩可的
- equivocate *(vi)* 說模稜兩可的話

例句

a. He accepted the outcome of the election with **equanimity**.
他冷靜地接受選舉結果。

b. They achieved/upset/maintained/restored the **equilibrium** between supply and demand.
他們達成／打亂／維持／恢復供需之間的平衡。

(ii) homo-： same

- homoeopathy *(U)* 順勢療法 (=homeopathy)
- homogeneous *(adj)* 同類的
- homogenize *(vt)* 均質化
- homograph *(C)* 同形異義字
- homonym *(C)* 同音異義字
- homophobia *(U)* 對同性戀的憎惡或恐懼
- homophone *(C)* 同音字
- homosexual *(adj)* 同性戀的

例句

a. The population of Japan still remains relatively **homogeneous**.
日本人口仍然多屬同類族。

b. "Too" and "two" are **homonyms**.
too 和 two 是同音異義字。

(iii) iso-： euql, uniform

- isobar *(C)* 等壓線
- isometric *(adj)* 等大的，等容積的

- isomorph *(C)* 同形體
- isotherm *(C)* 等溫線
- isosceles *(adj)* 二等邊的

(iv) **para-**（在母音前為 **par-**）： similar

- parable *(C)* 寓言，比喻
- paraphrase *(vt, C)* 釋義
- parabolic *(adj)* 比喻的，寓言似的
- paramilitary *(adj)* 準軍事的，輔助軍事的
- parity *(U)* 相同，同等

(v) **quasi-**： like something else

- quasi-governmental *(adj)* 半政府性質的，準政府型的
- quasi-scientific *(adj)* 半科學的
- quasi-judicial *(adj)* 準司法性的
- quasi-official *(adj)* 半官方的
- quasi-sovereign *(adj)* 半獨立的

Institute for Information Industry Company is a **quasi-governmental** enterprise.
資策會是一準政府機構。

(vi) **syn**（在以 p, b 或 m 開頭的單字前為 **sym-**）： same

- symmetry *(U)* 勻稱
- sympathy *(U)* 同情
- symphony *(C)* 交響樂
- symptom *(C)* 症狀
- synchronic *(adj)* 不考慮歷史演進的，限於一時的

- synchronize *(vt, vi)* 同步
- synchronous *(adj)* 同時的
- sync *(vt, vi, U)* 同時
- syndrome *(C)* 併發症
- synergy *(U)* 綜效（兩公司或人合作的相乘效果）
- synonym *(C)* 同義字
- synopsis *(C)* 概要
- synthesis *(C)* 合成
- symbiosis *(U, S)* 共生現象

例句

a. His paintings are perfect in their **symmetry**.
他的畫作具有無懈可擊的勻稱美。

b The dancers **synchronized** their movements perfectly.
舞蹈者動作完美一致。

2 hetero-：不同

- heterogeneous *(adj)* 不同種類的，混雜的
- heterosexual *(adj)* 異性戀的
- heterodox *(adj)* 非正統的
- heterochromatic *(adj)* 包含不同顏色的

例句

This country has a very **heterogeneous** population.
這國家有混雜的人口。

3.3.7 表示「聚／散」的字首：包括 together 含義的字首 **co-**, **col-**, **com-**, **con-**, **cor-**，以及 apart 含義的字首 **dif-**, **dis-**, **se-**。

1 co-, col-, con-, com-, cor-：together「聚合」

(i) co-

- co-author *(C)* 合著者
- codependency *(U)* 互相依賴
- coeducation *(U)* 男女同校
- coefficient *(C)* 相關係數
- coexistence *(U)* 共存
- cohabit *(vi)* 同居
- coherent *(adj)* 緊湊的，一致的
- cohesive *(adj)* 凝聚性的
- coincidence *(U, C)* 巧合
- cooperate *(vi)* 合作
- coordinate *(vt)* 協調
- co-star *(vi)* 聯合主演
- co-worker *(C)* 同事

例句

a. What a **coincidence**! We ended up in the same hotel.
多巧！我們竟住進同一家飯店。

b. His speech provided a **coherent** argument for massive cuts in public spending.
他的發言爲大幅削減公共開支提供了一套前後一致的論據。

(ii) col-（放在以 l 開頭的單字前）

- collaborate *(vi)* 合作
- colleague *(C)* 同事
- collect *(C)* 收集

- collide *(vi)* 碰撞
- collocation *(C)* 搭配
- collude *(vi)* 串通
- collateral *(U)* 擔保；*(adj)* 附帶的

例句

a. I put up my house as **collateral** in order to get a loan.
我以房子作擔保借款。

b. Several police officers have been accused of **colluding** with human traffickers.
有幾個警察被控與人口販賣份子串通勾結。

(iii) com-（放在以 b, m 或 p 開頭的單字前）

- combine *(vt)* 結合
- commemorate *(vt)* 紀念
- commensurate *(adj)* 相對稱的
- commingle *(vt)* 混合
- commiserate *(vi)* 同情
- commotion *(S, U)* 騷動
- communal *(adj)* 公共的，公社的
- commune *(C)* 公社
- compact *(C)* 協議
- compassion *(U)* 同情
- compatible *(adj)* 相容的
- compatriot *(C)* 愛國者
- compel *(vt)* 強迫
- compendium *(C)* 概略
- compile *(vt)* 匯編
- complementary *(adj)* 互補的
- compliant *(adj)* 順從的

- complicated *(adj)* 複雜的
- complicity *(U)* 涉嫌
- comply *(vi)* 順從
- component *(C)* 成分
- composite *(adj)* 組合的；*(C)* 組合體
- compound *(C)* 混合物
- comprehend *(vt)* 理解
- compress *(vt)* 壓縮
- compromise *(vi, C, U)* 妥協
- compulsion *(C)* 衝動

a. I **commiserate** with the earthquake victims.
我同情地震受難者。

b. The famous model's arrival caused quite a **commotion**.
名模到達引起一陣騷動。

(iv) con-

- concentrate *(vi, vt)* 專心
- concomitant *(adj)* 伴隨的
- concord *(U)* 和諧
- concur *(vi)* 同意；*(vi)* 同時發生
- condense *(vt)* 濃縮
- confederate *(C)* 同夥
- confluence *(C)* 匯合處
- conform *(vi)* 遵守
- confuse *(vt)* 搞混
- congeal *(vi)* 凝結
- congestion *(U)* 堵塞

- conglomerate *(C)* 企業集團
- congregate *(vi)* 聚集
- congruous *(adj)* 一致的
- consensus *(S, U)* 共識
- consequence *(C)* 結果
- consistent *(adj)* 一致的
- consolidate *(vt)* 鞏固
- consort *(vi)* 廝混
- conspire *(vi)* 密謀
- constellation *(C)* 星座
- constituent *(C)* 成分
- contemporary *(C)* 同代人；*(adj)* 當代的
- convene *(vt)* 召集
- converge *(vi)* 匯流

例句

a. We pitched camp at the **confluence** of the two streams.
我們在兩溪匯合處紮營。

b. The blood/fat has **congealed**.
血/油脂已凝結。

(v) cor-（放在以 r 開頭的單字前）

- correlate *(vt, vi)* 緊密關係
- correspond *(vi)* 符合
- corroborate *(vt)* 確證

The name on the paper doesn’t **correspond** with the name on your ID card.
考卷上的姓名與你身分證上的不符。

2 dif, dis-, se-： apart「分開，分散」

(i) dif-, dis-

- diffuse *(vt, vi)* 擴散
- disintegrate *(vi)* 解體
- dislocate *(vt)* 脫臼
- dislodge *(vt)* 驅逐
- dismantle *(vt)* 拆除，解體
- disparate *(adj)* 不同的
- dispatch *(vt)* 派遣
- dispense *(vt)* 分發
- disperse *(vt)* 散開
- displace *(vt)* 趕離
- disseminate *(vt)* 散布，播散
- dissipate *(vi)* 消散
- dissolve *(vi)* 溶解；解除
- distract *(vt)* 分心
- distribute *(vt)* 頒發

例句

a. He **dislocated** his foot playing basketball.
打籃球時他的腳脫臼了。

b. The shouts outside **distracted** our attention from work.
外面的高呼聲分散了我們工作的注意力。

(ii) se-

- secede *(vi)* 正式退出，脫離
- secluded *(adj)* 和別人隔絕的
- secrete *(vt)* 分泌
- secure *(vt)* 取得

- seduce *(vt)* 勾引，誘惑
- segregate *(vt)* 隔離
- select *(vt)* 選擇，挑選

例句

a. Quebec has made several attempts to **secede** from Canada.
魁北克多次嘗試脫離加拿大。

b. American Blacks used to be **segregated** from whites in school.
以前美國黑人在學校裡是與白人隔離的。

3.3.8 表示「正確／錯誤」的字首：包括 right, upright, straight 含義的字首 **ortho-**，以及 wrong 含義的字首 **dys-**, **mis-**, **para-**。

1 **ortho-**：正確，直的

- orthodontics *(U)* 牙齒矯正術
- orthodox *(adj)* 正統的（尤指宗教方面）
- orthography *(U)* 正字法
- orthopedics *(U)* 整形外科

例句

Orthodox views on education have been called into question.
傳統的教育觀念已經受到質疑。

2 **dys-, mis-, para-**：wrong「錯誤」

(i) dys-：bad, impaired, abnomal

- dyscalculia *(U)* 計算障礙
- dyschronous *(adj)* 不合時的，時間不一致的
- dysfunctional *(adj)* 機能障礙的
- dysgenics *(U)* 劣生學，種族退化學

- dysgraphia *(U)* 書寫困難
- dyskinesia *(U)* 運動障礙
- dyslexia *(U)* 誦讀困難
- dyslogia *(U)* 言語困難，難語症
- dysmenorrheal *(U)* 痛經
- dyspathy *(U)* 反感、厭惡
- dyspepsia *(U)* 消化不良
- dyspeptic *(adj)* 消化不良的
- dysphasia *(U)* 言語障礙症
- dysphemism *(C)* 粗直語用法
- dysphonia *(U)* 發聲困難，言語障礙
- dysplasia *(U)* 發育異常，發育不良
- dystrophy *(U)* 營養失調

He suffered from neurological **dysfunction**.
他罹患神經機能障礙。

(ii) mis-： wrong

- misapply *(vt)* 誤用
- misappropriate *(vt)* 盜用
- misconception *(U, C)* 錯誤觀念
- mishandle *(vt)* 錯誤地處理
- misinform *(vt)* 告知錯誤的消息
- misinterpret *(vt)* 曲解
- misjudge *(vt)* 判斷錯誤
- misleading *(adj)* 誤導的
- mismanage *(vt)* 處置失當

- mismatch *(vt, C)* 搭配錯誤
- misnormer *(C)* 不恰當的名字
- misprint *(C)* 印刷錯誤
- misquote *(vt)* 錯誤地引用
- misread *(vt)* 讀錯
- misrepresent *(vt)* 誤傳
- misspell *(vt)* 拼寫錯誤
- mistaken *(adj)* 錯誤的
- mistake *(C)* 錯誤
- mistrial *(C)* 誤判
- mistrust *(U, vt)* 不信任
- misunderstand *(vt)* 誤解
- misuse *(vt, C, U)* 誤用

例句

"The Pacific Ocean" is a **misnomer** since a lot of hurricanes form in that ocean.
太平洋是不恰當的名稱，因為很多暴風是在這個海域形成的。

(iii) para-（在母音前為 **par-**）： incorrect

- paresthesia *(U)* 感覺異常（指皮膚上不名原因引起的異常感覺）
- paracusis *(U)* 聽覺錯誤，錯聽 (=paracusia)

3.3.9 表示「喜愛／憎惡」的字首：包括 liking, fond of 含義的字首 **philo-**，以及 hate 含義的字首 **mis-, miso-**。

1 philo-（在母音前為 **phil-**）： liking, fond of「喜愛」

- philanderer *(C)* 登徒子

- philanthropist *(C)* 博愛者，慈善家
- philanthropy *(U)* 慈善事業
- philharmonic *(adj)* 愛好音樂的
- philhellene *(C)* 喜愛希臘人及其文明的人
- philogynist *(C)* 愛慕女子的人
- philogyny *(U)* 對女人的喜歡，對女子的愛慕
- philoprogenitive *(adj)* 喜愛自己子孫的
- philosophy *(U)*（愛智慧 →）哲學

例句

He preaches **philanthropy**, but he never makes any donations.
他鼓吹慈善捐獻，但他不曾捐過半毛錢。

2 mis-, miso-：hate「憎惡」

- misandry *(U)* 厭惡男人
- misanthrope *(C)* 憎惡人類者
- misanthropy *(U)* 厭惡人類
- misogamy *(U)* 厭惡結婚
- misogyny *(U)* 厭惡女人
- misogynist *(C)* 厭惡女人的人

例句

Those who are unmarried do not necessary have a tendency for **misogamy**.
不結婚的人未必有厭婚的傾向。

3.3.10 表示「父親／母親」的字首：包括 mother 含義的 **mater-, matri-, matro-**，以及 father, paternal 含義的 **pater-, patr-, patri-**。

1 **mater-, matri-, matro-**： mother「母親」

- maternal *(adj)* 母親的
- maternity *(U)* 母性，母道；*(adj)* 孕婦的，產婦的
- matriarchal *(adj)* 女家長的
- matriarchy *(U, C)* 女家長制，女族長制
- matriarch *(C)* 女家長
- matricentred *(adj)* 以母親為中心的，母權的
- matricidal *(adj)* 弑母的
- matricide *(U)* 弑母
- matriclan *(C)* 母系氏族
- matrilineage *(C, U)* 母系家族（或家譜）
- matrimony *(U)* 結婚
- matronly *(adj)* 主婦似的
- matron *(C)* 護士長，女舍監，保姆，主婦
- metropolis（metro 母親 + polis 城市）*(C)* 都會
- metropolitan *(adj)* 首都的，主要都市的

例句

My **maternal** grandfather was a farmer.
我外祖父（母系的祖父）是農夫。

2 pater-, patr-, patri-： father, paternal「父親」

- paternalistic *(adj)* 家長式作風的
- paternalist *(C)* 實行家長制統治的人，家長主義者
- paternal *(adj)* 父親的，像父親的
- paternity *(U)* 父權，父子關系
- patriarchal *(adj)* 家長的，族長的
- patriarchy *(U)* 父權制
- patriarch *(C)* 族長
- patrician *(C)* 貴族；*(adj)* 貴族的
- patricide *(U)* 殺父
- patrimony *(U)* 祖傳的財物
- patrimonial *(adj)* 祖傳的
- patron *(C)* 贊助人

The **patriarch** led his tribe for ten years.
那族長領導他的部族達十年。

patr-, patri- 也可當字根用，如下例：

- compatriot *(C)* 同胞
- expatriate *(vt)* 逐出國外
- expatriation *(U)* 放逐國外
- repatriate *(vt)* 遣返
- repatriation *(U)* 遣送回國
- patriot *(C)* 愛國者
- patriotic *(adj)* 愛國的
- patriotism *(U)* 愛國心

3.3.11 表示「向右／向左」的字首：包括 on or to the right, right 含義的字首 **dextr-, dextro-**，以及 to the left 含義的字首 **levo-**。

1 **dextr-, dextro-**： on or to the right, right「向右，右邊」

- dextral *(adj)* 右側的
- dextrogyrate *(adj)* 右旋的
- dextrorotary *(adj)* 右旋性的

2 **levo-**：向左轉的

- levogyrate *(adj)* 左旋的 (=levorotatory)
- levorotation *(U)* 向左旋轉，反時鐘旋轉
- levorotatory *(adj)* 左旋的

3.4

數位意義的字首

數位字首包括含有一至十一、一個半、百、千、千分之一、萬、百萬、兆、十億分之一等意思的字首，舉例說明如下。

3.4.1 表示「一，單」的字首：包括 one, single 含義的字首 **mono-**及 **uni-**。

1 **mono-**（在母音前為**mon-**）： one, single「一，單一」

- monarch *(C)* 君主，獨裁者
- monarchy *(U)* 君主政體；*(C)* 君主國
- monocular *(adj)* 單眼的
- monogamy *(U)* 一夫一妻制
- monograph *(C)* 專題論文
- monolingual *(adj)* 一種語言的
- monolithic *(adj)* 巨大的
- monolith *(C)* 獨塊巨石，強大的機構
- monologue *(C)* 獨白
- monomania *(U)* 偏執狂
- monopolize *(vt)* 壟斷
- monopoly *(C)* 壟斷
- monorail *(U, C)* 單軌鐵路
- monosyllable *(C)* 單音節字
- monotheism *(U)* 一神教
- monotonous *(adj)* 單調的
- monotony *(U)* 單調
- monoxide *(U)* 一氧化物

例句

a. A **monolithic** building is rising in the downtown area.
一棟巨大建築正在鬧區興建。

b. The government holds a **monopoly** on the sale of tobacco and alcohol.
政府擁有煙草和酒類的專賣權。

2 uni-（在母音前為 un-）： one, single「一，單一」

- unanimous *(adj)* 意見一致的
- unicorn *(C)* 獨角獸
- unicycle *(C)* 單輪腳踏車
- unidirectional *(adj)* 單向的
- uniform *(adj)* 一致的，一律的；*(C)* 統一服裝，制服
- unify *(vt)* 使統一，使一致
- unilateral *(adj)* 單邊的
- union *(U)* 聯合；*(C)* 協會
- unique *(adj)* 獨一無二的，獨特的
- unisex *(adj)* 男女皆宜的
- unison *(U)* 一致
- unit *(C)* 單元
- unite *(vt)* 統一，團結
- unity *(U)* 一體
- universal *(adj)* 普遍的
- universe *(U)* 宇宙

例句

a. China has threatened to attack Taiwan if it makes a **unilateral** declaration of independence.
如果臺台灣片面宣佈布獨立，中國威脅要攻擊台灣。

b. Germany's economy has been floundering since it was **unified** in 1990.
德國經濟自一九九〇年兩德統一後，一直步履維艱。

3.4.2 表示「一個半」的字首：這類字首有 **sesqui-**。

sesqui-： one and a half「一個半」

- sesquicentennial *(C)* 一百五十周年紀念；*(adj)* 一百五十（周）年的
- sesquipedalian *(adj)* 多音節的； *(C)* 冗長的單字

3.4.3 表示「二，雙，複」、「分為二」的字首：包括 two, twice 含義的字首 **bi-**, **twi-**, **di-**, **du-**, **ambi-**, **amphi**, **diplo-**，以及 in two, into two parts 含義的字首 **dicho-**。

1 **ambi-, amphi, bi-, di-, diplo-, du-, twi-**： two, twice「二，雙，複」

(i) **ambi-**： both

- ambidexterity *(U)* 雙手都很靈活
- ambidextrous *(adj)* 左右手都靈巧的
- ambiguity *(U)* 含糊不清；*(C)* 模棱兩可的詞句
- ambiguous *(adj)* 模棱兩可的，一語雙關的
- ambivalent *(adj)*（兩邊的價值都看重 →）心情矛盾的
- ambiversion *(U)* 兼具內外向的個性
- ambivert *(C)* 兼具內外向性格的人

例句

The Japanese have a genuine **ambivalence** toward the US forces in Okinawa.
日本人對駐紮沖繩的美軍有著矛盾的感情。

(ii) amphi-： both

- amphibian *(C)* 兩棲動物
- amphibiology *(U)* 兩棲生物學
- amphibiotic *(adj)* 幼時生長於水中，長大生活在陸地的
- amphicar *(C)* 水陸兩用車
- amphitheatre *(C)* 古羅馬的圓形劇場

Frogs are **amphibians**.
青蛙是兩棲動物。

(iii) bi-： two, twice

- biannual *(adj)* 一年兩次的
- bicameral *(adj)* 有兩個議院的
- bicarbonate *(n)* 重碳酸鹽
- bicentennial *(adj)* 二百周年紀念
- bicycle *(C)* 自行車
- biennial *(adj)* 兩年一次的
- bifacial *(adj)* 有兩面的
- bifocals *(adj)* 雙焦點透鏡
- bifurcate *(vi)* 分叉
- bigamist *(C)* 重婚者
- bigamy *(U)* 重婚
- bikini *(C)* 比基尼泳裝
- bilateral *(adj)* 雙邊的
- bilingual *(adj)* 雙語的
- bimonthly *(adj)* 兩月一次的；*(C)* 雙月刊
- binary *(adj)* 二進位的
- binoculars *(pl)* 雙眼望遠鏡

- bipartisan *(adj)* 兩黨的
- biped *(C)* 兩足動物
- bipolar *(adj)* 兩極的，完全對立的
- bisect *(vt)* 分成兩半
- bisexual *(adj)* 兩性的
- biweekly *(adj)* 雙周的；*(C)* 雙周刊

例句

a. They held a **biannual** conference on global warming.
他們舉行一年兩次的全球暖化會議。

b. We had a good time at the **biennial** gathering.
我們在二年一次的聚會中玩得很開心。

(iv) di-, du-： two, double

- dialog *(U, C)* 對話
- dichromatic *(adj)* 二色的
- dilemma *(C)* 進退兩難的窘境
- dioxide *(U)* 二氧化物
- dichotomy *(C)* 二分法
- disyllable *(C)* 雙音節詞
- dual *(adj)* 雙的，雙重的
- duel *(C)* 決鬥
- duet *(C)* 二重奏
- duo *(C)* 一對表演者
- duopoly *(C)* 兩家賣主壟斷市場（的局面）
- duplex *(C)* 雙併公寓
- duplicate *(vt)* 複製
- duplicitous *(adj)* 奸詐的
- duplicity *(U)* 欺騙

例句

a. Without permission, you cannot **duplicate** other people's works.
未經允許你不可複製他人作品。

b. He was charged with **duplicity**.
他被控詐欺。

(v) **diplo-**（在母音前為 **dipl-**）：double

- diplegia *(U)* 雙側癱瘓
- diplex *(adj)* 雙重的
- diploblastic *(adj)* 雙胚層的
- diplococcus *(n)* 雙球菌
- diploid *(adj)* 雙重的，倍數的，雙倍的；*(C)* 倍數染色體

(vi) **twi-**：two

- twice *(adv)* 兩次地
- twin *(C)* 雙胞胎其中之一
- twilight *(U)*（白天和黑夜交替時→）曙光；暮色

例句

We sat on the riverbank, admiring the beautiful scenery in the thickening **twilight**.
暮色漸濃，我們坐在河岸上欣賞著這美麗的景色。

2 **dicho-**（在母音前為 **dich-**）：in two, into two parts「分為二」

- dichasium *(C)* 二歧聚傘花序，歧繖花序〔dichasia *(pl)*〕
- dichogamy *(n)* 雌雄蕊異時成熟
- dichotomous *(adj)* 分成兩個的，叉狀分枝的
- dichotomy *(C)* 二分法
- dichromism *(n)* 二色視，二色 (=dichromatism)
- dichroscope *(C)* 二色鏡 (=dichroiscope)

3.4.4 表示「三」的字首：這類字首有 **ter** 和 **tri-**。

1 ter-

- tercentennial *(C)* 三百周年紀念的慶祝，三百周年紀念；*(adj)* 三百周年紀念的
- tercentenary *(C)* 三百周年紀念的慶祝，三百周年紀念；*(adj)* 三百周年紀念的
- tercet *(C)* 三行押韻詩句，三拍子
- tertiary *(adj)* 第三的，第三位的
- ter *(adv)* 三次地

2 tri-

- triad *(C)* 三個一組
- triangle *(C)* 三角形
- triarchy *(U)* 三頭政治；*(C)* 三人統治的國家
- triathlon *(U)* 三項全能運動
- triathlete *(C)* 參加三項全能比賽的運動員
- tricolor *(C)* 三色
- tricycle *(C)* 三輪車
- trident *(C)* 三叉式的武器
- tridimensional *(adj)* 三度空間的，立體的
- trifocal *(adj)* 三焦距的
- trilateral *(adj)* 三邊的
- trilingual *(adj)* 三種語言的
- trilogy *(C)* 三部曲
- trimester *(C)* 三個月一期
- trinity *(S)* 三位一體
- tripartite *(adj)* 分成三部分的
- triple *(vi, vt, adj)* 三倍

- triplet *(C)* 三胞胎其中之一
- triplex *(C)* 三層樓的公寓建築
- triplicate *(U)* 三倍的
- tripod *(C)* 照相機的三腳架
- trisect *(vt)* 把…分成三分
- trisection *(C)* 三等分

Do you know how to calculate the area of a **triangle**?
你知道怎麼算出三角形的面積嗎？

3.4.5 表示「四」的字首：這類字首有 **quadri-**, **quarter-** 及 **tetra-**。

1 **quadri-**（在母音前為 **quadr-**。亦作 **quadru-**）：four

- quadrangle *(C)* 四角形
- quadrant *(C)* 四分儀
- quadraphonic *(adj)* 四聲道的
- quadrennial *(adj)* 四年的
- quadrilateral *(adj, C)* 四邊形
- quadriplegia *(U)* 四肢癱瘓
- quadruped（quadru 四 + ped 足）*(C)* 四足獸
- quadruple *(adj)* 四倍的；*(vt, vi)* 成四倍
- quadruplet *(C)* 四胞胎中之一

Our sales **quadrupled** last year.
去年我們銷售額成長四倍。

2 quarter-

- quarter-final *(C)* 四分之一決賽；複決賽
- quarterly *(adj)* 季度的，每三個月一次的；*(C)* 季刊
- quartet *(C)* 四重奏（唱）
- quartercentenary *(C)* 四百周年紀念

例句

Today is the **quatercentenary** of Shakespeare's birth.
今天是莎士比亞四百周年紀念生日。

3 tetra-：four「四」

- tetrachord *(C)* 四弦琴
- tetragon *(C)* 四角形
- tetragynous *(adj)* 四雄蕊的
- tetrahedral *(adj)* 有四面的，四面體的
- tetralogy *(C)* 四部曲，（古希臘）四聯劇，四部劇

3.4.6 表示「五」的字首：這類字首有 **penta-**及 **quinque-**。

1 penta-（在母音前為 pent-）：five「五」

- pentachord *(C)* 五弦琴
- pentagon *(C)* 五角形；五角大樓（the Pentagon 美國國防部）
- pentagram *(C)* 五角星形
- pentasyllable *(C)* 五音節
- pentathlete *(C)* 五項全能運動員
- pentathlon *(S, C)* 五項全能運動
- pentarchy *(U)* 五頭政治；*(C)* 五人聯合統治的國家

2 quinque-（在母音前為 quinqu-）

- quinquecentennial *(adj, C)* 第五百周年（的）；五百周年紀念的 (=quincentenary)
- quinquelateral *(adj)* 有五邊的
- quinquennial *(C)* 每五年發生一次的事件；*(adj)* 每隔五年發生一次的
- quinquesection *(C)* 五等分
- quintet *(C)* 五重奏（唱）
- quintuplet *(C)* 五胞胎中之一

3.4.7 表示「六」的字首：這類字首有 **hexa-**及 **sex-**。

1 hexa-（在母音前為 hex-）

- hexagon *(C)* 六角形
- hexameter *(C)* 有六個韻腳的詩行

2 sex-： six「六」

- sexagenarian *(adj)* 六十來歲的；*(C)* 六十來歲的人
- sexangle *(C)* 六角形
- sexennial *(C)* 六周年紀念；*(adj)* 每六年的

3.4.8 表示「七」的字首：這類字首有 **hepta-**。

hepta-（在母音前為 hept-）： seven「七」

- heptachord *(C)* 七弦琴
- heptagon *(C)* 七角形
- heptahedra *(C)* 七面體
- heptameter *(C)* 七步格
- heptarchy *(U)* 七頭統治，*(C)* 由七個人聯合統治的國家

3.4.9 表示「八」的字首：這類字首有 **octa-**。

octa-（在母音前為 **oct-**。亦作 **octo-**）：eight「八」

- octagon *(C)* 八角形
- octahedron *(C)* 八面體
- octave *(C)* 八度音
- octocentenary *(adj)* 八百周年紀念的
- octogenarian *(adj)* 八十多歲的；*(C)* 八十多歲的人
- octopus *(C)* 章魚（因章魚有八隻腳，故得名）

3.4.10 表示「九」的字首：這類字首有 **nona-, ennea-**。

ennea-, nona-：nine「九」

- nonagon *(C)* 九角形，九邊形 (=enneagon)
- nonary *(adj)* 九進的
- nonagenarian *(adj)* 九十多歲的；*(C)* 九十多歲的人

3.4.11 表示「十」、「十分之一」的字首：這類字首有 ten 含義的 **deca-**，以及 one tenth 含義的 **deci-**。

1 **deca-**：ten「十」

- decade *(C)* 十年
- decagon *(C)* 十邊形，十角形
- decagram *(C)* 十克
- Decalog *(n)* 摩西的十誡
- decameter *(C)* 十米

- decathlete *(C)* 十項全能運動員
- decathlon *(S, U)* 十項運動

2 **deci-**：one tenth「十分之一」

- decibel *(C)* 分貝
- decilitre *(C)* 1/10 公升
- decimal *(adj)* 十進位的；*(C)* 小數
- decimate *(vt)* 殺十分之一，大批殺死
- decimeter *(C)* 十分之一米，分米
- decennial *(adj)* 十年一度的

3.4.12 表示「十一」的字首：這類字首有 **hendeca-**。

hendeca-：十一

- hendecagon *(C)* 十一角形
- hendecahedral *(adj)* 十一面體的
- hendecasyllabic *(adj)* 包含有十一音節的
- hendecasyllable *(C)* 十一音節的詩句

3.4.13 表示「百」的字首：這類字首有 **centi-, hecto-**。

1 **centi-**（在母音前為 **cent-**）：hundred「百」

- centennial *(C)* 百年紀念；*(adj)* 一百年的
- centigrade *(U)* 百度制，攝氏
- centimeter *(C)* 百分之一米，釐米
- centenarian *(C)* 百歲的人

- centipede（centi 百 + pede 足）*(C)* 蜈蚣
- centesimal *(adj)* 百分之一的，百進制的
- centuple *(adj)* 百倍的；*(vt)* 使增加百倍
- century *(C)* 一百年，世紀

2 hecto-（在母音前為 hect-）：hundred「百」

- hectare *(C)* 公頃（一百公畝）
- hectoliter *(C)* 百升
- hectometer *(C)* 百米

3.4.14 表示「千」、「千分之一，毫」的字首：這類字首有 thousand 含義的 **kilo-**，以及 one thousandth 含義的 **milli-**。

1 kilo-：thousand「千」

- kilocalorie *(C)* 千卡
- kilogram *(C)* 千克，公斤
- kilometer *(C)* 千米，公里
- kilovolt *(C)* 千伏
- kilowatt *(C)* 千瓦

2 milli-（在母音前為 mill-）：one thousandth 「千分之一，毫」

- millennium *(C)* 千年
- milligram *(C)* 千分之一克，毫克
- millimeter *(C)* 千分之一米，毫米

3.4.15 表示「一萬」的字首：這類字首有 **myri-, myria-**。

myri-, myria-： ten thousand「一萬」

- myriameter *(C)* 一萬米
- myrialitre *(C)* 萬升（即十公升縮略作 myl.）

3.4.16 表示「百萬」的字首：這類字首有 **mega-**。

mega-（在母音前為 **meg-**）： one million「百萬」，「兆」

- megabucks *(n)* 一百萬美金
- megabyte *(C)* 兆字節（信息單位）
- megacycle *(C)* 兆周
- megahertz *(C)* 兆赫
- megawa *(C)* 兆瓦特

3.4.17 表示「十億分之一」的字首：這類字首有 **nano-, nanno-**。

nano-, nanno-： one billionth「十億分之一」

- nanometer *(C)* 十億分之一米，毫微米
- nanosecond *(C)* 十億分之一秒

3.5

「全部，一半」含義的字首

本節說明的是含有「全部，一半」意思的字首 holo-, omni-, pan-, al-。

3.5.1 表示「全部」的字首：這類字首有 **al-, holo-, omni-, pan-**。

1 al-

- almost *(adv)* 幾乎，差不多
- almighty *(adj)* 全能的

例句

Money is not **almighty**.
金錢不是萬能的。

2 holo-

- holistic *(adj)* 整體的，全盤的
- hologram *(n)* 全息圖，全像圖
- holocaust *(n)* 大毀滅（尤指由火災造成的），大屠殺
- holozoic *(adj)* 全動物營養性的，以攝取有機物為食的

例句

a. A nuclear **holocaust** would leave millions of people dead.
核子大浩劫將造成數百萬人死亡。

b. The hospital is promoting **holistic** treatment.
這家醫院在提倡整體的治療方式。

3 omni-

- omnibus *(C)* 公共汽車
- omnifaceted *(adj)* 全面的，各方面的

- omnifarious *(adj)* 多方面的，五花八門的
- omnipotent *(adj)* 全能的
- omnipresent *(adj)* 無所不在的
- omniscient *(adj)* 無所不知的
- omnivore *(C)* 雜食動物
- omnivorous *(adj)* 雜食的

例句

a. Only an **omnipotent** God can relieve the severe drought in Africa.
只有全能的上帝才能解除非洲嚴重的旱災。

b. The secret police used to be virtually **omnipresent** in all public places.
祕密警察以往在每個公共場所是無所不在的。

4 pan-

- panacea *(C)* 萬靈藥
- pan-American *(adj)* 泛美洲的
- panchromatic *(adj)* 全色的
- pandemic *(C)* 全球流行性疾病
- pandemonium *(U)* 喧嘩吵鬧
- panoply *(C)* 全套禮服，防護性覆蓋物，全副武裝
- panorama *(S)* 全景
- pantheism *(U)* 泛神論
- pantheon *(C)* 萬神殿

例句

a. AIDS/Crime/Unemployment has become a **pandemic**.
愛滋病／犯罪／失業已成全球流行的病。

b. When the election results were announced **pandemonium** broke out in the extreme right-wing camp of the opposition party.
選舉結果一宣布，反對黨的極右翼陣營亂成一團。

3.5.2 表示「一半」的字首：這類字首有 **demi-, hemi-, semi-**。

1 demi-

- demigod *(C)* 半神半人
- demilune *(adj)* 半月狀的

2 hemi-

- hemialgia *(U)* 單側痛
- hemicrania *(U)* 偏頭疼
- hemicycle *(C)* 半圓形
- hemiplegia *(U)* 半身不遂
- hemipyramid *(C)* 半錐體
- hemisphere *(C)* 半球

例句

Australia is in the southern **hemisphere**.
澳大利亞位於南半球。

3 semi-

- semi-annual *(adj)* 每半年的
- semiautomatic *(adj)* 半自動的
- semicircle *(C)* 半圓形
- semi-colon *(C)* 分號
- semiconductor *(C)* 半導體
- semifinal *(C)* 半決賽
- semiformal *(adj)* 半正式的
- semi-literate *(adj)* 半文盲的

- semimonthly *(C)* 半月刊
- semiofficial *(adj)* 半官方的
- semitone *(C)* 半音
- semivowel *(C)* 半母音
- semiweekly *(C)* 半周刊；*(adj)* 一周兩次的

We made a **semicircle** around the podium.
我們繞著講台形成半圓形。

3.6

改變詞性的字首

有轉換詞性功能的字首分別有 **a-**, **be-**，以及 **en-**或 **em-**，逐一說明如下。

1 a-

(i) 將動詞變成後置修飾的形容詞，表示動作的狀態或動作正在進行

- blaze *(vi, vt)* 燃燒 → ablaze *(adj)* 著火的
- drift *(vi, vt)* 飄浮 → adrift *(adj)* 飄浮的
- glow *(vi)* 發熱 → aglow *(adj)* 通紅的
- float *(vi, vt)* 飄浮 → afloat *(adj)* 飄浮的
- like *(vi, vt)* 喜歡 → alike *(adj)* 相像的，一樣的
- live *(vi, vt)* 生活 → alive *(adj)* 活著的
- miss *(vi, vt)* 錯過 → amiss *(adj)* 出差錯的
- sleep *(vi, vt)* 睡覺 → asleep *(adj)* 睡著的
- wake *(vi, vt)* 醒來 → awake *(adj)* 醒著的
- wash *(vi, vt)* 沖洗 → awash *(adj)* 被水淹沒的

(ii) 將名詞變成後置修飾的形容詞，表示動作的狀態或動作正在進行

- flame *(U, C)* 火焰 → aflame *(adj)* 燃燒中
- kin *(pl)* 親屬 → akin *(adj)* 類似的
- light *(U)* 光 → alight *(adj)* 發亮的
- part *(C)* 部分 → apart *(adj)* 分開的
- foot *(C)* 足 → afoot *(adj)* 在準備中，在進行中
- shame *(U)* 羞愧 → ashamed *(adj)* 慚愧的

(iii) 將名詞變成副詞，表示 on/in/into/to/toward the place where「在／進入／朝向某地」

- loft *(C)* 頂樓 → aloft *(adv)* 在高處

- back *(n)* 後面，背部 → aback *(adv)* 在後面，吃驚
- bed *(n)* 床 → abed *(adv)* 在床上，臥病在床
- board *(n)* 板 → aboard *(adv)* 在車（船、飛機）上
- breast *(C)* 乳房 → abreast *(adv)* 並行，趕得上
- field *(n)* 田野 → afield *(adv)* 離開（家鄉），在戰場上，在田野
- head *(C)* 頭 → ahead *(adv)* 在前面
- shore *(n)* 海岸 → ashore *(adv)* 在海岸，向岸地
- side *(C)* 邊，側 → aside *(adv)* 在邊上
- top *(n)* 頂部 → atop *(adv)* 在上面
- way *(n)* 路 → away *(adv)* 到遠處，離去
- part *(n)* 部分 → apart *(adv)* 分開的
- stride *(n)* （一）大步 → astride *(adv)* 跨著

(iv) 將名詞變成動詞

- mass *(C)* 團，塊，堆 → amass *(vt)* 堆積，積累
- base *(S)* 底部 → abase *(vt)* 貶低
- rise *(S)* 發生，出現 → arise *(vi)* 出現，發生，起因於

2 be-

(i) 加在名詞、動詞或形容詞前，構成及物動詞

- devil *(C)* 邪惡 → bedevil *(vt)* 折磨，使苦惱
- friend *(C)* 朋友 → befriend *(vt)* 友好對待
- grudge *(C)* 怨恨 → begrudge *(vt)* 吝惜
- guile *(U)* 欺騙 → beguile *(vt)* 欺騙
- head *(C)* 頭 → behead *(vt)* 砍頭
- leaguer *(n)* 圍攻 → beleaguer *(vt)* 圍攻
- rate *(C)* 比率 → berate *(vt)* 指責
- siege *(U, C)* 包圍 → besiege *(vt)* 圍攻

- moan *(C)* 呻吟 → bemoan *(vt)* 哀嘆
- witch *(C)* 巫婆 → bewitch *(vt)* 蠱惑
- smirch *(C, vt)* 污跡 → besmirch *(vt)* 弄髒
- wail *(C, vi)* 慟哭 → bewail *(vt)* 悲歎
- fuddle *(vt)* 灌醉，使迷糊 → befuddle *(vt)* 使酒醉昏迷，使迷惑，使迷糊
- speak *(vi)* 說話 → bespeak *(vt)* 預示
- fall *(vi)* 落下 → befall *(vt)* 降臨
- get *(vt)* 獲得 → beget *(vt)* 引起
- fit *(adj)* 合適的 → befit *(vt)* 適合
- little *(adj)* 小的 → belittle *(vt)* 小看，輕視，貶低

(ii) 構成一些介系詞

- fore *(S)* 前 → before *(prep)* 在…前面
- hind *(adj)* 後 → behind *(prep)* 在…後邊
- low *(adj)* 低 → below *(prep)* 在…下面
- side *(C)* 邊 → beside *(prep)* 在…旁邊

3 **en-**（在 b, p, m 前為 **em-**）：構成動詞，表示 make into, put into a certain state, cause to be「使成為，使進入…狀態，引起」

- able *(adj)* 能夠的 → enable *(vt)* 使能夠
- act *(C)* 動作 → enact *(vt)* 制定法律
- balm *(U)* 香樹脂 → embalm *(vt)* 以香料及防腐劑對屍體進行防腐處理
- bank *(C)* 堤防 → embank *(vt)* 築堤防
- bitter *(adj)* 苦味的 → embitter *(vt)* 使痛苦；激怒
- body *(C)* 身體 → embody *(vt)* 使具體化
- camp *(C)* 露營地 → encamp *(vi, vt)* 紮營
- case *(C)* 容器 → encase *(vt)* 裝入
- chant *(C)* 喊叫聲 → enchant *(vt)* 使迷醉

- circle *(C)* 圓圈 → encircle *(vt)* 包圍，圈進去
- close *(adj)* 封閉的 → enclose *(vt)* 放入封套，圍繞
- code *(C)* 密碼，代碼 → encode *(vt)* 編碼
- courage *(U)* 勇氣 → encourage *(vt)* 鼓勵
- danger *(U, C)* 危險 → endanger *(vt)* 使遭到危險，危及
- dear *(adj)* 親愛的 → endear *(vt)* 使受喜愛
- force *(U)* 力量 → enforce *(vt)* 強制執行
- joy *(U)* 歡樂 → enjoy *(vt)* 享受
- large *(adj)* 大的 → enlarge *(vt)* 擴大
- light *(U)* 光 → enlighten *(vt)* 啓發，啓示
- list *(C)* 名單 → enlist *(vt)* 徵募
- power *(U)* 權力 → empower *(vt)* 授權
- rage *(U)* 憤怒 → enrage *(vt)* 激怒
- rich *(adj)* 富裕的 → enrich *(vt)* 使富裕
- roll *(C)* 名單 → enroll *(vt)* 招收，使入伍（或入會、入學等）
- shrine *(C)* 神龜 → enshrine *(vt)* 入廟祀奉，銘記
- slave *(C)* 奴隸 → enslave *(vt)* 使成為奴隸，奴役
- snare *(C)* 陷井 → ensnare *(vt)* 誘捕
- sure *(adj)* 確信 → ensure *(vt)* 保證
- tangle *(C)* 混亂狀態 → entangle *(vt)* 使纏上
- throne *(C)* 王座 → enthrone *(vt)* 立…為王，使登基
- title *(C)* 標題 → entitle *(vt)* 給（書、劇本、 美術作品等）取名；定名
- tomb *(C)* 墳墓 → entomb *(vt)* 埋葬
- trance *(U)* 恍惚，出神，著迷，迷睡 → entrance *(vt)* 使神志恍惚
- trap *(C)* 陷井 → entrap *(vt)* 誘捕
- trust *(U)* 信任 → entrust *(vt)* 委託
- vision *(U)* 視力，視覺 → envision *(vt)* 想像

3.7

專業的字首

專業性字首的數量相當多，經過歸納整理後，一共列出二百零一類，分別說明如下。

a 開頭的字首

1 **ace-** ：acid「酸」

- acerb *(adj)* 酸澀的，尖銳的，刻薄的
- acerbic *(adj)* 酸的，尖刻的
- acerbate *(vt)* 使變酸（或苦澀，辛辣），激怒
- acescent *(adj)* 變酸的
- acetic *(adj)* 醋的，乙酸的
- acetifier *(C)* 醋化器
- acetify *(vt)*（使）醋化，（使）變酸
- acetimeter *(C)* 醋酸比重計 (=acidimeter)
- acetose *(adj)* 酸的，醋一樣酸的
- acetous *(adj)* 產生醋酸的，酸的，有酸味的
- acetum *(U)* 醋酸溶液，醋
- acid *(U)* 酸；*(adj)* 酸的，諷刺的，刻薄的
- acidic *(adj)* 酸的，酸性的
- acidification *(U)* 酸化
- acidifier *(C)* 成酸劑
- acidify *(vt)* 使酸化
- acidity *(U)* 酸度
- acidize *(vt)* 用酸處理，使酸化

例句

He was famous for his **acerbic** wit.
他以尖刻的機智著稱。

2 **acro-**：top, summit, beginning「極；高；開始」

- acrobat *(C)*（走鋼絲的）雜技演員
- acrobatic *(adj)* 特技的
- acrobatics *(pl)* 特技
- acrogen *(n)* 頂生植物
- acrogenous *(adj)* 頂生植物的
- acronym *(C)* 只取首字母的縮寫詞
- acrophobia *(U)* 懼高症

例句

That man made an **acrobatic** leap into the air and caught a flying arrow. His amazing feat earned him rapturous applause.
那人特技似的縱身一跳接住飛箭。他的精彩技藝贏得熱烈的掌聲。

3 **adipo-**：fat, fatty issue 「肥胖的；脂肪組織」

- adipic *(adj)* 脂肪的
- adipocere *(n)* 屍蠟（動物屍體在濕處腐爛後產生的軟蠟狀物質）
- adipose *(adj)* 脂肪的，肥胖的
- adiposity *(U)* 肥胖，肥胖症，肥胖傾向
- adiposis *(n)* 肥胖症

4 **adreno-**（在母音前為 **adren-**）：adrenergic「腎上腺素的」

- adrenalectomy *(U)* 腎上腺切除術
- adrenalin *(U)* 腎上腺素
- adrenal *(adj)* 腎上腺的
- adrenergic *(adj)* 腎上腺素的
- adrenochrome *(U)* 腎上腺素紅（腎上腺素的磚紅色氧化物）
- adrenocortical *(adj)* 腎上腺皮質的

5 aer-, aeri-, aero-： air, atmosphere「空氣」

- aerate *(vt)* 通氣
- aerial *(adj)* 航空的，生活在空氣中的，空氣的；*(C)* 天線
- aeroacoustic *(adj)* 空氣聲學的
- aeroamphibious *(adj)* 海陸空的，海陸空聯合的
- aerobacteriological *(adj)* 大氣細菌學的
- aeroballistics *(U)* 航空彈道學，空氣彈道學
- aerobatics *(pl)* 特技飛行
- aerobics *(U)* 有氧運動
- aerobiological *(adj)* 大氣生物學的
- aerodynamics *(U)* 空氣動力學
- aerology *(U)* 高空氣象學
- aeronautics *(U)* 航空學
- aeronaut *(C)* 飛機駕駛員
- aerophobe *(C)* 飛行恐懼症
- aeroplankton *(C)* 空氣中的浮游生物
- aerospace *(U, adj)* 航空宇宙
- aerosphere *(U)* 大氣層

例句

a. Earthworms help to **aerate** the soil.
蚯蚓幫助土壤通氣。

b. We launched an **aerial** attack on one of the enemy's airports.
我們對敵人的一座機場發動空中攻擊。

6 agr-, agri-, agro-： soil, agriculture, field「土壤；農業；田野」

- agrarian *(adj)* 有關土地的，耕地的
- agribusiness *(U)* 農務 (=agrobusiness)

- agriculture *(U)* 農業
- agrochemical *(C)* 農用化學品
- agrology *(U)* 土壤學
- agronomist *(C)* 農學家
- agronomy *(U)* 農耕學

例句

In an **agrarian** society, people are less mobile.
農業社會裡，人們流動性較低。

7 allo-（在母音前為 all-）：other, different「其他；不同」

- alias *(C)* 別名，代號
- alibi *(C)* 不在場證明
- alien *(adj)* 外國的
- alienate *(vt)* 疏遠
- allobar *(n)* 同素異重體
- allogamous *(adj)* 異花受粉的，異體受精的
- allogamy *(n)* 異花受粉，異體受精
- allograph *(C)* 異形字
- allometry *(U)* 異速生長
- allonymous *(adj)* 筆名的
- allonym *(C)* 假托偽名，（尤指作家發表作品時使用的）別人的名字
- allopathy *(U)* 對抗療法
- allopatric *(adj)* 在不同地區發生的
- allophone *(C)* 音位變體
- allosaurus *(C)* 異龍
- allotransplant *(vt)* 同種異體移植

8 **alti-, alto-**： height「高度」

- altigraph *(C)* 有自動記錄儀的高度測量器
- altiplano *(C)* 高原
- altisonant *(adj)* 冠冕堂皇的，崇高的
- altissimo *(adj)* 最高的
- altimeter *(C)* 高度計
- altitude *(C)*（尤指海拔）高度
- alto *(C)* 次高音歌手
- altocumulus *(n)* 高積雲
- altostratus *(n)* 高層雲

9 **andro-（在母音前為 andr-）**： male, masculine「男性，陽性」

- androcentric *(adj)* 以男性為主的
- androcracy *(U)* 男性對社會的控制，男性中心社會
- androgen *(n)* 男性荷爾蒙（↔ estrogen 女性荷爾蒙）
- android *(adj)* 雄性的
- androphobia *(U)* 男性恐懼症

10 **anemo-**： wind「風」

- anemochorous *(adj)* 由風散布種子的
- anemochory *(n)*（植物）風力散布種子
- anemography *(U)* 測風術，風論
- anemograph *(C)* 風力記錄計，自動記風儀
- anemology *(U)* 測風學
- anemometer *(C)* 風速計
- anemophilous *(adj)* 風媒（傳粉）的
- anemophily *(U)* 風媒傳粉

11 **angio-**： vessel「血管」

- angiocardiogram *(C)* 心血管 X 線照片
- angiocardioraphy *(U)* 心血管造影術
- angiogram *(C)* 血管造影（照）片
- angiology *(U)* 血管學，血管淋巴學
- angioma *(C)* 血管瘤，血管腫
- angiopathy *(U)* 血管病；淋巴管病
- angiotomy *(U)* 血管切開術，血管解剖術

12 **antho-**： flower「花」

- anthocyanin *(n)* 花青素
- anthodium *(n)* 集合花，小頭狀花序
- anthography *(n)* 花譜

13 **anthropo-**： human beings「人類」

- anthropocentric *(adj)* 以人類為中心的
- anthropogenesis *(n)* 人類起源學
- anthropoid *(C)* 類人猿；*(adj)*（猿等）似人的
- anthropological *(adj)* 人類學的
- anthropologist *(C)* 人類學家
- anthropology *(U)* 人類學
- anthropomorphism *(U)* 神、人同形同性論
- anthropophagus *(adj)* 食人肉的

例句

Only a few young people take an interest in **anthropology**
只有少數年輕人對人類學有興趣。

14 aqua-（在母音前為 aqu-）：water「水」

- aquafarm *(C)* 水產養殖場
- aquaculture *(U)* 水產業
- aqualung *(C)* 水中呼吸器，水肺
- aquanaut *(C)* 輕裝潛水員
- aquaplane *(C)* 滑水板
- aquarium *(C)* 玻璃缸，水族館
- aquatic *(adj)* 水生的
- aqueduct *(C)* 溝渠，導水管
- aqueous *(adj)* 水的
- aquifer *(U)* 含水土層

The water lily is an **aquatic** plant.
睡蓮是水生植物。

15 arch-, arche-, archi-：chief, extreme, earlier「主要；極端；較早的」

- archbishop *(C)* 大主教
- archconservative *(adj)* 極端保守的
- arch-criminal *(C)* 主犯
- archenemy *(C)* 主要敵人
- archetype *(C)* 典型
- arch-rival *(C)* 主要對手

North Korea is the **archetype** of a communist country.
北韓是典型的共產國家。

16 **archaeo-, archeo-, arch-**： ancient, earlier, primitive「古老的，原始的」

- archaeologist *(C)* 考古學家
- archaeology *(U)* 考古學
- archaeopteryx *(C)* 始祖鳥（古代生物）
- Archaeozoic *(adj)* 太古生代
- archaic *(adj)* 古老的，古代的，陳舊的
- archaism *(C)* 古語，古體

例句

Some scholars have begun to doubt that learning the **archaic** form of the Chinese language can be helpful to students.
有些學者開始懷疑學習中國古文對學生有幫助。

17 **astro-, aster-**： star, outer space「星，天體，宇宙」

- asterisk *(C)* 星號
- asterism *(C)* 星群，三星符號
- asteroid *(C)* 小遊星，小行星
- astrocompass *(C)* 星象羅盤
- astrologer *(C)* 占星家
- astroid *(adj)* 星形的
- astrology *(U)* 占星術
- astronautics *(U)* 太空航空學
- astronaut *(C)* 太空人
- astronavigation *(U)* 太空航行
- astronomer *(C)* 天文學家
- astronomical *(adj)* 天文學的，龐大無法估計的

- astronomy *(U)* 天文學
- astrophysics *(U)* 天體物理學

例句

a. Some **astronomers** use the principles of physics and mathematics to determine the nature of the universe.
有些天文學家利用物理學和數學原理來斷定宇宙的本質。

b. Incorrect sentences are marked with an **asterisk**.
錯誤的句點用星號標示。

18 **atmo-**： air, vapor「空氣；蒸汽」

- atmology *(U)* 水蒸氣學
- atmometer *(C)* 蒸發計，汽化表
- atmometric *(adj)* 蒸發計量學的
- atmometry *(U)* 蒸發計量學
- atmosphere *(U)* 大氣
- atmospheric *(adj)* 大氣的
- atmospherics *(U)* 天電，大氣干擾
- atmospherium *(C)* 雲象儀

19 **audi-, audio-**： hearing「聽」

- audible *(adj)* 聽得見的
- audience *(C)* 聽衆
- audiocassette *(C)* 卡式錄音帶
- audiophile *(C)* 高傳真音響愛好者
- audiotape *(C)* 錄音帶
- audiovisual *(adj)* 視聽的
- audition *(C, vt, vi)* 試鏡
- auditorium *(C)* 禮堂

- auditor *(C)* 查帳員
- audit *(vt)* 稽核，旁聽

a. **Audio** and video equipment has been installed in the language laboratory.
視聽設備已經安裝在語言實驗室了。

b. Lulu is **auditioning** for the leading role in the new play.
露露正爲當這部新戲的主角而試鏡。

20 aur-, auri-：gold「金」；ear「耳」

- aural *(adj)* 聽覺的
- auricle *(n)* 外耳
- auricular *(adj)* 耳的，耳狀的
- aurinasal *(adj)* 耳鼻的
- auriscope *(C)* 檢查耳朵用的耳鏡
- aurist *(C)* 耳科醫生
- auric *(adj)* 金的，含金的
- auriferous *(adj)* 產金的，含金的

21 auto-（在母音前為 aut-）：self「自己，自動」

- autarchic *(adj)* 獨裁的
- autarchy *(U)* 獨裁，專制
- autarch *(C)* 獨裁者，專制者
- autecology *(U)* 個體生態學
- autism *(U)* 自閉症
- autistic *(adj)* 自閉的
- autoantibody *(n)* 自身抗體，自體抗體
- autobiography *(C)* 自傳

- autocade *(C)* 汽車隊伍
- autocatalysis *(n)* 自身催化
- autochthonous *(adj)*（尤指動植物）本土的，土著的
- autocide *(U, C)* 撞車自殺
- autocracy *(U)* 獨裁政治
- autocratic *(adj)* 獨裁的
- autocrat *(C)* 獨裁者
- autogamy *(n)* 自花受粉，自體受精
- autogenous *(adj)* 自生的
- autograft *(n)* 自體移植物（如皮膚，組織等）
- autograph *(C)* 親筆簽字
- automatic *(adj)* 自動的
- automation *(U)* 自動控制
- automobile *(C)* 汽車（自動車）
- automonous *(adj)* 自治的
- autonomy *(U)* 自治
- autopsy *(C)* 驗屍

例句

a. The Kurds are seeking greater **autonomy**, but the Turkish government won't grant it.
庫爾德人要爭取更大的自治權，但土耳其政府不同意。

b. During the Cold War, the U.S. supported many **autocratic** regimes in Asia, Africa, and Central America.
冷戰期間，美國支持亞洲、非洲和中美洲很多獨裁政權。

22 avi-：bird「鳥」

- avian *(adj)* 鳥類的
- aviarist *(C)* 飛禽飼養家

- aviary *(C)*（動物園的）大型鳥舍，鳥類飼養場
- aviate *(vt)* 駕駛飛機
- aviation *(U)* 飛行，航空，航空業

23 azo-（在母音前為 az-）：containing a nitrogen group「含氮的」

- azide *(n)* 疊氮化物
- azotemia *(n)* 氮血（症）
- azotic *(adj)* 氮的
- azotize *(vt)* 使氮化

b 開頭的字首

24 bar-, baro-：weight, pressure「重量；壓力」

- bariatrics *(U)* 肥胖症學
- baric *(adj)* 大氣壓的
- barogram *(C)* 氣壓記錄圖
- barograph *(C)* 自動氣壓計
- barology *(U)* 重力論，重力學
- barometer *(C)* 氣壓計
- barometry *(U)* 氣壓測定法

例句

The **barometer** is steady; it neither rises nor falls sharply.
氣壓計很穩定，沒有大幅度的升降。

25 batho-, bathy-：deep「深的」

- batholith（batho + lith 石頭）*(C)* 底盤，岩基
- bathometer *(C)* 水深測量器，測深計
- bathybic *(adj)* 深海底的

- bathymetry *(U)*（海洋）深測術，測海學
- bathypelagic *(adj)* 深海區的，居於深海區的
- bathysphere *(C)* 深海調查用球形潛水箱
- bathythermograph *(C)* 深海溫度測量器

26 **biblio-**： book「書」

- bibliofilm *(C)*（用於拍攝書頁等的）微縮膠片，顯微膠片
- bibliography *(C)* 參考書目
- bibliolater *(C)* 書籍崇拜者，聖經崇拜者
- bibliolatrous *(adj)* 書籍崇拜的，聖經崇拜的
- bibliolatry *(U)* 書籍崇拜，聖經崇拜
- bibliomancy *(n)* 聖經卦（以任何抽到的經書中的一節來占卜未來）
- bibliomania *(U)* 藏書癖
- bibliophile *(C)* 愛書人
- bibliopole *(C)* 稀有書籍的買賣商
- bibliopoly *(n)* 書籍買賣，珍本書買賣
- bibliotheca *(C)* 藏書，圖書館，書目

例句

A **bibliophile** takes pleasure in reading.
愛書人樂於讀書。

27 **bio-**： life, living organism「生命，生物」

- bioastronautics *(U)* 太空生命醫學
- biobibliography *(C)* 關於作家生平及其著作（或文學活動）的記載，作家或作者簡歷
- biochemistry *(U)* 生化學
- biochemist *(C)* 生化學家
- biodegradable *(adj)* 生物所能分解的

- biodiversity *(U)* 生物的多樣性
- biodynamics *(U)* 生物動力學
- biography *(C)* 傳記
- biological *(adj)* 生物的
- biologist *(C)* 生物學家
- biology *(U)* 生物學
- biophilia *(U)* 熱愛生命的天性
- biophysics *(U)* 生物物理學
- biopsy *(n)* 為檢查和診斷而做的活組織切除檢查
- biorhythms *(pl)* 人體生理功能節律
- biosphere *(S)* 生物圈
- biotechnology *(U)* 生物工程
- bioweapon *(C)* 生化學

The region where the earth's animals and plants live is called the earth's **biosphere**.
地球的動植物棲居區域稱爲地球生物圈。

28 **blasto-**（在母音前為 **blast-**）：bud, germ, budding, germination「芽，胚胎，發芽，萌芽」

- blastocele *(n)* 囊胚腔，分裂腔
- blastocyst *(n)* 胚包
- blastogenesis *(n)* 芽生
- blastomere *(n)* 分裂球，卵裂球

29 **broncho-**（在母音前為 **bronch-**）：bronchus, bronchial「氣管」

- bronchia *(C)* 支氣管
- bronchial *(adj)* 支氣管的

- bronchiectasis *(n)*（細）支氣管擴張
- bronchitis *(n)* 支氣管炎
- bronchoconstriction *(n)* 支氣管縮小，支氣管狹窄
- bronchography *(U)* 支氣管造影術
- bronchopneumonia *(n)* 支氣管肺炎
- bronchotomy *(n)*（支）氣管切開術

30 **by-**： secondary「次要的，附帶的」

- by-election *(C)* 遞補選舉
- bylaw *(C)* 次要法規，（社團制定的）規章制度
- bymotive *(C)* 隱蔽的動機，暗中的打算
- byname *(C)* 別名，綽號
- bypass *(C)* 旁路
- bypath *(C)* 小路
- byproduct *(C)* 副產品
- byplay *(n)*（戲劇中的）穿插動作或說白

C 開頭的字首

31 **calci-**（在母音前為 **cal-**）： calcium「鈣」

- calcareous *(adj)* 石灰質的，含鈣的
- calciferous *(adj)* 含碳酸鈣的
- calcic *(adj)* 石灰的，鈣的
- calcicole *(adj)* 生長於鈣質土壤的；*(n)* 鈣生植物
- calcify *(vi, vt)* 變成石灰質，鈣化
- calcium *(U)* 鈣

32 **calor-**： heat「熱」

- caloric *(adj)* 熱量的

- calorie *(C)* 卡路里
- calorifacient *(adj)* 發熱的
- calorify *(vt)* 加熱於
- calorigenic *(adj)* 產生熱量的
- calorimeter *(C)* 熱量計
- calorimetrist *(n)* 量熱學家
- calorimetry *(n)* 熱量測定

33 **carbo-**（在母音前為 **carb-**）：carbon「碳」

- carbide *(C)* 碳化物
- carboholic *(C)* 愛吃甜食的人
- carbohydrate *(n)* 碳水化合物，醣類
- carbolic *(adj)* 碳的
- carbon dioxide *(U)* 二氧化碳
- carbonic acid *(n)* 碳酸
- carbonic oxide *(U)* 一氧化碳
- carbonate *(vt)* 使碳化

34 **cardio-**（在母音前為 **cardi-**）：heart「心臟」

- cardiac *(C)* 強心劑；*(adj)* 心臟的
- cardiectomy *(U)* 心部分切除術
- cardiograph *(C)* 心電圖 (=electrocardiogram)
- cardiology *(U)* 心臟病學
- cardiometer *(C)* 心力測量器，心力計
- cardiophobia *(U)* 心臟病恐怖症
- cardiovascular *(adj)* 心臟血管的
- cardioverter *(n)* 心律轉變器，復律器

35 **carpo-**：fruit「果實」

- carpogenic *(adj)* 結果實的
- carpophagous *(adj)* 食果實的，以果實為生的
- carpophore *(C)* 心皮柄

36 **cauli-, caulo-**：stem「莖」

- caulescent（caul 莖 + escent 變成）*(adj)* 有莖的
- cauliflower *(n)* 花椰菜
- cauliform *(adj)* 莖狀的
- cauline *(adj)* 莖生的

37 **celluil-, cellul-, cellulo-**：cell「細胞的」

- cellular *(adj)* 細胞的
- cellule *(C)* 小細胞，小牢房
- cellulitis *(U)* 蜂窩性組織炎
- cellulous *(adj)* 多細胞的

38 **celo-, coel-**：celom「體內或器官內之腔」

- celom *(C)* 體腔 (=coelom)
- celoscope *(C)* 腹腔鏡 (=celioscope)
- coelomate *(adj)* 有體腔的；*(C)* 體腔動物

39 **centri-（在母音前為 centr-）, centro-**：center「中心」

- centrifugal *(adj)* 離心的
- centrifugalization *(n)* 受離心力作用
- centrifugate *(C)* 以離心力分出之物；*(vt)* 使離心

- centripetal *(adj)* 向心的，利用向心力的
- centripetence *(n)* 向心作用，向心運動
- centroclinal *(adj)* 向同一點或中心傾斜的
- centrosphere *(n)* 地核；中心球
- centrosymmetric *(adj)* 中心對稱的

40 **cheiro-, chiro-**： hand「手」

- chirognomy *(n)* 手相術，觀掌術
- chirography *(n)* 書法，筆法，筆跡
- chiromancy *(n)* 手相術
- chiroplasty *(n)* 手造形術
- chiropody *(n)* 手足病的治療
- chiropodist（chiro 手 + pod 足 + ist 從事…者）*(n)* 手足病醫生

41 **cheli-（在母音前為 chel-）**： claw, chela「螯」

- chela *(C)* 螯
- chelicera *(C)* 前肢之螯〔chelicerae *(pl)*〕
- cheliform *(adj)* 螯狀的
- cheloid *(C)* 蟹狀腫

42 **chemo-, chemi-（在母音前為 chem-）**： chemical「化學，化學的」

- chemical *(adj)* 化學的；*(C)* 化學製品，化學藥品
- chemiluminescence *(n)* 化合光，化學發光
- chemisorb *(vt)* 用化學方法吸收
- chemist *(C)* 化學家，藥劑師
- chemistry *(U)* 化學
- chemolysis *(n)* 化學分解，化學分析

- chemonuclear *(adj)* 核輻射（或核裂變碎片）誘發化學反應的
- chemoreceptive *(adj)* 化學感應的
- chemosmosis *(n)* 化學滲透作用，化學滲透現象
- chemosynthesis *(n)* 化學合成
- chemotherapy *(n)* 化學療法

43 **chloro-（在母音前為 chlor-）**：green, chlorine「綠；氯」

- chlorate *(U)* 氯酸鹽
- chloric *(adj)* 氯的，含氯的
- chloride *(C, U)* 氯化物
- chloridize *(vt)* 用氯化物處理，塗氯化銀，氯化
- chlorinate *(vt)* 使氯發生作用，用氯消毒
- chlorocarbon *(U)* 氯碳化合物

44 **chol-, chole-, cholo-**：bile「膽，膽汁」

- cholangitis *(n)* 膽管炎
- cholesterol *(n)* 膽固醇
- cholecystography *(n)* 膽囊照相術
- cholecystectomy *(n)* 膽囊切除術
- cholecystitis *(n)* 膽囊炎
- chololith *(n)* 膽石 (=gallstone)

45 **chondro-（在母音前為 chondr-）**：cartilage「軟骨」；granule「小粒，顆粒」

- chondrification *(U)* 軟骨化
- chondrify *(vt, vi)* 軟骨化，變成軟骨
- chondrite *(C)* 球粒狀隕石

- chondrocranium *(n)* 軟骨性顱
- chondroma *(n)* 軟骨瘤
- chondrule *(n)* 隕石球粒

46 **chromo-**（在母音前為 **chrom-**）, **chromato-**：color「顏色，有色的」

- chroma *(U)*（色彩的）濃度，色度
- chromatic *(adj)* 彩色的
- chromatics *(U)* 色彩論，色彩學 (=chromatology)
- chromatid *(C)* 染色單體
- chromatogram *(C)* 色譜，層析圖
- chromatography *(U)* 色譜法
- chromatophore *(C)* 色素胞，色素體
- chromatopsia *(U)* 色視症，部分色盲
- chromatoscope *(C)* 彩光折射率計
- chromatology *(U)* 色彩學
- chromatrope *(n)* 旋轉彩光板，旋轉彩色板
- chromogen *(C)* 色原
- chromosome *(C)* 染色體

例句

A person has 46 **chromosomes.**
人有四十六個染色體。

47 **chrono-**（在母音前為 **chron-**）：time「時間」

- chronic *(adj)* 慢性的
- chronicle *(vt)* 編入編年史；*(C)* 編年史
- chronograph *(C)* 計時器，計秒表
- chronological *(adj)* 按年代順序的

- chronology *(U)* 年代學；*(C)* 年表
- chronometer *(C)* 計時器

例句

a. His latest book **chronicles** the events leading up to the cession of Taiwan to Japan.
他最新的書按時序記載到台灣割讓與日本爲止。

b. Mr. Johnson has been suffering from **chronic** back pain.
強生先生一直受慢性背疼的折磨。

48 chryso-（在母音前為 chrys-）：gold, golden「金，金色」

- chrysanthemum *(n)* 菊花
- chrysoberyl *(n)* 金綠玉
- chrysolite *(n)* 貴橄欖石
- chrysotile *(n)* 溫石絨，溫石棉

49 cis-：on this side「在這邊」；「（生化方面）順式」

- cisalpine *(adj)* 阿爾卑斯山這一邊的，其南側的
- cisatlantic *(adj)* 大西洋這邊的
- cislunar *(adj)* 在月球這一邊的
- cistron *(n)* 遺傳中的順反子

50 climato-, climat-：climate「氣候」

- climate *(C)* 氣候
- climatize *(vt)*（使）順應氣候
- climatology *(U)* 氣候學
- climatotherapy *(U)* 水土療法，氣候療法
- climograph *(C)* 氣象圖

51 **clino-（在母音前為 clin-）**： slope, slant「傾斜」

- clinographic *(adj)* 斜射（測圖）的
- clinometer *(C)* 測角器，傾斜儀
- clinostat *(C)*（研究植物向性等的）回轉器

52 **coeno-, ceno-**： common「普通的，一般的」

- cenogamy *(U)* 共夫共妻制
- cenospecies *(U, C)* 群型種，雜交種
- coenocyte *(C)* 多核細胞，多核體
- coenozygote *(C)* 多核合子
- coenurus *(C)* 共尾幼蟲

53 **colo-（在母音前為 col-）**： colon「結腸」

- colotomy *(n)* 結腸切開術，人工肛門成形術
- colonitis *(n)* 結腸炎
- colonoscopy *(n)* 結腸鏡檢查

54 **copro-**： feces, excrement「糞」

- coprolalia *(n)* 穢語症，污穢言語
- coprolite *(n)* 糞化石
- coprophagous *(adj)*（某些甲蟲）吃糞的
- coprophagy *(n)* 吃糞
- coprophilia *(n)* 糞便嗜好症
- coprophobia *(n)* 排糞恐怖症

55 corp-：body「身體」

- corpulent *(adj)* 肥胖的
- corps *(C)* 軍團
- corporation *(C)* 法人，公司
- corporal *(adj)* 肉體的，身體的
- corporeal *(adj)* 肉體的，物質的，有形的

例句

a. **Corporal** punishment is forbidden.
體罰是禁止的。

b. Monks are required to repress **corporeal** desires.
和尚被要求抑制肉體的欲望。

56 cosmo-（在母音前為 cosm-）：universe, world「宇宙，世界」

- cosmic *(adj)* 宇宙的
- cosmogenesis *(n)* 宇宙發生說，宇宙發生論
- cosmogony *(U)* 天體演化學說
- cosmography *(C)* 宇宙誌，*(U)* 宇宙（結構）學
- cosmology *(U)* 宇宙論
- cosmonaut *(C)* 前蘇聯的太空人（有別於美國太空人 astronaut）
- cosmopolis *(C)* 國際都市（來自許多不同國家的人居住的大城市）
- cosmopolitan *(C)* 四海為家的人，世界主義者；*(adj)* 世界性的，全球（各地）的
- cosmos *(S)* 宇宙

例句

a. A **cosmic** explosion is believed to have occurred about 15 billion years ago.
人們相信大約一百五十億年前發生了宇宙大爆炸。

b. Mark is a globetrotter and has a **cosmopolitan** outlook on life.
馬克是個環球旅行者，對生活具有一種沒有民族偏見的看法。

57 cranio-, crani-： cranium「頭蓋，頭蓋骨」

- cranium *(C)* 頭蓋，頭蓋骨
- cranioocerebral *(adj)* 顱與腦的
- craniofacial *(adj)* 顱面的
- craniology *(U)* 頭骨學，頭蓋學
- craniometer *(C)* 頭蓋測量器
- craniotomy *(U)* 顱骨切開術

58 cryo-：冰冷，嚴寒

- cryobiology *(U)* 低溫生物學
- cryochemistry *(U)* 低溫化學
- cryoconite *(n)* 冰塵（極地冰雪面上的深色粉塵）
- cryogen *(C)* 冷媒，冷凍劑
- cryogenics *(U)* 低溫學
- cryometer *(C)* 低溫計（內裝酒精）
- cryophilic *(adj)* 喜歡冷的，嗜寒的
- cryophyte *(C)* 冰雪植物
- cryoplankton *(C)* 冰雪浮游植物
- cryostat *(C)* 低溫保持器
- cryosurgery *(U)* 冷凍手術
- cryotherapy *(U)* 冷凍療法

59 crypto-（在母音前為 crypt-）： hidden, secret「隱祕」

- cryptic *(adj)* 祕密的
- cryptoanalysis *(U)* 密碼分析學
- cryptograph *(C)* 密文，密碼

- cryptography *(U)* 密碼使用法，密碼系統，密碼術
- cryptonym *(C)* 匿名，假名

The **cryptic** message is waiting to be decoded.
這神祕的訊息有待解讀。

60 crystal-（在母音前為crystall-）：結晶

- crystal *(adj)* 結晶狀的；*(U, C)* 水晶，結晶，晶體
- crystallize *(vt, vi)*（使）結晶，（使）明確
- crystallogenesis *(C)* 晶體發生學，結晶發生學
- crystallogram *(C)* 晶體衍射圖
- crystallography *(U)* 結晶學
- crystalloid *(adj)* 結晶的；*(C)* 晶體
- crystallometry *(n)* 結晶體角度測量

61 cyclo-（在母音前為cycl-）：circle, cycle「圓圈，周期」

- cyclic *(adj)* 輪轉的，循環的
- cyclograph *(C)* 圓弧規
- cyclometer *(C)* 記轉器
- cyclometry *(U)* 測圓法
- cyclone *(C)* 龍捲風
- cyclostome *(C)* 圓口綱脊椎動物
- cyclotron *(C)* 迴旋加速器

The **cyclone** wreaked great havoc on the economy.
那龍捲風重挫經濟。

62 cyto-（在母音前為 cyt-）：cell「細胞」

- cytoarchitecture *(n)* 細胞結構
- cytochrome *(n)* 細胞色素
- cytogamy *(n)* 細胞配合，細胞質結合
- cytogenesis *(C)* 細胞發生，細胞生成
- cytogenetic *(adj)* 細胞發生的，細胞生成的
- cytogenics *(U)* 細胞遺傳學 (=cytogenetics)
- cytomegalic *(adj)*（形成）巨細胞的
- cytometry *(n)* 血細胞計數
- cytomorphology *(U)* 細胞形態學
- cytopathic *(adj)* 細胞病的，引起細胞病變的
- cytopathy *(U)* 細胞病
- cytophagy *(n)* 細胞吞噬作用

63 cysto-（在母音前為 cyst-）：bladder「囊；膀胱」

- cysticercosis *(n)* 囊（尾幼）蟲病
- cystiform *(adj)* 胞狀的，囊狀的
- cystitis *(n)* 膀胱炎
- cystoma *(n)* 囊瘤
- cystoscope *(C)* 膀胱內視鏡（膀胱鏡）
- cystolith *(n)* 膀胱結石
- cystotomy *(n)* 膀胱切開術

d 開頭的字首

64 dactylo-, dactyl-：finger, toe「手指；腳趾」

- dactylogram *(C)* 指紋
- dactylography *(U)* 指紋學
- dactylology *(U)* 手語法

65 demos-（在母音前為 dem-）：people「人民」

- demagogic *(adj)* 煽動的，蠱惑人心的
- demagogue *(C)* 煽動民心的政客
- demagogy *(U)* 煽動者的方法與行為
- democracy *(U)* 民主政治
- democratic *(adj)* 民主的
- democratize *(vt)*（使）民主化
- democrat *(C)* 民主黨人
- demography *(U)* 人口統計學

A populist is always a **demagogue** as well.
民粹主義者總是個煽動民心的政客。

66 dendro-（在母音前為 dendr-）：tree「樹木」

- dendriform *(adj)* 樹狀的
- dendrochronology *(U)* 樹木年代學
- dendroclimatic *(adj)* 樹木氣候學的
- dendroclimatology *(U)*（通過分析樹木年輪來研究過去氣候情況的）樹木氣候學
- dendrogram *(C)* 系統樹圖（一種表示親緣關係的樹狀圖解）
- dendrology *(U)* 樹木學
- dendrophile *(C)* 愛樹者

67 denti-（在母音前為 dent-）：tooth「牙齒」

- dental *(adj)* 牙齒的
- denticle *(C)* 小齒
- dentilabial *(adj)* 唇齒音的

- dentist *(C)* 牙科醫生
- dentistry *(U)* 牙科
- dentoid *(adj)* 齒狀的
- denture *(C)* 一副假牙

68 **deoxy-**： containing less oxygen「含較少氧的」

- deoxidize *(vt)* 使化合物脫氧
- deoxycorticosterone *(n)* 去氧皮質酮（一種腎上腺皮質素）
- deoxygenate *(vt)* 去氧
- deoxygenization *(U)* 去氧
- deoxyribose *(n)* 去氧核醣

69 **derma-, dermat-, dermo-**（在母音前為 **derm-**）： skin「皮，膜」

- dermabrasion *(U)* 磨去皮膚疤痕之手術
- dermal *(adj)* 皮膚的
- dermatitis *(U)* 皮膚發炎
- dermatoid *(adj)* 皮狀的，皮樣的
- dermatological *(adj)* 皮膚病學的
- dermatologist *(C)* 皮膚學者，皮膚科醫生
- dermatology *(U)* 皮膚醫學，皮膚病學
- dermatome *(C)* 植皮刀
- dermatosis *(C)* 皮膚病
- dermis *(U)* 真皮，皮膚

70 **dynamo-**（在母音前為 **dynam-**）： power, strength「力」

- dynamics *(U)* 動力學
- dynamic *(adj)* 動力的，有活力的

- dynamism *(U)* 物力論，力本說
- dynamist *(C)* 物力論者，力本論者
- dynamite *(U)* 炸藥；*(vt)* 炸毀
- dynamo *(C)* 發電機；精力充沛的人
- dynamograph *(C)* 動力描記器
- dynamomet *(U)* 動力測定法
- dynamometer *(C)* 測力計，功率計
- dynamotor *(C)* 發電機

e 開頭的字首

71 eco-： environment, nature, family「環境，生態；家庭」

- ecocatastrophe *(U, C)* 生態災難
- ecocide *(C)* 生態滅絕
- ecofreak *(C)* 一味關注生態保護的怪人
- eco-friendly *(adj)* 不妨害生態環境的
- ecology *(U)* 生態學
- economy *(C)* 經濟
- economics *(U)* 經濟學
- economize *(vi)* 節省
- ecosystem *(C)* 生態系統
- ecoterrorism *(U)* 環保流氓行徑
- ecoterrorist *(C)* 環保流氓
- ecotourism *(U)* 生態之旅

72 electro-（在母音前為 electr-）： electricity, electronic「電，電子」

- electric *(adj)* 電的，電動的
- electrical *(adj)* 電的，有關電的
- electrician *(C)* 電工

- electricity *(U)* 電，電學
- electrify *(vt)* 使電氣化
- electrocardiogram（electro + cardio 心臟 + gram 圖）*(C)* 心電圖
- electrolysis（electro + analysis 分析）*(U)* 電解
- electrolyte *(C)* 電解液
- electron *(C)* 電子
- electrophile（electro + phil 愛好）*(C)* 親電子試劑
- electroscope *(C)* 驗電器
- electroshock *(U)* 電擊療法

73 entero-（在母音前為 enter-）：intestine「腸」

- enteritis *(U)* 腸炎
- enterobacteria *(pl)* 腸細菌
- enterobiasis 蟯蟲病
- enterostomy *(n)* 腸造口術

74 entomo-：insect「昆蟲」

- entomogenous *(adj)* 生長在昆蟲身上的，寄生昆蟲體的
- entomolite *(C)* 昆蟲化石
- entomology *(U)* 昆蟲學
- entomophagous *(adj)* 食蟲的，以昆蟲為食的
- entomophily *(n)* 蟲媒，蟲媒傳粉

75 ergo-：work「工作」

- ergograph *(C)* 肌力描記器，示功器
- ergometer *(C)* 測力計，測功計
- ergonomics *(U)* 生物工程學，工效學

- ergophile *(C)* 愛好工作者
- ergophobia *(U)* 對工作之厭惡

76 **erythro-, erythr-（在母音前為 eryth-）**：red「紅色」

- erythema *(n)* 紅斑
- erythrism *(n)*（毛髮、皮膚、 羽毛等）異常的紅色素沉著
- erythrite *(n)* 鈷華
- erythroblast *(n)* 成紅血球細胞，有核紅血球
- erythroblastosis *(n)* 骨髓成紅血細胞增多症
- erythrocyte *(n)* 紅血球
- erythrocytometer *(n)* 紅血球計，紅血球計數器
- erythropoietin *(n)*（促）紅細胞生成素

77 **ethno-**：race「種族，民族」

- ethnobotanical *(adj)* 民族植物學的
- ethnobotany *(U)* 民族植物學
- ethnocentrism *(U)* 民族優越感
- ethnocide *(U)* 種族文化滅絕
- ethnocracy *(U)* 一族統治
- ethnography *(U)* 民族志學，人種學，人種誌
- ethnohistory *(U)* 人種史學
- ethnolinguistics *(U)* 民族語言學
- ethnology *(U)* 人種學，人類文化學
- ethnomethodology *(U)* 民族方法學（社會學的一分支學科）
- ethnomusicology *(U)* 人種音樂學
- ethnopsychology *(U)* 民族心理學

78 **eury-**： wide, broad「寬廣」

- eurybath *(n)*（能在不同深度水底生存的）廣深性水生生物
- euryphagous *(adj)* 廣食性的（指能吃各種食物維生）
- eurythermal *(adj)* 廣溫性的
- eurytopic *(adj)* 廣適性的

f 開頭的字首

79 **febri-**： fever「發燒」

- febricity *(U)* 發燒
- febrifacient *(C)* 引起發熱的病原，產熱劑；*(adj)* 產熱的
- febrific *(adj)* 產熱的，發燒的
- febrifuge *(C)* 退熱藥；*(adj)* 退熱的
- febrile *(adj)* 發燒的

80 **ferro-**： iron「鐵，含鐵」

- ferroalloy（ferro- + alloy 合金）*(n)* 鐵合金
- ferroconcrete *(n)* 鋼筋混凝土，鋼骨水泥
- ferroelectric *(n)* 鐵電物質；*(adj)* 鐵電的
- ferromagnet *(n)* 鐵磁物質，鐵磁的磁體
- ferronickel *(n)* 鎳鐵
- ferrophosphorous *(n)* 磷鐵，鐵磷合金
- ferrosilicon *(n)* 鐵矽（合金）
- ferrotitanium *(n)* 鐵鈦（合金）
- ferrous *(adj)* 鐵的，含鐵的

81 **fibro-, fibr-**： fiber「纖維」

- fibre *(U, C)* 纖維

- fibrid *(n)* 纖條體（特製的合成短纖維）
- fibrillate *(adj)* 有原纖維的，有原纖維組織的
- fibrilliform *(adj)* 小纖維狀的
- fibrillose *(adj)*（似）小纖維的
- fibrinoid *(n)* 類纖維蛋白
- fibrinosis *(n)* 纖維素過多症，血內纖維蛋白過多症
- fibroadenoma *(n)* 纖維性瘤
- fibroblast *(C)* 纖維原細胞
- fibrocartilage *(n)* 纖維軟骨
- fibroid *(adj)* 纖維性的，纖維狀的；*(n)* 纖維瘤
- fibroplasia *(n)* 纖維素增生（增殖）
- fibrosis *(n)* 纖維化

82 flav-, flavo-： yellow「黃色」

- flavescent *(adj)* 逐漸變黃的，稍帶黃色的
- flavin *(n)* 黃素，四羥酮醇
- flavone *(n)* 黃酮
- flavonol *(n)* 黃酮醇
- flavoprotein *(n)* 黃素蛋白
- flavopurpurin *(n)* 黃紅紫素

83 fluoro-, fluor-： fluorine「氟」；fluorescence「螢光」

- fluoresce *(vi)* 發螢光
- fluorescence *(U)* 螢光
- fluorescent *(adj)* 螢光的
- fluorid *(C)* 氟化物
- fluoridate *(vt)* 在飲水中加少量的氟（以防兒童蛀牙）
- fluorometer *(C)* 螢光計

84 **for-**：completely; excessively, especially with destructive or detrimental effect「完全的，過度的」

- forbear *(vt)* 忍耐，克制
- forbid *(vt)* 禁止
- forget *(vt)* 忘記
- forgive *(vt)* 原諒，饒恕
- forlorn *(adj)* 被遺棄的
- forsake *(vt)* 放棄，拋棄
- forswear *(vt)* 發誓；背棄
- forworn *(adj)* 極疲倦的

例句

On the bench sat a **forlorn** old man.
長椅子上坐了一位孤寂的老人。

85 **frater-, fratr-**：brother「兄弟」

- fraternal *(adj)* 兄弟的
- fraternity *(U)* 友愛；*(C)* 男學生聯誼會 (↔ sorority 女學生聯誼會)
- fraternize *(vi)* 親如兄弟，友善
- fratricide *(U, C)* 殺兄弟（或姐妹）的行為

例句

He devoted his life to promoting **fraternity** between people.
他一生致力於促進人與人間的友愛。

g 開頭的字首

86 **galvano-**：galvanic「利用化學作用產生電流的」

- galvanic *(adj)* 流電的
- galvanize *(vt)* 通電流於

- galvanomagnetic *(adj)* 電磁的
- galvanometer *(C)* 檢流計
- galvanometry *(U)* 電流測定
- galvanoscope *(C)* 驗電流器
- galvanoscopy *(n)* 電流檢查

87 gam-, gamo-： united, joined「聯合」；sexual「性」

- gamogenesis（gamo + genesis 起源）*(U)* 兩性生殖，雌雄生殖
- gamomania *(U)* 求偶癖（狂）
- gamopetalous（gamo + petal 花瓣）*(adj)* 花瓣相連的
- gamophyllous *(adj)* 葉子相連的
- gamosepalous（gamo + sepal 萼片）*(adj)* 花萼相連的

88 gastr-, gastro-： belly, gastric「胃（的）」

- gastrectomy *(U)* 胃切除術
- gastric *(adj)* 胃的
- gastritis（gastr + itis 炎）*(U)* 胃炎
- gastroenteric（gastro + enter 腸）*(adj)* 胃腸的
- gastroenterology *(U)* 腸胃病學
- gastronomy（gastro + nomy 學科）*(n)* 美食法
- gastroscope *(C)* 胃鏡
- gastrostomy *(U)* 胃造口術

89 geo-： earth, geography「地球；地理」

- geobotany *(U)* 植物地理學
- geocentric *(adj)* 以地球為中心的，由地球中心所見而測量的
- geochemistry *(U)* 地球化學

- geochronology *(U)* 地球年代學
- geography *(U)* 地理學
- geology *(U)* 地質學
- geology *(U)* 地質學
- geomagnetism *(U)* 地磁學
- geomancy *(n)* 泥土占卜（抓沙散地，按其成象以斷吉凶）
- geometric *(adj)* 幾何學的
- geometry *(U)* 幾何學
- geomorphology *(U)* 地形學
- geophysics *(U)* 地球物理學
- geopolitics *(U)* 地政學

90 **geront-, geronto-**： old age「老人」

- gerontocracy *(U)* 老人統治，老人政治；*(C)* 老人政府
- gerontology *(U)* 老人醫學
- gerontophilia *(U)* 親老人癖，對老年人過度關愛
- gerontophil *(adj)* 嗜耄癖的，親老人癖的
- gerontophobia *(U)* 恐老（症）

91 **gnath-**：顎

- gnathic *(adj)* 顎的
- gnathite *(C)* 顎形附器
- gnathitis *(U)* 頷炎

92 **gon-, gono-**： sexual; reproductive「性，生殖」

- gonadotropin *(n)* 促性腺激素
- gonochorism *(n)* 雌雄異體

- gonococcus *(n)* 淋菌
- gonorrhea *(U)* 淋病

93 gyn-, gynec-, gyneco-, gyno-： women「女人」

- gynandromorphy *(n)* 雌雄嵌合體，雌雄合型態，兩性體
- gynarchy *(U)* 女人政治，女人當政
- gynecocracy *(U)* 婦女當政
- gynecology *(U)* 婦科醫學
- gynecopathy *(U)* 婦科病
- gynoecium *(n)* 雌蕊群，雌蕊〔gynoecia *(pl)*〕
- gynogenesis *(n)* 雌核生殖，雌核發育
- gynephobia *(n)* 恐女症

94 gyro-, gyr-： spinning「旋轉」

- gyrocompass *(C)* 旋轉羅盤
- gyrodynamics *(U)* 陀螺動力學
- gyrofrequency *(U)*（電子等的）回旋頻率，旋轉頻率
- gyrograph *(C)* 旋轉次數測度器
- gyroidal *(adj)* 螺旋形的，回轉的
- gyroplane *(C)* 旋翼機
- gyroscope *(C)* 陀螺儀，回旋裝置，回轉儀
- gyrostabilizer *(C)* 回轉穩定器
- gyrostatics *(U)* 回轉學，陀螺學

h 開頭的字首

95 haem-, haema-, haemo-, hema-, hemato-, hemo ：blood「血」

- haemachrome *(n)* 血紅素，血色素 (=hemachrome)
- haemacytometer *(C)* 血球計數器 (=hemacytometer)

- hemagglutination *(n)* 血凝反應，血細胞凝集反應
- haematemesis *(n)* 吐血，咯血 (=hematemesis)
- haematogenesis *(n)* 造血作用，生血 (=hematogenesis)
- haematogen *(n)* 血原汁，血色蛋白元 (=hematogen)
- haematology *(U)* 血液學，血液病學 (=hematology)
- haemolysis *(n)* 紅血球融解，血球溶解 (=hemolysis)
- haemophilia *(U)* 血友病
- haemorrhage *(U, C)* 出血（尤指大出血），溢血
- haemorrhoids *(pl)* 痔

96 hagio-, hagi-： saint「聖徒，聖地」

- hagiarchy *(U)* 聖人政治，聖人之間的尊卑次序組織
- hagiocracy *(U)* 聖徒政治
- hagiography *(C)* 聖徒傳，聖徒言行錄
- hagiolatry *(U)* 聖徒崇拜
- hagiology *(U)* 聖徒文學
- hagioscope *(C)*（十字形教堂的）內壁小窗

97 halo-, hal-： salt, the sea「鹽；海洋」

- halobacteria *(n)* 鹽桿菌
- halobiont *(n)* 適鹽生物，喜鹽生物
- halogeton *(n)* 鹽生草（有毒）
- haloid *(adj)* 鹵素的；*(n)* 鹵素鹽
- halophile *(n)* 喜鹽生物

98 haplo-, hapl-：簡單，單套

- haploid *(n)* 單倍體，僅有一組染色體的細胞；*(adj)* 單一的

- haplont *(n)* 單倍性生物，單倍體
- haplopia *(n)* 單視視力正常
- haplosis *(n)* 減半作用

99 **heli-**： helicopter「直升機」

- heliborne *(adj)* 由直升機運送的
- helicab *(C)* 出租直升機
- helilift *(vt)* 用直升機運送
- heliport *(C)* 直升飛機場

100 **helio-（在母音前為 heli-）**： sun「太陽」

- heliacal *(adj)* 太陽的，和太陽同時或幾乎同時出沒的
- heliocentric *(adj)* 以太陽為中心的
- heliotactic *(adj)* 向日性的，背日性的
- heliotaxis *(U)* 向日性，背日性
- heliotherapy *(U)* 日光浴治療法
- heliotrope *(C)* 向日葵
- heliotropic *(adj)* 向日性的，趨日性的

101 **helic-, helico-**： spiral「螺旋」

- helicline *(C)* 螺旋狀坡路
- helicograph *(C)*（畫螺旋曲線用的）螺旋規
- helicoid *(adj)* 螺旋面的

102 **hepato-（在母音前為 hepat-）**： liver「肝」

- hepatatrophia *(n)* 肝萎縮 (=hepatatrophy)
- hepatectomy *(n)* 肝切除術 (=hepatotomy)

- hepatitis *(n)* 肝炎
- hepatocirrhosis *(n)* 肝硬化
- hepatoma *(n)* 肝細胞瘤
- hepatopathy *(n)* 肝病
- hepatosis *(n)* 肝機能病，肝機能障礙

103 **histo-**（在母音前為 **hist-**）：body tissue「身體的組織」

- histiocyte *(C)* 組織細胞
- histioid *(adj)* 類組織的，蜘蛛網狀的
- histochemical *(adj)* 組織化學的
- histogenesis *(n)* 組織發生
- histogenic *(adj)* 組織發生的
- histology *(U)* 組織學
- histopathology *(U)* 組織病理學說
- histophysiology *(U)* 組織生理學說

104 **hyalo-**（在母音前為 **hyal-**）：glassy, transparent「玻璃；透明的」

- hyalite *(n)* 玉滴石
- hyalogen *(n)* 透明蛋白原
- hyalography *(n)* 玻璃書寫術，玻璃雕刻術
- hyalograph *(n)* 玻璃書寫器，玻璃蝕刻器
- hyaloid *(adj)* 透明的
- hyaloplasmic *(adj)* 透明質的
- hyaloplasm *(n)* 透明質
- hyaluronidase *(n)* 透明質酸黴

105 **hydro-**：water, liquid, hydrogen「水，液，流體；氫」

- hydroaraphy *(U)* 水文學
- hydrobiology *(U)* 水生生物學
- hydrocarbon *(C)* 碳氫化合物
- hydrocele *(U)* 積水，陰囊積水
- hydrocephalus *(U)* 腦水腫，腦積水
- hydrochloride *(C)* 氫氯化物
- hydrocolloid *(n)* 水狀膠質，水狀膠體
- hydrodynamics *(U)* 流體力學，水動力學
- hydroelectricity *(U)* 水力電氣
- hydrogen *(U)* 氫
- hydrogenous *(adj)* 氫的，含氫的
- hydrogeology *(U)* 水文地質學
- hydrography *(U)* 水文地理學
- hydrograph *(C)* 自記水位計，水位曲線，水位圖
- hydroid *(C)* 水螅
- hydrokinetics *(U)* 流體動力學，液體動力學
- hydrokinetic *(adj)* 液體動力學的，流體運動的
- hydrology *(U)* 水文學，水文地理學
- hydrometer *(C)* 液體比重計，浮秤
- hydronaut *(C)*（海軍中從事水下搜索、救生或科研工作的）深水潛航器工作人員
- hydronautics *(U)* 水航工程學
- hydropathy *(U)* 水療法
- hydrophile *(U)* 親水性
- hydrophobe *(C)* 狂犬病患者
- hydrophobia *(U)* 狂犬病，恐水病
- hydrophyte *(C)* 水生植物
- hydroplane *(C)* 水上滑艇，水上飛機

- hydropower *(U)* 水力發出的電力
- hydroscope *(C)* 深水望遠鏡
- hydrotaxis *(U)* 趨水性
- hydrotherapy *(U)* 水療法
- hydrothermal *(adj)* 熱水的，熱液的

106 **hyeto-, hyet-**： rain「雨，雨量」

- hyetal *(adj)* 雨的，雨量的
- hyetograph *(C)* 雨量圖
- hyetography *(U)* 雨量圖法，雨量分布學
- hyetology *(U)* 降雨量學，降水學
- hyetometer *(C)* 雨量表，雨量器

107 **hygro-**： moisture, humidity「濕氣」

- hygrometer *(C)* 濕度計
- hygrophilous *(adj)* 喜濕的
- hygroscope *(C)* 濕度計
- hygrostat *(C)* 恆濕器，測濕計，濕度調節器
- hygrothermograph *(C)* 溫濕計

108 **hypno-, hypn-**： sleep「睡眠」

- hypnoanalysis *(n)* 催眠分析
- hypnogenesis *(n)* 催眠
- hypnogenetic *(adj)* 催眠的
- hypnology *(U)* 催眠學
- hypnopaedia *(U)* 睡眠教學法
- hypnophobia *(U)* 睡眠恐懼症

- hypnosis *(U)* 催眠狀態
- hypnosophy *(U)* 睡眠學
- hypnotic *(adj)* 催眠的；*(C)* 催眠藥
- hypnotism *(U)* 催眠術
- hypnotist *(C)* 催眠士
- hypnotize *(vt)* 施催眠術
- hypnotherapy *(n)* 催眠療法

109 **hystero-, hyster-**： hysteria, uterus「歇斯底里；子宮」

- hysteria *(n)* 歇斯底里
- hysteric *(n)* 歇斯底里症發作；*(adj)* 歇斯底里的
- hysterical *(adj)* 歇斯底里的
- hysteritis *(n)* 子宮炎
- hysterogenic *(adj)* 引起歇斯底里的
- hysteroid *(adj)* 類歇斯底里的
- hysterology *(n)* 子宮學
- hysterotomy *(n)* 子宮切開

110 **hyps-, hypso-**： height「高」

- hypsography *(U)* 測高學；*(C)* 標高圖
- hypsometer *(C)* 測高計
- hypsometry *(U)* 測高法

i 開頭的字首

111 **icon-, icono-**： icon, image「像」

- iconize *(vt)* 把…當偶像崇拜
- iconoclasm *(U)* 破壞偶像的理論，對偶像攻擊

- iconoclast *(C)* 偶像破壞者
- iconoclastic *(adj)* 偶像破壞的
- iconograph *(C)* 插圖，圖示
- iconographic *(adj)* 肖像的
- iconography *(U)* 肖像學，肖像畫法
- iconolatrous *(adj)* 偶像崇拜的
- iconolatry *(U)* 偶像崇拜
- iconology *(U)* 肖像（學）
- iconophile *(C)* 繪畫雕刻愛好者
- iconoscope *(C)* 映像管

112 **ideo-**：idea「意念」

- ideogram *(C)* 表意文字
- ideograph *(C)* 象形（表意）文字
- ideological *(adj)* 意識形態的
- ideologist *(C)* 意識形態者
- ideologue *(C)* 理論家，空想家
- ideology *(U, C)* 意識形態

例句

a. The two parties are unified less by political **ideology** than by mutual interests.
那兩黨的結合，彼此的利益多於政治的意識形態。

b. This country is split by an **ideological** conflict.
這個國家被意識形態的衝突撕裂。

113 **idio-**：personal, distincet「個人的，獨特的」

- idiolect *(C)* 個人語型，個人用語（方言）
- idiopathic *(adj)* 原發性的

- idiopathy *(U)* 原發症
- idiosyncrasy *(C)* 特性，癖好
- idiosyncratic *(adj)* 特殊物質的，特殊的，異質的

例句

She often blinks when she is talking － it is one of her **idiosyncrasies**.
她講話就眨眼，那是她的特質之一。

114 immuno-（在母音前為 immun-）：immune「免疫」

- immune *(adj)* 免疫的
- immunity *(U)* 免疫，豁免
- immunize *(vt)* 使免疫
- immunochemical *(adj)* 免疫化學的
- immunocompetent *(adj)* 免疫活性的
- immunodeficiency *(U)* 免疫缺乏
- immunodiagnosis *(C)* 免疫診斷
- immunogenesis *(n)* 免疫發生
- immunogenetics *(U)* 免疫遺傳學
- immunopathology *(U)* 免疫病理學
- immunosuppress *(vt)* 抑制免疫反應

l 開頭的字首

115 lact-, lacto-：milk「乳」

- lactalbumin *(U)* 乳白蛋白
- lactase *(U)* 乳糖分解酵素
- lactate *(vi)* 分泌乳汁
- lacteal *(adj)* 乳狀的
- lactescent *(adj)* 乳汁狀的，分泌乳液的

- lactic *(adj)* 乳的，乳汁的
- lactiferous *(adj)* 輸送乳汁的，生乳液的
- lactogen *(C)* 催乳激素
- lactometer *(C)* 檢乳器
- lactose *(U)* 乳糖

116 **laryng-, laryngo-**： larynx「喉」

- laryngal *(adj)* 喉音的
- laryngectomy *(n)* 喉頭切除術 (=laryngotomy)
- laryngitic *(adj)* 喉炎的
- laryngitis *(n)* 喉炎
- laryngopharynx *(n)* 咽喉
- laryngoscope *(n)* 喉鏡
- laryngoscopy *(n)* 喉鏡檢查
- laryngotracheitis *(n)* 喉氣管炎
- larynx *(n)* 喉

117 **leuc-, leuco-, leuk-, leuko-**： white, colorless, leukocyte「白色的，無色的；白血球」

- leukaemia *(U)* 白血病
- leukemic *(adj)* 白血病的
- leukocyte *(C)* 白細胞，白血球
- leukoderma *(U)* 白斑病，白變病
- leukodermal *(adj)* 白斑病的，白變病的
- leukoma 白翳，角膜白斑
- leukopenia *(U)* 白血球減少症
- leukorrhea *(U)* 白帶

118 **lingu-, linguo-**： language, lingua「語言；舌」

- lingua *(C)* 舌〔linguae *(pl)*〕
- lingua *(adj)* 語言的
- linguatulid *(n, adj)* 舌形蟲（的）
- linguiform *(adj)* 舌狀的
- linguist *(n)* 語言學家
- linguistic *(adj)* 語言上的，語言學上的
- linguodental *(adj)* 舌齒的；*(n)* 舌齒音

119 **lipo-**（在母音前為 **lip-**）： fatty, fatty tissue「脂肪的，脂肪組織」

- lipase *(U)* 脂肪黴
- lipectomy *(U)* 脂肪切除
- lipidic *(adj)* 油脂的
- lipid *(U)* 脂質，油脂（脂肪，乳酪）
- lipocyte *(C)* 脂肪細胞，肥粒血球
- lipogenesis *(n)* 脂肪生成
- lipogenous *(adj)* 產生脂肪的
- lipolysis *(U)* 脂解（作用）
- lipoprotein *(U)* 脂蛋白
- liposoluble *(adj)* 脂溶的
- lipotropic *(adj)* 抗脂肪肝的
- lipotropy *(U)* 抗脂（肪），親脂

120 **lith-, litho-**： stone「石」

- lithemia *(U)* 結石性血，尿酸血症
- lithiasis *(U)* 結石病
- lithic *(adj)* 石的，結石的

- lithification *(U)* 岩化
- lithify *(vt)*（使）岩化
- lithography *(U)* 平版印刷術
- lithology *(U)* 岩石學，岩性
- lithophile *(adj)* 親岩性的
- lithophyte *(C)* 岩表植物，石生植物
- lithoprint *(U)* 石版印刷；*(vt)* 用石版印刷
- lithosphere *(U)* 岩石圈
- lithotomy *(U)* 切石術
- lithotritist *(C)* 膀胱結石碎石專科醫師
- lithotritize *(vt)* 用碎石器為…壓碎膀胱結石
- lithotrity *(U)* 碎石術

m 開頭的字首

121 **magneto-, magnet-**： magnetism, megnatic「磁力，磁性」

- magnet *(C)* 磁體，磁鐵
- magnetic *(adj)* 磁的，有磁性的，有吸引力的
- magnetism *(U)* 磁，磁力，吸引力，磁學
- magnetize *(vt)* 使磁化，吸引；*(vi)* 受磁
- magnetobiology *(U)* 磁生物學
- magnetoelasticity *(U)* 磁致彈性
- magnetoelectricity *(U)* 磁電
- magnetofluiddynamics *(U)* 磁流體動力學
- magnetogasdynamics *(U)* 磁氣體動力學
- magnetogram *(C)* 磁力圖
- magnetograph *(C)* 磁力記錄器
- magnetometer *(C)* 磁力計
- magnetooptic *(adj)* 磁光的，磁場對光線的影響的

- magnetophone *(C)* 磁帶錄音機
- magnetosphere *(n)* 磁氣圈
- magnetostatics *(U)* 靜磁學

122 **manu-（在母音前為 man-）**：made by hand「用手做」

- manicure *(U)* 修指甲；*(vt)* 修剪
- manipulate *(vt)*（熟練地）操作，使用（機器等），操縱（人或市價、市場）
- manual *(C)* 手冊；*(adj)* 手工的
- manufactory *(C)* 製造廠
- manufacture *(vt)* 製造
- manuscript *(C)* 手稿

123 **medico-（在母音前為 medic-）**：heal「醫藥」

- Medicare *(n)*（美國政府辦的）醫療保險制度
- Medication *(U, C)* 藥物治療
- Medico *(C)* 醫師，醫學生
- Medicolegal *(adj)* 與法和醫有關的

124 **melano-（在母音前為 melan-）**：black, dark「黑的」

- melanin *(n)* 黑色素
- melanoblast *(n)* 成黑素細胞
- melanoma *(C)*（惡性）黑色素瘤
- melanosome *(n)* 黑（色）素體

125 **melo-**：music「音樂」

- melodia *(v)* 笛管音栓
- melodic *(adj)* 有旋律的，調子美妙的

- melodics *(U)* 旋律學
- melodious *(adj)* 音調優美的
- melodist *(C)* 聲調悠揚的聲樂家，旋律美妙的作曲家
- melodrama *(n)* 情節劇
- melodramatic *(adj)* 情節劇的
- melodramatist *(C)* 通俗劇作者
- melody *(n)* 悅耳的音調
- melomania *(U)* 音樂狂，歌唱狂
- melomaniac *(C)* 音樂狂，歌唱狂

126 **mero-**（在母音前為 **mer-**）：part, segment「部分」

- meroblast *(n)* 部分裂卵，不全裂卵
- meroblastic *(adj)*（卵）不全裂的
- merohedral *(adj)*（水晶）缺面體的
- meropia 部分盲

127 **meta-**（在母音前為 **met-**）：change「改變」

- metabolic *(adj)* 代謝作用的，新陳代謝的
- metabolism *(U, C)* 新陳代謝
- metabolite *(C)* 代謝物
- metabolize *(vt, vi)* 產生代謝變化
- metachromatism *(U)* 體色變化
- metachrosis *(n)* 變色機能
- metamorphic *(adj)* 變形的，變質的
- metamorphism *(U, C)* 變形，變質作用
- metamorphose *(vt)* 變形，變質
- metamorphosis *(C)* 變形
- metaphase *(C)* 轉位期

- metaphor *(U, C)* 隱喻
- metaphorical *(adj)* 隱喻性的，比喻性的
- metaphrase *(vt)* 直譯
- metaplasm *(n)* 詞形變異
- metathesis *(n)* 調換，交換

例句

a. Exercise can speed up your **metabolism**.
運動可加速新陳代謝。

b. Emily's poetry was brought alive by her masterful use of **metaphor**.
艾蜜莉的詩由於高妙地使用隱喻而非常生動。

c. China has undergone the **metamorphosis** from having a central planning system to a so-called socialist capitalism.
中國已經蛻變，從中央統一計畫制度轉變成所謂的社會主義化的資本制度。

128 metallo-, metallic-, metall-： metal「金屬」

- metallic *(adj)* 金屬（性）的
- metallize *(vt)* 用金屬處理
- metallography *(U)* 金屬組織學，金相學
- metalloid *(adj)* 準金屬的
- metallurgic *(adj)* 冶金學的
- metallurgy *(U)* 冶金，冶金術
- metalsmith *(C)* 金工技工，金屬加工技工
- metalwork *(U)* 金屬製品，金屬製造

129 metro-： measure「測量，度量」

- metrological *(adj)* 度量衡學的
- metrology *(U)* 度量衡學

- metronome（metro 測量 + nome 區分）*(C)* 節拍器
- metronomic *(adj)* 節拍器的

130 **morpho-**（在母音前為 **morph-**）：form, shape「形，形體，形態」

- morphallaxis *(n)* 變形再生
- morpheme *(C)* 詞素
- morphology *(U)* 形態學，詞態學
- morphonology *(U)* 形態音位學，詞素音位學
- morphosis *(n)* 形態形成

131 **mort-**：death「死」

- mortal *(C)* 凡人，人類；*(adj)* 必死的，人類的
- mortality *(U, C)* 死亡率
- mortician *(C)* 殯儀業者
- mortification *(U)* 羞辱；禁欲
- mortify *(vt)* 苦修，苦行
- mortuary *(C)* 停屍房，太平間

例句

All human beings are **mortal**; they'll die sooner or later.
人都有一死，只是遲早而已。

132 **myco-**（在母音前為 **myc-**）：fungus「菌類，蘑菇」

- mycelium *(n)* 菌絲體
- mycology *(n)* 真菌學
- mycophile *(n)* 採蘑菇的業餘愛好者
- mycoplasma *(n)* 支原體，支原菌

- mycosis *(n)* 霉菌病
- mycostat *(n)* 防霉菌劑，滅霉菌劑
- mycotoxin *(n)* 毒枝菌素
- mycotrophy *(n)* 菌根營養

133 **myelo-**（在母音前為 **myel-**）：spinal cord, bone marrow 「脊髓」

- myelitis *(n)* 脊髓炎
- myeloblast *(C)* 成髓細胞
- myelogram *(n)* 脊髓（X 線）顯影照片
- myeloma *(n)* 骨髓瘤

134 **myo-**（在母音前為 **my-**）：muscle「肌肉」

- myocarditis（myo + card 心臟 + itis 炎）*(n)* 心肌炎
- myocardium *(C)* 心肌組織〔myocardia *(pl)*〕
- myoclonus *(n)* 肌躍症
- myograph *(C)* 肌動描記器
- myology *(U)* 肌肉學
- myoma *(n)* 肌瘤
- myopathy *(n)* 影響肌肉的疾病

n 開頭的字首

135 **nucleo-**（在母音前為 **nucl-**）：nucleus「核」

- nuclear *(adj)* 核子的，核心的
- nucleogenesis *(n)* 核起源
- nucleonics *(U)* 核子學
- nucleoprotein *(n)* 核蛋白質
- nucleus *(C)* 核子〔nuclei *(pl)*〕

136 **necro-**：death「死」

- necrobiosis（necro 死 + biosis 生命）*(n)* 漸進性壞死
- necrology *(n)* 死者名冊，死亡啓事
- necromancy *(n)* 招魂術（為了預測未來而假設與死者的精神通話的行為）
- necromimesis *(n)* 死亡妄想
- necrophagous *(adj)* 吃腐屍的
- necrophilia *(U)* 戀屍狂，戀屍癖
- necropolis *(C)* 大墓地，古代的埋葬地
- necropsy *(n)* 驗屍
- necrosis *(n)* 壞疽
- necrotic *(adj)* 壞死的

137 **neuro-, neur-**：nerve「神經」

- neural *(adj)* 神經系統的
- neuralgia *(n)* 神經痛
- neurectomy *(n)* 神經切除，神經切除術
- neuritis *(n)* 神經炎
- neuroactive *(adj)* 刺激神經組織的
- neuroblast *(n)* 成神經細胞
- neurochemistry *(n)* 神經化學
- neurodermatitis *(n)* 神經性皮膚炎
- neurogenic *(adj)* 起源於神經組織的，神經性的
- neurology *(n)* 神經學，神經病學
- neurolysis *(n)* 神經組織崩潰，精神疲憊
- neuropath *(C)* 神經病患者
- neuropathic *(adj)* 神經病的，神經性的
- neuropathy *(n)* 神經病

- neurosurgery *(U)* 神經外科
- neurotic *(C)* 神經病患者；*(adj)* 神經質的，神經病的
- neurotoxic *(adj)* 毒害神經的
- neurotransmission *(n)* 神經傳遞
- neurovascular *(adj)* 神經與血管的

例句

a. She's suffering from some form of **neurosis**.
她患了某種神經症。

b. She is kind of **neurotic** about her weight.
她對自己的體重有點神經質。

138 nitro-： nitrate, niter「硝基，硝石」

- nitrobacteria *(n)* 硝化細菌
- nitrogen *(n)* 氮
- nitroglycerin *(n)* 硝化甘油，炸藥
- nitrohydrochloric acid *(U)* 王水

139 noct-, nocti-： night「夜」

- noctambulant *(adj)* 夜間步行的
- noctambulism *(U)* 夢中步行，夢遊症
- noctambulist *(C)* 夢遊者
- noctiflorous *(adj)* 夜間開花的
- noctiluca *(C)* 夜光蟲（一種原生動物）
- noctilucence *(U)* 生物發光
- noctilucent *(adj)* 生物發光的
- noctivagant *(adj)* 夜遊的

- noctuid *(C)* 夜蛾，夜蛾科的昆蟲
- nocturn *(n)*（天主教）夜禱
- nocturnal *(adj)* 夜間的 (↔ diurnal 日間的，白天的）
- nocturne *(n)* 夜曲，夜景畫

O 開頭的字首

140 **ophthalm-, opthalmo-**： eye, eyeball「眼，眼球」

- ophthalmia *(U)* 眼炎 (=ophthalmitis)
- ophthalmological *(adj)* 眼科的
- ophthalmologist *(C)* 眼科專家，眼科醫師
- ophthalmology *(U)* 眼科學
- ophthalmometer *(C)* 眼膜曲率計，（眼）屈光計
- ophthalmoplegia *(U)* 眼肌癱瘓，眼肌麻痹
- ophthalmoscope *(C)* 檢目鏡，眼底鏡
- ophthalmotomy *(U)* 眼球切開術

141 **opti-, opt(o)-**： vision, optics「眼的，視覺的，光學上的」

- optical *(adj)* 眼的，視力的，光學的
- optician *(C)* 光學儀器商，眼鏡商
- optics *(U)* 光學
- optimeter *(C)* 光學比長儀，光學計
- optoacoustic *(adj)* 光聲的
- optoelectronics *(U)* 光電子學
- optokinetic *(adj)* 視動的
- optometrist *(C)* 驗光師，視力測定者
- optometry *(U)* 視力測定，驗光
- optophone *(n)* 光聲機，盲人光電閱讀裝置

142 oscillo-： electric current「(電流的）波動」

- oscillogram *(C)* 示波圖
- oscillograph *(C)* 示波器
- oscillometer *(C)* 示波計（一種測量船隻橫搖角和縱搖角的儀器），動脈搏動描記器
- oscilloscope *(C)* 示波鏡

143 osse-, ossi-, oste-, osteo-： bone「骨」

- ossein *(n)* 骨膠原
- osseous *(adj)* 骨的，骨質的
- ossicle *(n)* 小骨
- ossify *(vt, vi)*（使）骨化，（使）硬化
- osteitis *(n)* 骨炎
- osteoarthritis *(n)* 骨關節炎
- osteoblast *(n)* 造骨細胞
- osteochondritis *(n)* 骨軟骨炎
- osteochondrosis *(n)* 骨軟骨病
- osteocyte *(n)* 骨細胞
- osteology *(U)* 骨學
- osteoma *(n)* 骨瘤
- osteopathist *(C)* 接骨醫生，整骨醫生 (=osteopath)
- osteopathy *(n)* 整骨療法
- osteophyte *(n)* 骨贅（骨刺畸變的骨質小贅疣）
- osteotomy *(n)* 骨切開術，截骨術

144 ov-, ovi-, ovo-： egg, ovum「卵，卵子」

- oval *(adj)* 卵形的，橢圓的；*(C)* 卵形，橢圓形
- ovalbumin *(n)* 卵清蛋白

- ovarian *(adj)* 子房的，卵巢的
- ovariotome *(C)* 卵巢切除手術刀
- ovariotomy *(U)* 卵巢切開，卵巢切除
- ovaritis *(U)* 卵巢炎
- ovary *(C)* 卵巢，子房
- ovate *(adj)* 卵形的
- ovicidal *(adj)* 殺卵的
- ovipara *(n)* 卵生動物
- oviparity *(n)* 卵生
- oviparous *(adj)* 卵生的
- ovoid *(adj)* 卵形的；*(C)* 卵形體
- ovular *(adj)* 胚珠的，卵子的
- ovulate *(vi)* 排卵
- ovulatory *(adj)* 產卵的，排卵的
- ovule *(C)* 胚珠，卵子
- ovum *(C)* 卵，卵子

145 oxy-, ox-： oxygen「氧」

- oxidant *(C)* 氧化劑
- oxide *(n)* 氧化物
- oxidize *(vt, vi)*（使）氧化
- oximeter *(C)* 血氧（定）計
- oxyacid *(n)* 含氧酸
- oxycalcium *(adj)* 氧鈣的，由氧鈣產生的
- oxychloride *(n)* 氯氧化物
- oxygen *(U)* 氧
- oxysalt *(n)* 含氧酸鹽

p 開頭的字首

146 paleo-（在母音前為 palae- 或 pale-）：old「古，舊」

- palaeethnology *(n)* 古人種學
- palaeobotany *(n)* 古植物學
- palaeoanthropology *(n)* 古人類學
- palaeolith *(n)* 舊石器
- palaeontography *(n)* 化石學
- palaeozoology *(n)* 古動物學

147 path-, patho-：disease, suffering「痛苦；疾病」

- pathetic *(adj)* 可憐的，悲慘的
- pathobiology *(U)* 病理學
- pathogen *(C)* 病菌，病原體
- pathogenesis *(n)* 發病機理
- pathogenetic *(adj)* 發病的，致病的
- pathology *(U)* 病理學
- pathos *(U)* 痛苦，感傷

例句

The **pathetic** sight of starving children evoked the public's concern.
飢童悲慘可憐的樣子引起公眾的關注。

148 ped-, pedo-：child「兒童」；foot「腳」；soil「土壤」

- pedagogical *(adj)* 教育法的
- pedagogue（peda 兒童 + gogue 領導者）*(C)* 學校教師
- pedagogy *(n)* 教學
- pedal *(C)* 踏板；*(vt)* 踩…的踏板

- pedestrian *(C)* 步行者；*(adj)* 徒步的
- pediatrician *(C)* 兒科醫師
- pediatrics *(U)* 小兒科
- pediatric *(adj)* 小兒科的
- pedicab *(C)*（尤指載客的腳踏）三輪車
- pedicure *(U)* 修腳趾，腳趾的治療修剪；*(C)* 足醫，專家
- pediococcus *(n)* 足球菌，小球菌
- pedocal *(n)* 鈣層土
- pedodontic *(adj)* 兒童牙科的
- pedodontics *(U)* 兒童牙科
- pedodontist *(C)* 兒童牙科的醫師
- pedologic *(adj)* 兒科學的
- pedology *(U)* 兒科學
- pedometer *(C)* 計步器
- pedophile *(C)* 戀童癖者
- pedophilia（pedo + phill 喜愛）*(U)* 戀童癖
- pedosphere *(n)*（地球的）土壤圈，土界
- pedway *(C)* 步行橋

149 **petro-**： rock, stone, petroleum「岩石，含石油的」

- petrochemical *(adj)* 石化的；*(C)* 石化產品
- petrochemistry *(U)* 石油化學，岩石化學
- petrodolla *(n)* 石油美元，油元
- petroglyph *(n)* 岩石雕刻
- petroglyphy *(n)* 岩畫藝術，岩畫雕刻法
- petrogram *(n)*（史前洞穴中繪於岩石上的）岩畫
- petrograph *(n)* 岩石的碑文
- petrographic *(adj)* 岩相學的，岩類學的

- petrography *(n)* 岩石記述學
- petrolatum *(n)* 礦脂，石油凍
- petroleum *(n)* 石油
- petrologic(al) *(adj)* 岩石學的
- petrologist *(n)* 岩石學家
- petrology *(n)* 岩石學
- petropolitics *(n)* 石油政治（控制石油銷售以達到國際政治和經濟目的的戰略性措施）
- petrotectonics *(n)* 岩石構成學
- petrous *(adj)* 岩石的，岩石般的

150 **phago-**：eating, consuming「吃」

- phagocyte *(n)* 噬菌細胞
- phagocytosis *(n)* 噬菌作用
- phagomania *(U)* 貪食症
- phagophobia *(U)* 懼食症，吞咽恐懼
- phagosome *(n)* 吞噬小體

151 **pharmaco-, pharmac-**：drug, medicine「藥」

- pharmaceutic *(adj)* 配藥學的，調藥的
- pharmaceutics *(n)* 配藥學，製藥學
- pharmaceutist *(n)* 藥師，藥劑師
- pharmacist *(n)* 配藥者，藥劑師
- pharmacodynamic *(adj)* 藥效的
- pharmacognosy *(n)*（研究天然藥物的）生藥學
- pharmacolite *(n)* 毒石
- pharmacologist *(n)* 藥理學家
- pharmacology *(n)* 藥理學

- pharmacopeia *(n)* 處方彙編；藥典
- pharmacotherapy *(n)* 藥物療法
- pharmacy *(n)* 藥房
- pharmic *(adj)* 藥物的，藥學的

152 **pharyng-, pharyngo-**： pharynx「咽」

- pharyngeal *(adj)* 咽的
- pharyngectomy *(n)*（部分或全部的）咽切除
- pharyngitis *(n)* 咽炎
- pharyngocele *(n)* 咽突出，咽囊腫
- pharyngology *(n)* 咽學
- pharyngonasal *(adj)* 咽鼻的
- pharyngoscope *(n)* 咽鏡
- pharyngoscopy *(n)* 咽鏡檢查
- pharyngotomy *(n)* 咽切開
- pharynx *(n)* 咽

153 **phon-, phono-**： sound, voice, speech「聲音」

- phoneme *(C)* 音位，音素
- phonetic *(adj)* 語音的
- phonetician *(C)* 語言學者
- phonetics *(U)* 語音學
- phone *(C)* 電話；*(vt)*（給…）打電話
- phonics *(U)* 看字讀音教學法，聲學
- phonic *(adj)* 聲音的，有聲的
- phonocardiogram *(C)* 心音圖
- phonogram *(C)* 表音符號

- phonograph *(C)* 留聲機
- phonology *(U)* 音韻學
- phonoscope *(C)* 驗聲器

154 **phosph-, phospho-**：phosphorus「磷」

- phosphagen *(n)* 磷酸原
- phosphate *(n)* 磷酸鹽
- phosphide *(n)* 磷化物
- phosphorescence *(n)* 磷光

155 **photo-**：light, radiant energy「光」

- photobiology *(U)* 光生物學
- photobiotic *(adj)* 必須靠光的
- photobotany *(U)* 光植物學
- photocatalysis *(U)* 光催化作用
- photocatalyst *(C)* 光催化劑
- photocell *(C)* 光電池
- photochemistry *(U)* 光化學
- photoconductor *(C)* 光電導體
- photoelectric *(adj)* 光電的
- photosensitive *(adj)* 感光性的
- photosensitizer *(C)* 光敏劑
- photosynthesis *(U)* 光合作用
- photosynthetic *(adj)* 光合作用的
- phototaxis *(n)* 趨光性
- phototherapy *(U)* 光療法
- phototypography *(U)* 照相排版

156 **phyco-**： seaweed「海藻」

- phycocyanin *(n)* 藻青蛋白
- phycoerythrin *(n)* 藻紅蛋白
- phycology *(n)* 藻類學
- phycomycete *(n)* 藻菌
- phycophaein *(n)* 藻褐素
- phycoxanthin *(n)* 藻黃素

157 **phyll-, phillo-**： leaf「葉子」

- phyllode *(n)* 葉狀柄
- phylloid *(adj)* 葉狀的
- phyllome *(n)*（總稱）葉狀器官，葉原體

158 **phylo-**（在母音前為 **phyl-**）：「種族」

- phylogenesis *(n)* 動植物種類史
- phylogenetic *(adj)* 動植物種類史的
- phylum *(n)*（生物分類學上的）門

159 **phys-, physi-, physio-**： natural, physical「自然的，身體的，物質的，物理的」

- physiatrics *(U)* 物理療法
- physiatrist *(C)* 物理治療醫師
- physician *(C)* 醫師，內科醫師
- physicist *(C)* 物理學者
- physics *(U)* 物理學
- physiognomy *(U)* 人相學，相面術
- physiography *(U)* 地文學，地相學

- physiologist *(C)* 生理學者
- physiology *(U)* 生理學
- physiotherapy *(U)* 物理療法
- physique *(n)* 男子的體格或體形

160 **phyto-**： plant「植物」

- phytobiology *(U)* 植物生物學
- phytochemistry *(U)* 植物化學
- phytochrome *(n)*（植物的）光敏色素
- phytocide *(n)* 植物枯死劑，除草劑，除莠劑
- phytoecology *(n)* 植物生態學
- phytogenesis *(n)* 植物發生論
- phytography *(U)* 記述植物學，植物分類學
- phytogeography *(U)* 植物地理學
- phytopathogen *(n)* 植物病原體
- phytoplankton *(n)* 浮游植物
- phytotoxin *(n)* 植物毒素
- phytotomy *(U)* 植物解剖學

161 **pico-**： one-trillionth「兆分之一」； very small「非常小」

- picosecond *(C)* 皮（可）秒，微微秒，百億分之一秒
- picornavirus *(C)* 小核糖核酸病毒
- picot *(n)* 花邊上飾邊的小環

162 **plagio-**： slanting, incling「傾斜」

- plagiocephalic *(adj)* 斜頭（畸形）的
- plagiocephalism *(n)* 斜頭（畸形）

- plagiocephaly *(n)* 斜頭（畸形）
- plagioclase *(n)* 斜長岩
- plagiotropic *(adj)* 斜向（性）的

163 **pneu-, pneum-, pneumato-, pneumo-**：breathe, air, lung「呼吸；空氣；肺」

- pneuma *(U)* 元氣，精神
- pneumatic *(adj)* 裝滿空氣的
- pneumatics *(U)* 氣體力學
- pneumatocele *(n)* 肺大泡，囊腫
- pneumatophore *(n)* 氣胞囊；呼吸根
- pneumatosis *(n)* 氣腫
- pneumogram *(C)* 呼吸描記圖，充氣造影照片
- pneumograph *(C)* 呼吸描記器
- pneumonia *(U)* 肺炎
- pneumonitis *(n)* 局限性肺炎，肺炎
- pneumothorax *(n)* 氣胸

164 **pol-, polar-**：polar「兩極的」

- polarimeter *(C)* 偏振器，偏光計
- polariscope *(C)* 偏光器
- polarize *(vt)*（使）極化，（使）兩極分化
- polarogram *(C)* 極譜圖
- polarograph *(C)* 極譜記錄儀
- polarography *(U)* 極譜法

165 prot-, proto-： first in time, earliest「第一，主要」

- protogalaxy *(n)* 原星系
- protohistory *(U)* 史前人類學
- protolanguage *(C)* 原始母語
- protolithic *(adj)* 原始石器時代的
- protomorph *(n)* 原始形式
- protoplasm *(n)* 原生質
- protoplanet *(C)* 原行星
- protoplast *(C)* 原物，原型，原人（指人類的始祖），原生質體
- protostar *(n)* 原恆星
- protostellar *(adj)* 原恆星的，形成恆星的
- prototype *(n)* 原型
- protoxide *(n)* 低氧化物，初氧化物（=protoxid）
- protozoan *(n)* 原生動物
- protozoic *(adj)* 原生動物的
- protozoology *(n)* 原生動物學

166 pseudo-： false「假的，偽的」

- pseudonym *(C)* 假名，化名，筆名
- pseudonymous *(adj)* 匿名的
- pseudoscience *(U)* 偽科學
- pseudo-intellectual *(C)* 假知識份子

例句

She wrote under the **pseudonym** “Chiong Yiao”.
她以「瓊瑤」這筆名寫作。

167 **psycho-, psych-**： mind「心靈，精神，心理」

- psychiatric *(adj)* 精神病學的
- psychiatrist *(C)* 精神病醫師
- psychiatry *(U)* 精神病學，精神病治療法
- psychic *(C)* 靈媒
- psychoanalysis *(U)* 精神分析，心理分析
- psychoanalyst *(C)* 心理分析學者
- psychogenic *(adj)* 心理原因引起的
- psychology *(U)* 心理學
- psychometric *(adj)* 心理測驗的
- psychopath *(C)* 精神病患者
- psychosomatic *(adj)* 受心理影響的，精神身體相關的
- psychotherapy *(U)* 精神療法，心理療法

例句

a. He was suffering from a **psychiatric** disorder and was taken to the **psychiatric** hospital.
他因精神疾病被送進精神醫院。

b. They turned to a **psychic** for help.
他們求助靈媒。

168 **pyro-**： fire, heat「火，熱」

- pyrochemical *(adj)* 高溫化學的
- pyrocondensation *(U)* 熱縮（作用）
- pyroconductivity *(U)* 高溫導電性
- pyrocrystalline *(adj)* 火成晶質的
- pyroelectricity *(U)* 焦熱電
- pyrogen *(C)* 熱原

- pyrogenic *(adj)* 高熱所產生的
- pyrography *(U)* 烙畫術，烙畫
- pyrograph *(C)* 烙出圖形
- pyrolater *(C)* 拜火者
- pyrolatry *(U)* 拜火教
- pyrology *(U)* 熱工學
- pyrolysis *(n)* 高溫分解
- pyromancy *(n)*（根據火或火的形狀所做的）火占
- pyromania *(n)* 放火癖，縱火狂
- pyrometer *(C)* 高溫計
- pyrostat *(C)* 高溫傳感器，自動報警裝置

r 開頭的字首

169 **radio-**： radiation「無線電通信，放射」

- radiobiology *(U)* 放射生物學
- radiobroadcast *(vt)* 無線電廣播；*(U)* 無線電廣播
- radiocardiogram *(C)* 心電圖
- radiochemistry *(U)* 放射能化學
- radiodetector *(C)* 檢波器
- radioecology *(U)* 放射生態學，輻射生態學
- radioelement *(C)* 放射性元素
- radiogenic *(adj)* 由放射能產生的
- radiology *(U)* 放射線學
- radiolucency *(U)* 射線可透性，射線透射性
- radioluminescence *(U)* 輻射發光
- radiometer *(C)* 輻射計，放射計
- radiopacity *(U)* 輻射不能透過
- radiopaque *(adj)* 輻射透不過的

- radiophosphorus *(n)* 放射磷
- radiophotograph *(C)* 無線電傳真照片（=radiophotogram）
- radiotherapy *(U)* 放射線療法
- radiotoxic *(adj)* 放射性毒的
- radiotoxin *(C)* 放射性毒素

170 **rheo-**： current, flow「流動」

- rheological *(adj)* 流變學的
- rheology *(U)* 流變學，流變能力
- rheometer *(C)* 流變儀，電流記，血流速度計
- rheophil *(adj)* 親流性的（指在流水中生活或成長的）
- rheophobe *(C)* 懼流性生物
- rheophobic *(adj)* 懼流性的（指不在流水中生活的或成長的）
- rheoreceptor *(C)* 流感受器（指魚類和某些兩棲類身上能感應水流的感受器）
- rheoscope *(C)* 檢電器

171 **rhizo-, rhiz-**： root「根」

- rhizogenesis（rhiz + genesis 起源）*(U)* 生根，根的生長
- rhizomatic *(adj)* 根莖的，像根莖的
- rhizophagous *(adj)* 以根為食的，吃根的
- rhizoplane *(C)* 根面（指被土粒岩屑等緊附的植物根部外表面）
- rhizopod（rhiz + pod 腳）*(C)* 根足蟲
- rhizotomy *(U)* 神經根切斷術

S 開頭的字首

172 **schiz-, schizo-**： split, cleft, cleavage, fission「分裂，裂開」

- schizogenesis *(U)* 分裂生殖
- schizophrenia *(U)* 精神分裂症

- schizocarp *(n)* 分裂果
- schizophrenic *(adj)* 精神分裂症的
- schizothymia *(U)*（精神）分裂性氣質，（精神）分裂人格

173 **sclero-, scler-**： hard, sclera「硬，鞏膜」

- sclera *(n)* 鞏膜
- sclereid *(n)* 石細胞，硬化細胞
- sclerema *(n)* 硬化病
- sclerenchyma *(n)* 厚壁組織
- scleritis *(n)* 鞏膜炎
- sclerodactylia *(n)* 指（或趾）硬皮病
- scleroderma *(n)* 硬皮病
- scleroid *(adj)* 硬質的
- sclerometer *(C)* 硬度計
- scleroprotein *(n)* 硬蛋白質
- sclerosis *(n)* 硬化症，硬化，硬結
- sclerotomy *(n)* 鞏膜切開術
- sclerous *(adj)* 硬化的

174 **socio-**： social, society「社會的」

- sociobiology *(U)* 生物社會學
- sociocultural *(adj)* 社會與文代化的
- socioeconomic *(adj)* 社會經濟學的
- sociogroup *(C)* 社會群體
- sociolinguistics *(U)* 社會語言學
- sociologist *(C)* 社會學家，社會學者
- sociology *(U)* 社會學

- sociopath *(C)* 反社會的人
- sociopolitical *(adj)* 社會政治的

175 **somn-, somni-**： sleep「睡眠」

- somnambular *(adj)* 夢遊的
- somnambulate *(vi)* 夢遊
- somnifacient *(adj)* 催眠的；*(n)* 催眠藥
- somniferous *(adj)* 催眠的 (=somnific)
- somniloquy *(n)* 說夢話
- somniloquist *(n)* 說夢話者
- somnolence *(n)* 想睡
- somnolent *(adj)* 想睡的

176 **son-, sono-**： sound「聲音」

- sonance *(U)* 有聲狀態，聲音
- sonant *(adj)* 有聲的；*(C)* 子音 (=sonorant)
- sonar *(U)* 聲納
- sonata *(C)* 奏鳴曲
- sonobuoy *(C)* 聲納浮標
- sonograph *(C)* 聲譜儀
- sonolysis *(adj)*（尤指水等液體的）超聲波分解
- sonometer *(C)* 聽力計
- sonorific *(adj)* 產生聲音的
- sonority *(U)* 響亮，響亮程度
- sonorous *(adj)* 洪亮的

177 **spectro-**： spectrum「光，光譜」

- spectrochemistry *(U)* 光譜化學
- spectrogram *(C)* 光譜圖，光譜照片
- spectrograph *(C)* 光譜攝製儀，聲譜儀
- spectrography *(U)* 攝譜術
- spectrology *(U)* 光譜分析學
- spectrometer *(C)* 分光計
- spectrophone *(C)* 光譜測聲器
- spectroradiometer *(C)* 分光輻射度計
- spectroscope *(C)* 分光鏡
- spectrum *(C)* 光，光譜〔spectra *(pl)*〕

178 **step-**： related as a result of one parent's remarrying, not by blood「父或母再婚而構成的親戚關係，但無血緣關係」

- stepfather *(C)* 繼父
- stepmother *(C)* 繼母
- stepbrother *(C)* 繼父與前妻或繼母與前夫所生的兒子
- stepsister *(C)* 繼父與前妻或繼母與前夫所生的女兒
- stepchild *(C)* 丈夫與其前妻或妻子與其前夫所生的孩子

注釋 half-brother 是「同父異母或同母異父兄弟」

179 **stereo-**： solid, three-dimensional「立體的」

- stereograph *(C)* 立體畫，立體照片
- stereographic *(adj)* 立體畫法的，立體照相的
- stereophonic *(adj)* 立體音響的
- stereoscope *(C)* 立體鏡，立體照相鏡

- stereoscopic *(adj)* 實體鏡的，有立體感的
- stereotype *(C)* 鉛版；陳腔濫調，老套
- stereovision *(U)* 立體視覺

180 **strat-**： layer「層」

- stratify *(vt)* 使成層
- stratopause *(n)* 平流層頂
- stratosphere *(n)* 同溫層，最上層，最高階段
- stratospheric *(adj)* 同溫層的
- stratovolcano *(n)* 成層火山
- stratum *(n)* 地層，（組織的）層，社會階層
- stratus *(n)* 層雲

t 開頭的字首

181 **taxi-, taxo-, tax-**： order, arrangement「次序，排列」

- taxology *(U)* 分類學
- taxon *(C)* 分類〔taxa *(pl)*〕
- taxonomic *(adj)* 分類學的
- taxonomist *(n)* 分類學者
- taxonomy *(U)* 分類法，分類學

182 **techno-, techn-**： technique, skill「技巧，技術」

- technical *(adj)* 技術的
- technician *(C)* 技術員，技師
- technicolor *(U)* 彩色印片
- technics *(n)* 工藝，*(pl)* 學術語
- technique *(C, U)* 技術，技巧
- technocracy *(U)* 技術官僚政治

- technocrat *(C)* 技術官僚
- technological *(adj)* 科技的
- technology *(U, C)* 科技，技術
- technophile *(C)* 技術愛好者
- technophobia *(U)* 技術恐懼

183 **tele-**：far, distant「遠」

- telecast *(C)* 電視廣播
- telecommunications *(pu)* 電信
- teleconference *(C)* 視訊會議
- telegenic *(adj)* 適於電視廣播的
- telegram *(C)* 電報
- telegraph *(C, U)* 電報；*(vi, vt)* 打電報
- telekinesis *(U)* 心靈遙控術（不接觸，而是用意念使物體移動）
- telemarketing *(U)* 電話行銷
- telepathy *(U)* 心靈感應，傳心術
- telephone *(C)* 電話
- telephoto *(C)* 攝影鏡頭，遠攝照片
- teleprinter *(C)* 電傳印表機
- telescope *(C)* 望遠鏡
- televangelist *(C)* 電視傳道者
- televise *(vt)* 電視轉播
- television *(U, C)* 電視
- telewriter *(C)* 電傳書寫機

The President's speech was **televised** live on CNN.
總統演說在 CNN 實況轉播。

184 theo-（在母音前為 the-）：God「神，上帝」

- theocracy *(U)* 神權政治
- theocratic *(adj)* 神權的，神權政治的
- theocrat *(C)* 神權統治者，神政主義者
- theological *(adj)* 神學的
- theology *(U)* 神學
- theophany *(C)* 神的出現
- theophobia *(U)* 對上帝的恐懼
- theurgy *(U)* 神力

185 thermo-, therm-：heat「熱」

- thermalize *(vt)*（使）熱能化
- thermal *(adj)* 熱的
- thermistor *(C)* 電熱調節器
- thermite *(C)* 鋁熱劑
- thermobarograph *(C)* 自動溫度氣壓計
- thermodynamics *(U)* 熱力學
- thermoelectrical *(adj)* 熱電的
- thermoelectricity *(U)* 熱電
- thermogram *(C)* 溫度記錄圖
- thermomagnetic *(adj)* 熱磁的
- thermometer *(C)* 溫度計，體溫計
- thermonuclear *(adj)* 高熱原子核反應的
- thermophysics *(U)* 熱物理學
- thermoregulate *(vt)*（使）受溫度（尤指體溫）調節
- thermos *(C)* 熱水瓶
- thermosphere *(U)* 氣熱層

- thermostat *(C)* 自動調溫器
- thermotaxis *(n)* 生物體隨溫度變化而移動

186 **top-, topo-**： place, region「地區」

- topocentric *(adj)* 以地面上的某點為中心（測定）的，地面點的
- topographic *(adj)* 地誌的，地形學上的
- topography *(U)* 地形學
- toponym *(C)* 地名
- toponymy *(U)* 地名研究，部位命名法

187 **toxi-, toxo-**： poison, posionous「毒，毒性的」

- toxic *(adj)* 有毒的
- toxicant *(C)* 有毒物，毒藥
- toxicology *(U)* 毒物學
- toxigenesis *(U)* 毒素產生
- toxigenic *(adj)* 產生毒素的
- toxin *(C)* 毒素
- toxiphobia *(n)* 毒物恐懼症
- toxoid *(n)* 類毒素

188 **tricho-, trich-**： hair, thread, filament「髮，線，細絲」

- trichiasis *(U)* 倒睫
- trichogen *(C)* 毛原細胞
- trichoid *(adj)* 毛狀的，像毛的
- trichology *(U)* 毛髮學

189 **tropho-（在母音前為 troph-）**：nutrition「營養」

- trophic *(adj)* 營養的
- trophoblast *(n)*（胚胎）滋養層
- trophogenic *(adj)* 營養生成的
- trophology *(n)* 營養學
- trophoplasm *(n)* 營養質

u 開頭的字首

190 **uro-, ur-**：urine「尿」；「尾」

- urinal *(n)* 尿壺，小便池
- urinate *(n)* 小便
- urine *(n)* 尿
- urochrome *(n)* 尿色素
- urogenital *(adj)* 泌尿生殖器的
- urography *(n)* 尿道造影術
- urology *(n)* 泌尿學
- uroscopy *(n)* 驗尿
- uropod *(n)* 尾肢
- uropygium *(n)* 尾臀
- urostyle *(n)* 尾桿骨

v 開頭的字首

191 **vas-, vaso-**：blood vessel「血管」

- vascular *(adj)* 脈管的，血管的
- vasoactive *(adj)* 引起血管舒張收縮的
- vassal *(adj)* 血管的
- vasoconstriction *(U)* 血管收縮

- vasodilation *(U)* 血管舒張
- vasospasm *(U)* 血管痙攣

192 **vermi-**： worm「蠕動的蟲」

- vermian *(adj)* 蠕蟲的
- vermicidal *(adj)* 殺蠕蟲的
- vermicide *(n)* 驅蟲劑
- vermicular *(adj)* 蠕蟲的，蠕動的
- vermicule *(C)* 小蟲樣體
- vermiform *(adj)* 蠕蟲狀的
- vermifuge *(n)* 殺蟲藥； *(adj)* 驅蟲的
- verminous *(adj)* 蟲害的
- vermivorous *(adj)*（鳥等）食蟲的

193 **vice-**： deputy「副的，次的」

- vice-chairman *(C)* 副主席
- vice-principal *(C)* 副校長
- vice-president *(C)* 副總裁，副校長
- vice-chancellor *(C)* 大學副校長

194 **vide-, vis-**： see「看」

- video *(C)*（錄在錄影帶上的）電視或電影節目
- videoconference *(C)* 視訊會議
- videogenic *(adj)* 適合電視的
- videography *(U)* 電視錄影製作
- videophile *(C)* 電視迷
- videophone *(C)* 電視電話
- videoplayer *(C)*（放映錄像的）放影機

- videoporn *(U)* 色情電視節目
- videotape *(C)* 錄影帶
- visibility *(U)* 能見度
- visible *(adj)* 看得見的
- visionary *(adj)* 幻想的
- vision *(U)* 視力
- visual *(adj)* 視覺的

X 開頭的字首

195 **xeno-**： stranger, foreigner ； strange, foreign, different「陌生人；外國人；外來的」

- xenobiotic *(adj, C)*（藥物、殺蟲劑、致癌物等）異型生物質（的）
- xenodiagnosis *(U)* 動物接種診斷法
- xenogamy *(U)* 異花受粉
- xenogenesis *(U)* 異種生殖論
- xenogenetic *(adj)* 異種生殖的
- xenograft *(n)* 異種移植物
- xenomania *(U)* 外國迷，外國狂
- xenophile *(C)* 親外者
- xenophobia *(C)* 仇外者，懼外者
- xenophobic *(adj)* 恐懼（或憎恨）外國人的，恐外的

196 **xer-, xero-**： dry「乾燥」

- xeroderma *(U)* 皮膚乾燥症
- xerophilous *(adj)* 喜好乾燥的，生於熱帶乾燥地的
- xerophily *(U)* 適旱性
- xerophyte *(C)* 乾燥地帶植物

197 **xylo-**： wood「木」

- xylographer *(C)* 木刻師，刻版師
- xylographic *(adj)* 木版印刷的，木刻的
- xylograph *(C)* 木版畫，木板印刷
- xylology *(U)* 樹木構造學
- xylophagan *(C)* 蝕木蟲
- xylophagous *(adj)* 蝕木的
- xylophone *(C)* 木琴
- xylophonist *(C)* 木琴演奏家
- xylotomy *(U)* 木材解剖術，木材解剖學

z 開頭的字首

198 **zoo-**： animal, motile「動物；能動的」

- zoogenic *(adj)* 由動物傳染的，源於動物的
- zoogeography *(U)* 動物地理學
- zoogeology *(U)* 化石動物學
- zoography *(U)* 動物誌學
- zoologist *(C)* 動物學家
- zoology *(U)* 動物學

199 **zygo-, zyg-**： yoke, pair, union 「軛，結合」

- zygote *(C)* 受精卵
- zygogenesis *(U)* 合子形成
- zygosis *(C)* 接合〔zygoses *(pl)*〕

200 **zymo-**： fermentation「發酵，酶」

- zymogen *(C)* 酵素原，酵素母質

- zymogenic *(adj)* 酵母質的，發酵菌的
- zymology *(U)* 發酵學，發酵論
- zymolysis *(U)* 發酵
- zymolytic *(adj)* 發酵（作用）的
- zymometer *(C)* 發酵計
- zymosan *(U)* 酵母聚糖
- zymoscope *(C)* 發酵測定器
- zymotechnics *(U)* 發酵法

3.8

多義字首

在本章中，我們學過一些代表多種意義的字首，如 a-, ad-, be-, de-, di-, dis-, en-, epi-, ex-, in-, meta- , mis-, over-, para-, pro-, re-, trans-, un-和 under-。本節將這些字首做一個概括說明。

1 a-

(i) not, without「不，非，無」

- pathetic *(adj)* 引起悲憫的 → apathetic *(adj)* 冷漠的，無動於衷的
- septic *(adj)* 細菌引起感染的 → aseptic *(adj)* 無菌的
- symmetry *(U)* 對稱 → asymmetry *(U)* 不對稱
- theism *(U)* 有神論 → atheism *(U)* 無神論

(ii) at/in/on a place where「在某地」

- back *(C)* 後面 → aback *(adv)* 向後；被驚嚇
- breast *(C)* 乳房 → abreast *(adv)* 並行
- head *(C)* 頭 → ahead *(adv)* 在前，朝前
- shore *(C)* 海岸 → ashore *(adv)* 在海岸
- side *(C)* 邊 → aside *(adv)* 在邊上

(iii) in a state/process「處在某種狀態或正在進行某個動作」

- blaze *(vi)* 燃燒 → ablaze *(adj)* 燃著的
- bloom *(vi)* 開花 → abloom *(adj)* 花盛開著的
- drift *(vi)* 漂 → adrift *(adj)* 漂著的
- live *(vi)* 生活 → alive *(adj)* 活著的
- sleep *(vi)* 睡覺 → asleep *(adj)* 睡著的
- wake *(vi)* 醒來 → awake *(adj)* 醒著的

2 **ad-**〔因同化作用變成 a-（在 sc, sp, st 開頭的單字前）, ab-, ac-, af-, ag-, an-, ap-, ar-, as-, at- 等〕

(i) to, toward「**朝，向**」

- abut（a + but 終點）*(vi)* 鄰接，毗鄰
- accord（ac + cord 心）*(C)* 協定
- adapt（ad + apt 能力）*(vi)* 適應
- addict（ad + dict 說）*(vt)* 上癮
- adhere（ad + here 粘）*(vi)* 粘住；堅持
- advent（a + dvent 來）*(S)* 來臨
- ascend（a + scend 爬）*(vi, vt)* 攀登，上升

(ii) again, to add「**一再，加」等強調的意義**

- accelerate（ac + celerate 速度）*(vt, vi)* 加速
- accentuate（ac + centuate 唱）*(vt)* 強調
- adjoin（ad + join 連結）*(vt)* 鄰接，毗連
- adopt（ad + opt 選擇）*(vt)* 採用，收養
- affirm（af + flrm 堅定）*(vt)* 斷言
- aggrandize（ag + grandize 大）*(vt)* 擴大，加大
- aggravate（ag + grav 重 + ate 使…變成）*(vt)* 使更嚴重
- annex（an + nex 綁，裝訂）*(vt)* 併吞，附加
- announce（an + nounce 報告）*(vt)* 宣布
- assert（as + sert 參加）*(vt)* 斷言，聲稱
- assiduous（as + sid 坐著 + ous 形容詞字尾）*(adj)* 勤奮的

(iii) near, adjacent to「**鄰近**」

- adrenal（ad + renal 腎臟）*(n)* 腎上腺
- assit（as + sit 站立）*(vt, vi)* 資助

3 be-

(i) 加在名詞或形容詞前，構成及物動詞

- guile *(n)* 欺騙 → beguile *(vt)* 欺騙
- head *(n)* 頭 → behead *(vt)* 砍頭，斬首
- little *(adj)* 小的 → belittle *(vt)* 小看，輕視，貶低
- siege *(n)* 包圍 → besiege *(vt)* 圍攻
- wilder *(n)* 迷惑 → bewilder *(vt)* 使迷惑

(ii) 構成一些介系詞

- fore *(adj, adv)* 前的 → before *(prep)* 在…前面
- hind *(adj)* 後的 → behind *(prep)* 在…後邊
- low *(adj)* 低的 → below *(prep)* 在…下麵

(iii) 放在名詞字尾加 **ed** 的字，表示「穿戴」

- jewel *(C)* 寶石 → bejewelled *(adj)* 以珠寶裝飾的
- spectacles *(pl)* 眼鏡 → bespectacled *(adj)* 戴眼鏡的
- wig *(C)* 假髮 → bewigged *(adj)* 戴假髮的

4 de-

(i) to remove, to reverse「消除，反轉」

- centralize *(vt)* 集中 → decentralize *(vt)* 分散
- compose *(vt)* 構成，組成 → decompose *(vt)* 分解
- hydrate *(C)* 水合物 → dehydrate *(vt)* 使脫水
- frost *(U)* 霜 → defrost *(vt)* 除霜

(ii) down「向下」

- demote（de+mote 動）*(vt)* 降級
- descend（de+scend 爬）*(vl)* 下降

(iii) away「**離開**」

- bus *(C)* 公車 → debus *(vt)* 使下公車
- camp *(C)* 營地 → decamp *(vi)* 拔營離去

5 di-, dia-, du-, duo-

(i) two, double「**二，雙**」

- dialog（dia + log 說話）*(U, C)* 對話
- dilemma（di + lemma 見解，主張）*(C)* 進退兩難的窘境
- dioxide（di + oxide 氧化物）*(U)* 二氧化物
- duopoly（duo + poly 賣）*(C)* 經濟雙頭壟斷
- duplicate（du + plicate 褶）*(vt)* 複製
- duplicity *(U)* 表裡不一，欺騙

(ii) away「**離開**」

- digress（di + gress 走）*(vi)* 離題
- divert（di + vert 轉）*(vt)* 使轉向
- divorce（di + vorce=verse 轉）*(C, vt)* 離婚

6 dis-

(i) not「**不，非，無**」

- ease *(U)* 舒適 → disease *(C, U)* 疾病
- order *(U)* 秩序 → disorder *(U)* 無秩序
- organized *(adj)* 有條理的 → disorganized *(adj)* 沒有條理的，混亂的
- passionate *(adj)* 激情的 → dispassionate *(adj)* 平心靜氣的
- trust *(U)* 信任 → distrust *(U)* 不信任

(ii) to reverse, to remove「**反轉，去除**」

- arm *(vt)* 武裝 → disarm *(vt)* 解除武裝

- burden *(vt)* 使負重擔 → disburden *(vt)* 擺脫負擔
- connect *(vt)* 連接 → disconnect *(vt)* 斷開
- courage *(U)* 勇氣 → discourage *(vt)* 使喪失勇氣
- embark *(vt)* 上船 → disembark *(vi)* 下船
- infect *(vt)* 感染 → disinfect *(vt)* 消毒
- own *(vi)* 擁有 → disown *(vt)* 否認

(iii) 加強語氣

- annul *(vt)* 廢除 → disannul *(vt)* 廢除，取消
- server *(vt)* 切斷 → disserver *(vt)* 分割

7 en-（在 b, p, m 前變為 em-）

(i) in「內」

- bed *(C)* 範圍；床 → embed *(vt)* 嵌入；安置
- cage *(C)* 籠子 → encage *(vt)* 關入籠子
- close *(vt)* 關閉 → enclose *(vt)* 圈起來，圍住
- gulf *(C)* 海灣，溝壑 → engulf *(vt)* 吞沒
- roll *(C)* 名單 → enroll *(vt)* 記入名單，註冊

(ii) to make into, to cause to be「使成為，使進入…狀態」

- able *(adj)* 能夠的 → enable *(vt)* 使能夠
- act *(C)* 法案 → enact *(vt)* 通過法案
- body *(C)* 身體 → embody *(vt)* 使具體化
- circle *(C)* 圓圈 → encircle *(vt)* 包圍，圈進去
- code *(C)* 密碼，代碼 → encode *(vt)* 編碼
- courage *(U)* 勇氣 → encourage *(vt)* 鼓勵
- force *(U)* 力量 → enforce *(vt)* 強制執行
- light *(U)* 光 → enlighten *(vt)* 啓發，啓示

- power *(U)* 權力 → empower *(vt)* 授權
- rich *(adj)* 富裕的 → enrich *(vt)* 使富裕
- slave *(C)* 奴隸 → enslave *(vt)* 使成為奴隸，奴役
- trust *(vt)* 信任 → entrust *(vt)* 信託

8 epi-

(i) on「在…表面上」

- epiphyte *(n)* 附生植物
- epidermis *(n)* 表皮
- epigene *(adj)* 外層的，表層的
- epigenous *(C)*（菌類等）生長於葉表面的
- epigram（epi + gram 寫）*(C)*警句，格言
- epitaph（epi + taph 墳墓）*(C)*墓誌銘
- epithet *(C)* 綽號

(ii) over, above「在…上方」

- epiblast *(n)* 外胚層
- epicenter *(C)* 震央
- epicardium *(n)* 心外膜

(iii) around「四周，到處」

- epidemic *(adj)* 流行性傳染的；*(C)* 流行病
- epicarp *(n)* 外果皮

(iv) in addition to, besides「此外，附帶」

- epididymis *(C)* 附睪
- epiphenomenon *(n)* 副現象

(v) after「在…之後」

- epigenesis *(n)* 後生作用
- epilogue *(C)* 結語，尾聲；收場白

(vi) close to, near「靠近」

- epicalyx *(C)* 副萼

9 ex-, e-, ef-

(i) out「出，出去，在外面」

- efface（ef + face 臉，面容）*(vt)* 抹掉
- effuse（ef + fuse 熔合）*(vt, vi)* 流出，瀉出
- evade（e + vade 走）*(vt)* 規避，逃避
- excise（ex + cise 切）*(vt)* 切除
- expel（ex + pel 推）*(vt)* 趕出，逐出
- extract（ex + tract 拉）*(vt)* 拔出；摘錄

(ii) former「前任的，以前的」

- president *(C)* 總統 → ex-president *(C)* 前總統
- wife *(C)* 妻子 → ex-wife *(C)* 前妻

10 in-（在 b, p, m 前變形為 **im-**；在 l 前變形為 **il-**；在 r 前變形為 **ir-**）

(i) not「不，非，無」

- capable *(adj)* 有能力的 → incapable *(adj)* 沒有能力的
- justice *(U)* 公正 → injustice *(U)* 不公正
- literate *(adj)* 識字的 → illiterate *(adj)* 文盲的
- logical *(adj)* 合乎邏輯的 → illogical *(adj)* 不合邏輯的
- moral *(adj)* 道德的 → immoral *(adj)* 不道德的

- purity *(U)* 純淨 → impurity *(C)* 雜質
- resolute *(adj)* 有決斷力的 → irresolute *(adj)* 無決斷力的
- reversible *(adj)* 可逆轉的 → irreversible *(adj)* 不可逆轉的

(ii) inside, into「在內，進入」

- corporate *(adj)* 團體的 → incorporate *(vt)* 合併，併入
- land *(U)* 陸地 → inland *(adj)* 內陸的
- migrate *(vi)* 遷移 → immigrate *(vi)* 移入
- press *(vt)* 壓 → impress *(vt)* 給予某人深刻印象
- prison *(C)* 監獄 → imprison *(vt)* 入獄，監禁

(iii) cause「引起」

- flame *(C)* 火焰 → inflame *(vt)* 使極度激動
- peril *(U)* 危險 → imperil *(vt)* 使處於危險中
- poverty *(U)* 貧窮 → impoverish *(vt)* 使貧困

11 meta-, met-

(i) later in time「後期」

- estrus *(n)* 動情期 → metestrus *(n)* 動情後期，後情期
- phase *(C)* 階段 → metaphase *(C)* 細胞核分裂中期

(ii) situated behind「居後」

- carpus *(n)* 手腕，腕骨 → metacarpus *(n)* 掌部，掌骨

(iii) change「變化」

- genesis *(n)* 起源 → metagenesis *(n)* 世代交替
- morphosis *(n)* 形態形成 → metamorphosis *(n)* 變形
- phrase *(C)* 習語 → metaphrase *(vt, n)* 直譯

- metaplasia（meta + plasia 成長）*(U)* 組織變形
- metabolism *(U)* 新陳代謝

(iv) beyond「在…之外」

- metaphor *(U)* 隱喻
- linguistics *(U)* 語言學 → metalinguistics *(U)* 研究語言與其他文化活動關係的語言學
- physics *(U)* 物理學 → metaphysics *(U)* 形而上學

12 mis-

(i) 不，無，缺

- fit *(vt)* 適合 → misfit *(vt, vi)* 不適合
- trust *(U)* 信任 → mistrust *(U)* 不信任

(ii) bad「壞」

- demeanor *(U)* 行為 → misdemeanor *(U)* 行為失誤，輕罪
- fortune *(U)* 運氣 → misfortune *(U)* 厄運

(iii) wrong「錯誤」

- apply *(vt)* 運用 → misapply *(vt)* 誤用
- calculate *(vt)* 計算 → miscalculate *(vt)* 算錯
- take *(vt)* 拿，取 → mistake *(C)* 錯誤；*(vt)* 錯認
- understand *(vt)* 了解 → misunderstand *(vt)* 誤解

(iv) to hate「憎惡」(miso 之變形)

- misandry（mis + andry 男性）*(U)* 厭惡男人
- misanthrope（mis + anthrope 人類）*(C)* 憎惡人類者
- misogynist（miso + gyn 女性 + ist 人）*(C)* 厭惡女人的人

13 ob-（因同化作用而變形為 oc-, of-, op-）

(i) against「反對」

- object *(vI)* 反對
- offend *(vt)* 冒犯
- oppress *(vt)* 壓迫

(ii) to, towards「朝向」

- oblige（ob + lige 束綁）*(vt)* 強制
- obnoxious（ob + nox 傷害 + ious 形容詞字尾）*(adj)* 使不快的

(iii) intensifier「加強用語」

- occlude（oc + clude 關閉）*(vt)* 遮斷；阻擋
- oblong *(adj, C)* 長方形
- occupy（oc + cupy 拿取）*(vt)* 佔領

14 over-

(i) above, on「在…之上」

- coat *(C)* 上衣 → overcoat *(C)* 外套
- lap *(C)* 大腿 → overlap *(vt)* 重疊（在大腿上）
- look *(vi)* 看 → overlook *(vt)* 俯視；忽視

(ii) excessive, too much「過度，太」

- correct *(vt)* 改正 → overcorrect *(vt)* 矯枉過正
- crowded *(adj)* 擁擠的 → overcrowded *(adj)* 過度擁擠的
- dose *(C)* 劑量 → overdose *(C)* 藥物過量

15 para-（母音前為 par-）

(i) beyond「在…之外」

- paradox（para + dox 觀點）*(C)* 似是而非的論點，自相矛盾的話
- paramount（para + mount 山）*(adj)* 至高的
- paranormal（para + normal 正常的）*(adj)* 超過正常的

(ii) beside, near「旁邊，附近」

- paradigm *(C)* 範例
- paragraph（para + graph 書寫）*(C)* 段，節，段落
- parasite（para + site 食物）*(C)* 寄生蟲
- parathyroid *(adj)* 副甲狀腺的

(iii) similar「相似」

- military *(adj)* 軍事的 → paramilitary *(adj)* 準軍事的，輔助軍事的
- phrase *(C)* 短語 → paraphrase *(vt)* 釋義，釋義

(iv) assistant, subsidiary to「輔助的，附屬的」

- medical *(adj)* 醫療的 → paramedical *(adj)* 輔助醫療的
- professional *(adj)* 專業的 → paraprofessional *(adj)* 專職助理的

(v) defective, abnormal「缺陷的，正常的」

- aesthesis *(n)* 感覺 → paresthesia *(U)* 感覺異常（指皮膚上不明原因的異常感覺）

16 pro-

(i) earlier, before, prior to「先前」

- proclaim（pro + claim 聲稱）*(vt)* 宣布
- prognosis（pro + gnosis 知道）*(C)* 預後
- progenitor *(C)* 祖先

(ii) in front of, anterior「前面的」

- progress（pro + gress 走，步行）*(U, vi)* 進步
- project（pro + ject 扔）*(vi)* 向前投出，射出
- prospect（pro + spect 看著）*(U, C)* 前景
- protrude（pro + trude 伸出）*(vi)* 突出

(iii) rudimentary「基礎的」

- prouncleus *(n)* 前核，生殖核

(iv) supporting, in favor of「贊成」

- proabortion *(adj)* 贊成人工流產合法化的
- pro-choice *(adj)* 贊成女人有權決定是否讓胎兒生下來的
- pro-life *(adj)* 贊成保護胎兒的
- pro-lifer *(C)* 贊成保護胎兒的人

(v) in place of「代替」

- proconsul *(C)* 殖民地的地方總督
- pronoun（pro + noun 名詞）*(C)* 代名詞

17 re-

(i) to reverse「反轉」

- reflect（re + flect 彎曲）*(vt)* 反射
- remove（re + move 移動）*(vt)* 去除
- respond（re + spond 誓言，諾言）*(vi)* 回答；回應

(ii) backward「向後，回」

- rebound（re + bound 跳）*(vi)* 向後跳，跳回
- recede（re + cede 去）*(vi)* 退後

- reclaim（re + claim 聲稱）*(vt)* 收回
- regress（re + gress 步子）*(vi)* 倒退，退步
- retract（re + tract 拉）*(vt)* 後縮，縮回

(iii) again, anew **「再次，重新」**

- appraisal *(C, U)* 評估 → reappraisal *(C, U)* 重新評估
- arrange *(vt)* 安排 → rearrange *(vt)* 重新安排
- recur（re + cur 跑）*(vi)* 再現
- revive（re + vive 生存）*(vi, vt)* 復活

(iv) intensifier **「強調詞」**

- refine（re + fine 好）*(vt)* 精練
- rejoice（re + joice 高興）*(vi)* 欣喜

18 trans-

(i) from one place to another, across **「從一地到另一地，轉移；橫越」**

- transatlantic（trans + atlantic 大西洋）*(adj)* 橫跨大西洋
- transcend（trans + cend 爬）*(vt)* 超越
- transcribe（trans + cribe 寫）*(vt)* 抄寫，謄寫
- transect（trans + sect 切）橫切
- transfer（trans + fer 帶）*(vt)* 轉移
- transgress（trans + gress 走）*(vt)* 踰矩，違法
- transmigration（trans + migrate 遷移 + ion 名詞字尾）*(vt)* 轉生，轉世
- transmit（trans + mit 送）*(vt)* 傳送，傳播
- transport（trans + port 港口）*(vt)* 運輸
- transverse（trans + verse 改變）*(adj)* 橫越的

(ii) through「穿過」

- translucent（trans + luc 光 + ent 形容詞字尾）*(adj)* 半透明的
- transparent（trans + par 平等的 + ent 形容詞字尾）*(adj)* 透明的

(iii) to change「改變」

- form *(C)* 形式；*(vt)* 形成 → transform *(vt)* 變形
- sexual *(adj)* 性別的 → transsexual *(C)* 變性人
- vest *(C)* 衣服 → transvestism *(U)* 異性裝扮癖

19 un-

(i) not「不，非，未」

- civilized *(adj)* 文明的 → uncivilized *(adj)* 未開化的
- employed *(adj)* 有職業的 → unemployed *(adj)* 失業的
- fit *(adj)* 適合的 → unfit *(adj)* 不適合的
- healthy *(adj)* 健康的 → unhealthy *(adj)* 不健康的
- real *(adj)* 真實的 → unreal *(adj)* 不真實的

(ii) to reverse some action or state「倒轉，消除原來的動作」

- fasten *(vt)* 拴緊 → unfasten *(vt)* 鬆開
- fold *(vt)* 折疊 → unfold *(vt)* 打開
- furl *(vt)* 捲起 → unfurl *(vt)* 展開
- hook *(vt)* 鉤 → unhook *(vt)* 脫鉤
- load *(vt)* 裝載 → unload *(vt)* 卸載
- lock *(vt)* 鎖 → unlock *(vt)* 開鎖
- tie *(vt)* 縛，紮 → untie *(vt)* 解開

20 under-

(i) beneath, below「在下」

- current *(C)* 流 → undercurrent *(C)* 潛流，暗流
- graduate *(C)* 畢業生 → undergraduate *(C)*（尚未畢業的）大學生
- ground *(U)* 地 → underground *(adj)* 地下的
- line *(C)* 線 → underline *(vt)* 在…下面劃線
- world *(n)* 世界 → underworld *(n)* 黑社會

(ii) less, lacking「少，不足」

- estimate *(vt)* 估計 → underestimate *(vt)* 低估
- feed *(vt)* 餵養 → underfed *(adj)* 餵得太少的
- perform *(vt)* 做，施行 → underperform *(vt, vi)* 做得不好
- populate *(vt)* 居住於 → underpopulated *(adj)* 人口稀疏的
- size *(C)* 大小 → undersized *(adj)* 不夠大的

Chapter 4

字尾 (Suffixes)

字尾如同第 3 章所介紹的字首，也是構詞詞素之一，只具備某種含義，而非獨立的詞。字尾尚有表示詞性的功能。本章將依常用字尾所表示的詞性以及含義來進行分類說明。

4.1

名詞字尾

名詞字尾一般是加在動詞、名詞，以及形容詞的字根(roots)之後構成一個名詞。這類字尾有許多不同的含義，數量相對也很豐富，本章將它們逐一歸類，讓學習更有系統，也更有效率。

4.1.1 表示「人」的名詞字尾

1 -agog, -agogue：鼓動的人

- demagogue（dema 人民 + agogue）煽動政客（尤指利用情緒或偏見煽動民眾，以期獲得領導地位及達到私人目的者）
- mystagogue（myst=mystique 神祕 + agogue）引人入祕教者
- pedagogue（ped=pedo 兒童 + agogue）教師，賣弄學問者

例句

A populist is always a **demagogue** as well
一個民粹主義者經常也是個煽動民心的政客。

2 -aholic：對某事沉迷的人

- chocolate *(U)* 巧克力 → chocaholic 巧克力上癮者 (=chocoholic)
- food *(U)* 食物 → foodaholic 嗜食者，老饕
- work *(vi, U)* 工作 → workaholic 工作狂

例句

An **alcoholic** is often in a state of permanent depression.
酗酒成性者會長時間陷入沮喪。

3 -aire：具某項特徵的人；專注於某事的人

- billion *(C)* 十億 → billionaire 億萬富翁

- doctrine *(U, C)* 教條 → doctrinaire 教條主義者
- legion *(C)* 古羅馬軍團 → legionaire 軍團的兵士
- million *(C)* 百萬 → millionaire 百萬富翁
- multimillion *(C)* 數百萬 → multimillionaire 擁有數百萬家財的富豪，千萬富翁
- zillion *(C)* 龐大的數字 → zillionaire 億萬富翁

例句

Ben worked very hard and spent very little. That was how he had become a millionaire by the age of 25.
班工作努力、花錢又省，因此二十五歲不到就成了百萬富翁。

4 -an, -ian ：(i) 某國或某地區的人；(ii) 支持或信奉某學說理論的人；(iii) 專精某學科的人

(i) 加在地名後表示某國或某地區的人

- America 美國 → American 美國人
- Asia 亞洲 → Asian 亞洲人
- Austria 奧地利 → Austrian 奧地利人
- Canada 加拿大 → Canadian 加拿大人
- Chicago 芝加哥 → Chicagoan 芝加哥人
- Europe 歐洲 → European 歐洲人
- India 印度 → Indian 印度人

(ii) 加在學說理論後表示支持或信奉某學說理論的人

- Christ *(U)* 基督 → Christian 基督徒
- republic *(C)* 共和國，共和政體 → republican 共和黨人
- pure *(adj)* 純潔的 → Puritan 清教徒

(iii) 加在學科後表示專精某學科的人

- academy *(C)* 研究院，學會 → academician 學會會員，院士

- acoustics *(U)* 聲學 → acoustician 聲學家
- aesthetics *(U)* 美學，審美學 → aesthetician 審美學家
- antique *(C)* 古物，骨董 → antiquarian 古文物研究者，收集古文物者
- comedy *(C, U)* 喜劇 → comedian 喜劇演員
- cosmetics *(pl)* 化妝品 → cosmetician 化妝師
- diet *(C)* 飲食 → dietitian 營養學家
- electric *(adj)* 電的 → electrician 電工
- geopolitics *(U)* 地緣政治學 → geopolitician 地緣政治學者
- history *(U)* 歷史 → historian 歷史學家
- library *(C)* 圖書館 → librarian 圖書管理員
- logic *(U)* 邏輯，邏輯學 → logician 邏輯學家
- magic *(U)* 魔術 → magician 魔術師
- mathematics *(U)* 數學 → mathematician 數學家
- mortal *(adj)* 必死的 → mortician 殯葬業者
- music *(U)* 音樂 → musician 音樂家
- obstetrics *(U)* 產科學 → obstetrician 產科醫師
- pediatrics *(U)* 小兒科 → pediatrician 小兒科醫師
- phonetics *(U)* 語音學 → phonetician 語音學者
- physical *(adj)* 身體的 → physician 內科醫師
- politics *(U)* 政治，政治學 → politician 政客
- proletariat *(S)* 無產階級 → proletarian 無產階級者
- rhetoric *(U)* 修辭學 → rhetorician 修辭學者
- statistics *(U)* 統計學 → statistician 統計員，統計學家
- tactics *(pl)* 戰術 → tactician 戰術家
- technical *(adj)* 技術的 → technician 技術員
- theory *(U, C)* 理論 → theoretician 理論家

The **magician** struggled out of the net which had trapped her.
魔術師從罩住她的網裡掙脫出來。

5 -ant：做某事的人

- apply *(vi)* 申請 → applicant 申請者
- aspire *(vi)* 熱望 → aspirant 有抱負者
- assail *(vt)* 攻擊 → assailant 攻擊者
- assist *(vt)* 幫助 → assistant 助手
- attend *(vi, vt)* 出席，參加，照顧 → attendant 服務員
- attest *(vi, vt)* 證明 → attestant（合約等的）連署人，證人
- claim *(vt)* 根據權利提出要求 → claimant 根據權利提出要求者
- cohabit *(vi)*（男女）同居（尤指未婚而同居）→ cohabitant 同居者
- command *(vi, vt)* 命令 → commandant 司令官
- complain *(vi)* 發牢騷 → complainant 發牢騷的人
- confide *(vt)* 傾訴 → confidant 心腹
- consult *(vi, vt)* 請教 ，商議 → consultant 顧問
- contest *(vt)* 爭奪 → contestant 競爭者
- defend *(vt)* 辯護 → defendant 被告
- descend *(vi)* 下來，下降 → descendant 子孫，後裔
- emigrate *(vi)* 移居外國 → emigrant 移居外國者
- enter *(vt)* 進入 → entrant 新到者，進入者，新會員
- immigrate *(vi)* 移入 → immigrant（外來）移民
- inform *(vt)* 通知 → informant 密告者
- inhabit *(vt)* 居住 → inhabitant 居民
- occupy *(vt)* 占據 → occupant 占有者

- participate *(vi)* 參與 → participant 參與者
- protest *(vi)* 抗議 → Protestant 新教徒
- serve *(vt)* 服務 → servant 僕人

例句

Most **emigrants** to Germany are poor and unskilled workers.
大部分移居德國的移民都是窮困且沒有專門技術的工人。

6 -ar：做某事的人

- beg *(vi)* 乞討 → beggar 乞丐
- lie *(vi)* 撒謊 → liar 撒謊者
- peddle *(vt, vi)* 沿街叫賣 → pedlar 沿街叫賣的小販

例句

A compulsive **liar** often suffers emotional trauma.
一名慣於撒謊的人常常受情緒創傷之苦。

7 -arch：ruler, leader「君主」

- autarch 獨裁者，專制者
- matriarch 女家長
- monarch 君主
- oligarch 寡頭政治執政者
- patriarch 家長，族長

例句

They crowned the little prince **monarch** after the king's sudden death.
國王突然駕崩後，他們將小王子加冕爲王。

8 -ard, -art：習慣做某事或某事做得很過分的人

- brag *(vi)* 吹牛 → braggart 自誇者
- drunk *(adj)* 喝醉的 → drunkard 醉漢，酒鬼
- dull *(adj)* 無趣的，呆滯的 → dullard 愚人，笨蛋
- lag *(vi)* 落後 → laggard 動作遲緩落後的人

例句

A **drunkard** was lying on the ground.
一個醉漢正躺在地上。

9 -arian：(i) 信仰者，鼓吹者；(ii) …年齡者

(i) 信仰者，鼓吹者

- authority *(U)* 權力，權威 → authoritarian 獨裁者（主張絕對服從權威者）
- barbaric *(adj)* 野蠻的 → barbarian 野蠻人
- discipline *(U)* 紀律 → disciplinarian 厲行紀律的人
- equal *(adj)* 相等的 → equalitarian 平等主義者
- grammar *(C)* 文法 → grammarian 文法學者
- heredity *(U)* 遺傳 → hereditarian 遺傳論者
- humanity *(U)* 人道 → humanitarian 人道主義者
- liberty *(U)* 自由 → libertarian 自由意志主義者
- library *(C)* 圖書館 → librarian 圖書館員
- predestine *(vt)* 注定 → predestinarian 命運注定論的信徒
- total *(U)* 全體 → totalitarian 極權主義者
- utility *(U)* 效用 → utilitarian 功利論者，功利主義者
- vegetation *(U)*（總稱）植物 → vegetarian 素食者
- vulgar *(adj)* 粗俗的 → vulgarian 粗俗的富人

例句

In colonial times, blacks in Africa were often regarded as **barbarians**. "Civilized" white people shot them at will as they did beasts.
在殖民地時代非洲的黑人常被看作野蠻人。「文明的」白種人像對待野獸般任意射殺他們。

(ii) …年齡者

- centenarian 百歲或逾百歲的人
- nonagenarian 九十多歲的人
- octogenarian 八十多歲的人
- septuagenarian 七十多歲的人
- sexagenarian 六十多歲的人

例句

The last **centenarian** in this country died a natural death yesterday.
這個國家的最後一位百歲人瑞昨天自然死亡。

10 -ary：從事…的人

- adverse *(adj)* 敵對的 → adversary 對手
- benefit *(C, U)* 利益 → beneficiary 受惠者，受益人
- function *(C)* 職能 → functionary 職員，官員
- mission *(C)* 任務 → missionary 傳教士
- reaction *(U)* 反動 → reactionary 反動分子
- revolution *(C)* 革命 → revolutionary 革命者
- secret *(C)* 祕密 → secretary 祕書

例句

He defeated his **adversary** easily.
他輕而易舉地擊敗了對手。

11 -ast：與…有關者

- dynast 王朝的君主
- ecdysiast 脫衣女郎
- encomiast 宣讀或寫頌辭者，阿諛者，讚美者
- enthusiast 熱心家，狂熱者
- iconoclast 偶像破壞者，提倡打破舊習的人

12 -aster：劣等的人

- critic *(C)* 批評家 → criticaster 拙劣的批評家
- poet *(C)* 詩人 → poetaster 蹩腳詩人

13 -ate：執行某一職責的人

- advocate 辯護者
- candidate 候選人
- delegate 代表
- electorate 選民
- graduate 畢業生
- ingrate 忘恩負義者
- inspectorate 檢查員
- magistrate 地方官員
- potentate 當權者
- protectorate 被保護國（受某個更強的國家保護並控制其國防與外交）

例句

Two hundred **delegates** from one hundred countries attended the conference on AIDS.
來自一百個國家的兩百名代表出席了愛滋病研討會。

14 -buster：逮捕者，搜查者

- crimebuster 犯罪剋星
- gangbuster 掃蕩流氓的執法者
- sexbuster 掃黃者
- trustbuster 要求解散托拉斯的人，聯邦反托拉斯檢查官

15 -cide：殺手

- fratricide 殺害兄弟者
- homicide 殺人者
- infanticide 殺嬰者
- matricide 弒母者
- parricide 弒父母尊長者
- patricide 弒父者
- regicide 弒君者

例句

The **homicide** has been executed.
殺人犯已被處決。

16 -crat：…的參加者；…的支持者

- aristocracy *(U)* 貴族政治 → aristocrat 貴族
- autocracy *(U)* 獨裁政治 → autocrat 獨裁者
- democracy *(U)* 民主政治 → democrat 民主黨人
- plutocracy *(U)* 財閥政治 → plutocrat 財閥
- technocracy *(U)* 技術官僚政治 → technocrat 技術官僚
- theocracy *(U)* 神權政治 → theocrat 神權統治者，神政主義者

例句

This country is controlled by several **plutocrats**.
這個國家被幾個財閥所控制。

注釋 -catic 構成 -crat 的形容詞形式，如 autocratic, democratic。

17 -ee：動作承受者

- absent *(vt)* 使缺席 → absentee 缺席者
- adopt *(vt)* 收養 → adoptee 被收養者
- advise *(vt)* 勸告 → advisee 受教授指導選課的學生
- amputate *(vt)* 切除（手臂、腿等）→ amputee 被截肢者
- appeal *(vi)* 控訴 → appellee 被告，被上訴人
- appoint *(vt)* 任命 → appointee 被任命者
- attend *(vt)* 出席 → attendee 出席者
- confer *(vt)* 協商 → conferee 參加會議者
- consign *(vt)* 委託 → consignee 受託者
- dedicate *(vt)* 題獻（書等給某人）→ dedicatee 受奉獻者（尤指書籍的受奉獻者）
- deport *(vt)* 放逐 → deportee 被放逐者
- detain *(vt)* 拘留 → detainee 被拘留者
- divorce *(vt)* 離婚 → divorcee 離婚者
- draft *(vt)* 徵召 → draftee 被徵召入伍者
- employ *(vt)* 雇用 → employee 雇員
- escape *(vi)* 逃亡 → escapee 逃亡者
- examine *(vt)* 考試 → examinee 應考者
- interview *(vt)* 會見 → interviewee 被接見者
- invite *(vt)* 邀請 → invitee 被邀請者
- nominate *(vt)* 提名 → nominee 被提名人

- refuge *(U)* 庇護，避難；*(C)* 避難所 → refugee 難民
- train *(vt)* 訓練 → trainee 受訓者

例句

The civil war caused a mass emigration of **refugees** to the neighboring country.
內戰導致大批難民移居到鄰國。

18 -eer：從事…的人，與某事有關的人

- auction *(vt)* 拍賣 → auctioneer 拍賣人
- buccaneer 海盜
- chariot *(C)* 戰車 → charioteer 戰車的駕駛
- convention *(C)* 大會 → conventioneer 與會者
- engine *(C)* 引擎 → engineer 工程師
- market *(C)* 市場 → marketeer 市場商人；精於行銷某產品或服務的人
- mountain *(C)* 山 → mountaineer 登山家
- mutiny *(C)* 兵變；*(vi)* 叛變 → mutineer 叛徒
- pamphleteer 小冊子作者
- pioneer 先驅
- profit *(U, C)* 利潤 → profiteer 牟取暴利者
- racketeer 獲取不正當錢財的人，詐騙者
- volunteer 志願者

例句

My father is a mechanical **engineer**.
我父親是一位機械工程師。

19 -ent：執行、提倡或引發某行動者

- abstinence *(U)* 節制 → abstinent 禁欲者

- adhere *(vi)* 粘附，堅持 → adherent 信徒，擁護者
- agency *(C)* 代理處 → agent 代理商
- correspond *(vi)* 通訊 → correspondent 通訊記者
- preside *(vi)* 主持 → president 總統，會長，校長
- reside *(vi)* 居住 → resident 居民
- respond *(vi)* 回答 → respondent 回答者

例句

Our **correspondent** in America sent this report about the terrorist attacks.
我們在美國的通訊記者發來這篇關於恐怖分子襲擊的報導。

20 -er：(i) 某國或某地區的人；(ii) 具有某種職業的人，從事…的人

(i) 某國或某地區的人

- Iceland 冰島 → Icelander 冰島人
- London 倫敦 → Londoner 倫敦人
- New York 紐約 → New Yorker 紐約人
- southern 南方 → southerner 南方人

(ii) 具有某種職業的人，從事…的人

- advertise *(vt)* 廣告 → advertiser 登廣告者
- advise *(vt)* 勸告 → adviser 顧問
- astronomy *(U)* 天文學 → astronomer 天文學家
- bank *(C)* 銀行→ banker 銀行家
- carpentry *(U)* 木工工作 → carpenter 木匠
- employ *(vt)* 雇用 → employer 雇主
- entertain *(vt)* 娛樂 → entertainer 演藝人員
- interview *(vt)* 會見 → interviewer 面談者
- marine *(adj)* 海的→ mariner 水手

- peddle *(vt)* 沿街叫賣 → peddler 小販（pedal 的美式拼法）
- plumbing *(U)* 鉛工業，鉛管業 → plumber 管子工
- read *(vi, vt)* 讀 → reader 讀者
- teach *(vt)* 教 → teacher 教師
- train *(vt)* 訓練 → trainer 訓練者，馴服者
- wait *(vi)* 等待 → waiter 侍者，服務員
- work *(vi)* 工作 → worker 工人
- write *(vi, vt)* 書寫 → writer 作家

例句

Some **astronomers** use the principles of physics and mathematics to determine the nature of the universe.
有些天文學家利用物理學和數學的原理來斷定宇宙的本質。

21 -ese：某國或某地區的人

- China 中國 → Chinese 中國人
- Japan 日本 → Japanese 日本人
- Portugal 葡萄牙 → Portuguese 葡萄牙人
- Taiwan 台灣 → Taiwanese 台灣人
- Vietnam 越南 → Vietnamese 越南人

22 -eur：從事某種活動或職業的人

- amateur 業餘愛好者
- arbitrage 仲裁，套利 → arbitrageur 套利者
- auteur <法>（具有自己獨特風格的）電影導演
- carillonneur <法>鐘樂器演奏家
- chauffeur 司機
- coiffeur（為女子做頭髮的）美髮師

- connoisseur（藝術品的）鑑賞家，鑑定家，內行
- diseur（男性）朗誦藝術家，獨白藝人，單口相聲演員
- entrepreneur <法>企業家
- rapporteur 被委員會指派去調查某一議題或情勢並回報的人
- restaurateur 餐館老板，飯店主人
- saboteur 從事破壞活動者

例句

A successful **entrepreneur** has a flair for business.
成功的企業家有做生意的天賦。

23 -glot：語言，引申為說某種語言的人

- monoglot 使用單一語言的人
- polyglot 通曉數種語言的人

24 -goer：從事某種休閒活動的人

- churchgoer 經常去做禮拜的人
- concert → concertgoer 常參加音樂會者
- festival → festivalgoer 參加節日活動者
- movie → moviegoer 常看電影的人
- museum → museumgoer 經常去博物館的人
- opera → operagoer 經常看歌劇的人
- party → partygoer 社交聚會常客
- play → playgoer 愛看戲的人，常看戲的人
- theatergoer 戲迷

25 -grapher：書寫、描繪或記錄的人

- autobiographer 自傳作者

- biographer 傳記作者
- calligrapher 書法家
- choreographer 舞蹈指導者，編舞家
- demographer 人口統計學家
- geographer 地理學者
- glossographer 注釋者
- oceanographer 海洋學者
- photographer 攝影師
- seismographer 測震學專家

26 -herd：放牧的人

- cow 牛 → cowherd 牧牛者
- sheep 綿羊 → shepherd 牧羊人
- swine 豬 → swineherd 養豬的人

27 -i：某國的人

- Israel 以色列 → Israeli 以色列人
- Nepal 尼泊爾 → Nepali 尼泊爾人
- Pakistan 巴基斯坦 → Pakistani 巴基斯坦人

28 -ic：具有某種職業、信仰、屬性的人

(i) 具有某種職業的人

- academy *(C)* 學院 → academic 大學教師
- criticism *(U)* 批評 → critic 批評家
- mechanics *(U)* 機械學 → mechanic 技工
- paramedic *(C)* 受過緊急醫務護理或輔助專職醫護員訓練的人

(ii) 具有某種信仰的人

- agnosticism *(U)* 不可知論 → agnostic 不可知論者
- asceticism *(U)* 禁欲主義，苦行 → ascetic 禁欲者
- heresy *(U, C)* 異端，異教 → heretic 異教徒，異端者
- skepticism *(U)* 懷疑論 → skeptic 懷疑論者
- Stoicism *(U)* 斯多葛哲學，斯多葛學派 → stoic 高度自制者，堅忍克己者

(iii) 具有某種屬性的人

- alcohol *(U)* 酒精，酒 → alcoholic 酗酒者
- aphasic 失語症患者
- cyclothymia *(U)* 循環性情感症（一種較輕的躁鬱症）→ cyclothymic 循環性情感或情緒障礙患者
- fanatic 狂熱者
- hysteria *(U)* 歇斯底里 → hysteric 歇斯底里的人
- lunacy *(U)* 精神失常，精神病 → lunatic 瘋子，精神錯亂者
- mania *(U, C)* 顛狂，癖好，狂熱 → maniac 狂熱者
- neurosis *(U)* 精神官能症，神經衰弱症 → neurotic 精神官能症患者
- quadriplegia *(U)* 四肢癱瘓 → quadriplegic 四肢癱瘓者
- rustic 鄉巴佬

They sent the violent **lunatic** to a psychiatric institution.
他們把那狂暴的瘋子送進了精神病院。

29 -ie：屬於…的人（或物），和…有關的人（或物）

- auntie 姑媽，伯母，舅媽，阿姨
- baddie 書或電影中的壞蛋
- bookie 出版者

- biggie 大或重要的東西
- cutie 美人兒
- dearie 可愛的小寶貝
- goodie 書或電影中的好人
- lassie 少女
- sweetie 愛人

Linda is such a **cutie**!
琳達眞是個美人兒！

30 -ist：(i) 某一學說的遵守者；(ii) 動作的實踐者，從事（研究）…者

(i) 某一學說（-ism）的遵守者

- activism *(U)* 激進主義 → activist 激進主義分子
- alarmism *(U)* 危言聳聽 → alarmist 杞人憂天者
- altruism *(U)* 利他主義 → altruist 利他主義者
- atheism *(U)* 無神論 → atheist 無神論者
- behaviorism *(U)* 行為學派 → behaviorist 行為主義者
- Buddhism *(U)* 佛教 → Buddhist 佛教徒
- chauvinism *(U)* 沙文主義 → chauvinist 沙文主義者
- communism *(U)* 共產主義 → communist 共產主義者
- dogmatism *(U)* 教條主義 → dogmatist 獨斷者
- elitism *(U)* 精英主義 → elitist 精英份子
- extremism *(U)* 極端主義 → extremist 極端主義者
- femininism *(U)* 女性主義 → feminist 女性主義者
- hedonics *(U)* 享樂主義 → hedonist 享樂主義者
- idealism *(U)* 理想主義 → idealist 理想主義者
- individualism *(U)* 個人主義 → individualist 個人主義者

- materialism *(U)* 唯物主義 → materialist 唯物主義者
- nationism *(U)* 國家主義 → nationalist 國家主義者
- populism *(U)* 民粹主義 → populist 民粹主義者
- pragmatism *(U)* 務實主義 → pragmatist 實用主義者
- romanticism *(U)* 浪漫主義 → romanticist 浪漫主義者
- socialism *(U)* 社會主義 → socialist 社會主義者
- terrorism *(U)* 恐怖主義 → terrorist 恐怖分子

An **atheist** doesn't believe in God.
無神論者不信上帝。

(ii) 動作的實踐者，從事（研究）…者

- anesthetics *(U)* 麻醉學 → anesthetist 麻醉師
- anatomy *(U)* 解剖學 → anatomist 解剖學家
- anthropology *(U)* 人類學 → anthropologist 人類學者
- arson *(U)* 縱火 → arsonist 縱火犯
- art *(U)* 藝術 → artist 藝術家
- biology *(U)* 生物 → biologist 生物學家
- botany *(U)* 植物學 → botanist 植物學家
- cardiology *(U)* 心臟病學 → cardiologist 心臟病專家
- cartoon *(C)* 卡通畫 → cartoonist 漫畫家
- chemistry *(U)* 化學 → chemist 化學家
- chronology *(U)* 年代學 → chronologist 年代學者
- dermatology *(U)* 皮膚醫學，皮膚病學 → dermatologist 皮膚學者，皮膚科醫生
- dentistry *(U)* 牙科 → dentist 牙醫
- hypnotism *(U)* 催眠術，催眠狀態 → hypnotist 催眠師
- novel *(C)* 小說 → novelist 小說家
- ocular *(adj)* 眼睛的 → oculist 眼科醫師

- orthopaedics *(U)* 整形外科 → orthopaedist 整形外科醫師
- pediatrics *(U)* 小兒科 → pediatrist 小兒科醫師
- piano *(C)* 鋼琴 → pianist 鋼琴家
- psychology *(U)* 心理學 → psychologist 心理學家
- science *(U)* 科學 → scientist 科學家
- type *(vt)* 打字 → typist 打字員

31 **-ite**：(i) 某地區的人；(ii) 信奉者，追隨者

(i) 某地區的人

- Israel *(U)* 以色列 → Israelite 以色列人，猶太人
- New Jersey *(U)* 紐澤西州 → New Jerseyite 紐澤西州居民
- urban *(adj)* 城市的 → urbanite 城市居民

(ii) 信奉者，追隨者

- anchorite 隱者，隱士
- Hamite 基督教故事中諾亞 (Noah) 次子 Ham 的後裔
- labor *(U)* 勞工 → laborite 勞工黨黨員
- favor *(vt)* 喜歡 → favorite 特別喜歡的人（或物）
- social *(adj)* 社會的 → socialite 社交名流

例句

Jane played a **socialite** in the movie.
珍在那部電影中扮演社交名流。

32 **-ive**：具有某種身分的人

- capture *(vt)* 俘獲 → captive 俘虜
- detect *(vt)* 偵查 → detective 偵探
- execute *(vt)* 執行 → executive 執行者，經理主管人員

- relation *(C, U)* 關係 → relative 親戚
- represent *(vt)* 代表 → representative 代表人

It is against international law to kill **captives**.
殺死俘虜是違反國際公約的。

33 -ling：幼小的人；具有某一特質者（帶有鄙視或厭惡的意思）

- change *(vt, vi)* 改變 → changeling 被偷偷掉換的小孩；善變者，笨蛋
- fledge *(vt)* 長羽毛 → fledgling 初出茅廬的人
- foundling 棄嬰
- hire *(vt)* 雇請 → hireling 雇員，為金錢而受僱者
- prince *(C)* 王子 → princeling 年幼王子，小王子
- quisling 賣國賊
- sibling 兄弟，姐妹
- stripling 年輕人，小伙子
- nurse *(C)* 護士；*(vt)* 護理 → nursling 嬰兒；被精心培育的人或物
- under *(pre)* 在…之下 → underling 部下，下屬，走卒
- weak *(adj)* 虛弱的 → weakling 虛弱者，懦怯者
- world *(n)* 世界 → worldling 俗人，俗物

例句

Many **weaklings** are waiting to be taken care of.
很多虛弱的人等著被照顧。

34 -maniac：瘋狂者

- bibliomaniac 有藏書癖者
- dipsomaniac 耽酒症患者

- egomaniac 極端自我主義者
- kleptomaniac 有盜竊癖者
- megalomaniac 自大狂
- melomaniac 音樂狂，歌唱狂
- monomaniac 對一事熱狂的人，偏執狂
- nymphomaniac（女子）慕男狂患者，女色情狂
- pyromaniac 縱火狂

A **megalomaniac** is hard to get along with.
自大狂很難相處。

35 -monger：販子；提倡令人不快事情的人

- fish *(C)* 魚 → fishmonger 魚販
- gossip *(U)* 閑話 → gossipmonger 愛說閒話的人
- hate *(U)* 仇恨 → hatemonger 煽動仇恨者
- peace *(U)* 和平 → peacemonger 和平販子（指一味乞求和平的人）
- phrase *(C)* 習語 → phrasemonger 空談的人，愛用華麗詞藻的人
- rumor *(C)* 謠言 → rumormonger 造謠者
- scandal *(C)* 醜聞 → scandalmonger 專事誹謗的人，到處散播醜聞的人
- scare *(S, C)* 驚嚇 → scaremonger 擾亂社會民心的人
- trouble *(U, C)* 煩惱 → troublemonger 愛製造麻煩的人
- war *(C, U)* 戰爭 → warmonger 戰爭販子
- word *(C)* 文字 → wordmonger 賣弄文字的人

He was regarded as a **warmonger**.
他被認爲是個戰爭販子。

36 -nik：以…為特徵的人；參與…的人

- beatnik 奇裝異服、言行乖僻的人
- nudnik 無聊的人，惹人討厭的人
- peace *(U)* 和平 → peacenik 反戰分子（含有貶意）
- refuse *(vi)* 拒絕 → refusenik 被拒絕移居國外的蘇聯人

例句

A bunch of **peaceniks** are staging a demonstration.
一小群反戰分子在示威。

37 -o：與…有關；具有…性質的人

- Latin *(adj)* 拉丁語的，拉丁人的 → Latino 拉丁美洲人
- politics *(U)* 政治 → politico（職業）政治活動者，政客
- Negro 黑人

例句

Bill Clinton was described as a slick **politico**.
比爾・柯林頓被描述成一名滑頭的政客。

38 -or：從事…的人

- act *(vi)* 表演 → actor 男演員
- administer *(vt)* 管理 → administrator 行政官
- agitate *(vt)* 使激動 → agitator 鼓動者，煽動者
- commentate *(vt)* 評論 → commentator 評論員
- designate *(vt)* 指定 → designator 指定者
- educate *(vt)* 教育 → educator 教育者
- invent *(vt)* 發明 → inventor 發明者
- invest *(vt)* 投資 → investor 投資者

- mediate *(vt)* 調停 → mediator 調解人，調停人
- narrate *(vt)* 敘述 → narrator 敘述者
- resist *(vt)* 抵抗 → resistor 抵抗者

例句

An astute **investor** knows when to take the plunge and put his money into the stock market and when to withdraw it.
機敏的投資人知道何時下決心將錢投入股市以及何時退場。

39 -phile, -philiac：愛好者

- ailurophile 極其喜愛貓的人，養貓的行家
- Anglophile 親英派的人
- audiophile 高傳真音響愛好者
- bibliophile 愛書者，藏書家
- cinephile 電影愛好者，影迷
- coprophiliac 嗜糞癖的生物
- Francophile 親法者
- hemophiliac 血友病患者
- pedophile 戀童癖者
- technophile 科技愛好者
- xenophile 媚外者

例句

Pedophiles should be hanged.
戀童癖者應該被絞死。

40 -phobe：恐懼或厭惡者

- Anglophobe 反英者
- claustrophobe 幽閉恐懼症患者

- homophobe 對同性戀憎惡（或恐懼）者
- technophobe 科技恐懼者
- xenophobe 仇外者，懼外者

I have to admit that I am a **technophobe**.
我必須承認我是個科技恐懼者。

41 -smith：製造金屬器械的人；製造某一特別東西的人

- black *(adj)* 黑色的 → blacksmith 鐵匠
- finger *(U)* 手指 → fingersmith 小偷
- gold *(U)* 金 → goldsmith 金匠
- gun *(C)* 槍 → gunsmith 軍械工人
- lock *(C)* 鎖 → locksmith 鎖匠
- sword *(C)* 刀劍 → swordsmith 打造刀劍的鐵匠
- word *(C)* 文字 → wordsmith 擅長文字的人

例句

I have to get a **locksmith** to fit a new lock on the door.
我必須叫個鎖匠來把門裝上新鎖。

42 -ster：是…樣的人（有時含貶意）

- choir *(C)* 唱詩班 → chorister 唱詩班歌手
- game *(C)* 遊戲 → gamester 賭徒
- gang *(C)* 一幫，一夥 → gangster 匪徒
- mob *(C)* 暴徒 → mobster 犯罪集團成員，匪徒，歹徒
- old *(adj)* 年老的 → oldster 老人
- rhyme *(C)* 韻律 → rhymester 拙劣詩人

- spin *(vt)* 紡紗 → spinster 未婚婦女，老處女
- song *(C)* 歌 → songster 歌唱家
- shyster 欠缺道德的無恥業者（尤指律師，即俗稱的「訟棍」）
- trick *(C)* 詭計 → trickster 騙子
- young *(adj)* 年輕 → youngster 年輕人

例句

The **gangster** in the movie finally killed himself.
影片中那個歹徒最後自殺了。

43 -vore ：吃…者

- carnivore（carn 肉 + vore）食肉動物
- frugivore 食果動物
- herbivore 食草動物
- insectivore 食蟲動物
- omnivore 雜食動物

-vorous 構成-vore 的形容詞形式，如 vermivorous「（鳥等）食蟲的」。

44 -wright ：製造、修理某物的人

- play *(C)* 戲劇 → playwright 劇作家
- ship *(C)* 船 → shipwright 造船工人
- wheel *(C)* 車輪 → wheelwright 車輪修造工

例句

I used to work as a **playwright**.
我以前當過劇作家。

4.1.2 表示「事物」的名詞字尾

4.1.2.1 指一般事物的名詞字尾

1 **-agog, -agogue** ：刺激分泌物的東西

- emmenagogue 調經劑（引發或加速月經流量的藥物）
- galactagogue 催乳劑
- secretagogue 刺激分泌的賀爾蒙
- sialagogue 催涎藥

2 **-ant** ：執行或引起某一行動的東西

- antidepressant（anti 對抗 + depress 憂鬱 + ant）抗抑鬱劑
- antioxidant（anti 對抗 + oxidize 氧化 + ant）抗氧化劑
- color *(vt)* 著色 → colorant 著色劑
- contaminate *(vt)* 污染 → contaminant 污染物
- cool *(vt)* 冷卻 → coolant 冷凍劑，冷卻液，散熱劑
- decolorant（de 除去 + color 顏色 + ant）漂白劑
- defoliant（de 除去 + foliage 樹葉 + ant）脫葉劑
- deodorant（de 除去 + odor 氣味 + ant）除臭劑
- disinfectant（dis 除去 + infect 傳染 + ant）消毒劑
- intoxicate *(vt)* 使酒醉或陶醉 → intoxicant 使醉的東西
- lubricate *(vt)* 潤滑 → lubricant 滑潤劑
- pollute *(vt)* 污染 → pollutant 污染物質
- repel *(vt)* 擊退 → repellant 驅蟲劑

3 **-buster** ：非常大或不尋常的東西

- blockbuster 票房破紀錄的影片

4 -ent：執行某一行為的事物

- absorb *(vt)* 吸收 → absorbent 吸收劑
- antecede *(vt)* 先前 → antecedent 先前的事物
- constitute *(vt)* 構成 → constituent 構成某事的要素
- deter *(vt)* 阻止 → deterrent 嚇阻事物
- precede *(vt)* 先於 → precedent 先例

5 -er：用於做某事的物品或工具

- amplify *(vt)* 放大，增強 → amplifier 擴音器
- cook *(vt, vi)* 烹調 → cooker 爐子
- wash *(vt)* 洗 → washer 洗衣機
- propel *(vt)* 推進 → propeller 推進器
- fertilize *(vt)* 施肥 → fertilizer 肥料
- poke *(vt)* 戳，刺，捅 → poker 火鉗

6 -ery：某類產品；物品總稱

- archer *(C)* 射手，弓術家 → archery 射手的裝備
- draper *(C)* 衣料織品商 → drapery 綢緞
- embroider *(vt)* 刺繡 → embroidery 繡品
- fine *(adj)* 漂亮的 → finery 漂亮衣服
- gaudy *(adj)* 華而不實的 → gaudery 俗麗的服飾
- green *(adj)* 綠色的 → greenery 草木
- machine *(C)* 機器 → machinery 機器，機械

7 -facient：具有某一特質的東西

- abortifacient 墮胎藥
- absorbefacient 吸收劑

- febrifacient 引起發熱的病原
- rubefacient 使皮膚發紅的藥
- somnifacient 催眠藥，安眠藥

8 -ic, -ical ：具有某項功用的物品

- antibiosis *(n)* 抗生 → antibiotic 抗生素
- chemistry *(U)* 化學 → chemical 化學藥品
- cosmetic *(n)* 化妝品
- galactopoiesis *(U)* 乳汁的分泌，泌乳期 → galactopoietic 催乳劑
- hypnosis *(U)* 催眠狀態，催眠 → hypnotic 催眠藥

9 -ive ：執行某一行為

- alternate *(vi, vt)* 交替，輪流 → alternative 替代物
- abrade *(vt)* 磨損，摩擦 → abrasive 研磨劑
- add *(vt)* 添加 → additive 添加劑
- adhere *(vi)* 粘附 → adhesive 粘合劑
- explode *(vi)* 爆炸 → explosive 爆炸物，炸藥
- preserve *(vt)* 防腐 → preservative 防腐劑
- sedate *(vt)* 給…服鎮靜劑 → sedative 鎮靜劑

4.1.2.2 指小事物的名詞字尾

1 -cle

- appendicle 小附屬物
- corpuscle 血球，微粒
- curricle 一種輕便小馬車
- cubicle 小臥室

- denticle 小齒
- follicle 小囊，濾泡
- icicle 垂冰，冰柱
- manacle 手銬；腳鐐
- ossicle 小骨
- particle 粒子
- pinnacle 小尖塔，山頂，頂點
- radicle（神經，血管等的）根；幼根
- testicle *(n)* 睾丸
- tubercle 小塊莖，小瘤；結節

2 -cule

- animalcule 微生物
- floscule 小花
- molecule 分子
- monticule 小山丘
- opuscule 小作品
- spicule 針狀體，小穗狀花序
- vermicule 小蟲樣體

3 -el, -ella

- novella 短篇故事
- columella 小柱

4 -en

- kitten 小貓
- chicken 小雞
- maiden 少女，處女

5 -et

- eaglet 小鷹
- floret 小花
- floweret 小花
- hatchet 短柄斧
- locket 項鍊掛盒
- midget 侏儒
- nugget 一小塊天然礦塊（尤指金塊）
- snippet 片斷，摘錄
- trinket 小裝飾品

6 -etta, -ette

- barrette 髮夾，（女用）條狀髮夾
- cigarette 小雪茄，香煙
- kitchenette 小廚房
- luncheonette <美>供應便餐的小餐館
- marionette 牽線木偶
- mobillette 小型機器；腳踏車
- musette 法國的小風笛，牧歌調的曲子
- novelette 中篇（或短篇）小說
- operetta 小歌劇
- pipette 吸液管
- roomette <美>（鐵路臥車）小包廂；（住宿等處的）小房間
- sermonette 簡短的講道
- statuette 小雕像
- towelette 小溼毛巾

7 -ie

- birdie 小鳥
- doggie 小狗

8 -kin

- lambkin 小羊
- devilkin 小鬼，小魔鬼
- manikin 侏儒，人體模型

9 -le, -ule

- arteriole 細動脈
- capsule 膠囊；太空艙
- cellule 小細胞
- globule 小球
- granule 小粒，顆粒，細粒
- nodule 小節結
- ossicle 小骨
- tubule 小管，細管

10 -let：小型物；佩帶在…上的小飾物

- anklet 腳鐲
- armlet 臂環，臂章
- booklet 小冊子
- bracelet 手鐲
- circlet 小圓環
- coverlet 床罩

- craterlet 小坑洞
- droplet 小滴
- frontlet 額前飾物
- islet 小島
- leaflet 小葉，傳單
- pamphlet 小冊子
- piglet 小豬
- playlet 短劇
- ringlet 小圈，小環
- wristlet 腕套，腕飾

11 -ling

- duckling 小鴨
- gosling 小鵝
- fledging 羽毛初長的雛鳥
- nestling 未離巢的雛鳥
- sapling 幼樹

12 -y

- doggy 小狗狗
- fatty 胖子
- granny 奶奶
- kitty 小貓咪
- piggy 小豬

4.1.3 表示「陰性」的名詞字尾

1 -ess

- actor → actress 女演員
- conductor → conductress 女性樂隊長，女車長
- emperor → empress 皇后，女皇帝
- god → goddess 女神
- heir → heiress 女性繼承人
- host → hostess 女主人
- murderer → murderess 女殺手
- prince → princess 公主
- steward → stewardess （輪船，飛機等）女服務員
- tiger → tigress 母虎，雌虎
- waiter → waitress 女招待

2 -ine

- ero → heroine 女英雄
- chorine 歌舞團女團員

4.1.4 表示「性質，狀態，情況」的名詞字尾

4.1.4.1 將形容詞轉換成名詞的字尾

1 -ability, -ibility ：-ability 加在以 able 結尾、-ibility 加在以 ible 結尾的形容詞後構成抽象名詞，表示「有…性質」或「可…性」

- absorbable → absorbability 可吸收性
- accessible → accessibility 易接近

- accountable → accountability 有責任
- adaptable → adaptability 適應性
- affable → affability 和藹，親切
- amiable → amiability 和藹可親
- applicable → applicability 適用性
- attainable → attainability 可達到
- audible → audibility 可聽到，能聽度
- capable → capability 能力
- combustible → combustibility 可燃性
- commutable → commutability 可代替
- compatible → compatibility 相容性
- conceivable → conceivability 想得到，可想像
- conductible → conductibility 傳導性
- conformable → conformability 一致性
- contemptible → contemptibility 可鄙，卑鄙
- convertible → convertibility 可兌換性，可改變
- corrigible → corrigibility 可改正性，易矯正
- corruptible → corruptibility 易腐敗的傾向，墮落性
- credible → credibility 可信性
- culpable → culpability 有罪，有過失
- dependable → dependability 可靠性
- dupable → dupability 易受騙
- durable → durability 持久，耐久力
- edible → edibility 適食性，可食性
- eligible → eligibility 適任，合格
- flammable → flammability 易燃，可燃性
- feasible → feasibility 可行性
- flexible → flexibility 靈活性

- gullible → gullibility 易受騙
- habitable → habitability 可居住
- inevitable → inevitability 必然性
- intelligible → intelligibility（說話、寫作）易懂，可理解
- invincible → invincibility 無敵
- legible → legibility（字跡、印刷）清楚易讀
- mobile → mobility 活動性，機動性
- mutable → mutability 易變性
- negotiable → negotiability 可磋商性
- palpable → palpability 可觸知性，明白
- permeable → permeability 滲透性
- plausible → plausibility 似乎有理
- pliable → pliability 柔韌性
- possible → possibility 可能性
- predictable → predictability 可預言
- probable → probability 可能性
- reconcilable → reconcilability 可調和性
- reliable → reliability 可靠性
- reversible → reversibility 可逆性
- separable → separability 可分離性
- visible → visibility 能見度
- voluble → volubility 流利
- vulnerable → vulnerability 弱點
- workable → workability 可使用性

The latest sex scandal has damaged her **credibility** as a pure angel. It is hard to restore it.
最近的性醜聞毀掉了她那純潔天使般的信譽，再也難以恢復了。

2 **-age**：表示狀態，過程，行為

- short → shortage 短缺
- common → commonage 共用權
- contraband → contrabandage 違禁品的交易，走私

The food **shortage** is a cue for prices to rise again.
食品短缺是物價又要上漲的信號。

3 **-ance, -ancy**：加在以 ant 結尾的形容詞後構成名詞，表示「性質或狀態」

- abundant → abundance 豐富，充裕
- brilliant → brilliance / brilliancy 燦爛
- buoyant → buoyancy 浮性，輕快
- compliant → compliancy 依從，服從
- constant → constancy 堅定
- defiant → defiance 蔑視，挑釁
- distant → distance 距離，遠方
- dormant → dormancy 睡眠，冬眠
- elegant → elegance / elegancy 優雅
- exorbitant → exorbitance 過度
- extravagant → extravagance 奢侈
- exuberant → exuberance 茂盛，豐富
- exultant → exultancy 狂喜
- flagrant → flagrance 罪大惡極，惡名昭彰
- flamboyant → flamboyance / flamboyancy 華麗，火焰
- fragrant → fragrance 芬芳
- hesitant → hesitancy 遲疑，躊躇

- ignorant → ignorance 無知
- insouciant → insouciance 漫不經心
- irrelevant → irrelevance 枝節問題
- jubilant → jubilance 歡呼，喜洋洋
- malfeasant → malfeasance 不法行為，瀆職
- poignant → poignancy 強烈
- predominant → predominance 優勢
- poignant → poignancy 尖刻，辛辣
- pregnant → pregnancy 懷孕
- radiant → radiance 光輝
- recalcitrant → recalcitrancy 反抗，不順從
- redundant → redundancy 多餘，累贅
- reluctant → reluctance 勉強
- repugnant → repugnance 不一致，厭惡
- resistant → resistance 抵抗
- resonant → resonance 共鳴，回聲
- significant → significance 意義，重要性
- stagnant → stagnancy 停滯，遲鈍
- sycophant → sycophancy 拍馬屁，奉承，諂媚
- truant → truancy 翹課，翹班
- vacant → vacancy 空缺
- vagrant → vagrancy 漂泊，流浪
- vibrant → vibrancy 振動
- vigilant → vigilance 警惕性

例句

a. Did you smell the **fragrance** of those roses?
你聞到這些玫瑰花的香味了嗎？

b. The **vacancy** for the sales manager has to be filled up.
業務經理一職的空缺得補上。

4 -cy, -sy：加在以 te, tic 結尾的字根後構成抽象名詞，表示「性質或狀態」

- accurate → accuracy 精確性
- aristocratic → aristocracy 貴族統治
- autocratic → autocracy 獨裁
- democratic → democracy 民主政治
- idiosyncratic → idiosyncrasy 特質
- plutocratic → plutocracy 財閥政治

例句

a. **Democracy** enjoys wide currency now while communism has been swept into the history dustbin.
現在民主政治廣泛風行，而共產主義已被掃進歷史垃圾箱。

b. She often blinks when she is talking — it is one of her **idiosyncrasies**.
她講話就眨眼，那是她的特質之一。

5 -dom

- free → freedom 自由
- wise → wisdom 智慧

例句

We'll fight for **freedom** and democracy.
我們要爲自由與民主而戰。

6 **-ence, -ency**：加在以 ent 結尾的形容詞後構成名詞，表示「行為或狀態」

- abhorrent → abhorrence 憎惡
- abstinent → abstinence 禁欲
- affluent → affluence 富裕
- ambient → ambience 周圍環境，氣氛
- ambivalent → ambivalence 正反感情並存
- belligerent → belligerence 好戰
- benevolent → benevolence 仁愛心，善行
- coherent → coherence 一致
- competent → competence 能力
- complacent → complacency 自滿
- confident → confidence 信心
- confluent → confluence 匯合
- congruent → congruence 一致
- consequent → consequence 結果
- consistent → consistency 一致性，連貫性
- convenient → convenience 便利
- convergent → convergence 集中
- corpulent → corpulence 肥胖
- dependent → dependence 獨立
- despondent → despondence 沮喪
- different → difference 不同，區別
- diffident → diffidence 缺乏自信
- diligent → diligence 勤奮
- disobedient → disobedience 不服從
- divergent → divergence 分歧
- ebullient → ebullience 沸騰，熱情洋溢

- efficient → efficiency 效率
- efflorescent → efflorescence 開花
- effluent → effluence 發出
- eloquent → eloquence 雄辯
- emergent → emergence 浮現
- eminent → eminence 出衆
- equivalent → equivalence 同等，等値
- excellent → excellence 優秀，卓越
- exigent → exigency 苛求，緊急
- existent → existence 存在
- expedient → expediency 適宜，有利
- fluent → fluency 流利
- frequent → frequency 頻率
- imminent → imminence 迫切
- impotent → impotence 陽萎
- impudent → impudence 輕率，厚顏無恥
- indolent → indolence 怠惰
- innocent → innocence 清白
- insistent → insistence 堅持
- insolent → insolence 傲慢
- insurgent → insurgence 叛亂
- intelligent → intelligence 智力，聰明
- intransigent → intransigence 不妥協的態度
- magnificent → magnificence 華麗
- malevolent → malevolence 惡意
- munificent → munificence 寬宏大量
- negligent → negligence 疏忽
- penitent → penitence 贖罪，懺悔

- persistent → persistence 堅持
- pertinent → pertinence 有關性，相關性
- prescient → prescience 預知，先見
- prevalent → prevalence 流行
- prominent → prominence 突出，顯著
- provident → providence 深謀遠慮，天意
- prudent → prudence 謹慎
- prurient → prurience 好色
- recurrent → recurrence 復發
- repellent → repellence 抵抗性
- resilient → resilience 彈回，有彈力
- resurgent → resurgence 甦醒
- reticent → reticence 沉默寡言
- reverent → reverence 尊敬
- solvent → solvency 債務清償能力
- subsistent → subsistence 生存
- truculent → truculence 野蠻，粗野
- virulent → virulence 毒性，惡意

例句

a. Gandhi first came to **prominence** in South Africa in the 1920s.
甘地最早是在一九二〇年代在南非時引起注目。

b. Accidents on that road are happening with increasing **frequency**.
那條路上發生車禍的頻率不斷增多。

7 **-escence** ：加在以-escent 結尾的形容詞後構成名詞，表示「過程或狀態」

- acquiescent → acquiescence 默許

- adolescent → adolescence 青春期
- candescent → candescence 白熱
- convalescent → convalescence 逐漸康復
- effervescent → effervescence 冒泡，興奮
- florescent → florescence 開花，全盛期，花期
- fluorescent → fluorescence 螢光
- incandescent → incandescence 白熱，熾熱
- juvenescent → juvenescence 返老還童，變年輕
- luminescent → luminescence 發光
- nigrescent → nigrescence 變黑，發黑
- pubescent → pubescence 到達青春期
- rejuvenescent → rejuvenescence 恢復活力
- tumescent → tumescence 腫大，腫脹

例句

a. Everyone goes through **adolescence**.
每個人都會歷經青春期。

b. He returned from two weeks of **convalescence**.
在兩星期康復期之後他回來了。

8 -hood

- likely → likelihood 可能，可能性
- false → falsehood 謬誤
- lively → livelihood 生計
- saint → sainthood 聖徒的地位
- single → singlehood 單身，未婚
- hardy → hardihood 膽大無敵，厚顏

例句

Wearing a helmet will reduce the **likelihood** of serious injury in an accident.
戴安全帽會減低意外受傷的可能性。

9 -ice

- avaricious → avarice 貪婪
- capricious → caprice 反覆無常
- just → justice 正義
- malicious → malice 惡意，怨
- vicious → vice 惡行

例句

He has spent a lot of money to satisfy the **caprices** of his live-in girlfriend.
他已經花了很多錢去滿足同居女友反覆無常的念頭。

10 -ity

- abnormal → abnormality 變態
- absurd → absurdity 荒謬
- active → activity 活動
- adverse → adversity 逆境
- agile → agility 敏捷
- alacritous → alacrity 敏捷
- ambiguous → ambiguity 含糊
- assiduous → assiduity 勤勉，刻苦
- atrocious → atrocity 殘暴，暴行
- audacious → audacity 大膽，厚顏
- authentic → authenticity 真實性
- avid → avidity 熱望，貪婪

- banal → banality 平凡，陳腐
- barbaric → barbarity 殘暴的行為，殘忍
- bellicose → bellicosity 好戰
- brief → brevity 短暫
- brutal → brutality 殘暴
- calamitous → calamity 災難
- callous → callosity 無情，冷酷
- carnal → carnality 淫蕩
- caustic → causticity 腐蝕性，刻薄
- civil → civility 禮貌，端莊
- congruous → congruity 一致
- corporal → corporality 物質性，肉體性
- curious → curiosity 好奇心
- dense → density 密度
- dexterous → dexterity 靈巧，機敏
- diverse → diversity 多樣性
- docile → docility 溫順
- eccentric → eccentricity 古怪
- elastic → elasticity 彈性
- enormous → enormity 艱巨，嚴重（性），暴行
- eternal → eternity 永遠，不朽
- false → falsity 虛偽
- fatal → fatality 天命
- fecund → fecundity 多產，豐饒，肥沃，生育力
- feminine → femininity 婦女特質，柔弱性
- ferocious → ferocity 凶猛
- festive → festivity 歡宴，歡慶
- feudal → feudality 封建制度

- flaccid → flaccidity 軟弱，沒氣力
- fragile → fragility 虛弱
- frivolous → frivolity 輕薄
- futile → futility 無益，無用
- gentile → gentility 有教養，文雅
- grave → gravity 地心引力，重力
- hospitable → hospitality 好客
- hostile → hostility 敵意
- humid → humidity 濕氣
- immense → immensity 巨大，無限
- ingenious → ingenuity 獨創性
- jocose → jocosity 詼諧
- jocular → jocularity 戲謔，打趣
- jocund → jocundity 歡樂
- jovial → joviality 快活
- loquacious → loquacity 多話，饒舌
- lucid → lucidity 明朗，清晰
- maternal → maternity 母性
- mature → maturity 成熟
- mediocre → mediocrity 平庸
- morbid → morbidity 病態
- mortal → mortality 死亡率
- multiple → multiplicity 多樣性
- municipal → municipality 市政當局
- nude → nudity 赤裸
- obese → obesity 肥胖
- oblique → obliquity 傾斜，不坦率
- obscene → obscenity 淫穢，猥褻

- obscure → obscurity 陰暗，朦朧
- odd → oddity 古怪
- promiscuous → promiscuity 男女雜交
- regular → regularity 規律性
- rational → rationality 理性
- sagacious → sagacity 睿智，聰敏
- salacious → salacity 好色
- saline → salinity 鹽分，鹽度
- sanguine → sanguinity 血色，好氣色
- sane → sanity 心智健全
- scarce → scarcity 缺乏
- secure → security 安全
- servile → servility 奴性，卑屈
- severe → severity 嚴肅，嚴重
- simultaneous → simultaneity 同時發生，同時
- singular → singularity 單一，異常
- sonorous → sonority 響亮
- spontaneous → spontaneity 自發性
- sterile → sterility 不毛，不育，無菌狀態
- superficial → superficiality 膚淺
- tenacious → tenacity 堅韌
- timid → timidity 膽怯
- tranquil → tranquility 寧靜
- verbose → verbosity 冗長
- voracious → voracity 貪婪

a. The full **enormity** of this country's educational problems is overwhelming.
這個國家的教育問題艱巨，很難解決。

b. There is no **congruity** between your thoughts and your actions.
你言行不一致。

11 -ness：加在形容詞後面，表示「性質或狀態」

- acute → acuteness 敏銳，劇烈
- aware → awareness 知道，意識，認知力
- awkward → awkwardness 笨拙
- drowsy → drowsiness 睡意
- cadaverous → cadaverousness 蒼白
- concise → conciseness 簡明
- gorgeous → gorgeousness 華麗
- ingenuous → ingenuousness 直率
- rigorous → rigorousness 嚴厲
- swift → swiftness 迅速

例句

Rick is coordinating a campaign to foster public **awareness** of environmental protection.
瑞克在協調一項促進公眾環境保護意識的宣傳活動。

12 -th

- dear → dearth 缺乏
- deep → depth 深度
- filthy → filth 污穢
- long → length 長度
- strong → strength 力量
- true → truth 真理，真相，實情

- warm → warmth 溫暖
- wide → width 寬度
- young → youth 青春

I finally managed to extract the **truth** from my brother.
我終於設法從弟弟口中套出了實情。

13 -ty

- anxious → anxiety 憂慮
- beautiful → beauty 美
- certain → certainty 確定
- cruel → cruelty 殘忍
- entire → entirety 全部
- frail → frailty 虛弱
- gay → gaiety 歡樂的精神
- liberal → liberty 自由
- nice → nicety 美好，準確
- notorious → notoriety 惡名
- novel → novelty 新奇
- poor → poverty 貧窮
- safe → safety 安全
- sober → sobriety 清醒
- subtle → subtlety 微妙
- various → variety 多樣性

Frailty, thy name is women.
弱者，你的名字叫女人。

14 -y

- honest → honesty 誠實
- jealous → jealousy 嫉妒
- modest → modesty 謙遜

例句

Does Nancy's success arouse your **jealousy**?
南西的成功讓你嫉妒嗎？

4.1.4.2 將動詞轉換成名詞的字尾（表示一項行動）

1 -ade

- cannon → cannonade 連續開炮，炮擊
- escape → escapade 異常出軌的行為
- block → blockade 阻塞，封鎖

例句

Israel imposed a **blockade** on Palestine.
以色列對巴勒斯坦實施了封鎖。

2 -age

- assemble → assemblage 集合，裝配
- block → blockage 堵塞，阻礙
- break → breakage 破壞，破損
- brew → brewage 釀造，釀造酒
- cleave → cleavage 劈開，分裂，乳溝
- coin → coinage 造幣，創造，新造的字詞
- cover → coverage 保險範圍，新聞報導

- drain → drainage 排水，排出物，消耗
- drift → driftage 漂流
- flow → flowage 流出，流動
- haul → haulage 拖運
- leak → leakage 洩漏，滲漏
- link → linkage 連接，聯繫
- marry → marriage 婚姻
- pass → passage 通過，通道
- pilfer → pilferage 行竊，偷盜
- shrink → shrinkage 縮水
- sink → sinkage 下沉
- slip → slippage 滑動
- soak → soakage 浸透
- spill → spillage 溢出
- spoil → spoilage 損壞
- stop → stoppage 中斷
- store → storage 貯存
- use → usage 使用，用法
- waste → wastage 浪費
- wreck → wreckage （船舶、飛機）殘骸

例句

There is a **blockage** in the pipe.
水管有一處堵塞。

3 -al

- approve → approval 贊許
- arrive → arrival 到達

- avow → avowal 聲明
- bestow → bestowal 贈與
- disavow → disavowal 不承認，否認
- eschew → eschewal 避免某種行為、食物等
- refuse → refusal 拒絕
- renew → renewal 更新，續借
- retrieve → retrieval 取回
- revive → revival 復活
- survive → survival 倖存
- withdraw → withdrawal 收回，撤退

例句

a. The Central Bank cut interest rates again to stimulate economic **revival**.
央行又降低利率，以期刺激經濟復甦。

b. You need to apply for a **renewal** of your passport.
你需要申請護照更換。

4 -ance, -ancy

- accept → acceptance 接受
- admit → admittance 入場權
- annoy → annoyance 煩惱，可厭之事
- appear → appearance 出現；外表
- assist → assistance 協助
- assure → assurance 保證
- attend → attendance 出席
- avoid → avoidance 避免
- clear → clearance 清除
- comply → compliance 依從，順從
- connive → connivance 縱容，默許

- continue → continuance 持續
- contrive → contrivance 發明，發明才能，策畫，謀畫
- convey → conveyance 運輸
- dally → dalliance 調戲，調情
- defy → defiance 蔑視，挑釁
- disturb → disturbance 擾亂
- endure → endurance 忍耐（力），耐久（性）
- forbear → forbearance 忍受力
- hinder → hindrance 妨礙
- maintain → maintenance 維護
- observe → observance 遵守
- occupy → occupancy 占有
- radiate → radiance 光輝，輻射
- remonstrate → remonstrance 抗議
- resemble → resemblance 相似，相像
- resist → resistance 抵抗
- resonate → resonance 共鳴，回聲
- sever → severance 斷絕
- surveil → surveillance 監視，監督
- sustain → sustenance 食物，生計，（受）支持
- tolerate → tolerance 寬容
- vibrate → vibrancy 振動

例句

a. Some people consider the attempt on his life as a deliberate **contrivance**, not a coincidence.
有些人認爲取他性命是蓄意的策畫而非巧合。

b. In summer, hotels at the vacation resort enjoy over 90% **occupancy**.
在夏天，該渡假勝地的旅社進駐率達九成以上。

5 -ery

- bribe → bribery 行賄
- cajole → cajolery 誘騙
- chicane → chicanery 欺騙
- debauch → debauchery 放蕩，遊蕩
- dupe → dupery 欺騙，詐欺
- fake → fakery 偽造
- flatter → flattery 諂媚
- forge → forgery 偽造物，偽造罪，偽造
- mock → mockery 嘲笑
- rob → robbery 搶劫
- thieve → thievery 偷竊
- trick → trickery 欺騙

例句

The painting has been proven to be a **forgery**.
那幅畫已被證實是贗品。

6 -ment

- abate → abatement（數量、程度等）減少、緩和
- abridge → abridgement 刪節，縮短，刪節本
- amend → amendment 修正
- arraign → arraignment 提問，傳訊
- bereave → bereavement 喪親，喪友，居喪
- contain → containment 圍堵政策，牽制政策
- derange → derangement 擾亂，發狂
- disarm → disarmament 裁軍
- disburse → disbursement 支付

- embody → embodiment 化身，體現
- endorse → endorsement 背書，認可
- endow → endowment 捐贈，捐款，天資
- impeach → impeachment 彈劾
- infringe → infringement 違反，侵害
- relinquish → relinquishment 讓渡，放棄
- renounce → renouncement 聲明放棄
- replenish → replenishment 補給，補充
- resent → resentment 怨恨
- revile → revilement 辱罵，斥責

例句

a. Congressmen have made several **amendments** to the constitution.
國會議員已將憲法做了幾處修正。

b. Sam could not conceal the deep **resentment** he harbored against his boss.
山姆無法掩飾他對老闆的深切怨恨。

7 -sion, -tion

(i) -sion

- abrade → abrasion 磨損
- admit → admission 允許進入，承認某事之陳述
- allude → allusion 提及，暗示
- apprehend → apprehension 憂懼，拘捕
- circumfuse → circumfusion 從周圍灌注，四散
- circumcise → circumcision 割包皮
- collide → collision 碰撞，衝突
- collude → collusion 共謀，勾結
- comprehend → comprehension 理解

- compress → compression 濃縮，壓縮
- concede → concession 讓步
- conclude → conclusion 結論
- confess → confession 招供
- confuse → confusion 混亂，混淆
- convulse → convulsion 痙攣
- corrode → corrosion 侵蝕，腐蝕
- depress → depression 沮喪
- digress → digression 離題，脫軌
- dissuade → dissuasion 勸阻
- effuse → effusion 流出物，瀉出，滲出
- emit → emission（光、熱等的）散發
- erode → erosion 腐蝕，侵蝕
- evade → evasion 逃避
- excise → excision 切除
- expand → expansion 擴張
- explode → explosion 爆炸
- express → expression 表達
- expel → expulsion 逐出，開除
- immerse → immersion 沉浸
- incise → incision 切割，切開，切口
- intrude → intrusion 闖入
- invade → invasion 入侵
- obtrude → obtrusion 強制
- occlude → occlusion 閉塞
- oppress → oppression 壓迫
- persuade → persuasion 說服，說服力
- pervade → pervasion 擴散，滲透

- progress → progression 行進
- revise → revision 修訂
- submit → submission 屈服
- transfuse → transfusion 注入，輸血
- transmit → transmission 傳送，轉播

例句

a. The butcher made several deep **incisions** in the meat.
屠夫在那塊肉上深深切了幾刀。

b. The Premier promised a **transfusion** of $1 billion for the scientific research project.
行政院長答應挹注十億美元在此一科學研究計畫。

(ii) -tion

- abbreviate → abbreviation 縮寫
- abdicate → abdication 退位
- abduct → abduction 誘拐，綁架
- abolish → abolition 廢除
- abort → abortion 流產
- abrogate → abrogation 廢除，取消
- absorb → absorption 吸收
- acquire → acquisition 獲得
- addict → addiction 沉溺，上癮
- adulterate → adulteration 摻雜
- affirm → affirmation 斷言，主張，肯定
- afflict → affliction 痛苦，苦惱
- agitate → agitation 激動，煽動
- alienate → alienation 疏遠
- alleviate → alleviation 緩和

- alternate → alternation 交替，輪流
- ameliorate → amelioration 改善
- amputate → amputation 切除手術
- anesthetize → anesthetization 痲醉
- annex → annexation 合併
- annihilate → annihilation 殲滅
- appropriate → appropriation 挪用，（一筆指定用途的）撥款
- approbate → approbation 官方批准
- assume → assumption 假定
- brutalize → brutalization 殘酷
- cancel → cancellation 取消
- capitulate → capitulation（有條件的）投降
- castigate → castigation 苛責
- circumscribe → circumscription 界限
- circumvent → circumvention 圍繞，以聰明或不誠實的方式避免
- collaborate → collaboration 合作
- condemn → condemnation 譴責
- condense → condensation 濃縮
- confirm → confirmation 證實
- confiscate → confiscation 沒收
- conflagrate → conflagration 大火災
- contemplate → contemplation 沉思
- contradict → contradiction 矛盾
- devastate → devastation 毀壞
- devolve → devolution 轉移，委付
- dilate → dilation 擴張，擴大
- eliminate → elimination 消除，消滅
- elucidate → elucidation 說明

- emancipate → emancipation 釋放，解放
- emasculate → emasculation 閹割，去勢
- enumerate → enumeration 列舉
- exaggerate → exaggeration 誇張
- extort → extortion 勒索
- fossilize → fossilization 化石作用
- fulminate → fulmination 爆發，以嚴詞譴責
- galvanize → galvanization 通流電
- geminate → gemination 成雙成對
- idolize → idolization 偶像化，盲目崇拜
- illuminate → illumination 照明
- immunize → immunization 免疫
- incubate → incubation 孵蛋；疾病的潛伏
- inflate → inflation 充氣；通貨膨脹
- introspect → introspection 內省
- intoxicate → intoxication 陶醉
- jubilate → jubilation 慶祝
- juxtapose → juxtaposition 毗鄰，並置，並列
- masturbate → masturbation 手淫
- molest → molestation 騷擾
- monopolize → monopolization 壟斷
- mystify → mystification 神祕化
- neutralize → neutralization 中立化，中立狀態，中和
- oscillate → oscillation 擺動，振動
- permute → permutation 序列改變
- penetrate → penetration 穿過，滲透
- persecute → persecution 迫害
- petrify → petrification 嚇呆，石化

- proliferate → proliferation 增殖，分芽繁殖
- propagate → propagation 動植物繁殖，（聲波、電磁輻射等）傳播
- prosecute → prosecution 起訴
- provoke → provocation 激怒，挑釁
- recognize → recognition 承認
- resuscitate → resuscitation 復活
- retaliate → retaliation 報復
- revoke → revocation 撤回
- solicit → solicitation 懇求
- solve → solution 解決辦法
- stagnate → stagnation 停滯
- sterilize → sterilization 殺菌，絕育
- strangulate → strangulation 扼殺，勒死；箝制
- subjugate → subjugation 鎮壓，平息
- suffocate → suffocation 窒息
- translate → translation 翻譯
- transmigrate → transmigration 輪迴
- vex → vexation 惱怒

例句

a. His defeat in the mayoral election led to a long period of **introspection**.
市長競選失敗帶給他一段長期的自省。

b. To my **vexation**, my computer crashed again.
令我惱怒的是，我的電腦又當機了。

8 -th

- grow → growth 生長
- spill → spilth 溢出物

例句

Malnutrition retards children's **growth**, both physical and mental.
營養不良會阻礙兒童身心兩方面的成長。

9 -ure

- close → closure 關閉
- compose → composure 鎮靜，沉著
- depart → departure 啓程，出發
- disclose → disclosure 揭發
- enclose → enclosure 圍住
- erase → erasure 擦除，抹掉
- expose → exposure 暴露
- fail → failure 失敗
- legislate → legislature 立法機關
- mix → mixture 混合，混合物
- moisten → moisture 潮濕，濕氣
- please → pleasure 愉快，快樂
- press → pressure 壓力
- proceed → procedure 手續

例句

Ted retained his **composure** in a difficult situation.
泰德在困境中保持鎮定。

10 -y

- butcher → butchery 屠殺
- deliver → delivery 遞送，分娩

- discover → discovery 發現，發現的東西
- entreat → entreaty 懇求
- inquire → inquiry 調查
- master → mastery 精通
- recover → recovery 恢復，痊癒

例句

Sad to say, hopes of economic **recovery** are fading.
不幸的是，經濟復甦的希望漸趨渺茫。

4.1.4.3 將普通名詞轉換成抽象名詞的字尾（表示性質，關係，身分，行為，狀態）

1 -age

- baron → baronage 男爵，男爵勛位
- bond → bondage 奴役，束縛
- broker → brokerage 經紀人的業務
- client → clientage 委託關系
- concubine → concubinage 妾的身分
- lever → leverage 槓桿作用
- line → lineage 血統，世系
- parent → parentage 父母親的身分或地位；出身家世
- patron → patronage 贊助身分
- pilgrim → pilgrimage 朝聖

例句

They held the boy in **bondage**.
他們奴役那男孩。

2 -ary, -ery, -y

- burglar 夜賊 → burglary 入室行竊
- crook 騙子 → crookery 欺騙，詐騙
- demagogue 煽動者 → demagoguery 煽動群衆，煽動行為
- drudge 做苦工的人 → drudgery 苦工
- fool 愚人 → foolery 愚蠢的行為，愚蠢
- lecher 好色之徒 → lechery 好色
- rogue 流氓 → roguery 流氓行為
- slave 奴隸 → slavery 奴隸制度，苦役
- snob 勢利的人 → snobbery 勢利
- thug 職業刺客，凶手 → thuggery 暗殺

例句

a. **Slavery** was abolished in the U.S. after its civil war.
美國內戰結束後廢除了奴隸制度。

b. Thousands of women and children were reported to have been sold into **slavery**.
據報導成千上萬的婦女兒童被賣爲奴。

3 -ate

- consulate 領事，領事館，領事的職位、權力和職責
- doctorate 博士頭銜

例句

He received his **doctorate** in linguistics in 2002.
他二〇〇二年得到語言學博士學位。

4 -dom

- bore 令人討厭的人或事物 → boredom 厭倦

- chief 首領 → chiefdom 首領的地位
- duke 公爵 → dukedom 公爵爵位
- heir 繼承人 → heirdom 繼承權
- martyr 烈士 → martyrdom 殉難
- pope → popedom 羅馬教宗的職位、權限或轄區
- star 明星 → stardom 演員的身分

例句

a. We tried to alleviate **boredom** by singing songs.
我們試圖以唱歌來減輕無聊。

b. Some people are willing to suffer **martyrdom** for their faith.
有些人願意爲他們的信仰犧牲。

5 -hood

- adult → adulthood 成人期
- baby → babyhood 嬰兒時期
- boy → boyhood 少年時代
- brother → brotherhood 手足情誼
- child → childhood 童年
- Christ → Christhood 基督的地位，救世主的身分
- father → fatherhood 父親的身分，父權
- girl → girlhood 少女身分，少女時代
- god → godhood 神性，神格
- knight → knighthood 騎士（或爵士）的地位或身分
- maiden → maidenhood 處女性，處女時代
- man → manhood 成年
- monk → monkhood 僧侶的職業
- mother → motherhood 母性，母親身分

- nation → nationhood 作為一個國家的地位
- neighbor → neighborhood 鄰近地區
- priest → priesthood 教士的職業
- sister → sisterhood 姐妹關係，姐妹之誼
- state → statehood 州的狀態或地位
- widow → widowhood 寡婦身分
- wife → wifehood 妻子的地位，為妻之道
- woman → womanhood 女人氣質

例句

A man doesn't reach/attain **manhood** until he gets married.
男人一直到結婚才算成年。

6 -ice

- army 陸軍 → armistice 停戰
- art 藝術 → artifice 巧妙，訣竅
- coward 懦夫 → cowardice 怯懦，膽小

例句

Wayne showed/demonstrated **cowardice** in the face of danger.
維恩在面對危險時顯得膽怯。

7 -ship

- apprentice 學徒 → apprenticeship 學徒的身分
- author 作者 → authorship 作者身分
- bachelor 單身漢；文理學士 → bachelorship 獨身；學士資格
- cardinal 主教 → cardinalship 紅衣主教之職位或任期
- champion 冠軍 → championship 冠軍地位

- chieftain 酋長，首領 → chieftainship 酋長或首領的地位
- citizen 公民 → citizenship 公民身分
- censor 檢查員 → censorship 審查制度
- companion 同伴 → companionship 友誼
- connoisseur（藝術品的）鑑賞家，鑑定家 → connoisseurship 鑑賞家（或鑑定家、行家）身分
- curator 博物館或圖書館的館長 → curatorship 館長職務
- custodian 管理人 → custodianship 管理人職務或地位
- dictator 獨裁者 → dictatorship 獨裁專政
- fellow 夥伴 → fellowship 夥伴關係
- friend 朋友 → friendship 友誼
- kin 家人和親戚 → kinship 血緣關係，親屬關係
- leader 領導者 → leadership 領導能力，領導階層
- member 成員 → membership 會員身分，資格
- owner 所有人 → ownership 所有權，物主身分
- scholar 學者 → scholarship 學問，學識
- sportsman 運動家 → sportsmanship 運動家精神

例句

Anyone who holds dual **citizenship** is not allowed to run for office.
有雙重公民身分者不得競選公職。

8 -tude

- altitude 海拔高度
- aptitude 天資，天賦
- attitude 態度
- certitude 確定
- fortitude 堅韌

- gratitude 感激
- ineptitude 笨拙
- lassitude 無精打采
- latitude 緯度，自由
- longitude 經度
- magnitude 巨大
- multitude 大量
- platitude 老生常譚
- rectitude 正直
- vicissitude 個人狀況；興衰

例句

a. He was revered for his moral **rectitude**.
他因道德上的正直受到尊重。

b. Students in our school are given complete **latitude** in deciding what club they want to join.
本校的學生在挑選加入哪個社團時享有完全的自由。

4.1.5 表示「權力，統治；政府，政體」的名詞字尾

1 -cracy

- aristocracy 貴族統治
- autocracy 獨裁政府
- bureaucracy 官僚主義
- democracy 民主政體
- gerontocracy 老人政治
- gynecocracy 婦女當政
- monocracy 獨裁政治

- plutocracy 富豪統治
- technocracy 技術官僚統治
- theocracy 神權政治

例句

Since the 1996 presidential election, Taiwan has made a remarkable transition from **autocracy** to **democracy**.
自一九九六年總統選舉以來，台灣已令人矚目地從獨裁政體過渡到了民主政體。

2 -archy

- diarchy 兩頭政治，兩頭政權 (=dyarchy)
- hierarchy 層級
- matriarchy 家長制，女族長制
- monarchy 君主政體
- oligarchy 寡頭政治
- patriarchy 家長統治，父權制
- triarchy 三人執政

注釋 -archical, -archic 構成 -archy 的形容詞形式，如 monarchic/ monarchical, oligarchical。

例句

The **monarchy** has been abolished.
君主政體已經被廢除。

4.1.6 表示「技能，技巧」的名詞字尾

1 -agogy

- demagogue *(C)* 煽動政客 → demagogy 煽動者的方法與行為

- mystagogue *(C)* 祕法家 → mystagogy （尤指宗教）奧祕、的傳授（或解釋）
- pedagogue *(C)* 教師 → pedagogy 教學，教授，教育學

2 -craft

- hand *(C)* 手 → handicraft 手工藝
- king *(C)* 國王 → kingcraft 治國之術
- needle *(C)* 針 → needlecraft 裁縫
- state *(C)* 國家 → statecraft 管理國家的本領
- witch *(C)* 巫婆 → witchcraft 魔法
- wood *(U)* 木頭 → woodcraft 森林知識，木工術

3 -ery

- cook *(vi, vt)* 烹調 → cookery 烹調術
- embroider *(vt)* 刺繡 → embroidery 刺繡術
- fish *(C)* 魚 → fishery 漁業，養魚術
- midwife *(C)* 助產士，產婆 → midwifery 助產術
- plumbing *(U)* 水管 → plumbery 鉛工業，鉛管業
- quack *(C)* 庸醫 → quackery 庸醫的醫術
- sorcerer *(C)* 男巫士 → sorcery 巫術
- witch *(C)* 巫婆 → witchery 巫術
- wizard *(C)* 術士 → wizardry 巫術

4 -graphy：書寫、描繪或記錄的方式

- arteriography 動脈 X 光攝影法
- astrophotography 天體攝影術
- calligraphy 書法
- cardiography 心動描記法

- cartography 繪圖法
- chirography 書法，筆法
- choreography 舞蹈術，舞台舞蹈
- chorography 地方誌，地勢圖
- chromatography 套色版
- cinematography 電影術
- cryptography 密碼使用法，密碼系統，密碼術
- echography（用超聲波進行檢查和診斷的）回聲診斷術
- glyptography 寶石雕刻術
- mammography 乳房 X 光攝影
- photography 攝影，攝影術
- radiography X 光攝影
- seismography 地震定測法
- spectrography 攝譜術
- stereography 立體畫法
- ultrasonography 超音波檢查法
- venography 靜脈造影術

5 -pathy：療法

- allopathy 對抗療法
- hydropathy 水療法
- naprapathy 推拿療法，按摩療法
- naturopathy 物理療法
- osteopathy 整骨療法

-pathic 構成 -pathy 的形容詞，如 allopathic, hydropathic。

6 -ship

- craftsmanship 技能
- horsemanship 馬術
- penmanchip 書法

7 -stomy：在某器官開洞

- colostomy 結腸造口術
- cystostomy 膀胱造口（導尿）術
- enterostomy 腸造口術
- gastrostomy 胃造口術

8 -urgy

- dramaturgy 戲劇作法，演出法
- metallurgy 冶金，冶金術
- thaumaturgy 魔術
- theurgy 法術，妖術
- zymurgy 釀造學

4.1.7 表示「學科，學術」的名詞字尾

1 -ic, -ics：學術，學科

- acoustics 聲學
- acrobatics 雜技
- aerobatics 特技飛行，特技飛行術
- aerobics 有氧運動法
- aeromagnetics 航空磁測學

- aeromechanics 航空力學
- aeronautics 航空學
- aesthetics 美學
- agronomics 農業經濟學
- anaesthetics 麻醉學
- astronautics 航太學
- athletics 運動
- bibliotics 筆跡鑒定學，文件真偽鑒定學
- bioacoustics 生物聲學
- bioastronautics 太空醫學
- biodynamics 生物動力學
- bioenergetics 生物能學（研究活生物體中的能量轉換）
- bioethics 生物倫理學
- biomechanics 生物力學
- biometrics 生物測定學
- bionics 仿生學
- bionomics 生態學
- biophysics 生物物理學
- biostatistics 生物統計學
- chromatics 色彩論，色彩學 (=chromatology)
- civics 公民學科
- cliometrics 計量歷史學（用經濟學、統計學及計算機和數學方法等來研究歷史）
- dialectics 辯證法
- didactics 教授法
- dietetics 營養學
- dynamics 力學
- economics 經濟學
- electronics 電子學

- electrodynamics 電氣力學
- electrogasdynamics 電氣體動力學
- electronics 電子學
- electrotherapeutics ＜法＞電療
- ergonomics 工效學
- ethics 倫理學
- ethnics 人種學
- eugenics 優生學
- euthenics 環境優生學，環境改善學
- forensics 辯論術
- genetics 遺傳學
- geoeconomics 地緣經濟學，地理經濟學
- geopolitics 地緣政治學
- gymnastics 體操法
- hedonics 享樂主義
- hydraulics 水力學
- hydrodynamics 流體力學，水動力學
- hydrokinetics 流體動力學，液體動力學
- hydromagnetics 磁流體動力學
- hydromechanics 流體力學 (=hydrodynamics)
- hydrotherapeutics 水療法 (=hydrotherapy)
- hygienics 衛生學
- kinesics 人體動作學
- linguistics 語言學
- logic 邏輯學
- logistics 後勤學，後勤
- magnetofluiddynamics 磁流體動力學
- magnetohydrodynamics 磁流體動力學

- mathematics 數學
- mechanics 機械學
- macroeconomics 整體經濟學
- metalinguistics 研究語言與其他文化活動關係的語言學
- metaphysics 形而上學
- microeconomics 微觀經濟學
- obstetrics 婦產科學
- onomastics 專有名詞學
- optics 光學
- orthopaedics 整形外科，整形術
- pharmaceutics 配藥學
- phonetics 語音學
- physics 物理學
- politics 政治學
- polemics 辯論術，辯論法
- psycholinguistics 語言心理學
- psychometrics 心理測驗學
- psychotherapeutics 精神療法，心理療法
- rhetoric 修辭學
- robotics 機器人技術
- semantics 語意學
- semiotics 記號語言學
- statistics 統計學
- tactics 戰術

-ic, -ical 構成 -ics 的形容詞，如 economic, economical, optic(al), political。

2 -graphy：撰寫某學科

- autobiography 自傳
- autography 親筆
- bibliography 參考書目
- biobibliography 關於作家生平及其著作（或文學活動）的記載，作家（或作者）簡歷
- biography 傳記
- cacography 拼寫錯誤，書法不佳
- cosmography 宇宙誌，宇宙（結構）學
- crystallography 結晶學
- demography 人口統計學
- discography ＜法＞音樂唱片分類學
- epigraphy 碑文，銘文；碑銘研究
- ethnography 民族誌學，人種學
- geography 地理學
- historiography 編史，歷史之編纂
- hydrography 水文地理學
- hypsography 地形測高學
- iconography 肖像學，肖像畫法
- ideography 象形（表意）文字研究
- metallography 金屬組織學
- oceanography 海洋學
- orthography 正確拼字，正字學
- paleography 古文書，古文書學
- pathography 病情紀錄，病史
- petrography 岩石記述學
- phonocardiogram 心音圖
- phonography 速記表音符號

- physiography 地文學，地相學
- phytogeography 植物地理學
- phytography 記述植物學，植物分類學
- pornography 色情文學
- stratigraphy 地層學
- zoogeography 動物地理學
- zoography 動物誌學

-graphic, -graphical 構成 -graphy 的形容詞，如 biographic, pornographic 。

3 -iatrics ： medical treatment「醫療」

- bariatrics 肥胖病學
- geriatrics（作單數用）老人病學，老人病
- pediatrics 小兒科
- physiatrics 物理療法

-iatric 構成 -iatrics 的形容詞，如 pediatric 。而 -iatrician 構成 -iatrics 的學科專家，如 geriatrician「老人醫學專家」。

4 -iatry ： medical treatment「醫療」

- neuropsychiatry 神經精神醫學
- orthopsychiatry 矯正精神醫學
- podiatry 足病學
- psychiatry 精神病學，精神病治療法

-iatric , -iatrical 構成 -iatry 的形容詞，如 neuropsychic(al), psychic(al)。

-iatrician, -iatrist 構成 -iatry 的學科專家，如 podiatrist「足病醫生」，psychiatrist「精神科醫生」。

5 -logy：…學；…論

- anthropology 人類學
- archaeology 考古學
- astrogeology 太空地質學
- astrology 占星術
- audiology 聽力學（主要研究對聽力受損者的治療方法）
- bacteriology 細菌學
- biocenology 生物群落學
- biology 生物學
- biometeorology 生物氣象學（研究生物與大氣現象間的關係）
- biotechnology 生物科技學
- bryology 苔蘚學
- cardiology 心臟病學
- chronology 年代學，年表
- climatology 氣候學
- cosmetology 整容術，美容術
- cosmology 宇宙哲學，宇宙論
- craniology 頭骨學
- criminology 犯罪學
- cryobiology 低溫生物學
- cytology 細胞學
- cytotechnology（鑑定細胞和細胞異常的）細胞技術學
- dermatology 皮膚醫學
- dialectology 方言學
- etymology 語源學
- ecology 生態學
- ecophysiology 生態生理學

- enology 葡萄酒釀造學
- enzymology 黴學
- epidemiology 流行病學
- ethnology 人種學，人類文化學
- exobiology（研究地球外有無生物存在的）外空生物學
- fetology 胎兒學
- futurology 未來學
- gastrology 烹飪學
- gemmology 寶石學
- genealogy 系譜，宗譜
- geochronology 地球年代學
- geology 地質學
- gerontology 老人醫學
- glaciology 冰河學
- gynecology 婦科醫學
- hematology 血液學
- herpetology 爬蟲學
- hydrobiology 水生生物學
- hydrogeology 水文地質學
- hydrology 水文學
- iconology 圖標肖像學
- immunology 免疫學
- kinesiology 運動機能學
- laryngology 喉科學
- lithology 岩石學
- mammalogy 哺乳動物學
- meteorology 氣象學
- microbiology 微生物學

- mineralogy 礦物學
- morphology 形態學，詞法學
- mythology 神話學
- neurology 神經學
- neuropathology 神經病理學
- oceanology 海洋資源研究
- palaeethnology 古人種學
- paleozoology 古動物學
- parasitology 寄生蟲學
- pathology 病理學
- pedology 兒科學
- penology 刑罰學
- petrology 岩石學
- pharmacology 藥理學
- phenology 生物氣候學
- philology 語言學，文獻學
- phonology 音韻學
- physiology 生理學
- psychology 心理學
- psychopathology 精神病理學
- seismology 地震學
- sociology 社會學
- sitology 營養學，飲食學
- technology 科技
- thanatology（thanato 死亡 + logy）死亡學
- theology 神學
- toxicology 毒物學
- urology 泌尿學

- virology 濾過性微生物學
- volcanology 火山學
- zoology 動物學

 -logical 構成 -logy 的形容詞，如 pathological, psychological。

6 -metrics：運用統計或數學分析於某學科

- biometrics 生物測定學
- econometrics 經濟計量學
- metrics 韻律學，作詩法
- psychometrics 心理測驗學

7 -metry：測量學，度量學

- acidimetry 酸量滴定法
- astrometry 天體測定
- audiometry 力測定，測聽術
- barometry 氣壓測定法
- calorimetry 熱量測定
- chronometry 時刻測定，測時法
- colorimetry 比色法
- dynamometry 動力測定法
- geometry 幾何學
- gravimetry 重量測定
- hydrometry 液體比重測定法
- optometry 視力測定，驗光
- thermometry 溫度測定法

 -metric 構成-metry 的形容詞，如 barometric, geometric。

8 -nomy：學科，法則

- aeronomy 上層圈氣流研究，超高層氣流物理學
- agronomy 農藝學，農學
- astronomy 天文學
- gastronomy 美食法，烹飪法
- physiognomy 人相學，相面術
- taphonomy 研究古生物如何被埋葬而成為化石被保存下來的學科
- taxonomy（taxo 次序，排列 + nomy）分類法，分類學
- autonomy 自治
- economy 經濟，經濟制度的狀況

-nomic, -nomical 構成 -nomy 的形容詞，如 agronomic, astronomic(al)。

9 -odontia, -odontics：牙齒形式、狀況或治療

- endodontia / endodontics 牙髓學
- exodontia / exodontics 拔牙術
- orthodontia / orthodontics 畸齒矯正（術）
- pedodontia / pedodontics 兒童牙科
- periodontia / periodontics 牙周病學
- prosthodontia / prosthodontics 鑲牙學，假牙修復學

-odontic 構成-odontics 的形容詞，如 endodontic 。

-odontist 構成-odontics 的學科專家，如 exodontist「拔牙專家」。

4.1.8 表示「地方，領域」的名詞字尾

1 -age

- anchor *(C)* 錨；*(vt)* 抛錨 → anchorage 停泊地點，抛錨地點

- harbor *(C)* 港口 → harborage 停泊處，避難所
- hermit *(C)* 隱士 → hermitage 偏僻的寺院
- orphan *(C)* 孤兒 → orphanage 孤兒院
- vicar *(C)* 教區牧師 → vicarage 教區牧師住處

例句

She was raised in an **orphanage**.
她是在孤兒院長大的。

2 -arium, -orium

- aquarium 玻璃缸，水族館
- auditorium 禮堂
- crematorium 火葬場 (=crematory)
- insectarium 昆蟲飼養所
- oceanarium 海洋水族館
- planetarium 行星儀，天文館
- sacrarium（sacr 神聖 + arium）聖堂
- sanatorium 療養院
- solarium 日光浴室

例句

I work out in the **gymnasium** every day.
我每天在健身房運動。

3 -ary

- aviary（動物園的）大型鳥舍，鳥類飼養場
- dispensary（學校、兵營或工場的）診療所
- library 圖書館

- infirmary 醫務室，養老院
- mortuary（mortu 死 + ary）停屍間，太平間
- penitentiary 監獄，收容所，教養所
- reliquary（reliqu=relics 遺骸 + ary）遺骨匣
- sanctuary 避難所

4 -dom

- king → kingdom 王國
- fief → fiefdom 封地，采邑
- movie → moviedom 電影圈
- official → officialdom 官場
- Christen → Christendom 基督教界

5 -ery

- bake *(vt)* 烘焙 → bakery 麵包店
- brew *(vt)* 釀酒 → brewery 釀酒廠
- can *(vt)* 裝進罐中；*(C)* 罐頭 → cannery 罐頭工廠
- cook *(vi, vt)* 烹調 → cookery 廚房
- distill *(vt)* 蒸餾 → distillery 釀酒廠
- eat *(vi, vt)* 吃 → eatery 餐館，食堂
- grocer *(C)* 食品商 → grocery 食品雜貨店
- hatch *(vt)* 孵 → hatchery 孵卵所
- monk *(C)* 僧侶 → monastery 修道院
- nun *(C)* 修女，尼姑 → nunnery 女修道院，尼姑庵
- nurse *(vt)* 護理，看護 → nursery 托兒所
- orange *(C)* 柑，桔 → orangery 橘園，橘子的溫室
- perfume *(U, C)* 香水 → perfumery 香水店

- pig *(C)* 豬 → piggery 豬舍
- pineapple *(C)* 鳳梨 → pinery 鳳梨園
- refine *(vt)* 精煉 → refinery 精煉廠

6 **-ia**：territory, country「領土，國家」

- Albania 阿爾巴尼亞
- Amazonia 亞馬遜河區
- Arabia 阿拉伯半島
- Australia 澳洲，澳大利亞
- Austria 奧地利
- Bulgaria 保加利亞
- California 加利福尼亞，加州
- Cambodia 高棉，柬埔寨

7 **-ory**

- conservatory 溫室
- crematory 火葬場
- depository 存放處
- dormitory 宿舍
- laboratory 實驗室
- lavatory 廁所
- observatory 天文台
- reformatory 少年管教所
- repository 貯藏室

4.1.9 表示「說話，措辭，圖像」的名詞字尾

1 -diction ：措辭

- benediction（bene 好 + diction）祝福
- contradiction（contra 反 + diction）反駁，矛盾
- diction 措辭
- malediction（male 壞 + diction）壞話
- prediction（pre 前 + diction）預言
- valediction 告別詞

2 -ese ：語言

- Chinese 漢語，中文
- Japanese 日語
- Portuguese 葡萄牙語

3 -gram ：寫、畫的東西或紀錄

- cardiogram 心電圖
- cryptogram 密碼
- diagram 圖表
- electrocardiogram 心電圖
- ethogram（動物）行為詳述
- ideogram 表意文字
- logogram 縮記符號（一種書寫符號，用於代表整個詞）
- monogram 辨識標記（為一個或多個字母組成的圖案，常見由姓名字首組成）
- phonogram 表音符號，語音圖，形聲字
- phraseogram 代表某一特定短語的符號（如速記中使用的代詞符號）
- radiogram 收音機，無線電報

- seismogram 震動圖
- spectrogram 光譜圖
- telegram 電報
- ultrasonogram 超聲記錄圖

4 -graph ：寫或畫的東西

- epigraph 銘文
- holograph 親筆文件
- homograph 同形異義字
- ideograph 象形（表意）文字
- logograph 縮記符號（一種書寫符號，用於代表整個詞）
- monograph 專著（通篇論述某一具體且限定的專題學術文章或書）
- paragraph（文章）段
- photograph 照片
- pictograph 象形文字
- psychograph 心理描繪圖
- stereograph 立體畫，立體照片

5 -ish ：語言

- English 英語
- Irish 愛爾蘭語
- Spanish 西班牙語
- Swedish 瑞典語

6 -ism ：用語

- Americanism 美國用語
- neologism 新語，創造或使用新語

7 -log, -logue：談話

- dialogue 對話
- duologue/dialog 對話，對話劇
- epilogue/epilog 結語，尾聲，收場白
- monologue 獨白
- prologue 序言
- travelogue 旅行見聞講演

8 -logy：表達詞

- eulogy 頌詞，歌功頌德的話
- ideology 意識形態
- necrology 死者名冊，訃文 (=obituary)
- neology 新詞（或舊詞新義）的使用，新詞，舊詞新義 (=neologism)
- phraseology 措辭
- tautology 同義反覆
- terminology 術語
- trilogy 三人對話

9 -locution：談話

- allocution 訓示
- circumlocution 婉轉曲折的陳述
- elocution 雄辯術
- interlocution 對話
- locution 獨特的措辭，慣用語，說話風格

4.1.10 表示「儀器」的名詞字尾

1 -graph：寫、畫、記錄的用具或方式

- electrocardiograph 心動電流描記器，心電圖儀
- phonograph 留聲機
- magnetograph 磁力記錄
- meteorograph 氣象記錄器
- micrograph 顯微圖
- myograph 肌動描記器
- oscillograph 示波器
- pneumograph 呼吸描記器
- seismograph 地震儀，測震儀
- sonograph 聲譜儀
- spectrograph 光譜攝製儀
- telegraph 電報機

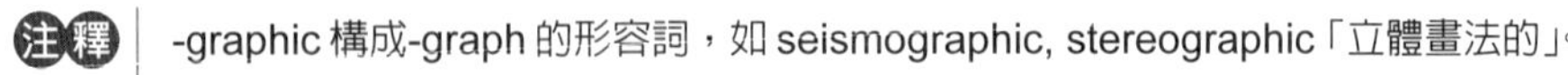
注釋 -graphic 構成-graph 的形容詞，如 seismographic, stereographic「立體畫法的」。

2 -meter：計量儀器

- accelerometer 加速計
- acidimeter 酸比重計
- anemometer 風速計
- audiometer 聽度計
- barometer 氣壓計
- densitometer 顯像密度計
- electrometer 靜電計
- fluorometer 螢光計
- hygrometer 濕度計

- radiometer 輻射計
- reflectometer 反射計
- refractometer 折射計
- respirometer 呼吸（運動）計
- thermometer 溫度計，體溫計
- voltammeter 伏特安培計

-metric 構成 -meter 的形容詞，如：

- acidimetric 酸量滴定的
- barometric 大氣壓力的

3 -scope ：觀察儀器

- bronchoscope 氣管鏡
- celoscope 腹腔鏡 (=celioscope)
- cryoscope 冰點測定器
- electroscope 驗電器
- endoscope 內診鏡
- fetoscope 胎兒鏡
- gastroscope 胃鏡，胃內視鏡（用以檢查胃內部的情形）
- hydroscope 深水望遠鏡
- hygroscope 濕度計
- kaleidoscope 萬花筒
- laryngoscope 喉鏡，檢喉鏡
- microscope 顯微鏡
- periscope（peri 周圍 + scope）潛望鏡
- phonoscope 驗聲器
- spectroscope 分光鏡
- stereoscope 立視鏡，立體鏡
- stethoscope（stetho 乳房 + scope）聽診器

- telescope 望遠鏡
- urethroscope 尿道鏡

-scopy 表「觀察的行為」，如：

- arthroscopy 關節鏡檢查
- bacterioscopy 細菌鏡檢查
- laryngoscopy 喉鏡檢查
- microscopy 顯微鏡檢查

-scopic 構成 scope 的形容詞，如 periscopic「展望的，周視的」。

4.1.11 表示「病痛」的名詞字尾

1 **-aemia, -emia** ： blood 「血」

- acidemia 酸血症
- anemia（an 無 + emia）貧血
- anoxemia 缺氧血症，血缺氧
- bacteremia 菌血症
- hyperaemia / hyperemia 充血
- hypercalcemia 血鈣過多
- hyperglycemia 多糖症，高血糖症
- hyperlipaemia / hyperlipemia 血脂過高，高脂血
- hypoglycemia（hypo 在…下面 + glyc 糖 + emia）血糖過低，低血糖症
- hypoxemia 血氧不足
- leukemia 白血病
- sapraemia 敗血病
- thalassemia 地中海型貧血
- toxemia 血毒症
- uraemia 尿毒症
- viraemia 病毒血症

-emic 構成 -emia 等的形容詞，如 anemic, leukemic。

2 -algia：pain「痛」

- arthralgia 關節痛
- cardialgia 心痛
- cephalalgia 頭痛
- hemialgia 單側痛
- metralgia 子宮痛
- myalgia 肌痛
- neuralgia 神經痛
- otalgia 耳痛

-algic 構成 -algia 的形容詞，如 arthralgic, neuralgic。

3 -cele：tumor, hernia「瘤，疝氣，腫大」

- cystocele 膀胱脫垂，膀胱膨出
- hydrocele 陰囊積水
- pharyngocele 咽突出，咽囊腫
- varicocele 精索靜脈曲張

4 -ia：disease「疾病」

- aerophagia 吞氣症
- agraphia（a 不 + graph 寫 + ia）（因腦受傷致不能寫字的）失寫症
- algolagnia 變態淫樂，性虐狂
- alexia 失讀症
- amentia（a 不 + ment 智力 + ia）智力缺陷
- amnesia（a 不 + mne 記起 + sia）健忘症

- anaesthesia 感覺缺乏，麻木，麻醉（法）
- analgesia 無痛覺，痛覺喪失
- anorexia 食欲減退，厭食
- anosmia 嗅覺缺失症
- anoxia 缺氧症
- anuria 無尿，無尿症
- aphasia 失語症
- aphonia（a 無 + phone 聲 + ia）失聲
- aplasia 發育不全
- arrhythmia 心律不整，心律失常
- asphyxia 窒息，昏厥
- astasia 不能站立
- asthenia 衰弱
- dementia 痴呆
- dyslexia（dys 失調 + lex 說讀 + ia）誦讀困難
- dyspepsia 消化不良
- dysphonia 發聲困難
- dysplasia 發育異常
- dystrophia 營養不良 (=dystrophy)
- hysteria 歇斯底里
- insomnia（in 無 + somn 睡眠 + ia）失眠，失眠症
- malaria 瘧疾
- paranoia 妄想狂，偏執狂

-iac,-ic 構成-ia 的形容詞及有病者，如下例：

- aphasiac *(adj)* 失語症；*(n)* 失語症患者
- dyslexic *(adj)* 誦讀困難的；*(n)* 誦讀困難者
- insomniac *(adj)* 失眠的；*(n)* 失眠症患者

5 **-itis** ：inflammation「發炎」

- adenitis 腺炎
- appendicitis 闌尾炎，盲腸炎
- arteritis 動脈炎
- arthritis 關節炎
- bronchitis 支氣管炎
- carditis 心臟炎
- cellulitis 蜂窩組織炎
- colonitis 結腸炎
- dermatitis 皮膚炎
- endarteritis（endo 內部 + artery 動脈 + itis）動脈內膜炎
- endocarditis 心內膜炎
- gastritis 胃炎
- hepatitis 肝炎
- laryngitis 喉炎
- rectitis 直腸炎
- sclerotitis 鞏膜炎
- urethritis 尿道炎

-itic 構成 -itis 的形容詞，如 arthritic, bronchitic。

6 **-iasis** ：病態

- amoebiasis 阿米巴病，變形蟲病
- cholelithiasis 膽石病
- moniliasis 念珠菌病
- mydriasis 瞳孔散大，散瞳症
- myiasis 蠅蛆病

- taeniasis 條蟲病
- trichiasis 倒睫（瞼內翻）
- urolithiasis 尿石病

7 -pathy：疾病

- angiopathy 血管病，淋巴管病
- arthropathy 關節病
- cardiopathy 心臟病
- encephalopathy 腦病
- enteropathy 腸病
- gynecopathy 婦科疾病
- idiopathy 原發症
- myopathy 肌病
- neuropathy 精神官能症
- psychopathy 精神變態，心理變態
- retinopathy 視網膜病

注釋 -pathic 構成 -pathy 的形容詞，如 neuropathic, psychopathic。

8 -phasia：語言障礙症

- aphasia 失語症
- dysphasia 語言障礙症

9 -philia：傾向；不正常的喜愛

- allophilia（allo 其他 + philia）愛別人
- Anglophilia 親英，崇拜英國
- coprophilia 糞便嗜好症
- hemophilia（hemo 血 + philia）血友病

- necrophilia 戀屍狂，戀屍癖
- pedophilia 戀童癖
- xenophilia 媚外
- zoophilia 喜愛動物

-philic, -philous, -philiac 構成 -philia 的形容詞，如 anemophilous「風媒（傳粉）的」, coprophiliac, zoophilic。

10 -phobia：不正常的恐懼

- aerophobia 高空恐懼（症）
- ailurophobia 懼貓症
- algophobia 疼痛恐懼
- Anglophobia 反英，恐英病
- astraphobia 閃電恐懼（症）
- claustrophobia 幽閉恐懼症
- gynephobia 女性恐懼，恐女症
- hemophobia 出血恐懼症，血液恐懼症
- homophobia 對同性戀的憎惡（或恐懼）
- hydrophobia 狂犬病，恐水病
- monophobia 孤獨恐懼症
- necrophobia 死亡恐懼
- nyctophobia 黑夜恐懼症
- photophobia 畏光，恐光症
- stiophobia 畏食
- xenophobia 仇外
- zoophobia 動物恐懼（症）

-phobic, -phobous 構成 -phobia 的形容詞，如 claustrophobic, xenophobic。

11 -phrenia ：心智錯亂

- hebephrenia 青春期痴呆
- schizophrenia 精神分裂症

12 -plegia ：癱瘓，麻痹

- cycloplegia 睫狀肌麻痹
- diplegia 雙側癱瘓
- hemiplegia 偏癱，半身麻痹，半身不遂
- monoplegia 單肢癱瘓
- paraplegia（para 旁，側 + plegia）下身麻痹
- quadriplegia 四肢麻痹，四肢癱瘓

-plegic 構成 -plegia 的形容詞和名詞，如：

- paraplegic *(adj)*（患）截癱的；*(C)* 截癱患者
- quadriplegic *(adj)* 四肢癱瘓的；*(C)* 四肢癱瘓者

13 -rrhagia ：不正常或過分流出

- haemorrhage 出血（尤指大出血），溢血
- menorrhagia 月經過多
- metrorrhagia 子宮出血

14 -rrhea, -rrhoea ：流出

- diarrhea / diarrhoea 腹瀉
- galactorrhea 乳漏
- gonorrhea 淋病
- pyorrhoea 膿漏
- spermatorrhea 遺精

4.1.12 表示「計量單位」的名詞字尾

1 -ful ：放在身體部位或容器之後，表示滿滿的量

- armful 一抱之量
- earful 大量（談話或音樂）
- fistful 一撮，一把
- handful 一把
- jugful 一壺的份量
- mouthful 一口，滿口
- bagful 滿口袋
- basketful 一滿籃，一滿筐
- bucketful 滿桶，一桶之量
- cupful 滿杯
- roomful 滿房間，滿屋（的人）
- spoonful 一匙

例句

The boy scooped up several **handfuls** of sand.
那男孩挖起好幾把沙。

2 -load ：加在運輸工具之後，表示滿滿的量

- boatload 船的載貨量，一船的貨物
- busload 公共汽車運載量
- carload 車輛所載的貨物，貨車的最低載重量
- planeload 飛機負載量
- shipload 船貨，一船的容量
- truckload 一貨車的容量

例句

We set sail with a **shipload** of grain.
我們戴滿一船的穀物起航。

4.1.13 其他具特殊意義的名詞字尾

1 -ade ：甜的醬料

- lemonade 檸檬水
- marmalade 橘子或檸檬等水果製成的果醬
- orangeade 橘子水

2 -age ：(i) 一團，聚集；(ii) 費用，租金

(i) 一團，聚集

- cellar → cellarage 地窖容積，地窖（總稱）
- bag → baggage 行李
- sewer → sewerage 排水設備
- acre → acreage 英畝數，面積
- cord → cordage 繩索，薪炭材的堆積數
- dose → dosage 劑量
- gallon → gallonage 加侖數，加侖量
- mile → mileage 英里數，英里里程
- plot → plottage（一塊）地皮面積
- ton → tonnage（船舶在水上時排水量的）噸數
- yard → yardage 按碼計算的量

(ii) 費用，租金

- post → postage 郵資
- cart → cartage 貨車運費

3 -amine：（化學）胺

- amphetamine 安非他命
- chloramine 氯胺
- ergotamine 麥角胺（主要用於治療偏頭痛和防止產後大出血）
- ethamivan 香草酸二乙酰胺（一種呼吸興奮劑）
- methylamine 甲胺

4 -ana, -iana：有關某人或地方的全集

- Americana 有關美國的文物、史料
- Shakespeareana 莎士比亞研究資料匯編，莎學文物
- Victoriana 維多利亞女王時代之文物

5 -ane：烷

- cyclopropane 環丙烷
- dioxane 二氧雜環乙烷
- ethane 乙烷
- hexane（正）乙烷
- methane 甲烷，沼氣

6 -andry：男性或雄蕊

- monandry（mono 單一 + andry）一夫制，單雄蕊
- polyandry（poly 多 + andry）一妻多夫，多雄蕊
- protandry 雄蕊先熟

注釋 -androus 構成-andry 的形容詞，如 monandrous 。

7 -ase：（生化）酶

- aldolase 醛縮酶
- aliesterase 脂族酯酶
- amylase 澱粉酶
- arginase 精氨酸酶
- lactase 乳糖分解酵酶

8 -biont：生物體

- halobiont（halo 鹽 + biont）適鹽生物，喜鹽生物
- symbiont（sym 相同 + biont）共生有機體，共生體

9 -biosis：生活方式

- abiosis（a 無 + biosis）無生命
- aerobiosis（aero 空 + biosis）好氧生活
- anaerobiosis（an 無 + aero 空氣 + biosis）乏氧生活，厭氣生活
- antibiosis（anti 反對 + biosis）抗生
- necrobiosis（necro 死 + biosis）漸進性壞死
- symbiosis（sym 相同 + biosis）共生（現象）

 -biotic 構成 -biosis 的形容詞，如 antibiotic, symbiotic。

10 -blast：胚；芽

- epiblast（epi 上面 + blast）外胚葉，成為外胚葉，外胚層
- hematoblast（hemato 血 +blast）血小板，血胚細胞
- hypoblast（hypo 下面 + blast）內胚層，下胚層
- melanoblast（melano 黑的 + blast）成黑素細胞

- mesoblast（meso 中間 + blast）中胚層
- neuroblast（neuro 神經 + blast）成神經細胞

注釋 -blastic 構成-blast 的形容詞，如 epiblastic, hypoblastic 。

11 -cade：行列，隊伍

- aquacade（aqua 水 + cade）水中歌舞表演
- cavalcade（cavalry 騎兵 + cade）騎兵隊伍
- motorcade（motor 汽車 + cade）汽車行列

12 -carp：果實

- endocarp 内果皮
- pericarp（peri 週圍 + carp）果皮
- schizocarp 分裂果

注釋 -carpic 構成 -carp 的形容詞，如 endocarpic, pericarpic 等。

13 -cene：最近，用在地質年代

- Eocene 始新世
- Holocene 全新世
- Oligocene 漸新世
- Paleocene 古新世 (=palaeocene)
- Pliocene 上新世

14 -cephaly：頭的狀況

- dolichocephaly 長頭
- hydrocephaly 腦積水
- macrocephaly 巨頭，巨頭畸形 (=megacephaly)

- microcephaly 小頭畸形（一種先天性異常）
- oxycephaly 尖頭畸形 (=acrocephaly)

-cephalic 和 -cephalous 構成 -cephaly 的形容詞，如 bicephalous「有兩個頭的」, dolichocephalic/dolichcephalous。

15 -chrome：顏色

- fluorochrome（使生物標本染上螢光的）螢光染料，螢色物
- mercurochrome 水銀紅藥水
- monochrome 單色
- phytochrome（phyto 植物 + chrome）（植物的）光敏色素
- polychrome 多彩藝術品
- urochrome 尿色素

-chromic 構成 -chrome 的形容詞，如 monochromic, trichromic「三色的」。

16 -cide：殺

- algaecide 除海藻的藥 (=algicide)
- bactericide 殺菌劑
- ecocide 生態滅絕
- feticide 殺害胎兒
- fratricide 殺兄弟（或姊妹）的行為，殺兄弟者
- fungicide 殺真菌劑
- genocide 有計畫的滅種和屠殺
- germicide 殺菌劑
- herbicide 除草劑
- homicide 殺人，殺人者
- infanticide 殺嬰，殺嬰者
- insecticide 殺蟲劑

- larvicide 殺幼蟲劑
- matricide 弒母，弒母者
- molluscicide 軟體動物滅殺劑，滅螺劑 (=molluscacide)
- nematicide 殺線蟲劑 (=nematocide)
- parasiticide 殺寄生蟲劑
- parricide 殺近親，殺長輩
- patricide 弒父
- pesticide 殺蟲劑
- regicide 弒君者，弒君
- rodenticide 滅鼠劑
- sororicide 殺親姊妹的人
- spermatocide 殺精子劑
- spermicide 殺精子劑
- sporicide 殺孢子劑
- suicide 自殺
- uxoricide 殺妻，殺妻者
- vermicide 驅蟲劑，打蟲藥
- viricide 殺病毒劑

-cidal 構成 -cide 的形容詞，如 suicidal 。

17 -cline ：斜

- anticline 背斜
- decline 下傾，下降
- geanticline 大背斜層
- geosyncline 地槽
- halocline（海洋的）鹽（度）躍層
- incline 傾斜

- isocline 等傾斜
- microcline 微斜長石
- monocline 單斜層
- syncline 向斜

注釋 -clinal 構成 -cline 的形容詞，如 anticlinal, geosynclinal, isoclinal。

18 -coccus：（生物方面）球菌

- coccus 球菌
- cryptococcus 隱球酵母，隱球菌
- diplococcus 雙球菌
- gonococcus 淋菌
- meningococcus 腦膜炎球菌
- micrococcus 微球菌
- pneumococcus 肺炎球菌
- staphylococcus 葡萄狀球菌
- streptococcus 鏈球菌

19 -coel, -coele：小室，洞

- blastocoel 囊胚腔，分裂腔
- enterocele 腸疝
- hemocoele（截肢動物和軟體動物的）血管體腔
- pseudocoel 假腔
- spongocoel 海綿腔

20 -cyte：細胞

- amoebocyte 阿米巴樣細胞，變形細胞
- astrocyte（腦和骨髓的）星細胞，星形膠質細胞

- choanocyte 環細胞
- gametocyte 配子（母）細胞
- hemocyte（尤指無脊椎動物的）血球，血細胞
- hepatocyte 肝（實質）細胞
- histiocyte 組織細胞
- leucocyte 白血球
- leukocyte 白血球
- lymphocyte 淋巴球，淋巴細胞
- macrocyte 大紅血球
- microcyte 小紅血球
- monocyte 單核細胞
- myelocyte 髓細胞
- osteocyte 骨細胞
- phagocyte 噬菌細胞
- reticulocyte 網狀細胞
- spermatocyte 精母細胞

21 -derm, -derma：皮膚

- endoderm（endo 內部 + derm）內胚葉，內皮層
- hypoderm（hypo 下面 + derm）下皮，（節肢動物的）真皮
- leukoderma / leucoderma（leuko 白色的 + derm）白斑病，白變病
- mesoderm（meso 中間 + derm）中胚葉
- pachyderm 厚皮類動物
- periderm（peri 周圍 + derm）周皮
- pyoderma 膿皮病
- scleroderma 硬皮病
- xeroderma 皮膚乾燥症，乾皮病

-dermatous 構成 -derm(a)的形容詞，如 sclerodermatous 。

22 -drome：賽馬場；場地；運動場；一次流出

- airdrome 飛機場
- cosmodrome 人造衛星發射基地
- hippodrome（古希臘）跑馬場，競技場
- palindrome 回文（指順讀和倒讀都一樣的詞語）
- prodrome（pro 先前 + drome 一次流出）前驅症狀
- syndrome（syn 相同 + drome 一次流出）併發症

注釋　-dromous 構成 -drome 的形容詞，如 catadromous「下海繁殖的」（用於魚類）。

23 -dy：歌，劇

- comedy 喜劇
- parody 模仿滑稽作品
- tragedy 悲劇
- rhapsody 狂想曲
- melody 悅耳的音調
- psalmody 讚美詩

24 -ectomy：切除

- adenectomy 腺切除術
- adrenalectomy 腎上腺切除術
- appendectomy 闌尾切除術
- colectomy 結腸切除術
- cystectomy 囊切除術，膽囊切除術
- embryectomy 胚胎切除術
- gastrectomy 胃切除術
- hepatectomy 肝切除術 (= hepatotomy)

- laryngectomy 喉頭切除術
- lumpeectomy 乳房腫瘤切除術
- nephrectomy 腎切除術
- neurectomy 神經切除，神經切除術
- ovariectomy 卵巢切除術
- pharyngectomy（部分或全部的）咽切除（術）
- pneumonectomy 肺切除術
- prostatectomy 前列腺切除術
- thyroidectomy 甲狀腺切除術
- tonsillectomy 扁桃腺切除術
- tubectomy 輸卵管切除術
- urethrectomy 尿道切除術
- vaginectomy 陰道切開術
- vasectomy 輸精管切除術

25 -eme：語言結構的獨特單位

- grapheme 字母（代表一個音素的所有字母和字母組合，如 f, ph 和 gh 代表音素 /f/）
- lexeme 詞的基本單位
- morpheme 詞素
- phoneme 音素
- semanteme 義素，語義成分
- toneme 調素

26 -enchyma：細胞組織

- aerenchyma 通氣組織
- chlorenchyma 綠色組織
- collenchyma 厚角組織

- parenchyma 軟組織
- prosenchyma 長軸組織
- sclerenchyma 厚壁組織

27 -et：組，組合

- octet 八重的樂曲（為八個人演唱或八件樂器演奏而作的曲子）
- quartet 四重奏，四重唱

28 -ette：女性；仿造；組合，組；微小（請參見271頁）

- bachelorette 未婚女子
- farmerette 農場女工，耕種的婦女
- suffragette 婦女參政權論者
- usherette 女引座員
- leatherette 人造皮，假皮
- launderette（裝有投幣洗衣機的）自動洗衣店
- rosette 玫瑰形飾物
- quartette 四重唱，四重奏
- quintette 五重奏（曲，唱）
- septette 七重奏

29 -fer：含有

- aquifer 含水土層，蓄水層
- crucifer 十字花科植物，執十字架的人
- thurifer 宗教儀式中捧香爐的人

-ferous 構成 -fer 的形容詞，如：

- aquiferous 含水的，蓄水的
- cruciferous 十字花科的
- thuriferous 燃燒時散發芳香的

30 -fuge：驅走

- febrifuge 解熱藥，退熱藥
- refuge 避難
- subterfuge（subter 下面 + fuge 逃逸）託詞
- taeniafuge 驅條蟲藥
- vermifuge 殺蟲藥

31 -gamy：結婚

- allogamy（allo 其他 + gamy）異花受粉，異體受精
- apogamy 無配子生殖
- autogamy 自花受粉，自體受精
- bigamy 重婚
- digamy 再婚 (=deuterogamy)
- endogamy 同族結婚
- exogamy 異族結婚
- heterogamy 異配生殖
- isogamy 同配生殖
- misogamy（miso 嫌惡 + gamy）厭惡結婚
- monogamy 一夫一妻制，單配偶
- plasmogamy 胞質融合，胞質配合
- polygamy 一夫多妻，一妻多夫
- syngamy 有性生殖
- xenogamy 異花受粉

注釋　-gamous 構成-gamy 的形容詞，如 bigamous「犯重婚罪的，重婚的」。

32 -gen, -gene：被生成，生成物，產生

- aeroallergen 空氣過敏原（能導致過敏性反應的各類空氣傳播的物質，如花粉或孢子）

- allergen 過敏原
- androgen（andro 男性或陽性 + gen）男性荷爾蒙，男性激素
- antigen 抗原
- carcinogen 致癌物質
- chromogen 色原體，媒染染料的一種
- cryogen 冷媒，冷凍劑
- dermatogen 表皮原
- estrogen 雌激素
- hydrogen 氫
- kerogen 油母岩質，油原
- mutagen（mutate 變異 + gen）誘導有機體突變的物質
- nitrogen 氮
- oxygen 氧
- pathogen（patho 疾病 + gen）病菌，病原體
- polygene 多基因
- pseudogene 假遺傳因子
- virogene 病毒基因

-genic 構成-gen 的形容詞，如：

- allergenic 引起過敏症的
- photogenic 易上鏡頭的
- telegenic 適於電視廣播的

33 -genesis ：來源，產生

- anthropogenesis 人類起源學
- autogenesis 自發發生說（一種認為動植物起源於無生命有機物的過時概念）
- biogenesis 生源論
- carcinogenesis 癌發生，致癌作用
- embryogenesis 胚胎發生（形成）

- gamogenesis（gamo 婚姻 + genesis）兩性生殖，雌雄生殖
- genesis 起源
- hematogenesis 造血作用
- hypnogenesis 催眠
- monogenesis 一元發生說（認為所有生物都是由一個單細胞或有機體發展而來的理論）；單性生殖
- mutagenesis 突變形成，變異發生
- neogenesis 再生，新生
- neurogenesis 神經發生，神經形成
- oncogenesis 瘤形成
- orthogenesis 直向進化論（關於物種的進化是受內部因素的強烈影響而非外部自然選擇影響的理論）
- osteogenesis 骨生成
- paedogenesis 幼體生殖
- pathogenesis 發病機理
- polygenesis 多源發生說（多細胞繁殖從一個以上的祖先或初始細胞衍生成為一個物種或一種類型）
- psychogenesis 心理發生
- schizogenesis 分裂生殖
- virogenesis 病毒形成
- xenogenesis 異種生殖（生出與父母體完全不同的機體的假想）

34 -geny：產生，起源

- autogeny 自生，單性生殖 (=autogenesis)
- embryogeny 胚形成 (=embryogenesis)
- endogeny 內生，內源
- heterogeny 異型生殖 (=heterogensis)
- homogeny 同構發生，同源發生

- pathogeny 生病，病原
- progeny 後裔

-genous 構成 -geny 的形容詞，如：

- hydrogenous 含氫的
- homogenous 同質的
- heterogenous 異種的

35 -gon ：角

- decagon 十邊形，十角形
- heptagon 七角形，七邊形
- hexagon 六角形，六邊形
- isogon 等角多邊形
- nonagon 九邊形
- octagon 八邊形，八角形
- pentagon 五角形，五邊形
- polygon 多角形，多邊形
- trigon 三角琴

36 -gony ：生產，發生，起源

- heterogony 世代交替
- schizogony 分裂生殖 (=schizogenesis)
- sporogony 孢子生殖
- telegony 先父遺傳（一種假想，認為先前父獸基因能遺傳給同一母獸與後來的父獸交配後所生的後代）
- theogony 神譜（研究神的祖先與後代）

注釋 -gonic 構成 -gony 的形容詞，如 telegonic, theogonic 。

37 -gyne：女性生殖器官

- androgyne（andro 男性或陽性 + gyne）陰陽人，具有雌雄兩性的花
- trichogyne（tricho 毛髮 + gyne）海藻類的受精絲

38 -gyny：有一定數量的女人或雌蕊

- androgyny 陰陽人的特質
- misogyny 厭惡女人
- monogyny 一妻制
- polygyny 一夫多妻
- protogyny 雌蕊先熟

-gynous 構成 -gyny 的形容詞，如：
- androgynous 雌雄同體的
- heterogynous 具有生殖和不生殖兩種雌性的
- misogynous 厭惡女人的
- monogynous 一妻制的
- polygynous 一夫多妻的

39 -hedron：面體

- decahedron 十面體
- dodecahedron 十二面體
- heptahedron 七面體
- hexahedron 六面體
- icosahedron 二十面體
- octahedron 八面體
- pentahedron 五面體
- polyhedron 多面體
- trihedron 三面體

-hedral 構成 -hedron 的形容詞，如 pentahedral; polyhedral。

40 -id：(i) 屬於動物某一科；(ii) 主體，粒子；(iii) 和某一（特定的）星座或慧星有關聯或由它散發出的流星；(iv) 某一王朝的人員或後裔

(i) 屬於動植物某一科

- arachnid 屬於蜘蛛類的節肢動物
- canid 犬科動物（包括家犬、狼、狐等）
- ephemerid 蜉蝣，蜉蝣目昆蟲
- cyprinid 鯉科的魚
- orchid 蘭花科

(ii) 主體，粒子

- chromatid 染色單體
- energid 活質體

(iii) 和某一（特定的）星座或慧星有關聯或由它散發出的流星

- Leonid 獅子座流星雨
- Orionid 獵戶座流星
- Perseid 英仙（座）流星，八月流星

(iv) 某一王朝的人員或後裔

- Abbasid 阿拉伯帝國的阿拔斯王朝
- Fatimid 法蒂瑪（穆罕墨德之女）王朝君主，法蒂瑪的後裔

41 -ide：化合物

- bromide 溴化物
- carbide（carbon 碳 + ide）碳化物
- chloride 氯化物
- cyanide 氰化物
- dioxide（di 二 + oxgyen 氧 + ide）二氧化物

- fluoride 氟化物
- hydride 氫化物
- hydroxide 氫氧化物
- monoxide 一氧化物
- nitride 氮化物
- oxide 氧化物
- sulfide 硫化物

42 -ile：統計的單位

- decile 十分位數（的）
- percentile 百分點
- quartile 四分位數
- quintile 五分之一對座

43 -in：中性化學混合物，藥

- albumin 清蛋白
- chitin 殼質，角素
- inulin 菊粉
- lecithin 蛋黃素
- pancreatin 胰酵素
- penicillin 青黴素，盤尼西林
- rifampicin 利福平（抗結核藥）
- tuberculin 結核菌素

44 -ine：有機混合物

- bromine 溴
- caffeine 咖啡因

- calcimine 牆粉（一種塗料）
- chlorine 氯
- morphine 嗎啡
- nicotine 尼古丁

45 **-ism**：行為，學說，主義，信條

- agnostic *(C)* 不可知論者 → agnosticism 不可知論
- alcohol *(U)* 酒精 → alcoholism 酒精中毒
- altruistic *(adj)* 利他的 → altruism 利他主義
- ascetic *(C)* 禁欲者 → asceticism 禁欲主義，苦行
- autistic *(adj)* 自閉的 → autism 自閉症
- baptize *(vt)* 洗禮 → baptism 洗禮
- behavior *(U)* 行為 → behaviorism 行為學派
- commune *(C)* 社區 → communism 共產主義
- conservative *(adj)* 保守的；*(C)* 保守派 → conservatism 保守主義
- criticize *(vt)* 批評 → criticism 批評
- Darwin *(U)* 達爾文 → Darwinism 達爾文學說
- despot *(C)* 暴君 → despotism 暴政
- hedonistic *(adj)* 享樂的 → hedonism 享樂主義
- feminine *(adj)* 女性 → feminism 女權運動
- hero *(C)* 英雄 → heroism 英勇
- individual *(adj)* 個人的 → individualism 個人主義
- intervention *(U)* 干涉 → interventionism （尤指主張干涉國際事務的）干涉主義
- jingo *(C)* 沙文主義的愛國者 → jingoism 侵略主義
- liberal *(adj)* 自由的；*(C)* 自由主義者 → liberalism 自由主義
- magnet *(C)* 磁鐵 → magnetism 磁力
- masochism 被虐狂

- national *(adj)* 國家的 → nationalism 民族主義，國家主義
- optimism 樂觀
- patriot *(C)* 愛國者 → patriotism 愛國心
- pessimism 悲觀
- race *(C)* 種族 → racism 種族主義
- radical *(C)* 激進分子 → radicalism 激進主義
- sadism 虐待狂
- sadomasochism 虐待被虐狂
- sex *(U)* 性 → sexism 男性至上主義
- terror *(U)* 恐怖 → terrorism 恐怖主義，恐怖行動
- wit *(U)* 機智 → witticism 詼諧的語言

46 -ite：(i) 器官；(ii) 岩石，礦物；(iii) 化石；(iv) …的產物

(i) 器官

- somite 體節
- sporozoite 孢子體

(ii) 岩石，礦物

- andesite 安山石
- calcite 方解石
- graphite 石墨

(iii) 化石

- ammonite 菊石
- hematite 赤血石
- lignite 褐煤
- trilobite 三葉蟲

(iv) …的產物

- cordite 無煙硝化甘油火藥
- dynamite 氨爆炸藥
- ebonite 硬橡膠
- evaporite 蒸發岩
- metabolite 代謝物

47 -ium ：構成化學元素的拉丁名稱

- aluminium 鋁
- calcium 鈣
- carbonium 帶正電之有機離子
- sodium 鈉

48 -kinesis ：運動

- hyperkinesis 運動機能亢奮
- photokinesis 趨光性
- psychokinesis 精神激動（因心靈抑制機能不健全而產生的無節制、病態情感爆發）
- telekinesis 心靈促動，心靈遙感

-kinetic 構成 -kinesis 的形容詞，如 hyperkinetic 。

49 -latry ：崇拜

- bibliolatry 書籍崇拜，聖經崇拜
- gyneolatry 女性崇拜
- hagiolatry 聖徒崇拜
- iconolatry 偶像崇拜
- idolatry 偶像崇拜

- Mariolatry 對聖母瑪利亞的崇拜，聖徒錄
- zoolatry 動物崇拜

注釋 -latrous 構成 -latry 的形容詞，如 iconolatrous, bibliolatrous 。

50 -lepsy ：發作

- catalepsy 全身僵硬症 (=catalepsis)
- narcolepsy 嗜眠發作
- nympholepsy 感情狂熱，著魔時的狂熱

-leptic 構成 -lepsy 的形容詞，如 narcoleptic, nympholeptic 等。

51 -lite ：石頭，礦物，化石

- aerolite 隕石
- amphibolite 閃岩
- apophylite 魚眼石
- coprolite 糞化石
- crystallite 微晶
- graptolite 筆石（古元脊椎動物，現存化石）

52 -lith ：岩石，石頭

- eolith 原始石器
- xenolith 捕虜岩（指火成岩中與其無成因關係的包體）
- megalith（古建築用的）巨石
- cystolith 鍾乳體；膀胱結石

注釋 -lithic 構成 -lith 的形容詞，如 eolithic 。

53 -lysis：分解，溶解

- analysis 分析，分解
- bacteriolysis 細菌分解處理
- catalysis 催化作用
- chromatolysis 染色質色原溶解
- dialysis（dia 通過 + lysis）透析，分離
- electroanalysis 電分析，電解
- electrodialysis 電滲析
- electrolysis 電解
- hemolysis 溶血
- hydrolysis 水解（作用）
- narcoanalysis 麻醉分析
- paralysis 癱瘓，麻痹
- psychoanalysis 心理分析
- urinalysis 尿分析，驗尿

-lytic 構成 -lysis 的形容詞，如 bacteriolytic「溶菌的，殺菌的」。
-lyze 構成 -lysis 的動詞，如 analyze 。

54 -lyte：能在…中分解的物質

- electrolyte 電解液
- hydrolyte 水解質
- polyelectrolyte 聚合（高分子）電解質

55 -mancy：卜，占

- bibliomancy 聖經卦（以任意抽得的經書一節來占卜未來）
- geomancy（geo 地球，土地 + mancy）泥土占卜（抓沙散地，按其所成象以斷吉凶）

- hydromancy 水占術（通過觀察水來預言）
- necromancy 招魂術（為了預測未來而假藉與死者的精神通話的行為）
- oneiromancy 占夢（通過解釋夢境去預測未來）
- pyromancy 火卜（根據火或火的形狀所做的占卜）
- rhabdomancy 棍卜，棒卜術（指用棒占卜地下是否有水或礦物的行為）

-mantic 構成 -mancy 的形容詞，如 hydromantic, geomantic。

56 -mania：狂熱，狂暴的不正常行為

- bibliomania 藏書癖，藏書狂
- egomania 極端利己
- erotomania 色情狂
- gamomania（gamo 婚姻 + mania）求偶癖
- hypomania 輕度躁狂
- kleptomania 盜竊癖
- megalomania 誇大狂，妄自尊大
- melomania 音樂狂，歌唱狂
- monomania 對一事的熱狂，偏執狂
- mythomania 渲染狂，說謊狂
- nymphomania（女子的）色情狂，慕男狂
- pyromania 縱火癖，縱火狂
- sitomania 貪食症

-maniac 構成 -mania 的名詞，表「人」，如：

- erotomaniac 色情狂
- kleptomaniac 有盜竊癖的人

57 -mere, -mer：部分

- antimere（anti 相反 + mere）身體對稱部分
- arthromere 環節動物身體的一節或一部分
- blastomere 分裂球，卵裂球
- isomer 異構體
- metamere 體節
- polymer 聚合體

-merous 構成 -mere, -mer 的形容詞，如：

- isomerous 等數量的，有相等的器官或斑點的
- dimerous 由兩部分組成的，雙器官的
- innumerous 無數的
- numerous 衆多的
- pentamerous 由五個部分組成的

58 -mo：開數

- eighteenmo（紙張的）十八開
- octodecimo 十八開紙，十八開
- thirty-twomo 三十二開紙
- twelvemo 十二開

59 -morph：形式，形狀，結構

- gynandromorph 雌雄嵌體，兩性體
- mesomorph（人體測量學用語）體育型體質
- polymorph 多形體，同質異像體
- protomorph 原始形式
- pseudomorph 偽形；假晶

-morphic, -morphous 構成 -morph 的形容詞，如：

- amorphous 無定形的
- geomorphic 似地球形狀的
- mesomorphic（具有）體育型體質的
- metamorphous 變形的
- polymorphous 多形態的
- protomorphic 原始形式的

60 -morphism ：有某特別形式的特質

- amorphism 無定形，無形狀
- dimorphism 同種二形，二態性
- endomorphism 內變質作用
- heteromorphism 異形， 異態性， 多晶現象
- homeomorphism 同胚
- homomorphism 同形，同態
- isomorphism 同形，類質同像
- metamorphism 變形，變態
- paedomorphism（paedo 兒童 + morphism）稚態，幼稚形態
- polymorphism 多形性，多態現象

61 -mycete ：真菌，菌

- actinomycete 放射菌類
- ascomycete 子囊菌類的草
- basidiomycete 擔子菌類
- blastomycete 芽生菌
- myxomycete 黏菌
- phycomycete 藻菌類的植物
- saccharomycete 酵母菌

 -mycetous 構成 -mycete 的形容詞，如 ascomycetous, phycomycetous。

62 -ode：路徑；電極

- anode 陽極，正極
- cathode 陰極
- diode 二極管
- dynode 中間極（二次發射電極）
- electrode 電極
- triode 三極真空管

63 -odon：有某種牙齒的動物

- mastodon 乳齒象
- smilodon（滅絕於冰川期的）劍齒虎
- sphenodon 斑點楔齒蜥

64 -ol：酒精，苯

- alcohol 酒精，酒
- butanol 丁醇
- citronellol 香茅醇
- ethanol 乙醇，酒精
- gasohol 酒精，汽油混合燃料
- glycerol 甘油，丙三醇

65 -oma：瘤

- adenoma 腺瘤
- angioma（angio 血管 + oma）血管瘤，血管腫
- hematoma 血腫

- hepatoma 肝細胞瘤
- lipoma 脂肪瘤
- myoma 肌瘤
- neuroma 神經瘤
- osteoma 骨瘤
- osteosarcoma 骨肉瘤
- scleroma 硬結

66 -ome：群

- biome（bio 生命，生物 + ome）（生態）生物群系
- cleome 白花菜屬植物
- phyllome 葉子的總稱

67 -on：單位，量；基本遺傳單位

- baryon 重子
- codon 密碼子，基碼
- photon 光子

68 -one：酮；含氧的化學混合物

- acetone 丙酮
- lactone 內酯
- silicone 矽樹脂

69 -ont：細胞，生物體

- diplont 二倍性生物，二倍體
- haplont 單元體

- schizont（孢子蟲的）裂殖體
- symbiont 共生有機體，共生體

70 -onym：字，名

- acronym 只取首字母的縮寫詞
- allonym 假托偽名，（尤指作家發表作品時使用的）別人的名字
- anonym 假名，化名
- antonym 反義詞
- caconym 不妥的名稱，不雅的名稱
- eponym 名字被用來命名人種、土地、時代的人
- heteronym 同拼法異音異義的字
- homonym 同音異義字
- metonym 換喻 (metonymy) 中所使用的詞或短語
- paronym 同源詞
- pseudonym 假名，筆名
- synonym 同義字

-onymous 構成 -onym 的形容詞，如：

- synonymous 同義的
- pseudonymous 匿名的

-onymy 構成不可數名詞，表示一組名／字或某種名／字的研究，如：

- synonymy 同義，同義字研究
- toponymy 地名，地名研究

71 -opia：視力狀況或缺陷

- amblyopia 弱視
- ametropia 屈光異常
- asthenopia 視力衰弱
- hemeralopia 晝盲症

- hyperopia 遠視
- meropia 部分盲
- myopia 近視

 -opic 構成 -opia 的形容詞，如 hyperopic, myopic。

72 -opsis：外觀；相似

- calliopsis（calli 漂亮 + opsis）波斯菊
- caryopsis 穎果
- coreopsis（coris 臭蟲 + opsis）金雞菊
- synopsis（sun =syn 共同的 + opsis 概觀）大綱
- thanatopsis 對死亡的見解

 複數為 -opses，如 synopsis → synopses。

73 -opsy：檢查

- autopsy 驗屍
- biopsy 活組織檢查，活組織切片檢查
- necropsy（necro 死 + opsy）驗屍

74 -osis：狀態，過程，行動，病變狀態

- acidosis 酸液過多症，酸毒症
- hypnosis 催眠狀態
- metamorphosis 變形
- neurosis 神經症
- osmosis 滲透（作用），滲透性
- varicosis 靜脈曲張症，靜脈曲張狀態

 -otic 構成 -osis 的形容詞，如 neurotic, hypnotic。

75 -para ：生產多次的婦女

- multipara 生產兩次或多次的婦女
- nullipara（nulli = none 毫無 + para）從未生育過的人，未產婦
- primipara（prime 最初 + para）初次懷孕的婦女，僅生過一個孩子的婦女
- tripara 生過三次的婦女

-parous 構成 -para 的形容詞，如：

- multiparous 一胎多子的
- nulliparous 從未生育過者的

76 -path ：(i) 醫療者；(ii) 有病者

(i) 醫療者

- hydropath 水療法者 (=hydropathist)
- naprapath 推拿治療者，按摩治療者
- naturopath 自然療者
- osteopath 接骨醫生 (=osteopathist)

(ii) 有病者

- psychopath 精神病患者
- sociopath 反社會的人

77 -pathy ：感覺，痛苦，感知

- antipathy 憎惡，反感
- apathy 缺乏感情或興趣，冷漠
- empathy 移情作用
- sympathy 同情
- telepathy 心靈感應

-pathetic 構成 -pathy 的形容詞，如 apathetic, antipathetic, sympathetic 。

-pathize 構成 -pathy 的動詞，如 sympathize 。

78 -ped, -pede, -pod, -pode：足

- biped 兩足動物
- centipede（centi 一百 + ped）蜈蚣
- decapod 十足類
- hexapod 昆蟲，六腳的節足動物
- isopod 等足目的動物
- maxilliped（甲殼動物的）顎足
- millepede 倍足綱節肢動物, 千足蟲 (=millipede)
- monopode 單足的動物
- multiped 多足動物
- myriapod 多足類
- octopod 八足類動物
- tripod 三腳桌，三腳架

-podous, -pod 構成 -pod 的形容詞，如 decapod, hexapodous, myriapodous, octopod/ octpodous, polypod「多足的」。

79 -penia：缺乏

- leukopenia 白血球減少症 (=leucopenia)
- pancytopenia 全血細胞減少症，各類血細胞減少
- thrombocytopenia 血小板減少（症）

80 -phage：吃者

- bacteriophage 抗菌素
- macrophage 巨噬細胞
- microphage 小噬細胞

81 -phagia, -phagy：吃

- aerophagia 吞氣症
- anthropophagy 食人
- autophagy（細胞的）自我吞噬（作用）
- coprophagy 以糞便為食
- dysphagia（dys 困難的，有病的 + phagia）吞咽困難
- geophagy 食土的習俗，食土癖
- monophagy 吃一種食物
- necrophagia 食屍（癖）
- oligophagy（oligo 少數 + phagy）只吃某幾類食物
- polyphagia 多食症

-phagous 構成 -phagia 的形容詞，如：

- ichthyophagous 常吃魚的
- oligophagous 只吃幾種食物的

82 -phone：(i) 聲音，說話；(ii) 說某一語言的人

(i) 聲音，說話

- earphone 耳機
- geophone 地震檢波器
- headphone 耳機
- homophone 同音字
- hydrophone 水中聽音器
- megaphone 擴音器
- microphone 擴音器，麥克風
- polyphone 多音字
- radiophone 無線電話
- saxophone 薩克斯管（銅管類樂器）

- telephone 電話
- videophone 電視電話
- xylophone 木琴

(ii) 說某一語言的人

- Anglophone 母語是英語者
- Francophone（尤指在兩種或多種語言國度裡的）操法語者，講法語的（當地）人

83 -phony ：聲音

- cacophony 刺耳的音調，不協和音，雜音
- euphony 悅耳之音
- heterophony 襯腔式復調音樂（兩個或更多不同的樂器或歌唱者同時演奏或演唱同一旋律）
- homophony 同音異義
- polyphony 多音
- symphony 交響樂

-phonous, -phonious, -phonic 構成 -phony 的形容詞，如 cacophonous, euphonious, homophonic, symphonic 。

84 -phyll ：葉子

- mesophyll 葉肉
- microsporophyll 小孢子葉
- sporophyll 孢子葉

-phyllous 構成 -phyll 的形容詞，如：

- diphyllous 有二葉的
- gamophyllous 葉子相連的
- heterophyllous 具異形葉的

85 -phyte：具有某一特別性質或生長地的植物

- bryophyte 苔蘚類的植物
- dermatophyte 皮膚真菌
- endophyte 內部寄生植物
- epiphyte 附生植物
- geophyte 地下芽植物（指休眠芽深入土層中的多年生植物）
- halophyte 鹽土植物
- heterophyte 異養植物（指以活的或死的動植物或其產物之營養為生的植物）
- hydrophyte 水生植物
- lithophyte 岩表植物，石生植物
- macrophyte 大型植物
- mesophyte 中生植物（指在中等濕度條件下生長的植物）
- microphyte 微小植物
- phreatophyte（根深達地下潛水層的）地下水濕生植物
- spermatophyte 種子植物
- tropophyte 濕旱生植物
- xerophyte 乾燥地帶植物
- zoophyte 似植物的海生動物（如珊瑚蟲、海葵等）

86 -plasia, -plasy：成長

- achondroplasia 軟骨發育不全
- anaplasia 退行發育（細胞退化到不成熟或未變異的狀態，如多數惡性腫瘤）
- aplasia 發育不全
- cataplasia 細胞或組織萎縮
- dysplasia 發育異常，發育不良
- fibroplasia 纖維素增生（增殖）
- hyperplasia 增生過盛（在一個器官或組織中細胞數不正常增加）

- hypoplasia（器官，組織等）發育不全；細胞減生
- metaplasia 組織變形
- neoplasia 新組織的形成，一個或多個瘤的形成

-plastic 構成 -plasia, -plasy 的形容詞，如：
- hyperplastic 數量性肥大的
- hypoplastic（器官、組織等）發育不全的
- neoplasitc 贅生（物）的

87 -plasm ：形成細胞或組織的物質

- cytoplasm 細胞質
- hyaloplasm 細胞的透明質
- neoplasm 贅生物，（腫）瘤

-plasmic 構成 -plasm 的形容詞，如 cytoplasmic 。

88 -plast ：生物的小身體、小構造、小粒子或小顆粒；細胞

- chloroplast 葉綠體
- chromoplast 色素母細胞，成色素細胞
- cytoplast 胞質，細胞質 (=cytoplasm)
- leucoplast 白色體（一種在植物細胞內細胞質中的無色素質體，澱粉聚集在其周圍）
- periplast（peri 周圍 + plast）一種細胞膜或細胞壁
- protoplast 原人（指人類的始祖），原生質體
- spheroplast（原生質）球形體，原生質球，去壁細菌細胞
- tonoplast（包圍植物細胞液泡的）液泡膜

89 -ploid ：倍體（指染色體組的增殖程度）

- heteroploid 異倍體
- hyperploid 超倍

- monoploid 單倍體
- pentaploid 五倍體
- polyploid 多倍體
- triploid 三倍體

90 -poiesis：製造，形成

- erythropoiesis 紅血球生成
- galactopoiesis 乳汁的分泌
- hematopoiesis 造血作用，生血作用
- lymphopoiesis 淋巴細胞增殖

注釋 -poietic 構成 -poiesis 的形容詞和名詞，如：
- galactopoietic *(C)* 催乳劑，*(adj)* 催乳的

91 -pter：翅，翅膀，翼

- chiropter 翼手類動物，蝙蝠
- helicopter 直升（飛）機
- ornithopter 一種飛行器（形狀類似於飛機，通過翅膀運動推動且上升的機械）

92 -some：(i) 體；(ii) 一組群

(i) 體

- centrosome（細胞的）中心體
- chromosome 染色體
- heterochromosome 異染色體
- microsome 微粒體
- monosome 單（染色）體
- polyribosome 多核糖體

(ii) 一組群

- foursome 四人一組
- threesome 三人一組
- twosome 兩人一隊

93 -sperm：種子

- endosperm 胚乳（植物種子內部的營養組織）
- gymnosperm 裸子植物（一種種子沒有被包入子房的植物，如鐵樹目和松柏目植物）
- perisperm 外胚乳（包在種子胚芽外，產生於細胞核的營養組織）

94 -sphere：球，球體

- aerosphere 氣層
- asthenosphere 岩流圈
- astrosphere 中心球，地核
- atmosphere 大氣
- biosphere 生物圈
- centrosphere 地核
- chemosphere 光化層
- chromosphere 色球
- ecosphere 生物圈，生態層
- exosphere 外大氣層，外逸層
- hemisphere 半球
- hydrosphere 水圈，水氣
- ionosphere 電離層
- lithosphere 岩石圈
- magnetosphere 磁氣圈
- mesosphere 中間層

- ozonosphere 臭氧層
- photosphere 光球
- planisphere 平面天球圖
- stratosphere 同溫層，最上層
- substratosphere 亞同溫層
- thermosphere 熱層
- troposphere 對流

注釋 -spheric 構成 -sphere 的形容詞，如 atmospheric, hemispheric, stratospheric。

95 **-stasis**：減緩，停止，穩定狀態

- bacteriostasis 細菌抑制，阻止細菌繁殖
- cholestasis 膽汁鬱積
- cytostasis 抑制細胞生長
- hemostasis 止血 (=hemostasia)
- homeostasis 體內平衡（一個生物體或細胞通過調整其生理過程而保持體內平衡）
- stasis 停滯

96 **-stat**：穩定，反射或抑制物

- antistat 抗靜電器
- bacteriostat 抑菌劑
- cryostat 低溫保持器
- fungistat 抑真菌劑
- heliostat 日光反射裝置
- humidistat 恆濕器，濕度調節器
- pyrostat 高溫傳感器，自動報警裝置
- rheostat 可變電阻器
- thermostat 自動調溫器

-static 構成 -stat 的形容詞，如 antistatic, bacteriostatic 。

97 -stome ：口嘴，植物氣孔，動物氣門

- cyclostome 圓口綱脊椎動物
- nephrostome 腎孔，腎口（一些無脊椎動物和低等脊椎動物體內通向體腔的腎管纖毛，漏斗形，內部開口）
- peristome 口緣（某些無脊椎動物的口部周圍）

98 -taxis ：(i) 次序，排列；(ii) 反應的動作

(i) 次序，排列

- homotaxis 排列相似（不同時代化石之排列相似）
- parataxis 並列

(ii) 反應的動作

- chemotaxis 化學向性，趨化現象
- heliotaxis 向日性
- hydrotaxis 趨水性
- phototaxis 趨光性
- rheotaxis 有機體對水或氣反應的運動
- telotaxis 生物體趨向或背離特定刺激的運動或傾向
- thermotaxis 生物體隨溫度變化而移動

99 -taxy ：次序，排列

- ataxy（a 無 + taxy）肌肉運動失調
- heterotaxy 身體器官異位
- phyllotaxy 葉子的排列次序 (=phyllotaxis)

100 -therm ：有某種體溫的動物

- endotherm 溫血動物，恆溫動物
- eurytherm 廣溫性生物
- homoiotherm 恆溫動物
- isotherm 等溫線
- poikilotherm 變溫動物，冷血動物 (=ectotherm)

-thermal 構成 -therm 的形容詞，如 eurythermal 。

101 -thermy ：熱

- diathermy 透熱療法
- endothermy 體溫的生理調節，溫血性，溫血狀態

-thermic 構成 -thermy 的形容詞，如 endothermic「吸熱（性）的」，「溫血的」。

102 -thymia ：心態

- cyclothymia 躁憂性氣質
- schizothymia（精神）分裂性氣質，（精神）分裂樣人格

-thymic 構成 -thymia 的形容詞和名詞，如：

- cyclothymic *(C)*（興奮和壓抑交替的）循環性精神病患，*(adj)* 循環性精神病的

103 -tome ：(i) 部分；(ii) 切割器

(i) 部分

- dermatome 皮片
- epitome 摘要

(ii) 切割器

- dermatome 皮刀（在植皮時用來切割皮膚薄片的儀器）

- microtome 顯微鏡用薄片切片機
- ultramicrotome（切割鏡檢樣品用的）超微切片機

104 -tomy：切割

- adenectomy 腺切除術
- adrenalectomy 腎上腺切除術
- anatomy 解剖，解剖學
- appendectomy 闌尾切除術
- arthrotomy 關節切開（術）
- colectomy 結腸切除術
- dichotomy 二分法
- lithotomy 切石術
- neurotomy 神經切斷術, 神經解剖學
- ovariectomy 卵巢切除術
- prostatectomy 前列腺切除術
- sclerotomy 鞏膜切開術
- tracheotomy 氣管切開術
- varicotomy 靜脈曲張切除術

105 -tonia：肌肉彈性

- amyotonia 肌弛緩
- hypertonia 張力亢進
- myotonia 肌強直（肌肉收縮後鬆弛困難的肌肉痠痛）

注釋　-tonic 構成 -tonia 的形容詞，如 hypertonic 。

106 -trix：(i) 與某事有關的女性；(ii) 幾何的點、線、面

(i) 與某事有關的女性

- aviatrix（aviation 航空 + trix）女飛行員
- dominatrix（dominant 支配的 + trix）專橫的女人
- executrix（executive 執行者 + trix）指定的女遺囑執行人
- testatrix 立遺囑的女人

(ii) 幾何的點、線、面

- directrix 準線
- matrix 矩陣

107 -tron：(i) 真空管；(ii) 操控次原子的裝置；(iii) 基本粒子

(i) 真空管

- dynatron 三極管，中間子
- ignitron 引燃管，放電管
- magnetron 磁電管
- strobotron 頻閃管

(ii) 操控次原子的裝置

- betatron 電子感應加速器
- cyclotron 回旋加速器
- synchrotron 同步加速器

(iii) 基本粒子

- electron 電子
- negatron（negative 負 + tron）陰電子
- neutron 中子
- photoelectron 光電子

- positron（positive 正 + tron）正電子
- thermoelectron 熱電子

 -tronic 構成 -tron 的形容詞，如 electronic。

108 -trophy：營養，成長

- atrophy（a 沒有 + trophy）萎縮
- autotrophy 自養作用
- dystrophy 營養失調 (= dystrophia)
- eutrophy 營養正常
- hypotrophy 供氧障礙引起的細胞退化
- oligotrophy（湖泊、池塘等）植物營養不足

 -trophic 構成 -trophy 的形容詞，如 atrophic, oligotrophic。

109 -tropy：轉向

- anisotropy 各向異性
- isotropy 等方性 (= isotropism)
- lipotropy 抗脂（肪），親脂 (= lipotropism)

 -tropic, -tropous 構成 -tropic 的形容詞，如：

- amphitropous 植物橫生的
- anatropous（胚珠）倒生的
- anisotropic 各向異性的
- isotropic 等方性的
- orthotropous（胚珠）直生的

110 -tropism：（生物學方面）向性運動，取向

- anisotropism 各向異性
- chemotropism 向藥性有機體或有機體的一部分因受到化學刺激而產生的運動或生長

- diageotropism（根或枝等）橫生
- diatropism 橫向性（和外來刺激方向成直角的傾向）
- geotropism 向地性
- heliotropism 向日性，趨日性
- hydrotropism 向水性
- nyctitropism 感夜性
- orthotropism 直生性
- phototropism 趨光性，向光性
- plagiotropism 斜向性
- thermotropism 向熱性，向溫性

111 -uria：尿

- aciduria 酸尿
- anuria（an 無 + uria）無尿，無尿症
- bacteriuria 細菌尿，菌尿症
- glycosuria 糖尿
- hematuria 血尿症，血尿
- hemoglobinuria 血紅素尿，血色蛋白尿
- phosphaturia 高磷酸鹽尿
- polyuria 多尿（症）
- proteinuria 蛋白尿（症）
- pyuria 膿尿

112 -yl：（化學方面）基

- carbonyl 碳基
- chlorophyl 葉綠素
- ethoxyl 乙氧基
- ethyl 乙荃，乙烷基

113 -zoon：動物，發育完全的個體

- epizoon 體表寄生動物，皮表寄生蟲
- hematozoon 血寄生蟲
- protozoon 原生動物
- spermatozoon 精子
- zoon 發育完全的個體

114 -zyme：（生化方面）酶

- antienzyme 抗酵素
- endoenzyme 內黴
- exoenzyme 外酵，外酵素
- holoenzyme 全酶
- isoenzyme 同工酶，同功酶
- proenzyme 酵素原

4.2

形容詞字尾

4.2.1 表示「可…的，能…的，易於…的；不能…的」形容詞字尾

1 -able（加在動詞之後）：「能…的，可…的，易於…的」

- abominate 憎惡 → abominable 討厭的，令人憎惡的
- adore 愛慕 → adorable 可愛的
- certify 證明 → certifiable 可證明的，可確認的
- coagulate 凝結 → coagulable 可凝結的
- deplore 表示悲痛 → deplorable 可嘆的
- detest 厭惡，憎恨 → detestable 可憎的
- impeach 彈劾 → impeachable 可彈劾的
- negotiate 談判 → negotiable 可通過談判解決的
- impermeable（im 不 + permeate 滲透 + able）不能滲透的
- imperturbable（im 不 + perturb 感到不安 + able）沉著的，冷靜的
- negligible（neglect 忽略 + able）可以忽略的，不重要的；微不足道的
- durable 持久的，耐用的
- formidable 令人敬畏的，可怕的，艱難的
- impeccable 沒有缺點的
- impregnable 無法攻克的
- inevitable 不可避免的
- inexpugnable 不能駁倒的
- inextricable 無法解脫的
- infallible 沒有錯誤的，確實可靠的
- inflammable 易燃的，易怒的
- palatable 可口的，合乎人意的
- palpable 可觸知的，明顯的

例句

a. The fortress is said to be **impregnable** against any determined intruders.
這碉堡據說無法攻克，它能抗拒強硬的入侵者。

b. The damage that the earthquake did to the bridge is **negligible**.
地震對這座橋梁造成的損壞並不嚴重。

2 -ible（加在動詞之後）：「能…的，可…的，易於…的」

- conduct *(vt)* 傳導 → conductible 可傳導的
- seduce *(vt)* 誘使 → seducible 容易受人誘惑的
- submerge *(vt, vi)* 浸沒 → submergible 能沉入水中的
- fallible 易錯的
- feasible 可行的，切實可行的
- gullible 易受騙的
- implausible 難信的
- incorrigible 無可救藥的，不能糾正的
- indelible 不能拭除的
- intelligible 可理解的
- invincible 不能征服的，無敵的
- irascible 易怒的，暴躁的
- legible 清晰的，易讀的
- reprehensible 應該譴責的
- susceptible 易受影響的
- tangible 切實的

例句

a. He kept murmuring, and every word he said was hardly **intelligible**.
他咕噥不停，每個字都難以理解。

b. She is **susceptible** to fatigue/depression/flattery.
她容易受疲倦／沮喪／諂媚所影響。

3 -ile（加在動詞之後）：「能…的」

- agile 敏捷的
- audile 可經由聽覺來學習的
- contract *(vt, vi)* 縮短 → contractile 會縮的，有收縮性的
- docile 易管教的
- ductile 易延展的，易教導的，柔軟的
- ductile 易延展的，易教導的
- erect *(vt)* 使直立，*(vi)*〔生理〕勃起 → erectile 可使直立的，勃起的
- expand *(vt, vi)* 擴張 → expansile 可擴張的，擴大的，膨脹性的
- extend *(vt)* 擴充，延伸，伸展 → extensile 可伸展的
- fertile 肥沃的，富饒的，能繁殖的
- flexile 柔韌的，可變通的
- fragile 易碎的
- gracile 細長的，纖弱的
- mobile 可移動的
- project *(vt)* 發射 → projectile 發射的
- protract *(vt)* 延長 → protractile 可伸出的，可突出的
- protrude *(vt)* 突出 → protrusile 可伸出的
- retract *(vt)* 縮回，收回 → retracile 伸縮自如的
- sectile 可切的
- servile 卑屈的
- sterile 貧脊的，不孕的，不結果的，消過毒的
- tensile 可拉長的
- tractile 可拉長的

- vagile 可漫遊的
- versatile 萬能的，多才多藝的
- vibrate *(vt)*（使）振動 → vibratile 能振動的
- volatile 揮發性的，不穩定的

例句

a. The stock market is highly **volatile**.
股票市場很不穩定的。

b. Susan is a **versatile** performer. She can play several musical instruments.
蘇珊是位多才多藝的表演者，她會演奏好幾種樂器。

4 -less（加在動詞之後）：「不能…的」

- cease 停止 → ceaseless 不停的，不斷的
- change 改變 → changeless 不變的
- count 計算 → countless 數不盡的
- daunt 沮喪 → dauntless 不屈不撓的，大膽的
- fade 褪色 → fadeless 不褪色的
- fathom 測水深 → fathomless 深不可測的
- peer 與…同等 → peerless 無可匹敵的
- price 給…定價 → priceless 無價的
- relent 變寬厚，變溫和 → relentless 無情的
- resist 抗拒 → resistless 不能抵抗的

例句

I spent **countless** days in the laboratory, trying to achieve a medical breakthrough.
我在實驗室內花了無數時日想要獲得一項醫學上的突破。

4.2.2 表示「似…的，像…形狀的，有…性質的」的形容詞字尾

1 -aceous

- argillaceous 粘土的，含粘土的，似粘土的
- camphoraceous 樟腦特有的
- carbonaceous 碳的，碳質的，含碳的
- ceraceous 蠟狀的，蠟質的
- cetaceous 鯨魚的，鯨類的
- diatomaceous 矽藻的，矽藻土的，含矽藻的
- drupaceous 核果性的，可生核果的
- foliaceous 葉狀的，葉質的
- herbaceous 草本的，似綠葉的
- olivaceous 橄欖色的
- orchidaceous 蘭科的，蘭花般的
- proteinaceous 蛋白質的，似蛋白質的
- rosaceous 薔薇似的
- vinaceous 葡萄酒的，像葡萄的

例句

Some **herbaceous** plants are more difficult to grow.
一些草本的植物很難生長。

2 -acious（其名詞形式是 -acity）

- audacity *(U)* 大膽，厚顏 → audacious 膽大的
- capacity *(U)* 容量 → capacious 容積大的，寬敞的
- efficacity *(U)* 效力，功效 → efficacious 有效的
- fallacy *(C)* 謬誤 → fallacious 謬誤的
- fugacity *(U)* 易逃逸，無常，不安定 → fugacious 短暫的

- loquacity *(U)* 多話，饒舌 → loquacious 多話的，饒舌的
- mendacity *(U)* 虛假，謊言 → mendacious 虛假的
- minacity *(U)* 威嚇性，威脅性 → minacious 威嚇的
- mordacity *(U)* 辛辣，諷刺 → mordacious 銳利的，咬痛的，刻薄的
- perspicacity *(U)* 敏銳 → perspicacious 敏銳的
- pertinacity *(U)* 頑固 → pertinacious 固執的
- predacity *(U)*（動物的）捕食性，食肉性 → predacious 食肉的
- pugnacity *(U)* 好鬥 → pugnacious 好鬥的
- rapacity *(U)* 貪婪，掠奪 → rapacious 掠奪的，貪婪的
- sagacity *(U)* 睿智，聰敏 → sagacious 聰明的
- salacity *(U)* 好色，猥褻 → salacious 猥褻的，好色的
- sequacious 盲從的
- tenacity *(U)* 堅韌 → tenacious 固執的
- veracity *(U)* 誠實，（感覺、衡量等）準確性 → veracious 誠實的；真實的
- vivacity *(U)* 活潑 → vivacious 活潑的，快活的
- voracity *(U)* 貪婪 → voracious 狼吞虎咽的，貪婪的

例句

a. A **voracious** reader has a **voracious** appetite.
求知欲強烈的讀者胃口特大。

b. He is a **tenacious** negotiator. It is difficult for you to bring him around to your way of thinking.
他是個頑強的談判者，你很難說服他。

3 -aneous

- coetaneous 同時代的
- consentaneous 一致的，同意的
- contemporaneous 同時期的，同時代的

- extemporaneous 即席的
- extraneous 外來的
- instantaneous 瞬間的，即刻的
- miscellaneous 雜項的
- simultaneous 同時發生的
- spontaneous 自發的

例句

a. Her consummate performance inspired a **spontaneous** standing ovation.
她完美的表演使觀眾深受感動，自發的起立歡呼。

b. He made an **extemporaneous** televised speech.
他做了一次即席的電視演說。

4 -ate

- affection *(U)* 情愛 → affectionate 摯愛的
- compassion *(U)* 同情 → compassionate 富同情心的
- consider *(vt)* 考慮 → considerate 考慮周到的
- determine *(vt)* 決定 → determinate 確定的
- fortune *(U)* 運氣 → fortunate 幸運的
- passion *(U)* 熱情 → passionate 熱情的

例句

Joey is **passionate** about basketball.
喬伊對籃球興趣強烈。

5 -eous

- aqueous 水的，水形成的
- arboreous 樹木的，樹木狀的

- calcareous 石灰質的，含鈣的
- caseous 乳酪似的
- cinereous 灰狀的
- cupreous 銅的，銅色的
- cutaneous 皮膚的，影響皮膚的
- gaseous（像）氣體的
- gramineous 草的，似草的，禾本科的
- ligneous 木質的
- niveous 似雪的，純白的
- sanguineous 含血的
- vitreous 玻璃質的

例句

This material is largely in **gaseous** form.
這物質主要是氣體的形式。

6 -escent（請參見 282 頁）

- adolescent 青春期的，青春的
- coalescent 接合的
- crescent 新月形的，逐漸增加的
- evanescent 漸消失的，易消散的
- juvenescent 變成青少年的
- obsolescent 荒廢的
- opalescent 乳白色的
- viridescent 淡綠色的

例句

Adolescent behavior is not acceptable in an adult.
成年人表現出孩子氣的行爲就不能爲別人所接受了。

7 -esque（加在名詞之後）

- giant 巨人 → gigantesque 巨人一般的
- Lincoln 林肯 → Lincolnesque 像林肯的，林肯式的
- picture 圖畫 → picturesque 如畫的
- Roman 羅馬人 → Romanesque 羅馬式的
- sculpture 雕刻品 → sculpturesque 雕刻般的
- statue 雕像 → statuesque 雕像般的

例句

My grandparents live in a **picturesque** fishing village on the island.
我祖父母住在島上一個景色如畫的漁村裡。

8 -form（加在名詞之後）

- aeriform 氣體的，無形的
- aliform 翼狀的
- arciform 拱狀的，弓形的
- biform 有兩形體的
- cruciform 十字形的
- cubiform 立方形的
- cuneiform 楔形的，楔形文字的
- dentiform 齒狀的
- diversiform 多種的
- falciform 鐮刀狀的
- filiform 絲狀的，纖維狀的
- fungiform 菌狀的
- funnelform 漏斗狀的
- gasiform 氣體狀的
- multiform 多種形式的

- schizophreniform 如精神分裂症的
- scutiform 盾狀的
- stelliform 星形的，放射線狀的
- stratiformis（雲）成層狀的
- vermiform 蠕蟲狀的
- villiform 絨毛狀的
- waveform 波形的

He wore a **stelliform** badge.
他佩帶一枚星形的徽章。

9 -ine

- aquiline 鷹的，像鷹的
- argentine 銀的，銀色的
- bovine 牛的，似牛的
- canine 似犬的，犬科的
- crystalline 水晶的
- equine 馬的，像馬的
- feline 貓的，貓一樣的
- feminine 婦女（似）的，嬌柔的，陰性的，女性的
- leonine 獅子的，獅子般的
- masculine 男性的，男子氣概的，陽性的
- opaline 蛋白石狀的
- ovine 綿羊的
- porcine 豬的

例句

The baby let out a **feline** cry.
那嬰兒哭聲像貓叫。

10 -ish（加在名詞之後）

- amateur 業餘愛好者 → amateurish 業餘的，非職業的，不熟練的
- baby 嬰孩 → babyish 幼稚的
- bear 熊 → bearish 如熊的，笨拙的，粗魯的，股票下跌的，悲觀的
- book 書 → bookish 書生氣質的
- boor 農民，粗野的人 → boorish 鄉土氣的，粗鄙的
- boy 男孩 → boyish 少年的，孩子氣的
- brute 殘忍的人，畜生 → brutish 如野獸般的
- bull 公牛 → bullish 公牛般健壯的，頑固的，股票看漲的，樂觀的
- child 孩子 → childish 如小孩的
- clown 小丑 → clownish 滑稽的
- devil 魔鬼 → devilish 如惡魔般的
- dove 鴿子 → dovish 鴿派的
- dwarf 侏儒 → dwarfish 像侏儒的，矮小的
- elf 小精靈，淘氣鬼，惡作劇的人 → elfish 如小精靈的，小妖精的，好惡作劇的
- fad 時尚 → faddish 流行的，風行的
- fever 發燒 → feverish 發燒的，熱病的，狂熱的，興奮的
- fiend 魔 → fiendish 惡魔似的，殘忍的
- fool 愚人 → foolish 如傻瓜的，愚蠢的
- freak 怪誕的思想、行動或事件，畸形人 → freakish 異想天開的，奇特的
- girl 女孩 → girlish 如少女的
- gnome 侏儒 → gnomish 似侏儒的
- hawk 鷹 → hawkish 鷹派的，強硬派的

- owl 貓頭鷹 → owlish 像貓頭鷹的
- peeve 麻煩的事物，怨恨 → peevish 易怒的，暴躁的
- pig 豬 → piggish 豬一般的，饞嘴的，貪心的
- rogue 流氓，無賴 → roguish 流氓的，無賴的
- sheep 綿羊 → sheepish 懦弱的，羞怯的
- shrew 潑婦 → shrewish 潑婦一樣的，（尤指婦女）愛罵街的，脾氣暴躁的
- slave 奴隸 → slavish 奴隸的，奴性的，卑屈的
- slug 懶漢 → sluggish 如懶漢的
- snob 勢利的人 → snobbish 勢利的
- spinster 老處女 → spinsterish 似老處女的
- thief 小偷，賊 → thievish 偷竊的，像竊賊的，偷偷摸摸的
- tickle 搔，發癢 → ticklish 易癢的
- thug 職業刺客 → thuggish 暗殺的，殺人的
- wolf 狼 → wolfish 豺狼般的，殘忍的，貪婪的
- woman 女人 → womanish 像女人的

例句

a. That boy is very **boorish** and rowdy.
那男孩非常粗魯且吵鬧。

b. Her family is very well-heeled, but none of its members is **snobbish**.
她的家庭很有錢，但沒有任何成員是勢利的。

11 -like（加在名詞之後）

- business 生意 → businesslike 事務性的，公事公辦的
- cat 貓 → catlike 像貓的，偷偷摸摸的
- child 孩子 → childlike 孩子般天真的
- craftsman 工匠，手藝精巧的人 → craftsmanlike 精巧的
- dream 夢 → dreamlike 如夢的

- god 神 → godlike 似神的
- lady 女士 → ladylike 風度雍容如貴婦的
- life 生命 → lifelike 逼真的
- man 男子 → manlike 男子似的，有男子氣概的
- sportsman 運動家 → sportsmanlike 有運動員精神的
- statesman 政治家 → statesmanlike 有政治家風格的
- war 戰爭 → warlike 戰爭的，好戰的
- woman 女人 → womanlike 像女人的，女人似的

例句

The maid was being trained to be **ladylike**.
女僕受過訓練以便像個淑女。

12 -ly（加在名詞之後）

- beast 野獸 → beastly 野獸般的，兇殘的
- brother 兄弟 → brotherly 兄弟般的
- coward 懦夫 → cowardly 懦夫似的，膽小的
- father 父親 → fatherly 父親般的，慈愛的
- friend 朋友 → friendly 友好的
- man 男人 → manly 男人般的，有男子氣的
- miser 守財奴，吝嗇鬼 → miserly 吝嗇的
- mother 母親 → motherly 母親的
- neighbor 鄰居 → neighborly 鄰居似的，睦鄰的，友好的
- order 次序 → orderly 有條理的
- saint 聖人 → saintly 聖人般的，聖潔的
- scholar 學者 → scholarly 有學者風度的，博學的
- time 時間 → timely 及時的
- world 世界 → worldly 世俗的

例句

a. Teachers and civil servants were offered a **miserly** 3% pay raise.
老師與公務人員僅得到百分之三的加薪，眞是小氣。

b. It was **cowardly** of the terrorists to kill innocent civilians.
恐怖分子濫殺無辜百姓乃是懦夫行爲。

13 -oid

- acanthoid 棘狀的，刺狀的
- actinoid 放射線狀的
- adenoid 腺的，淋巴組織的
- albuminoid *(adj)* 蛋白似的，蛋白質的；*(n)* 蛋白質，硬蛋白
- algoid 水藻般的
- asteroid *(adj)* 星狀的；*(C)* 小行星
- ceratoid 角狀的，角質的
- dermatoid 皮狀的，皮樣的
- humanoid 有人的特點的

例句

The robot was **humanoid** in appearance.
這機器人外表如人形。

14 -ular（加在名詞之後）

- angular（angle 角 + ular）有角的
- appendicular（appendicle 小附屬物 + ular）附屬物的
- avuncular 叔伯的，似叔伯的
- capsular（capsule 膠囊 + ular）膠囊狀的
- cellular（cell 細胞 + ular）細胞的
- circular（circle 圓形 + ular）圓形的，循環的

- equiangular（equiangle 等角 + ular）等角的
- glandular（gland 腺 + ular）腺（狀）的
- globular（globe 球 + ular）球狀的
- lunular（lune 半月形 + ular）新月形的
- muscular（muscle 肌肉 + ular）肌肉的
- ocular（oculus 眼睛 + ular）眼睛的，視覺的
- pendular（pend 垂飾 + ular）擺動的
- pentangular（pentangle 五角形 + ular）有五個角的
- reticular（reticle 網線 + ular）網狀的
- retinacular（retinaculum 韌帶 + ular）支持帶的，韌帶的
- vermicular（vermis 蚓體 + ular）蠕蟲的，蠕動的

例句

Look at his powerful **muscular** arms.
看看他有力的肌肉手臂。

15 -y（加在名詞之後）

- earth → earthy 泥土似的
- grit → gritty 有砂礫的，堅韌不拔的
- ice → icy 似冰的
- sand → sandy 沙質的
- silk → silky 絲一樣的
- silver → silvery 似銀的
- water → watery 如水的
- wool → wooly 羊毛狀的

例句

She has such lovely, **silky** hair.
她有這麼樣可愛如絲般的秀髮。

4.2.3 表示「有…傾向的，喜歡的」的形容詞字尾

1 **-ive, -sive, -tive**（加在動詞之後）：-sive 的名詞形式為 -sion；-tive 的名詞形式為 -tion（請參見 294 頁）

- abort 中途失敗，夭折，流產 → abortive 早產的，流產的，失敗的
- apprehend 領會理解 → apprehensive 有理解力的，憂慮的
- cognize 認知 → cognitive 認知的
- convulse 使抽筋 → convulsive 起痙攣的，痙攣性的
- corrode 使腐蝕，侵蝕 → corrosive 腐蝕的
- create 創造 → creative 有創造性的
- explode 爆炸 → explosive 爆炸（性）的，爆發（性）的
- imagine 想像 → imaginative 有想像力的
- infect 傳染 → infective 會傳染的
- inhibit 抑制 → inhibitive 抑制的
- occlude 使閉塞，使錮囚 → occlusive 封閉的
- pervade 遍及 → pervasive 普遍深入的
- redeem 贖回 → redemptive 贖回的
- talk 談話 → talkative 多話的，愛說話的

例句

a. Corruption is still a **pervasive** problem.
貪污依然是一普遍的問題。

b. He burst into a convulsive sob.
他突然因哭泣而全身猛烈抽動起來。

c. Philip is an **imaginative** boy, who often gives **imaginative** answers to others' questions.
菲利普是個想像力豐富的男孩，對別人提出的問題常常有充滿想像力的回應。

2 -some（加在名詞或動詞之後）

- meddle *(vi)* 管閒事 → meddlesome 愛管閒事的
- quarrel *(C)* 吵架 → quarrelsome 喜歡吵架的
- venture *(C)* 冒險 → venturesome 好冒險的

例句

Sam is a **quarrelsome** busybody. He tends to pick quarrels with anyone.
山姆是個愛爭吵的好事者，他老是和別人爭吵。

3 -y

- dizzy（指人）暈眩的
- giddy 眼花撩亂的，頭暈的
- sleepy 欲睡的
- drowsy 昏昏欲睡的
- dozy 想睡的

4.2.4 表示「有幾分的」的形容詞字尾

-ish（加在形容詞之後）

- black → blackish 帶黑色的
- blue → blueish 帶青色的
- brown → brownish 呈褐色的
- dull → dullish 稍鈍的
- green → greenish 呈綠色的
- grey → greyish 帶灰的，略灰的
- long → longish 稍長的
- low → lowish 略低的
- old → oldish 稍老的，稍舊的

- red → reddish 微紅的
- short → shortish 稍短的
- small → smallish 有點小的
- young → youngish 頗年輕的

例句

An **oldish** man lives in an **oldish** house.
一位上點年紀人住在一棟微舊的房子內。

4.2.5 表示「充滿…的」的形容詞字尾

1 -ful（加在動詞或名詞之後）

- bane *(n)* 毒藥，禍害 → baneful 有害的
- bliss *(n)* 福佑 → blissful 有福的
- lust *(n)* 強烈的性欲 → lustful 好色的
- mourn *(vi)* 哀悼，憂傷 → mournful 悲哀的
- resent *(vt)* 怨恨 → resentful 憤慨的，怨恨的
- revenge *(n, vt)* 報仇 → revengeful 報復的，深藏仇恨的
- rue *(vt, n)* 懊悔，後悔 → rueful 悔恨的
- sloth *(n)* 怠惰 → slothful 偷懶的
- taste *(n)* 味道 → tasteful 格調高的
- woe *(n)* 悲哀 → woeful 悲傷的
- wrath *(n)* 憤怒 → wrathful 憤怒的

例句

a. I discovered a **mournful** expression on her face.
我發現她臉上有一種哀傷的表情。

b. Wu Tze-ten was described as ambitious and **lustful**.
武則天被描寫爲具野心且淫蕩。

2 -ious, -ous（加在名詞與動詞之後）

- acrimony *(U)* 言談舉止上的刻毒 → acrimonious 嚴厲的，辛辣的
- audacity *(U)* 大膽，厚顏 → audacious 大膽的
- auspice *(U)* 吉兆 → auspicious 吉兆的
- bluster *(vt, vi, U)* 風狂吹，咆哮，嚇唬 → blusterous 狂吹的，咆哮的，虛張聲勢的
- cavern *(C)* 洞穴 → cavernous 多洞窟的
- clamor *(U)* 喧鬧 → clamorous 大喊大叫的
- contagion *(U)* 傳染，*(C)* 傳染病 → contagious 傳染性的
- covet *(vt)* 垂涎，覬覦 → covetous 貪婪的
- desire *(U)* 想望 → desirous 渴望的
- glamour *(U)* 魅力 → glamourous 富魅力的 (=glamorous)
- hazard *(C)* 冒險 → hazardous 危險的
- luster *(U)* 光彩，光澤 → lustrous 有光澤的
- malice *(U)* 惡意 → malicious 懷惡意的，惡毒的
- mountain *(C)* 山 → mountainous 多山的
- poison *(U, C)* 毒藥 → poisonous 有毒的
- prosper *(vi)* 興隆 → prosperous 繁榮的，富有的
- rebellion *(C, U)* 謀反，叛亂 → rebellious 反叛的
- zeal *(U)* 熱心 → zealous 熱心的

例句

a. Lead is **hazardous** to our health.
鉛對健康是有害的。

b. After years of hard work, my uncle has become a **prosperous** businessman.
經過多年的辛勤工作，我叔叔成了一名富有的商人。

3 -ose

- folium *(n)* 葉子 → foliose 多葉的
- ruga *(n)*（尤指內臟的）皺，皺褶，皺紋 → rugose 有皺紋的，多皺紋的
- squama *(n)* 鱗片，鱗 → squamose 多鱗片的
- verbose（verb 文字 + ose）詳細的，冗長的

例句

He gave a **verbose** speech.
他的演說用詞冗長。

4 -y（加在名詞之後）

- chill 寒意 → chilly 寒冷的
- cloud 雲 → cloudy 多雲的
- crafty 手藝 → crafty 詭計多端的
- gloom 陰暗，陰沉 → gloomy 陰沉的，令人沮喪的，陰鬱的
- grit 粗砂 → gritty 有砂礫的，堅韌不拔的
- lust 活力 → lusty 健壯的，精力充沛的
- rain 雨 → rainy 多雨的
- sand 沙 → sandy 沙的，含沙的
- snow 雪 → snowy 多雪的
- taste 味道 → tasty 好吃的，可口的
- thunder 雷 → thundery 如雷的，要打雷的
- wind 風 → windy 有風的
- wood 木 → woody 多樹木的
- word 文字 → wordy 話多的，冗長的
- worth 價值 → worthy 有價值的

例句

a. I can hear the **lusty** singing of the children.
我可聽到孩子們有活力的歌聲。

b. When I saw his **gloomy** face, I knew immediately that something was wrong.
當我看見他那張沮喪的臉時，就立刻知道出事了。

4.2.6 表示「屬於…的，與…有關的」的形容詞字尾

1 -al, -ial（加在名詞之後）

- adversary *(C)* 敵手，對手 → adversarial 敵手的，對手的
- agriculture *(U)* 農業 → agricultural 農業的
- anecdote *(C)* 軼事，奇聞 → anecdotal 軼事趣聞的
- bimillennium *(n)* 兩千年，兩千周年 → bimillennial 兩千年的，兩千周年的
- bronchia *(C)* 支氣管 → bronchial 支氣管的
- commerce *(U)* 商業 → commercial 商業的
- dialect *(C)* 方言 → dialectal 方言的
- dimension *(C)* 尺寸，尺度 → dimensional 空間的
- editor *(C)* 編輯 → editorial 編輯的
- fiction *(U)* 虛構 → fictional 虛構的
- finance *(U)* 財政，金融 → financial 財政的，金融的
- herb *(C)* 藥草 → herbal 草藥的
- hexagon *(C)* 六角形 → hexagonal 六角形的
- president *(C)* 總統 → presidential 總統的
- race 種族 *(C)* → racial 種族的

例句

a. The government is trying hard to industrialize its **agricultural** regions.
政府正努力使農業區工業化。

b. Martin Luther King advocated **racial** integration.
馬丁・路德・金恩提倡種族融合。

2 -an

- urban 城市的
- suburb *(C)* 市郊 → suburban 郊區的
- republic *(C)* 共和國 → republican 共和國的
- metropolis *(C)* 都會 → metropolitan 大都市的

例句

The **metropolitan** area of Los Angeles is densely-populated.
洛杉磯都會區人口很密集。

3 -ar

- circular 圓形的，循環的
- consular 領事的
- lunar 月亮的
- muscular 肌肉的
- plural 複數的
- polar 南／北極的
- singular 單一的
- solar 太陽的

例句

A **lunar** eclipse happened last week.
上周發生了月蝕。

4 -arious

- burglary *(C)* 入室行竊 → burglarious 夜盜的
- contrary *(U)* 相反 → contrarious 對抗的，（尤指）作對的
- gregarious 社交的，群居的
- hilarity *(U)* 歡鬧 → hilarious 歡鬧的
- malaria *(U)* 瘧疾 → malarious（患）瘧疾的
- multifarious 各式各樣的
- nefarious 邪惡的
- omnifarious 多方面的，五花八門的
- precarious 不穩定的
- temerity *(U)* 鹵莽，蠻勇 → temerarious 不顧一切的，極大膽的
- vary *(vi)* 不同 → various 不同的，各種各樣的
- vicarious 產生同感的

例句

The president's political position has become extremely **precarious** when his erstwhile supporters are demanding his resignation.
當總統昔日的支持者要求他辭職時，他的政治地位變得岌岌可危。

5 -ary

- corona *(C)* 冠狀物，王冠 → coronary 花冠的，冠狀的
- deflation *(U)* 通貨緊縮 → deflationary 放出空氣的，通貨緊縮的
- element *(C)* 要素，元素 → elementary 基本的
- example *(C)* 實例，榜樣 → exemplary 可仿效的，可作模範的
- heredity *(U)* 遺傳 → hereditary 世襲的，遺傳的
- honor *(U, C)* 榮譽 → honorary 榮譽的
- illusion *(C)* 幻想 → illusionary 錯覺的，幻影的
- imagine *(vt)* 想像 → imaginary 想像的

- moment *(C)* 瞬間 → momentary 片刻的
- planet *(C)* 行星 → planetary 行星的
- precaution *(C)* 預防，防範 → precautionary 預防的
- sanitation *(U)* 衛生 → sanitary（有關）衛生的
- vision *(U)* 視力，幻想 → visionary 幻影的，幻想的，夢想的

例句

a. Hypertension is a **hereditary** disease.
高血壓是遺傳的疾病。

b. Bacteria thrive in poor **sanitary** conditions.
衛生條件差細菌就大量繁殖。

6 -ative（加在動詞之後）

- accumulate *(vt)* 積聚，堆積 → accumulative 積聚的，累積的
- affirm *(vt)* 斷言，確認，肯定 → affirmative 肯定的
- compare *(vt)* 比較 → comparative 比較的
- conserve *(vt)* 保存 → conservative 保守的
- contemplate *(vt)* 沉思 → contemplative 沉思的，冥想的
- elucidate *(vt, vi)* 闡明，說明 → elucidative 解釋的，說明的
- enunciate *(vt, vi)* 闡明，清晰發言 → enunciative 表明的，宣言的，發音清晰的
- evoke *(vt)* 喚起，引起 → evocative 喚出的，喚起的
- germinate *(vt)* 發芽，發育 → germinative 發芽的，有發育力的
- innovate *(vi)* 創新 → innovative 創新的

例句

a. The picture is **evocative** of my childhood.
這張照片喚起我的童年記憶。

b. The company needs a manager with **innovative** ideas.
公司需要一位具有創新思惟的經理。

7 -atory, -ory（加在動詞之後）

- admonish *(vt)* 勸告，訓誡 → admonitory 勸告的
- adulate *(vt)* 奉承，諂媚 → adulatory 奉承的
- conciliate *(vt)* 安撫 → conciliatory 安撫的
- condemn *(vt)* 譴責 → condemnatory 譴責的
- contradict *(vt)* 與…矛盾，與…抵觸 → contradictory 矛盾的
- defame *(vt)* 誹謗 → defamatory 誹謗的
- depreciate *(vt)*（使）貶值，輕視 → depreciatory 貶值的，蔑視的
- deride *(vt)* 嘲弄 → derisory 嘲笑的
- derogate *(vt)* 貶損 → derogatory 貶損的
- emasculate *(vt)* 閹割 → emasculatory 去勢的
- exclaim *(vt)* 呼喊 → exclamatory 叫喊的
- explain *(vt)* 解釋 → explanatory 解釋的
- hallucinate *(vt)* 使產生幻覺 → hallucinatory 幻覺的
- improvise *(vt)* 臨時準備 → improvisatory 即席的
- mandate *(vt)* 委託管理 → mandatory 強制的，託管的
- objurgate *(vt)* 申斥，非難 → objurgatory 叱責的，非難的
- obligate *(vt)* 使負義務 → obligatory 義務的
- oscillate *(vi)* 振盪 → oscillatory 擺動的
- suspend *(vt)* 懸掛，暫時中止 → suspensory 懸吊的，暫時中止的

例句

a. The law has made it **mandatory** for all drivers to buckle up before they hit the road.
法律規定駕駛人上路前要強制的繫上安全帶。

b. It is **obligatory** for businessmen to pay corporate tax.
商人繳公司稅是義務的。

c. Your account of the accident is **contradictory** to hers.
你對意外事故的陳述與那女士說的相矛盾。

8 -ic（加在名詞之後）

- academy *(C)* 高等專科院校 → academic 學院的
- acid *(U)* 酸 → acidic 酸的，酸性的
- atom *(C)* 原子 → atomic 原子的
- cosmos *(U)* 宇宙 → cosmic 宇宙的
- demagogue *(C)* 煽動政客 → demagogic 煽動的
- diplomat *(C)* 外交官 → diplomatic 外交的
- electron *(C)* 電子 → electronic 電子的
- hero *(C)* 英雄 → heroic 英雄的
- metal *(U, C)* 金屬 → metallic 金屬的
- poet *(C)* 詩人 → poetic 有詩意的

例句

Dr. Chuck is a renowned naturalist in the **academic** world.
查克博士在學術界是一位知名的博物學家。

9 -ical（加在名詞之後）

- alphabet *(C)* 字母表 → alphabetical 依字母順序的
- anthropology *(U)* 人類學 → anthropological 人類學的
- metaphysics *(U)* 形而上學 → metaphysical 形而上學的
- rhythm *(C)* 節奏 → rhythmical 節奏的
- satire *(U)* 諷刺文學，諷刺 → satirical 好諷刺的
- tactics *(pl)* 戰術 → tactical 戰術的，策略的
- typography *(U)* 凸版印刷術，排印 → typographical 印刷上的，排字上的
- tyranny *(U)* 暴政 → tyrannical 殘暴的

例句

We beat a **tactical** retreat after facing heavy fire.
我們面臨強大火力時，實施了策略性撤退。

-ic 和 -ical 皆表示「…的，與…有關的」，但 economic 和 economical ， historic 和 historical 所表示的意思不同。

- economic 經濟的，與經濟學有關的
- economical 節省的
- historic 歷史上重要的
- historical 歷史上的

10 -ile

- febrile 發燒的
- infantile 嬰兒的
- juvenile 青少年的
- puerile 幼稚的，孩子氣的
- senile 老年的
- tactile 觸覺的
- virile 有男子氣概的

例句

We are all worried about the increase in **juvenile** delinquency.
我們對青少年犯罪率上升都感到擔憂。

11 -ine

- alpine 高山的，阿爾卑斯山的
- feminine 嬌柔的，女性的
- genuine 真實的
- marine 海的，海產的，海運的
- masculine 男性的，男子氣概的

例句

Bella majored in **marine** biology in college.
貝拉在大學時主修海洋生物學。

12 -tic（加在名詞之後）

- antibiosis *(n)* 抗生 → antibiotic 抗生素的
- apathy *(U)* 冷漠 → apathetic 無動於衷的
- diagnosis *(C)* 診斷 → diagnostic 診斷的
- empathy *(U)* 移情作用 → empathetic 移情作用的，感情移入的
- sympathy *(U)* 同情，同情心 → sympathetic 有同情心的
- synthesis *(U)* 合成 → synthetic 合成的

例句

Many young people are **apathetic** about politics.
很多年輕人對政治很冷漠。

13 -ual（加在名詞之後）

- act *(C)* 動作，舉動 → actual 實際的
- annual 一年一次的
- concept *(C)* 觀念 → conceptual 概念上的
- context *(C)* 上下文 → contextual 文脈上的
- contract *(C)* 合約 → contractual 合約的
- event *(C)* 事件 → eventual 最後的
- grade *(C)* 等級 → gradual 逐漸的
- habit *(C)* 習慣 → habitual 習慣上的
- lingual 語言的
- intellect *(U)* 智力 → intellectual 智力的

- manual 手的，手動的
- menstrual 月經的
- residue *(C, U)* 殘餘，殘渣 → residual 剩餘的，殘留的
- spirit *(U)* 精神，靈魂 → spiritual 精神上的
- sense *(C)* 官能 → sensual 肉欲的
- sex *(U)* 性 → sexual 性的，性別的
- visual 看的，視覺的

例句

a. Mr. Rich still feels some **residual** bitterness three years after he suffered a second humiliating defeat in the presidential election.
二度總統大選慘敗，經過了三年，雷奇先生依然餘恨未了。

b. The country's **annual** revenues fell by 10%.
該國的年度稅收下滑了百分之十。

4.2.7 表示「被…束縛的」的形容詞字尾

-bound（加在名詞之後）

- cloth 布 → clothbound（書等）布面精裝的
- duty 義務，責任 → duty-bound 義不容辭的
- earth 泥土 → earthbound 固著於土地的，為世俗利益所束縛的
- fog 霧 → fogbound 因濃霧而進退不得的，為濃霧所圍困的
- half 半 → half-bound 半皮裝釘的
- hard 硬的 → hardbound（書籍）精裝的
- house 家 → housebound 居家不外出的，不能離家的
- ice 冰 → icebound 冰封的，被冰封凍著的
- iron 鐵 → ironbound 包鐵的，堅硬的
- paper 紙 → paperbound 平裝的

- rock 岩石 → rockbound 被岩石包圍的
- snow 雪 → snowbound 被雪困住的
- spell 符咒 → spellbound 被咒語所鎮住的，著迷的
- storm 暴風雨 → stormbound 因暴風雨而被困的
- strike 罷工 → strikebound 因罷工而歇業的
- weather 天氣 → weather-bound（船、飛機等）因惡劣天氣受阻的

Lake Green is a **rockbound** lake.
青草湖是一個被岩石包圍的湖泊。

4.2.8 表示「容易使用的或不易使用的」的形容詞字尾

1 -friendly（加在名詞之後）

- user-friendly 易於使用的，考慮使用者需要的
- customer-friendly 給顧客方便的
- eco-friendly 對生態環境友好的，不妨害生態環境的
- investor-friendly 對投資人方便的

The new tax forms are **user-friendly**.
新的稅單容易使用。

2 -unfriendly

- customer-unfriendly 對顧客不方便的
- family-unfriendly 給家庭不便的
- user-unfriendly 對使用者不方便的

4.2.9 表示「沒有…的」的形容詞字尾

1 -free（加在名詞之後）

- care → carefree 無憂無慮的
- duty → duty-free 免稅的
- fancy → fancy-free 無家庭或責任牽累而能自由自在的
- germ → germfree 無菌的
- ice → ice-free 不會冰凍的
- rent → rent-free 免地租的
- scot-free 不受處罰的
- tax → tax-free 免稅的，無稅的

例句

We sunbathed in **carefree** comfort at the beach.
我們在海灘邊無憂無慮的做日光浴。

2 -less（加在名詞之後）

- defense → defenseless 無防備的
- flaw → flawless 無瑕疵的
- ground → groundless 無根據的，沒有理由的
- match → matchless 無敵的
- mercy → merciless 無慈悲心的，殘忍的
- penny → penniless 赤貧的，貧窮的
- rest → restless 得不到休息的，不平靜的，不安寧的
- rudder → rudderless 無舵的，無指導者的
- ruth → ruthless 無情的，殘忍的
- taste → tasteless 無品味的
- woth → worthless 無價值的

Hussein, the former Iraqi president, was a **ruthless** dictator.
海珊，前伊拉克總統，是個無情的獨裁者。

4.2.10 表示「固定階段的」的形容詞字尾

-ly（加在名詞之後）

- day → daily 每日的
- hour → hourly 每小時的
- month → monthly 每月的
- quarter → quarterly 一年四次的，每季的
- week → weekly 每星期的
- year → yearly 每年的

例句

They have subscribed to several **weekly** magazines, such as "*Time*" and "*Newsweek*"?
他們訂閱了好幾分周刊，如《時代》雜誌和《新聞周刊》。

4.2.11 表示「不受害的」的形容詞字尾

-proof（加在名詞之後）

- bullet → bulletproof 防彈的
- burglar → burglarproof 防盜的
- child → childproof 能防止孩童摸弄的
- crease → creaseproof 防皺的
- crush → crushproof 不會被壓碎或撞壞的

- fire → fireproof 耐火的，防火的
- flame → flameproof 防火的
- fool → foolproof 十分簡單的
- grease → greaseproof 不透油的
- heat → heatproof 抗熱的
- leak → leakproof 不會漏的，防漏的
- light → lightproof 防光的
- moth → mothproof 防蟲的
- rust → rustproof 不銹的
- shock → shockproof 防震的
- sound → soundproof 隔音的
- water → waterproof 防水的
- weather → weatherproof 防風雨的，不受天氣影響的

例句

My watch is **waterproof**.
我的錶是防水的。

4.2.12 表示「引起…的」的形容詞字尾

1 -facient

- abortifacient（abort 墮胎 + i + facient）引起墮胎的
- absorbefacient（absorb 吸收 + e + facient）引起吸收性的
- febrifacient（ferbi 熱 + facient）引起發熱的
- somnifacient（somni 睡眠 + facient）引起睡眠的

2 -fic（加在動詞之後）

- color *(vt)* 著色 → colorific 產生顏色的

- horrify *(vt)* 使恐怖 → horrific 令人毛骨悚然的
- magnify *(vt)* 放大 → magnific 莊嚴的，崇高的
- morbific 引起疾病的
- ossify *(vt)* 使骨化，使硬化 → ossific 骨化的，成骨的
- pacify *(vt)* 使平靜 → pacific 和平的
- soporific 催眠的，想睡的
- specify *(vt)* 指定，詳細說明 → specific 明確的
- vaporize *(vt, vi)*（使）蒸發 → vaporific 產生蒸氣的

例句

I want a **specific** description, not a general one.
我要一個明確的描述，不要籠統的。

3 -ful

- fright → frightful 可怕的
- fear → fearful 可怕的，害怕的
- hate → hateful 可恨的
- hurt → hurtful 有害的
- harm → harmful 有害的

例句

I expressed my firm conviction that television was **harmful** to family life.
我表示了自己堅定的想法，即電視對家庭生活是有害的。

4 -some

- awe *(U)* 敬畏 → awesome 引起敬畏的
- bother *(vt)* 打擾 → bothersome 引起麻煩的，令人煩惱的
- burden *(C)* 負擔 → burdensome 繁重的，煩累的

- cuddle *(vt)* 擁抱 → cuddlesome 令人想擁抱的
- cumber *(vt)* 阻礙 → cumbersome 討厭的，麻煩的，笨重的
- fear *(U, vt)* 害怕 → fearsome 可怕的
- grue *(U, vi)*（因害怕或寒冷）發抖 → gruesome 可怕的，可憎的，顫抖的
- irk *(vt)* 使厭倦 → irksome 令人厭惡的
- loathe *(vt)* 厭惡，憎惡 → loathsome 討厭的
- lone *(adj)* 孤獨的 → lonesome 寂寞的
- nettle *(vt)* 刺激使煩惱，激怒 → nettlesome 惱人的
- tire *(vt)* 使疲倦 → tiresome 煩人的
- trouble *(C, U)* 麻煩 → troublesome 麻煩的
- weary *(adj)* 使疲倦 → wearisome 使疲倦的，使厭倦的
- whole *(U)* 全部 → wholesome 有益健康的
- worry *(U, C)* 煩惱，*(vt, vi)*（使）煩惱 → worrisome 令人不安的

例句

a. The earliest computer was a **cumbersome** system.
最早的電腦是一個麻煩笨重的系統。

b. He gave a **gruesome** account of the accident.
他顫抖的敘述那起意外事故。

4.2.13 表示「方向的」的形容詞字尾

1 -bound

- eastbound 往東的
- homebound 回家的，回家鄉的
- inbound 內地的，歸航的
- northbound 北行的
- outward-bound 開往外地的

- southbound 往南的
- westbound 向西進行的，西行的

An accident on the **northbound** side of the freeway is disrupting the traffic.
北行的高速公路上出了意外使交通大亂。

2 -earn

- eastern 東方的，東部的
- northern 北方的，北部的
- southern 南的，南方的
- western 西的，西方的，來自西方的人

Several **Eastern** European countries have entered into a defensive alliance with NATO.
幾個東歐國家已加入了與北大西洋公約組織共同攜手的防禦同盟。

3 -petal

- acropetal 向頂的
- basipetal 由上往下的
- centripetal 向中心的

4 -ward

- backward 向後的
- downward 向下的
- earthward 向地球，向地面
- eastward 向東的，朝東的
- forward 前進的，向前地

- frontward 朝前地
- heavenward 朝向天空地
- homeward 在歸途上的，向家的
- inward 向內的，內在的
- leftward 在左方的，在左側的
- moonward 向月（球）的
- northeastward 在東北方的
- northward 向北的
- onward 向前的
- outward 外面的，向外的
- rearward 在後面，向後面
- rightward 向右地，在右側
- riverward 向河的
- seaward 朝海的
- shoreward 面向岸的，面朝岸的，朝向陸地的
- sideward 旁邊的，向側面地
- skyward 向天空的
- southward 向南的
- spaceward 向宇宙空間，向太空的
- straightforward 正直的，坦率的，直接了當的
- sunward 朝著太陽的
- upward 向上的
- windward 向風的，迎風的

Oil prices continued their **downward** trend, which upset oil producers.
油價繼續向下滑，使石油產商擔憂。

5 -wide

- citywide 全市的，全市性的
- countrywide 全國的
- island-wide 全島的
- nationwide 全國性的
- statewide 遍及全州的，全州範圍的
- worldwide 全世界的

例句

The **island-wide** tour is intended to deepen young people's understanding of the land where they were born.
環島旅行旨在加深青年人對自己出生地的了解。

6 -wise

- anticlockwise 逆時針的
- clockwise 順時針方向的
- coastwise 沿著海岸的
- counterclockwise 反時針方向的
- crosswise 成十字狀的，交叉的
- endwise 末端朝前或向上的
- flatwise 平放的，平面朝前的，平面朝上／朝下的
- widthwise 與寬同方向的，橫向的

例句

Screw the lid on in a **clockwise** direction.
把蓋子按順時鐘方向旋轉。

7 -ways

- breadthways 橫的
- lengthways 縱長的，縱向的
- sideways 向一旁的，向側面的

例句

He cast a **sideways** glance in her direction.
他往她的方向斜看了一眼。

4.2.14 表示「以…運送的」的形容詞字尾

-borne

- air → airborne 空運的，空氣傳播的
- helicopter → heliborne 以直昇機運送的
- sea → seaborne 海上運輸的
- ship → shipborne 用船裝運的
- space → spaceborne 外太空運送的
- water → waterborne 水運的
- wind → wind-borne 風傳送的，（花粉、種子等）靠風傳播的

例句

It is difficult to avoid **airborne** pollutants.
很難避免空氣傳播的污染物質。

4.2.15 表示「…狀態的；引起或執行某行動的」的形容詞字尾

1 -ant（加在動詞之後）

- cognize *(vt)* 認知，認識 → cognizant 認知的

- combat *(vt)* 戰鬥 → combatant 戰鬥的
- comply *(vi)* 順從，遵守 → compliant 順從的
- deviate *(vi)* 背離，偏離 → deviant 不正常的
- ignore *(vt)* 不理睬，忽視 → ignorant 愚昧的
- illuminate *(vt, vi)* 照明 → illuminant 發光的
- luxuriate *(vi)* 茂盛的生長，生活奢侈 → luxuriant 奢華的
- resist *(vt)* 抵抗 → resistant 抵抗的

例句

Traditionally, Japanese wives are taught to be **compliant** and faithful.
傳統上日本太太被教導要順從和忠貞。

2 -ent（加在動詞之後）

- abhor *(vt)* 憎惡 → abhorrent 可惡的
- acquiesce *(vi)* 默從 → acquiescent 默從的
- concur *(vi)* 同時發生 → concurrent 同時發生的，一致的
- defer *(vi)* 聽從 → deferent 畢恭畢敬的
- indulge *(vi)* 縱容 → indulgent 縱容的
- portend *(vt)* 預示 → portent 徵兆的
- prevail *(vi)* 流行，盛行 → prevalent 普遍的，流行的
- recur *(vi)* 復發，重現 → recurrent 再發生的
- transcend *(vt)* 超越，勝過 → transcendent 卓越的，出衆的

例句

a. Her opinion of the parole system is **concurrent** with yours.
有關假釋制度她的看法和你一致。

b. Premarital sex is **prevalent** among young people.
婚前性行爲盛行於年輕人之間。

4.2.16 表示「善於…的」的形容詞字尾

-wise

- media-wise 善於玩弄媒體的
- penny-wise 省小錢的（↔ pound-foolish 小事精明，大事糊塗）
- publicity-wise 善於打知名度的
- streetwise 圓滑世故能在城市街頭混得開的
- weather-wise 善於預測天氣的；善於預測輿論變化的
- wordwise 單字通
- worldly-wise 精於世故的

例句

He is **penny-wise**, but pound-foolish.
他省小錢但吃大虧。

4.2.17 表示「某國的，某地的」的形容詞字尾

1 -an

- Africa → African 非洲的
- America → American 美國的

2 -ese

- China → Chinese 中國的
- Japan → Japanese 日本的
- Taiwan → Taiwanese 台灣的

3 -ian

- Egypt → Egyptian 埃及的
- Indonesia → Indonesian 印尼的
- Italy → Italian 義大利的
- Mongolia → Mongolian 蒙古的

4 -ish

- England → English 英國的
- Ireland → Irish 愛爾蘭的
- Spain → Spanish 西班牙的

4.2.18 其他具特殊意義的形容詞字尾

1 -centric：中心的

- bicentric 二中心的，雙心的
- concentric 同中心的
- egocentric 自我中心的
- ethnocentric 民族優越感的
- Europocentric 歐洲中心論的
- geocentric 以地球為中心的
- heliocentric 以太陽為中心的
- homocentric 具同一中心的，同心的
- polycentric 多中心的
- theocentric 以上帝為中心的

2 -colous：具有某一種棲息地

- arenicolous 生長在沙中的
- calcicolous 鈣生的，生長於鈣質土壤的 (=calcicole)
- cavernicolous 穴棲的，穴居的
- corticolous 生於樹皮上的
- foliicolous 葉上生的，寄生在葉上的（如某些真菌，水藻等）
- limicolous 生活在爛泥中的
- nidicolous（孵出的一段時間內）仍留在巢中的，生活在其他禽類巢中的
- rupicolous 居住在岩石叢中的
- sanguicolous（寄生生物等）血寄生的，棲血的
- saxicolous 生於岩石間的，生於岩石上的
- silvicolous 居住在森林中的，在森林中生長的
- terricolous 陸生的
- tubicolous 管棲的

3 -fid：分開，分裂

- bifid 兩半的，兩裂的
- multifid 多裂的，多瓣的
- palmatifid 掌狀半裂的
- pinnatifid（葉）羽狀半裂的
- trifid 三裂的

4 -fold：分成幾部分；…倍

- fivefold 五倍的
- manifold 多種形式的，有許多部分的，多方面的
- multifold 多種的，多方面的
- tenfold 十倍的

5 **-florous** ：有某種或某數量的花

- uniflorous 開單花的
- multiflorous 多花的
- tubuliflorous 管狀小花的

6 **-foliate** ：有某種或某數量的葉子

- foliate 有葉的
- perfoliate 莖貫穿葉而生長的
- trifoliate 具有三葉的
- unifoliate 單葉的，有單葉的

7 **-foliolate** ：有某種或某數量的小葉子

- bifoliolate 具兩小葉的
- foliolate 具有小葉子的
- trifoliolate 有三小葉的
- unifoliolate 單葉的

8 **-odont** ：有某種牙齒的

- acrodont 邊齒的
- diphyodont 雙套牙（列）的（指一生中有兩套牙齒相繼長出，以乳類動物居多）
- pleurodont（齒）側生的，有側生齒的

9 **-otic** ：有某種疾病或不正常狀況的

- epizootic 流行於家畜的
- leukocytotic 白細胞增多的
- neurotic 神經質的

10 -sepalous：有萼片的

- asepalous 無萼片的
- gamosepalous 花萼相連的
- monosepalous 合萼的，具單一萼片的
- polysepalous 多萼（片）的
- sepalous 有萼片的
- trisepalous 三萼片的

11 -sporous：有孢子的

- ascosporous 囊孢子的
- heterosporous 具異形孢子的
- homosporous 具同形孢子的

12 -vorous：吃

- apivorous 以蜜蜂為食的
- carnivorous 食肉類的
- formicivorous 食螞蟻的
- frugivorous 常食果實的
- fungivorous 食真菌的
- graminivorous 食草的
- granivorous 食穀類的
- herbivorous 食草的
- insectivorous 食蟲的
- omnivorous 雜食的
- piscivorous 食魚的
- seminivorous 食種子（為生）的
- vermivorous（鳥等）食蟲的

13 -zoic ：(i) 以某種方式生存的；(ii) 與某一地質時代有關的

(i) 以某種方式生存的

- entozoic（ento 內 + zoic）內寄生的
- epizoic 體外寄生的
- hematozoic 寄生於血的
- holozoic（holo 全部 + zoic）全動物營養性的，以攝取有機物為食的

(ii) 與某一地質時代有關的

- Archeozoic 太古生代
- azoic 無生命時代的
- Mesozoic 中生代的
- Paleozoic 古生代的
- Proterozoic 原生代的

14 -zygous ：受精卵的

- dizygous 兩受精卵的
- heterozygous 雜合的（在一個或更多的相應染色體基因座上有不同等位基因的）
- homozygous 純合的（在同源染色體上某一特定基因座有相同等位基因的）

4.3

動詞字尾

4.3.1 表示「使成為，…化」的動詞字尾

1 -en ：加在形容詞字尾成為及物動詞

- black → blacken 使變黑，誹謗
- bright → brighten 照亮
- broad → broaden 加寬
- dark → darken 使黑，變黑
- dead → deaden 使緊張、敏感、活力等減輕或減少；使無光澤；使隔音
- deaf → deafen 使聾
- deep → deepen 加深，深化
- hard → harden 使變硬，使堅強，使冷酷
- long → lengthen 延長，（使）變長
- mad → madden 激怒，使發狂
- quick → quicken 加快
- red → redden 變紅
- sad → sadden 使悲傷，使傷心或變得難過
- sharp → sharpen 削尖
- short → shorten 縮短
- strong → strengthen 加強
- thick → thicken（使）變厚，（使）變粗，（使）變濃
- weak → weaken 削弱，（使）變弱
- white → whiten 使白，變白
- wide → widen 加寬
- worse → worsen *(vt)* 使變得更壞，*(vi)* 惡化

a. We were **deafened** by the roar of the airplane.
我們被飛機的吼嘯聲震聾了耳朵。

b. Overall, the economic conditions are still **worsening**.
總體來說，經濟狀況仍在惡化。

2 -fy ：加在名詞或形容詞字尾成為及物動詞

- acid *(adj)* → acidify 使酸化
- beauty *(U)* → beautify 美化
- clear *(adj)* → clarify 澄清，闡明
- diverse *(adj)* → diversify 使多樣化，做多樣性的投資
- electric *(adj)* → electrify 使充電，使通電，使電氣化
- glory *(U)* → glorify 使更壯麗，讚揚
- just *(adj)* → justify 證明…是正當的
- mystic *(adj)* → mystify 使…難解，使…神祕
- pure *(adj)* → purify 使清潔，淨化
- simple *(adj)* → simplify 簡化

例句

a. In order to survive, we must **diversify** our skills/interests.
為了求生存，我們必須多方面發展技術 / 興趣。

b. The government is making an attempt to **simplify** tax returns.
政府正試著簡化納稅申報表。

-ification 構成-fy 的名詞形式，如 acidification, clarification, diversification, simplification 。

3 -ize：加在名詞或形容詞字尾成為及物或不及物動詞

- central *(adj)* → centralize *(vt, vi)* 集聚，集中
- criminal *(C)* → criminalize *(vt)* 使成犯罪
- crystal *(adj)* → crystallize *(vt, vi)* 晶化
- economy *(U)* → economize *(vi)* 節約
- industrial *(adj)* → industrialize *(vt)* 使工業化，*(vi)* 工業化
- leagal *(adj)* → legalize *(vt)* 使合法化
- marginal *(adj)* → marginalize *(vt)* 使處於社會邊緣
- minimum *(S)* → minimize *(vt)* 將…減到最少
- mobile *(adj)* → mobilize *(vt)* 動員
- modern *(adj)* → modernize *(vt, vi)* 現代化
- organ *(C)* → organize *(vt)* 組織
- polar *(adj)* → polarize *(vt, vi)*（使）兩極分化
- popular *(adj)* → popularize *(vt)* 使普及
- real *(adj)* → realize *(vt)* 了解，實現
- victim *(C)* → victimize *(vt)* 使受害
- western *(adj)* → westernize *(vt)* 使西洋化，使歐化

例句

a. Oscar was trying to **mobilize** support for the upcoming election.
奧斯卡正在爲即將來臨的選舉動員爭取支持。

b. The bank installed a good alarm system to **minimize** the risk of burglary.
銀行安裝了一套優良的警報系統以盡可能減少夜盜的威脅。

-ization 構成 -ize 的名詞形式，如 industrialization, modernization, realization。

4.3.2 表示「反覆動作，連續動作」的動詞字尾

1 -er

- batter *(vt, vi)* 猛擊
- chatter *(vi)* 喋喋不休
- flicker *(vi, vt)* 閃動
- flutter *(vi, vt)* 鼓翼
- mutter *(vi, vt)* 咕噥，嘀咕
- shiver *(vi)* 顫抖
- shudder *(vi)* 發抖
- sputter *(vi, vt)* 慌亂地說
- stutter *(vi)* 結結巴巴地說
- wander *(vi)* 徘徊
- waver *(vi)* 來回擺動

例句

a. The little bird finally **fluttered** its wings and flew away.
最後小鳥展翅飛走了。

b. Billy struggled to articulate his thoughts and feelings, but instead he continued **stuttering**.
比利竭力想清楚表達自己的思想感情，但還是因口吃無法如願。

2 -le

- dazzle *(vt)*（使）眼花，眩目
- fondle *(vt)* 撫弄
- gaggle *(vi)* 嘎嘎叫
- sizzle *(vi)* 發出嘶嘶聲響
- twinkle *(vi)* 閃爍，閃耀

例句

When she handed the gift to me, her eyes **twinkled** with mischief.
她把禮物給我的時候，眼中閃爍著淘氣的目光。

4.3.3 其他具特殊意義的動詞字尾

1 -act：行動

- act *(vi)* 行動
- enact *(vt)* 制定法律
- interact *(vi)* 互動
- overact *(vi)* 行動過火
- react *(vi)* 反應
- retroact *(vi)* 起反作用
- transact *(vt, vi)* 交易

例句

The professor **interacts** with his students well.
那位教授與學生們互動很好。

-action 構成-act 的名詞形式，如 interaction, reaction, transaction 。

2 -ate：行動

- abate *(vi)*（數量、程度等）減少，減輕
- abbreviate *(vt)* 縮寫，縮短
- abdicate *(vi)* 退位，*(vt)* 放棄（職位、權力等）
- abrogate *(vt)* 廢除，取消
- acidulate *(vt)* 使酸化，使尖刻
- activate *(vt)* 刺激，使活動

- acculturate *(vi)* 適應文化，*(vt)* 使適應文化
- assassinate *(vt)* 暗殺，行刺
- berate *(vt)* 嚴厲指責，申斥
- coagulate *(vi, vt)* 凝結
- conciliate *(vi)* 安撫，討好
- conflate *(vt)* 合併
- conglomerate *(vt, vi)* 使聚集成塊，形成或使形成緊貼在一起或圓形的塊體
- debilitate *(vt)* 使衰弱，使虛弱
- decapitate *(vt)* 斬首
- dehydrate *(vt)*（使）脫水
- denigrate *(vt)* 毀譽
- emancipate *(vt)* 釋放，解放
- enunciate *(vt)* 闡明
- equivocate *(vi)* 說模稜兩可的話，支吾
- fumigate *(vt)* 為滅蟲或消毒殺菌而燻煙
- fustigate *(vt)* 用棍棒打，抨擊
- geminate *(vt)*（使）成雙
- gyrate *(vi)* 旋轉，不停地轉動
- indoctrinate *(vt)* 灌輸
- ingratiate *(vt)* 使迎合，使討好
- insinuate *(vt)* 含沙射影地說
- jubilate *(vi)* 歡呼
- lacerate *(vt)* 割裂
- litigate *(vt)* 提出訴訟
- modulate *(vt)* 調整，調節，（信號）調制
- mutilate *(vt)* 毀傷
- necessitate *(vt)* 成為必要
- objurgate *(vt)* 申斥，非難

- orientate *(vt)* 調整方向
- prevaricate *(vi)* 支吾搪塞
- proliferate *(vi)* 增生擴散
- recriminate *(vi, vt)* 反責，反唇相譏
- recuperate *(vi)* 復原
- resuscitate *(vt)*（使）復甦
- reverberate *(vi)* 反響
- saturate *(vt)* 使飽和
- subjugate *(vt)* 使屈服
- truncate *(vt)* 截去（圓錐等的）尖端，修剪（樹等），把…截短
- vacillate *(vi)* 猶豫不決
- venerate *(vt)* 崇敬
- ventilate *(vt)* 使通風
- vindicate *(vt)* 維護，辯護，證明…正確

例句

a. monk is supposed to **abnegate** carnal pleasure.
和尚應該戒掉肉欲的享樂。

b. She continued **prevaricating** and refused to divulge how much money had been funneled to her business ventures in China.
她支吾搪塞拒絕透露有多少錢流入她在中國的生意。

c. **The terrorists threatened to** decapitate the hostages if their demands were not met.
恐怖分子威脅砍斷人質的頭，假如他們的要求無法滿足的話。

d. The Dutch once **subjugated** Taiwan, but later on they were repelled by Tzeng Cheng-gong's troops.
荷蘭人曾經征服台灣，但後來被鄭成功的軍隊逐退。

e. The decision to sell my shares was completely **vindicated** when share prices took a nosedive.
可見當股價狂跌時，我決定賣掉股票是對的。

-ation 構成-ate 的名詞形式，如 abrogation, mutilation, vindication 。

3 -cede ：移動；屈服

- accede *(vi)* 同意
- cede *(vt)* 轉讓
- intercede *(vi)* 說情
- precede *(vt)* 先於…發生
- recede *(vi)* 後退
- secede *(vi)* 脫離
- supercede *(vt)* 代替

例句

a. The flood waters began to **recede**.
洪水開始消退。

b. The government of the Ching Dynasty **conceded** this island to Japan in 1895.
清朝政府於一八九五年將本島割讓與日本。

-cession 構成-cede 的名詞形式，如 concession, intercession, recession 。

4 -ceed ：移動；屈服

- exceed *(vt)* 超越
- proceed *(vi)* 進行，繼續下去
- succeed *(vi)* 成功，*(vt)* 繼任，繼承

例句

Read the directions before taking the medicine. Do not **exceed** the recommended dosage.
服藥前先讀一讀用藥須知，可別超過劑量。

-cess 構成-ceed 的名詞形式，如 excess, process, success 。
-cessive 構成 -ceed 的形容詞形式，如 excessive, processive, successive 。

5 -ceive ：奪取

- apperceive *(vt)*（根據以往經驗）統覺理解（新觀念等）
- conceive *(vt)* 構思；*(vi)* 懷孕，考慮
- deceive *(vt)* 欺騙
- perceive *(vt)* 察覺
- preconceive *(vt)* 預想
- receive *(vt)* 收到

I would never **conceive** of using tin cans and milk cartons to build a castle.
我永遠想不出可以用罐頭和牛奶紙盒來搭一個城堡。

-ception 構成-ceive 的名詞形式，如 conception, deception, reception 。
-ceptive 構成-ceive 的形容詞形式，如 conceptive, deceptive, receptive 。

6 -cept ：拿取

- accept *(vt)* 接受
- except *(vt)* 把…除外
- incept *(vt)* 起始，攝取
- intercept *(vt)* 中途阻止，截取

An illegal shipment of drugs was **intercepted** at the harbor.
一批非法裝運來的毒品在港口被截獲。

-ception 構成 -cept 的名詞形式，如 exception, inception, interception ，但 accept 的名詞是 acceptance ，是一個例外。

7 -cise：切，割；削

- abscise *(vt)* 切除
- circumcise *(vt)* 割包皮（陰蒂）
- excise *(vt)* 切除
- incise *(vt)* 切割

例句

a. The poem is **incised** into a rock.
這首詩被雕刻在岩石上。

b. The doctor **excised** the tumor from the patient's stomach.
醫生切除病人胃裡的瘤。

-cision 構成-cise 的名詞形式，如 circumcision, excision, incision。

8 -cite：刺激；引用

- cite *(vt)* 引用，引證
- excite *(vt)* 使興奮
- incite *(vt)* 煽動
- recite *(vt)* 背誦，朗讀

例句

Some political leaders seem to be better at **inciting** hatred than at getting things done.
有些政治領袖似乎善於煽動仇恨而拙於做事。

-citation 構成 -cite 的名詞形式，如 excitation, incitation, recitation。

9 -claim：宣稱

- acclaim *(vt)* 稱讚
- claim *(vt)* 聲稱

- declaim *(vt, vi)* 慷慨陳詞
- disclaim *(vt)* 否認，棄權
- exclaim *(vi, vt)* 驚叫
- proclaim *(vt)* 宣告
- reclaim *(vt)* 要求收回

The herbal medicine was a much **acclaimed** panacea.
草藥是頗受稱讚的靈丹妙藥。

-clamation 構成 -claim 的名詞形式，如 disclamation, exclamation, proclamation。

10 -cline ：傾斜

- decline *(vi)* 下傾
- disincline *(vt)* 使討厭，不感興趣
- incline *(vt)* 使傾向於，使傾斜
- recline *(vi)* 斜倚

例句

I like to **recline** on the sofa.
我喜歡斜靠在沙發上。

11 -clude ：關閉

- include *(vt)* 包括
- conclude *(vt)* 結論
- exclude *(vt)* 排除
- occlude *(vt)* 使閉塞，使錮囚
- preclude *(vt)* 預先排除
- seclude *(vt)* 隔離

例句

We can not **exclude** the possibility that the kidnappers may have killed the man.
我們不排除綁架者已將那男子殺掉的可能性。

-clusion 構成 -clude 的名詞形式，如 conclusion, exclusion, inclusion 。
-clusive 構成 -clude 的形容詞形式，如 conclusive, exclusive, inclusive 。

12 -cur：跑

- concur *(vi)* 同時發生
- incur *(vt)* 招致
- occur *(vi)* 發生
- recur *(vi)* 復發，重現

例句

The same nightmare/pain **recurred** night after night.
同樣的惡夢／痛苦夜復一夜地重現。

-currence 構成 -cur 的名詞形式，如 incurrence, occurrence, recurrence 。
-current 構成 -cur 的形容詞形式，如 incurrent, occurrent, recurrent 。

13 -duce：導向

- adduce *(vt)* 引證，舉出（例證、理由、證據）
- conduce *(vi)* 導致
- deduce *(vt)* 演繹
- induce *(vt)* 勸誘
- introduce *(vt)* 介紹，引進
- produce *(vt)* 製造
- reduce *(vt)* 減少
- seduce *(vt)* 勾引

- superinduce *(vt)* 增添
- transduce *(vt)* 把輸入能量轉化為另一種輸出能量

例句

a. Nothing could **induce** me to trust him again.
沒有任何辦法可以說服我再相信他了。

b. Mark was **seduced** into an affair with his secretary.
馬克受引誘與祕書搞婚外情。

-duction 構成-duce 的名詞形式，如 deduction, introduction, seduction 。
-ductive 構成 -duce 的形容詞形式，如 deductive, productive, seductive 。

14 -duct ：導向

- abduct *(vt)* 誘拐，綁架
- conduct *(vt)* 引導，傳導
- deduct *(vt)* 扣除，演繹
- induct *(vt)* 吸收為成員，徵召入伍

例句

The tycoon was **abducted** from his Benz.
該商業鉅子被人從他的賓士騎車中擄走了。

-duction 構成-duct 的名詞形式，如 abduction, conduction, deduction 。

15 -eer ：（加在名詞字尾成為及物或不及物動詞）從事於某事

- command → commandeer *(vt)* 取作軍用
- election → electioneer *(vi)* 從事選舉活動
- engine → engineer *(vt)* 設計，策劃
- profit → profiteer *(vt)* 供應短缺時牟取暴利

- racket → racketeer *(vi)* 詐騙錢財
- slogan → sloganeer *(vi)* 創造或使用口號

The CIA is said to have **engineered** the downfall of the dictator.
據說中央情報局策動了該獨裁者垮台的事件。

16 -esce：開始；漸漸；…化

- coalesce *(vi)* 接合
- convalesce *(vi)* 漸漸康復
- defervesce *(vi)* 退熱
- fluoresce *(vi)* 發螢光
- incandesce *(vi, vt)*（使）白熱化
- intumesce *(vi)*（因受熱等）膨脹，腫大，隆起

He has **convalesced** from his bad cold.
他得了重感冒但已康復。

17 -fer：忍受；具有；傳送

- confer *(vt)* 授予（稱號、學位等），贈與；*(vi)* 協商
- defer *(vt)* 延緩；*(vi)* 服從
- differ *(vi)* 不同
- infer *(vt)* 推論
- offer *(vt)* 提供
- pilfer *(vt)* 盜，偷
- prefer *(vt)* 較喜歡
- proffer *(vt)* 拿出

- refer *(vi)* 提到
- suffer *(vt, vi)* 遭受
- transfer *(vt)* 轉乘

An honorary degree was **conferred** on Mr. Lin by the university in recognition of his contribution to his country.
該大學因林先生對國家的貢獻而授與他榮譽學位。

18 -fect：做

- affect *(vt)* 影響
- confect *(vt)* 把…製成甜食或罐頭
- defect *(vi)* 叛逃
- disaffect *(vt)* 使不滿意
- disinfect *(vt)* 消毒
- effect *(vt)* 招致，實現，達到（目的等）
- infect *(vt)* 傳染，感染
- perfect *(vt)* 使完美
- refect *(vt)* 提神，用食物和飲料恢復精力
- transfect *(vt)* 使轉染，使（細胞）感染病毒核酸

Brenda was **infected** with flu from her husband.
布蘭達從她丈夫那裡感染了流行性感冒。

19 -fess：承認

- confess *(vt)* 承認
- profess *(vt)* 表示

例句

That man **confessed** (to) setting the house on fire.
那人供認放火燒了房子。

注釋 -fession 構成 -fess 的名詞形式，如 confession, profession 。

20 -fine ：限制

- confine *(vt)* 限制
- define *(vt)* 定義

例句

Try to **confine** yourself to spending $100 a day.
你要盡量把每天的開銷限制在一百美元以內。

21 -fix ：固定

- affix *(vt)* 使附於
- infix *(vt)* 使…鑽進，讓…插進
- prefix *(vt)* 加…作字首
- suffix *(vt)* 加…作字尾
- transfix *(vt)* 使呆住
- unfix *(vt)* 解開，脫下，拔去

22 -flate ：吹氣

- conflate *(vt)* 合併
- deflate *(vt)* 放氣，抽出空氣，使縮小，緊縮（通貨）
- inflate *(vt)* 使膨脹，使得意，使（通貨）膨脹，使充氣
- insufflate *(vt)* 吹入，吹進

例句

To **inflate** the life jacket, just pull the cord.
救生衣要充氣的話只需拉一下繩子。

-flation 構成 -flate 的名詞形式，如 deflation, inflation 。

23 -flect, -flex ：斜，彎曲

- deflect *(vt)* （使）偏斜，（使）偏轉
- flex *(vt)* 彎曲（四肢），伸縮，折曲
- genuflect *(vi)* 屈膝
- inflect *(vt)* 彎曲，使屈曲
- reflect *(vt)* 反射，反映
- reflex *(vt)* 反射

例句

He was trying to **deflect** the blow/criticism.
他設法閃避打擊／批評。

-flection 構成 -flect 的名詞形式，如 deflection, inflection, reflection 。
-flective 構成 -flect 的形容詞形式，如 deflective, inflective, reflective 。

24 -flict ：打擊

- afflict *(vt)* 使痛苦，折磨
- conflict *(vi)* 抵觸，衝突
- inflict *(vt)* 使遭受

例句

The outbreak of SARS **inflicted** serious damage on the Asian economy.
SARS 的爆發爲亞洲經濟造成嚴重傷害。

 -fliction 構成 -flict 的名詞形式，如 affliction, infliction 。

25 -form ：形成

- conform *(vi)* 符合
- deform *(vt)*（使）變形
- disinform *(vt)* 向…提供假情報
- inform *(vt)* 通知
- misinform *(vt)* 告知錯誤的消息
- outperform *(vt)* 做得比…好
- perform *(vt)* 履行，執行
- preform *(vt)* 預先形成
- reform *(vt)* 改革
- transform *(vt)* 轉換，改變
- underperform *(vi)* 表現不佳

例句

Some Australians think that their country's political system should be **transformed** into a republican government.
有些澳洲人認爲他們的國家政體應改爲共和政府。

26 -fuse ：倒入

- circumfuse *(vt)* 從四面澆灌，圍繞，充溢
- confuse *(vt)* 搞亂，使糊塗
- defuse *(vt)* 去掉…的雷管
- diffuse *(vt, vi)* 散播，傳播，漫射，擴散
- effuse *(vt, vi)* 流出，瀉出
- fuse *(vt)* 熔合
- infuse *(vt)* 灌輸，注入

- perfuse *(vt)* 灌注
- suffuse *(vt)* 充滿
- transfuse *(vt)* 注入，灌輸，輸血

例句

His arrival **infused** new life into the company.
他的加入爲公司注入新生命。

-fusion 構成 -fuse 的名詞形式，如 circumfusion, diffusion, effusion, transfusion。
-fusive 構成 -fuse 的形容詞形式，如 diffusive, effusive。

27 -gress：行走

- digress *(vi)* 離題
- egress *(vi)* 出去
- progress *(vi)* 前進，進步，進行
- regress *(vi)* 復原，逆行，使倒退
- retrogress *(vi)* 退步
- transgress *(vt)* 違反，犯罪

例句

Chris is **progressing** in her studies.
克莉絲在學業方面一直在進步。

注釋

-gression 構成 -gress 的名詞形式，如 digression, retrogression。
-gressive 構成 -gress 的形容詞形式，如 digressive, retrogressive。
-gress 本身也可有名詞性質，如 congress（con 一起 + gress 走）「代表大會」、egress「出口處」、ingress「進入，進口處」、「progress 進步」。

28 -here：粘住

- adhere *(vi)* 粘附，膠著，堅持

• cohere *(vi)* 粘著，凝結，緊湊

• inhere *(vi)* 生來就有的

My father's ideas about marriage are prehistoric. He **adheres** to the belief that an arranged marriage is better than one based on love.
我父親的婚姻觀已過時了。他堅信父母安排的婚姻要比自由戀愛好。

-herence 構成 -here 的名詞形式，如 adherence, coherence, inherence 。
-herent 構成 -here 的形容詞形式，如 coherent, inherent 。

29 -ject：投擲

• deject *(vt)* 使灰心

• eject *(vi)* 噴出

• inject *(vt)* 注射

• interject *(vt)* 插嘴，突然插入

• introject *(vt)* 使他人態度或外界事物形成內心形象

• object *(vi)* 反對

• project *(vi)* 突出

• reject *(vt)* 拒絕

• traject *(vt)* 傳遞

The drug is **injected** directly into the vein.
藥物被直接注射進靜脈。

-jection 構成 -ject 的名詞形式，如 ejection, injection, objection, 。

30 -lapse：掉落

• collapse *(vi)* 倒塌，崩潰

• elapse *(vi)* 時間過去，消逝

- lapse *(vi)* 退步，掉落
- prolapse *(vi)* 下垂
- relapse *(vi)* 故態復萌，舊病復發

Several years have **elapsed** since we graduated from university.
我們大學畢業後幾年光陰已流逝。

31 -lude ：玩

- allude *(vi)* 暗指，影射
- collude *(vi)* 串通，勾結
- delude *(vt)* 迷惑，蠱惑
- elude *(vt)* 躲避

Several police officers have been accused of **colluding** with human traffickers.
有幾個警察被控與人口販賣份子串通勾結。

-lusion 構成 -lude 的名詞形式，如 allusion, collusion, delusion 。
-lusive 構成 -lude 的形容詞形式，如 allusive, collusive, delusive, elusive 。

32 -merge ：沉浸，陷入

- emerge *(vi)* 顯現，浮現
- immerge *(vi)* 浸入，浸沒
- merge *(vt, vi)* 合併，融合，同化
- submerge *(vt, vi)* 浸沒，淹沒

The sewers were completely blocked, so the entire city was **submerged** by the ensuing flood.
下水道完全堵塞了，因此整座城市都沒入隨後而來的洪水之中。

33 -migrate ：遷徙

- emigrate *(vi)* 永久移居出去
- immigrate *(vi)* 移居入境
- migrate *(vi)* 隨季節而移居，（鳥類的）遷徙
- transmigrate *(vi)* 輪迴，移居

They plan to **emigrate** to Canada.
他們計畫移居加拿大。

-migration 構成 -migrate 的名詞形式，如 immigration, migration, transmigration。

34 -mit ：傳送

- admit *(vt)* 容許，承認
- commit *(vt)* 犯（錯誤），把…交託給
- demit *(vi)* 辭職
- emit *(vt)* 發出，放射
- intermit *(vt, vi)* 中斷
- omit *(vt)* 省略
- permit *(vt)* 許可，允許
- emit *(vt)* 赦免，匯出
- submit *(vi)* 順從；*(vt)* 提交
- transmit *(vt)* 轉送，傳達，傳導

Doctors refute the argument/theory that the AIDS virus can be **transmitted** through air or food.
醫生駁斥愛滋病毒會通過空氣或食物傳播的說法／理論。

-mission 構成 -mit 的名詞形式，如 emission, permission, transmission 。

35 -mute：改變

- commute *(vi)* 通勤；*(vt)* 減刑，改變（刑罰、債務或支付）到較輕的程度
- permute *(vt)* 序列改變
- telecommute *(vi)*（在家裡透過與工作單位連接的電腦終端）遠距離工作
- transmute *(vt)* 改變

Lead can be **transmuted** into gold.
鉛能改變成金。

-mutation 構成 -mute 的名詞形式，如 commutation, permutation, transmutation。

36 -nounce：報告

- announce *(vt)* 宣布
- denounce *(vt)* 公開譴責
- enounce *(vt)* 聲明
- pronounce *(vt)* 發音
- renounce *(vt)* 正式聲明放棄

He **renounced** his US citizenship/his claim to the land/the use of violence.
他公開聲明放棄美國公民權／土地要求權／使用暴力。

-ment, -nunciation 構成 -nounce 的名詞形式，如 announcement, enouncement, renouncement；denunciation, pronunciation。

37 -pel：驅趕，推動

- compel *(vt)* 強迫，迫使
- dispel *(vt)* 驅散，驅逐

- expel *(vt)* 驅逐，開除
- impel *(vt)* 推動，推進，激勵
- propel *(vt)* 推進
- repel *(vt)* 擊退

例句

Our forces have **repelled** the invaders/the enemy's attack.
我軍擊退入侵者／敵人的進攻。

注釋

-pulsive 和 -pellent 構成 -pel 的形容詞形式，如 compulsive「強制的」，expulsive「逐出的」、propulsive「推進的」、repulsive「排斥的」、expellent「具有驅逐力的」、impellent「推動的」、repellent「排斥的」。

另 -pellent 也可構成名詞形式，如 expellent「驅除劑」。

38 -plant：種植；安置

- explant *(vt)* 移植
- implant *(vt)* 植入，灌輸
- replant *(vt)* 再植，改種
- supplant *(vt)* 代替
- transplant *(vt)* 移植

例句

a. Doctors tried to **transplant** a pig's liver into a human patient, but all attempts were fruitless.
醫師試圖把豬的肝臟移植到病人身上，但這一切努力都沒成功。

b. We should **implant** a deep sense of patriotism in children while they are still young.
我們應在孩子們尚年幼時灌輸他們強烈的愛國思想。

39 -plicate：折疊

- complicate *(vt)*（使）變複雜
- duplicate *(vt)* 複寫，複製
- explicate *(vt)* 說明
- implicate *(vt)* 使牽連其中，含意，暗示
- replicate *(vt)* 複製
- supplicate *(vt)* 懇求；哀求
- triplicate *(vt)* 做成三倍

Without permission, you cannot **duplicate** other people's works.
未經允許你不可複製別人作品。

-plication 構成 -plicate 的名詞形式，如 duplication, explication, triplication。
-plicative 構成-plicate 的形容詞形式，如 explicative, implicative, replicative。

40 -plode：霹靂聲；鼓掌

- explode *(vt)* 使爆炸；*(vi)* 爆炸
- implode *(vi)* 向內破裂

例句

The bomb **exploded** at 9:45 pm.
炸彈於晚上九點四十五分爆炸。

-plosion 構成 -plode 的名詞形式，如 explosion, implosion。
-plosive 構成 -plode 的形容詞形式，如 explosive, implosive。

41 -port：傳送

- deport *(vt)* 驅逐
- disport *(vt, vi)* 玩耍，娛樂

- export *(vt)* 輸出
- import *(vt)* 輸入
- support *(vt)* 支持
- transport *(vt)* 傳送，運輸

例句

Illegal immigrants are to be **deported** to their own countries.
非法移民者必須被驅逐回自己國家。

42 -pose：放置

- compose *(vt)* 組成，寫作
- decompose *(vt)* 分解，（使）腐爛
- depose *(vt)* 免職，廢（王位）
- discompose *(vt)* 使不安
- dispose *(vi)* 處理，處置
- expose *(vt)* 使暴露
- impose *(vt)* 徵稅，強加
- indispose *(vt)* 使厭惡
- interpose *(vt)* 將（自己）放於…之間，插入，在各部分之間插入或添入
- juxtapose *(vt)* 並置，並列
- oppose *(vt)* 反對
- postpose *(vt)* 將（一個詞或詞組）置於句中其他成分之後
- predispose *(vt)* 使易受…的影響
- presuppose *(vt)* 預先相信或假定，要求或需要以…為先決條件
- propose *(vt)* 計畫，建議
- repose *(vt)* 使休息；*(vi)* 休息，長眠，靜臥
- superimpose *(vt)* 把（某物）放在或置於另一物的上面或上空
- suppose *(vt)* 推想，假設
- transpose *(vt)* 調換，顛倒順序，移項

例句

a. We have to **dispose** of the old furniture.
我們得把舊家具處理掉。

b. Stay indoors and don't **expose** yourself to the scorching sun.
待在屋裡，別在驕陽下曝曬。

43 -pound：放置

- compound *(vt)* 混合
- expound *(vt)* 詳細說明
- impound *(vt)* 關在欄中，拘留，扣押，沒收
- propound *(vt)* 提出，提議

例句

He is **expounding** on the tenet of behaviorism.
他在詳述行爲學派的原則。

44 -prehend：抓住

- apprehend *(vt)* 逮捕；領會理解
- comprehend *(vt)* 理解；包含
- misapprehend *(vt)* 誤會
- reprehend *(vt)* 責備

例句

a. I failed to **comprehend** how David, a magician, could fly.
我不能理解魔術師大衛怎麼會飛起來。

b. The police have **apprehended** one of the ten most wanted fugitives.
警方已逮捕了十大通緝要犯之一。

-prehension 構成 -prehend 的名詞形式，如 apprehension, comprehension, reprehension。
-prehensive 和-prehensible 則構成形容詞形式，如 apprehensive, apprehensible, comprehensive, comprehensible, reprehensible。

45 -press：壓擠

- compress *(vt)* 壓縮
- decompress *(vt)*（使）減壓
- depress *(vt)* 使沮喪
- express *(vt)* 表達
- impress *(vt)* 留下印象
- oppress *(vt)* 壓迫
- repress *(vt)* 壓制
- suppress *(vt)* 鎮壓，抑制

例句

The machine **compresses** cans into pieces of metal.
這台機器將罐頭壓成金屬片。

-pression 構成 -press 的名詞形式，如 compression, oppression, repression。
-pressive 構成 -press 的形容詞形式，如 compressive, oppressive, repressive。

46 -precate：懇求

- deprecate *(vt)* 抨擊
- imprecate *(vt)* 祈求；詛咒

例句

We **deprecate** any form of intimidation and violence.
我們譴責任何形式的威脅和暴力。

47 -prove：證明

- approve *(vi)* 贊成； *(vt)* 批准
- disapprove *(vt)* 不贊成
- disprove *(vt)* 駁斥
- prove *(vt)* 證明
- improve *(vt, vi)* 改善
- reprove *(vt)* 斥責

例句

The singers were **reproved** for making a scene at the airport.
那些歌手在機場大鬧而被斥責。

48 -quire：尋找

- acquire *(vt)* 獲得
- enquire *(vi)* 詢問
- inquire *(vi)* 詢問，查究
- require *(vt)* 需要，要求

例句

Make a phone call to **inquire** about the new product.
打個電話去詢問一下新產品的情況。

49 -rupt：破裂

- bankrupt *(vt)* 使破產
- corrupt *(vt)* 使腐化； *(vi)* 墮落，腐化
- disrupt *(vt)* 使陷於混亂，使中斷
- erupt *(vi)* 噴出，爆發

- interrupt *(vt)* 打斷（正在說話或動作的人），中斷，妨礙，插嘴
- irrupt *(vi)* 突然衝入

例句

The water/electricity supply to this district has been **disrupted** for days.
該地區的水／電力供應已經中斷好幾天了。

-ruption 構成 -rupt 的名詞形式，如 corruption, disruption, eruption 。
-ruptive 構成 -rupt 的形容詞形式，如 corruptive, disruptive, interruptive 。

50 -scend ：爬

- ascend *(vi, vt)* 攀登，上升
- condescend *(vi)* 屈尊
- descend *(vi)* 下降，遺傳（指財產、氣質、權利）
- scend *(vi)* 隨波浪載沈
- transcend *(vt)* 超越，勝過

例句

Ensuring national security **transcends** political interests and differences.
國家安全保障超越政治利益和分歧之上。

51 -scribe ：書寫

- ascribe *(vt)* 歸因於，歸咎於
- circumscribe *(vt)* 在…周圍畫線，限制
- describe *(vt)* 描寫
- inscribe *(vt)* 刻、寫、雕在表面上
- misdescribe *(vt)* 錯誤地描寫（或敘述）
- overprescribe *(vt)* 開（藥）過量

- oversubscribe *(vt)* 認購超額
- prescribe *(vt)* 指示，規定，處（方），開（藥）
- proscribe *(vt)* 禁止
- scribe *(vi)* 擔任抄寫員；*(vi)* 用畫線器畫
- subsscribe *(vt)* 捐款，訂閱
- superscribe *(vt)* 將姓名和住址寫在信封或包裹上
- transcribe *(vt)* 轉錄

I **transcribed** every word the aborigine uttered. I was studying the phonetic system of his language.
我用音標把這土著說的話一字一句都記下來，我在研究這種語言的語音系統。

-scription 構成 -scribe 的名詞形式，如 ascription, circumscription, prescription。

52 -sect：切割

- bisect *(vt)* 切成兩分
- dissect *(vt)* 把…解剖
- intersect *(vt)* 橫斷
- transect *(vt)* 橫斷，橫切
- trisect *(vt)* 把…切成三分
- vivisect *(vt)* 活體解剖

a. We **dissected** a frog yesterday.
昨天我們解剖青蛙。

b. The park is **intersected** by footpaths.
那花園被步道分割開來。

-section 構成 -sect 的名詞形式，如 intersection, transection, vivisection。

53 -sist：站立

- assist *(vt)* 援助
- consist *(vi)* 由…組成，在於
- desist *(vi)* 終止
- insist *(vi)* 堅持
- persist *(vi)* 堅持，持續
- resist *(vt)* 抵抗
- subsist *(vt)* 生存

例句

If only politicians could **desist** from vilification and dissension and set out to do their duties.
但願政客能終止誹謗爭執，開始應盡的職責。

-sistance, -sistence 構成 -sist 的名詞形式，如 assistance, resistance；consistence, insistence, persistence, subsistence。
-sistant, -sistent 構成 -sist 的形容詞形式，如 assistant, resistant；consistent, insistent, persistent, subsistent。

54 -solve：釋放

- absolve *(vt)* 宣布免除
- dissolve *(vi, vt)* 溶解，解散
- resolve *(vt)* 決心，解決
- solve *(vt)* 解決

例句

He was **absolved** of/from the blame/obligation/sin.
他被免除責備／義務／罪行。

-solution 構成 -solve 的名詞形式，如 absolution, dissolution, resolution, solution。

55 **-spect** ：看

- inspect *(vt)* 檢查
- introspect *(vi)* 自省
- prospect *(vi)* 尋找，勘探
- respect *(vt)* 尊敬
- retrospect *(vi, vt)* 回顧
- suspect *(vt)* 懷疑

例句

The customs officer **inspected** Stuart's suitcases carefully.
海關官員仔細地檢查了斯圖亞特的提箱。

-spection 構成 -spect 的名詞形式，如 inspection, introspection, retrospection 。
-spective 構成 -spect 的形容詞形式，如 inspective, introspective, prospective, retrospective 。

56 **-spire** ：呼吸

- aspire *(vi)* 熱望
- conspire *(vi)* 共謀
- inspire *(vt)* 鼓舞，激發
- perspire *(vi)* 流汗
- respire *(vi)* 呼吸
- suspire *(vi)* 嘆息，嘆氣
- transpire *(vt)* 使排出； *(vi)* 得知，發生，蒸發

例句

a. It now **transpires** that Mr. Chao embezzled thousands of dollars from the table tennis association.
現在眞相大白，趙先生盜用桌球協會數萬美元。

b. The leaves are **transpiring** .
樹葉在蒸發。

-spiration 構成 -spire 的名詞形式，如 aspiration, inspiration, perspiration, respiration 。

57 -stitute ：設立

- constitute *(vt)* 制定（法律），建立（政府），組成
- institute *(vt)* 創立，開始
- restitute *(vt)* 復原，歸還
- substitute *(vt)* 代替

例句

Those on slimming diets should **substitute** saccharin for sugar.
減肥節食的人應該用糖精代替食用糖。

-stitution 構成-stitute 的名詞形式，如 restitution, substitution 。

58 -sume ：吃，使用

- assume *(vt)* 假定
- consume *(vt)* 消耗，消費
- presume *(vt)* 假定
- resume *(vt)* 重新開始，恢復
- subsume *(vt)* 包含

After the typhoon, several people were reported missing, **presumed** dead.
颱風過後據稱有數人失蹤，可能已死亡。

-sumption 構成 -sume 的名詞形式，如 assumption, consumption, resumption 。
-sumptive 構成-sume 的形容詞形式，如 assumptive, consumptive, subsumptive 。

59 -sure ：確定

- assure *(vt)* 保證
- ensure *(vt)* 確保
- insure *(vt)* 保險

例句

I have **insured** my house against fire.
我已把房子保了火險。

60 -tain ：持有，屬於

- abstain *(vi)* 禁絕，放棄
- appertain *(vi)* 屬於
- attain *(vt)* 獲得
- contain *(vt)* 包含，容納
- detain *(vt)* 拘留
- entertain *(vt)* 娛樂
- maintain *(vt)* 維持
- obtain *(vt)* 獲得
- pertain *(vi)* 關於
- retain *(vt)* 保留
- sustain *(vt)* 支撐

More women are **attaining** high positions in business, especially in advertising and publishing.
更多的女性在商界，尤其是廣告和出版業中獲得高位。

61 -tend ：伸展

- attend *(vt)* 出席；*(vi)* 留意
- contend *(vi)* 競爭；*(vt)* 主張
- distend *(vt, vi)*（胃或身體其他地方）擴大，（使）擴張
- extend *(vt)* 擴充，延伸
- intend *(vt)* 想要，打算
- portend *(vt)* 預示
- pretend *(vt)* 假裝
- superintend *(vt)* 督導；監督

例句

Our teacher agreed to **extend** the deadline.
我們老師答應延長（放寬）期限。

-tention 或 -tension 構成一些 -tend 的名詞形式，如 attention, contention, intention ； extension, pretension 。

62 -tort ：扭曲

- contort *(vt)* 扭曲
- distort *(v)* 扭曲
- extort *(vt)* 敲詐
- retort *(vt)* 反駁

例句

When accused of corruption, Mr. Clean **retorted** that the money in his bank account had been bequeathed to him by an elder.
當克林先生被控貪汙時，他反駁說他銀行帳戶中的存款是一位長輩遺贈的。

-tortion 構成 -tort 的名詞形式，如 contortion, distortion, extortion, retortion 。

63 -tract：拉拖

- abstract *(vt)* 拿走，概括
- attract *(vt)* 吸引
- contract *(vi)* 收縮
- detract *(vt)* 減損
- distract *(vt)* 分心
- extract *(vt)* 摘錄
- protract *(vt)* 拖延
- retract *(vt)* 收回聲明
- subtract *(vt)* 減去

Several mistakes in your book are not going to **detract** from its value.
你的書中有幾處錯誤無損於它的價值。

-traction 構成 -tract 的名詞形式，如 abstraction, contraction, extraction。

64 -tribute：分配

- attribute *(vt)* 歸因於
- contribute *(vt)* 捐助，貢獻
- distribute *(vt)* 分發，分配，散布

He **attributed** his success to good luck.
他將自己的成功歸因於運氣好。

-tribution 構成 -tribute 的名詞形式，如 attribution, contribution, distribution。

65 -trude ：擠進，刺戳

- extrude *(vt, vi)* 擠壓出，突出
- intrude *(vi, vt)* 闖入，侵入
- obtrude *(vt)* 強迫；*(vi)* 打擾
- protrude *(vt, vi)* 突出

例句

We should avoid **obtruding** on/upon other people's privacy.
我們應避免侵犯別人隱私。

-trusion 構成 -trude 的名詞形式，如 extrusion, intrusion, obtrusion, protrusion 。
-trusive 構成 -trude 的形容詞形式，如 extrusive, intrusive, obtrusive, protrusive 。

66 -vade ：走

- evade *(vt)* 規避，逃避
- invade *(vt)* 侵略
- pervade *(vt)* 遍及

例句

Peter often attempts to **evade** taxes.
彼得常常企圖逃稅。

-vasion 構成 -vade 的名詞形式，如 evasion, invasion, pervasion 。
-vasive 構成 -vade 的形容詞形式，如 evasive, invasive, pervasive 。

67 -vene ：來

- contravene *(vt)* 違反
- convene *(vt, vi)* 召集，集合

- intervene *(vi)* 干涉
- supervene *(vi)* 隨後發生

例句

Some lawmakers think the new welfare bill **contravenes** federal law.
有些立法者認爲這新的福利法案違反聯邦法律。

-vention 構成 -vene 的名詞形式，如 contravention, convention, intervention, supervention 。

68 -verge ：傾向

- converge *(vi, vt)* 匯聚
- diverge *(vi)*（道路等）分叉，（意見等）分歧，脫離
- verge *(vi)* 瀕臨

例句

The Keelung River and the Xindien River **converge** here to form the Tamsui River.
基隆河與新店溪在此匯流成淡水河。

-vergence 構成 -verge 的名詞形式，如 convergence, divergence 。
-vergent 構成 -verge 的形容詞形式，如 convergent, divergent 。

69 -vert ：轉變

- avert *(vt)* 避免
- controvert *(vt)* 駁斥
- convert *(vt, vi)* 轉變
- divert *(vt)* 轉移
- evert *(vt)* 使外翻
- invert *(vt)* 倒置

- obvert *(vt)* 將…之正面轉向
- pervert *(vt)* 帶壞
- revert *(vi)* 回復
- subvert *(vt)* 顛覆

The accident could have been **averted** if the driver had listened to me.
假如那個司機早聽了我的話，事故是可以避免的。

-version 構成 -vert 的名詞形式，如 conversion, diversion, eversion, subversion 。
-versive 構成 -vert 的形容詞形式，如 perversive, subversive 。

70 -vive ：活

- revive *(vt, vi)*（使）甦醒，（使）復興，（使）復活，（使）再生效
- survive *(vi, vt)* 倖免於，倖存，生還

例句

a. The plant is withering away, but it will **revive** if you water it.
植物枯萎了，但你給它澆些水就會再活過來。

b. The movie **revived** memories of my childhood.
這部影片喚起了我的童年回憶。

-vival 構成 -vive 的名詞形式，如 revival, survival 。

71 -voke ：呼叫

- convoke *(vt)* 召集
- evoke *(vt)* 喚起
- invoke *(vt)* 援用
- provoke *(vt)* 激起
- revoke *(vt)* 廢除

例句

The decision to build an incinerator in the village **provoked** storms of protests.
在村裡建造一座焚化爐的決定激起了抗議浪潮。

-vocation 構成 -voke 的名詞形式，如 convocation, evocation, invocation, provocation, revocation。
-vocative 構成 -voke 的形容詞形式，如 evocative, provocative。

72 -volve：滾轉

- circumvolve *(vi)* 旋轉
- convolve *(vt)* 盤旋，纏繞
- devolve *(vt)* 委任
- evolve *(vi)* 進化
- involve *(vt)* 包含
- revolve *(vi)* 旋轉

例句

It is believed that human beings **evolved** from apes.
據信人類由猿進化而來。

-volution 構成 -volve 的名詞形式，如 circumvolution, convolution, devolution, evolution。

4.4

多義字尾

本節介紹的是一些有很多種含義及詞性的字尾。

1 -age

(i) 集合體

- baggage *(U)* 行李
- acreage *(U)* 以英畝計算之土地面積

(ii) 過程、行為或結果

- haulage *(U)* 拖運
- passage *(U)* 通行；流逝；*(C)* 通道
- breakage *(C)* 破損

(iii) 狀態，關係

- bondage *(U)* 束縛
- parentage *(U)* 父母的身分

(iv) 地方，房子

- orphanage *(C)* 孤兒院
- hermitage *(C)* 隱士隱居之處
- vicarage *(C)* 教區；牧師的住宅

(v) 費用

- postage *(U)* 郵資

(vi) 比例，總數

- dosage *(C)* 藥的一次劑量
- mileage *(U)* 里程數

2 -al

(i) 加在名詞後構成形容詞，表示「與…有關，有…特點的」

- nation → national 國家的
- function → functional 功能的

(ii) 將動詞變成名詞，表示「…的行為」

- renew → renewal 展期
- rebut → rebuttal 駁斥

(iii) 物品

- journal 學報
- manual 手冊
- pictorial 畫報

(iv) 乙醛

- ethanal 乙烷

3 -an, -ean, -ian：屬於…的，與…有關的，有…性質的。

(i) 將地名變成形容詞或副詞，表示「…國或地方的，…國或地方的人」

- Europe → European 歐洲的，歐洲人
- Germany → German 德國的，德國人

(ii) 形容詞字尾，表示「屬於…的，支持或信仰…的」

- Christian 基督教的，與基督教有關的
- Freudian 佛洛依德學說的，與佛洛依德學說有關的
- purity 純潔 → Puritan 清教徒
- republic 共和的 → republican 共和黨人

(iii) 表示具某種職業或學術的人，以 -ian 的形式加在 -c 或 -y 結尾的形容詞或名詞後

- electric 電的 → electrician 電工
- library 圖書館 → librarian 圖書管理員
- history 歷史 → historian 歷史學家
- music 音樂 → musician 音樂家

(iv) 表現…典型的

- Mozart 莫扎特 → Mozartean 莫扎特式的
- Elizabeth 伊麗莎白 → Elizabethan 伊麗莎白式的

4 -ar

(i) 加在一些名詞（很多是以 le 結尾）之後構成形容詞，表示「屬於，像」

- circle 圓圈 → circular 圓圈的
- line 線 → linear 線的
- molecule 分子 → molecular 分子的
- muscle 肌肉 → muscular 肌肉的
- pole 南（北）極 → polar 南（北）極的
- single 單獨 → singular 單獨的

(ii) 加在動詞後構成名詞，表示「動作的執行者」

- beg 乞討 → beggar 乞丐
- lie 撒謊 → liar 撒謊者，騙子
- register 登記，註冊 → registrar 登記員

5 -ate

(i) 形容詞字尾，表示「擁有，具有某外表或特徵，充滿」

- fortunate 幸運的
- Latinate 類似拉丁文的
- literate 識字的
- affectionate 深度的

(ii) 動詞字尾，表示「使…，使成為…」

- resuscitate 使甦醒
- regulate 控制，管理
- rusticate 過鄉村生活

(iii) 名詞字尾，表示「整體具有某種官階或職位的人」

- consulate 領事館
- electorate 選舉團
- magistrate 地方法院

(iv) 某一過程的產品，酸所形成的化學性的鹽

- carbonate 碳鹽
- condensate 冷凝物
- phosphate 磷酸鹽
- stearate 硬脂酸鹽

6 -er

(i) 加在動詞後構成名詞，表示「動作的執行者」

- performer 表演者
- fertilizer 肥料

(ii) 加在名詞後構成新的名詞，表示「職業，工作」

- banker 銀行家
- carpenter 木工

(iii) 加在名詞後構成名詞，表示「…國家或地方的人」

- Londoner 倫敦人
- southerner 南方人
- villager 村民

(iv) 有某種特徵的人或事物

- newcomer 新來的人
- fiver 五美元的鈔票

(v) 構成形容詞或副詞的比較級

- faster 較快的
- easier 較簡單的

7 -ish

(i) 加在名詞後構成形容詞，表示「像…一樣的，有…特點的」

- boy → boyish 少年的，孩子氣的
- child → childish 孩子氣的，幼稚的
- fiend → fiendish 惡魔似的
- fool → foolish 愚蠢的
- girl → girlish 像女孩一樣的
- prude → prudish 過分拘謹的
- slave → slavish 像奴隸般的
- snob → snobbish 勢利的

(ii) 加在名詞後構成形容詞，表示「…國的，…語的」

- Britain → British 英國的
- Scot 蘇格蘭人→ Scottish 蘇格蘭的，蘇格蘭語的
- Sweden → Swedish 瑞典的，瑞典語的

(iii) 加在名詞後構成形容詞，表示「沉迷於…的，傾向於…的」

- bookish 愛讀書的，書生氣質的

(iv) 加在形容詞後構成新的形容詞，表示「稍許的，有點的」

- reddish 略呈紅色的，微紅的
- sweetish 略帶甜味的
- tallish 梢高的
- yellowish 略黃的
- youngish 梢年輕的

(v)（與年齡及時間連用）大約

- eightish 大約八點，大約八歲
- seventish 大約七十歲

8 -ism

(i) 加在動詞後構成動作名詞

- baptize 施洗禮 → baptism 洗禮（儀式）
- criticize 批評 → criticism 批評
- terrorize 恐嚇 →terrorism 恐佈行為

(ii) 動作，事業

- heroism 英雄行為
- plagiarism 剽竊（行為）

- tourism 旅遊（業）

(iii) 狀態，情況

- alcoholism 酒精中毒
- barbarism 野蠻狀態

(iv) 學說，主義，信條

- communism 共產主義
- Confucianism 儒家思想
- Darwinism 達爾文學說
- socialism 社會主義

(v) 語言上的用法和特點

- Americanism（英語上）美國用法
- colloquialism 口語，白話文體
- witticism 詼諧的語言

9 -ly

(i) 加在形容詞後構成副詞

- gradual 逐漸的 → gradually 逐漸地
- happy 高興的 → happily 高興地

(ii) 加在表示時間單位的名詞前，構成形容詞或副詞，表示「每…的（地)」

- daily 每日的
- hourly 每小時的
- monthly 每月的，一月一次的
- weekly 每週的
- yearly 每年的

(iii) 加在名詞後構成形容詞，表示「像…一樣的，具有…性質的」

- brother 兄弟→ brotherly 兄弟般的
- coward 懦夫 → cowardly 懦夫似的
- god 神→ godly 敬神的，虔誠的
- man 男人 → manly 男人般的，有男子氣的
- saint 聖人 → saintly 聖人般的
- world 世界 → worldly 世俗的

10 -ment（名詞字尾）

(i) 動作的執行，行為

- develop 發展 → development 發展
- manage 經營 → management 經營
- move 移動，運動 → movement 運動

(ii) 行為的結果或狀態

- refresh 使恢復精力 → refreshment 精力的恢復
- enjoy 享受 → enjoyment 享受

(iii) 行為後的具體產物

- embankment 堤防
- fragment 碎片
- pavement 人行道

11 -ship（名詞字尾）

(i) 狀態，性質

- dictatorship 獨裁政府
- friendship 友誼
- hardship 困苦

(ii) 技巧，能力

- leadership 領導能力
- seamanship 船舶駕駛技術
- statesmanship 政治才能，治國才能
- workmanship 手藝

(iii) 關係

- fellowship 夥伴關係
- kinship 親屬關係

(iv) 身分，職位，地位

- membership 會員身分
- lordship 貴族地位或身分

(v) 全體

- membership 會員總數
- readership 讀者總數

12 -y

(i) 形容詞字尾，表示「充滿，具有某特徵，像…一樣的」

- bloody 血跡斑斑的
- cloudy 多雲的
- sandy 多沙的
- sexy 性感的
- silvery 似銀的
- silky 絲一樣的
- sunny 晴朗的，多陽光的

(ii) 名詞字尾，表示「小的或親密的」

- bunny 兔寶寶
- doggy 狗狗
- granny 奶奶
- mummy 媽媽
- fatty 小胖子
- tummy 胃，肚子

(iii) 名詞字尾，具有某特徵的人或事物

- fatty（貶義）胖子

(iv) 加在動詞後構成名詞，表示「動作或抽象概念」

- discover 發現 → discovery 發現
- inquire 詢問，打聽消息 → inquiry 詢問
- master 掌握 → mastery 精通

Chapter 5

字根 (Roots)

字根是一個字中最基本的形式，具有固定的意義。一個字根加上不同的字首和字尾可以衍生出很多的新字，形成一「字族」。而掌握字根的含義對記憶單字、擴大字彙量有很大的幫助。

a 開頭的字根

1 acer, acet, aceto, acr, acri, acu ： acid, sharp「銳利的；酸的」

- acerbate *(vt)* 激怒，使變苦澀
- acerbic *(adj)* 苦澀的，尖刻的
- acetic *(adj)* 醋酸的
- acetify *(vt)* 使成醋酸
- acetous *(adj)* 像、含有或造成醋酸的
- acrid *(adj)*（食物）辛辣的，（言語或語調）刻薄的
- acrimonious *(adj)* 嚴厲的，辛辣的，激烈的
- acrimony *(n)* 言談舉止上的刻薄，諷刺，毒辣
- acumen *(n)* 敏銳，聰明
- acute *(adj)* 食物 → 敏銳的，急性的，劇烈
- exacerbate（ex 加強詞義的字首 + acerbate 激怒）*(vt)* 惡化，增劇，激怒

例句

a. An **acrimonious** dispute ensued as emotions ran high.
當情緒升高時辛辣的爭議就緊接而來。

b. He has considerable business/political **acumen**.
他有生意／政治的敏銳力。

2 ag ： do, move, go「做，行動」

- agenda *(n)* 議程
- agent（ag 做 + ent 人）*(n)* 代理（商）
- agile *(adj)* 敏捷的
- agitate（ag 做 + it 走動 + ate 使…變成）*(vt)* 煽動，使焦慮不安
- agog *(adj)* 興奮的，熱切的
- exaggerate（ex 加強詞義的字首 + agger 帶至，堆積 + ate 使…變成）*(vt)* 誇大

例句

a. Any mention of Mr. Rich's high pension **agitates** him.
任何有關瑞奇先生優渥退職金的陳述都使他緊張不安。

b. Though he is 90, he still has an **agile** mind.
雖然九十歲了，他心思依然敏捷。

3 agon：struggle, fight「掙扎，打鬥」

- agonize *(vt)* 使極度痛苦，折磨
- agony *(n)* 苦惱，極大的痛苦
- antagonism *(n)* 對抗（狀態）
- antagonist *(n)* 敵手，對手
- antagonistic *(adj)* 反對的，敵對的
- antagonize（anti 反對 + agon 打鬥 + ize 使…變成）*(vt)* 敵對，對抗
- protagonist（proto 首要的 + agon 打鬥 + ist 人）*(n)*（戲劇、故事、小說中的）主角；某一新目標或政策的主要支持者

例句

a. A salesperson must put his customers first and avoid **antagonizing** them.
推銷員必須把顧客放在第一位，並避免激怒他們。

b. Mary lay in **agony** waiting for her doctor to come.
瑪莉非常痛苦地躺著等醫生來。

4 alte：other, change「其他的；改變」

- alter *(v)* 改變
- alteration（alter 改變 + ation 名詞字尾）*(n)* 改變
- altercate *(vi)* 爭吵
- altercation *(n)* 爭吵
- alternate（altern 另外 + ate 有…的特質，使…變成）*(adj)* 另一個的；*(v)* 交替

- alternation *(n)* 交替，輪流
- alternative *(n)* 替代物；*(adj)* 選擇性的，二擇一的
- altruism（altru 他人 + ism 主義）*(n)* 利他主義
- altruist *(n)* 利他主義者

例句

a. The weather **alternates** between rain and sunshine.
天氣晴雨交替。

b. There was an **altercation** between two customers in the pub.
酒店有兩位顧客在爭吵。

5 am, amat, ami ：like, love「喜愛」

- amateur（amat 喜愛 + eur 人）*(n)* 業餘愛好者
- amatory（amat 喜愛 + ory 具有…特質的）*(adj)* 表達性愛或戀愛的
- amiable（ami 喜歡 + able 可…的）*(adj)* 親切的，和藹可親的
- amigo *(n)* 朋友（西班牙語區的用語）
- amorist（amor 愛 + ist 人）*(n)* 談情說愛的人；言情小說作家
- amorous（amor 喜歡 + ous 充滿…的）*(adj)* 多情的，戀愛的
- amour *(n)* 戀情
- enamor（en 使 + amor 愛）*(vt)* 使傾心，使迷戀
- paramour（par 旁，側 + amour 愛）*(n)* 情夫，情婦

例句

a. Jane is greatly **enamored** of/with the surgeon.
珍深深的愛上那位外科醫生。

b. The taxi driver is an **amiable** middle-aged man.
計程車司機是位和藹可親的中年人。

6 ambul：move, walk「走動」

- amble（ambul 的變體）*(vi)* 漫步，緩步
- ambulance（ambul 走 + ance 名詞字尾）*(n)* 救護車
- ambulatory（ambul 走 + atory 有…特質的）*(adj)* 走動的，可以走動的
- circumambulate（curcum 環繞 + ambul 走 + ate 使…變成）*(v)* 繞行，巡行
- perambulate（per 穿過，到處 + ambul 走，遊 + ate 使…變成）*(v)* 漫遊
- perambulator（per 到處 + ambul 走 + or 表示人或物）*(n)* 童車 (= pram)
- preamble（pre 前 + amble 走）*(n)* 前言，序言；開場白
- somnambulate（somn 睡 + ambul 走 + ate 使…變成）*(vi)* 夢遊
- somnambulist（somn 睡眠 + ambul 走動 + ist 人）*(n)* 夢遊者，夢遊症患者

例句

a. They were **ambling** along the beach hand in hand.
他們手牽手漫步沙灘。

b. Jack passed out suddenly and was taken by **ambulance** to the nearest hospital.
傑克忽然昏厥過去，被救護車送到最近的一家醫院。

7 ampl：enough, enlarge「足夠；擴大」

- ample *(adj)* 充足的
- ampliate *(adj)* 廣大的，膨脹的
- ampliation *(n)* 擴大，擴張，（民事案件的）延期裁決
- amplificatory *(adj)* 放大的
- amplifier *(n)* 擴音器，放大器
- amplify *(vt)* 放大，增強
- amplitude *(n)* 廣闊，豐富

例句

a. The sounds of the guitar were **amplified** and sent through the speakers.
吉他的樂聲被放大並透過擴音器播送。

b. The students were given **ample** time to prepare for the exam.
學生有充足的時間準備考試。

8 anim ： spirit, soul「精神，靈魂」

- anima *(n)* <拉>生命，靈魂
- animadvert〔anim 精神 + ad 向 + vert 轉 → 心向（仇恨）轉〕*(vi)* 非難
- animalize *(vt)* 使動物化
- animate（anim 精神 + ate 使…變成，有…特質的）*(v)* 使有生氣；*(adj)* 生氣勃勃的
- animosity *(n)* 仇恨，憎惡
- animus *(n)* 敵意，意圖
- equanimity（equ 平等 + anim 精神 + ity 表狀態的名詞字尾）*(n)* 心情平靜
- equanimous *(adj)* 安靜的，鎮定的
- inanimate *(adj)* 沒生命的，死氣沉沉的
- magnanimous（magn 大 +anim 精神 + ous 充滿…的）*(adj)* 寬宏大量的
- pusillanimous（pusil 軟弱的 + anim 精神 + ous 充滿…的）*(adj)* 懦弱的，膽小的
- unanimous（uni 一個 + anim 精神 + ous 充滿…的）*(adj)* 一致同意的

例句

a. Laughter **animated** Cindy's face for a moment.
開顏一笑使辛蒂的臉上一時有了生氣。

b. We should be **magnanimous** toward the losing team.
我們對輸的隊伍要有雅量。

9 ann, enn ： year「年」

- annalist（ann 年 + al + ist 者，人）*(n)* 編年史作者，年鑑編者
- annals（ann 年 + als 名詞字尾）*(n)* 編年史；年鑑
- anniversary（ann 年 + i + vers 轉 + ary 名詞字尾）*(n)* 周年紀念日

- annual（ann 年 + ual 關於…的）*(adj)* 一年一次的，一年生的；每年的
- annuitant（ann 年 + uit + ant 者，人）*(n)* 領受養老金者
- annuity（ann 年 + uity 表行為、狀態、特質的名詞字尾）*(n)* 年金，養老金
- biannual（bi 二 + annual 一年的）*(adj)* 一年兩次的
- biennial（bi 二 + enn 年 + ial 關於…的）*(adj)* 每兩年一次的
- centennial（cent 一百 + enn 年 + ial 關於…的）*(n)* 百年紀念；*(adj)* 一百年的
- millennial *(adj)* 一千年的
- perennial（per 貫穿 + enn 年 + ial 關於…的）*(adj)* 終年的，（植物）多年生的
- semiannual（semi 半 + ann 年 + ual 關於…的）*(adj)* 每半年的
- superannuate（super 超 + ann 年 + uate 使…變成）*(vt)* 辭退某人；因陳舊過時而棄置不用
- triennial（tri 三 + enn 年 + ial 關於…的）*(adj)* 三年的， 每三年一度的

例句

a. My wife and I celebrated our wedding **anniversary** by going out to a fancy restaurant.
妻子和我爲了慶祝結婚周年紀念日而去了一家豪華餐廳。

b. The water shortage has been a **perennial** problem.
缺水一直是個陳年問題。

10 anthrop(o)： mankind, people「人類」

- anthropocentric（anthropo 人類 + centr 中心 + ic 具有…性質的）*(adj)* 以人類為中心的
- anthropoid（anthrop 人類 + oid 像…似的）*(n)* 類人猿；*(adj)* 似人類的
- anthropologist（anthropo 人類 + logist 學者，學家）*(n)* 人類學者
- anthropology（anthropo 人類 + logy 學）*(n)* 人類學
- anthropomorphic *(adj)* 神、人同形同性論的
- anthropomorphism *(n)* 神、人同形同性論
- anthropomorphize（anthropo 人類 + morph 形體，形態 + ize …化）*(vt)* 人格化，賦與人性

- anthropophagi *(n)* 食人族，食人肉者
- anthropophagite *(n)* 食人的野蠻人
- anthropophagous *(adj)* 食人的
- anthropophagy（anthropo 人 + phagy 吞食）*(n)* 食人
- anthroposcopy（anthropo 人 + scopy 觀察的行為）*(n)* 相術，相面術
- anthropotomy（anthropo 人 + tomy 切割）*(n)* 人體解剖學
- misanthropic（mis 恨 + anthrop 人類 + ic 具有…性質的）*(adj)* 厭惡人類的
- misanthropist（mis 恨 + anthrop 人類 + ist 者）*(n)* 厭惡人類者
- misanthropy（mis 恨 + anthrop 人類 + y 名詞字尾）*(n)* 厭惡人類
- philanthropic（phil 愛 + anthrop 人類 + ic 具有…性質的）*(adj)* 博愛的
- philanthropist（phil 愛 + anthrop 人類 + ist 者，家）*(n)* 慈善家
- philanthropy（phil 愛 + anthrop 人類 + y 名詞字尾）*(n)* 慈善，仁慈

例句

a. Only a few young people take an interest in **anthropology**.
只有少數年輕人對人類學有興趣。

b. He preaches **philanthropy**, but he never makes any donations.
他鼓吹慈善捐獻，但他不曾捐過半毛錢。

11 apt, ept : fit, proper「適當」

- adapt（ad 朝向 + apt 適當）*(vt)* 使適應，改編
- adept（ad 朝向 + ept 達成）*(adj)* 熟練的
- apt *(adj)* 有…傾向的，靈巧的，適當的
- aptitude *(n)* 性向
- inept（in 不 + ept 達成）*(adj)* 不適當的；沒有技巧的
- ineptitude *(U)* 不適當，不稱職

例句

a. The President was criticized for his **inept** handling of the economic problems.
總統被批評拙於處理經濟問題。

b. Mr. Greenspan is very **adept** at fighting inflation.
葛林斯班先生對抗通貨膨脹非常熟練。

12 arm ： weapon「武器」

- armada *(n)* 艦隊
- armament *(n)* 軍備，武器
- armistice（arm 武器 + istice 停止）*(n)* 停戰，休戰
- armor *(n)* 裝甲
- armory（arm 武器 + ory 地方）*(n)* 兵工廠，軍械庫
- arms *(n)* 武器
- disarm（dis 除去 + arm 武器）*(vt)* 解除武裝
- disarmament *(n)* 裁軍，裁減軍備

例句

a. All attempt to broker an **armistice** have failed.
所有調解停火的努力全告失敗。

b. The actor wore a suit of **armor**.
那演員身披一套盔甲。

13 aster, astro ： star「星星」

- asterisk（aster 星 + isk 小）*(n)* 星號 (*)
- asteroid（aster 星 + oid 似…的）*(n)*（火星和木星之間的）小行星 (=minor planet)；海星 (=starfish) ；*(adj)* 星狀的
- astral（astr 星 + al 有…特質的）*(adj)* 星的
- astrologer *(n)* 占星家

- astrology（astro 星 + logy 學）*(n)* 占星術
- astronaut（astro 星 + naut 航行）*(n)* 太空人
- astronomer（astro 星，天體 + nomer 者，家）*(n)* 天文學家
- astronomy（astro 星，天體 + nomy 學科名）*(n)* 天文學
- disaster *(n)* 災難
- disastrous（disastr 災難 + ous 充滿…的）*(adj)* 災難的

例句

a. The **astronomical** instrument was sold for an **astronomical** price.
那天文儀器以天價賣出。

b. Some **astral** bodies can give out **astral** beams.
一些星體能發出星光。

14 **athl** ： contest, prize「競賽；獎品」

- athlete *(n)* 運動員
- athletic *(adj)* 運動的
- athletics *(n)* 運動
- decathlon（deca 十 + athlon 競賽）田徑十項全能競賽
- pentathlon（penta 五 + athlon 競賽）*(n)* 五項全能運動

例句

The **athletics** meet(ing) began with a parade of all the competing teams.
運動會開幕時所有參賽隊伍一起列隊進場。

15 **audi, audit** ： hear, listen「聽」

- audible *(adj)* 聽得見的
- audience（audi 聽 + ence 名詞字尾 ）*(n)* 聽衆，（音樂會）觀衆
- audio *(adj)* 音頻的，聲頻的，聲音的

- audiovisual（audio 聲音的 + visual 視覺的）*(adj)* 視聽的；視聽教學的
- audiphone（audi 聽 + phone 聲音）*(n)* 助聽器
- audit（聽財務彙報或查財務紀錄 →）*(vt)* 查帳 *(n)* 查帳；旁聽
- audition *(n)*（對擬做演員、歌手、樂師等人的）試鏡，試聽，試演
- auditor *(n)* 審計師
- auditorium（audit 聽 + orium 表示地點）*(n)* 禮堂
- auditory *(adj)* 耳的
- inaudible *(adj)* 聽不見的

例句

a. Jane had an **audition** for the play and it went well.
珍為這部戲試鏡，進行得很順利。

b. He suffers **auditory** hallucinations.
他患了幻聽。

b 開頭的字根

16 ball ： dance「舞蹈」

- ball *(n)* 舞會
- ballad *(n)* 民歌，歌謠
- ballet *(n)* 芭蕾舞，芭蕾舞劇，芭蕾舞樂曲

例句

She's a graceful **ballet** dancer.
她是個舞姿優美的芭蕾舞者。

17 bat ： fight, beat「打架，打」

- battalion *(n)* 軍隊
- batter *(n)* 擊球手 *(vt)* 打壞，猛擊

- battle *(n)* 戰役
- combat（com 一起 + bat 打架）*(vt, vi, n)* 戰鬥

They made massive efforts to **combat** AIDS.
他們為打擊愛滋病做了巨大的努力。

18 belli ：war「戰爭」

- bellicose *(adj)* 好戰的
- bellicosity *(n)* 好戰
- belligerence *(n)* 交戰，好戰
- belligerent（belli 戰爭 + ger 發動 + ent 表性質的形容詞字尾）*(adj)* 好戰的，好鬥的
- bellipotent（belli 戰爭 + potent 有力的）*(adj)* 戰力強大的
- rebel（re 再 + bel 戰爭）*(n)* 叛亂者 *(vi)* 反叛
- rebellion *(n)* 謀反，叛亂
- rebellious *(adj)* 反叛的

例句

a. Mr. Hussein, a **bellicose** and brutal dictator, is now standing trial.
海珊先生，一個好鬥而殘暴的獨裁者現正接受審判。

b. Muammar Muhammad al-Qadhafi, the leader of Libya, had been haughty and **belligerent** until his office and home were flattened by America.
在辦公室和住所被美國夷為平地之前，利比亞的領袖格達費一向是狂傲而好鬥的。

19 bio ：life「生命」

- amphibian（amphi 兩個 + bi 生命 + an 物，者）*(adj)* 兩棲類的，水陸兩用的；*(n)* 兩棲動物，水陸兩用飛機，水陸兩用的平底車輛
- antibiotic（anti 抗 + bio 生命 + tic 物）*(n)* 抗生素

- autobiography（auto 自己 + biography 傳記）*(n)* 自傳
- biodegradable（bio 生命，生物 + de 降 + grade 級 + able 可…的）*(adj)* 可生物降解的，可分解為自然成分的
- biogenesis *(n)* 生物起源說
- biographer（bio 生命 + graph 寫 + er 人）*(n)* 傳記作者
- biography（bio 生命 + graphy 寫）*(n)* 傳記
- biology（bio 生命，生物 + logy 學）*(n)* 生物學
- biopsy（bio 生命 + opsy 看）*(n)* 活組織切片檢查
- biosphere（bio 生命，生物 + sphere 圈）*(n)* 生物圈
- symbiosis（sym 共同 + bio 生命 + sis 名詞字尾）*(n)* 共生（現象），合作（或互利，互依）關係

例句

The region where the earth's animals and plants live is called the earth's **biosphere**.
地球的動植物棲息區域稱爲地球的生物圈。

20 brev ： brief「簡短」

- abbreviate（ad 朝向 + brevi 簡短 + ate 動詞字尾）*(vt)* 縮寫，縮短
- abbreviation *(n)* 縮寫，縮寫詞
- abbreviative *(adj)* 縮寫的
- breve *(n)* 短弱音符
- breviped（brevi 短 + ped 腳）*(adj)* 矮腳的
- brevity（brev 簡短 + ity 名詞字尾）*(n)* （時間）短暫，（講話，文章等）簡短
- brief *(n)* 摘要，大綱；*(adj)* 簡短的，短暫的；*(vt)* 摘要
- briefing *(n)* 簡報

例句

a. "Acquired Immune Deficiency Syndrome" is usually **abbreviated** to 'AIDS'.
"Acquired Immune Deficiency Syndrome" 通常都簡寫成 AIDS 。

b. The officer **briefed** his men on the dangerous mission they were going to undertake.
那官員向下屬簡述將要著手進行的危險任務。

C 開頭的字根

21 cad, cas, cid ：die, fall「死；降落」

- accident（ac 朝向 + cid 落下 + ent 事物）*(n)* 意外事件
- cadaver *(n)* 死屍，屍體
- cadaverine *(n)* 屍胺
- cadaverize（cadaver 死屍 + ize 使…）*(v)* 使面如死灰
- cadaverous（cadaver 死屍 + ous 充滿著）*(adj)* 屍體似的，蒼白的，死灰色的
- cadence *(n)*（聲音的）抑揚頓挫
- cadent *(adj)* 有節奏的，降落的
- caducous *(adj)* 早謝的
- cascade *(n)* 小瀑布
- castrate（cas 降落 + tr + ate 動詞字尾）*(vt)* 閹割
- coincidence *(n)* 巧合
- coincident（co 一同 + incident 事件）*(adj)* 一致的，符合的，巧合的
- decadent（de 向下 + cad 降落 + ent 形容詞字尾）*(adj)* 墮落的，頹廢的
- incident（in 進入 + cid 落下 + ent 事物）*(n)* 事件，事變
- occidental *(adj)* 西洋的，西方的
- occident（oc 向 + cid 落下 + ent 事物）*(n)* 西方

例句

a. She looked in the mirror and saw a gaunt, ashen face. Her eyes were hollow and her cheeks were sunken and **cadaverous**.
她照鏡子看見一張憔悴蒼白的臉。她的眼睛空洞，雙頰凹陷而消瘦蒼白。

b. They live a **decadent** life.
他們過著墮落的生活。

22 cand：glowing, white, pure, guileless「赤熱的；白的；純潔的；坦率的」

- candent *(adj)* 白熱的，灼熱的
- candescence *(n)* 白熱
- candescent *(adj)* 白熱的
- candid *(adj)* 坦白的
- candidacy *(n)* 候選人的地位，候選資格
- candidate（candid 白的 + ate 人 → 穿白衣服的人，源於古羅馬得到官職的人所穿的白色寬外袍）*(n)* 候選人，投考者
- candle *(n)* 蠟燭
- candor *(n)* 坦白，直率
- incandescence *(n)* 白熱，熾熱
- incandescent *(adj)* 遇熱發光的，白熾的

例句

a. She spoke with **candor** about her relationship with the media mogul.
她坦誠的談她與那媒體大亨的關係。

b. There are five **candidates** for the job of sales manager.
共有五位求職者應徵業務經理一職。

23 cap, capi, ceive, cept, cip, cup：take, seize「拿取」

- accept（ac 朝 + cept 拿取）*(vt)* 接受
- anticipant *(adj)* 期望的
- anticipate（ante 在…之前 + cip 拿取 + ate 動詞字尾）*(vt)* 預期，期望
- anticipation *(n)* 預期，預料

- capability *(n)* 能力，容量
- capable（cap 拿取 + able 可…的）*(adj)* 有能力的
- capacious *(adj)* 寬敞的
- capacitate *(vt)* 使能夠，賦予能力
- capacity *(n)* 容量，能力
- caption *(n)* 標題
- captious *(adj)* 挑剔的
- captivate *(vt)* 迷住，迷惑
- captive *(n)* 俘虜
- captivity *(n)* 囚禁
- captor *(n)* 捕捉者，逮捕者
- capture（cap 拿取 + ure 名詞字尾）*(n)* 捕獲，戰利品；*(vt)* 俘獲，捕獲
- deceit *(n)* 欺騙，謊言
- deceitful *(adj)* 欺詐的
- deceive（de 脫離 + ceive 拿取）*(vt)* 欺騙
- deception *(n)* 欺騙， 詭計
- deceptive *(adj)* 欺騙性的
- imperceptible *(adj)* 察覺不到的
- incapacitate *(vt)* 使無能力
- incapacity *(n)* 無能力
- inception *(n)* 起初
- incipient（in 內 + cipi 拿取 + ent 形容詞字尾）*(adj)* 初始的
- intercept（inter 在…之間 + cept 拿取）*(vt)* 攔截
- perceive（per 貫穿，完全 + ceive 拿取）*(vt)* 察覺
- perceptible *(adj)* 可察覺的
- perception *(n)* 理解，感知
- perceptive *(adj)* 有理解的
- receipt *(n)* 收據

- receive（re 還回 + ceive 拿取）*(vt)* 收到
- reception *(n)* 接待，招待會，接收
- receptive *(adj)* 能接納的
- receptor *(n)* 接受器
- recipient *(adj)* 容易接受的；*(n)* 領取者，容器
- reciprocal *(adj)* 互惠的
- reciprocate（re 反轉 + cipro 拿取 + ate 動詞字尾）*(vt)* 互給

例句

a. I paid a **reciprocal** visit to Mr. White.
我回訪懷特先生。

b. The **recipient** of the grand prize has decided to donate some of the money to charities.
大獎得主決定將一部分獎金捐給慈善機構。

24 capit：head「頭」，引申義為「首要的」

- capital *(adj)* 首都的，重要的；*(n)* 首都，資本，大寫字母
- capitalism（capital 資本 + ism 主義）*(n)* 資本主義
- capitalist（capital 資本 + ist …主義者）*(n)* 資本家；*(adj)* 資本主義的
- capitulate *(vi)* 有條件投降
- captain *(n)* 船長，（民航機的）機長
- decapitate（de 除去 + capit 頭 + ate 使…成為）*(v)* 斬首
- decapitator *(n)* 斬首者，劊子手

25 carn(i)：flesh「肉」

- carcass *(n)* 動物屍體
- carnage（carn 肉 + age 名詞字尾）*(n)* 大屠殺
- carnal（carn 肉 + al 與…有關的）*(adj)* 肉體的，肉欲的，色欲的

- carnality（carn 肉 + ality 名詞字尾）*(n)* 淫蕩
- carnassial *(adj)* 牙齒適合咬肉的
- carnation（carn 肉 + ation 名詞字尾）*(n)* 肉紅色，康乃馨（carnation 的音譯）
- carnival（carni 肉體 +v+al 名詞字尾）*(n)* 嘉年華會，飲宴狂歡
- carnivore（carni 肉 + vore 吃）*(n)* 食肉動物，食蟲植物
- carnivorous（carni 肉 +vor 吃 + ous …的）*(adj)* 食肉類的
- carrion（carr = carn 肉 + ion 名詞字尾）*(n)* 腐肉
- excarnate（ex 出去 + carn 肉 + ate 使…變成）*(vt)* 剝除肉質，免去肉體
- incarnadine（in 在…裡面 + carn 肉 + adine）*(adj)* 肉色的，粉紅色的
- incarnate（in 進入 + carn 肉 + ate 使…變成）*(vt)* 體現，具體化，使成化身；*(adj)* 化身的，人體化的，肉色的
- incarnation（incarnate + ion 名詞字尾）*(n)* 賦予肉體，具人形，化身
- reincarnate（re 再 + in 進入 + carn 肉體 + ate 使…變成）*(vt)* 使轉生

26 **cau, caus, caut** ： burn, heat「燒熱」

- cauldron *(n)* 大鍋爐 (=caldron)
- caustic *(adj)* 腐蝕性的，刻薄的
- cautery *(n)* 燒灼
- cauterize *(vt)*（為防止傷口出血或感染而）燒灼，烙

27 **ced, ceed, cess** ： move, walk ； give way「走動；投降」

- accede（ac=ad 向 + cede 投降）*(v)* 同意
- access（ac=ad 朝向 + cess 來）*(n)* 接近； *(vt)* 接近
- accessible *(adj)* 易接近的，可到達的
- accession（ac 朝向 + cess 走動 + ion 名詞字尾）*(n)* 登基，就職
- accessory *(n)* 附件；*(adj)* 附屬的
- ancestor（an=ante 先，前 + cest=cess 走 + or 人）*(n)* 祖先，祖宗
- antecede（ante 先前 + cede 走）*(vt)* 先前 (=precede)

- antecedence / antecedency *(n)* 先前
- antecedent（ante 先前 + ced 走 + ent 形容詞字尾）*(adj)* 先前的
- antecessor *(n)* 前任者，前輩
- cede *(vt)* 割讓（領土）；放棄（某事物的權利或所有權）
- cession *(n)* 割讓，轉讓
- concede（con 共同 + cede 投降）*(vi)* 承認
- concession（con 共同 + cess 投降 + ion 名詞字尾）*(n)* 承認，轉讓（權利，比賽的分數等）
- exceed（ex 出 + ceed 走）*(vt)* 超過（尤指數量）
- excess *(n)* 過度，過分
- excessive *(adj)* 過多的，過分的
- intercede（inter 之間 + cede 走）*(v)* 代為說情
- intercession（inter 之間 + cess 走 +ion 名詞字尾 ）*(n)* 代為求情
- precede（pre 先，前 + cede 走）*(v)* 在…之前，先於
- precedent（pre 先 + ced 走 + ent 名詞字尾）*(n)* 先例
- procedure（pro 向前 + ced 走 + ure 名詞字尾）*(n)* 程序，手續
- proceed（pro 向前 + ceed 走）*(vi)* 繼續進行，繼續下去
- process（pro 向前 + cess 走）*(n)* 過程，步驟
- procession（pro 向前 + cess 行 + ion 名詞字尾）*(n)* 行進；隊伍
- recede（re 回 + cede 走）*(v)* 後退
- recess *(n)* 休息時間，休會；*(vi)* 宣布…休會，暫停以休息
- recession *(n)* 退後，撤退；經濟衰退，不景氣
- retrocede（retro 向後 + cede 走）*(vt)* 交還，歸還
- retrocession *(n)* 退卻
- secede（se 分離 + cede 走）*(vi)* 正式脫離或退出（組織等）
- secession *(n)* 脫離
- succeed（suc 隨後 + ceed 走 → 隨後跟上）*(vi)* 取得成功；*(vt)* 繼任
- succession *(n)* 繼承權；一連串的事物

- successive *(adj)* 連續的
- successor（suc 隨後 + cess 走 + or 者）*(n)* 繼任者，繼承人
- unprecedented（un 無，不 + precedent 先例 + ed …的）*(adj)* 空前的，史無前例的

例句

a. The flood waters began to **recede**.
洪水開始消退。

b. Quebec has made several attempts to **secede** from Canada.
魁北克嘗試多次要脫離加拿大。

28 celer ： swift, quick「快速」

- accelerate（ac=ad 強調性的字首 + celer 快速 + ate 使…變成）*(v)* 加速；促進
- accelerator *(n)* 加速器
- celerity（celer 快速 + ity 名詞字尾）*(n)* 敏捷，快速，迅速
- decelerate（de 下，除去 + celer 快速 + ate 使）*(v)*（使）減速

例句

This medicine can **accelerate** one's heartbeat.
這種藥物能加快心跳。

29 cert ： certain「確定」

- ascertain（as 朝向 + certain 確定）*(vt)* 確定
- certain *(adj)* 確定的
- certifiable *(adj)* 可證明的，可確認的
- certificate *(n)* 證書，證明書
- certification *(n)* 證明
- certify（cert 確定 + i + fy 使…化）*(vt)* 證明
- certitude（cert 確定 + itude 名詞字尾）*(n)* 確實，確信

例句

a. Sign your name at the bottom of this document to **certify** that the statement is correct.
在法律文件底下簽名，以證明以上陳述準確無誤。

b. The murder is shrouded in mystery. It is hard to **ascertain** the facts.
這宗謀殺案被蒙上一層神祕的面紗，很難查明事實眞相。

30 chor ： sing, dance「唱歌；跳舞」

- choir *(n)* 唱詩班
- choral *(adj)* 合唱隊的
- chord *(n)* 弦，和音
- choreodrama *(n)* 舞蹈劇
- choreograph *(vt)* 設計舞蹈動作
- choreography *(n)* 舞蹈術
- choreology *(n)* 舞譜學
- choreopoem *(n)* 配舞詩劇
- chorister（chori 唱歌 + ster 人）*(n)* 唱詩班歌手
- chorus *(n)* 合唱，合唱隊

例句

We sang as a **chorus** in music class.
我們在音樂課上唱起合唱曲。

31 cide, cise ： cut「切，割」

- circumcise（circum 環繞 + cise 切）*(v)* 施行割包皮手術
- concise（con 一起，全部 + cise 切，殺）*(adj)* 簡明的
- decide（de 下 + cide 切）*(v)* 決定
- excise（ex 出去 + cise 切掉）*(vt)* 切除

- excision *(n)* 切除
- incise（in 進入 + cise 切）*(vt)* 切入；雕刻
- incision *(n)* 切割，切開，切口
- incisive（in 入 + cis 切 + ive …的）*(adj)* 尖銳的；一針見血的
- precise（pre 預先 + cise 切）*(adj)* 精確的
- precision *(n)* 準確，明確，精確
- suicide（sui 自己 + cide 切）*(n)* 自殺

例句

a. The poem is **incised** into a rock.
這首詩被雕刻在岩石上。

b. The doctor **excised** the tumor from the patient's stomach.
醫生切除病人胃裡的瘤。

32 circ, cycl：circle「圓，環」

- bicycle〔bi 二 + cycle 圓圈（輪子）〕*(n)* 自行車
- circle *(n)* 圓，圓圈
- circuit *(n)* 環行；線路，電路
- circuitous（circuit 圓圈，繞 + ous …的）*(adj)* 迂迴的，繞行的
- circular（circ 圓 + ular …的）*(adj)* 圓形的
- circulate（circ 圓環 + ul + ate 動詞字尾）*(vi)*（血液）循環
- circulation *(n)*（血液）循環
- circus *(n)* 馬戲團，雜技團（常常巡迴演出，故名）
- cycle *(n)* 週期，迴圈
- encircle（en=in 內 + circle 圈）*(vi)* 環繞，圍繞，包圍
- encyclopedia（en 裡面 + cyclo=cycle 圈 + ped 教育，知識 + ia）*(n)* 百科全書
- recycle（re 再 + cycle 迴圈）*(v)* 回收利用
- tricycle（tri 三 + cycle 輪子）*(n)* 三輪車

例句

a. Break the **circuit** before you change a fuse.
更換保險絲之前，先切斷電路。

b. The factory was **encircled** by angry protesters.
工廠被憤怒的抗議者包圍。

33 cite ： stimulate, quote「刺激；引用」

- citation *(n)* 引用
- cite *(vt)* 引用，引證
- excite（ex 向外 + cite 刺激）*(vt)* 使興奮
- excitement *(n)* 刺激，興奮
- incite *(vt)* 煽動
- incitation *(n)* 刺激，激勵
- recite *(vt)* 背誦，朗讀
- recitation *(n)* 朗誦，背誦
- resuscitate（re 重新 + sus 下面 + cite 煽動 + ate 使…變成）*(vt)*（使）復甦
- resuscitation *(n)* 復甦，復興

例句

a. Some political leaders seem to be better at **inciting** hatred than at getting things done.
有些政治領袖似乎善於煽動仇恨而拙於做事。

b. When he was taken to the hospital, his heart had stopped. But miraculously the doctors managed to **resuscitate** him.
被送到醫院時他的心臟已經停止。但奇蹟似地，醫生使他復活了。

34 civi ： citizen「公民」

- civic *(adj)* 市民的，公民的

- civics *(n)* 公民學
- civil *(adj)* 市民的，公民的
- civility *(n)* 禮貌
- civilian *(n)* 平民；*(adj)* 文職的
- civilize *(vt)* 使文明，教化
- civilization *(n)* 文明
- civvies *(n)* 便服

例句

a. Some people think that girls in a co-educational school provide a **civilizing** influence, preventing fights and bad behavior.
有些人認爲在男女同校的學校裡，女孩子產生了教化的影響力，防止打架和粗魯的行爲。

b. **Civil** strife broke out after a police officer shot a vendor dead.
警察射殺一名小販後，民間衝突就爆發了。

35 claim, clam ： claim, shout, voice「喊叫；聲音」

- acclaim（ac=ad 表示加強，一再 + claim 喊）*(vt)* 稱讚
- acclamation *(n)* 歡呼，喝彩
- claim *(vt)* 聲稱，（對應得的權利或財產的）要求
- clamor（clam 喊叫 + or 動詞字尾）*(n, vi)* 吵鬧，叫喊；大聲抗議或要求
- clamorous *(adj)* 大喊大叫的，大聲抗議的
- declaim（de 加強 + claim 喊）*(vt)*（像演講般）大聲說話；抨擊 (~ against)
- declamation *(n)* 慷慨陳詞
- exclaim（ex 出 + claim 喊）*(vt)* 驚叫，大聲叫
- exclamation *(n)* 驚呼，驚嘆詞
- exclamatory *(adj)* 叫喊的
- proclaim（pro 在前 + claim 喊）*(vt)* 宣布，公布，聲明
- proclamation *(n)* 宣布

- reclaim（re 回 + claim 喊）*(vt)* 要求歸還，收回
- reclamation *(n)*（廢料等的）回收

例句

a. There are **clamorous** voices coming from the next room.
大喊大叫的聲音從隔壁房傳來。

b. I asked the woman from where I could **reclaim** my lost backpack.
我問那位女士可以從哪裡要回我遺失的背包。

36 clar：clear「清楚，明白」

- clarification *(n)* 澄清；解釋
- clarify（clar 清楚 + ify 使）*(vt)* 澄清（以使清楚易懂）；解釋
- clarity（clar 清楚 + ity 名詞字尾，表示性質）*(n)* 清楚；明晰
- declare（de 加強意義的字首 + clare=clar 明示）*(vt)* 宣布，宣告
- declaration *(n)* 宣布，宣言，聲明

例句

a. Tell your story with simple **clarity**.
簡單清楚地講一講你的故事。

b. The company has been **declared** insolvent.
那家公司已經宣布破產。

37 clause, close, clude, cluse：close「關閉」

- claustral *(adj)* 修道院的，隱遁的
- claustrophobe *(n)* 患幽閉恐懼症的人
- claustrophobia（claustro 關閉 + phobia 恐怖）*(n)* 幽閉恐懼症
- claustrophobic *(adj)*（患）幽閉恐懼症的，導致幽閉恐懼症的
- cloister *(n)* 迴廊，修道院
- close *(v)* 關，關閉

- closet（clos 關閉 + et 小物品）*(n)* 壁櫥，儲藏室，廁所
- closure（clos 關閉 + ure 名詞字尾）*(n)* 關閉
- conclude（con 一起，全部 + clude 關閉）*(vt)*（使）結束，作結論
- conclusion *(n)* 結束，結論
- disclose（dis 開，解除 + close 關）*(vt)* 透露
- disclosure *(n)* 揭發
- enclose（en=in 入 + close 關）*(vt)* 附寄，圍入
- exclude（ex 外 + clude 關）*(vt)* 把…排除在外
- exclusive（ex 外 + clus 關 + ive …的）*(adj)* 排他的，專有的
- foreclose（fore …之前 + close 關閉）*(vt)* 妨礙，阻止，取消抵押品贖回權
- foreclosure *(n)* 喪失抵押品贖回權，排除
- include（in 入，內 + clude 關）*(vt)* 包括，包含
- occlude *(vt)* 使閉塞
- occlusion *(n)* 閉塞
- preclude（pre 預先 + clude 關）*(vt)* 防止
- preclusion *(n)* 防止
- recluse（re 回，退 + cluse 關閉）*(n)* 隱遁者，隱士
- reclusive *(adj)* 隱遁的，隱居的
- seclude（se 離，分開 + clude 關）*(vt)* 使隔離；使（與世）隔絕
- secluded *(adj)* 很少有人去的，僻靜的
- seclusion（se 分開，離 + clus 關 + ion 名詞字尾）*(n)* 與世隔絕

例句

a. He became a **recluse** after he suffered a humiliating defeat in the presidential election.
總統大選慘敗後他就隱遁了。

b. Age alone will not **preclude** him from running a marathon.
單單是年齡問題不會阻止他參加馬拉松賽跑。

38 cogn：know, knowledge「知」

- cognition（cogn 知 + ition 名詞字尾）*(n)* 認知
- cognitive（cogn 知 + itive 形容詞字尾）*(adj)* 認知的
- cognizance *(n)* 了解
- cognizant *(adj)* 認識的，知曉的
- incognito（in 不 + cognito 知道，認出）*(adj, adv)* 隱姓埋名的
- incognizable *(adj)* 難覺察的，不可知的
- incognizance *(n)* 不認識，不知覺
- incognizant *(adj)* 沒有意識到的
- precognition（pre 預先 + cognition 認知）*(n)* 預知
- recognition *(n)* 識別；承認
- recognize（re 再次，重新 + cognize 知道）*(vt)* 認出；承認

例句

a. Environmental **cognition** rises with education.
環境的認知隨教育而增進。

b. People who take vitamin supplements without consulting a doctor are not **cognizant** of the risks involved.
沒有請教醫生就服用維他命補充品的人不知道隱藏的危險。

39 cord：heart「心」

- accord（ac 向 + cord 心）*(vi)*（常與 with 連用）一致，符合
- accordance（accord 一致 + ance 名詞字尾）*(U)* 一致，和諧
- accordant（accord 一致 + ant 形容詞字尾）*(adj)* 一致的
- cordial（cord 心 + ial …的）*(adj)* 衷心的，誠懇的
- cordiality（cordial 衷心的 + ity 名詞字尾）*(U)* 誠懇，誠摯
- concord（con 共同，合 + cord 心）*(U)* 和諧，協和
- concordance *(U)* 合諧，一致

- concordant（concord 和諧 + ant …的）*(adj)* 協調的，和睦的
- concordat *(n)* 羅馬教皇與各政府所訂定的宗教事務協定
- discord（dis 不，分 + cord 心）*(U)* 不一致，意見不合
- discordant（discord 不一致 + ant …的）*(adj)* 不調和的，不悅耳的

例句

a. We got a **cordial** reception.
我們受到了熱忱的接待。

b. The policy is in **concordance** with the public's interests.
該政策符合大眾的利益。

40 corpor：body「身體」，引申義為「團體」

- corporal（corpor 身體 + al 與…有關的）*(adj)* 身體的，肉體的
- corporate（corpor 體 → 團體 + ate 具有…特質的）*(adj)* 團體的，公司的
- corporation（corpor 團體 + ation 名詞字尾）*(n)* 團體，公司
- corporator *(n)* 法人團體的一員
- corporeal *(adj)* 肉體的，物質的
- corps *(n)* 軍團，兵隊
- corpse *(n)* 屍體
- corpulence（corp 肉體 + ulence 名詞字尾，表示「多」）*(n)* 肥胖
- corpulent（corp 肉體 + ulent 多…的）*(adj)* 肥胖的
- corpus *(n)* 文集（複數為 corpora 或 corpuses）
- corpuscle（corpus 肉體 + cle 小物體）*(n)* 血球，微粒
- incorporate（in 進入 + corpor 團體 + ate 使…變成）*(vt)* 合併
- incorporation *(n)* 結合，合併

例句

a. **Corporal** punishment is forbidden.
體罰是被禁止的。

b. Corpulent people tend to suffer heart disease.
肥胖的人容易罹患心臟病。

41 cour, cours, cur, curr, curs ： run「跑」

- concourse（con 共同，一起 + course 跑）*(n)* 聚集，彙集，中央大廳，寬闊的大道
- concur（con 共同，一起 + cur 跑）*(v)* 同時發生
- concurrence *(n)* 同時發生，同時存在
- concurrent *(adj)* 同時發生的
- courier（cour 跑 + ier 人）*(n)*（傳遞消息或重要文件的）信使，快遞者
- current（curr 跑 + ent …的）*(adj)* 當前的；*(n)* 趨勢，電流，水流，氣流
- currency（curr 跑 + ency 名詞字尾）*(n)* 流通，貨幣，流行
- curriculum *(n)* 課程，課程表
- cursor *(n)* 指針
- cursorial *(adj)* 適於或擅於奔跑的
- cursory（curs 跑，急行 + ory …的）*(adj)* 粗略的，草率的；匆匆忙忙的
- excursion（ex 外 + curs 跑 + ion 名詞字尾）*(n)* 短程旅行，遠足
- extracurricular（extra 外 + curricular 課程的）*(adj)* 課外的
- incur（in 進入 + cur 跑）*(v)* 招致（痛苦）
- incursion（in 進入 + curs 跑 + ion 名詞字尾）*(n)* 入侵
- precursor（pre 先 + curs 跑 + or 人）*(n)* 先驅
- recourse（re 回 + course 跑）*(n)* 求援，求助
- recur（re 再，回 + cur 跑）*(vi)* 復發；再次發生
- recurrent *(adj)* 一再重現的
- recurrence *(n)* 復發；再次發生

例句

a. The same nightmare/pain **recurred** night after night.
同樣的惡夢／痛苦夜復一夜地重現。

b. He cast a **cursory** glance at the headlines.
他匆匆忙忙的看一下標題。

42 cre, crease, cres, crete, cru：rise, grow「上升，成長」

- accrue（ac 朝向 + cru 生長）*(vi)* 自然增加
- concrete（con 結合 + crete 生長）*(adj)* 具體的；*(n)* 混凝土
- concrescence *(n)* 原本分開的器官逐漸成長在一起
- create *(vt)* 創造，創作
- creation *(n)* 創造，創作物
- creative *(adj)* 有創造性的
- creativity *(n)* 創造力
- creator *(n)* 創作者
- creature *(n)* 生物
- crescendo *(n)* 聲音漸增
- crescent *(n)* 新月；*(adj)* 新月形的，逐漸增加的
- decrease（de 除去 + crease 成長）*(n, vi)* 減少
- increase（in 表強調的字首 + crease 成長）*(n, vi, vt)* 增加，增大，成長

例句

a. Interest will **accrue** on your bank account at a rate of 2%.
你的銀行存款簿將以兩釐的利息累積增加。

b. There has been an **increase** in my aggregate income.
我的總收入有增加。

43 cred：believe「相信」

- accredit（ac=ad 朝向 + credit 信任）*(vt)* 委任
- credence（cred 相信 + ence 名詞字尾）*(n)* 相信

- credential *(n)*（學歷，資歷等的）資格，證件
- credibility（cred 相信 + ibility 可…性）*(n)* 可信度，信譽
- credible（cred 相信 + ible 可…的）*(adj)* 可信的
- credit *(n)* 信用
- credulous（cred 相信 + ulous 多…的）*(adj)* 輕信的
- discredit（dis 不 + credit 信用）*(vt)* 使被懷疑，使羞辱；*(n)* 丟臉
- incredibility（in 不 + credibility 可信性）*(n)* 不能相信，不可信
- incredible（in 不 + credible 可信的）*(adj)* 難以置信的
- incredulous *(adj)* 不輕信的

例句

a. The foundation is not **accredited** by Harvard University to recruit overseas students.
哈佛大學並未委託該基金會招收海外學生。

b. She cheated **credulous** officers out of tens of millions of dollars.
她騙走容易上當的軍官數千萬美元。

44 cret, crete：separate「分離」

- discrete（dis 分開 + crete 分離）*(adj)* 個別的
- excrete（ex 向外 + crete 分離）*(vt)* 排泄，分泌
- secret（se 分開 + cret 分開）*(n)* 祕密
- secretarial *(adj)* 祕書的
- secretary（secret 祕密 + ary 人）*(n)* 祕書
- secrete（se 分開 + crete 分離）*(vt)* 隱藏，隱匿，分泌
- secretion *(n)* 分泌，分泌物（液）
- secretive *(adj)* 保密的

例句

a. Waste material will be **excreted** from the body.
廢物將從我們身體排出去。

b. Every family is a **discrete** unit.
每個家庭是一個別的單位。

45 crim : crime「犯罪」

- criminal *(n)* 罪犯；*(adj)* 犯罪的
- criminaloid（criminal 犯罪的 + oid 像…的）*(n)* 本性有犯罪傾向者
- criminate（crimin 犯罪 + ate 使…變成）*(vt)* 定罪，使負罪
- crimination *(n)* 使負罪
- criminatory *(adj)* 使負罪的
- criminological *(adj)* 犯罪學的
- criminologist *(n)* 犯罪學者，刑事學家
- criminology（crimino 犯罪的 + logy 學科）*(n)* 犯罪學，刑事學
- incriminate（in 使 +crimin 犯罪 + ate 使…變成）*(vt)* 控告…有罪，使負罪
- incrimination *(n)* 連累，控告
- incriminatory *(adj)* 負罪的，成為有罪的
- recriminate（re 反回 + crimin 犯罪 + ate 使…變成）*(vi)* 反責，反唇相譏
- recrimination *(n)* 反責；相互指責
- recriminative *(adj)* 互相責備的
- recriminatory *(adj)* 互相責備的

a. When things go wrong, officials tend to pass the buck and trade bitter **recriminations**
出事時官員就推卸責任互相指責。

b. Though they could not find anything to **incriminate** him, they put him in jail all the same.
雖然他們找不到任何事情可以定他有罪，他們依然把他關起來。

46 cruc : cross「十字」

- crucial（cruc 十字 + ial …的 → 處在十字路口）*(adj)* 至關重要的
- crucifix（cruc 十字 + i + fix 釘）*(n)* 耶穌釘於十字架的像，十字架
- cruciform（cruci 十字 + form 形）*(adj)* 十字形的
- crucify（cruc 十字 + ify 使）*(vt)* 釘死在十字架上
- cruise *(vi)* 巡遊，巡航
- cruiser *(n)* 巡洋艦
- crusade（crus 十字 + ade 名詞字尾，表示集合、集體）*(n)* 十字軍（東征）；改革運動
- excruciating（ex 過度 + cruci 十字 + ate 使…變成 + ing 令人…）*(adj)* 極痛苦的，折磨人的

例句

a. He was **crucified** for speaking his mind.
他因說出心裡的話而被釘死在十字架上。

b. He launched a **crusade** against/for euthanasia.
他發起反對／贊成安樂死的運動。

47 cub, cumb : lie down「躺下」

- concubine（con 合併 + cub 躺 + ine 女性）*(n)* 妾
- cubicle（cub 躺下 + cle 小物體）*(n)* 小臥室
- incubate（in=on 在…上 + cub 躺 + ate 動詞字尾）*(vt)* 孵卵；*(vi, vt)* 細菌所培養繁殖；事情的醞釀
- incubation *(n)* 孵蛋，培育，潛伏期
- incubative *(adj)* 孵蛋的，潛伏的
- incubator *(n)* 培養的器具，孵卵器，早產兒保育器
- incubatory *(adj)* 孵蛋的
- incumbency *(n)* 責任，義務，任職

- incumbent〔in=on 在…上 + cumb 躺 + ent 形容詞字尾、名詞字尾（人）〕*(adj)* 負有職責的；*(n)* 現任者
- succumb（suc 服下面 + cumb 躺）*(vi)* 屈服，屈從

例句

a. The AIDS virus has a long **incubation** period.
愛滋病毒有很長的潛伏期。

b. He **succumbed** to temptation/pressure.
他屈服於誘惑／壓力。

48 culp ： blame「責備」

- culpability *(n)* 有過失
- culpable（culp 責備 + able 可…的）*(adj)* 該責備的
- culprit *(n)* 犯人
- exculpate（ex 離開 + culp 責備 + ate 使…變成）*(vt)* 開脫，證明無罪或無責任
- exculpation *(n)* 使無罪
- exculpatory *(adj)* 辯明無罪的
- inculpate（in=on 在…上 + culp 責備 + ate 使…變成）*(vt)* 使…有罪，控告
- inculpation *(n)* 控告
- inculpatory *(adj)* 使人負罪的，責難的

例句

a. She was held **culpable** for the car crash.
這起撞車事件她被認爲該受責備。

b. The **culprit** is still at large.
犯人依然消遙法外。

49 cura ： care「照料」

- curative *(adj)* 有療效的

- curator *(n)* 館長，監護人
- curatorship *(n)* 管理者的職務
- curatory *(n)* 管理人或監護人團體
- cure *(n, vt)* 治療

例句

Ginger is considered to have **curative** properties.
薑被認爲有醫療的特質。

50 curv, curvi ：彎的

- curvaceous *(adj)* 曲線優美的
- curvature *(n)* 彎曲，曲率
- curve *(n)* 曲線，彎曲
- curvifoliate（curvi 彎曲 + foliate 具有小葉的）*(adj)* 具曲葉的
- curviform *(adj)* 彎曲的
- curvilinear *(adj)* 曲線的
- curvy *(adj)* 彎彎曲曲的

例句

He was attracted to a **curvaceous** blonde.
他被一位曲線優美的金髮女郎所吸引。

d 開頭的字根

51 de, div ：神

- deific *(adj)* 予以神化的，神聖的
- deification *(n)* 祀為神，神格化
- deiform *(adj)* 神狀的，神性的
- deify（de 神 + ify …化）*(vt)* 神格化

- deism（de 神 + ism 學說）*(n)* 自然神論（認為上帝創造了世界後就拋棄了它，不再支配生命，不再向自然現象施加影響力，也不再給予超凡的啓示。）
- deist *(n)* 自然神論信仰者
- deity（de 神 + ity 名詞字尾）*(n)* 神，神性
- divine *(adj)* 神的
- divinity *(n)* 神，神性
- divinization *(n)* 奉為神聖，偶像化
- divinize（divin 神的 + ize …化）*(v)* 奉為神聖，偶像化

例句

a. Cupid was the Roman **deity** of love.
邱彼得是羅馬的愛神。

b. It is said that he possesses **divine** powers.
據說他擁有超凡的能力。

52 dem, demo ： mankind, people「人類」

- democracy（demo 人民 + cracy 統治，政體）*(n)* 民主政治
- democrat（demo 人民 + crat 支持某種政體的人）*(n)* 民主黨人
- democratic（demo 人民 + crat 政體 + ic …的）*(adj)* 民主的
- democratize（demo 人民 + crat 政體 + ize …化）*(vt)*（使）民主化
- demographic *(adj)* 人口統計學的
- demography（demo 人民 + graphy 寫，記錄）*(n)* 人口統計學
- endemic（en 在…裡面 + dem 人民 + ic …的）*(C)* 地方病；*(adj)* 風土的，地方的
- epidemic（epi 在…中間 + dem 人民 + ic 形容詞兼名詞字尾）*(adj)* 流行的，傳染的；*(C)* 流行性疾病
- epidemiology（epi 在…中間 + demi 人民 + ology 學）*(n)* 流行病學
- epidemiologist（epi 在…中間 + demi 人民 + ologist 學家）*(n)* 流行病學家
- pandemic（pan 泛 + dem 人民 + ic …的）*(adj)* 廣泛流行的

例句

a. A flu **epidemic** has broken out, and the elderly are advised to be inoculated against it.
爆發了流行性感冒，建議老年人要打預防針。

b. China's one-child policy has had a dramatic impact on its **demography**.
中國的一胎政策已經爲人口帶來很大的衝擊。

53 dict ： say, speak「說，言」

- abdicate（ab 離開 + dic=dict 說，命令 + ate 使…變成）*(vi)* 退位；*(vt)* 放棄（職位，權力等）
- benediction（bene 好的 + diction 言語）*(n)* 祝福
- contradict（contra 反，對立 + dict 說）*(vt)* 與…相矛盾，與…相抵觸
- contradiction *(n)* 矛盾
- contradictory *(adj)* 反駁的；矛盾的
- dictate（dict 說 + ate 使…變成）*(vi, vt)* 口授，聽寫；指示，命令
- dictation *(n)* 口授，聽寫，口述
- dictator（口授命令者）*(n)* 獨裁者
- dictatorial *(adj)* 獨裁的
- dictatorship（dictator 獨裁者 + ship 性質）*(n)* 專政
- diction *(U)* 措辭，用語
- dictionary（diction 言辭 + ary 物）*(C)* 字典，詞典
- dictum（dict 言，說 + um 名詞）*(C)* 格言
- edict（e 出 + dict 言，說）*(n)* 布告，法令
- indict（in 進去 + dict 言，說）*(vt)* 起訴，控告，指控
- indictment *(U, C)* 控告
- interdict（inter 在中間 + dict 言，說）*(vt)* 禁止，*(n)* 禁令
- interdiction *(n)* 禁止

- interdictory *(adj)* 禁止的
- jurisdiction（juris 司法 + diction 言語）*(n)* 司法權
- malediction（male 壞的 + diction 言語）*(n)* 詛咒，壞話
- predict（pre 前，預先 + dict 說）*(vt)* 預言
- prediction *(U, C)* 預言
- predictable *(adj)* 可預言的
- predicate（pre 預先 + dic 說 + ate 使…變成）*(vt)* 斷言
- predication *(n)* 論斷
- valediction（vale 再見 +diction 言語）*(n)* 告別演說；告別辭
- valedictory *(adj)* 告別的
- valedictorian *(C)* 致告別辭者，告別演說者
- verdict（ver 真實 + dict 言，說）*(n)*（陪審團的）裁決，判決， 定論，結論
- vindicate *(vt)* 維護，辯護，表白
- vindication *(n)* 辯護，辯明
- vindicative *(adj)* 辯護的，辯明的，懲罰的
- vindicator *(n)* 維護者，辯護者
- vindicatory *(adj)* 懲罰的，報復的
- vindictive *(adj)* 報復性的

例句

a. The jury handed down a **verdict** of not guilty.
陪審團做出無罪的裁決。

b. The priest gave his **benediction** to the patent.
那牧師替病人祈福。

54 doc, doct ： teach「教」

- docile *(adj)* 聽話的，溫順的
- docility *(n)* 溫順
- doctor *(n)* 博士

- doctoral *(adj)* 博士的
- doctorate *(n)* 博士頭銜
- doctrinaire *(n)* 教條主義者(=doctrinarian)
- doctrinal *(adj)* 學說的
- doctrine *(n)* 教條，學說
- document *(n)* 公文，文件
- documentary *(adj)* 文件的；*(n)* 紀錄片
- documentation *(n)* 文件、證據的提供
- indoctrinate（in 進入 + doctrin 教條 + ate 動詞字尾）*(vt)* 灌輸
- indoctrination *(n)* 教導，教化

例句

a. Contraceptives have swept away many of the old **doctrines** of virginity.
避孕藥已將許多古老的關於處女貞潔的教條蕩滌得一乾二淨。

b. They try to **indoctrinate** their children with Confucianism.
他們設法灌輸孩子儒家思想。

55 dole ：sorrow「悲傷」

- condole（con 共同 + dole 悲傷）*(v)* 慰問
- condolence（con 共同 + dol 悲傷 + ence 名詞字尾）*(n)* 哀悼，弔唁
- doleful（dole 悲傷 + ful …的）*(adj)* 悲哀的，陰鬱的
- dolor *(n)* 悲哀，憂傷 (=dolour)
- dolorous *(adj)* 憂傷的，悲痛的

例句

a. She sang a **dolorous** song.
她唱了一首哀傷的歌。

b. When Mr Reagan died, dignitaries from all over the world came to offer their **condolences**.
雷根去世時，世界各地的權貴都前來哀悼。

56 dom, domin ：rule「統治」，house「房屋」

- condominium *(n)* 共管，共同統治權
- domain *(n)* 領土，領地，（活動、學問等的）範圍，領域
- domestic *(adj)* 家庭的，國內的
- domesticate *(vt)* 馴養，教化
- domestication *(n)* 馴養，馴服
- domicile *(n)* 住所，住宅
- domiciliate *(vt, vi)* 決定住處，定居
- dominant *(adj)* 占優勢的，支配的；顯性的
- dominate（domin 統治 + ate 動詞字尾）*(vt, vi)* 支配
- domination *(n)* 控制，統治，支配
- domineer *(vt)* 壓制
- dominion *(n)* 主權，領土，統治權，支配
- predominate *(vt, vi)* 掌握，控制，支配

例句

a. Sadat was a **dominant** figure in Egypt's politics.
沙達特是埃及政界的首要人物。

b. The wild dog has been **domesticated**.
這野狗已被馴服。

57 do, don ：give「給」

- anecdote（an 不，未 + ecto 向外 + do 給）*(n)* 軼事，趣聞
- condone（con 全部，一起 + don 給）*(vt)* 寬恕，原諒
- donate（don 給 + ate 動詞字尾）*(v)* 捐贈，贈予
- donation（don 給 + ation 名詞字尾）*(n)* 捐款，捐贈品
- donor（don 給 + or 人）*(n)* 捐贈人

例句

a. Few people can **condone** white-collar crime.
很少人能寬恕白領犯罪。

b. Funding for the orphanage has come mostly from **donors**.
孤兒院的基金大多來自捐贈者。

58 dorm：sleep「睡覺」

- dormancy（dorm 睡覺 + ancy 名詞字尾）*(n)* 睡眠，冬眠
- dormant（dorm 睡覺 + ant 形容詞字尾）*(adj)* 睡眠狀態的
- dormitory（dorm 睡覺 + it + ory 地方）*(n)* 宿舍
- dormouse（dorm 睡覺 + mouse 鼠）*(n)* 睡鼠

例句

a. Unlike an extinct volcano, a **dormant** volcano might show signs of erupting again after a long period.
不像死火山，休火山在很長期間之後有可能再顯現爆發的跡象。

b. She lives in the school **dormitory**.
她住在學校的宿舍裡。

59 dors：back「背面」

- dorsad *(adv)* 向背面
- dorsal *(adj)* 背的，脊的
- endorse *(vt)* 背書簽名於，簽署，批准簽署
- endorsement *(n)* 背書，簽注（文件），認可

例句

Most of the voters have **endorsed** the proposal for the reduction of lawmakers' salaries.
大部分的選民認可將民意代表減薪的提議。

60 dox：opinion「意見」；glory, honor「光榮，榮譽」

- doxology（dox 光榮，榮譽 + ology …學，…論）*(n)* 上帝贊美詩，頌榮，頌歌
- heterodox（hetero 不同的 + dox 意見）*(adj)* 非正統的，異端的
- heterodoxy *(n)* 非正統，異端
- orthodox（ortho 正統的 + dox 意見）*(adj)* 正統的，東正教的
- orthodoxy *(adj)* 正統的
- paradox（para 超過 + dox 觀點）*(n)* 似非而是的論點，自相矛盾的話
- paradoxical *(adj)* 自相矛盾的

例句

a. Orthodox views on education have been called into question.
傳統的教育觀念已經受到懷疑。

b. It is a **paradox** that the prohibition of liquor causes an increase in alcoholism.
眞是矛盾的事，禁酒反而使酗酒的人增多了。

61 duc, duce, duct：lead「引導」

- abduct（ab 離開 + duct 引領）*(vt)* 誘拐，綁架
- abductee *(n)* 被綁票者
- abduction *(n)* 誘拐
- abductor *(n)* 誘拐者
- adduce（ad 朝向 + duce 引導）*(vt)* 引證，舉出（例證、理由、證據）
- adducible *(adj)* 可以引證的，可以舉出例證（或理由，證據）的
- aqueduct（aque 水 + duct 引導）*(n)* 水渠；導水管
- conduce（con 一起 + duce 引導）*(vi)* 導致，有利於
- conduct（con 一起 + duct 引導）*(vt)* 引導，指揮（樂隊、合唱隊）
- conductor *(n)*（管弦樂隊、合唱隊的）指揮；導體
- deduce（de 向下 + duce 引導）*(vt)* 演繹，推斷
- induce（in 裡面 + duce 引導）*(vt)* 勸誘；招致，引起

- induct（in 入 +duct 引導）*(vt)* 使正式就職
- introduce（intro 向裡 + duce 引）*(vt)* 介紹，引進
- oviduct（ovi 卵，蛋 + duct 引導）*(n)* 解輸卵管
- produce（pro 向前 + duce 引）*(vt)* 生產
- reduce（re 回 + duce 引）*(vt)* 減少，降低
- reduction *(n)* 減少
- seduce（se 離開 + duce 引）*(v)* 勾引
- seduction *(n)* 勾引
- seductive *(adj)* 勾引人的
- semiconductor（semi 半 + conductor 導體）*(n)* 半導體
- traduce（tra=trans 橫越的 + duce 引導）*(vt)* 中傷
- traducement *(n)* 誹謗，中傷
- traducianism（tra=trans 橫越的 + ducian 引導 + ism 學說）*(n)* 靈魂遺傳論（認為靈魂和肉體一樣，也是父母傳下來的）
- traducianist *(n)* 靈魂遺傳論者
- viaduct（via 通過 + duct 導）*(n)* 高架橋，高架道路，高架鐵路

例句

a. The tycoon was **abducted** from his Benz.
該商業鉅子從他的賓士驕車中被擄走。

b. Mark was **seduced** into an affair with his secretary.
馬克受引誘與他的祕書發生婚外情。

62 dur：last, hardness, harshness, compulsion「延續；堅硬，刺耳，強迫」

- durable *(adj)* 持久的，耐用的
- durance *(n)* 禁錮，監禁
- duration *(n)* 持續時間
- durative *(adj)* 持續的

- duress *(n)* 強迫
- during *(prep)* 在…的期間
- endurance *(n)* 忍耐（力），持久（力），耐久（性）
- endurant *(adj)* 能忍耐的，能耐勞的
- endure *(vt)* 耐久，忍耐
- enduring *(adj)* 持久的，不朽的
- perdure *(vi)* 持久，繼續

例句

a. Can there be a **durable** peace between the two nations?
這兩個國家間能長期保持和平嗎？

b. I can't **endure** such rudeness.
我無法容忍如此粗魯的舉止。

e 開頭的字根

63 ed：eat, drink「吃，喝」

- edible（ed 吃 + ible 可…的）*(adj)* 可食用的
- inedible *(adj)* 不適於食用的，不能吃的

例句

Some mushrooms are **edible**; others are poisonous.
有些蘑菇可以食用，有些有毒。

64 ego：self「自我」

- ego *(n)* 自我
- egocentric（ego 自我 + centric 中心的）*(adj)* 以自我中心的
- egoism（ego 自我 + ism 主義，信仰）*(n)* 自私自利；個人主義
- egoist（ego 自我 + ist 人，者）*(n)* 利己主義者，自我主義者

- egomaniac（ego 自我 + maniac 狂，病態）*(n)* 極端利己主義者，極端自我狂
- egotistical *(adj)* 自我中心的
- nonego *(n)* 非我，外界，外物
- superego *(n)* 超自我

The victory was really a boost for my **ego**.
這一勝利對我自己是一大鼓舞。

65 eo：earliest, most primitive「最早期的」

- eobiont *(n)* 原生物（生命起源中的一個假想階段）
- Eocene *(adj)* 始新世的，第三紀下層的；*(n)* 始新世，第三紀下層
- eohippus（eo 最早期的 + hippus 馬）*(n)* 始祖馬〔始新世產於美國西部的一種屬於蹄兔（或始祖馬）屬的哺乳動物，已滅絕，體型小，食草，前蹄四趾，後蹄三趾，為馬的遠祖〕
- eolith *(n)* 原石器
- eolithic *(adj)* 原始石器時代的

f 開頭的字根

66 face, front：face「外表，表面，正面」

- affront（af 朝向 + front 臉）*(n)* 公開侮辱，輕蔑；*(vt)* 公開侮辱，冒犯，面對
- boldface *(n)* 黑體字，粗體鉛字
- confront（con 共同 + front 正面）*(vt)* 使面臨
- deface（de 除去 + face 臉龐）*(vt)* 損傷外觀
- efface（ef=ex 向外面的 + face 表面）*(vt)* 抹掉
- effrontery（ef=ex 出 + front 前面 + ery 行為）*(n)* 厚顏無恥，厚顏無恥的行為
- enface *(vt)* 寫，印或蓋在面上
- facade *(n)* 正面

- face *(n)* 臉，面容，正面，外觀
- facet *(n)*（多面體的）面，（寶石等的）刻面
- facetious *(adj)* 幽默的，滑稽的，喜開玩笑的
- facial *(adj)* 面部的
- foreface（fore 前面 + face 正面）前顏面（四足動物頭部的眼前面部分）
- forefront（fore 前面 + front 正面）*(n)* 最前部，最前線
- front *(n)* 前面
- frontal *(adj)* 前部的，前面的
- frontier *(n)* 國境，邊疆
- frontlet *(n)* 額飾，額帶（獸類的）額
- interface（inter 之間 + face 表面）*(n)* 分界面，接觸面，界面
- lightface *(n)* 細體鉛字
- oceanfront *(n)* 海濱
- outface *(vt)* 睥睨，蔑視
- resurface（re 再次 + sur 在…上面 + face 表面）*(vi)* 重新露面
- riverfront *(n)*（城鎮的）河邊地區，河邊陸地
- shorefront *(n)*（海邊、河邊、湖邊等的）沿岸陸地
- storefront *(n)* 店頭，店面
- subsurface（sub 在…下面 + surface 表面）*(adj)* 表面下的
- surface（sur 在…上面 + face 表面）*(n)* 表面
- typeface *(n)* 字體，字樣，打字機字體
- upfront *(adv)* 在前面，在最前面
- waterfront *(n)* 水邊地碼頭區，濱水地區

a. He is trying to **efface** the memory of the whirlwind romance with that woman.
他設法抹掉與那女人的一段旋風似的風流韻事。

b. I doubt that he has the **effrontery** to ask you for leniency.
我懷疑他能厚顏無恥地來要求你的寬容。

67 fact, fac, fect, fic：do, make「做，製作」

- affect *(vt)* 影響
- affection *(n)* 情愛
- artifact（art 藝術 + fact 生產）*(n)* 人造物品
- artifactitious *(adj)* 人工製品的，加工的
- artifice（art 藝術 + fice 製造者）*(n)* 技巧
- benefaction *(n)* 善行，恩惠
- benefactor（bene 好 + fact 做 + or 者）*(n)* 捐助者
- effect *(n)* 影響
- effective *(adj)* 有效的
- effectual *(adj)* 有效的
- effectuate *(vt)* 實行，完成
- facile（fac 做 + ile 能…的）*(adj)* 容易做到的，容易得到的
- facilitate（facil 容易 + it + ate 使）*(vt)* 使容易
- facilities *(n)*（使易於做某事的）設備，設施
- facility *(n)* 容易，靈巧
- facsimile（fac 做 + simile 相像）*(n)* 摹寫傳真
- faction *(n)* 派別，派系
- factitious（fact 做 + itious …的）*(adj)* 人工的，做作的
- factor（fact 做 + or 物）*(n)* 因素
- factory（fact 做 + ory 名詞字尾，表示地方）*(n)* 工廠
- fictile *(adj)* 塑造的，可塑造性的
- fiction *(n)* 虛構
- fictional *(adj)* 虛構的
- malefactor（male 壞，惡 + fact 做 + or 者）*(n)* 做惡者，罪犯
- malefaction *(n)* 犯罪行為
- manufacture（manu 手 + fact 做 + ure 動詞字尾）*(vt, n)* 製造

- manufacturer *(n)* 製造業者，廠商
- perfect（per 完全 + fect 做）*(adj)* 完美的
- sacrifice（sacri 神聖的 + fice 做出）*(vt, n)* 犧牲

例句

a. **Malefactors** must be brought to justice.
為非作歹者必須繩之以法。

b. I tried to promote an **effectual** understanding between them.
我設法促進他們之間有效的諒解。

68 fall, fals ：false, wrong「假；錯」

- fail *(vi)* 失敗
- failure *(n)* 失敗，失敗者
- fallacious *(adj)* 謬誤的
- fallacy *(n)* 謬誤，謬論
- fallible *(adj)* 易錯的，可能犯錯的
- false *(adj)* 錯誤的；假的
- falsehood（false 假的 + hood 名詞字尾）*(n)* 謬誤
- falsetto *(n)* 假音，假聲歌手
- falsification *(n)* 弄虛作假，串改，偽造，歪曲
- falsify（false 假的 + ify …化）*(vt)* 偽造
- falsity（false 假的 + ity 名詞字尾）*(n)* 虛偽
- infallible（in 沒有 + fallible 易犯錯誤的）*(adj)* 不會錯的；可靠的

例句

a. We place our trust in lie detectors, but even they are **fallible**.
我們相信測謊器，但甚至它們也可能是錯的。

b. It's a common **fallacy** that the AIDS virus can be spread through handshakes.
愛滋病可經由握手傳染這種說法是很常見的謬誤。

69 **fer**：carry「拿來，帶來」

- confer（con 共同，一起 + fer 拿）*(vi)* 協商，交換意見；*(vt)* 授予
- conference *(n)*（學術或專業）大會；會議，協商會
- ferry *(n)* 擺渡，渡船，渡口；*(vt)* 渡運，（乘渡船）渡過，運送
- infer（in 進入 + fer 帶）*(vt)* 推斷
- inference *(n)* 推論
- offer（of=ob 對立 + fer 搬運）*(vt)* 提供
- pestiferous（pest 瘟疫，有害物 + i + fer 帶來，負荷 + ous 充滿…的）*(adj)* 傳播疾病的
- refer（re 又，再 + fer 攜帶）*(vi)* 提交， 談及
- referee *(n)* 仲裁人，調解人，裁判員
- reference *(n)* 提及，涉及
- suffer（suf=sub 下面 + fer 搬運）*(vi, vt)* 受苦，遭受
- transfer（trans 橫過，越過 + fer 拿）*(vt)* 轉移，調動，調任，*(vt)* 授予
- vociferous（voci 聲音 + fer 帶來 + ous 充滿…的）*(adj)* 喊叫的；嘈雜的

例句

a. The opposition parties became more **vociferous** in their demands for direct flights with China, completely ignoring the Defense Ministry's warning that it will undermine national security.
在野黨大聲喊叫要求與中國直航，完全不理會國防部直航將破壞國家安全的警告。

b. The president will **confer** with his advisors before he makes any decision.
總統做任何決策之前，都會與顧問們交換意見。

70 **ferv**：heat, hot「熱」

- fervent（ferv 熱 + ent …的）*(adj)* 熱忱的，熱情的；熱烈的
- fervid（ferv 熱 + id …的）*(adj)* 熱忱的，熱情的；熱烈的 (= fervent)
- fervor *(n)* 熱情；激情

例句

a. The teenagers were infused with patriotic/religious **fervor**.
那些十幾歲的青少年被灌輸愛國／宗教狂熱。

b. Some **fervid** supporters became disillusioned with the ruling party.
一些狂熱的支持者對執政黨很失望。

71 fid ： trust, faith「信任，信念」

- affidavit *(n)*（宣誓屬實可用作法庭證據的）書面證詞；宣誓書
- confidant（confide 吐露 + ant 人）*(n)* 心腹，知己
  （注意： confidant 是指「心腹」； confident 指「有信心的」）
- confide（con 共同 + fid 相信）*(vt)* 吐露（祕密），委託
- diffidence *(n)* 缺乏自信
- diffident（dif=dis 不 + fid 相信 + ent …的）*(adj)* 缺乏自信的
- fidelity（fid 信任 + elity 名詞字尾，表示「性質」）*(n)* 忠貞，忠實，忠誠
- infidel（in 不 + fid 相信 + el …的）*(adj)* 不信宗教的，異端的；*(n)* 異教徒
- infidelity *(n)*（夫妻間的）不忠實，失真
- perfidious *(adj)* 背信棄義的
- perfidy（per 通過 + fid 信任 + y 名詞字尾）*(n)* 背信棄義；不忠

例句

a. He is **diffident** about his future.
他對未來缺乏自信。

b. Philip's **fidelity** to his wife was never in question.
菲利普從未懷疑妻子的忠貞。

72 fin ： limit, end「限制；最終」

- confine（con 一起 + fine 限制）*(vt)* 限制
- confinement *(n)* 限制，禁閉，產期，分娩

- confines *(n)* 疆界，範圍
- define（de 加強語意用的字首 + fine 限制）*(vt)* 定義
- definition *(n)* 定義，解說
- definitive *(adj)* 確定的
- final *(n)* 結局，決賽，期末考試；*(adj)* 最後的
- finale *(n)*（戲劇的）結局
- finalist *(n)* 參加決賽的選手
- finality *(n)* 結尾，定局，終結，最後的事物
- finalize *(vt)* 把（計畫，稿件等）最後定下來，定案
- finance *(n)* 財政，金融，財政學；*(vt)* 供給…經費
- finish *(vt)* 完成，結束
- finite *(adj)* 有限的
- infinite *(adj)* 無窮的，無限的

例句

a. We have **finite** resources on earth.
我們地球上的資源是有限的。

b. The public pressed for a **definitive** statement on the tax reforms.
大眾要求對稅收做明確的陳述。

73 firm ： strong「強壯的，堅定的」

- affirm（af 加強語意用的字首 + firm 堅定）*(vt)* 斷言，確認
- affirmable *(adj)* 可斷言的
- affirmation *(n)* 斷言，主張
- affirmative *(adj)* 肯定的
- affirmatory *(adj)* 確定的，肯定的
- confirm（com 共同 + firm 堅定的）*(vt)* 確認，證實
- confirmable *(adj)* 可以確定的

- confirmation *(n)* 證實，確認
- confirmative *(adj)* 確定的，證實的
- disaffirm（dis 除去 + affirm 斷言）*(vt)* 廢棄，否認
- firm *(adj)* 結實的，堅硬的，堅定的，堅固的
- infirm（in 不 + firm 強壯的）*(adj)* 不堅固的，柔弱的
- infirmary（in 不 + firm 強壯的 + ary 地方）*(n)* 醫院，醫務室，<美>養老院
- infirmity *(n)* 虛弱

例句

a. He is too **infirm** to walk.
他太虛弱無法行走。

b. Jim **affirmed** that he was telling the truth.
吉姆鄭重聲明他說的是實話。

74 flect, flex ： bend「彎曲」

- deflect *(vi, vt)*（使）偏斜，（使）偏轉
- deflection *(n)* 偏斜，偏轉
- deflective *(adj)* 歪斜的，偏斜的
- deflexed *(adj)* 向下彎曲的
- deflexibility *(n)* 向下彎曲
- deflexion *(n)* 偏斜，偏轉
- flex *(vt)* 伸曲（肢體）
- flexibility *(n)* 彈性
- flexible（flex 彎曲 + ible 能…的）*(adj)* 有彈性的
- inflect *(vt)* 彎曲，改變，變化詞尾或變形
- inflection *(n)* 變形
- inflective *(adj)* 抑揚的，屈曲的，屈折的
- inflexible（in 不 + flexible 易彎曲的）*(adj)* 不易彎曲的；頑固的

- reflect（re 反 + flect 彎曲）*(vt)* 反射；（鏡子）映出；反映；*(vi)* 沈思
- reflection *(n)* 反射，倒影；反省；沉思
- reflective *(adj)* 沉思的
- reflex *(adj)* 反射的；*(n)* 反射，反映，映象

例句

a. He was trying to **deflect** the blow/criticism.
他設法閃避打擊／批評。

b. We can visit you this week or next week; our plans are fairly **flexible**.
我們可在這星期或者下個星期來看你，我們的計畫是相當彈性的。

75 flor, flour ： flower「花」

- defloration（de 去除，奪取 + flor 花 + ation 名詞字尾）*(n)* 摘花，奪美，姦污
- effloresce（ef=ex 出去 + floresce 開花）*(vi)* 開花
- efflorescence *(n)* 開花期
- efflorescent *(adj)* 開花的
- flora *(n)*（羅馬神話）花神
- floral（flor 花 + al …的）*(adj)* 花的
- florescence *(n)* 開花，全盛期，花期
- florescent *(adj)* 開花的，花盛開的
- floret *(n)* 小花
- floriate（flori 花 + ate 動詞字尾）*(vt)* 用花卉圖案裝飾，用花葉裝飾
- floribunda *(n)* 月季花
- floricultural *(adj)* 種花的，養花的
- floriculture *(n)* 花藝，栽培花卉
- floriculturist *(n)* 花匠，花草栽培家
- florid（flor 花 + id …的）*(adj)* 花俏的；過分裝飾的；華麗的
- florist（flor 花 + ist 人）*(n)* 鮮花店店主；花商

- flourish *(vi)* 繁茂，繁榮，興旺
- flourishing *(adj)* 繁茂的，繁榮的，欣欣向榮的
- flower *(n)* 花；*(vi)* 開花
- flowery（flower 花 + y 充滿）*(adj)* 多花的，絢麗的，華麗的

例句

a. You have **florid** cheeks. Is there anything wrong with you?
你臉頰過紅。那裡不舒服嗎？

b. During the **efflorescence** of early spring, the road up the mountain is always congested.
初春開花期間，上山的路總是塞住了。

76 flu, flux ：flow, pour「流，瀉」

- affluence *(n)* 富裕，富足
- affluent（af=ad 向 + flu 流 + ent …的）*(adj)* 富裕的
- afflux（af=ad 向 + flux 流）*(n)* 流入，注入，湧入
- circumfluent（circum 周圍 + flu 流 + ent …的）*(adj)* 周流的，環流的
- confluence *(n)*（河流）匯合；合流，匯流
- conflux（con 一起 + flux 流出）*(n)* 匯流，合流點 (=confluence)
- confluent（con 一起 + flu 流 + ent …的）*(adj)* 匯合的，匯流的
- efflux *(n)* 流出物，流出，（時間的）消逝
- effluent（ef=ex 出 + flu 流 + ent 物）*(n)* 污水，*(adj)* 流出的
- effluvial（ef=ex 出 + fluv 流 + ial …的）*(adj)* 惡臭的
- fluency（flu 流 + ency 名詞字尾）*(n)* 流利，流暢
- fluent（flu 流 + ent …的）*(adj)* 流利的
- fluid *(n)* 液體；流質
- flume *(n)* 水槽，斜槽，液槽，水道；*(vt)* 順流搬運
- flush（flu 流 + sh 動詞字尾）*(vi, vt, n)* 沖洗， 沖刷；*(vi, vt)* 臉紅

- flux *(n)* 流動
- influence（in 向內 + flu 流 + ence 名詞字尾）*(n, vt)* 影響
- influenza（in 內，裡 + flu 流 + enza 病）*(n)* 流感 (=flu)
- influx（in 入 + flux 流）*(n)* 流入，湧進
- mellifluous（melli 蜂蜜 + flu 流 + ous …的）*(adj)* 流暢甜蜜的（話、音樂、聲音）
- superfluous（super 超過度 + flu 流 + ous …的）*(adj)* 多餘的

例句

a. We pitched camp at the **confluence** of the two streams.
我們在兩溪匯流處紮營。

b. The sudden **influx** of cash/food supplies/tourists caused some problems.
大量湧入現金／食物補給／觀光客造成一些問題。

77 foli(o)：leaf「葉」

- defoliant（de 去除，下 + foli 葉 + ant 名詞字尾 ）*(n)* 脫葉劑，落葉劑
- defoliate（de 去除，下 + foli 葉 + ate 使）*(vt)* 除葉；使…落葉
- foliage（foli 葉 + age 名詞字尾）*(n)* 葉子（總稱）
- foliate（foli 葉 + ate …的）*(adj)* 像葉子的，葉狀的，有葉的
- folio *(n)* 對折紙， 對開紙；對開本
- portfolio（port 拿，帶 + folio 葉子，紙）*(n)* 文件夾；公事包

例句

The sun could not shine through the dense **foliage**.
陽光透過不濃密的樹葉。

78 forc, fort：strong「強力」

- comfort *(n)* 安慰；舒適；*(vt)* 安慰
- discomfort（dis 不 + comfort 舒適）*(n)* 不安，不適

- effort（ef=ex 出來 + fort 力量）*(n)* 努力
- enforce（en 進入 + force 強力）*(vt)* 執行，實施（法律、 規定等）
- force *(n)* 力，力量；*(vt)* 強制，強加；迫使
- forceful（force 強力 + ful 多…的）*(adj)* 強有力的
- fort *(n)* 堡壘，要塞
- forte *(n)* 特長，專長
- fortify（fort 強 + ify 使，…化）*(vi)* 築防禦工事；*(vt)* 設防於；使堅強
- fortitude（fort 強 + itude 名詞字尾，表示狀態）*(n)* 堅韌，剛毅
- reinforce（re 再 + in 進入 + force 強力）*(vt)* 加強；加固

例句

a. He showed remarkable **fortitude** and tenacity during the hard times.
在那段艱辛的時期他表現了堅韌不拔的精神。

b. Jack still suffers some **discomfort** from his injury.
傑克仍然承受傷痛的不適。

79 fract, frag, frang ： break「打碎」

- diffract（dif=dis 分開 + fract 碎）*(vt)* 使分散
- fraction（fract 碎 + ion 名詞字尾）*(n)* 小部分，片斷
- fractional（fraction 碎片，部分 + al …的）*(adj)* 小部分的，碎片的
- fractious（fract 破碎 + ious …的）*(adj)* 易怒的
- fracture（fract 碎，斷 + ure 表狀態）*(n ,vt)* 斷裂；骨折
- fragile（frag 碎 + ile …的）*(adj)* 易碎的，脆的
- fragment（frag 碎 + ment 名詞字尾，表示「物」）*(n)* 碎片；片段
- frangible *(adj)* 脆弱的，易碎的
- infraction（in 進入 + fract 破碎 + ion 名詞字尾）*(n)* 犯規，違法
- refract（re 回 + fract 打斷）*(vi)*（光線）折射

例句

a. Jay's leg (was) **fractured** as a result of a fall from the ladder.
傑伊的腿骨折斷是從梯子上摔下來的結果。

b. Be careful. The glasses are **fragile**.
當心，玻璃杯很容易碎。

80 fug：flee「逃」

- centrifugal（centri 中心 + fug 逃 + al …的）*(adj)* 離心的
- centrifuge（centri 中心 + fug 逃）*(n)* 離心機
- fugitive（fug 逃 + it 走 + ive 者）*(n)* 逃亡者，亡命者
- refuge（re 回 + fug 逃）*(n)* 庇護，避難；避難所
- refugee（refug 避難 + ee 者）*(n)* 難民
- subterfuge（subter 下面 + fug 逃）*(n)* 托詞

例句

a. The **fugitive** was caught when he was trying to cross the frontier.
逃犯在逃越邊境時被抓獲。

b. A **centrifugal** force pushes you outward as you whirl around.
當你在旋轉時有離心力將你往外推。

81 fund, found：bottom, base「底，基」

- found *(v)* 建立，創立，創辦
- foundation（found 底，基礎 + ation 名詞字尾）*(n)* 基礎；地基；基金會
- founder（found 基礎 + er 人）*(n)* 創始人
- fund *(n)* 資金，基金
- fundament *(n)* 基礎，基本原理
- fundamental（fundament 基礎 + al …的）*(adj)* 基礎的，基本的
- profound（pro 向前 + found 底）*(adj)* 深邃的

例句

a. They reached the **profound** depths of the ocean.
他們抵達大洋深處。

b. There's a **fundamental** difference between your viewpoint and mine.
你我之間的看法有著本質的不同。

82 fus ： flow, pour「流，瀉」

- confuse（con 共同，合 + fus 流）*(vt)* 使混淆，搞亂
- confusion *(n)* 混亂，混淆
- diffuse（dif = dis 分散 + fus 流）*(vt)* 擴散；*(adj)* 散開的，彌漫的
- diffusion *(n)* 傳播，擴散
- effuse（ef=ex 出 + fus 流 ）*(vt)*（液體）瀉出，流出
- effusion *(n)* 湧出，瀉出；流出物
- effusive *(adj)*（貶義詞）感情橫溢的，過分流露感情的
- infuse（in 入 + fus 流）*(vt)* 灌輸，注入
- interfuse *(vt)*（使）混入，（使）混合
- profuse（pro 向前 + fus 流，湧）*(adj)* 大量的，豐富的
- profusion *(n)* 豐富，大量
- refuse （re 回 + fus 流）*(vt)* 拒絕
- refute（re 反 + fut = fus 流）*(vt)* 反駁，駁斥
- suffuse（suf=sub 在下面 + fus 流）*(vi)* 足夠
- transfuse（trans 轉移 + fus 流）*(vt)* 輸血
- transfusion *(n)* 輸血

例句

a. New ideas/Water **diffused** quickly across the village.
新觀念／水很快散布到全村。

b. She fainted from **profuse** bleeding/sweating.
她因大量流血／汗而暈倒。

g 開頭的字根

83 gen：birth, born, produce, race, origin「產生，種族，起源」

- abiogenesis *(n)* 自然發生
- allergen（aller 過敏 + gen 產生）*(n)* 過敏原
- anthropogeny（anthropo 人類 + gen 產生 + y=nomy 法則）*(n)* 人類起源論
- antigen（anti 對抗 + gen 產生）*(n)* 抗原
- congenial（con 共同 + gen 產生 + ial …的）*(adj)* 意氣相投的
- congenital（con 共同 + genital 生殖的）*(adj)*（疾病）與生俱來的，先天的
- degenerate（de 降 + generate 產生）*(vi)* 退化；*(adj)* 退化的
- degeneration *(n)* 惡化
- engender（en 使 + gender 產生）*(vt)* 造成
- eugenic（eu 好，優 + gen 生 + ic …的）*(adj)* 優生的
- eugenics（eu 好，優 + gen 生 + ics 學）*(n)* 優生學
- gene *(n)* 遺傳因子，基因
- genealogy（gene 起源 + logy 學，研究 ）*(n)* 家譜學，家譜
- generate（gen 產生 + er + ate 動詞字尾）*(vt)* 產生；發電
- generation *(n)* 產生，發生；一代，一代人
- generator *(n)* 發電機
- genesis（gen 起源 + esis 名詞字尾）*(n)* 起源，創始，《聖經》中的創世紀
- genetics（gene 遺傳因子，基因 + t + ics 學 ）*(n)* 遺傳學
- genital（gen 生 + it + al …的）*(adj)* 生殖的；*(n)* 男性的外生殖器
- genius *(n)* 天才
- genocide（geno=gen 種族 + cide 殺 ）*(n)* 種族滅絕
- heterogeneous（hetero 不同的 + gene 種類 + ous …的）*(adj)* 不同種類的
- homogeneous（homo 相同 + gene 種類 + ous …的）*(adj)* 同類的
- indigenous（indi=endo 內 + gen 產生 + ous …的）*(adj)* 本土的
- ingenious（in 內 + gen 產生 + ious 形容詞字尾）*(adj)* 有獨創性的

- ingenuous（in 內 + gen 產生 + uous 形容詞字尾）*(adj)* 純真的，老實的
- progenitor（pro 向前 + gen 生育 + it + or 人）*(n)* 祖先
- progeny（pro 向前 + gen 生 + y 名詞字尾）*(n)* 子孫，後代，後裔
- regenerate（re 再次，重新 + generate 產生）*(vt)* 使再生；*(vi)* 再生
- regeneration *(n)* 再生
- regenerative *(adj)* 再生的

例句

a. This peeler is an **ingenious** gadget.
這削皮器眞是個巧妙的小玩意。

b. **Ingenuous** farmers are often deceived by cunning politicians.
純眞的農民經常被狡猾的政客欺騙。

84 germ ： seed, bud「種子；萌芽」

- germ *(n)* 微生物，細菌
- germfree *(adj)* 無菌的
- germicide（germ 種子 + icide 殺）*(n)* 殺菌劑
- germiculture *(n)* 細菌培養
- germina *(n)* 病菌，種子
- germinability *(n)* 發芽（或發育）力，發芽（或發育）性
- germinable *(adj)* 可萌芽的，可發育的
- germinal *(adj)* 幼芽的
- germinant *(adj)* 發芽的
- germinate *(vi, vt)* 發芽，發育
- germination *(n)* 萌芽，發生
- germinative *(adj)* 發芽的，有發育力的
- germiparity *(n)* 細胞生殖，種子生殖
- germless *(adj)* 無菌的

- germproof *(adj)* 抗菌的，防菌的
- germule *(n)* 初胚
- germy *(adj)* 帶有細菌的

例句

a. Most seeds **germinate** best at moderate temperatures.
大部分種子在適溫最適合發芽。

b. Rotten fruit will spread **germs**.
腐爛的水果會散播細菌。

85 gest ： carry「攜帶，搬運」

- congest（com 一起 + gest 搬運）*(vt)* 使充血，使擁擠
- congestion *(n)* 擁塞，充血
- congestive *(adj)* 充血的
- decongest（de 除去 + congest 擁擠，充血）*(vt)* 消除擁擠，解除充血
- digest（dis 分離 + gest 攜帶）*(vi, vt)* 消化
- digestant（digest 消化 + ant 物）*(n)* 消化劑，胃藥
- digestibility *(n)* 消化的好壞，消化性
- digestible *(adj)* 可消化的
- digestion *(n)* 消化力，領悟
- digestive *(adj)* 消化的，有助消化的
- egest（e=ex 向外 + gest 搬運）*(vt)* 排泄
- egesta *(n)* 排泄物
- gestagen（gesta 攜帶 + gen 產生）*(n)* 促孕激素
- gestate（gest 攜帶 + ate 動詞字尾）*(vt)* 懷孕，構思
- gestation *(n)* 懷孕，構思
- gesticulate *(vi, vt)* 做姿勢表達
- gesticulation *(n)* 做姿勢傳達

- gesticulative *(adj)* 姿勢的，做手勢的
- gesticulatory *(adj)* 做手勢（或示意動作）的
- gestosis（gest 攜帶 + osis 病變狀態）*(n)* 妊娠中毒
- gesture *(n)* 手勢；*(vi, vt)* 做手勢
- ingest（in 裡面 + gest 攜帶）*(vt)* 攝取
- ingesta *(n)* 攝取的營養物
- ingestible *(adj)* 可攝取的，可吸收的
- ingestion *(n)* 攝取
- suggest（sug=sub 向上 + gest 搬運）*(vt)* 建議，暗示
- suggestion *(n)* 提議，意見，暗示
- suggestive *(adj)* 提示的，暗示的

例句

a. Meat doesn't **digest** easily.
肉不易消化。

b. Some mushrooms can be poisonous if **ingested**.
一些蘑菇吃了會中毒。

86 gnos ： know, knowledge「知」

- agnostic（a 不 + gnos 知 + tic 者 ）*(n)* 不可知論者
- diagnose〔dia 穿過 + gnos 知 → 穿過（身體）知道〕*(vt)* 診斷（疾病）
- diagnosis *(n)* 診斷
- diagnostic *(adj)* 診斷的
- gnosis *(n)* 真知，靈知，直覺
- gnostic *(adj)* 知的，認識的
- ignorance *(n)* 無知，愚昧
- ignorant *(adj)* 無知的
- ignore（i=in 不 + gnore = gnos 知 → 不知道）*(vt)* 不理睬，忽視

- prognosis（pro 向前 + gnosis 知道）*(n)*（對病情的發展和後果的）預後，預斷
- prognostic *(adj)* 預兆的
- prognosticate *(vt)* 預言
- prognostication *(n)* 預言

例句

a. The doctor **diagnosed** Irene's illness as a mild form of diabetes.
醫生診斷愛琳的病爲輕度的糖尿病。

b. **Ignore** little John and he'll soon stop misbehaving.
別去理睬小約翰，他一會兒也就不搗蛋了。

87 grad(u)： step, go「步驟，步行」

- biodegradable（bio 生物 + de 分離 + grad 等級 + able 能…的）*(adj)* 生物所能分解的
- centigrade（centi 百 + grade 等級）*(adj)* 分為百度的，百分度的，攝氏溫度的
- degrade（de 降低 + grade 等級）*(vt)* 使降級，使墮落，使退化
- degradation *(n)* 降級，降格，退化
- downgrade *(vt)* 使降級
- gradation *(n)* 分等級，順序
- grade *(n)* 等級，級別；*(vt)* 評分，評級
- gradient *(adj)* 傾斜的；*(n)* 梯度，傾斜度，坡度
- gradual（gradu 步 + al …的）*(adj)* 逐漸的，逐步的
- gradualism *(n)* 漸進主義，按部就班主義
- graduate（gradu 步驟 + ate 人）*(n)*（大學）畢業生
- graduation *(n)* 畢業
- retrograde（retro 後退的 + grad 步行）*(adj, vi)* 倒退
- upgrade *(vt)* 使升級

例句

a. You only **degrade** yourself by exchanging angry words with a woman.
你和一個女人惡語相向恰恰在自貶人格。

b. The upcoming typhoon is reported to have been **downgraded** to a tropical storm.
即將來臨的颱風據報導已經降級爲熱帶暴風雨。

88 **grat**：thankful, pleasing, kind, free「感謝；令人高興的；出於好意的；免費的」

- congratulate（con 一起 + gratul 高興的 + ate 使…變成）*(vt)* 祝賀，慶賀，恭喜 (=gratulate)
- congratulation *(n)* 祝詞，賀辭
- congratulatory *(adj)* 慶祝的，祝賀的
- grateful *(adj)* 感激的
- gratification *(n)* 滿足
- gratify（grat 令人高興的 + ify 使）*(vt)* 使滿足
- gratis *(adj)* 免費的
- gratitude（grat 感謝 + itude 表示「性質」的名詞字尾）*(n)* 感謝的心情
- gratuitous *(adj)* 免費的
- gratuity *(n)* 贈物，賀儀
- ingrate *(n)* 忘恩負義者；*(adj)* 不知恩的，忘恩的
- ingratiate（in 裡面 + grati 高興的 + ate 使…變成）*(vt)* 使迎合，討好
- ingratiation *(n)* 逢迎，討好
- ingratiatory *(adj)* 逢迎討好的
- ingratitude（in 不 + gratitude 感謝）*(n)* 忘恩，不知恩
- ungrateful *(adj)* 不知感恩的

例句

a. I was **gratified** to hear how much they liked my performance.
我很高興聽到他們非常喜歡我的表演。

b. Some people cannot wait. They expect instant **gratification**.
有些人無法等。他們盼望立即得到滿足。

89 grav, griev ： heavy「重」

- aggravate（ag=ad 朝，向前 + grav 重 + ate 使…變成）*(vt)* 加重，使惡化；加劇，激怒
- aggravation *(n)*（病情、負擔、危機等的）加重，惡化，惱怒
- engrave（en=in 裡 + grave 重 → 往裡用重力）*(v)* 雕刻（文字、圖案等）於一硬面上，銘刻，深印於心上
- grave *(adj)* 嚴重的
- gravitate *(vi)* 受引力作用，向下運動
- gravitation *(n)* 地心吸力，引力作用
- gravitational *(adj)* 重力的
- gravity（grav 重 + ity 名詞字尾）*(n)* 地心引力，重力
- grief *(n)* 悲痛，憂傷
- grievous（griev 悲傷 + ous 充滿）*(adj)* 令人憂傷的
- grieve *(vi, vt)*（因所愛的人死亡而）悲傷，悲痛
- ingravescence *(n)* 逐漸加重（惡化）
- ingravescent *(adj)* 疾病愈來重的

例句

a. Anything that is dropped falls towards the ground because of the force of **gravity**.
任何掉落的東西都因地心引力的作用往地上落下。

b. The building of the new MRT system will only **aggravate** the traffic situation.
築這條新捷運將只會使交通情況更惡化。

90 **greg** ：group「聚集，群」

- aggregate（ag=ad 向 + greg 群，聚 + ate 名詞字尾兼形容詞字尾）*(n)*（多種成分的）聚合體；*(adj)* 聚合的
- congregate（con 共同，一起 + greg 群 + ate 動詞字尾）*(vi)* 集合；聚集
- congregation *(n)* 集合，集會
- desegregate（de 取消 + segregate 隔離）*(vt)* 廢止種族隔離
- egregious（e 出 + greg 群 + ious …的）*(adj)* 極端惡劣的
- gregarine *(n)* 簇蟲
- gregarious（greg 群 + arious 傾向…的）*(adj)* 愛交際的，合群的
- gregarization *(n)*（蝗蟲的）群聚
- segregate（se 分開 + greg 群 + ate 動詞字尾 → 從群體中分開）*(vt)* 隔離
- segregation *(n)* 種族隔離
- segregationist *(n)* 種族隔離主義者

例句

a. In the **aggregate**, sales have reached $1 billion this year.
總共加起來，今年的銷售達十億美元。

b. American Blacks used to be **segregated** from whites in school.
美國的黑人以前在學校被與白人隔離。

▸▸ h 開頭的字根

91 **habit** ：live「居住」

- cohabit（co=con 共同，一起 + habit 居）*(vi)* 同居（尤指未婚而同居者）
- cohabitant *(n)* 同居者
- cohabitation *(n)* 同居，同居生活
- habitable *(adj)* 可居住的
- habitant（habit 居住 + ant 人）*(n)* 居住者
- habitat *(n)*（動植物的）生活環境，棲息地

- habitation *(n)* 居住，生活環境，住所
- inhabit（in 裡面 + habit 居住）*(vt)* 居住於，棲息於
- inhabitant（inhabit 居住於 + ant 人）*(n)* 居民，棲息者
- uninhabited（un 不，無 + inhabit 居住 + ed …的 ）*(adj)* 無人居住的

例句

a. The icy waters of the Arctic are the natural **habitat** of polar bears.
北極海域是北極熊的天然棲息地。

b. That city is densely/sparsely **inhabited**.
那座城市人口居住密集／稀疏。

92 hal ： breathe「呼吸」

- exhale（ex 出 + hale 呼吸 ）*(vi, vt)* 呼氣
- inhale（in 入 + hale 呼吸）*(vi, vt)* 吸氣

例句

Some people commit suicide by **inhaling** exhaust fumes from their cars in an enclosed area.
有些人在不透風的地方吸入自己汽車排出的廢氣來自殺。

93 hap ： luck, chance「運氣，機會」

- haphazard（hap 運氣 + hazard 危險）*(n)* 偶然，偶然事件
- hapless（hap 運氣 + less 沒有，不）*(adj)* 倒楣的，不幸的
- happen *(vi)* 發生，踫巧
- happenstance（happen 踫巧 + stance 境況）*(n)* 偶然事件，意外事件
- mishap（mis 壞 + hap 運氣）*(n)* 災禍
- perhaps（per=by 通過 + haps 機會）*(adv)* 或許

例句

a. Owing to the bus drivers' strike, many **hapless** commuters were stranded in the city.
由於公車司機罷駛，很多倒楣的通勤者在城裡無法動彈。

b. Dirty plates and cups were stacked in the sink in a **haphazard** way.
髒的杯盤隨便疊在水槽裡。

94 helio ： sun「太陽」

- anthelion（anti 反 + helion 太陽）*(n)* 幻日（天空中因冰晶水氣的折射，偶然出現在太陽對面的光點）
- aphelion（apo 遠離 + helion 太陽）*(n)* 遠日點（行星在軌道上離日最遠的點）
- heliocentric（helio 太陽 + centric 中心的）*(adj)* 以太陽為中心的
- heliotherapy（helio 太陽 + therapy 治療）*(n)* 日光浴療法
- heliotrope（helio 太陽 + trope 轉動）*(n)* 向日葵
- heliotropic *(adj)* 向日性的，趨日性的
- parhelion（para 在…的旁邊 + helion 太陽）*(n)* 假日，幻日（因大氣層冰晶折射，偶然出現在太陽旁邊的彩色光點，經常成對出現）
- perihelion（peri 周圍，近 + helion 太陽）*(n)* 近日點

95 hes, her ： stick「粘著」

- adhere（ad 向 + her 粘）*(vi)* 粘著，粘附；堅持
- adherence （ad 向 + her 粘 + ence 名詞字尾）*(n)* 粘著，忠誠，堅持
- adherent（adher 粘住 + ent 者）*(n)* 追隨者，擁護者
- adhesive（ad 向 + hes 粘 + ive 形容詞或名詞字尾）*(adj)* 帶粘性的；*(n)* 粘合劑
- cohere（co=con 共同 + her 粘）*(vi)* 粘合，凝聚
- coherent *(adj)* 連貫的，一致的
- coherence *(n)* 連貫性；一致性
- cohesion（co=con 一起，合 + hes 粘 + ion 名詞字尾）*(n)* 結合，內聚力

- cohesive *(adj)* 粘著的
- hesitant *(adj)* 吞吞吐吐的，猶豫不決的
- hesitate（hes 粘著 + it 走動 + ate 動詞字尾）*(vi)* 猶豫，躊躇
- hesitation *(n)* 猶豫，躊躇
- inhere（in 內 + her 粘 → 天生粘在身體內）*(vi)* 生來就有
- inherent *(adj)* 固有的；內在的；與生俱來的，天生的

例句

a. Each investment has its own **inherent** risks.
每一種投資都有內在的風險。

b. The inhabitants of this island lack a sense of social **cohesion**.
這島上的居民缺乏社會的凝聚力。

96 horr：shake, tremble「發抖」

- abhor（ab 離開 + hor 發抖）*(vt)* 憎惡
- abhorrence *(n)* 痛恨，憎惡
- abhorrent *(adj)* 可惡的
- horrendous（horren 發抖 + ous 有…特性的）*(adj)* 可怕的
- horrent *(adj)* 毛髮直豎的
- horrible *(adj)* 可怕的，恐怖的
- horrid *(adj)* 恐怖的
- horrific *(adj)* 令人毛骨悚然的
- horrify *(vt)* 使恐怖
- horror *(n)* 恐怖

例句

a. We weathered a **horrendous** storm.
我們捱過可怕的暴風雨。

b. The practice of killing dogs for food is utterly **abhorrent** to me.
殺狗爲食令我厭惡。

97 **hum** ： ground「地面」

- exhume（ex 出去 + hume 地面）*(vt)* 掘出
- humble *(adj)* 微賤的，謙遜的，粗陋的
- humiliate *(v)* 羞辱
- humiliation *(n)* 羞辱
- humility *(n)* 謙卑
- humus *(n)* 腐殖質，腐植土
- posthumous（post 在…之後 + hum 泥土 + ous 有…性質的）*(adj)* 死後的，身後的，作者死後出版的

例句

a. In order to investigate the cause of his death, the prosecutor demanded to **exhume** his body.
爲了調查他的死因，檢察官要求挖掘出他的屍體。

b. The soldier was **posthumously** awarded a medal.
該士兵死後獲授勳章。

i 開頭的字根

98 **ignis** ： fire「火」

- igneous *(adj)* 火的，似火的
- ignescent *(n)* 發火物，引火物；*(adj)* 敲擊而冒火的
- ignimbrite（ign 火 + imbr 雨 + ite 岩石、礦物）*(n)* 熔結凝灰岩，熔灰岩
- ignitability *(n)* 可燃性
- ignitable *(adj)* 易起火的
- ignite *(vt)* 點火
- ignition *(n)* 點火，點燃
- ignitron *(n)* 引燃管
- reignite *(vt)* 再點火，再點燃，重新激起

例句

Sparks flew out of the campfire and **ignited** a fire in the forest.
火花從營火處亂飛，點燃森林。

99 ir, is, it：move, walk, go「走動」

- circuit（circu=circum 環繞 + it 走）*(n)* 圈；電路
- exit（ex 出，外 + it 走）*(n)*（公共建築物的）出口；*(vi)*（演員）退場
- initial（in 入 + it 走 + ial …的）*(adj)* 開始的，最初的
- initiate（in 入 + it 走 + iate 動詞字尾）*(vt)* 開始，發起
- issue *(vt)* 發行（鈔票等），發布（命令），出版（書等），發給
- itinerancy *(n)* 外勤公務
- itinerant（itiner 是 it 的變體，走 + ant …的）*(adj)* 巡迴的
- itinerary（itiner 是 it 的變體，走 + ary 名詞字尾）*(n)* 旅行計畫和路線
- itinerate *(vi)* 巡迴
- itineration *(n)* 巡迴
- obituary（ob 朝向 + it 去 + uary 名詞字尾）*(n)* 訃聞
- perish（per 離開 + is 去）*(vi)* 死
- sedition（sed = se 分開 + it 走 + ion 名詞字尾）*(n)* 煽動叛亂的言論或行為
- seditionary *(adj)* 騷亂煽動的；*(n)* 騷亂煽動分子
- seditious（sedit 分開走 + ious …的）*(adj)* 煽動性的
- transit（trans 橫過，越過 + it 走）*(n)* 搬運，運輸；*(vt)* 經過
- transition *(n)* 過渡，轉變，變遷
- transitional *(adj)* 過渡期的
- transitory（transit 經過 + ory …的）*(adj)* 瞬息即逝的，短暫的

例句

a. He made a **seditious** speech.
他做了一場煽動性的演說。

b. A large number of people **perish** from hunger in Africa each year.
非洲每年都有許多人死於飢餓。

j 開頭的字根

100 jac：lie「躺，位於」

- adjacent（ad 臨近 + jac 躺，位於 + ent 形容詞字尾）*(adj)* 鄰近的，接近的
- subjacent（sub 在…之下 + jac 躺，位於 + ent 形容詞字尾）*(adj)* 在下面的；下層的；較低處的
- superjacent（super 上 + jac 躺，位於 + ent 形容詞字尾）*(adj)* 躺在上面的，位於其他物件之上或上方的

例句

The post office is **adjacent** to the convenience store.
郵局臨近那家便利商店。

101 ject：throw「投，擲」

- abject（ab 離開 + ject 拋）*(adj)* 可憐的，淒慘的
- deject（de 向下 + ject 拋）*(vt)* 使沮喪，使灰心
- dejected *(adj)* 沮喪的，情緒低落的
- eject（e 出 + ject 擲）*(vt)* 逐出，攆出，驅逐
- ejection *(n)* 噴出，噴出物
- ejective *(adj)* 驅逐出去的，噴出的
- inject（in 裡，內 + ject 投）*(vt)* 注射，打針
- injection *(n)* 注射
- interject（inter 中間 + ject 擲）*(vt)* 突然插嘴打斷（別人的談話）
- object（ob 反，對立 + ject 投）*(n)* 物體；目標；*(vi)* 反對
- objectionable *(adj)* 引起反對的，討厭的

- objective *(n)* 目標，目的；*(adj)* 客觀的
- project（pro 向前 + ject 擲）*(n)* 計畫，方案，專案；*(v)* 投射，放映
- projector *(n)* 放映機
- reject（re 回，反 + ject 擲）*(vt)* 拒絕
- rejection *(n)* 拒絕
- trajectory *(n)* 彈道

例句

a. Gambling plunged him into **abject** poverty/misery.
賭博讓他陷入悲慘地步／赤貧。

b. "It's unfair," he **interjected**.
他插嘴說：「這是不公平的」。

102 join, junct ： join「連接」

- adjoin（ad 向 + join 連接）*(vt)* 鄰接；毗連
- adjunct（ad 向，往 + junct 連接 → 把某物往另一物連接）*(n)* 附加物，補充物
- conjunction（con 一起，共同 + junct 連接 + ion 名詞字尾）*(n)* 連詞；（事件的）同時發生
- disjointed（dis 不 + joint 連接 + ed）*(adj)*（指說話、文章等）內容不連貫的，支離破碎的
- enjoin（en 使 + join 連接，加入）*(vt)* 命令；吩咐
- enjoinder *(n)* 命令，禁止
- injunction（in 不 + junct 連接 + ion 名詞字尾）*(n)*（法律）禁令（法院強制被告從事或不得從事某項行為的正式命令）
- joint *(n)* 關節；接縫，接口；*(adj)* 共用的，聯合的
- junction（junct 連接 + ion 名詞字尾）*(n)* 公路或鐵路的交叉點；交叉路口
- juncture（junct 連接 + ure 名詞字尾）*(n)* 關鍵時刻；關頭
- rejoinder *(n)* 反駁
- subjoin（sub 下面 + join 連接）*(vt)*（在末尾）增補，添加

例句

a. My room **adjoins** the bathroom.
我房間在浴室隔壁。

b. Aesthetics can be a useful **adjunct** to gardening.
美學可成爲園藝實用的附屬科目。

103 **jour** ： daily「每日」

- adjourn（a 向 + journ 白天）*(vi)* 延期，休會
- adjournment *(n)* 休會，延期
- journal *(n)* 定期刊物，航海日記
- journalism *(n)* 新聞業，報章雜誌
- journalist *(n)* 新聞記者，從事新聞雜誌業的人
- journalistic *(adj)* 新聞事業的
- journalize *(vi, vt)* 在日記中記錄（日常事件等）
- journey *(n)* 旅行，旅程
- sojourn *(vi, n)* 逗留
- sojourner *(n)* 旅居者，寄居

例句

a. The meeting (was) **adjourned** until Friday/for dinner.
會議休會至週五／因用餐而休會。

b. We had a week's **sojourn** in Nantou.
我們在南投逗留了一星期。

104 **jud** ： judge「判斷」

- adjudge（ad 朝向 + judge 判斷）*(vt)* 宣判，判決
- adjudgement *(n)* 宣告， 審判
- adjudicate（ad 朝向 + jud 判斷 + ic + ate 動詞字尾）*(vt)* 判決，宣判，裁定

- adjudication *(n)* 判決，（法院的）宣告
- adjudicative *(adj)* 有判決權的，（法院）宣告的
- adjudicator *(n)* 判決者，裁定者
- judge *(n)* 法官，裁判員；*(vt)* 判斷
- judgement *(n)* 判斷
- judicable *(adj)* 可被審判的
- judicative *(adj)* 有審判權的
- judicator *(n)* 審判官
- judicatory *(adj)* 與法院有關的；*(n)* 法院
- judicature *(n)* 司法行政
- judicial *(adj)* 司法的
- judiciary *(adj)* 司法的，法院的；*(n)* 司法部
- judicious *(adj)* 明智的
- prejudice（pre 先於 + jud 判斷 + ice 名詞字尾）*(vt, n)* 偏見
- prejudicial *(adj)* 引起偏見的
- prejudicious *(adj)* 有成見的

例句

a. The education reforms were **adjudged** a fiasco.
教改被斷定大失敗。

b. A **judicial** investigation into the rigging of the election has been conducted.
選舉舞弊已經展開司法調查了。

105 jur, juris ： law, rule「法律，規定」

- juridical *(adj)* 司法的，法院的
- jurisconsult（juris 法律 + consult 商量或交換意見）*(n)* 精通法律的人；法律學者
- jurisdiction（juris 法律 + diction 說話，聲明）*(n)* 管轄權或控制權
- jurisdictional *(adj)* 管轄權的

- jurisprudence *(n)* 法學
- jurisprudent（juris 法律 + prudent 謹慎的；明智的）*(adj)* 精通法律的
- jurist *(n)* 法理學家
- juristical *(adj)* 法律的，法理學的
- juror *(n)* 陪審員
- jury *(n)* 陪審團

例句

a. The prisoner finally accepted the **jurisdiction** of the court.
這名囚犯終於接受了法庭的裁決。

b. Abortion is not so much of a **juridical** issue as a moral one.
墮胎與其說是法律議題不如說是道德議題。

106 jure：swear「發誓」

- abjure（ab 遠離 + jure 發誓）*(vt)* 發誓放棄
- adjure（ad 朝向 + jure 發誓）*(vt)* 起誓，懇請，（以起誓或詛咒等形式）命令
- conjure（con 一起 + jure 發誓）*(vt)*（以咒文）召喚
- conjury *(n)* 魔法
- perjure（per 毀壞，變壞 + jure 發誓）*(vt)* 使發偽誓，使作偽證
- perjurious *(adj)* 偽證的
- perjury *(n)* 偽誓，偽證

例句

a. He has **abjured** communism/his debauched lifestyle.
他聲明放棄共產主義／聲色犬馬的生活。

b. He is standing trial for **perjury**.
他因僞證而受審判。

107 **juven** : young「年輕」

- juvenescence *(n)* 返老還童，變年輕
- juvenescent *(adj)* 到達青（少）年期的，變年輕的
- juvenile *(adj)* 青少年的
- juvenility *(n)* 年輕
- juvenilize *(vt)* 使保年輕
- juvenocracy *(n)* 由年輕人管理的國家
- rejuvenate *(vt)* 使恢復精神，使恢復活力，使回春；*(vi)* 返老還童，復原
- rejuvenation *(n)* 返老還童，恢復活力，回春
- rejuvenescence *(n)* 返老還童，恢復活力
- rejuvenescent *(adj)* 返老還童的，回春的

例句

a. We are all worried about the increase in **juvenile** delinquency.
我們對青少年的犯罪率上升都感到擔憂。

b. A project to **rejuvenate** old districts has been shelved.
一項更新舊行政區的計畫已經被擱置。

l 開頭的字根

108 **lab** : work「工作」

- belabor *(vt)* 痛打，抨擊，喋喋不休的講
- collaborate（col 共同一起 + labor 勞動 + ate 動詞字尾）*(vi)* 合作，通敵
- collaboration *(n)* 協作，通敵
- collaborative *(adj)* 合作的
- collaborator *(n)* 合作者
- elaborate（e 強調性的字首 + labor 勞動 + ate 使…變成）*(adj, vt)* 精心製作的，詳細闡述的

- elaboration *(n)* 苦心經營，詳盡的細節
- labor *(n)* 勞動，分娩，陣痛；*(vi)* 勞動
- laborage *(n)* 工資，工錢
- laboratory（labor 勞動 + atory 工作的地方）*(n)* 實驗室
- laborer *(n)* 勞工
- laborious *(adj)*（指工作）艱苦的，費力的
- laborite *(n)* <美>勞工黨黨員
- laborsome *(adj)* 吃力的

例句

a. I **collaborated** on this new book with Christine.
我與克莉斯汀合作了這本新書。

b. Hauling the boat out of the water proved a **laborious** task.
把船隻拖離水確實是艱苦的差事。

109 later：side「邊」

- bilateral（bi 二，雙 + lateral 邊的）*(adj)* 雙邊的
- collateral（col=con 一起 + lateral 邊的）*(adj)* 平行的，附屬的，擔保的
- equilateral（equi 相等 + lateral 邊的）*(adj)* 等邊的
- lateral（later 邊 + al …的）*(adj)* 橫（向）的，側面的
- quadrilateral（quadri 四 + lateral 邊的）*(adj)* 四邊的
- trilateral（tri 三 + lateral 邊的）*(adj)* 三邊的
- unilateral（uni 一，單 + later 邊 + al …的）*(adj)* 單邊的，單方面的

例句

a. AIDS has the **collateral** effect of forcing people to avoid promiscuity.
愛滋病有一附帶的影響，它迫使人們避免雜交。

b. Trade disputes have poisoned **bilateral** relations between China and America.
貿易的爭執已經毒害了中美的雙邊關係。

110 lat ： wide「寬的」

- dilate（di 分開 + lat 寬的 + e）*(vi, vt)* 擴大；張大
- latitude（lat 寬的 + itude 表示性質的抽象名詞）*(n)* 緯度，範圍，行動或言論的自由（範圍）

例句

a. The **latitude** of the island is 23.5 degrees north.
本島的緯度是北緯二十三點五度。

b. The nurse put drops in my eyes to **dilate** my pupils so that the doctor could check my retinas.
護士幫我點眼藥水放大瞳孔好讓醫生檢查我的視網膜。

111 lat ： carried「運送」

- collate（col 一起 + lat 拿來 + e）*(vt)* 仔細地檢查對比
- collation *(n)* 校勘，整理
- collative *(adj)* 校勘的，整理的
- correlate（cor 共同 + re 回 + lat 取 + e）*(vt)* 使相互關聯
- correlation *(n)* 相互關係，相關性
- correlative *(adj)* 相關的，關聯的
- dilatory（di 分離 + lat 運送 + ory 形容詞字尾）*(adj)* 拖延的
- elate（e=ex 向外 + lat 帶來 + e）*(vt)* 使得意
- elation *(n)* 得意洋洋，興高采烈
- oblate（ob 朝，向 + lat 帶來 + e）*(adj)* 扁圓的
- prelate（pre 先於 + lat 帶來 + e）*(n)* 職位甚高的教士
- prolate（pro 向前 + lat 帶來 + e）*(adj)* 扁長的
- relate（re 回 + lat 取 + e）*(vt)* 敘述，使聯繫
- relation *(n)* 關係，敘述，故事，親戚
- relative *(n)* 親戚；*(adj)* 有關係的，相對的

例句

a. A computer is often used to **collate** data/information.
電腦時常用來檢視比較資料。

b. We are all **elated** at the prospect of the weather improving.
天氣可能好轉讓我們興高采烈。

112 lect, lig, leg ： choose, gather「選擇；聚集」

- collect（col 一起 + lect 聚集）*(vt)* 收集
- elect（e=ex 向外 + lect 選擇）*(vt)* 選舉
- electable *(adj)* 有候選資格的
- electee *(n)* 當選者，當選人
- election *(n)* 選舉
- elector *(n)* 有選舉權的人
- electoral *(adj)* 選舉人的，選舉的
- electorate *(n)* 選民，選區
- eligibility *(n)* 適任，合格
- eligible *(adj)* 符合條件的
- ineligibility *(n)* 無參選資格，不適任
- legion *(n)* 古羅馬軍團；衆多
- recollect *(vt)* 回憶
- select（se 分開 + lect 選擇）*(vt)* 選擇，挑選；*(adj)* 精選的
- selection *(n)* 選擇
- selective *(adj)* 選擇的，選擇性的

例句

a. Thirty percent of the **electorate** refused to vote in the last election.
上次選舉有百分之三十的選民拒絕投票。

b. He has dual-nationality, so his **eligibility** has been called into question.
他有雙重國籍，因此他的資格已受到質疑。

113 leg, legis ： law「法律」

- illegal（il=in 不 + leg 法律 + al …的）*(adj)* 違法的；違禁的
- illegitimacy *(n)* 不法，私生
- illegitimate *(adj)* 非法的
- legal（leg 法律 + al …的）*(adj)* 法律的；合法的
- legality（leg 法律 + ality 名詞字尾）*(n)* 合法性
- legislate（legis 法律 + l + ate 動詞字尾）*(vi)* 制定法律；*(vt)* 通過立法
- legislation *(n)* 立法，法律的制定（或通過）
- legislature（legis 法律 + lat 帶來 + ure 名詞字尾）*(n)* 立法機關，立法機構
- legitimacy（leg 法律 + itim + acy 名詞字尾）*(n)* 合法（性）
- legitimate（leg 法律 + itim + ate 形容詞字尾）*(adj)* 合法的；法定的；婚生的
- legitimize *(vt)* 合法化
- privilege（privi 個人 + lege 法律）*(n)* 特權

例句

a. Some underworld gangs use **legitimate** business operations as a front.
一些地下黑幫用合法生意作掩護。

b. No one should enjoy special **privileges**.
沒人能享有特權。

114 leg ： read「讀」

- illegible *(adj)* 難辨認的，字跡模糊的
- legend *(n)* 傳說
- legible *(adj)* 清晰的，易讀的

例句

He scribbled a note to me, but it was barely **legible**.
他潦草地寫一張便條給我，但幾乎無法讀懂。

115 leg ： send「派遣」

- delegacy *(n)* 代表，代表權
- delegate（de 自某處導出 + leg 派遣 + ate 人）*(n)* 代表
- delegation *(n)* 代表團，授權，委託
- legate（leg 派遣 + ate 人）*(n)* 使節
- legation *(n)* 公使館全體人員，公使館
- relegate（re 後退 + leg 送，交託給 + ate 使…變成）*(vt)* 把…降級
- relegation *(n)* 降級

例句

a. Two hundred **delegates** from one hundred countries attended the conference on AIDS.
來自一百個國家的兩百名代表出席了愛滋病研討會。

b. Helen has been **relegated** to a less important position.
海倫已被降到較不重要的位置。

116 lev ： lift「舉，升」

- cantilever *(n)* 懸臂梁
- elevate（e 出 + lev 舉 + ate 動詞字尾）*(vt)* 抬起，舉起；（職位），晉升
- elevation *(n)* 高度
- elevator（elevate 使升起 + or 表示「物」）*(n)* 電梯
- leverage *(n)* 槓桿作用，影響
- lever（lev 舉升 + er 表示「物」）*(n)* 槓桿

例句

a. Money is often used for political/diplomatic **leverage**.
金錢時常用來作爲政治／外交的影響力。

b. **Elevate** your leg and put an ice pack on the swelling part of your foot.
抬高你的腳並在腫起處放上冰袋。

117 lev：light「輕」

- alleviate（al=ad 朝，向前 + lev 輕 + iate 使）*(vt)* 減輕（痛苦），減少（困難）
- alleviation *(n)* 緩和
- alleviatory *(adj)* 減輕（痛苦）的，緩解的
- levitate（lev 輕 + it + ate 使）*(vt)*（藉魔力）使升空飄蕩
- levitation *(n)* 輕輕浮起
- levity（lev 輕 + ity 名詞字尾）*(n)* 輕浮的舉動
- relief *(n)*（痛苦等的）減輕
- relieve（re 重新 + lieve 變輕）*(vt)* 減緩

例句

a. We tried to **alleviate** the pain/boredom by singing songs.
我們試圖以唱歌來減輕痛苦／打發無聊。

b. There was a brief moment of **levity** amid the serious talks.
在那嚴肅的會談中有一短暫的輕鬆時間。

118 liber：free「自由」

- liberal *(n)* 自由主義者；*(adj)* 慷慨的，不拘泥的，寬大的，自由主義的
- liberalism *(n)* 自由主義
- liberalist *(n)* 自由主義者
- liberality *(n)* 寬大，磊落
- liberalization *(n)* 自由主義化
- liberalize *(vt)* 自由化
- liberate *(vt)* 解放，釋放
- liberation *(n)* 釋放，解放
- liberator *(n)* 解放者
- libertarian *(n)* 自由意志主義者，行動自由論者
- libertine *(n)* 放蕩不羈者；*(adj)* 放蕩的

- libertinism *(n)* 放蕩，玩樂
- liberty *(n)* 自由

例句

a. The government promised to **liberalize** the banking system.
政府承諾將銀行制度自由化。

b. A terrorist organization demanded the **liberation** of prisoners, or else they would blow up City Hall.
一個恐怖組織要求釋放囚犯，不然就炸掉市政廳。

119 **libr** ： book「書」

- libel *(n)* 以文字損害名譽，誹謗罪；*(vt)* 誹謗
- libelous *(adj)* 誹謗的
- librarian *(n)* 圖書館員
- library（libr 書 + ary 地方）*(n)* 圖書館
- librettist *(n)* 歌詞作者，劇本作者
- libretto *(n)*（歌劇、音樂劇等的）歌詞（或劇本）

例句

He threatened to sue the newspaper for **libel**.
他威脅要控告那家報紙誹謗。

120 **libra** ： balance, weigh「平衡，權衡」

- deliberate *(adj)* 深思熟慮的；*(vi)* 仔細地想
- deliberation *(n)* 熟思
- deliberative *(adj)* 熟思的
- equilibrant *(n)* 平衡力
- equilibrate *(v)* 使平衡

- equilibrator *(n)* 平衡器
- equilibrium（equi 同等 + libr 平衡 + ium 名詞字尾）*(n)* 均衡

例句

a. They maintained the **equilibrium** between supply and demand.
他們維持供需之間的平衡。

b. We met to **deliberate** about/on a solution to the water shortage.
我們聚集起來商議一個解決缺水的辦法。

121 lig ：tie, bind「束縛」

- ligament *(n)* 韌帶
- ligature *(n)* 繃帶
- obligate *(vt)* 使負義務
- obligation *(n)* 義務，職責
- obligatory *(adj)* 義不容辭的，必須的
- oblige（ob 朝，向 + lige 束縛）*(vt)* 強制，強迫
- religion *(n)* 宗教
- religious *(adj)* 宗教的

例句

a. I felt **obligated** to be nice to her.
我感覺我有義務要對她好。

b. It is **obligatory** for businessmen to pay corporate tax.
商人繳公司稅是義務的。

122 lim ：boundary, edge, threshold「界限，開端，門檻」

- eliminate（e 出去 + limin 界限 + ate 使…變成）*(vt)* 排除，消除
- elimination *(n)* 排除，除去
- limbo *(n)* 地獄的邊境

- limit *(n)* 界限，限度，限制；*(vt)* 限制
- preliminary（pre 先於 + limin 開端 + ary 形容詞字尾）*(adj)* 預備的，初步的
- sublime *(adj)* 崇高的
- sublimate *(vt)* 昇華
- sublimation *(n)* 昇華
- subliminal（sub 在下 + limin 門檻 + al 形容詞字尾）*(adj)* 下意識的

例句

a. His sexual desire was **sublimated** into sporting activities.
他的性欲昇華爲體育活動。

b. The **preliminary** draft of my speech has been finished, but more details need to be worked out.
我的演講初稿已完成，但還要擬訂更多細節。

123 **lin** ： string, line「線條」

- baseline *(n)* 基準線
- coastline *(n)* 海岸線
- delineate（de 完全地 + line 線條 + ate 使…變成）*(vt)* 描繪，描寫
- dellineation *(n)* 描繪
- guideline *(n)* 方針
- hairline *(n)* 極細的織物
- lifeline *(n)* 生命線
- lineage *(n)* 血統，世系
- lineal *(adj)* 直系的，正統的
- lineament *(n)* 面部輪廓
- linear *(adj)* 線的，直線的
- linen *(n)* 亞麻布
- lingerie *(n)* 婦女貼身內衣
- pipeline *(n)* 管道

- sideline *(n)* 副業，邊界線
- underline *(vt)* 在…下面劃線，強調

例句

a. The boundaries should be clearly **delineated** for fear that disputes might arise.
惟恐引起糾紛，分界線應清楚描繪。

b. Amy told her story in **linear** sequence.
艾咪按時間先後（直線的）次序講述她的故事。

124 **lingu** ： language「語言」； tongue, lingua「舌」

- bilingual（bi 兩，雙 + lingu 語言 + al …的）*(adj)* 雙語的，能說兩種語言的
- lingo *(n)*（尤指）方言，行話
- lingual（lingu 舌頭，語言 + al …的）*(adj)* 舌頭的；語言的
- linguist（lingu 語言 + ist 者）*(n)* 語言學家
- linguistic（linguist 語言學家 + ic …的）*(adj)* 語言學上的
- linguistics（linguist 語言學家 + ics 學）*(n)* 語言學
- monolingual（mono 單一 + lingu 語言 + al …的）*(adj)* 僅用（懂）一種語言的
- sublingual（sub 下面 + lingu 舌 + al …的）*(adj)* 舌下的，舌下腺的
- trilingual *(adj)* 能說三種語言的

例句

a. What an amazing **linguist** Prof. Ling is! He speaks nine languages fluently.
林教授眞是位了不起的語言學家！他能流利地講九種語言。

b. They received **bilingual** education in primary school.
他們在小學接受雙語教育。

125 **liter** ： letter「字母」

- alliterate（al=ad 朝向 + liter 字母 + ate 使…變成）*(vt, vi)* 用頭韻
- alliteration *(n)* 頭韻

- literal *(adj)* 文字的，照字面上的
- literacy *(n)* 有讀寫能力
- literary *(adj)* 文學（上）的
- literate *(adj)* 有閱讀和寫作能力的
- literati *(n)* 文人，文學界
- literature *(n)* 文學
- illiterate *(n)* 文盲；*(adj)* 不識字的
- obliterate（ob 出去 + liter 字母 + ate 使…變成）*(vt)* 塗去，刪除
- obliteration *(n)* 塗去，刪除

例句

a. It's estimated that about half of the adult population is not fully **literate** in that country.
據估計，那個國家近半數的成年人不完全具備讀寫能力。

b. The word "stomach" **literally** means "the organ inside your body where food is digested."
"stomach" 這個字的字面意思是「身體內的食物消化器官」。

126 loc：location, place「地點，地方」

- allocate *(vt)* 分派，分配
- allocation *(n)* 分配，安置
- dislocate *(vt)* 脫臼
- local *(adj)* 地方的，局部的，鄉土的；*(n)* 當地居民
- locale *(n)* 場所
- locality *(n)* 位置，地點
- localize *(vt)*（使）局部化，（使）地方化
- locate *(vt)* 查找…的地點
- location *(n)* 位置

- locomotive *(n)* 機車，火車頭
- locus *(n)* 地點，所在地
- relocate *(vi, vt)* 移到或被移到一個新的位置
- relocation *(n)* 移到新的位置

例句

a. Ten million dollars have been **allocated** for building a new school in this area.
已提撥一千萬美元在該地區建造一所新學校。

b. He **dislocated** his foot playing basketball.
他打籃球時腳脫臼。

127 log(ue)：say, speak「說，言」

- analogy（ana 一樣 + log 言 + y 名詞字尾）*(n)* 類似，類比
- catalogue（cata 下面 + logue 言）*(n)* 產品目錄 (=catalog)
- dialogue（dia 在…之間 + logue 說話）*(n)* 對話
- epilogue（epi 後面 + logue 言）*(n)*（文學作品）後記，跋；（戲劇）收場白
- eulogistic（eu 美好 + log 言 + istic …的 ）*(adj)* 頌揚的，歌功頌德的
- eulogize（eu 美好 + log 言 + ize 動詞字尾）*(vt)* 稱讚，頌揚
- eulogy（eu 美好 + log 言 + y 名詞字尾）*(n)* 贊詞，頌詞，歌功頌德的話
- monologue（mono 單獨 + logue 說 ）*(n)* 獨白，獨角戲
- prologue（pro 在前 + logue 言）*(n)* 序言，開場白
- neologism（neo 新 + log 言 + ism 詞語用法 ）*(n)* 新詞

例句

a. He went on with his rambling **monologue** though we almost fell asleep.
雖然我們幾乎睡著了，但他依然繼續他散漫的獨白。

b. The priest delivered a long **eulogy** at the funeral.
在葬禮中牧師發表一篇長頌詞。

128 **lope** ：run「跑」

- elope（e 往外 + lope 跑）*(vi)* 私奔
- elopement *(n)* 私奔
- interlope（inter 交互 + lope 跑）*(vi)*（為圖私利）干涉他人之事，闖入
- interloper *(n)* 闖入者，（為圖私利）干涉他人事務者
- lope *(vi)*（使）大步慢跑

例句

Sue is said to have **eloped** with her boss to New York.
據說蘇和她的老闆私奔到紐約了。

129 **locu, loqu** ：say, speak「說，言」

- allocution（al=ad 方向 + locu 話 + tion 名詞字尾）*(n)* 訓示，面諭
- circumlocution（circum 繞圈 + locu 言 + tion 名詞字尾）*(n)* 婉轉曲折的陳述
- colloquial（col=con 共同 + loqu 言 + ial 形容詞字尾）*(adj)* 口語的
- colloquialism（colloquial 口語的 + ism 詞語用法 ）*(n)* 口語的用語
- colloquy（col 共同 + loqu 言語 + y 名詞字尾）*(n)* 談話，會話，以對話體寫的文章
- elocution（e 出 + locu 話 + tion 名詞字尾）*(n)* 雄辯術，演說法
- eloquence（e 出 + loqu 言 + ence 名詞字尾）*(n)* 雄辯，口才
- eloquent（e 出 + loqu 說 + ent …的）*(adj)* 雄辯的，善辯的
- grandiloquence *(n)* 誇張之言
- grandiloquent（grandi 極大的 + loqu 說 + ent …的）*(adj)* 浮誇的
- interlocution *(n)* 對話，談話
- interlocutor（inter …之間 + locu 說話 + tor 人）*(n)* 對話的人
- locution *(n)* 說話的風格
- loquacious（loqu 說 + acious 多…的）*(adj)* 多話的
- magniloquent（magni 大 + loqu 言 + ent …的）*(adj)* 華而不實的，誇張的

- obloquy（ob 反對 + loqu 言語 + y 名詞字尾）*(n)* 謾罵，誹謗
- soliloquist *(n)* 獨語者
- soliloquize *(vt, vi)* 自言自語，獨白
- soliloquy（solo=soli 單獨的 + loqu 言語 + y 名詞字尾）*(n)* 自言自語，獨白
- somniloquist *(n)* 說夢話的人，囈語者
- somniloquy（somn 睡眠 + loqu 言語 + y 名詞字尾）*(n)* 說夢話
- ventriloquial（ventri 腹部 + loqu 言 + ial 形容詞字尾）*(adj)* 口技的
- ventriloquous *(adj)* 腹語術的，口技的
- ventriloquy（ventri 腹部 + loqu 言語 + y 名詞字尾）*(n)* 腹語術

例句

a. I wonder how Susan's husband can put up with a **loquacious** woman like her.
我很想知道蘇珊的先生如何能忍受像她那樣饒舌的女人。

b. The president made an **eloquent** appeal for unity.
總統做了一次滔滔雄辯的演說，呼籲大家團結起來。

130 **luc** ：light, shine「光」

- elucidate（e 出 + lucid 明晰的 + ate 使…變成）*(vt)* 闡明
- elucidation *(n)* 闡明
- lucid *(adj)* 明晰的
- translucent（trans 穿透 + luc 光 + ent …的）*(adj)* 半透明的（注意：transparent 是「完全透明的」）

例句

a. The manager **elucidated** the mechanism for quality control on the assembly line.
經理闡明生產線上品管的機制。

b. There is a wall of **translucent** glass which divides the dining room from my study.
一道半透明的玻璃牆隔開飯廳和我的書房。

131 lud, lus ： play「遊戲」

- illude *(vt)* 欺騙，置…於幻覺中
- illusion *(n)* 幻想
- illusory *(adj)* 產生幻覺的
- interlude *(n)* 間隔的時間，戲劇或歌劇兩幕間
- ludicrous *(adj)* 可笑的，滑稽的
- prelude *(n)* 前奏，序幕

例句

a. Any hope of a political reconciliation proved **illusory**.
政治和解的希望終成虛幻。

b. There was a quiet **interlude** between storms.
兩個暴風雨之間有一段寧靜的間隔時間。

132 lumin ： light, shine「光」

- illuminate（il=in 加強語氣的字首 + lumin 光 + ate 使…變成）*(vt)* 照亮
- illumination *(n)* 照明
- luminary（lumin 光 + ary 人）*(n)* 發光體（如日、月等天體）；（尤指學術界）名人
- luminesce *(vi)* 發冷光
- luminescence *(n)* 發光
- luminescent *(vi)* 發冷光的
- luminiferous *(adj)* 發光的
- luminize *(vt)* 使發光
- luminous *(adj)* 發光的，明亮的
- luminsome *(n)*（動物細胞中的）發光體

His room is well/poorly **illuminated**.
他房間的照明很亮／差。

m 開頭的字根

133 main, manu：hand「手」

- maintain（main=manu 手 + tain 持，握）*(vt)* 維持，保持，繼續，堅持認為
- maintenance *(n)* 維護，保養，保持
- manacles（mana=manu 手 + cle 小）*(n)* 手銬
- manage *(vt)* 管理
- management *(n)* 管理，經營；管理學
- manager *(n)* 經理，管理人員
- maneuver（man 手 + euver 操作）*(n)* 策略，花招；*(v)* 策劃，誘使
- manicure（mani 手 + cure 治療）*(n)* 修指甲；*(vt)* 修剪
- manicurist（mani 手 + cur 治療 + ist 人）*(n)* 指甲修剪師
- manipulate *(vt)* 操縱
- manner *(n)* 行為，舉止，風度
- manual（manu 手 + al 形容詞兼名詞字尾）*(adj)* 手的，手工的；*(n)* 手冊，指南
- manufacture（manu 手 + fact 製作 + ure 動詞字尾兼名詞字尾）*(vt)* 製造；*(n)* 製造
- manufacturer *(n)* 製造業者，廠商
- manure *(n)* 肥料；*(vt)* 施肥于
- manuscript（manu 手 + script 寫）*(n)* 手稿，原稿

例句

a. The government was accused of **manipulating** stocks behind the scenes.
政府被指責幕後操縱股票。

b. He is planning to **maneuver** himself/Sam into a managerial position.
他正計畫用巧妙的策略將自己／山姆擠進經理職位。

134 **mand** ： order「命令」

- command（com 加強語意字首 + mand 命令）*(n, vt)* 命令
- commandable *(adj)* 可指揮的
- commandeer *(vt)* 徵募，霸占
- commander *(n)* 司令官，指揮官
- commandment *(n)* 戒律
- countermand（counter 反，逆 + mand 命令）*(vt)* 撤消以前發出的命令
- demand（de 否定，相反 + mand 命令）*(n, vt)* 要求
- demandable *(adj)* 可要求的
- demandant *(n)* 原告 (= plaintiff)
- demander *(n)* 要求者，請求者
- demanding *(adj)* 過分要求的，苛求的
- mandate（mand 命令 + ate 使…變成）*(n)* 當選人所獲之授權，聯合國授權某國管理的託管地；*(vt)* 批准
- mandatory *(adj)* 命令的，強制的，託管的
- remand（re 回 + mand 命令）*(n, vt)* 送還，還押
- reprimand *(n)* 申斥

例句

a. The law has made it **mandatory** for all drivers to buckle up before they hit the road.
法律規定駕駛人上路前必須繫上安全帶。

b. He received a severe **reprimand** for medical negligence.
他因醫療疏失而遭斥責。

135 **mar** ： sea「海」

- marine *(adj)* 海的；海生的
- mariner *(n)* 水手，海員
- submarine（sub 在…下面 + marine 海）*(n)* 潛艇

Bella majored in **marine** biology in college.
貝拉在大學時主修海洋生物學。

136 mem, memor：memory「記憶」

- commemorate（com 共同 + memor 記憶 + ate 動詞字尾）*(vt)* 紀念
- commemoration *(n)* 紀念，紀念會
- commemorative *(adj)* 紀念的
- immemorial（im=in 不 + memor 記憶 + ial …的）*(adj)* 遠古的；無法追憶的
- memento *(n)* 紀念品
- memo *(n)* 備忘錄 (=memorandum)
- memoir *(n)* 回憶錄
- memorabilia *(n)* 紀念品
- memorable（memor 記憶 + able 可…的）*(adj)* 值得紀念的，難忘的
- memorandum *(n)* 備忘錄；協定記錄〔memoranda *(pl)*〕
- memorial（memor 記憶 + ial 表示「物」；…的）*(n)* 紀念碑，紀念館，紀念堂；*(adj)* 紀念的
- memorize（memor 記憶 + ize 動詞字尾）*(v)* 記住
- memory（memor 記憶 + y 名詞字尾）*(n)* 記憶，記憶力
- remember（re 再 + member=memor 記得）*(vt)* 回憶起，記住
- rememberable *(adj)* 可回憶的，值得牢記的
- remembrance *(n)* 回想

例句

a. When the President retired, he began to write his **memoirs**.
總統退休後開始寫回憶錄。

b. The seven developed countries signed a **memorandum** pledging to write off debts from African countries.
那七個已開發國家簽署一份備忘錄誓言注銷非洲國家的債務。

137 meas, mens ： measure「測量，丈量」

- commensurable *(adj)* 可以同單位度量的，能較量的
- commensurate（com 共同，相同 + mensur 測量 + ate …的）*(adj)* 成比例的，相稱的
- commensuration *(n)* 同量，相當的，通約
- dimension（di=dia 貫穿 + mens 測量 + ion 名詞字尾）*(n)*（長、寬、厚、高）度
- dimensional *(adj)* …空間的
- immeasurable（im=in 不 + measurable 可測量的）*(adj)* 不可計量的
- immense（im=in 無 + mens 測量）*(adj)* 極大的
- immensity *(n)* 廣大，巨大，浩瀚
- measure *(vt)* 測量，量尺寸
- measurable（measur（e）測量 +able 可…的）*(adj)* 可測量的

例句

a. Your pay will be **commensurate** with how many deals you can pull off for the company.
你的薪水與你能爲公司拉到多少生意相對稱。

b. Judy has made **immense** progress in English.
茱蒂的英語有了長足的進步。

138 merc ： trade「貿易」

- commerce（com 一起 + merce 交易）*(n)* 商業
- commercial *(adj)* 商業的
- mercantile *(adj)* 商人的，商業的
- mercantilism *(n)* 商業主義，營利主義
- mercantilist *(n)* 重商主義者
- mercenary *(adj)* 唯利是圖的；*(n)* 傭兵
- merchandise *(n)* 商品
- merchant（merch 貿易 + ant 人）*(n)* 商人

例句

a. Almost everything can be **merchandised** through the Internet.
通過網路幾乎可買賣到任何東西。

b. An army of foreign **mercenaries** was hired to fight for the country.
一團外籍傭兵被雇來爲這國家作戰。

139 merg ： sink「沉，浸，沒」

- emerge（e 出 + merge 沒 → 從沒入水裡的狀態出來）*(vi)* 顯現，顯露，浮現
- emergence *(n)* 浮現
- emergency *(n)* 緊急情況，突然事件，緊急事件
- emergent *(adj)* 突然出現的，緊急的
- immerge（im 裡面 + merge 沉）*(vi)* 浸入，浸沒
- immerse（im 內 + merse=merge 浸，沾）*(vt)* 沉沒
- immersion *(n)* 沉浸
- submerge（sub 在…下面 + merge 沒）*(v)* 浸沒，淹沒
- submerse（sub 下面 + merse=merge 浸）*(vt)* 浸沒
- submersion *(n)* 淹沒

例句

a. The **emergence** of China as a military power has upset Japan and America, not to mention Taiwan.
中國以軍事強權的姿態崛起，讓美、日兩國心生不安，更別說台灣。

b. The sewers were completely blocked, so the entire city was **submerged** by the ensuing flood.
下水道完全堵塞了，因此整座城市都沒入隨後而來的洪水之中。

140 migr ： move to a new plac「遷移」

- emigrant（e 出 + migr 遷移 + ant 者）*(n)* 移居外國者

- emigrate（e 出外 + migr 遷移 + ate 使…變成）*(v)*（從本國）移居外國
- immigrant（im 入 + migr 移 + ant 者）*(n)*（自外國移入的）移民
- immigrate（im=in 入內 + migr 移 + ate 使…變成）*(vt)*（從外國）移入（本國定居）
- immigration *(n)* 移民
- migrant（migr 遷移 + ant 者）*(n)* 移居者
- migrate（migr 遷移 + ate 使…變成）*(vi)* 遷居，移居；（鳥類的）遷徙
- migratory（migr 遷移 + atory …的）*(adj)* 有遷徙習慣的
- transmigration（trans 轉 + migr 移 + ation 名詞字尾）*(n)*（死後靈魂的）轉生，轉世

例句

a. Because of the recession, **migrant** workers are found everywhere.
因為經濟蕭條，到處都可見到流動工人。

b. Drought often causes great animal **migrations**.
乾旱常導致動物大遷徙。

141 mir ： wonder「驚奇」

- miracle（mir 驚奇，奇異 + acle 表「小事物」的名詞字尾）*(n)* 奇蹟，奇事
- miraculous（miracle 奇蹟 + ous 表「…的」的形容詞字尾）*(adj)* 奇蹟般的，不可思議的
- mirage（mir 奇異 + age 表「物」的名詞字尾）*(n)* 海市蜃樓；幻景
- mirth（mir 驚喜 + th 表「狀態」的名詞字尾）*(n)* 歡樂，高興

例句

a. Jane dreams of becoming a movie star, but I think she is just chasing a **mirage**.
珍夢想成為電影明星，但我認為她是在追逐一個幻景。

b. It was amazing that she made a **miraculous** recovery from leukemia.
她患白血病後又奇蹟般的康復，眞令人難以置信。

142 misc ： mix「混雜」

- miscellanea *(pl)* 雜記

- miscellaneous *(adj)* 各色各樣混在一起的
- miscellany *(n)* 雜物，雜錄，詩文雜集
- promiscuity *(n)* 混亂，雜亂，尤指男女亂交
- promiscuous *(adj)* 混雜的

例句

a. It is there by the Keelung River at Datze that a **miscellany** of mansions and fancy restaurants has been erected.
大直的基隆河畔混雜興建了豪宅和昂貴餐館。

b. The best way to prevent AIDS is to avoid **promiscuous** sexual behavior.
預防愛滋病最好的方法是避免雜交行爲。

143 miss, mit ：send「送」

- admission *(n)* 允許進入；供認
- admit（ad 向 + mit 送）*(vi, vt)* 准入；錄取；承認
- demise *(n)* 死亡，終止，結束
- dismiss（dis 離開 + miss 送）*(vt)* 解散，下課；開除，解職
- emissary（e 出 + miss 派送 + ary 表示人）*(n)* 使者，特使
- emission *(n)*（光、熱等的）散發，發射，發出
- emit（e 出 + mit 投）*(vt)* 發出，放射，散發
- intermission *(n)* 間斷，暫停；中間休息；幕間休息
- intermit（inter 中間 + mit 投）*(vi, vt)* 中斷，間歇
- intermittent *(adj)* 間歇的，斷斷續續的
- manumit（manu 手 + mit 送，放）*(vt)* 釋放，解放
- missile（miss 投擲，發射 + ile 物體）*(n)* 導彈；拋擲物
- mission（miss 送，委派 + ion 名詞字尾）*(n)* 使命，任務
- missionary（mission 任務 + ary 人 ）*(n)* 傳教士
- premise（pre 前，預先 + mise 送）*(n)*（推理所依據的）前提，假定

- remit（re 回，再 + mit 送 → 送回）*(vt)* 赦免，匯款
- submit（sub 下 + mit 送）*(vi)*（使）屈服；*(vt)* 提交，遞交
- surmise（sur 上 + mise 送）*(vt, vi)* 猜測
- transmission *(n)* 發射，傳送，傳輸；轉播，播送
- transmit（trans 橫過 + mit 送）*(vt)* 傳送，傳染
- transmitter *(n)* 轉送者，傳達人；傳導物，發射機

例句

a. The **demise** of the insurance company came as a shock.
那家保險公司的停業來得令人震驚。

b. There will be a short **intermission** between the two parts of the concert.
音樂會半場間有短暫的休息時間。

144 mon ：warn, remind「警告，提醒」

- admonish（ad 朝向 + mon 警告 + ish 動詞字尾）*(vt)* 勸告，訓誡，警告
- admonition *(n)* 警告
- admonitor *(n)* 勸告者，訓誡者
- admonitory *(adj)* 勸告的
- monition *(n)* 忠告，警告
- monitor *(n)* 監聽器，監視器，監控器；*(vt)* 監控
- monitory *(adj)* 訓誡的
- monster *(n)* 怪物，妖怪
- monstrous *(adj)* 巨大的，怪異的，恐怖的，凶暴的
- monument *(n)* 紀念碑
- monumental *(adj)* 紀念碑的，紀念物的
- premonition *(n)* 前兆
- premonitor *(n)* 預先警告者
- premonitory *(adj)* 有預兆的
- summon（su=sub 祕密地 + mon 警告）*(vi)* 召集，召喚

例句

a. He had a **premonition** that something bad was going to happen.
他有預感不好的事要發生了。

b. My teacher **admonished** Tom for telling a lie.
我的老師訓誡湯姆，因為他說謊。

145 monstr ： show, display「表現，顯示」

- demonstrate *(vt)* 示範；*(vi)* 示威
- demonstration *(n)* 示範，示威
- demonstrative *(adj)* 說明的
- demonstrator *(n)* 示威者
- muster *(vt, vi)* 集合，集聚
- remonstrate *(vt, vi)* 抗議
- remonstration *(n)* 抗議
- remonstrative *(adj)* 抗議的
- remonstrator *(n)* 提出異議的人

例句

a. He **remonstrated** with his boss against unfair treatment.
他跟老闆抗議待遇不公。

b. The general **mustered** his troops to launch a counter attack.
將軍集合軍隊以便反攻。

146 mor ： custom, proper「習慣；適當的」

- amoral *(adj)* 與道德無關的
- demoralize *(vt)* 使洩氣
- immoral *(adj)* 不道德的
- moral *(adj)* 道德的

- morale *(n)* 士氣
- moralism *(n)* 道德教育，道德準則
- moralist *(n)* 道德家
- moralistic *(adj)* 道學的，說教的
- morality *(n)* 道德
- moralization *(n)* 道德說教
- moralize *(vt)* 從道德上解釋，教化
- mores *(n)* 風俗，習慣

例句

a. The visit of the President did a great deal to boost/raise/heighten **morale** among the troops.
總統的訪問大大地鼓舞／提升／增進了部隊的士氣。

b. Losing the finals really **demoralized** our team.
輸了總決賽重挫了我隊士氣。

147 mort：death「死」

- immortal（im 不 + mort 死 + al …的）*(adj)* 不死的，不朽的
- immortalize（immortal 不死的 + ize 使）*(vt)* 使不朽，使名垂千古
- morbid（morb=mort 死 + id …的）*(adj)* 病態的，恐怖的
- morgue *(n)* 太平間，停屍間
- moribund（mori=mort 死 + bund = bound 邊界）*(adj)* 垂死的
- mortal（mort 死 + al …的）*(adj)* 必死的，致命的；*(n)* 凡人
- mortality（mort 死 + ality 名詞字尾）*(n)* 不免一死；死亡率
- mortgage（mort 死 + gage 抵押品）*(n)* 抵押品
- mortician（mort 死 + ic + ian 人）*(n)* 殯儀業人員
- mortification *(n)* 羞辱
- mortify（mort 死 + ify 使）*(vt)* 羞辱，使丟臉

- mortuary（mort 死 + u + ary 表「場所」的名詞字尾）*(n)* 停屍房，太平間
- postmortem（post 後 + mortem 死）*(n)* 驗屍

例句

a. He has a **morbid** interest in horror movies.
他對恐怖片有病態的興趣。

b. It is not worthwhile to lavish an astronomical amount of money on propping up a **moribund** state-run industry.
花大筆錢支撐垂死的國營企業是不值得的。

148 mob, mot, mov ： move「動」

- automobile（auto 自動的 + mobile 可移動的）*(n)* <美>汽車
- commotion（com 一起 + mot 動 + ion 名詞字尾）*(n)* 騷動
- demobilize *(vt)* 復員
- demote（de 向下 + mot 動）*(vt)* 使降級，使降職
- emote *(vi)* 過火地表演
- emotion（e 出 + mot 動 + ion 名詞字尾）*(n)* 情緒，情感，感情
- emotional *(adj)* 情緒的，情感的
- irremovable *(adj)* 無法移動的，無法移除的
- locomotive（loco 地方 + motive 動的）*(n)* 火車頭
- mob *(n)*（集合詞）暴徒
- mobile *(adj)* 可移動的
- mobility *(n)* 活動性，機動性，遷移率
- mobilization *(n)* 動員
- mobilize *(vt)* 動員
- mobillette *(n)* 小型機器腳踏車
- mobster *(n)* 暴徒
- motel（motor 汽車 + hotel 旅館）*(n)* 汽車旅館

- motif *(n)* 主旨，主題
- motion（mot 動 + ion 名詞字尾）*(n)* 運動；動作
- motivate（motiv(e) 動機 + ate 動詞字尾，表示「引起，使」）*(vt)* 激發，激勵
- motive（mot 動 + ive 名詞字尾）*(n)* 動機
- motor（mot 動 + or 物）*(n)* 電動機，馬達
- movable *(adj)* 活動的，變動的
- move *(n, vt, vi)* 移動
- movement *(n)* 運動，動作，運轉
- movie *(n)* 電影
- promote（pro 向前 + mot 動）*(vt)* 提升，提拔；推銷（商品），促進
- promotion *(n)* 提升，提拔，促進；推銷商品
- remote（re 回，向後 + mot 移）*(adj)* 遙遠的；偏僻的
- removable *(adj)* 抽取式的，可移動的
- removal *(n)* 移動，免職，切除
- remove *(vt)* 移動，開除

例句

a. Oscar was trying to **mobilize** support for the upcoming election.
奧斯卡正在爲即將來臨的選舉動員爭取支持。

b. A special bonus has been set up to **motivate** the staff to work harder.
一筆特別紅利設立的目的是要激勵員工更努力工作。

149 mur：牆壁

- extramural（extra 之外 +mural 牆壁的）*(adj)* 市外的，單位以外的，校際比賽的
- immure（im 裡面 + mure 牆壁）*(vt)* 監禁，禁閉，把…嵌在牆上
- immurement *(n)* 監禁，禁閉
- intramural（intra 之內 +mural 牆壁的）*(adj)* 校內的，內部的
- mural *(adj)* 牆壁上的；*(n)* 壁畫，壁飾
- muralist *(n)* 壁畫家

例句

An **extramural** football game will be held next Saturday.
一場校際足球賽將在下週六舉行。

n 開頭的字根

150 nat：born, birth「出生，誕生」

- cognate（co 共同 + gnat 出生 + e）*(adj)*（詞或語言）同源的
- innate（in 進 + nat 出生 + e）*(adj)* 天生的，生來的
- nascence / nascency *(n)* 發生，起源
- nascent *(adj)* 初生的，新生的
- natal（nat 出生 + al …的）*(adj)* 出生的，出生時的
- nation *(n)* 國家，民族
- native（nat 出生 + ive 形容詞兼名詞字尾）*(adj)* 當地人的 *(n)* 當地人，土著
- natural *(adj)* 自然的
- nature *(n)* 自然
- prenatal（pre 在…之前 + nat 出生 + al …的）*(adj)* 出生以前的
- postnatal（post 在…之後 + natal 出生的）*(adj)* 出生後的，產後的
- supernatural *(adj)* 超自然的

例句

a. A **nascent** democratic movement is emerging even in Arab countries.
新生的民主運動甚至在阿拉伯國家中興起。

b. Ducks have an **innate** ability to swim.
鴨子有游泳的本能。

151 naut：sailor「水手」

- aeronaut（aero 空氣，空中 + naut 水手）*(n)* 氣球駕駛員

- aeronautic *(adj)* 航空的
- astronautics *(n)* 太空航空學
- aeronautics *(n)* 航空學
- aquanaut（aqua 水 + naut 水手）*(n)* 輕裝潛水員
- aquanautics（使用潛水裝備的）*(n)* 水下探勘與研究
- astronaut（astro 星，天體 + naut 水手）*(n)* 太空人
- astronautic *(adj)* 太空航行的
- cosmonaut（cosmo 宇宙 + naut 水手）*(n)* 蘇聯的太空人
- nautical *(adj)* 船員的，船舶的，海上的
- oceanaut（ocean 海洋 + naut 水手）*(n)* 潛航員

例句

Fortunately the crew were all rescued in the **nautical** disaster.
在那次海難很幸運的是所有船員都獲救。

152 nav：ship「船」

- circumnavigate（circum 環繞，周圍 + nav 船 + ig 駕駛，引導 + ate 使…變成）*(vt)* 環航
- circumnavigation *(n)* 世界一周旅行，周遊世界
- naval *(adj)* 海軍的
- navigable *(adj)* 適於航行的
- navigate（nav 船 + ig 駕駛，引導 + ate 使…變成）*(vi)* 航行，航海，航空
- navigation *(n)* 航海，航空，航行
- navigator *(n)* 航海家
- navy *(n)* 海軍

例句

a. The captain **navigated** the ship to the nearest port for food and supplies.
船長把船航行到最近的港口，增補食物和補給品。

b. Mr. Hamilton was a **naval** officer.
哈密爾頓先生是一位海軍軍官。

153 nect, nex ： bind「捆綁」

- annex（an = ad 向 + nex 連接）*(vt)* 兼併，併吞（領土等）
- annexation *(n)* 占領，吞併
- annexe *(n)* 附屬建築物
- connect（con 一起 + nect 綁，捆）*(vt, vi)* 連接，聯結，結合
- connection *(n)* 連接物；關係
- disconnect（dis 分開 + connect 連接）*(vt)*（某物與某物）分離，斷開
- interconnect（inter 交互 + connect 連接）*(vt)* 使互相連接
- nexus *(n)* 連結，關係

例句

a. Taiwan was once **annexed** by Japan.
台灣曾被日本併吞。

b. Taipei Station is the **nexus** of the Taipei mass rapid transit system.
台北車站是台北捷運系統的重要聯結地。

154 neg ： deny「否定」

- abnegate（ab 離開 + neg 否定 + ate 使…變成）*(vt)* 放棄（權力或要求），自我克制（某物）
- abnegation *(n)* 放棄
- abnegator *(n)* 放棄者
- negate（neg 否定 + ate 使…變成）*(vt)* 否定
- negation *(n)* 否定，拒絕
- negative *(adj)* 否定的，消極的，負的

- neglect（neg 不 + lect 挑選）*(vt, n)* 忽視
- neglectable *(adj)* 可忽視的
- neglectful *(adj)* 忽略的
- negligence *(n)* 疏忽
- negligent *(adj)* 疏忽的
- negligible *(adj)* 可以忽略的
- renegade *(n)* 背教者，變節者，叛徒
- renege *(vi)* 違約，沒有兌現諾言或承諾；*(vt)* 拒絕；否認

例句

a. A monk is supposed to **abnegate** carnal pleasure.
和尚應該戒掉肉欲的享樂。

b. A **renegade** is an opportunist who doesn’t have any principles. He is nothing more than a chameleon.
變節者是投機取巧者，他沒有任何原則，只不過是一隻變色龍。

155 noc, nox ： harm, kill「傷害」

- innocence *(n)* 清白
- innocent（in 不 + noc 傷害 + cent 有…特性的）*(adj)* 清白的，無罪的
- innocuous（in 不 + noc 傷害 + ous 有…特性的）*(adj)* 無害的，無毒的，無傷大雅的
- noxious *(adj)* 有害的
- obnoxious（ob 到，至 + nox 傷害 + ious 有…特性的）*(adj)* 不愉快的，討厭的

例句

a. Noxious fumes from the nearby factory have caused several cases of cancer.
來自附近工場的有毒煙氣已造成幾個癌症病例。

b. That woman looks **innocuous** but is in fact extremely wicked.
那女人看起來不會害人，事實上非常邪惡。

156 **nom, nomin** ： name「名字」

- binomial（bi 二 + nom 名 + ial …的）*(adj)* 二名制的，種名前加屬名的
- denominate（de 下 + nomin 名 + ate 使…變成）*(vt)* 給…命名
- ignominious（ig=in 不，無 + nomin 名 + ious …的）*(adj)* 丟臉的；恥辱的
- ignominy（ig=in 無 + nomin 名 + y 名詞字尾）*(n)* 恥辱
- misnomer（mis 錯 + nom 名 + er 名詞字尾）*(n)* 誤稱；使用不當的名稱；（在訴訟等中）寫錯姓名（或地名）
- nomenclature（nom 名 + en 進入 + clat = list 表列 + ure 名詞字尾）*(n)* 命名法，術語
- nominal（nomin 名 + al …的）*(adj)* 名義上的，有名無實的
- nominate（nomin 名 + ate 使…變成）*(vt)* 提名
- nomination *(n)* 提名任命
- nominative *(n)* 主格，主格語；*(adj)* 主格的，被提名的
- onomatopoeia *(n)* 擬聲，擬聲法
- onomatopoeic *(adj)* 擬聲的
- polynomial（poly 多 + nom 名 + ial …的）*(adj)* 多詞學名的；（數學）多項的

例句

a. He suffered an **ignominious** defeat.
他遭受不光彩的挫敗。

b. He is only the **nominal** president of the company.
他僅是那家公司的名義董事長。

157 **norm** ： rule, standard「標準」

- abnormal（ab 離開 + normal 正常的）*(adj)* 反常的
- enormity *(n)* 暴行，巨大，極惡
- enormous（e 出 + norm 標準 + ous …的 → 出了標準的）*(adj)* 巨大的
- norm *(n)* 標準，準則；行為規範
- normal（norm 標準 + al …的）*(adj)* 正常的

- normalize（normal 正常的 + ize 使…化）*(vt)* 使正常化
- subnormal（sub 下面 + normal 正常的）*(adj)* 低於正常的

例句

a. We must adapt to the **norms** of the society we live in.
我們必須遵循這個社會的行爲準則。

b. The full **enormity** of this country's educational problems is overwhelming.
這個國家的教育問題多又嚴重，很難解決。

158 not：mark, write「標記，寫」

- annotate（an=ad 添加 + not 寫 + ate 動詞字尾）*(vt)* 注釋，評注
- annotation *(n)* 注解，評注
- connotation *(n)* 隱含
- connotative *(adj)* 隱含的
- connote（con 一起 + note 標記）*(vt)* 含言外之意，意味著
- denote（de 自…導出 + note 標記）*(vt)* 表示
- denotation *(n)* 直接意義
- denotative *(adj)* 指示的，表示的
- endnote *(n)* 尾注
- footnote *(n)* 注腳
- notable *(adj)* 値得注意的，顯著的，著名的
- notarization *(n)* 公證
- notarize *(vt)* 證明，確認
- notary（not 記號 + ary 人）*(n)* 公證人
- notate *(vt)* 以符號表示，把…寫成記號（或標誌）
- notation *(n)* 符號
- notoriety *(n)* 惡名，聲名狼藉
- notorious *(adj)* 聲名狼籍的

例句

a. The word "statesman" has a positive **connotation**.
政治家這個字有正面的含義。

b. The **denotation** of "obese" and "plump" is fat, but "plump" **connotes** approval and "obese" disapproval.
obese 和 plump 本義是胖，但 plump 含褒義， obese 含貶義。

159 nov ： new「新」

- innovate（in 進入 + nov 新 + ate 使）*(vi)* 創新
- innovation *(n)* 革新，創新；新產品
- nova（nov 新 + a）*(n)* 新星
- novation *(n)* 更換成新合約
- novel（nov 新 + el …的）*(adj)* 新奇的，新穎的；*(n)* 小說
- novelette *(n)* 中篇（或短篇）小說
- novelist *(n)*（長篇）小說家
- novella *(n)* 短篇故事，中篇小說
- novelty（novel 新的 + ty 名詞字尾）*(n)* 新穎，新奇
- novice（nov 新 + ice 人）*(n)* 新手，初學者
- novitiate *(n)* 見習期
- renovate（re 回 + nov 新 + ate 使…變成）*(vt)* 翻新（建築）
- renovation *(n)* 翻新

例句

a. We are desperate to **innovate** (new products).
我們迫切需要創新（新產品）。

b. The restaurant has been **renovated** and redecorated. It will reopen next week.
那家餐廳已經翻修並裝潢過。下週將重新開幕。

160 **null** ： none, not one「沒有，無一」

- annul（an 朝向 + nul 零）*(vt)* 廢除，取消
- null *(adj)* 無效力的，無效的；*(n)* 零
- nullify（null 沒有人 + ify 使）*(vt)* 無效

例句

a. The election results were **nullified** because of vote-rigging.
選舉結果因爲舞弊而無效。

b. The election might be **annulled**.
這選舉可能被廢止。

161 **num** ： number「數字」

- enumerate *(vt)* 列舉
- enumeration *(n)* 列舉
- enumerative *(adj)* 列舉的
- innumerable *(adj)* 無數的，數不清的
- number *(n)* 數，數字，數量，號碼；*(vt)* 編號碼
- numerable *(adj)* 可數的
- numeracy *(n)* 識數，計算能力
- numeral *(n)* 數字
- numerary *(adj)* 數目的
- numerate *(vt)* 數，計算，讀（數）
- numeration *(n)* 計算，編號，讀數法
- numerator *(n)* 分子 (↔ denominator 分母)
- numeric *(adj)* 數字的
- numerical *(adj)* 數字的，用數字表示的
- numerology *(n)*（根據出生日期等數字來解釋人的性格或占卜禍福的）數字命理學
- numeroscope *(n)* 數字記錄器

- numerous *(adj)* 眾多的，許多的，無數的
- outnumber *(vt)* 數目超過

例句

a. The Pan Blues still hold a **numerical** advantage in the Legislative Yuan.
泛藍在立法院依然握有人數的優勢。

b. He **enumerated** the benefits of saving money.
他列舉儲蓄的好處。

O 開頭的字根

162 **ocul** ： eye「眼」

- binocular *(adj)* 用兩眼的
- binoculars *(n)* 雙眼望遠鏡
- monocle（mono 單一 + ocle 眼）*(n)* 單片眼鏡
- ocular *(adj)* 眼睛的，視覺的；*(n)* 目鏡，眼睛
- oculist *(n)* 眼科醫生
- oculomotor（oculo 眼 + motor 發動機）*(adj)* 眼球運動的

例句

I adjusted my **binoculars** on the deer and watched it through them.
我調整雙眼望遠鏡的焦距對著那頭鹿，通過鏡片觀察牠。

163 **oper** ： work「工作」

- cooperate（co 合作 + operate 工作）*(vi)* 合作
- cooperation *(n)* 合作
- cooperative *(adj)* 合作的
- inoperative *(adj)* 不起作用的
- opera *(n)* 歌劇

- operable *(adj)* 可操作的
- operate *(vt)* 操作，運轉
- operation *(n)* 運轉，操作，實施，作用，手術，軍事行動
- operational *(adj)* 操作的，運作的
- operative *(adj)* 運轉的，有效的，手術的，實施的
- opus *(n)* 作品

例句

The ban on imported beef is still **operative**.
進口牛肉的禁令依然有效。

164 opt ： choose「選擇」

- adopt（ad 朝向 + opt 選擇）*(vt)* 採用，收養
- adoptable *(adj)* 可採用的，可收養的
- adoptee *(n)* 被收養者
- adopter *(n)* 養父母
- adoption *(n)* 採用，收養
- adoptive *(adj)* 收養關係的，採用的
- opt *(vi)* 選擇
- option *(n)* 選擇，選項
- optional *(adj)* 可選擇的，非強制的

例句

Unable to find jobs, many young students are **opting** to go on to graduate school.
無法找到工作，很多年輕學生選擇繼續讀研究所。

165 opti ： light, sight「視力，光」

- autopsy（auto 自己，自我 + opsy 視力，瞥見）*(n)* 驗屍

- autoptic *(adj)* 現場驗證的，親眼看到的
- biopsy（bio 生命 + opsy 視力，瞥見）*(n)* 活組織檢查，活體檢視
- myopia（my 閉眼 + opia 眼睛）*(n)* 近視
- myopic *(adj)* 近視的
- ophthalmology *(n)* 眼科學
- optic / optical *(adj)* 眼的，視覺的，光學上的
- optician *(n)* 光學儀器商，眼鏡商
- opticist *(n)* 光學物理學家
- optics *(n)* 光學
- optometry *(n)* 視力測定，驗光
- synoptic（syn 共，合 + optic 觀）*(adj)* 概要的，天氣的

例句

a. He sells **optical** instruments.
他銷售光學儀器。

b. The police will perform an **autopsy** on the victim to discover the cause of his death.
警方將對受害者驗屍以發現死亡原因。

166 **ord** ： order, fit「次序，適當」

- coordinate（co 共同 + ord 排序 + in + ate 名詞兼動詞字尾）*(n)* 同等物；*(vt)* 整合
- coordination *(n)* 同等，調和
- coordinative *(adj)* 同等的，同位的
- coordinator *(n)* 協調者，同等的人或物
- extraordinary *(adj)* 非常的，特別的，非凡的
- inordinate（in 不 + ord 排序 + in + ate 形容詞字尾）*(adj)* 紊亂的
- ordain *(vt)* 注定，規定，任命（牧師）
- ordinal *(n)* 序數；*(adj)* 順序的

- ordinance *(n)* 法令，訓令，布告，條例
- ordinant *(adj)* 命令的，指示的，規定的
- ordinary *(adj)* 平常的
- ordination *(n)* 排成等級，分類
- subordinate（sub 在…之下 + ord 排序 + in + ate 形容詞或名詞字尾）*(adj)* 次要的，從屬的，下級的；*(n)* 下屬

例句

a. The city government introduced an **ordinance** prohibiting setting off firecrackers.
市政府發布法令禁止燃放鞭炮。

b. A soldier must **subordinate** his personal interests to his country's security.
一名戰士必須把個人利益置於國家安全之下。

167 ori ： rise, begin, appear「開始，出現」

- aboriginal *(adj)* 土著的，原來的；*(n)* 土著居民
- aborigines *(n)* 土著，原居民
- abort（ab 遠離 + ort 出現）*(vi)* 流產，墮胎；*(vt)* 中止計畫或任務
- abortion *(n)* 流產，墮胎
- abortive *(adj)* 流產的，失敗的
- disorient *(vt)* 使失去方向感
- disorientation *(n)* 方向知覺的喪失，迷惑
- orient *(vi)* 適應形勢；*(vt)* 使適應
- orientation *(n)* 方向，方位，定位，傾向性
- origin *(n)* 起源
- original *(adj)* 最初的，原始的
- originate *(vt)* 引起，發起；創辦；*(vi)* 起源，發生

例句

a. They stopped to **orient** themselves before ascending the Mountain.
他們停下來確定自己所在的位置，然後開始登山。

b. The **abortive** military coup sent shock waves throughout the country.
那起流產的軍事政變引起全國震撼。

p 開頭的字根

168 paci：peace「和平，太平」

- appease（a 到 + pease = paci 和平）*(vt)* 平息，安撫
- appeasement *(n)* 緩和
- appeaser *(n)* 勸解人
- pacific *(adj)* 愛好和平的；平靜的；寧靜的
- pacification *(n)* 講和，和解，平定
- pacifier *(n)*（哄嬰兒的）安慰奶嘴
- pacifism *(n)* 和平主義
- pacifist *(n)* 和平主義者
- pacify *(vt)* 使平靜，平息；撫慰

例句

a. China attempted to **appease** America by releasing several prisoners of conscience.
為了安撫美國，中國釋放了幾個良心犯。

b. The mother tried to **pacify** her crying child by promising him a lollipop.
那個媽媽答應給棒棒糖來安撫哭泣的孩子。

169 part：part「部分」

- apart（a 向，去 + part 部分）*(adv)* 分離地；*(adj)* 分開的

- compart（com 共同 + part 部分）*(vt)* 分隔
- compartment *(n)* 間隔間，車廂
- counterpart（counter 相對 + part 部分）*(n)* 配對物，對應的人或物
- depart（de 轉移 + part 部分）*(vi)* 離開
- department（de 轉移 + part 轉移 + ment 名詞字尾）*(n)* 部，局，處，科，部門，系
- departure（de 轉移 + part 部分 + ure 名詞字尾）*(n)* 啓程，出發，離開
- forepart（fore 在前，在先 + part 部分）*(n)*（時間的）前段，最初，早期，最前部
- impart（im 在…裡面 + part 部分）*(vt)* 給予（尤指抽象事物），傳授，告知
- impartial（im 不 + part 部分 + ial 形容詞字尾）*(adj)* 公平的
- impartiality *(n)* 不偏不倚，公正，公平
- partake（part 部分 + take 拿）*(vi)* 參與，吃喝
- partial *(adj)* 部分的，局部的，偏袒的
- participant（part 部分 + cip 拿 + ant 者）*(n)* 參與者
- participate（part 部分 + cip 拿 + ate 使…變成）*(vi)* 參與，參加
- participation *(n)* 分享，參與
- particle（part 部分 + i + cle 小東西）*(n)* 粒子，微粒
- partition *(n)* 分隔；*(vt)* 分隔
- partner *(n)* 合夥人，股東，舞伴，伴侶

例句

a. We demand a fair and **impartial** trial.
我們要求公平客觀的審判。

b. Our defense minister is discussing the arms sale with his American **counterpart**.
我們的國防部長正與美方代表討論武器買賣事宜。

170 pass ： passage「通道」，pass「走過」

- bypass（by 次要的，附帶的 + pass 通道）*(n)* 旁路
- impassable *(adj)* 無法通行的

- impasse（im 不 + passe 通過）*(n)* 僵局
- overpass *(n)* 天橋，陸橋
- passport（pass 走過 + port 港口）*(n)* 護照
- password *(n)* 密碼，口令
- surpass（sur 上 + pass 走過）*(vt)* 超越，勝過
- trespass（tres 越過 + pass 走過）*(vi)* 侵入
- underpass *(n)* 地下道

例句

a. Negotiations have reached an **impasse** over the compensation. To break/resolve the **impasse**, both sides have to compromise.
賠償金的談判陷入了僵局。要打破僵局兩方須各讓一步。

b. The children **trespassed** on the neighbor's property, and were driven off.
那些孩子未經許可侵入鄰家房產，被趕了出來。

171 pat, pass：suffer「遭受」

- compassion（com 共同 + pass=pat 遭受 + ion 共同）*(n)* 同情；憐憫
- compassionate *(adj)* 富同情心的
- compatibility *(n)* 兼容性
- compatible（com 共同 + pat 遭受 + ible 能…的）*(adj)* 協調的，一致的
- dispassionate *(adj)* 冷靜的，不帶感情的
- impassioned *(adj)* 激情的
- impassive（im 無 + pass 遭受 + ive 形容詞字尾）*(adj)* 冷漠的
- impassivity *(n)* 平靜，無神經，泰然自若
- incompatible *(adj)* 性質相反的，不調和的
- inpatient *(n)* 住院病人
- outpatient *(n)* 門診病人
- passion *(n)* 激情，熱情
- passionate *(adj)* 充滿熱情的

- passive *(adj)* 消極的；被動的
- patience *(n)* 耐性，忍耐
- patient（pat 忍受，忍耐 + i + ent 形容詞字尾）*(adj)* 忍耐的，耐心的；*(n)* 病人，患者

例句

a. Islamic traditions and teachings are not **compatible** with the values of modern western societies.
伊斯蘭傳統和教義與現代西方社會的價值觀不能相容。

b. George dares not express his burning **passion** for the woman he loves.
喬治不敢表白對所愛女子的火熱愛情。

172 ped, pode, pus ： foot「足」

- arthropod（arthro 關節 + pod 足）*(n)* 節肢動物
- centipede（centi 一百 + pede 腳）*(n)* 蜈蚣
- chiropodist（chiro 手 + pod 手 + ist 從事…（研究）者）*(n)* 手足病醫生
- expedient（ex 出 + pedi 腳 + ent …的）*(adj)* 有利的；*(n)* 權宜之計
- expedite（ex 出 + ped 腳 + it 走動 + e）*(vt)* 派出；加速
- expedition（ex 出 + ped 腳 + ition 名詞字尾）*(n)* 遠征，探險隊
- expeditious *(adj)* 迅速的，敏捷的
- impede（im 進入 + pede 腳）*(vt)* 阻止，妨礙
- impediment *(n)* 妨礙，阻礙，障礙物
- octopod *(n)* 八足類動物；*(adj)* 有八臂或八足的
- octopus（octo 八 + pus 腳）*(n)* 章魚
- pedal（ped 腳 + al 名詞字尾）*(n)* 踏板；*(vi, vt)* 踩踏板
- peddle *(vi, vt)* 挨戶兜售，沿街叫賣
- pedestal *(n)* 底座，基礎；（雕像等的）基座
- pedestrian（ped 腳 + ian …的人）*(n)* 步行者；*(adj)* 徒步的
- pedicab *(n)*（尤指載客的腳踏）三輪車
- pedicure（pedi 腳 + cure 治療）*(n)* 修趾甲醫師 *(vt)* 修腳

- pedigree（pedi 腳 + gree 鶴 → 家系譜上從鶴足的外形到遺傳基因）*(n)* 血統，家譜
- podiatrist *(n)* 足病醫生
- podiatry（pod 腳 + iatry 醫療）*(n)* 足病學
- podium（pod 腳 + ium 地方）*(n)* 講壇
- tripod（tri 三 +pod 腳）*(n)* 三腳桌，三腳架
- tripodal *(adj)* 有三腳的，三腳架的

例句

a. It is politically **expedient** to participate in international sports events in the name of Chinese Taipei.
以中華台北參加國際運動賽，只是政治權宜之計。

b. High interest rates are one of the greatest **impediments** to economic recovery.
高利率是阻礙經濟復甦的一大因素。

173 pen ： penalty「懲罰」

- penal *(adj)* 刑事的
- penalize *(vt)* 處罰
- penology（peno 懲罰 + logy …學）*(n)* 刑罰學
- penalty *(n)* 處罰
- subpoena（sub 在…下面 + poena 懲罰）*(n)* 傳票；*(vt)* 傳喚

例句

a. He has paid/suffered the **penalty** for robbery.
他因搶劫而受罰。

b. The President was **subpoenaed** to testify before the judge.
總統被傳喚在法官面前做證。

174 pend, pens ： hang「懸掛」； weigh「估量」； pay「付款」

- append（ap 添加 + pend 懸掛）*(vt)* 附加

- appendage *(n)* 附加物，附屬肢體
- appendant *(n)* 附屬品；*(adj)* 添加的，附屬的
- appendicle（ap 添加 + pend 懸掛 + i + cle 小東西）*(n)* 小附屬物
- appendix *(n)* 附錄，附屬品；闌尾
- compensate（com 共同 + pens 權衡 + ate 動詞字尾）*(vt, vi)* 補償
- compensation *(n)* 補償，賠償
- depend（de 分離 + pend 懸掛）*(vi)* 視情況而定，依賴
- dependable *(adj)* 可靠的
- dependence *(n)* 依靠
- dependent *(adj)* 依靠的，依賴的，由…決定的
- dispensable *(adj)* 不必要的
- dispensary *(n)*（學校、兵營或工廠的）診療所，藥房，防治站
- dispense（dis 除去 + pense 稱重）*(vt, vi)* 給予，分配
- expend（ex 出去 + pend 估量，付款）*(vt)* 花費
- expendable *(adj)* 可消耗的
- expenditure *(n)* 支出，花費
- expense *(n)* 費用
- impending *(adj)* 逼近的
- indispensable *(adj)* 不可缺少的，絕對必要的
- pendant（pend 懸掛 + ant 物）*(n)* 垂飾，下垂物
- pending *(adj)* 未決的
- pendular *(adj)* 前後擺動的
- pendulous *(adj)* 下垂的
- pendulum *(n)* 鐘擺
- pension *(n)* 養老金，退休金
- pensioner *(n)* 領年金者
- pensive（pens 權衡 + ive 形容詞字尾）*(adj)* 沉思的
- perpend（per 通過，徹底 + pend 稱重，估量）*(vt, vi)* 細細考慮

- perpendicular *(adj)* 垂直的
- propensity *(n)* 傾向
- stipend（sti 貢獻 + pend 付款）*(n)*（律師等專門工作的）薪水，薪俸
- stipendiary *(n)* 領薪資者；*(adj)* 有俸給的
- suspend（sus 下面 + pend 懸掛）*(vt)* 懸掛，暫停
- suspense *(n)* 焦慮，懸念
- suspension *(n)* 吊，懸浮，暫停
- suspensive *(adj)*（使）掛心的，（產生）懸念的，未決定的

例句

a. A bibliography is **appended** to this paper.
在本論文中加入一個參考書目。

b. Both of the couples are retired and live on **pensions** now.
那兩對夫妻都已退休，靠退休金生活。

175 **pet** ： seek, strive for「尋找；努力」

- appetence *(n)* 渴望；傾向
- appetite（ap=ad 朝向 + pet 尋找，嘗試 + ite 名詞字尾）*(n)* 胃口
- appetitive *(adj)* 有食欲的，促進食欲的
- appetizer *(n)* 開胃食品
- appetizing *(adj)* 美味可口的
- compete（com 一同 + pete 努力）*(vi)* 比賽，競爭
- competence *(n)* 能力
- competent *(adj)* 有能力的，勝任的
- competition *(n)* 競爭，競賽
- competitive *(adj)* 競爭的
- competitor *(n)* 競爭者
- impetus（im 內部 + pet 尋覓 + us 行動）*(n)* 推動力；刺激

- impetuous *(adj)* 衝動的
- petition *(n, vt)* 請願

例句

a. They submitted a **petition** for euthanasia.
他們遞交贊成安樂死的請願書。

b. The enlargement of the EU has provided further **impetus** for democratization of eastern European countries.
歐盟的擴大進一步推動東歐國家的民主化。

176 **pict** ： draw, paint「畫，繪」

- depict（de 加強 + pict 畫）*(vt)* 描述，描寫
- pictograph（pict 繪 + o + graph 寫）*(n)* 象形文字
- pictorial（pict 畫 + orial …的）*(adj)* 圖片的；*(n)* 畫報
- picture（pict 畫 + ure 名詞字尾）*(n)* 圖畫，照片
- picturesque（picture 畫 + esque 如…的）*(adj)*（風景）如畫的
- pigment（pig=pict 畫 + ment 名詞字尾，表示「物」）*(n)* 顏料
- pigmental *(adj)* 顏料的
- pigmentize *(vt)* 給…著色

例句

The politician is **depicted** as a crook in this novel.
在這本小說中那個政客被描寫成無賴。

177 **plac** ： please「使高興」

- complacency *(n)* 滿足，安心
- complacent *(adj)* 自滿的
- implacable *(adj)* 不能和解或平息的

- placate *(vt)* 安撫
- placatory *(adj)* 安撫的
- placebo *(n)* 安慰劑（一種不含藥性的制劑，開給病人只是加強對他康復的希望）
- placid *(adj)* 平靜的
- placidity *(n)* 平靜

例句

a. He sat **placid**, puffing away at a cigarette.
他平靜的坐著不斷抽著煙。

b. The ruling party faces **implacable** opposition on the issue of arms procurement.
執政黨在軍購議題上面對頑強的反對。

178 plen, plet：full「充足」

- complete *(adj)* 全部的，完全的
- deplete（de 消除 + plete 填滿）*(vt)* 耗盡，使衰竭
- depletion *(n)* 損耗
- depletive *(adj)* 引起枯竭的
- plenary *(adj)*（會議）全體出席的；完全的
- plenitude *(n)* 充分
- plenitudinous *(adj)* 充足的
- plenteous *(adj)* 許多的，豐饒的
- plentiful *(adj)* 許多的
- plenty *(n)* 豐富，大量
- plenum *(n)* 充實，充滿
- pleochroism *(n)*（晶體等的）多色性
- pleonasm *(n)* 煩冗，冗長
- pleonastic *(adj)* 冗言的，重複的
- plethora *(n)* 過剩，過多，多血癥

- replenish *(vt)* 補充
- replete *(adj)* 充滿的

例句

a. Natural resources are being **depleted**.
自然資源正被耗掉。

b. The mountains are **replete** with footpaths.
這些山滿是步道。

179 plex, plic ： fold「折疊，重疊」

- accomplice（ ac=ad 朝 + com 一起 + plic 折疊）*(n)* 同謀，幫兇，同夥
- complex（com 一起 + plex 重疊）*(adj)* 複雜的
- complicate（com 一起 + plic 重疊 + ate 使…變成）*(v)*（使）複雜化
- complicated *(adj)* 複雜的；費解的
- complicity（com 共同 + plic 折 + ity 名詞字尾）*(n)* 同謀，共犯關係
- duplicate（du 二 + plic 折 + ate 使…變成）*(n)* 副本；*(vt)* 複寫，複製
- duplicity（du 二重 + plic 折 + ity 名詞字尾）*(n)* 欺騙
- duplex（du 二 + plex 倍）*(adj)* 雙重的，雙倍的
- explicate（ex 向外，出 + plic 折疊 + ate 使…變成）*(vt)* 說明，解釋
- explicit（ex 向外 + plic 折疊 + it …的）*(adj)* 清楚的，直率的
- implicate（in 入 + plic 折疊 + ate 使…變成）*(vt)* 使牽連其中
- implicit（im 內 + plic 折 + it …的）*(adj)* 含蓄的，暗示的
- multiplex （multi 衆多的 + plex 倍）*(adj)* 多元的
- perplex *(vt)* 使困惑
- perplexity *(n)* 困惑混亂
- replica *(n)*（藝術）複製品
- replicate（re 再 + plic 折 + ate 表動詞）*(vt)* 複製（藝術品）
- simplex *(adj)* 單純的，單一的

- supplicate（sup=sub 下 + plic 折 + ate 使…變成）*(vt)* 懇求
- triplex（tri 三 + plex 倍）*(adj)* 三重的

例句

a. The speaker knelt down abruptly, which **perplexed** the crowd.
那名演講者突然下跪令群眾困惑。

b. Without permission, you cannot **duplicate** other people's works.
未經允許你不可以複製他人作品。

180 **polis** ：city「城市」；politico「政治上的」

- cosmopolis（cosmo 宇宙，世界 + polis 城市）*(n)* 國際都市
- cosmopolitan *(n)* 四海為家的人，世界主義者；*(adj)* 世界性的，全球（各地）的
- geopolitics *(n)* 地緣政治政策
- impolitic *(adj)* 失策的，不得當的
- megalopolis（megalo 巨大的 + polis 城市）*(n)* 大都市
- metropolis（metro 母親 + polis 城市）*(n)* 首都，主要都市，都會
- metropolitan *(adj)* 首都的，主要都市的
- necropolis（necro 死屍 + polis 城市）*(n)* 大墓地，史前時期的墳場
- police *(n)* 警察
- policy *(n)* 政策
- politburo *(n)*（共產黨的）政治局 (=political bureau)
- politic（poli 城市 + tic 形容詞字尾）*(adj)* 精明的；有策略的
- political *(adj)* 政治的
- politicalize *(vt)* 使政治化
- politician *(n)* 政客
- politicize *(vt)* 從事政治，談論政治，使…政治化
- politicking *(n)* 政治活動
- politico *(n)*（職業）政治活動者，政客

- politics *(n)* 政治，政治學
- Realpolitik *(n)* <德>權力政治，現實政治

例句

a. Mark is a globetrotter and has a **cosmopolitan** outlook on life.
馬克是個環球旅行者，對生活抱持全球化的觀點。

b. The new government is facing another **political** crisis.
新政府又一次面臨政治危機。

181 pon：put「放置」

- component（com 一起 + pon 放 + ent 事物）*(n)* 成分
- exponent *(n)* 倡導者
- opponent（op=ob 反，對立 + pon 放 + ent 人）*(n)* 對手，反對者
- postpone（post 後 + pon 放）*(vt)* 推遲
- proponent *(n)* 支持者

例句

a. The factory, which used to supply electronic **components** for us, has been shut down.
那家曾經供應我們電子零件的工廠已經關掉了。

b. The original plan was to hold the concert in Taipei this July. But now it has been **postponed** to next March.
原先計畫今年七月份在台北舉辦這場音樂會，現在延遲到明年三月份了。

182 pop：people「人」

- depopulate *(vt)*（使）人口減少
- populace *(n)* 平民
- popular *(adj)* 通俗的，流行的
- popularity *(n)* 普及，流行，聲望

- popularization *(n)* 普及
- popularize *(vt)* 普及
- populate *(vt)* 使人民居住
- population *(n)* 人口
- Populism *(n)*（舊俄）民粹主義
- Populist *(n)* 民粹主義者
- populous *(adj)* 人口稠密的

例句

a. China and India are the two most **populous** countries in the world.
中國和印度是世界上兩個人口稠密的國家。

b. That area is densely/sparsely **populated**.
那地區的人口密集 / 稀少。

183 portion ： part「部分」

- apportion *(vt)* 分配
- apportionment *(n)* 分配，分派，分攤
- disproportion *(n)* 不均衡，不成比例
- portion *(n)* 一部分
- proportion *(n)* 比例
- proportional *(adj)* 比例的，成比例的，相稱的
- proportionate *(adj)* 成比例的

例句

a. We **apportioned** the profits/costs/tax among us.
我們平分利潤／成本／稅。

b. Salary raises are **proportional** to the cost of living.
工資的漲幅與生活費用成比例成長。

184 pos：put「放置」

- compose（com 共同，一起 + pos 放）*(vt)* 組成；創作（作詩、作曲等）
- composer（com 共同 + pos 放 + er 人）*(n)* 作曲家
- composite *(adj)* 合成的，複合的；*(n)* 合成物
- composition（com 共同 + pos 放 + ition 名詞字尾）*(n)* 作品（如音樂、詩歌或書）；合成物
- compost *(n)* 混合肥料，堆肥
- composure *(n)* 鎮靜，沉著
- decompose（de 解除 + compose 組成）*(vt)* 使分解；使腐爛
- depose（de 去除 + pos 放）*(vt)* 免職，廢黜（王位）
- deposit（de 下 + pos 放 + it 物）*(n)* 押金，保證金；*(vi)* 沉澱；淤積
- deposition *(n)* 廢黜，證明文件
- depositor *(n)* 儲戶
- depository *(n)* 倉庫
- disposal（dispose 處理 + al 名詞字尾）*(n)* 清除，處理
- dispose（dis 去除 + pos 放置）*(vt)* 去除，處理（與 of 連用）
- expose（ex 出，外 + pos 放置）*(vt)* 使暴露；揭露
- exposition *(n)* 博覽會，展覽會，說明
- exposure（expose 暴露 + ure 名詞字尾）*(n)* 暴露，揭露，曝光
- interpose（inter 之間 + pos 放）*(vt)* 插入；插話
- oppose（op=ob 反 + pos 放置）*(vt)* 反對
- opposite *(adj)* 對面的；相反的
- pose *(n)* 姿勢，姿態；*(vi)* 擺姿勢
- posit *(vt)* 假設
- position *(n)* 位置，職位，立場
- posture *(n)*（身體的）姿勢，體態
- proposal *(n)* 提議，建議，求婚
- propose（pro 向前 + pos 放）*(vt)* 建議；求婚

- suppose *(vt)* 推想，假設
- supposition *(n)* 假定
- transpose（trans 轉換 + pos 放）*(vt)* 調換位置，互換位置

例句

a. Mark built up a **composite** picture of popular culture.
馬克建構一個流行文化的組合圖像。

b. He gave a lucid **exposition** of his theory.
他把他的理論做了清晰的說明。

185 pot ： eat, drink「吃，喝」

- compotator（com 共同 + pot 喝 + ator 者）*(n)* 酒伴，酒友
- potable *(adj)* 適於飲用的，可喝的
- potation *(n)* 飲料，尤其指酒
- potion *(n)*（有藥效、毒性或魔力的）飲劑劑量

186 pot ： ability; power「能力」

- impotence（im 不 + pot 能力 + ence 名詞字尾）*(n)* 無能為力；陽痿
- impotent（im 不，無 + pot 能力 + ent …的）*(adj)* 無能為力的；陽痿的
- omnipotent（omni 全 + pot 能力， 權力 + ent …的）*(adj)* 全能的；有無限權力的
- plenipotentiary（pleni 完全，充分 + potent 強有力的 + iary 人；…的）*(n)*（代表政府的）全權代表（尤指在國外）；*(adj)* 有全權的
- potency（pot 能力 + ency 名詞字尾）*(n)* 力量
- potent（pot 能力 + ent …的）*(adj)* 有力的，有效的
- potentate *(n)* 當權者
- potential（potent 能力 + ial …的）*(adj)* 潛在的，可能的；*(n)* 潛能，潛力
- potentiality *(n)*（用複數）潛能

例句

a. Potent drugs might produce unwanted side-effects.
強力的藥品可能產生不必要的副作用。

b. You haven't realized your full **potential** yet.
你還沒有完全實現自己的潛能。

187 **preci** ： value, worth, price「價值，價格」

- appreciate *(vt)* 賞識，鑒賞，感激；*(vi)* 增值，漲價
- appreciation *(n)* 感激，欣賞，增值
- appreciative *(adj)* 欣賞的，有欣賞力的，表示感激的，承認有價值的
- depreciate（de 降低 +.preci 價格 + ate 動詞字尾）*(vi, vt)*（使）貶值
- depreciation *(n)* 貶值
- depreciatory *(adj)* 貶值的，蔑視的
- precious *(adj)* 寶貴的，貴重的
- price *(n)* 價格

例句

During the outbreak of SARS, houses **depreciated** in value by 20 percent.
SARS 爆發期間，房價貶值百分之二十。

188 **prim** ： first「最初」

- primacy *(n)* 第一或首先的狀態，首席主教（或都主教，大主教）的職責
- primal *(adj)* 最初的
- primary *(adj)* 主要的，初級的
- primate *(n)* 首領，大主教，靈長類的動物
- prime *(n)* 最初，青春，精華；*(adj)* 主要的，最初的
- primeval *(adj)* 原始的
- primipara（primi 第一 + para 失調）*(n)* 第一次懷孕的婦女

- primiparous *(adj)* 初次分娩的
- primitive *(adj)* 原始的，遠古的，粗糙的
- primogenitary *(adj)* 長嗣繼承的
- primogenitor（primo 最初 + genitor 生產者，父）始祖
- primordial *(adj)* 原始的
- primy *(adj)* 在最佳時期的
- principal *(adj)* 主要的，首要的；*(n)* 校長，主犯，本金
- principle *(n)* 法則，原則，原理

例句

a. When we travel abroad, we must give **primacy** to our security.
出國旅行首重自身安全。

b. **Primeval** forests should be conserved.
原始森林應受保護。

189 **pris** ： grasp, seize「握緊，抓住」

- apprise *(vt)* 通知
- comprise（com 一起 + prise 緊握）*(v)* 包含，由…組成
- enterprise（enter=inter 在…中間 + prise 取，拿）*(n)* 企業，事業
- prison *(n)* 監獄
- reprisal（re 再 + pris 取，拿 + al 名詞字尾）*(n)* 報復
- reprise（re 再 + prise 取，拿）*(n)* 重複樂句或樂節，某一行為再發生

例句

a. The apartment **comprises** three bedrooms, a kitchen, a dining room, and a living room.
這間公寓包括三間臥室、一間廚房、一間飯廳及一間起居室。

b. Five Palestinians were shot dead in **reprisal** for the killing of one Israeli soldier.
因一名以色列士兵遇難，五個巴勒斯坦人遭到報復性的槍殺。

190 **priv** ： single, individual「個人，私自」

- deprive（de 去除 + priv 個人 → 去除個人擁有的東西）*(vt)* 剝奪
- privacy（priv 私 + acy 名詞字尾）*(n)* 私密性；隱私
- private（priv 私 + ate …的）*(adj)* 私人的；私有的
- privatization *(n)* 私有化，民營化
- privatize *(vt)* 使歸私有，使私人化
- privilege（priv 個人 + i + lege 法律 → 與個人權利有關的法律）*(n)* 特權
- privileged *(adj)* 享有特權的
- privy（priv 私下 + y …的）*(adj)* 私下知情的，隱蔽的
- underprivileged（under 在下面 + privileged 享有特權的）*(adj)* 貧窮的，在社會底層的

例句

a. Some state-run companies have been **privatized**.
一些國營公司已民營化。

b. People in communist countries are **deprived** of their civil rights.
共產國家中的人民被剝奪了公民權。

191 **prob** ： prove「證實」

- approbate *(vt)* 許可，認可
- approbation *(n)* 官方批準，認可，讚揚
- approbatory *(adj)* 承認的，認可的
- improbable *(adj)* 不可能的
- opprobrious *(adj)* 侮辱的，責罵的
- opprobrium *(n)* 不名譽，恥辱，責罵
- probability *(n)* 可能性
- probable *(adj)* 很可能的
- probate *(n, vt)* 遺囑檢驗
- probation *(n)* 試用，查驗，緩刑

- probationary *(adj)* 試用的，緩刑的
- probative *(adj)* 檢驗的 (=probatory)
- probe *(vt)* 探查
- probity *(n)* 正直
- reprobate *(vt)* 非難
- reprobation *(n)* 斥責
- reprobative *(adj)* 指責的，責備的

例句

a. He works hard, but he has never been given a word of **approbation**.
他努力工作但從沒得到讚揚的話。

b. The majority of the people heaped **opprobrium** upon the President, whose son-in-law was involved in an insider trading scandal.
大部分民眾責罵總統，他女婿捲入了內線交易醜聞。

192 prox ： close, near「接近」

- approximate（ap=ad 朝向 + proximate 最近的）*(adj)* 近似的，大約的；*(vt, vi)* 近似，接近
- approximately *(adv)* 近似地，大約
- approximation *(n)* 接近
- proximal *(adj)* 最接近的
- proximate *(adj)* 最近的
- proximity *(n)* 接近

例句

a. I chose the apartment for its **proximity** to my office.
我選這間公寓，因爲它靠近我的辦公室。

b. The nursery gives the children food that **approximates** what they would eat in their homes.
托兒所給兒童吃的食物，與他們在家裡吃的大致相當。

193 **pugn** ： fight, fist「打鬥；拳頭」

- impugn *(vt)* 打擊
- impugnable *(adj)* 可責難的，可抨擊的
- impugnation *(n)* 指摘，攻擊 (=impugnment)
- pugilism *(n)* 拳擊
- pugilist *(n)* 拳擊家
- pugilistic *(adj)* 拳擊的
- pugnacious *(adj)* 好鬥的
- pugnacity *(n)* 好鬥
- repugnancy *(n)* 厭惡
- repugnant *(adj)* 使人反感的

例句

a. Dolphin killing is **repugnant** to many people.
殺戮海豚令很多人心生反感。

b. He was haughty and **pugnacious** when he was young.
年輕時他狂傲好鬥。

194 **pulse** ： push, drive「推」

- impulse *(n)* 衝動
- impulsive *(adj)* 衝動的
- pulsant *(adj)* 脈動的
- pulsar *(n)* （天）脈衝星
- pulsation *(n)* 跳動，有節奏地跳動，震動
- pulsator *(n)* 震動器，攪拌器
- pulse *(n)* 脈搏，脈動
- repulse *(vt)* 拒絕，排斥；*(n)* 拒斥，擊退

- repulsion *(n)* 推斥，排斥，厭惡
- repulsive *(adj)* 引起厭惡或反感的，相斥的，相反的

例句

a. The sight of sexual intercourse in erotic films is **repulsive** to some people.
色情影片的性交景像令一些人倒胃口。

b. Terry bought a motorcycle on **impulse**.
泰利一時衝動買下了摩托車。

195 punct, punge ： prick, pierce, point「刺，戳，點」

- acupuncture *(n)* 針灸療法；*(vt)* 施行針灸療法
- compunction *(n)* 良心的譴責
- compunctious *(adj)* 後悔的，慚愧的，內疚的
- expunge（ex ⋯之外 + punge 刺）*(vt)* 塗掉；刪去
- punctilious *(adj)* 拘泥細節的，謹小慎微的，一絲不苟的
- punctual *(adj)* 嚴守時刻的，準時的
- punctuality *(n)* 準時
- punctuate *(vi, vt)* 加標點於
- punctuation *(n)* 標點，標點符號
- puncturable *(adj)* 可穿孔的
- puncture *(n)* 小孔；*(vt)* 刺破
- pungent *(adj)*（指氣味、味道）刺激性的，辛辣的
- venipuncture *(n)* 靜脈穿刺，靜脈針灸

例句

a. He made a few **pungent** criticisms about her performance.
他對她的表演做了些尖銳的批評。

b. A bullet **punctured** a hole in his thigh.
一顆子彈在他大腿射穿一個洞。

196 pur：pure「清，純，淨」

- expurgate *(vt)* 刪除，修訂
- expurgation *(n)* 消去，刪去
- expurgatory *(adj)* 刪改的，清除的
- impure（im 不 + pure 純的）*(adj)* 不純的
- impurity *(n)* 雜質
- pure *(adj)* 純的
- purgative *(adj)* 淨化的，清洗的，通便的；*(n)* 瀉劑
- purgatory *(n)* 滌罪，煉獄，暫時受苦的地方
- purge *(n, vt)* 淨化，肅清
- purificant *(n)* 潔淨劑，淨化劑
- purification *(n)* 淨化
- purify（pur 純淨 + ify 使，…化）*(vt)* 使純淨；*(v)* 淨化
- purism（pur 純 + ism 主義）*(n)* 純粹主義（指在語言、藝術等方面嚴格遵守傳統規範）
- purist（pur 純 + ist 主義者）*(n)* 純化論者
- Puritan（pur 純 + it + an 人）*(n)* 清教徒
- puritanic *(adj)* 清教徒的
- puritanism *(adj)* 清教徒主義
- purity（pur 純 + ity 名詞字尾）*(n)* 純淨，純潔，純度

例句

a. The new party chairman **purged** his party of mavericks.
新任黨主席肅清黨內異議分子。

b. The report was **expurgated**.
那份報告被修訂。

197 pute：clean, prune, consider, reckon「清掃，剪除，考慮，估計」

- amputate（ambi 在…周圍 + pute 切 + 使…變成）*(vt)* 切除（手臂，腿等）

- amputation *(n)* 截肢手術
- amputee *(n)* 被截肢者
- computable *(adj)* 可計算的
- computation *(n)* 計算
- compute（com 一起 + pute 估計）*(vt)* 計算
- depute *(vt)* 委託
- deputy *(n)* 代理人，代表
- disputable *(adj)* 有討論餘地的
- dispute（dis 表強調的字首 + pute 考慮）*(n)* 爭論
- disreputable *(adj)* 聲名狼藉的
- disrepute *(n)* 壞名聲
- impute（im 裡面 + pute 考慮）*(vt)* 歸罪於，歸咎於
- indisputable *(adj)* 無爭論餘地的
- putative *(adj)* 假定的，被公認的
- reputable *(adj)* 著名的
- reputation *(n)* 名譽，名聲
- repute（re 重新 + pute 考慮）*(n)* 名譽，名聲

例句

a. The doctor **amputated** one of his toes.
醫生切除他一個腳趾。

b. We **deputed** him to voice our concerns at the meeting.
我們委派他在會議中表達我們的關心。

q 開頭的字根

198 quer, quest ： seek, ask「尋找，詢問」

- bequest *(n)* 遺產，遺贈
- conquer *(vt)* 征服，戰勝，占領，克服（困難等）

- conquest *(n)* 征服
- inquest *(n)* 審訊
- querulous *(adj)* 愛發牢騷的
- query *(n, vt)* 質問，詢問
- quest *(n)* 尋求
- question *(n)* 問題，疑問，詢問；*(vt)* 詢問，審問，懷疑
- questionnaire *(n)* 調查表，問卷
- request *(vt, n)* 請求，要求

例句

a. As she is getting older, she is becoming increasingly **querulous**.
她年紀愈大愈愛發牢騷。

b. They set out on a **quest** for the hidden treasure.
他們出發去尋寶了。

199 quie：quiet, still「安靜」

- acquiesce *(vi)* 默許
- acquiescence *(n)* 默許
- acquiescent *(adj)* 默許的，默從的
- disquiet *(n)* 憂慮，不安
- quiescence / quiescency *(n)* 靜止
- quiescent *(adj)* 靜止的
- quiet *(adj)* 靜止的，寧靜的
- quieten *(vt)* 安靜，撫慰
- quietish *(adj)* 有點安靜的
- quietus *(n)* 死；債務清償
- quietude *(n)* 平靜，寂靜

例句

a. Reluctantly, my parents **acquiesced** in my marriage to Susan.
我父母不情願地允許我和蘇珊結婚。

b. The political situation in Taiwan has never been **quiescent**.
台灣的政局從未平靜過。

200 quis：seek, look for「尋找」

- acquisition *(n)* 獲得，獲得物
- acquisitive *(adj)* 渴望得到的
- exquisite（ex…之外 + quis 尋找 + ite）*(adj)* 優美的，高雅的，精緻的
- inquisition *(n)* 調查，探究
- inquisitive *(adj)* 好奇的，好打聽的
- inquisitor *(n)* 調查人，提問者
- inquisitorial *(adj)* 審判官似的
- perquisite（per 通過，透過 + quis 尋找 + ite 名詞字尾）*(n)* 額外補貼
- prerequisite *(n)* 先決條件；*(adj)* 首要必備的
- requisite *(adj)* 需要的，必不可少的，必備的；*(n)* 必需品
- requisition *(n)* 正式請求，申請

例句

a. I cannot put up with an **inquisitive** child.
我受不了打破砂鍋問到底的小孩。

b. Emily has **exquisite** taste in music.
艾蜜莉具有細膩的音樂鑑賞力。

201 quit：release, discharge, let go「釋放」

- acquit（ac 朝向 + quit 釋放）*(vt)* 宣判無罪
- acquittal *(n)* 宣判無罪

- quit *(vi, vt)* 離開，辭職，停止
- requite *(vt)* 報答
- unrequited *(adj)* 無報答的

例句

a. Johnson was **acquitted** of murder.
強生被宣判無罪。

b. My kindness was **requited** only with betrayal on her part.
我的好心換來她的出賣。

r 開頭的字根

202 rad, ras, raz ： rub, scrape「擦，刮」

- abrade（ab 離開 + rade 擦）*(v)* 磨損
- abrasion *(n)* 磨損
- abrasive（ab 離 + ras 刮，擦 + ive 事物；具有某特質的）*(n)* 磨料；*(adj)* 研磨的；粗暴無禮的
- erase（e 出 + rase 刮）*(vt)* 抹去，擦掉；消磁
- eraser（e 出 + ras 擦 + er 物）*(n)* 橡皮擦；黑板擦
- erasion *(n)* 擦抹，消除
- rascal *(n)* 惡棍，流氓
- rascality *(n)* 無賴行為
- rasp *(n)* 刺耳聲
- raspy *(adj)* 刺耳的
- raze *(vt)* 拆毀變為平地
- razor（raz 剃 + or 物）*(n)* 剃刀

例句

a. That guy is arrogant and has an **abrasive** manner.
那傢伙高傲且舉止鹵莽。

b. The old building was **razed** to make room for a hotel.
那棟建築被拆除而蓋旅館。

203 radic ： root「根」

- eradicable *(adj)* 可以根除的
- eradicate（e 出 + radic 根 + ate 使…變成）*(vt)* 根除
- radical *(adj)* 激進的；*(n)* 激進分子
- radicalism *(n)* 激進主義
- radicate *(vt)* 使生根，確立
- radication *(n)* 生根

例句

a. He has to appease the **radicals** on the extreme right wing of his party.
他必須安撫黨內右翼的激進分子。

b. The government made an attempt to **eradicate** corruption/crime/AIDS.
政府嘗試根除貪污／犯罪／愛滋病。

204 rect ： guide, rule, right, straight「指導；統治；正確；直立」

- correct *(adj)* 正確的；*(vt)* 改正
- correction *(n)* 改正，修正
- correctitude *(n)* 端正，有禮有節
- corrective *(adj)* 糾正的，矯正的
- direct（di 分開 + rect 指導）*(vt)* 指引，指示，指揮，導演
- direction *(n)* 方向，指導
- erect（e 向上 + rect 指領）*(adj)* 直立的，豎立的；*(vt)* 使豎立，建立；*(vi)* 勃起
- erectile *(adj)* 可使直立的；勃起的
- erection *(n)* 直立，豎起；建築物；勃起
- erective *(adj)* 直立的，建立的

- insurrection *(n)* 造反
- misdirect *(vt)* 誤導
- rectangle（rect 直的 + angle 角）*(n)* 長方形
- rectangular *(adj)* 矩形的，成直角的
- rectifiable *(adj)* 可糾正的
- rectification *(n)* 糾正，整頓，校正
- rectificatory *(adj)* 矯正的，糾正的
- rectifier *(n)* 糾正者
- rectify（rect 正確的 + ify 使）*(vt)* 矯正
- rectitude *(n)* 正直，公正
- rector（rect 指導，統治 + or 者）*(n)*（英國）教區長，學院院長
- rectum *(n)* 直腸
- resurrect *(v)* 復興
- resurrection *(n)* 復甦
- resurrective *(adj)* 促成復活的

例句

a. You have to **rectify** the errors you have committed.
你必須改正你犯的錯誤。

b. An armed **insurrection** against the government broke out, but it was crushed later on.
爆發了一場反政府的武裝叛亂，但不久就被擊潰了。

205 reg ： rule, direct, control「管轄；命令；控制」

- deregulate *(v)* 解除管制
- deregulation *(n)* 違反規定，反常
- irregular *(adj)* 不規則的，無規律的
- irregularity *(n)* 不規則，無規律
- regal *(adj)* 帝王的

- regalia *(n)* 王權，王位的標誌（如王冠等）
- regalism *(n)* 王權至上論
- regalist *(n)* 王權至上主義者，君主主義者
- regality *(n)* 君權，王位
- regency *(n)* 攝政時期，攝政權
- regent *(n)* 攝政者
- regentship *(n)* 攝政王的地位（任期）(=regency)
- regicide（regi 國王 + cide 殺）*(n)* 弒君者，弒君
- regime *(n)* 政體，政權，政權制度
- regimen *(n)* 攝生法，政權
- regiment *(n)* 團，大群
- region *(n)* 區域
- regional *(adj)* 地域性地
- regionalism *(n)* 地方（分權）主義
- regionalize *(vt)* 分成地區，按地區安排
- regular *(adj)* 規則的
- regularity *(n)* 規律性，規則性，整齊，勻稱
- regularize *(vt)* 使有規則，使系統化
- regulate *(vt)* 管制，控制，調節
- regulation *(n)* 規則，規章，調節
- regulative *(adj)* 調整的，調節的
- regulator *(n)* 調整者，調整器
- regulatory *(adj)* 調整的

a. He looked **regal** in the crown.
他戴上皇冠看起來像帝王一樣。

b. The dictator established his **regime** by killing his rivals.
這獨裁者靠殺害政敵建立自己的政權。

206 rid, ris ： laugh「笑」

- deride（de 向下 + rid 笑 → 貶低的笑）*(vt)* 嘲笑，嘲弄
- derision（de 向下 + ris 笑 + ion 名詞字尾）*(n)* 嘲笑
- derisive（de 向下 + ris 笑 + ive …的）*(adj)* 嘲笑的，值得嘲笑的
- ridicule *(n)* 嘲笑，奚落； *(vt)* 嘲笑，奚落
- ridiculous（rid 笑 + ic + ulous …的）*(adj)* 可笑的，荒唐的
- risible *(adj)* 可笑的

例句

a. The president is now **derided** as a lame duck.
該總統現在被譏笑爲跛腳鴨。

b. Jack's crazy ideas were met with **ridicule**.
傑克的瘋狂念頭遭人嘲笑。

207 rog, roga, rogo ： ask「詢問」

- abrogate（ab 去掉 + rog 要求 + ate 使…變成）*(vt)* 廢除，取消
- abrogation *(n)* 廢除，取消
- arrogance *(n)* 傲慢態度，自大
- arrogant *(adj)* 傲慢的，自大的
- arrogate（ar=ad 朝，向 + rog 要求 + ate 使…變成）*(v)* 僭取
- derogate（de 降低 + rog 要求 + ate 使…變成）*(vt)* 貶損，毀損
- derogation *(n)* 毀損，墮落，減損
- derogative *(adj)* 減損的，毀損的
- derogatory *(adj)* 貶損的
- interrogate *(vt)* 審問
- interrogation *(n)* 審問
- interrogative *(adj)* 表示疑問的，質問的
- interrogator *(n)* 訊問者，質問者

- interrogatory *(adj)* 質問的，疑問的
- interrogee *(n)* 被問者，受審者
- prerogative（pre 在…之前 + rog 問，要求 + ative 事物）*(n)* 特權
- prorogue（pro 向前 + rogue 問）*(vt)* 休會，擱置
- rogation *(n)* 祈禱，正式提出的法案
- rogatory *(adj)* 查詢的，調查的
- subrogation *(n)* 代位，代位償清
- surrogate *(n)* 代理人；*(vt)* 使代理，使代替

例句

a. He was booed off the stage because he made **derogatory** racial comments.
他因做出貶損種族的評論而被噓下台。

b. The treaty/law/agreement was **abrogated**.
條約／法律／合約被終止。

208 rota ： wheel「輪子，旋轉」

- rota *(n)* 勤務輪值表
- rotary *(adj)* 旋轉的
- rotate *(vi, vt)*（使）旋轉
- rotation *(n)* 旋轉，輪換，交替
- rotational *(adj)* 轉動的，輪流的
- rotatory *(adj)* 回轉的，使回轉的，輪流的
- rotavirus *(n)* 輪狀病毒（一種致嬰兒或新生畜胃腸炎的病毒）
- rotiform *(adj)* 輪狀的
- rotogravure（roto 輪子 + gravure=engrave 雕刻）*(n)* 輪轉影印
- rotor *(n)* 轉子，回轉軸，轉動體
- rotund *(adj)* 既胖又圓的，洪亮的
- rotunda *(n)* 圓形建築，圓形大廳
- rotundity *(n)* 球狀，圓形

例句

a. The three directors are the panel's chairmen, serving in **rotation**.
這三位理事是顧問團的主席，大家輪流主持工作。

b. I bought a **rotary** beater/mower.
我買了旋轉式攪拌器／割草機。

209 rud：rude「原始，粗野」

• erudite（e 出 + rud 粗野 + ite 名詞字尾）*(adj)* 博學的，有學問的

• erudition *(n)* 博學；學問

• rude *(adj)* 粗魯的，無禮的

• rudeness *(n)* 粗蠻，無禮

• rudiment（rud 原始 + i + ment 名詞字尾）*(n)*（某一學科的）基礎，基本原理

• rudimentary（rudiment 基礎 + ary …的）*(adj)* 基本的，入門的，初步的

例句

a. It took me awhile to acquire a **rudimentary** knowledge of statistics.
了解基本統計學知識花我一些時間。

b. Mr. Johnson, an **erudite** scholar, stands out from his contemporary eggheads.
強生先生是個博學的學者，其他同時代的蛋頭學者在一起顯然很突出。

210 rupt：break「破」

• abrupt（ab 離開 + rupt 破，斷 → 突然斷開）*(adj)* 突然的

• bankrupt（bank 貨幣兌換商的櫃檯）+ rupt 破，斷）*(n)* 破產者；*(adj)* 破產了的；*(vt)* 使破產

• corrupt（cor=con 共同， 全部 + rupt 破）*(adj)* 腐敗的；*(vt)* 腐敗

• corruption *(n)* 腐敗；貪污；墮落；腐化

• disrupt（dis 分開 + rupt 破裂）*(vt)* 使陷於混亂，打擾

• disruption *(n)* 擾亂，中斷

- disruptive *(adj)* 製造混亂的
- erupt（e 出來 + rupt 破 → 噴出）*(vi)*（指火山）爆發；*(vt)* 突然發生
- eruption *(n)* 火山爆發
- interrupt（inter 入內 + rupt 破）*(vt)* 打斷（正在說話或動作的人），插嘴，打岔
- interruption *(n)* 打斷
- irrupt（ir=in 進入 + rupt 破）*(vi)* 突然湧入
- irruption *(n)* 突然湧入
- rupture（rupt 破 + ure 名詞字尾）*(n, vi, vt)* 破裂

例句

a. A **rupture** in the water pipe halted supplies of water for three hours.
水管破裂使供水中斷三小時。

b. The peace talks came to an **abrupt** end.
和平談判突然結束了。

S 開頭的字根

211 sacr, secr：sacred「神聖」

- consecrate（con 表加強的字首 + secr 使神聖 + ate 使…變成）*(vt)* 用作祭祀，獻給，使神聖
- consecration *(n)* 供獻，奉獻，獻祭儀式
- consecratory *(adj)* 使神聖化的，奉獻的
- desecrate（de 除去 + secr 使神聖 + ate 使…變成 ）*(vt)* 褻瀆
- desecrater *(n)* 褻瀆者
- desecration *(n)* 褻瀆神聖
- sacrament *(n)*（基督教）聖禮，（the sacrament）基督教聖餐
- sacramental *(adj)* 聖禮的
- sacrarium（sacr 神聖 + arium 地方）*(n)* 聖堂

- sacred *(adj)* 神聖的
- sacrifice（sacri 神聖 + fice 做出）*(n)* 犧牲，祭品；*(vt)* 犧牲，獻祭
- sacrificial *(adj)* 犧牲的
- sacrilege（sacri 神聖 + lege 收集）*(n)* 冒瀆，褻瀆聖物
- sacrilegious *(adj)* 冒瀆的，該受天譴的
- sacristan *(n)* 教堂聖器收藏室的管理員，教堂的看守人
- sacristy *(n)*（天主教教堂內）聖器收藏室，聖器安置所
- sacrosanct *(adj)* 極神聖的
- sacrosanctity *(n)* 神聖不可侵犯，至聖

例句

a. Football in some countries is **sacrosanct**.
在一些國家中足球是極爲重要的。

b. The church has been **consecrated**.
這座教堂已經受過獻堂禮。

212 san ： health「健康」

- insane *(adj)* 患精神病的
- insanitary *(adj)* 不衛生的
- insanitation *(n)*（環境的）不衛生（狀態），衛生設施的缺乏
- insanity *(n)* 精神錯亂，瘋狂
- sanatorium *(n)* 療養院，休養地 (=sanitarium)
- sane *(adj)* 健全的
- sanify *(vt)* 使衛生
- sanitarian *(adj)* 保健的；*(n)* 保健專家
- sanitary *(adj)*（有關）衛生的
- sanitate *(vt)* 使合於衛生，裝設衛生設備
- sanitation *(n)* 衛生，衛生設施
- sanitationman *(n)*＜美＞垃圾清潔工

- sanitize *(vt)* 清潔
- sanity *(n)* 心智健全

例句

a. Bacteria thrive in poor **sanitary** conditions.
衛生條件差細菌就大量繁殖。

b. She was **sane** at the time of her attempted suicide.
她試圖自殺時神志正常。

213 sati, satis, satur：enough, full「滿足；飽」

- dissatisfy（dis 不 + satisfy 滿意）*(vt)* 使不滿意
- insatiability *(n)* 不知足，貪求無厭
- insatiable（in 不 + satiable 可滿足的）*(adj)* 不知足的，貪得無厭的
- sate *(vt)* 使心滿意足
- satiable（sati 滿足 + able 可…的）*(adj)* 知足的
- satiate（sati 滿足， 飽 + ate 使…變成）*(v)* 使飽足（食欲或欲望）
- satiation *(n)* 使飽足，飽食
- satiety（sati 飽 + e + ty 名詞字尾）*(n)* 過飽；飽足
- satire *(n)* 諷刺文學，諷刺
- satiric *(adj)* 諷刺的，挖苦的
- satirical *(adj)* 好諷刺的，愛挖苦人的
- satirist *(n)* 諷刺作家
- satirize *(vt)* 諷刺性描寫
- satisfaction（satis 滿足 + fact 做 + ion 名詞字尾）*(n)* 滿意
- satisfactory（satis 滿足 + fact 做 + ory 形容詞字尾）*(adj)* 令人滿意的
- satisfy（satis 足夠，滿足 + fy 使）*(vt)* 使滿意
- saturant *(n)* 飽和劑
- saturate（satur 滿 + ate 使…變成）*(vt)* 浸透；使充滿，使飽和
- unsaturated *(adj)* 不飽和的

例句

a. His shirt was **saturated** with blood/sweat.
他的襯衫為血／汗所浸透。

b. After his thirst/hunger was **satiated**, he fell asleep.
解渴／充腹之後他就睡著了。

214 scend ： climb「攀，爬」

- ascend（a=ad 向 + scend 爬）*(v)* 攀登，上升
- ascendancy *(U)* 支配的地位
- ascendant（ascend 上升 + ant 名詞兼形容詞）*(adj)* 上升的
- ascent *(C, U)* 上升，攀登
- condescend（con 全部 + descend 下降）*(vi)* 屈尊俯就
- descend（de 向下 + scend 爬）*(vi)* 下降，下來
- descent *(n)* 下降，降落
- descendant（de 下 + scend 上 + ant 人）*(n)* 子孫，後裔，後代
- transcend（trans 超過 + scend 爬）*(vt)* 超越；超過
- transcendent（transcend 超越 + ent …的）*(adj)* 超越的，卓越的

例句

a. The singer **descended** slowly from the stage.
歌手慢慢從臺上下來。

b. Ensuring national security **transcends** political interests and differences.
國家安全的保障超越於政治利益和分歧之上。

215 sci ： know, knowledge「知」

- conscience（con 共同 + sci 知 + ence 名詞字尾）*(n)* 良心
- conscientious（con 全部 + sci 知 + entious …多的）*(adj)* 有責任心的，盡責的
- conscious（con 全部 + sci 知 + ous …的）*(adj)* 有知覺的，有意識的

- consciousness（conscious 有意識的 + ness 名詞字尾 ）*(n)* 意識，知覺
- nescience *(n)* 無知
- nescient（ne=not 不 + sci 知 + ent …的）*(adj)* 無學的，無知的
- omniscience *(n)* 全知
- omniscient（omni 全 + sci 知 + ent …的）*(adj)* 全知的，無所不知的
- prescience *(n)* 預知，先見
- prescient（pre 預先 + sci 知 + ent …的）*(adj)* 預知的，預見的
- science（sci 知識 + ence 名詞字尾）*(n)* 科學
- subconscious（sub 下 + conscious 意識的）*(adj)* 下意識的，潛意識的
- unconscious（un 無 + conscious 意識的）*(adj)* 不省人事的，無意識的

例句

a. He made a **prescient** analysis of voting trends.
他對投票趨勢做一預先的分析。

b. Mr. Right always acts according to **conscience**; therefore, we expect him to make a **conscientious** decision.
賴特先生向來都依良心行事，所以我們期待他做出負責的決定。

216 scrib, script ： write「寫」

- ascribe（a 在 + scribe 寫）*(vt)* 歸因於，歸咎於
- circumscribe（circum 圍繞 + scribe 寫）*(vt)* 限制
- conscript（con 共同 + script 寫）*(vt)* 徵募（服兵役）；*(n)* 被徵召入伍者
- describe（de 加強意義， 著重 + scribe 寫）*(vt)* 描寫，敘述
- description *(n)* 描寫，記述，描述
- descriptive *(adj)* 描述的，敘述的
- inscribe（in 入 + scribe 寫）*(vt)* 寫，題，刻（做正式的或永久性的記錄）
- inscription *(n)* 題字，碑銘
- manuscript（manu 手 + script 寫）*(n)* 手稿，原稿
- postscript（post 後 + script 寫）*(n)* 附言，後記

- prescribe（pre 先 + scribe 寫）*(vt)* 開（藥方）
- prescript *(n)* 命令
- prescription *(n)* 處方，藥方
- proscribe *(vt)* 禁止
- proscription *(n)* 剝奪公權，放逐，禁止
- proscriptive *(adj)* 剝奪人權的，放逐的
- scribble *(vi, vt)* 潦草地寫
- scribe *(n)*（印刷術發明之前的）抄寫員
- scriber *(n)* 描繪標記的用具
- scrip *(n)* 便條，紙條，紙片
- script *(n)*（喜劇、電影、廣播、講話等的）劇本，腳本，講稿
- Scripture *(n)* 基督教《聖經》
- subscribe（sub 在下面 + scribe 寫）*(vi)* 訂閱；*(vt)* 捐助
- subscription *(n)* 訂閱
- transcribe（trans 橫過，轉 + scribe 寫）*(vt)* 謄寫；轉錄
- transcript *(n)* 抄本，文字本

例句

a. She **scribbled** a note to me.
她草草地寫了一張便條給我。

b. He was kicked out of the baseball team for using **proscribed** drugs.
他因服用禁藥而被踢出棒球隊。

217 sect ： cut「切，割」

- bisect（bi 二 + sect 切）*(n)* 切成兩分
- bisection *(n)* 兩斷，對分
- dissect（dis 分開 + sect 切）*(vt)* 解剖（動植物等）；剖析（理論，事件等）
- dissection *(n)* 解剖，切開
- insect（in 入 + sect 切）*(n)* 昆蟲

- intersect（inter 在…之間 + sect 切）*(vt)* 橫斷；*(vi)*（直線）相交，交叉
- intersection *(n)* 交集；十字路口，交叉點
- sect *(n)* 宗派，教派，流派
- sectarian *(adj)* 宗派的；*(n)* 搞派系的人
- sectarianism *(n)* 宗派主義
- sectile *(adj)* 可切的
- section（sect 切 + ion 名詞字尾）*(n)* 部分
- sectional *(adj)* 可組合的
- sectionalism *(n)* 地方主義，地方偏見
- sectionalist *(n)* 地方主義者，本位主義者
- sectionalize *(v)* 使具有地方性
- sector *(n)* 部分，部門
- transect（trans 橫過，貫穿 + sect 切）*(vt)* 橫斷，橫切；*(n)* 橫斷面
- transection *(n)* 橫斷，橫切
- vivisect（vivi 活 + sect 切）*(vi)* 活體解剖

例句

a. Sectarian violence broke out in this country.
這個國家爆發了宗教派系的暴力事件。

b. We **dissected** a frog yesterday.
昨天我們解剖了一隻青蛙。

218 secu, sequ, sue ： follow「緊跟」

- consecution *(n)* 連續
- consecutive（con 一同 + secu 緊跟 + tive 形容詞字尾）*(adj)* 連續的
- consequence（con 一同 + sequ 緊跟 + ence 名詞字尾）*(n)* 結果
- consequent *(adj)* 作為結果的，隨之發生的
- consequential *(adj)* 結果的
- consequently *(adv)* 因此

- ensue（en 加強的字首 + sue 跟隨）*(vi)* 隨之發生
- execute（ex 前任的，從前的 + secu 跟隨）*(vt)* 執行，處死
- execution *(n)* 執行，死刑
- executioner *(n)* 死刑執行人，劊子手
- executive *(adj)* 實行的，執行的，行政的；*(n)* 執行者，經理主管人員
- executor *(n)* 被指定的遺囑執行者，執行者
- executory *(adj)* 實施中的；有效的
- inconsequent *(adj)* 不一致的，不連貫的
- inconsequential *(adj)* 微不足道的，不重要的
- obsequious（ob 到，至 + sequ 緊跟 + ious 形容詞字尾）*(adj)* 諂媚的，奉承的
- persecute（per 通過，完全 + secu 跟隨）*(vt)* 殘害，迫害
- persecution *(n)* 迫害，煩擾
- persecutor *(n)* 迫害者
- pursue *(vt)* 追趕
- sequacious *(adj)* 盲從的
- sequel *(n)* 結局
- sequence *(n)* 次序，順序，序列
- sequent *(adj)* 接續而來的
- sequential *(adj)* 連續的，有順序的
- subsequence *(n)* 後繼，隨後
- subsequent *(adj)* 後來的

例句

a. Pagans were once **persecuted** by Christians.
異教徒以前被基督徒所迫害。

b. You should follow a particular **sequence** if you want to perform a task well.
假如你想把一件事做好，就應該遵循一定的順序。

219 sed, sess ： sit「坐」

- recess *(vi)* 休假，休息
- sedate（sed 坐 + ate …的；使）*(adj)* 安靜的；*(vt)* 給某人服鎮靜劑
- sedation *(n)* 鎮靜
- sedative *(adj)* 鎮靜的，止痛的；*(n)* 鎮靜劑，止痛藥
- sedentary *(adj)*（指人）久坐的
- sediment（sed 坐 + i + ment 名詞字尾，表示「物」）*(n)* 沉澱物
- sedimentary *(adj)* 沉積的，沉澱物的
- session *(n)* 會議，開庭
- sessional *(adj)* 開庭的，會議的
- supersede（super 上面 + sed 坐）*(vt)* 代替

例句

a. The patient was heavily **sedated**.
病人被餵以大量的鎮靜劑。

b. There is a thick layer of **sediment** at the bottom of the lake.
湖底有厚厚一層沉積物。

220 semble, simil, simul ： similar, alike「相類似」

- assemble（as=ad 朝向 + 相類似）*(vt)* 裝配
- assembly *(n)* 集會，裝配
- assimilate（as=ad 向，朝 + simil 類似，相同 + ate 使…變成）*(vt)* 使同化
- disassemble *(vt)* 拆卸
- disassimilate（dis 不 + assimilate 同化）*(vt)* 使異化
- disassimilation *(n)* 異化作用
- dissemble（dis 不 + semble 相同）*(vi, vt)* 掩飾
- dissimilar（dis 不 + similar 相似的）*(adj)* 不同的，相異的
- dissimilate *(vt)* 使成為不一樣

- dissimulate *(vt)* 掩飾，假裝
- dissimulation *(n)* 掩飾
- dissimulator *(n)* 假裝不知者，偽善者
- ensemble *(n)* <法>全體，合唱曲，全體演出者
- facsimile（fac 做 + simile 相同）*(n)* 摹寫；傳真
- resemble（re 回 + semble 相似）*(vt)* 像，類似，相似
- semblance（sembl 相同 + ance 名詞字尾）*(n)*（和實際不符的）外表；（裝出來的）樣子
- similar（simil 相似 + ar …的）*(adj)* 相似的，類似的
- similarity（similar 相似的 + ity 名詞字尾）*(n)* 類似
- simile *(n)*（修辭）直喻；明喻
- simulate（simul 相似 + ate 動詞字尾）*(vt)* 模擬，模仿
- simulcast *(n, vt, vi)*（無線電和電視）同時聯播
- simultaneous（simul 相同 + taneous …的）*(adj)* 同時發生的；同步的
- verisimilar（veri 真實 + similar 類似的）*(adj)* 逼真的
- verisimilitude（veri 真 + simil 似 + itude 名詞字尾）*(n)* 逼真

例句

a. Migrant workers find it difficult to become **assimilated** into mainstream society.
外勞發現他們很難融入主流社會。

b. He was incapable of **dissimulating** his cowardice.
他無法掩飾他的怯懦。

221 sene：old「老年的」

- senate *(n)*（澳、加、法、美 等國的）參議院，上議院，（古羅馬的）元老院，（一些大學的）評議會
- senator *(n)* 參議員，（大學的）評議員，（古羅馬的）元老院議員
- senesce *(vi)* 開始衰老
- senescence *(n)* 老朽，衰老
- senescent *(adj)* 老了的，衰老了的

- senile *(adj)* 年老的
- senility *(n)* 高齡，老邁年高
- senior *(adj)* 年長的，資格較老的
- seniority *(n)* 資歷深，年長

例句

He is going **senile**.
他變蒼老了。

222 sens, sent ： sense, feel「感覺」

- assent（as=ad 朝向 + sent 感覺）*(vi)* 同意，贊成
- assentation *(n)* 同意，附和
- assentient *(adj)* 同意的，贊同的；*(n)* 同意者，贊同者
- consensual *(adj)* 在雙方願意下成立的；交感的
- consensus（con 共同 + sensus 同意）*(n)* 共識
- consent（con 共同 + sent 感覺）*(vi, n)* 同意
- consentaneous *(adj)* 一致的，同意的
- consenter *(n)* 同意者
- dissension *(n)* 糾紛，爭執
- dissent（dis 不，分開 + sent 感覺）*(n)* 異議；*(vi)* 持異議，不同意
- dissentient *(adj)* 不贊成的，反對的
- insensitive *(adj)* 對…沒有感覺的，感覺遲鈍的
- presentiment（pre 預先 + sentiment 善感）*(n)*（不祥的）預感，預覺
- resent（re 反 + sent 感覺）*(vt)* 怨恨
- resentful *(adj)* 怨恨的
- resentment *(n)* 怨恨
- sensation *(n)* 聳人聽聞，轟動
- sensational *(adj)* 聳人聽聞的
- sensationalize *(vt)* 使引起轟動，以聳人聽聞的手法處理

- sense *(n)* 官能
- senseful *(adj)* 富有意義的，意味深長的，明智的，有見識的
- senseless *(adj)* 不省人事的，無感覺的，無意識的
- sensibilia *(n)* 可被感知的事物
- sensibility *(n)* 敏感性
- sensible *(adj)* 有感覺的，明智的
- sensillum *(n)* 感覺器
- sensitive *(adj)* 敏感的
- sensitivity *(n)* 敏感
- sensitize *(vt)* 使變得敏感，使具有感光性；*(vi)* 變得敏感
- sensitometer *(n)* 感光計
- sensor *(n)* 感應器
- sensorimotor *(adj)* 感覺運動的
- sensorineural *(adj)* 感覺神經的
- sensorium *(n)* 感覺中樞
- sensory *(adj)* 感覺的，感官的
- sensual *(adj)* 肉欲的，色情的
- sensualism *(n)* 肉欲主義
- sensuality *(n)* 好色，淫蕩
- sensualist *(n)* 好色之徒
- sensualize *(vt)* 使變成好色，使耽溺於肉欲
- sensuous *(adj)* 感覺上的，給人美感的
- sentence *(n, vt)* 判決
- sentential *(adj)* 判決的
- sententious *(adj)* 充滿警句的，說教的
- sentient *(adj)* 有感覺力的，有感情的
- sentiment（sent 感覺，感情 + i + ment 名詞字尾）*(n)* 多愁善感
- sentimental（sentiment 善感 + al …的）*(adj)* 令人感傷的，感情用事的

例句

a. Some people are worried that Taiwan will be torn by internal **dissension**.
有些人擔心台灣會被內部的紛爭所撕裂。

b. The singer caused/created a **sensation** among her admirers when she announced that she would form a big band.
那位歌手宣布她將組成一個大樂團，這在她的崇拜者中引起了轟動。

223 seri, sert ： join「參加」

- assert（as=ad 朝，向 + sert 參加）*(vt)* 斷言，聲稱
- assertion *(n)* 主張，斷言，聲明
- assertive *(adj)* 斷定的，過分自信的
- assertory *(adj)* 斷言的，確定的
- desert（de 放棄 + sert 參加）*(vt)* 拋棄
- exert（ex 出來 + sert 參加）*(vt)* 盡（力），施加（壓力等），努力
- exertion *(n)* 盡力，努力，發揮，行使，運用
- insert *(vt)* 插入，嵌入
- insertion（in 在裡面 + sert 參加）*(n)* 插入
- serial *(adj)* 連續的
- serialize *(vt)* 連載，使連續
- seriate *(adj)* 連續的
- seriatim *(adv)* 逐一地
- series *(n)* 連續，系列

例句

a. The **serial** killer has been executed.
那連續殺人犯已被槍決。

b. I couldn't lift the bag, even by **exerting** all my strength.
我即使用盡力氣也舉不起這個袋子。

224 serv：slave「奴隸」

- serve *(vt)* 服務
- service *(n)* 服務
- servile *(adj)* 奴隸的，卑屈的
- servitude *(n)* 奴隸狀態
- subservient（sub 在下 + serv 在下 +ient 形容詞字尾）*(adj)* 屈從的，有幫助的，有用的，奉承的

例句

a. He is **subservient** to his parents.
他對父母百依百順。

b. She appears totally **servile** to her boss.
她對老板完全地卑恭屈膝。

225 sid：sit「坐」

- assiduous（as=ad 強調意義 + sid 坐 + uous 形容詞字尾）*(adj)* 勤勉的，刻苦的
- dissidence *(n)* 意見不同，異議
- dissident（dis 分開 + sid 坐 + ent 者）*(n)* 異議分子
- insidious（in 內 + sid 坐 + ious …的）*(adj)* 陰險的
- preside（pre 前 + sid 坐）*(vi)* 主持（會議等），掌管
- president（pre 前 + sid 坐 + ent 人）*(n)* 總統，軍事長
- presidium *(n)* 主席團，常務委員會
- reside（re 回 + sid 坐）*(vi)* 定居；居住
- residence *(n)* 住宅
- resident *(n)* 居民
- residual *(adj)* 剩餘的，殘留的
- residuary *(adj)* 剩餘的，殘餘的
- residue（re 向後，回 + sid 坐 + ue 物）*(n)* 剩留物；殘留

- subside（sub 下面 + sid 坐）*(vi)* 下沉，平息，衰減
- subsidiary *(adj)* 補貼的
- subsidize *(vt)* 補貼
- subsidy（sub 下面 + sid 坐 + y 名詞字尾）*(n)* 補貼；補助金

例句

a. The police are **assiduous** in the fight against crime.
警方很努力的打擊犯罪。

b. There is an **insidious** trend towards nepotism.
有一股裙帶關係的暗流。

226 sign ： mark「標記」

- assign（as=ad 朝，向 + sign 標記）*(vt)* 分配，指派
- assignment *(n)* 分配，委派，任務；（課外）作業
- cosign *(vt)* 聯合署名，連署保證
- consign（con 表加強的字首 + sign 標記）*(vt)* 託運，委託
- consignation *(n)* 委託
- cosignatory *(adj)* 連名的，連署的
- consignee *(n)* 受託者，收件人
- consignment *(n)*（貨物的）交託，交貨，發貨，運送，託付物，寄存物
- consignor *(n)* 委託者，發貨人
- countersign *(n)* 口令，答令；*(vt)* 副署，會簽
- design *(vt, n)* 設計
- designate *(vt)* 指明，指出，任命，指派
- designation *(n)* 指示，指定
- designator *(n)* 指示者，指定者
- ensign *(n)* 旗，軍艦旗，軍旗，徽章
- insignia *(n)* 勳章，徽章

- insignificant *(adj)* 無關緊要的，可忽略的，無意義的
- resign（re 後退，回應 + sign 記號）*(vi)* 辭職
- resignation *(n)* 辭職，辭職書
- sign *(n)* 標記，符號，記號，跡象，症候；*(vt)* 簽名
- signal *(n)* 信號；*(vt)* 發信號
- signatory *(n)* 簽名人
- signature *(n)* 簽名
- signet *(n)* 圖章
- signifiable *(adj)* 能用符號（或示意動作）表示的
- significance *(n)* 意義，重要性
- significant *(adj)* 有意義的，重大的
- signify *(vt)* 表示，意味
- undersign *(vt)* 在…的下面簽名，簽名於末尾

例句

a. There is a police **insignia** on the uniform.
制服上有警察徽章。

b. The girl was **consigned** to the care of her aunt.
這女孩被託付給她姑媽照顧。

227 sist ： stand「立」

- assist（as=ad 旁邊，附近 + sist 立）*(vt)* 援助，幫助
- assistance *(n)* 協助，援助，幫忙
- assistant *(n)* 助手
- consist（con 共同，一起 + sist 立）*(vi)* 由…組成
- desist（de 解除 + sist 立）*(vi)* 停止
- insist（in 加強意義 + sist 立）*(vi, vt)* 堅持
- irresistible（ir=in 不 + resistible 可抵抗的）*(adj)* 不可抵抗的

- persist（per 貫穿，始終 + sist 立）*(vi)* 堅持，持續
- persistence *(n)* 堅持，持續
- persistent *(adj)* 堅持的，持久的
- resist（re 反， 抵 + sist 立）*(vt)* 抵抗，抗拒
- resistance *(n)* 反抗，抵抗，抵抗力
- resistant *(adj)* 抵抗的，有抵抗力的
- subsist（sub 下面 + sist 立）*(vi)* 生存
- subsistence *(n)* 生活，生存

例句

a. Many aborigines live at the **subsistence** level.
很多原住民過著僅可糊口的生活。

b. If only politicians could **desist** from vilification and dissension and set out to do their duties.
但願政客能停止誹謗爭執，開始應盡的職責。

228 soci, socio ： social「社會的，交際的」

- antisocial *(adj)* 反社會的
- asocial *(adj)* 缺乏社交性的，不與人來往的
- associate（as=ad 朝，向 + soci 交際的 + ate 使…變成）*(vi)* 交往；*(vt)* 使發生聯繫
- association *(n)* 協會，結交，聯想
- associative *(adj)* 聯合的，聯想的
- consociate（con 一起 + soci 交際的 + ate 使…變成）*(vi, vt)*（使）結合，（使）聯盟
- disassociate（dis 不 + associate 交往）*(vt)*（使）分離
- disassociation *(n)* 分離，分裂
- dissocial *(adj)* 反社會的
- dissociate（dis 否定，相反 + soci 交際的 + ate 使…變成）*(vt)* 分離，分裂
- dissociation *(n)* 分裂

- sociable *(adj)* 好交際的
- social *(adj)* 社會的，愛交際的
- socialism *(n)* 社會主義
- socialist *(n)* 社會主義者
- socialize *(vt)* 使社會化
- societal *(adj)* 社會的
- society *(n)* 社會
- sociobiology *(n)* 生物社會學
- sociocultural *(adj)* 社會與文化的
- socioeconomic *(adj)* 社會經濟學的
- sociogroup *(n)* 社會群體
- sociolinguistics *(n)* 社會語言學
- sociologist *(n)* 社會學家，社會學者
- sociology *(n)* 社會學
- sociopath *(n)* 反社會的人
- sociopolitical *(adj)* 社會政治的

例句

a. I always **associate** lilacs with spring.
我總愛把紫丁香與春天聯想在一起。

b. His political beliefs are a synthesis of Confucianism and **socialism**.
他的政治信仰是孔子學說和社會主義的綜合體。

229 sol ： only, alone「單獨」

- desolate（de 去除 + sol 單，唯一 + ate 使…變成）*(adj)* 無人煙的，荒涼的
- desolation *(n)* 荒蕪，荒廢，荒涼
- sole *(adj)* 唯一的
- soliloquize *(vt, vi)* 自言自語，獨白

- soliloquy（soli 獨自 + loquy 說）*(n)*（戲劇裡的）獨白
- solipsism *(n)* 唯我論（認為人的認識只限於自我）
- solitaire *(n)* 單人紙牌戲；單粒寶石
- solitary（sol 單獨 + itary …的）*(adj)* 單獨的，獨自的，隱居的
- solitude（sol 單獨 + itude 名詞字尾，表示「性質」）*(n)* 孤單；偏僻處
- solo *(n)* 獨奏曲，獨唱曲，獨舞
- soloist *(n)* 獨奏者，獨唱者

例句

a. The castle stands in a **desolate** landscape.
那城堡座落在荒涼的景色中。

b. After he retired, he lived a **solitary** life in the countryside.
他退休後在鄉下過著獨居生活。

230 solu, solv ： release「釋放」

- absolute *(adj)* 完全的
- absolution *(n)* 免罪，赦免
- absolutism *(n)* 專制主義，絕對論
- absolutist *(n)* 專制主義者，專制政治論者，絕對論者
- absolvable *(adj)* 可赦免的
- absolve（ab 遠離 + solve 釋放）*(vt)* 宣布免除
- absolvent *(adj)* 赦免的
- absolutory *(adj)* 給予赦免的，給予寬恕的
- dissolute *(adj)* 放蕩的
- dissolution *(n)* 分解，解散
- dissolvable *(adj)* 可溶解的
- dissolve（dis 打消，除去 + solve 釋放）*(vi, vt)* 溶解，解散
- dissolvent *(adj)* 有溶解力的
- indissoluble *(adj)* 不能分解的

- insoluble *(adj)* 不能溶解的，不能解決的
- insolvent *(adj)* 破產的
- resolute *(adj)* 堅決的
- resolution *(n)* 決心，決議
- resolvability *(n)* 可分解性
- resolvable *(adj)* 可溶解的
- resolve（re 又，再 + solve 解除）*(vt)* 決心，解決
- soluble *(adj)* 可溶解的
- solution *(n)* 解答，解決辦法，溶解，溶液
- solve *(vt)* 解決
- solvent *(adj)* 溶解的，有償付能力的

例句

a. He was **absolved** of/from the blame/obligation/sin.
他被免除責備／義務／罪行。

b. He used to live a **dissolute** life.
他以前過著放蕩的生活。

231 somn, somni ： sleep「睡眠」

- insomnia（in 不，無 + somn 睡眠 + ia 病症）*(n)* 失眠，失眠症
- somnambulate（somn 睡眠 + ambulate 行走）*(vi)* 夢遊
- somniferous（somni 睡眠 + fer 帶來 + ous 形容詞字尾）引起睡眠的
- somniloguy（somni 睡眠 + logu 言語 + y 名詞字尾）*(n)* 說夢話
- somnolence *(n)* 瞌睡，困乏
- somnolent（somn 睡 + ol + ent …的）*(adj)* 瞌睡的，昏昏欲睡的

例句

He suffered from **insomnia** for several months.
他失眠好幾個月了。

232 **son**：sound「聲音」

- assonance（as=ad 朝，向 + son 聲音）*(n)* 類似的音
- assonant *(adj)* 類韻的
- assonate *(vt, vi)*（使）音相諧，（使）成為準押韻
- consonance *(n)* 一致，調和；協合音程
- consonancy *(n)* 協和，調和
- consonant（con 一致 + son 聲音 + ant 形容詞字尾）*(adj)* 協調一致的；*(n)* 子音
- consonantal *(adj)* 子音的，帶子音性質的
- consonantalize *(v)*（使）變成子音
- consonantism *(n)* 語音子音系統
- dissonance *(n)*（音樂）不諧合音；不一致
- dissonant（dis 不 + son 聲音 + ant 形容詞字尾）*(adj)* 不諧和的，刺耳的
- hypersonic *(adj)* 極超音速的
- resonance *(n)* 共鳴，回聲，反響
- resonant *(adj)* 共鳴的；回響的
- resonate（re 回 + son 音 + ate 使）*(v)*（使）共鳴；回響
- resonator *(n)*（樂器上的）共鳴器
- sonance *(U)* 有聲狀態，聲音
- sonant *(adj)* 有濁音的；*(C)* 濁音
- sonar *(n)* 聲納
- sonata（son 聲音 + ata 曲）*(n)*（音樂）奏鳴曲
- sonic（son 聲音 + ic …的）*(adj)* 聲音的，音速的
- soniferous（son 聲音 + i + fer 帶來 + ous …的）*(adj)* 傳聲的，發聲音的，有響聲的
- sonnet *(n)* 十四行詩，商籟體
- sonobuoy *(C)* 聲納浮標
- sonograph *(C)* 聲譜儀
- sonolysis *(adj)*（尤指水等液體的）超聲波分解
- sonometer *(C)* 聽力計

- sonorific *(adj)* 產生聲音的
- sonority *(U)* 響亮，響亮程度
- sonorize *(vt)* 使濁音化
- sonorous（son 聲音 + orous 多的， 大的）*(adj)*（聲音）渾厚的
- subsonic（sub 下，亞，次 + son 音的 + ic …的）*(adj)* 亞音速的
- supersonic（super 超 + son 音的 + ic …的）*(adj)* 超音速的
- ultrasonic（ultra 超 + son 音的 + ic …的）*(adj)* 超音速的
- unison（uni 同一 + son 聲音）*(n)* 齊奏，齊唱
- unison（uni 單一 + son 聲音）*(n)* 和諧，一致，齊唱，齊奏；*(adj)* 同度的，同音的
- unisonant *(adj)* 一致的，同音的
- unisonous *(adj)* 和諧的，協調的，同度的

例句

a. He has a **sonorous** voice.
他的聲音宏亮。

b. I cannot put up with the **dissonance**.
我無法忍受這不諧和音。

c. Cheers **resonated** in the stadium.
運動場回響著歡呼聲。

233 sophy ： wisdom「智慧」

- anthroposophy （anthropo 人類 + sophy 智慧 ）*(n)* 人智學（現代宗教派別，由神智學發展出來的教條和信仰，宣稱要發展關於精神層面的知識和理解）
- philosophy（philo 愛 + sophy 智慧）*(n)* 哲學
- sophism *(n)* 詭辯
- sophisticated *(adj)* 老成
- sophistication *(n)* 世故老練
- theosophy（theo 神 + sophy 智慧）*(n)* 通神論（神祕洞察神之本性的精神性宗教哲學或理論）

例句

Some young people try to appear **sophisticated** but are really very naive.
一些年輕人想故作老成，其實卻非常天真。

234 spect, spic：look, see「看」

- auspice（au 鳥 + spice 看 → 看飛鳥而行動）*(n)* 占卜，預兆，吉兆
- auspicious *(adj)* 吉兆的，吉祥的
- circumspect（circum 四周，圈 + spect 看）*(adj)* 謹慎的，小心的，慎重的
- circumspection *(n)* 細心，慎重
- conspectus（con 共同，全 + spect 看 + us 物）*(n)* 概論，大綱
- conspicuous（con 全，大家 + spic 看 + uous …的）*(adj)* 顯著的
- despicable（de 降低 + spic 看 + able 可…的）*(adj)* 可鄙的，卑劣的，應受譴責的
- despise（de 向下 + spis=spic 看）*(vt)* 輕視，看不起
- expect（ex 往外 + spect 看見）*(vt)* 期待
- expectable *(adj)* 能預期的，意料中的
- expectancy *(n)* 期待，期望
- expectant *(adj)* 預期的，期待的
- expectation *(n)* 期待
- inconspicuous *(adj)* 不顯眼的
- inspect（in 內，裡 + spect 看）*(vt)* 檢查；視察
- inspection *(n)* 檢查，視察
- inspective *(adj)* 檢查的，視察的，留神的，注意的
- inspector *(n)* 檢查員，巡視員
- introspect（intro 向內 + spect 看）*(vi)* 內省，自己反省
- introspection *(n)* 內省
- introspective *(adj)* 內省的，反省的
- perspective（per 透過 + spect 看）*(n)* 透視畫法，透視圖，觀點

- perspicacious（per 穿透 + spic 看 + acious …的 ）*(adj)* 有洞察力的，敏銳的
- perspicacity *(n)* 敏銳
- perspicuous（per 穿過 + spic 看 + uous …的）*(adj)* 明白的
- perspicuity *(n)* 明白
- prospect（pro 向前 + spect 看）*(n)* 前景；*(vi)* 探勘（礦物或石油）
- prospective *(adj)* 預期的
- prospectus *(n)* 計畫書，簡介
- respect（re 再次 + spect 看）*(vt, n)* 尊敬
- respectable *(adj)* 可敬的
- respectful *(adj)* 恭敬的，尊敬的
- respective *(adj)* 分別的，各自的
- retrospect（retro 向後 + spect 看）*(n)* 回顧
- retrospective *(adj)* 回顧的
- specimen（speci=spect 看 + men 物）*(n)* 範例，標本，樣品
- specious *(adj)* 外表美觀，華而不實的，徒有其表的，似是而非的
- spectacle（spect 看 + acle 東西）*(n)* 壯觀景象
- spectacles *(pl)* 眼鏡
- spectacular（spect 看 + acular … 的）*(adj)* 壯觀的
- spectate *(vt)* 觀看
- spectator（spect 看 + ator 人）*(n)* 觀衆（指比賽）
- specter *(n)* 鬼，縈繞心頭的恐懼
- spectrum *(n)* 光譜 ，波長
- speculate（spec=spect 看 + ulate 動詞字尾）*(vi)* 思索；做投機買賣
- speculation *(n)* 思索，做投機買賣
- suspect（sus=sub 下 + spect 看）*(vt)* 懷疑
- suspicion *(n)* 猜疑，懷疑
- suspicious *(adj)* 可疑的，令人懷疑的

例句

a. During the reign of terror, people were **circumspect** in voicing their complaints.
白色恐怖時代人們發牢騷都很小心翼翼。

b. Jane looked very **conspicuous** in her miniskirt.
珍穿迷你裙看起來很顯眼。

c. He was **perspicacious** enough to buy the house when its price was low.
他的判斷夠精準當房價走低時買房子。

235 sper：hope「希望」

- asperity（a 無 + sper 希望 + ity 名詞字尾）*(vi)* 粗糙，嚴厲，粗暴
- despair（de 去 + spair=sper 希望 ）*(n)* 絕望；*(vi)* 絕望
- desperate（de 去掉 + sper 希望 + ate …的）*(adj)* 令人絕望的，不顧一切的
- prosper（pro 前面 + sper 希望）*(vi)* 繁榮，興隆，昌盛
- prosperous *(adj)* 繁榮的
- prosperity（pro 前面 + sper 希望 + ity 名詞字尾）*(n)* 繁榮

例句

a. Sam often speaks to me with **asperity**.
山姆時常粗暴不耐地對我說話。

b. Karen is **desperate** for money.
凱倫迫切的要錢。

236 spir, spiro：breathe「呼吸」

- aspirate（as=ad 朝向 + spir 呼吸 + ate 使…變成）*(vt)* 送氣
- aspiration *(n)* 熱望，渴望
- aspire（a 加強 + spire 呼吸）*(vi)* 熱望；立志
- aspiring *(adj)* 熱心的；積極的；有抱負的

- conspiracy（con 共同 + spir 呼吸 + acy 名詞字尾）*(n)* 共謀
- conspirator *(n)* 同謀者，陰謀者
- conspire（con 共同 + spire 呼吸）*(v)* 共謀，同謀
- expiration *(n)* 期滿，終止
- expire〔ex 出 + (s)pire 呼氣〕*(vi)* 期滿，呼氣；*(vt)* 呼出
- inspiration *(n)* 靈感
- inspire（in 向內 + spire 呼氣）*(vt)* 鼓舞，激發；啓示，使生靈感
- perspiration *(n)* 排汗，汗水
- perspire（per 全部 + spire 呼吸）*(vi, vt)* 出汗，流汗
- respiration *(n)* 呼吸，呼吸作用
- respirator *(n)* 呼吸器
- respiratory *(adj)* 呼吸的
- respire（re 再 + spire 呼吸）*(v)* 呼吸
- spiracle *(n)* 通氣孔，氣門，噴水孔
- spirant *(n)* 磨擦音
- spirit *(n)* 精神；靈魂
- spiritual *(adj)* 精神上的
- spiritualize *(vt)* 使精神化，使靈化
- spirograph *(n)* 記錄呼吸的儀器
- spirometer *(n)* 測量肺活量的儀器
- transpire（trans 穿透，通過 + spire 呼吸）*(vt, vi)*（通過動物或植物的毛孔）蒸發

例句

a. The old guard **conspired** against the newly-elected president.
前朝保守派密謀反對新當選的總統。

b. He had an upper **respiratory** infection.
他上呼吸道感染。

237 spond：pledge, promise「許諾」

- correspond（cor 共同 + re 再，又 + spond 答允）*(vi)* 符合，協調，通信
- correspondence *(n)* 相應，通信，信件
- correspondent *(n)* 通訊記者，通信者
- correspondingly *(adv)* 相對地，比照地
- despond（de 離開 + spond 許諾）*(vi)* 失望；*(n)* 失望
- despondency *(n)* 失去勇氣，失望
- despondent *(adj)* 沮喪的
- respond（re 再，又 + spond 答允）*(vi)* 回答，響應
- respondence *(n)* 響應，一致，回答
- respondent *(adj)* 回答的；*(n)* 回答者
- response *(n)* 回答，響應，反應
- responsibility *(n)* 責任，職責
- responsible *(adj)* 有責任的
- responsive *(adj)* 響應的，做響應的
- responsory *(n)* 唱和
- transponder *(n)* 異頻雷達收發機

例句

a. He has been ill for three months and is getting very **despondent**.
他病了三個月，變得很沮喪。

b. The name on the paper doesn't **correspond** with the name on your ID card.
考卷上的姓名與你身分證上的不符。

238 stan, stat：stand, remain「站立，逗留」

- circumstance（circum 環繞 + stance 站立）*(n)* 境況
- circumstantial *(adj)* 依照情況的
- constancy *(n)* 堅定不移，恆久不變的狀態或性質

- constant（con 表加強詞意 + stant 站立，*(n)* 常數，恆量；*(adj)* 不變的，持續的
- distance *(n)* 距離，遠離
- distant（dis 分開 + stant 站立）*(adj)* 遠的
- happenstance（happen 發生 + stance 站立）*(n)* 偶然事件，意外事件
- inconstancy *(n)* 反覆無常
- inconstant *(adj)* 變化無常的
- insubstantial *(adj)* 無實質色，無實體的，非實在的
- stance *(n)* 姿態
- stanch *(vt)* 止流，止血；*(adj)* 堅強的，忠實的 (=staunch)
- stanchion *(n)* 支柱
- stasis *(n)* 靜止
- state *(n)* 情形，狀態
- static *(adj)* 靜態的
- stationary *(adj)* 不動地站立著，固定不變的
- statuary *(n)* 被視為一組的雕像；雕塑藝術
- statue *(n)* 雕像
- status *(n)* 身分；地位
- substance（sub 在…下 + stance 站著）*(n)* 物質，物
- substantial *(adj)* 實質的
- substantiate *(vt)* 使實體化，證實
- substantive *(adj)* 巨額的，大量的，真實的，實際的
- transubstantiate *(vt)* 使變質
- transubstantiation（trans 橫過 + substance 物質 + ation 名詞字尾）*(n)* 變質，變形論，物質的改變

例句

a. The students stood in a **stationary** position.
學生一動不動地站立著。

b. The first thing is to **staunch** the flow of blood/illicit drugs.
第一件事是止血／制止非法藥品的流通。

239 **strain**：tighten「拉緊」

- constrain（con 一起 + strain 拉）*(vt)* 抑制
- constraint *(n)* 約束，強制
- distrain *(vi, vt)*（dis 分開 + strain 拉緊）（為抵債而）扣押（財物）
- distrainable *(adj)* 可扣押的
- overstrain（over 過度 + strain 拉緊）*(vt, n)*（使）過度緊張
- restrain（re 再次 + strain 拉緊）*(vt)* 制止；限制
- restraint *(n)* 限制
- strain *(n, vi, vt)* 拉緊，扯緊；（使）緊張

例句

a. I have to **restrain** my children from plunging into the stock market.
我得約束我的子女，不讓他們涉足證券市場。

b. The city government imposed/placed/put a **constraint** on burial services.
市政府對喪葬儀式做了限定。

240 **strict, string**：bind「約束」

- constrict（con 共同 + strict 約束）*(vt)* 壓縮
- constriction *(n)* 壓縮
- constrictive *(adj)* 壓縮性的
- constrictor *(n)* 括約肌，大蟒
- constringe *(vt)* 使收縮
- constringency *(n)* 收縮
- constringent *(adj)* 壓縮的

- district（dis 表強調的字首 + strict 約束）*(n)* 區域，管區，行政區
- restrict（re 再，又 + strict 約束）*(vt)* 限制
- restriction *(n)* 限制
- restrictive *(adj)* 限制性的
- strict *(adj)* 嚴格的，嚴厲的
- stricture *(n)* 責難
- stringent *(adj)* 嚴厲的
- stringency *(n)* 嚴格

例句

a. Fat **constricts** the blood vessels in the body.
油脂壓縮體內的血管。

b. I **restrict** myself to two cigarettes a day.
我限制自己每天只能抽兩根煙。

241 stroph ： turn, twist「翻轉」

- anastrophe（ana 向後 + strophe 轉）*(n)* 倒置法，倒裝法 (=anastrophy)
- apostrophe（apo 離開 + strophe 轉）*(n)* 寫在字上方的撇號（'）
- catastrophe（cata 向下 + strophe 翻轉）*(n)* 大災難
- catastrophic *(adj)* 悲慘的，災難的
- ecocatastrophe（eco 生態 + catastrophe 大災難）*(n)* 生態災難

242 struct, stru ： build「建」

- construct（con 一起，聚 + struct 建）*(vt)* 建造；構成
- construction *(n)* 建設，建築
- construe（con 一起 + strue 建造）*(vt)* 解釋
- destruct（de 反轉，逆 + struct 建）*(vi, vt)* 為了安全而破壞飛彈或火箭
- destructible *(adj)* 可破壞的，易毀壞的

- destruction *(n)* 破壞，毀滅
- destructive *(adj)* 有破壞性的
- indestructible *(adj)* 不能破壞的，不可毀滅的
- infrastructure（infra 下面 + structure 結構，建築）*(n)* 基礎建設
- instrument *(n)* 工具
- instrumental *(adj)* 儀器的，器械的，樂器的
- misconstrue（mis 錯誤 + construe 解釋）*(vt)* 誤解，曲解
- obstruct（ob 反 + struct 建設）*(vt)* 阻斷（道路、通道等）
- obstruction *(n)* 阻塞，障礙
- reconstruct（re 再 + construct 建造）*(vt)* 重建
- structure（struct 建 + ure 名詞字尾）*(n)* 構造，結構；建築物
- superstructure（super 上面 + structure 結構，建築 ）*(n)*（建築物，鐵路等的）上部構造；上層建築

例句

a. Improving the country's **infrastructure** will boost its economy.
改善那個國家的基礎建設將會增進它的經濟。

b. A high-rise building in front of my apartment **obstructs** my view.
我公寓前的一棟高樓遮斷我的視線。

243 suade, sua ： urge「力勸」

- dissuade（dis 否定，相反 + suade 力勸）*(vt)* 勸阻
- dissuasion *(n)* 勸阻
- dissuasive *(adj)* 勸戒的
- persuade（per 通過，安全 + suade 力勸）*(vt)* 說服
- persuasible *(adj)* 可說服的
- persuasion *(n)* 說服，說服力
- persuasive *(adj)* 善說服的
- suasion *(n)* 說服，勸告

- suasive *(adj)* 勸說的，有說服力的
- suave *(adj)* 溫和的

例句

a. I tried to **dissuade** my students from smoking, but to no avail.
我試圖勸學生別吸煙，但沒有用。

b. There are many **persuasive** arguments in your report.
你的報告中有許多具有說服力的論點。

t 開頭的字根

244 tact, tag, tang：touch「接觸」

- contact（con 一起 + tact 接觸）*(n, vt)* 接觸；聯繫
- contagion（con 共同 + tag 接觸 + ion 名詞字尾）*(n)* 接觸傳染； 接觸傳染病
- contagious（con 共同 + tag 接觸 + ious …的）*(adj)* 傳染性的，會感染的
- entangle *(vt)* 使纏上，糾纏
- entanglement *(n)* 糾纏
- intact（in 不，沒 + tact 接觸）*(adj)* 完好無損的
- intangible *(adj)* 難以明瞭的， 無形的
- tact *(n)* 機智；老練
- tactful *(adj)* 機智的，圓滑的
- tactility *(n)* 觸感
- tactless *(adj)* 不老練的
- tactile（tact 觸 + ile …的）*(adj)* 觸覺的
- tactual *(adj)* 觸覺的，憑感覺的
- tactometer *(n)* 觸覺測量器
- tangency *(n)* 接觸
- tangent *(adj)* 接觸的
- tangential *(adj)* 切線的

- tangibility *(n)* 確切性
- tangible（tang 接觸 + ible 可…的）*(adj)* 具體切實的
- tangle *(n)* 糾纏，混亂狀態
- tanglesome *(adj)* 雜亂的

例句

a. The parcel of glassware arrived **intact**.
玻璃器皿包裹寄到時完好無損。

b. Chicken pox is highly **contagious**.
水痘很容易傳染。

245 **tail** ： cut「切，減」

- curtail *(vt)* 縮減，減少（經費等）；剝奪（某人的）特權（或官銜等）
- curtailment *(n)* 縮減，縮短
- detail（de 否定，相反 + tail 切）*(n)* 細節，詳情；*(vt)* 詳述，細說
- entail *(vt)* 使必需，使蒙受，使承擔
- entailment *(n)*（不動產）繼承人之限制
- retail（re 再 + tail 切）*(n)* 零售；*(adj)* 零售的；*(vt)* 零售
- tailor *(n)* 裁縫師；*(vt)* 剪裁

例句

a. We should drastically **curtail** our spending.
我們應徹底地縮減我們的花費。

b. The instant noodles are **retailed** through the big chain of 7-11 stores.
速食麵透過大型連鎖超商 7-11 零售。

246 **tain, ten** ： hold「握，持」

- abstain（abs=ab 離 + tain 拿）*(vi)* 戒除（不良嗜好），禁絕，棄權
- attain（at=ad 加強意義 + tain 拿）*(vt)* 達到（目標）；獲得

- captain（cap 頭 + tain 拿，抓）*(n)* 隊長；首領
- contain（con 一起 +tain 拿，抓）*(vt)* 容納
- content *(n)* 內容
- detain（de 下 + tain 拿）*(vt)* 阻止；拘留
- impertinent *(adj)* 無關的
- maintain（main 手 + tain 拿）*(vt)* 保養，維修，維持
- maintenance（maintain 的名詞）*(n)* 維修；保持
- obtain（ob 反，對面 + tain 拿）*(vt)* 獲得，得到
- pertain（per 通過，穿過 + tain 持有，抓住）*(vi)* 屬於
- pertinacious（per 完全 + tin=ten 握 + acious …的）*(adj)* 頑固的；固執的
- pertinent *(adj)* 有關的
- retain（re 回 + tain 拿）*(vt)* 保持，保留
- retentate *(n)*（在滲析過程中未能通過半透膜而被保留下的）保留物，滯留物
- retention *(n)* 保持力
- retentive *(adj)* 保持的
- sustain（sus 下面 + tain 拿）*(vt)* 支撐，支持
- sustenance（sustain 的名詞）*(n)* 支持；（支援生命的）食物
- tenable（ten 持，守 + able 可…的）*(adj)* 守得住的，站得住腳的
- tenacious（ten 握 + acious …的 → 緊握的）*(adj)* 頑強的，固執的
- tenacity（tenacious 的名詞）*(n)* 堅韌，頑強；固執
- tentacle *(n)*（動物的）觸腳，觸鬚，觸手
- tentacular *(adj)* 有觸手的
- tentaculiform *(adj)* 觸手狀的
- untenable *(adj)* 站不住腳的，防守不住的

例句

a. Sixteen committee members voted for the pension reforms, eight voted against, and two **abstained**.
十六位委員投票贊成退休制度的改革，八位反對，而有兩位棄權。

b. The argument that humans are nice by nature is not **tenable**.
人本性善良的論點是站不住腳的。

247 **tempor**：time「時間」

- contemporary *(n)* 同時代的人；*(adj)* 當代的，同時代的
- contemporize *(vt)* 使成同一時代，使同時發生
- contretemps（contra 相反的 + temps 時間）*(n)* 意外事故，不合適宜，令人尷尬的事
- extemporal *(adj)* 無準備的，脫口說的
- extemporaneous *(adj)* 無準備的，即席的
- extemporary *(adj)* 無準備的，隨口說的
- extempore *(adj)* 即席的，當場的；*(adv)* 即席，當場
- extemporize *(vi)* 即席演說，即興演奏，當場做成
- tempo *(n)*（音樂）速度，拍子，發展速度
- temporal *(adj)* 時間的，暫時的，現世的，世俗的
- temporality *(n)* 此時，暫時
- temporary（tempor 時間 + ary …的）*(adj)* 暫時的
- temporize *(vi)* 敷衍，（為了節約時間、避免爭吵或拖延決定而）含糊行事

例句

a. He made an **extemporaneous** televised speech.
他做了一次即席的電視演說。

b. Ordinary people seek **temporal** joys.
平凡人追求世俗的樂趣。

248 **tend, tens, tent**：stretch out「伸」

- attend（at = ad 朝向 + tend 伸）*(vt)* 出席，參加
- attendance *(n)* 出席，出席的人數，伺候，照料

- attendant（attend 照料 + ant 者 ）*(n)* 服務員
- attention *(n)* 注意
- attentive（at = ad 朝向 + tent 伸 + ive …的）*(adj)* 注意的，專心的
- contend（con 共同，一起 + tend 伸）*(vi)* 競爭
- contention（con 共同 + tent 伸 + ion 名詞字尾）*(n)* 爭論
- distend（dis 分散 + tend 伸展）*(vi, vt)*（使）膨脹，（使）擴張
- extend（ex 向外 + tend 伸）*(vi, vt)* 延長，擴大，延伸
- extensible（ex 向外 + tens 伸 + ible 可…的）*(adj)* 可擴張的，可延長的
- extension（ex 向外 + tens 伸 + ion 名詞字尾）*(n)* 延長，伸展
- extensive（ex 向外 + tens 伸 + ive …的）*(adj)* 廣泛的
- extent（ex + tent 伸）*(n)* 範圍，程度
- hypertension（hyper 在上， 過度 + tension 緊張）*(n)* 高血壓
- intend（in 內 + tend 伸）*(vt)* 打算，意欲，想要
- intense（in 表強調的字首 + tens 拉）*(adj)* 劇烈的
- intensify（intens 強烈 + ify 動詞字尾，表示「使」）*(vt)* 加強；*(vi)* 強化
- intensive（in 向內， 集中 + tens 拉 + ive …的）*(adj)* 密集的
- intent *(adj)* 專心的
- intention *(n)* 意圖，打算
- superintend（super 上 + in 內 + tend 伸）*(vt)* 管理，監督
- superintendence *(n)* 監督
- superintendency *(n)* 監督者的地位
- superintendent *(n)* 主管，負責人
- tend *(vi)* 傾向，趨向，趨於
- tendency（tend 傾向， 趨向 + ency 名詞字尾）*(n)* 趨向，傾向
- tendon *(n)* 腱，筋
- tense *(adj)* 緊張的
- tension *(n)* 緊張（狀態）

例句

a. Helen **superintended** the preparation of the banquet.
海倫監督宴會的準備。

b. Police have **intensified** their search for the missing mountaineers.
警察加強了對失蹤登山者的搜尋工作。

249 tenu ： thin「細」

- attenuable *(adj)* 能稀釋的
- attenuate（at=ad 朝向 + tenu 細 + ate 動詞字尾）*(vt)* 減弱，使變薄
- attenuation *(n)* 變薄，變細
- attenuator *(n)* 減壓器（使電子訊號減弱的裝置）
- extenuate（ex …之外 + tenu 細 + ate 使…變成）*(vt)* 使變瘦；減少…的力量，減輕事情的嚴重性
- extenuation *(n)* 減輕嚴重性
- extenuative *(adj)* 使減輕的，情有可原的
- extenuatory *(adj)* 使減輕的，酌情的
- tenuity *(n)* 薄細
- tenuous *(adj)* 纖細的

例句

a. The link between intelligence and the color of skin is extremely tenuous.
智力與皮膚顏色的關係極為薄弱。

b. His strength was **attenuated** by hours of arduous toil.
好幾個小時的辛勞苦工使他力氣衰竭。

250 term ： end, boundary, limit「結束，界限」

- determinable *(adj)* 可決定的
- determinant *(adj)* 決定性的
- determination *(n)* 決心，果斷

- determinative *(adj)* 決定的，限定的
- determine（de 轉移 + termine 界限）*(vt)* 決定
- exterminate（ex …之外 + termin 界限 + ate 使…變成）*(vt)* 消除
- extermination *(n)* 消滅，根絕
- exterminator *(n)* 撲滅的人，驅蟲劑
- indeterminable *(adj)* 不能決定的，不能解決的
- indeterminate *(adj)* 不確的，不確定的，模糊的
- indetermination *(n)* 不確定
- predeterminate *(adj)* 先定的，注定的
- predetermine *(vt)* 預定，預先確定
- predetermination *(n)* 預定，先決
- predeterminative *(adj)* 預先決定性的，預先確定性的
- term *(n)* 學期，期限，期間，條款，條件
- terminal *(n)* 終點站，終端，接線端；*(adj)* 末期
- terminate（termin 結束 + ate 使…變成）*(vt)* 停止，結束
- termination *(n)* 終止
- terminative *(adj)* 終結的，結束的
- terminator *(n)* 終結者，終結器
- terminus *(n)* 終點；界標，終點站

例句

a. We have decided to **terminate** the contract because the construction company has never fulfilled its terms to the letter.
我們已決定終止合約，因爲建設公司從未嚴格履行合約條款。

b. Mr. Green has **terminal** cancer, and he knows his days are numbered.
葛林先生已到了癌症末期，他知道自己來日無多了。

251 terr ： earth「地」

- disinter（dis 不 + inter 埋葬）*(vt)*（從墳墓中或地下）掘出

- extraterrestrial（extra 外 + terr 地 + estrial …的）*(adj)* 地球外的
- extraterritorial（extra 外 + terr 領地 + itorial …的）*(adj)*（指大使等）不受所在國法律約束的；治外法權的
- inter（in 進入 + ter 土地）*(vt)* 埋葬
- Mediterranean（medi 中間 + terr 陸地 + anean …的）*(n)* 地中海
- subterranean *(adj)* 地下的
- subterraneous *(adj)* 地下的
- terrace（terr 地 + ace 名詞字尾）*(n)* 台地，露台
- terrain *(n)* 地形
- terrarium（terr 陸地 + arium 場所）*(n)* 陸地動物飼養所
- territorial *(adj)* 領土的
- terrier *(n)* 㹴(一種原為狩獵用的小狗)
- terrestrial（terr 地 + estrial …的）*(adj)* 地球的；陸地的，世俗的
- territory（terr 地 + itory 名詞字尾）*(n)* 領土；領地

例句

a. My wife is growing some plants on the **terrace**.
我太太在露台上種了一些植物。

b. Force is only used to settle **territorial** disputes as a last resort.
以武力解決領土爭議僅是最後的手段。

252 test：witness「證人，證據」

- attest（at=ad 朝向 + test 證人，證據）*(vi)* 證明
- attestant *(adj)* 證明的；*(n)*（合約等的）連署人，證人
- attestation *(n)* 證明
- attestator *(n)* 證明者，證人
- attestor *(n)* 證人，證明者
- contest（con 一起 + test 作證）*(n)* 論爭，競賽；*(vt)* 爭奪
- contestable *(adj)* 可爭的，爭論的

- contestant *(n)* 競爭者
- contestation *(n)* 論爭，主張
- detest *(vt)* 厭惡，憎恨
- detestable *(adj)* 可厭惡的，可憎的
- detestation *(n)* 憎惡
- intestate *(adj)* 沒有立下遺囑的；*(n)* 無遺囑的死者
- protest（pro 向前的 + test 作證）*(n, vi)* 抗議
- Protestant *(n)* 新教，新教徒
- protestation *(n)* 明言
- testament *(n)* 遺囑
- testate *(adj)* 留有遺囑的
- testator *(n)* 立遺囑的人
- testify *(vt)* 證明， 證實
- testimonial *(n)* 證明書，獎狀
- testimony *(n)* 證詞（尤指在法庭所做的）

例句

a. Voters **detest** politicians' smear campaigns.
選民厭惡政客的抹黑運動。

b. Luxurious furnishings and cars **attest** (to) his wealth.
奢華的家具和車子證明他的富有。

253 the(o)：god「神」

- atheism（a 無 + the 神 + ism 主義，論）*(n)* 無神論
- atheist（a 無 + the 神 + ist 論者）*(n)* 無神論者
- monotheism（mono 一 + the 神 + ism 主義，論）*(n)* 一神論，一神教
- pantheist（pan 泛 + the 神 + ist 論者）*(n)* 泛神論者
- polytheism（poly 多 + the 神 + ism 主義，論）*(n)* 多神教

- theism（the 神 + ism 主義，論）*(n)* 有神論
- theocracy（theo 神 + cracy 統治，政體）*(n)* 神權政治（的國家）
- theology（theo 神 + logy 學）*(n)* 神學
- theosophy（theo 神 + sophy 智慧，認知）*(n)* 通神學，通神論（認為可藉冥想、祈禱等直接認識神）

例句

An **atheist** doesn't believe in God.
無神論者不信上帝。

254 therm(o)：heat, hot「熱」

- geothermic（geo 地 + therm 熱 + ic …的）*(adj)* 地熱的
- thermal（therm 熱 + al …的）*(adj)* 熱的
- thermodynamics *(n)* 熱力學
- thermometer（thermo 熱 + meter 計量器）*(n)* 溫度計，體溫計
- thermos *(n)* 熱水瓶；保溫瓶
- thermostat *(n)* 恒溫器，溫控器，溫度調節裝置

例句

There are a lot of **thermal** springs in Beitou.
北投有很多熱溫泉。

255 thesis：put「放置」

- antithesis（anti 反 + thesis 放）*(n)* 正相反，對立面
- hypothesis（hypo 下面 + thesis 放）*(n)* 假設
- metathesis（meta 轉換、轉變 + thesis 放置）*(n)* 調換，轉位，交換
- metathesize *(v)*（使）（音位或字位）變換
- parenthesis（para 旁，側 + en 在…裡面 + thesis 放置）*(n)* 插入語，附帶，插曲，圓括號

- parenthesize *(vt)* 將…加上括弧，加插入語於
- parenthetic *(adj)* 插句的
- photosynthesis（photo 光 + synthesis 合成）*(n)* 光合作用
- photosynthesize *(vi)*（植物等）進行光合作用
- photosynthetic *(adj)* 促進光合作用的
- prosthesis（pros 加 + thesis 放置）*(n)* 用來替換身體所失去部分的人工器物，例如四肢、牙齒、眼睛或心瓣膜
- synthesize（syn 聚，合 + thes=thesis 放 + ize 動詞字尾）*(vt)* 人工合成
- synthesis（syn 聚，合 + thesis 放置）*(n)* 綜合，合成
- synthetic *(adj)* 合成的，人造的，綜合的
- thesis（放好的研究主題）*(n)* 學位論文

例句

a. His political beliefs are a **synthesis** of Confucianism and socialism.
他的政治信仰是孔子學說和社會主義的綜合體。

b. I wrote my master's **thesis** on Taiwanese folk songs.
我寫有關台灣民謠的碩士論文。

256 ton ： sound「聲音」

- atonal（a 無 + tonal 音調的）*(adj)* 無調的，不成調的
- baritone（bari 重，底 + tone 音調）*(n)* 男中音
- detonate *(vi)* 引爆；*(vt)* 使爆炸
- detonation *(n)* 爆炸，爆炸聲
- detonator *(n)* 雷管，炸藥
- intonation（in 內 + ton 音 + ation 名詞字尾）*(n)* 語調，聲調
- intone（in 在…裡面 + tone 音調）*(vt)*（以拖長的單調音）吟詠，唱或吟詠（聖歌）
- monotone（mono 單 + tone 音調）*(n)*（說話或唱歌）單調
- monotonous（mono 單 + ton 音 + ous …的）*(adj)* 單調的， 無變化的
- monotony *(n)* 單音，單調

- overtone *(n)* 泛音， 暗示
- semitone（semi 半 + tone 音調）*(n)*（音樂）半音，半音程
- tonal *(adj)* 音調的
- tone *(n)* 音調
- tonetics *(n)* 聲調學
- undertone *(n)* 低音，含意

例句

a. Many retired people do voluntary work to relieve the **monotony** of everyday life.
許多退休人員當義工以打發日常生活的單調。

b. He **intoned** prayers for the dead.
他以拖長的單調音爲死者吟詠祈禱文。

257 tort ： twist「扭」

- contort（con 一起 + tort 扭）*(vt)* 扭曲
- contortion *(n)* 扭彎，扭歪，歪曲
- contortive *(adj)* 扭歪的，曲解的
- distort（dis 離 + tort 扭）*(vt)* 歪曲（真理、事實等）
- distortion *(n)* 扭曲， 變形，曲解
- distortive *(adj)* 曲解的
- extort（ex 出，離去 + tort 扭）*(vt)* 強取，逼取，敲詐勒索
- extortion *(n)* 勒索，敲詐
- extortionary *(adj)* 勒索的，敲詐性的，強索的
- extortioner *(n)* 勒索者，敲詐者
- extortionate *(adj)* 敲詐的，昂貴的
- extortionist *(n)* 勒索者
- retort（re 回， 反 + tort 扭）*(vi, vt)* 反駁，反擊
- torment（tor=tort 扭 + ment 名詞字尾）*(n)* 痛苦；*(vt)* 折磨

- tortuous *(adj)* 曲折的，彎彎曲曲的；轉彎抹角的
- torture（tort 扭 + ure 名詞字尾）*(n, vt)* 拷打

例句

a. I cannot afford the **extortionate** rent in the downtown area.
我付不起市中心的高昂房租。

b. The suspect was **tortured** into confessing.
嫌疑犯被屈打成招。

258 tox（母音前為 toxic）, toxico（母音前為 toxo）：poison「毒」

- antitoxin *(n)* 抗毒素
- detoxification *(n)* 解毒，去毒
- detoxify *(vt)* 使解毒
- intoxicate *(vt)* 使陶醉
- intoxicated *(adj)* 喝醉的
- intoxicating *(adj)* 醉人的，使人興奮的
- intoxication *(n)* 陶醉
- intoxicant *(C)* 使人醉的東西
- toxic *(adj)* 有毒的
- toxicant *(n)* 有毒物，毒藥
- toxication *(n)* 中毒
- toxicity *(n)* 毒性
- toxicoid *(n)* 有毒化學物質
- toxicological *(adj)* 毒物學的
- toxicologist *(n)* 毒物學者
- toxicology *(n)* 毒物學
- toxicomania *(n)* 毒癮，嗜毒癖
- toxicosis *(n)* 中毒
- toxigenesis *(n)* 毒素產生

- toxigenic *(adj)* 產生毒素的
- toxin *(n)* 毒素
- toxiphobia *(n)* 毒物恐懼症
- toxoid *(n)* 類毒素

例句

a. He was **intoxicated** with/by his victory/success/power/love.
他陶醉在勝利／成功／權力／愛情中。

b. The chimney emits **toxic** fumes.
煙囪排放出有毒煙氣。

259 tract ： pull「拉」

- abstract（abs 離開 + tract 拉）*(n)* 摘要；*(adj)* 抽象的；*(vt)* 摘要，抽象化
- attract（at=ad 向 + tract 拉）*(vt)* 吸引
- attractable *(adj)* 可被吸引的
- attraction *(n)* 吸引，吸引力，吸引人的事物
- attractive *(adj)* 吸引人的
- contract（con 共同，一起 + tract 拉）*(n)* 合約，契約；*(vi)* 收縮；*(vt)* 縮略
- contractible *(adj)* 會縮的，縮小的
- contractile（con 一起 + tract 拉 + ile 表「能力」或「傾向」的形容詞字尾）*(adj)* 會縮的，有收縮性的
- contractility *(n)* 收縮性
- contraction *(n)* 收縮
- contractive *(adj)* 收縮的
- detract（de 下 + tract 拉）*(vi, vt)* 減損，貶低
- distract（dis 分散， 分開 + tract 拉）*(vi, vt)* 分散注意力，使分心
- distractible *(adj)* 易於分心的，不專心的
- distraction *(n)* 娛樂，分心，分心的事物
- distractive *(adj)* 分散注意力的，擾亂的

- extract（ex 出 + tract 拉）*(vt)* 拔出，榨取；*(n)* 榨取物，選粹
- protract（pro 向前 + tract 拉）*(vt)* 延長
- protraction *(n)* 伸長
- protractile *(adj)* 伸出的，突出的
- retract（re 回 + tract 拉）*(vi, vt)* 縮回，縮進；*(vt)* 收回，撤銷
- retractable *(adj)* 可收回的 (=retractible)
- retractation *(n)* 收回
- retractile *(adj)* 伸縮自如的
- retractility *(n)* 伸縮性
- retraction *(n)* 收回
- retractive *(adj)* 縮回的
- subtract（sub 下 + tract 拉）*(vt)* 減去，減
- tractable（tract 拉 + able 可…的）*(adj)* 易駕馭的，溫順的，易管教的
- tractor *(n)* 拖拉機

例句

a. Mr. Black said in public numerous times that he would never run for Mayor, but later on he **retracted** his words.
布萊克先生在公開場合無數次表明他永遠不會去競選市長，可是後來他又收回了自己的聲明。

b. The seeds are crushed to **extract** oil from them.
把種子壓碎了榨取油。

260 **trit** ： rub「磨擦」

- attrition（at=ad 朝向 + trit 磨擦 + ion 名詞字尾）*(n)* 磨擦，磨損
- detriment（de 減少 + trit 磨擦 + ment 名詞字尾）*(n)* 損害
- detrimental *(adj)* 有害的
- detrition *(n)* 磨損
- detrius *(n)* 碎石

例句

a. Prices are bound to pick up if the **attrition** of the war continues.
這消耗戰持續的話，物價必定飆漲。

b. Working very long hours is **detrimental** to your health.
長久的工作有損健康。

261 trude, truse ： push「推」

- abstruse（abs 離開 + truse 推）*(adj)* 深奧的，晦澀難懂的
- extrude（ex 向外 + trude 推）*(v)* 擠壓出
- extrusion *(n)* 突出，擠出
- extrusive *(adj)* 突出的，擠出的
- intrude（in 進入 + trude 推）*(vi, vt)* 闖入，侵入
- intruder *(n)* 入侵者
- intrusion *(n)* 闖入，侵擾
- obtrude（ob 反對 + trude 推）*(vi)* 強行，推向前
- obtrusion *(n)* 強制，莽撞
- obtrusive *(adj)* 突兀的，強迫人的
- protrude（pro 向前 + trude 推）*(vi)* 突出，鼓出
- protrusion *(n)* 伸出，突出
- protrusive *(adj)* 推出的，突出的，凸出的

例句

a. Einstein's Theory of Relativity is really **abstruse**.
愛因斯坦的相對論真是深奧。

b. The turtle **extruded** its head.
烏龜伸出頭。

c. I really frowned on her **obtrusive** entry.
她突兀的不請自來令我相當反感。

262 tumb, turb ： stir「攪動」

- disturb（dis 分開 + turb 攪動）*(vt)* 攪亂，弄亂；打擾
- disturbance（disturb 煩惱 + ance 名詞字尾）*(n)* 打擾，干擾
- imperturbable（im 不 + perturb 始終攪動 + able 能…的）*(adj)* 沉著的，冷靜的
- perturb（per 貫穿， 始終 + turb 攪動）*(vt)* 使心緒不安，使煩惱
- perturbation *(n)* 動搖，混亂
- tumble *(n)* 跌倒，摔跤； *(vi)* 翻倒，摔倒，倒塌，滾動
- tumult *(n)* 吵鬧，騷動
- tumultuary *(adj)* 混亂的，喧囂的，騷動的
- tumultuous *(adj)* 喧囂的
- tumultuate *(vi, vt)* 引起騷亂，引起騷動
- turbid（turb 攪動 + id …的）*(adj)*（指液體）混濁的，混亂的
- turbidity *(n)* 混濁，混亂
- turbidimeter *(n)* 測量液體混濁度的儀器
- turbidite *(n)* 混濁的沉澱物
- turbine（turb 攪動 + ine 名詞字尾）*(n)* 渦輪
- turbo *(n)* 渦輪（發動機），增壓渦輪
- turbulence（turb 攪動 + ulence 名詞字尾）*(n)* 紊流，騷亂動盪
- turbulent（turb 攪動 + ulent 多…的）*(adj)*（社會）動盪的
- turmoil（tur=turb 攪動 + moil 翻騰）*(n)* 騷動，混亂，動亂

例句

a. After the March 18th presidential election, people in Taiwan witnessed a **turbulent** period.
三月十八日總統大選後，台灣人民見到了一個動盪的時期。

b. After **tumultuous** years of political struggle, Taiwan has lost its competitive edge in the international arena.
幾年來紛擾的政治鬥爭，台灣已在國際舞台失去了競爭力。

u 開頭的字根

263 ult ： last ； farther「最後的；更遠的」

- antepenultimate（ante 在…之前 + penultimate 倒數第二音節）*(adj)* 倒數第三音節的
- penultimate（pen 幾乎 + ultimate 最後的）*(n)* 倒數第二音節；*(adj)* 倒數第二音節的
- ulterior *(adj)* 較遠的，隱蔽的
- ultima *(adj)* 最終的； *(n)* 最後一個音節
- ultimacy *(n)* 終極性，根本性
- ultimata *(n)* 根本的原理
- ultimate *(adj)* 最後的
- ultimatism *(n)* 極端主義
- ultimatistic *(adj)* 極端主義的
- ultimatum *(n)* 最後通諜
- ultimo *(adj)* 上一個月的
- ultimogenitary *(adj)* 幼子繼承制的
- ultimogeniture *(n)* 幼子繼承制

例句

a. The bush Administration gave Hussein an **ultimatum**: either he handed over weapons of mass destruction or he waited to be eliminated.
布希政府給海珊下最後通牒：交出大規模毀滅性武器，或者等著被消滅。

b. Jane is very kind to me these days. I suspect she has an **ulterior** motive.
珍最近對我很好。我懷疑她有隱藏的動機。

264 umbra ： shadow「陰影」

- adumbrate（ad 朝向 + umbra 陰影 + ate 使…）*(vt)* 畫輪廓，預示
- adumbration *(n)* 預兆
- adumbrative *(adj)* 暗示的，預示的
- penumbra 半陰影

- umbra *(n)* 本影，暗影，蝕時的地球
- umbrage *(n)* 樹蔭，陰影，生氣惱火
- umbrageous *(adj)* 多蔭的
- umbrella *(n)* 傘，雨傘，庇護

He took **umbrage** at the way she said to him.
她對他說話的樣子惹惱了他。

V 開頭的字根

265 vac, vacu, van ： empty「空」

- evacuate（e 出 + vacu 空 + ate 使）*(vt)* 疏散；撤離
- evacuation *(n)* 撤退
- evacuee *(n)* 撤離者，被疏散者
- evanescent（e 出 → 不見 + van 空 + escent 變得…的）*(adj)* 逐漸消失的， 短暫的
- vacancy *(n)* 空，空白，空缺
- vacant（vac 空 + ant …的）*(adj)* 空著的
- vacate *(vi, vt)* 騰出，空出，離（職），退（位）
- vacation（vac 空 + ation 名詞字尾）*(n)* 假期，休假
- vacationist *(n)* 渡假者
- vacuation *(n)* 撤離
- vacuity *(n)* 空虛
- vacuous（vacu 空 + ous …的）*(adj)* 空洞的；茫然的；空虛的
- vacuum（vacu 空 + um）*(n)* 真空
- vacuumize *(vt)* 真空包裝，抽成真空
- vanish（van 空 + ish 動詞字尾）*(vi)* 消失
- vanity（van 空 + ity 名詞字尾）*(n)* 虛榮；自負

例句

a. Her speech/expression/smile was **vacuous.**
她的演說／表情／微笑是空洞的。

b. Flood victims in low-lying areas were **evacuated** to higher ground.
水災時居住在低窪地區的災民被撤離到上游地段。

266 vade, vas：move, walk「走動」

- evade（e 出 + vade 走）*(vi, vt)* 躲開；逃避（法律，職責）
- evasion（e 出 + vas 走 + ion 名詞字尾）*(n)* 逃避
- evasive *(adj)* 躲避的，逃避的；迴避的
- invade（in 入 + vade 走）*(vt)* 入侵
- invader *(n)* 入侵者
- invasion *(n)* 入侵
- invasive *(adj)* 入侵的
- pervade（per 到處 + vade 走）*(vt)* 遍及；彌漫
- pervasion *(n)* 擴散，滲透
- pervasive *(adj)* 遍布的；普遍的；彌漫的

例句

a. Peter often attempts to **evade** taxes.
彼得常常企圖逃稅。

b. A feeling of elation **pervaded** my family.
歡欣的感覺彌漫我的家庭。

267 vag：move, walk「走動」

- extravagance *(n)* 過度，放縱的言行；奢侈，揮霍
- extravagant（extra 超出，以外 + vag 走 + ant …的）*(adj)* 奢侈的，浪費的
- vagabond（vaga 走，流浪 + bond 傾向…的）*(n)* 無業遊民；*(adj)* 流浪的

- vagary（vag 走 + ary 名詞字尾）*(n)* 怪異多變，變幻莫測
- vagrant〔vag(r) 走，流浪 + ant 人〕*(n)* 居無定所的人，流浪者
- vague（vag 走 → 流動 → 遊移不定）*(adj)* 模糊的，不清楚的

例句

a. Several **vagrants** huddled together in a corner of the temple.
幾個遊民聚集在那座廟的一個角落。

b. My chance of getting a job as a teacher hinged on the **vagaries** of the principal.
我能否取得教職必須看反覆無常的校長而定。

268 vail, val ： strong「強力」

- convalesce（con 一起 + val 強 + esce 動詞字尾）*(vi)* 漸漸康復
- convalescence *(n)* 逐漸康復
- convalescent *(adj)* 康復期的，漸愈的
- invalid（in 無 + valid 強力的）*(adj)* 無效的，作廢的；*(n)* 病人，殘廢者
- invalidity *(n)* 無效力
- prevail（pre 在…之前 + vail 強大的）*(vi)* 流行，盛行，獲勝
- prevailing *(adj)* 占優勢的，主要的，流行的
- prevalence *(n)* 流行
- prevalent *(adj)* 普遍的，流行的
- valiant（val 強 + iant …的）*(adj)* 勇敢的，英勇的 (=valorous)
- valid（val 強 + id …的）*(adj)*（理由、論證等）有充分根據的，站得住腳的；（法律上）有效的
- validate *(vt)* 使有效，使生效
- valor *(n)* 英勇，勇猛

例句

a. Justice **prevailed** over evil in the end.
正義終於戰勝邪惡。

b. He has **convalesced** from his bad cold.
他重感冒但已康復。

269 vail, valu ： value, worth「價值」

- avail（a 表強調的字首 + vail 值得）*(vt)* 有利於；*(n)* 效用
- availability *(n)* 可用性，有效性，實用性
- available *(adj)* 可用到的，可利用的，有用的，有空的
- devalue（de 向下 + value 價值）*(v)*（使）貶值
- equivalence *(n)* 均等，等量
- equivalent（equi 同等 + val 價值 + ent …的）*(adj)*（價值、數量、意義、重要性等）相等的，相當的；*(n)* 相等的事物
- evaluate（e 出 + valu 價值 + ate 使）*(vt)* 估價，評估
- evaluation *(n)* 評估
- invaluable（in 不 + valu 價值 + able 可…的）*(adj)* 無價的，極寶貴的
- undervalue（under 下面 + value 價值）*(vt)* 低估（價值）；輕視
- valuable（valu 價值 + able 可…的）*(adj)* 有價值的；貴重的
- value *(n)* 價值
- valueless *(adj)* 沒價值的

例句

a. The Chinese word "chia" is the exact **equivalent** of the English word "home".
中文的「家」完全等同於英語中的"home"一詞。

b. We have to carry out a thorough **evaluation** of the current educational system.
我們必須全面評估目前的教育制度。

270 var ： change「變」

- invariable *(n)* 不變的，永恆的

- variable *(n)* 變數，可變物，變量；*(adj)* 可變的，不定的，易變的
- variance *(n)* 不一致，變化，變異，變遷
- variant *(adj)* 不同的
- variation *(n)* 變更，變化，變異，變種，變奏，變調
- variational *(adj)* 變化的，變化性的，變更的
- varied *(adj)* 各式各樣的
- variegate（vari 各種各樣的 + egate 做）*(vt)* 使成斑駁，使多樣化
- variegation *(n)* 上色，彩色，斑
- variety *(n)* 變化，多樣性
- variform *(adj)* 有多種形態的
- variorum *(adj)* 有諸家注解的，集注版的；*(n)* 集注本
- various *(adj)* 不同的，各種各樣的
- vary *(vi)* 變化

例句

a. There are wide **variations** in children's interests.
兒童們的興趣很廣泛。

b. We should take all **variables** into account when conducting an experiment.
做實驗時我們應考慮所有變數。

271 veget ： vegetable「蔬菜」

- vegan *(n)* 嚴格的素食者（不用動物製品）
- vegetable *(n)* 蔬菜
- vegetal *(adj)* 植物性的 (=vegetative)
- vegetarian（veget 植物 + arian 者）*(n)* 素食者
- vegetate（veget 植物 + ate 動詞字尾）*(vi)*（像植物一樣）過單調無聊的生活
- vegetation *(n)*（集合詞）植物，植被

例句

The park is covered in thick **vegetation**.
公園裡覆蓋著厚厚的草木。

272 ven（在名詞中變為 vent）：come「來」

- advent（ad 朝向 + vent 來）*(n)*（重要人物或事件）來臨，到來
- adventure *(n)* 冒險
- adventurer *(n)* 冒險家
- adventurism *(n)*（外交，政治等方面的）冒險主義
- adventurist *(n)* 冒險主義者
- adventuristic *(adj)* 冒險主義的
- adventurous *(adj)* 喜歡冒險的，充滿危險的
- avenue（a=ad 向 + ven 來 + ue）*(n)* 林蔭道，大街
- circumvent（circum 繞 + vent 來）*(vt)* 規避，迴避
- contravene（contra 反 + ven 來）*(v)* 違犯（法律），違反（規定）
- contravention *(n)* 違反，違背
- covenant *(n)* 合約，盟約
- convene（con 一起 + ven 來）*(vi, vt)* 召集，集合
- convener *(n)* 會議召集人
- convenience *(n)* 便利，方便
- convenient *(adj)* 便利的，方便的
- convent *(n)* 女修道會，女修道院
- convention（con 一起 + vent 來 + ion 名詞字尾）*(n)*（某一職業、政黨等之人士召開的）大會；*(n)* 習俗，慣例
- conventional *(adj)* 慣例的，常規的，遵守傳統的
- event（e 從前的 + vent 到來）*(n)* 事件
- eventful *(adj)* 變故多的，重要的，多事的

- eventless *(adj)* 平靜無事的
- eventual *(adj)* 最後的
- eventuality *(n)* 可能發生的事
- eventuate *(vi)* 結果為
- intervene（inter 之間 + ven 來）*(vi)* 干涉，干預
- intervention *(n)* 干涉
- invent *(vt)* 發明；創作
- invention *(n)* 發明，創造
- inventive *(adj)* 善於創造的，發明的
- inventory *(n)* 詳細目錄，存貨清單
- prevent（pre 在…之前 + vent 來）*(vt)* 防止，預防
- preventable *(adj)* 可阻止的，可預防的
- prevention *(n)* 預防，防止
- preventive *(adj)* 預防性的
- provenance（pro 向前 + ven 來到 + ance 名詞字尾）*(n)* 起源，出處
- revenue（re 回 + ven 來 + ue）*(n)*（政府）收入；（公司、個人的）收入
- revenuer *(n)* 稅務官員
- souvenir（sou=sub 次 + venir 來到）*(n)* 紀念品
- supervene（super 上面 + ven 來）*(vi)* 隨後發生
- supervention *n)* 續發
- unconventional *(adj)* 非傳統的
- uneventful *(adj)* 無重大事件的，平凡的，平靜無事的
- venture *(n)* 冒險，投機，風險；*(vt)* 冒險
- venue *(n)* 犯罪地點，審判地，集合地點

例句

a. Some lawmakers think the new welfare bill **contravenes** federal law.
有些立法者認爲這新的福利法案違反聯邦法律。

b. They cook the books to **circumvent** the tax laws.
他們做假帳以規避稅法。

c. The prime minister **convened** a conference on bird flu.
首相召集禽流感會議。

273 vent：wind「風」

- unventilated（un 不 + ventilated 通風的）*(adj)* 不通風的，空氣不流暢的
- vent *(n)* 通風口，排氣孔，煙道；*(vt)* 發洩
- ventilate（vent 風 + il + ate 使）*(vt)* 使空氣流通，通風
- ventilation（ventilat 通風 + ion 名詞字尾）*(n)* 通風
- ventilator（ventilat 通風 + or 物）*(n)* 通風設備；通風機

例句

a. The room is well/poorly **ventilated**.
這房間通風良好／很差。

b. He **vented** his anger on his wife.
他把氣發洩在他太太身上。

274 ver(i)：true「真實」

- veracious（ver 真實 + acious …的）*(adj)* 說實話的，誠實的
- veracity（ver 真 + acity 名詞字尾）*(n)* 誠實
- verdict *(n)*（陪審團的）裁決，判決
- verifiable *(adj)* 能證實的
- verification *(n)* 證實，核實，查證
- verify（veri 真 + fy 動詞字尾）*(vt)* 核實，核對；證實
- verisimilitude（veri 真 + simili 似 + tude 名詞字尾）*(n)* 似真，逼真
- veritable=（veri 真 + t + able …的）*(adj)* 名副其實的，真正的
- verity *(n)* 真實，事實，真實的陳述

例句

a. His alibi was proved **veracious**, so he was released.
他的不在場證明已獲證實，所以就被釋放了。

b. Before you can **verify** Julia's story, you had better keep it to yourself.
你在證實茱莉亞講的事之前，最好先別聲張。

275 verb ：word「語詞」

- adverb *(n)* 副詞
- adverbial *(adj)* 副詞的
- nonverbal（non 非 + verb 詞語 + al 形容詞）*(adj)* 非語言的
- proverb（pro 向前 + verb 語詞）*(n)* 諺語
- proverbial *(adj)* 諺語的
- verb *(n)* 動詞
- verbal *(adj)* 口頭的
- verbalism *(n)* 言辭，措辭，咬文嚼字
- verbalist *(n)* 咬文嚼字的人
- verbalizable *(adj)* 可用言辭表達的
- verbalization *(n)* 以言語表現
- verbalize *(vt)* 描述
- verbatim *(adj, adv)* 逐字的
- verbiage *(n)* 空話
- verbigeration *(n)* 言語重複症
- verbify *(vt)* 使動詞化
- verbose *(adj)* 詳細的，冗長
- verbosity *(n)* 冗長

例句

a. It is a **verbatim** quote from the President's televised speech.
這是逐字從總統電視演說摘取的引用語。

b. He gave a **verbose** speech.
他的演說用詞冗長。

276 vers, vert ： turn「轉」

- adverse（ad 向 + vert 轉）*(adj)* 不利的
- adversity（advers 不利的 + ity 名詞字尾，表示情況，狀態）*(n)* 逆境，不幸
- adversary *(n)* 對手
- advertise（advert 轉向 + ise 使…變成）*(vi, vt)* 做廣告，登廣告
- advertisement *(n)* 廣告
- ambivert（ambi 二 + vert 轉）*(n)* 中向性格者
- anniversary（ann 年 + i + vers 轉 + ary 名詞字尾）*(n)* 周年紀念
- averse（a 離 + vers 轉）*(adj)* 反對的
- aversion *(n)* 厭惡，嫌惡討厭的事或人
- avert（a 離開 + vert 轉）*(vt)* 避免；防止
- controversial *(adj)* 爭論的，爭議的
- controversy（contro 反對，對立 + vers 轉 + y 名詞字尾）*(n)* 爭議
- conversation *(n)* 會話，交談
- converse *(n)* 相反的事物，倒，逆行； *(adj)* 相反的，顛倒的；*(vi)* 談話，交談
- conversion *(n)* 變換；轉化
- convert（con 共同 + vert 轉）*(vt)* 使轉變；*(vi)* 轉變，改變信仰
- diverse *(adj)* 不同的，變化多的
- diversification *(n)* 變化，多樣化
- diversify *(vt)* 使多樣化；*(vi)* 多樣化
- diversion *(n)* 轉移，娛樂

- diversity *(n)* 差異，多樣性
- divert（di= dis 分開 + vert 轉）*(vt)* 轉移，轉向；娛樂
- extrovert（extra 向外 + vert 轉）*(adj)* 性格外向的；*(n)* 性格外向者
- incontrovertible *(adj)* 無可爭議的
- introvert（intro 向內 + vert 轉）*(adj)* 性格內向的；*(n)* 性格內向者
- inverse *(adj)* 倒轉的
- irreversible *(adj)* 不可逆的，不可撤回的
- inversion *(n)* 倒置
- invert（in 內，裡 + vert 轉）*(vt)* 置於相反位置，使顛倒
- perverse *(adj)* 墮落的，執拗的
- perversion *(n)* 歪曲的行為，性變態
- perversive *(adj)* 弄顛倒的，反常的；造成墮落的
- perversity *(n)* 反常
- pervert（per 變壞 + vert 轉）*(vt)* 使反常或墮落；*(n)* 性變態者
- reverse（re 回，反 + vers 轉）*(vi)* 倒退；*(vt)* 翻轉
- reversible *(adj)* 可逆的，可復原的
- reversion *(n)* 反轉，逆轉
- revert *(vi)* 回復
- subversion *(n)* 顛覆
- subversive *(adj)* 顛覆性的，破壞性的；*(n)* 顛覆分子
- subvert（sub 下，由下 + vert 轉）*(vt)* 暗中破壞，顛覆
- transverse *(adj)* 橫向的，橫斷的
- traverse *(n)* 橫貫，橫斷；*(vt)* 橫過，*(adj)* 橫斷的
- universal *(adj)* 普遍的，宇宙的
- universe（uni 一個 + verse 旋轉）*(n)* 宇宙
- versatile *(adj)* 多才多藝的；多種用途的
- verse *(n)* 韻文，詩，詩節，詩句，詩篇
- version *(n)* 譯文，譯本

- versus *(prep)* 對（指訴訟，比賽等中），與…相對
- vertebra *(n)* 脊椎
- vertebrate *(n)* 脊椎動物；*(adj)* 有椎骨的
- vertex *(n)* 頂點；絕頂
- vertical *(adj)* 垂直的
- vertiginous *(adj)* 旋轉的，眩暈的
- vertigo（vert 轉 + i + go 走）*(n)* 眩暈；眩暈症
- vertisol *(n)* 變性土，轉化土

例句

a. We never faced **adversity** of such magnitude, but we managed to overcome it.
我們從未面對過這麼大的逆境，但我們總算克服了。

b. He derives **perverse** satisfaction from peeping at women bathing.
他從偷窺女人洗澡得到變態的快樂。

c. Lawmakers growling and fighting in front of TV cameras **perverts** the minds of teenagers.
立法人員在電視攝影機前咆哮打架腐化十來歲小孩的心靈。

d. She suffers from **vertigo**, so she avoids looking down from high places.
她有眩暈症，所以她避免從高處往下看。

e. Draw a parallel line through the **vertex** of the triangle.
畫一條穿過三角形頂點的平行線。

277 vey, via ： way「道路」

- convey（con 一起 + vey 道路）*(vt)* 搬運，傳達
- conveyable *(adj)* 可搬運的，可傳達的
- conveyance *(n)* 運輸
- deviate（de 偏離 + via 道路 + ate 使…變成）*(vi)* 背離，偏離
- deviation *(n)* 背離

- deviant *(adj)* 不正常的；*(n)* 不正常的人或物
- obviate *(vt)* 消除，排除（危險、障礙等）
- obviation *(n)* 除去，迴避
- purvey *(vt)* 供給，供應
- viaduct *(n)* 高架橋，高架鐵路
- viaticum *(n)* 旅費

例句

a. His behavior **deviates** from the norms of civilized society.
他的行爲偏離文明社會的規範。

b. Your baggage will be **conveyed** from the station to your hotel.
你的行李將從車站送到下榻的旅館。

278 vict, vince：defeat「打敗」

- convict *(vt)* 宣告…有罪；*(n)* 罪犯
- conviction *(n)* 深信，確信，定罪
- convince（con 加強詞意 + vince 擊敗）*(vt)* 使確信，使信服
- convincible *(adj)* 可說服的
- convincing *(adj)* 令人心悅誠服的
- evict（ex 外出 + vict 擊敗）*(vt)* 驅逐；趕出
- evictee *(n)* 被逐出的人
- eviction *(n)* 逐出，趕出
- evictor *(n)* 逐出者
- evince *(vt)* 表明，表示
- evincible *(adj)* 可表明的
- evincive *(adj)* 證明性的，顯示的
- invincible *(adj)* 不能征服的，無敵的
- victor *(n)* 勝利者

- victorious *(adj)* 獲勝的，勝利的
- victory *(n)* 勝利
- vincible *(adj)* 容易征服的

例句

a. She **evinced** no interest in the movie.
她表明對那部電影沒興趣。

b. Enron looked **invincible** before its financial irregularities were brought to light.
安隆這家公司在財務被發現有問題前看起來是無可匹敵的。

279 vid, vis：look, see「看」

- advice（ad 至 + vice 看見的）*(n)* 忠告，建議
- advisable *(adj)* 可取的，明智的
- advise *(vt)* 勸告，忠告
- advisory *(adj)* 顧問的，諮詢的，勸告的
- envisage（en 使進入 + visage 面貌）*(vt)* 想像，預想
- evidence（e 出 + vid 看 + ence 名詞字尾）*(n)* 明顯，顯著；證據
- evident（e 出 + vid 看 + ent ⋯的）*(adj)* 明顯的，顯然的
- improvidence *(n)* 目光短淺
- improvident（im 不，無 + provident 有遠見的）*(adj)* 無遠見的；浪費的
- improvise（im 不 + pro 向前 + vise 看）*(vt)* 臨時準備，即時發揮，即興表演
- invisible（in 不 + visible 可看見的）*(adj)* 看不見的
- provide（pro 向前 + vide 看）*(vt)* 提供
- provident（pro 向前 + vid 看 + ent ⋯的）*(adj)* 有遠見的；節儉的
- providential *(adj)* 神的旨意的，恰巧發生的
- revise（re 再次 + vis 看 + e）*(vt)* 修訂，修正，修改
- revision *(U)* 修訂；*(C)* 修訂本
- supervise（super 上面 + vise 看）*(vt)* 監督，管理

- supervision *(n)* 監督，管理
- supervisor *(n)* 監督人，管理人，檢查員，督學
- supervisory *(adj)* 管理的，監督的
- video *(n)* 錄影；電視
- videocast *(n)* 電視廣播
- videodisc *(n)* 影碟
- videophone *(n)* 電視電話
- videoporn *(n)* 色情電視，黃色影帶
- visa *(n)* 簽證；*(vt)* 簽准
- visage（vis 看 + age 狀況）*(n)* 面貌，容貌
- visibility（vis 見 + ibility 可…性）*(n)* 可見性，能見度
- visible（vis 看 + ible 可…的）*(adj)* 看得見的
- vision（vis 看 + ion 名詞字尾）*(n)* 視力
- visit *(n, vt)* 拜訪，訪問
- visor *(n)* 面頰，帽舌，盔甲；*(vt)*（用臉盔，護目鏡等）遮護
- vista *(n)* 狹長的景色，街景，展望
- visual（vis 看 + ual 形容詞字尾）*(adj)* 視覺的
- visualize *(vt)* 形象，形象化，想像

例句

a. It is hard to **visualize** what the farm is going to look like in a few years.
很難想像幾年後這農場會是什麼樣子。

b. He was **improvident** and went through all his money very soon.
他隨意花錢很快就把錢花光了。

280 vit ：life「生命」

- revitalize（re 再次， 重新 + vital 生命 + ize 使）*(vt)* 使新生，振興
- vita *(n)* 個人簡歷

- vital（vit 生命 + al …的）*(adj)* 至關重要的，延續生命所必需的
- vitality（vital 生命 + ity 名詞字尾）*(n)* 活力，生命力，生動性
- vitalize *(vt)* 使有生氣，使更有活力
- vitamin（vit 生命 + amin=amine 胺）*(n)* 維他命

例句

a. The new incentive program has injected some much-needed **vitality** into the government agencies.
這項新的獎勵計畫給政府各部門注入了極需的活力。

b. An infusion of $1 billion is needed to **revitalize** the ailing steel industry.
振興衰敗的鋼鐵工業須挹注十億美金。

281 viv ： live, alive「活」

- convivial（con 共同 + viv 活躍 + ial …的）*(adj)* 聯歡的，歡樂的
- revival（re 再，重新 + viv 活 + al 名詞字尾）*(n)* 復興，復活，復甦
- revive（re 再，重新 + viv 活 + e）*(vi)* 復興，復活，恢復
- survival（sur 在…之上 + viv 活 + al 名詞字尾）*(n)* 倖存，生存
- survive（sur 在…之上 + viv 活）*(vi, vt)* 倖免於，倖存，生還
- survivor（surviv 倖存 + or 者）*(n)* 生還者，倖存者
- viability *(n)* 可行性
- viable（vi 活 + able 能…的）*(adj)* 能存活的，能發育成長的；可實行的
- viva *(n)*（義大利文或西班牙文）萬歲的歡呼，歡呼聲
- vivacious（viv 活 + acious …的）*(adj)* 活潑的，快活的
- vivacity *(n)* 活潑
- vivid *(adj)* 生動的，逼真的，鮮明的
- vivific *(adj)* 賦予生氣的，使活躍的，使生動的
- vivify *(vt)* 給與生氣，使生動
- viviparity *(n)* 胎生，母體發芽

- viviparous（vivi 活的 + parous …生產的）*(adj)* 胎生的，母體發芽的
- vivisect（vivi 活 + sect 切）*(vi)* 活體解剖
- vivisection *(n)* 活體解剖

例句

a. Lulu has a **vivacious** personality.
露露個性活潑。

b. The tunnel project to connect Taipei with Yilan is economically **viable**.
修建隧道將台北與宜蘭相聯接的計畫，從經濟上看是可行的。

282 voc, vok ：claim, shout, voice「喊叫，聲音」

- advocacy *(n)* 擁護，鼓吹
- advocate（ad 增強 + voc 聲音 + ate 使…變成）*(vt)* 提倡，擁護；*(n)* 提倡者，鼓吹者
- convocation *(n)* 集會，召集，教士會議
- convoke（con 共同，一起 + vok 喊）*(vt)* 召集
- equivocal（equi 相等 + voc 聲音 + al …的）*(adj)* 意義不明確的，模稜兩可的
- equivocate（equi 相等 + voc 聲音 + ate 使…變成）*(vi)* 說模稜兩可的話，支吾
- evocation *(n)* 喚出，喚起
- evocative *(adj)* 喚起的
- evoke（e 出 + vok 喊叫）*(vt)* 喚起，博得
- invocation *(n)* 祈禱，符咒
- invocatory *(adj)* 祈求的，祈願的 (=invocative)
- invoke（in 進入 + vok 聲音）*(vt)* 援用；招來鬼魂，借助
- irrevocable（ir=in 不 + revocable 可取消的）*(adj)* 不能取消的
- provocation *(n)* 激怒，刺激，挑釁
- provocative *(adj)* 煽動的；*(n)* 刺激物
- provoke（pro 前面 + vok 喊）*(vt)* 激怒，煽動；惹起
- revocable *(adj)* 可廢止的，可取消的

- revocation *(n)* 撤回
- revoke（re 回 + vok 喊）*(vt)* 撤回，廢除，取消
- unequivocal *(adj)* 不含糊的
- vocabulary *(n)* 詞彙，詞彙量
- vocal（voc 聲音 + al …的）*(adj)* 嗓音的，聲音的
- vocalist（voc 聲音 + al …的 + ist 家，者）*(n)* 聲樂家；歌手
- vocalize *(vt)* 使成為有聲
- vocation *(n)* 行業，職業
- vociferous（voc 聲音 + i + fer 帶來 + ous …的）*(adj)* 喧鬧的；大聲疾呼的

例句

a. His **provocative** comments landed him in big trouble.
他的煽動性評論讓他陷入大麻煩。

b. His driving license was **revoked** for drunken driving.
因爲酒醉駕車他的駕照被吊銷。

283 vol ： will, wish「意志，意願」

- benevolence（ bene 好 + vol 意願 + ence 名詞字尾）*(n)* 仁慈，善行
- benevolent（bene 好 + vol 意願 + ent …的）*(adj)* 慈善的
- malevolence *(n)* 惡意，狠毒
- malevolent（male 壞 + vol 意願 + ent …的）*(adj)* 有惡意的，壞心腸的
- volition（vol 意志 + ition 名詞字尾）*(n)*（自願做的）選擇，決定
- voluntarily *(adv)* 自願地
- voluntary *(adj)* 自願的，志願的
- volunteer（vol 意願 + unt + eer 人）*(n)* 志願者；*(vi, vt)* 自願

例句

a. Donating money to earthquake victims is a **benevolent** act.
捐款給地震災民是一善舉。

b. She averted his **malevolent** gaze.
她避開他惡意的凝視。

284 vor ： eat, drink「吃，喝」

- carnivore *(n)* 食肉動物
- carnivorous（carn 肉 + i + vor 吃 + ous …的）*(adj)* 食肉的
- devour *(vt)*（尤指動物）吞吃，狼吞虎嚥；（火災等）毀滅，破壞
- frugivore *(n)*（尤指靈長目）食果動物
- herbivore *(n)* 草食動物
- herbivorous（herb 草本植物 + i + vor 吃 + ous …的）*(adj)* 食草的
- insectivore *(n)* 食蟲動物，食蟲植物
- omnivore *(n)* 雜食動物
- omnivorous（omni 全 + vor 吃 + ous …的）*(adj)* 雜食的
- voracious（vor 吃 + acious 多…的）*(adj)* 狼吞虎嚥的；貪婪的
- voracity（vor 吃 + acity 名詞字尾）*(n)* 貪食，貪婪

例句

a. A **voracious** reader has a **voracious** appetite.
求知欲強烈的讀者胃口特大。

b. Vultures are **carnivorous** birds.
禿鷹是肉食的鳥。

index 索引

▶▶ a-z

(字母後加-者代表字首，字母前加-者代表字尾，未加者代表字根。)

a

b

c

索引

索引

h

i

j

k

l

m

n

o

p

q

索引

r

s

t

索引

國家圖書館出版品預行編目資料

字首・字尾，字根全集　A Complete Collection of English Prefixes, Suffixes, and Roots / 陳明華著
— 初版. — 臺北市：臺灣培生教育， 2007〔民 96〕
面； 公分.

ISBN 978-986-154-563-9（軟精裝）

1. 英國語言一詞彙

805.18　　96011271

朗文英文字彙通 **字首・字尾・字根全集**

A Complete Collection of English Prefixes, Suffixes, and Roots

作者	陳明華
發行人	洪欽鎭
主編	李佩玲
責任編輯	瞿中蓮
協力輯輯	夏淑怡
美術設計	黃聖文
内頁排版	詹玉娥
美編印務	楊雯如
行銷企畫	朱世昌、劉珈利
發行所／出版者	台灣培生教育出版股份有限公司 地址／台北市重慶南路一段 147 號 5 樓 電話／02-2370-8168　傳真／02-2370-8169 網址／www.PearsonEd.com.tw E-mail／reader@PearsonEd.com.tw
香港總經銷	培生教育出版亞洲股份有限公司 地址／香港鰂魚涌英皇道 979 號(太古坊康和大廈 2 樓) 電話／(852)3181-0000　傳真／(852)2564-0955 E-mail／msip@PearsonEd.com.hk
台灣總經銷	創智文化有限公司 地址／台北縣 235 中和市建一路 136 號 5 樓(翰林文教大樓) 電話／02-2228-9828　傳真／02-2228-7858／02-2228-7852
學校訂書專線	(02)2370-8168 轉 695
版次	2007 年 8 月初版一刷 2007 年 10 月初版三刷
書號	TL030
ISBN-13	978-986-154-563-9
ISBN-10	986-154-563-8
定價	新台幣 650 元

本書相關內容資料更新訊息，請參閱本公司網站：www.PearsonEd.com.tw/index_2.asp

請沿虛線剪下，對折寄回，謝謝！

廣告回信
台灣北區郵政管理局登記證
北台字第15739號

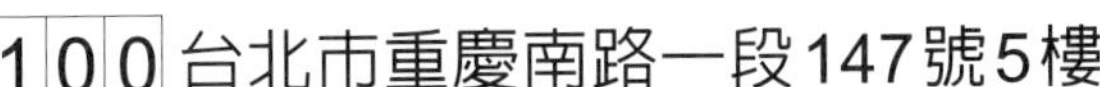
100 台北市重慶南路一段147號5樓

台灣培生教育出版股份有限公司　收

Pearson Education Taiwan Ltd.

書號：TL030

書名：朗文英文字彙通 字首·字尾·字根全集

回函參加抽獎喔！

（詳情請見下頁！）

台灣培生教育出版股份有限公司

感謝您購買本書，希望您提供寶貴的意見，
讓我們與您有更密切的互動。

¬資料請填寫完整，才可參加抽獎哦！

讀者資料

姓名：________________ 性別：______ 出生年月日：________________.

電話：(O)________________ (H)________________ (Mo)________________.

傳眞：(O)________________ (H) ________________ .

E-mail：____ .

地址：____ .

教育程度：

□國小 □國中 □高中 □大專 □大學以上

職業：

1.學生 □

2.教職 □教師 □教務人員 □班主任 □經營者 □其他：________________

任職單位：□學校 □補教機構 □其他：________________________

教學經歷：□幼兒英語 □兒童英語 □國小英語 □國中英語 □高中英語

□成人英語

3.社會人士 □工 □商 □資訊 □服務 □軍警公職 □出版媒體 □其他 ________.

從何處得知本書：

□逛書店 □報章雜誌 □廣播電視 □親友介紹 □書訊 □廣告函 □其他________.

____

對我們的建議：

____

____

____

讀者服務專線：02-2370-2337轉801

http://www.PearsonEd.com.tw E-mail:reader@PearsonEd.com.tw

PEARSON
Education
Taiwan
知識無疆界

PEARSON

Education
Taiwan

知 識 無 疆 界